小读客 经典童书馆

童年阅读经典 一生受益无穷

DRAGON SLAYERS' ACADEMY

从前有条喷火龙 ⑪

乌龙魔法师的咒语

【美】凯特·麦克马伦 著 【美】比尔·巴索 绘 | 丁美其 译

文汇出版社

屠龙学校校园地图

DSA

露露夫人的卧室

普拉克博士
科学家实验室

莫德雷德的教室

洞穴出入

校长办公室

马厩

食堂

法地牢

城堡庭院

擦洗课

假火龙
(训练专用)

约里克快速变装营

东塔

脚趾甲村

莫特爵士的
起降机

猎人小径

宿舍

闲人擅入后果自负

DSA

鳗鱼壕沟

吊桥

目 录

第一章
点金宝盒

"起床啦！到点啦！小家伙们。"屠龙学校煎锅厨师的大呼小叫惊醒了孩子们的好梦。

威格拉睁开一只眼看了看，发现周围一团漆黑，以为是在做梦，又闭上了眼睛。

"小家伙们，快起来，今天可是屠龙学校的好日子。"煎锅厨师用他的长柄勺不断地敲打着锅底。

"当……当……当……"

刺耳的声音在宿舍里回荡。威格拉实在受不了了，第一个跳下了床。宿舍里的其他人也都跟着爬起来。他们全都知道如果不起床，煎锅厨师就会一直敲下去。

"早饭吃什么，煎锅厨师？"安格斯问。

"蛋和烤肉，孩子们，"煎锅厨师说，"都是你们爱吃的。"

蛋和烤肉？威格拉不敢相信。除了煎鳗鱼外，煎锅厨师从来没有给他们做过别的饭吃。

"是鳗鱼蛋吗，煎锅厨师？"埃丽卡问。她其实是位公主，之所以女扮男装，是为了上只招收男生的屠龙学校——这个秘密只有威格拉和安格斯知道。

"不是，"煎锅厨师答道，"它们可是真正的鸡蛋和烤肉，现在已经放在橱架上烤了。"

"太棒啦！"孩子们全都欢呼起来。

"我要抢第一名。"安格斯披上屠龙学校的校服往外跑。

"我排第二，"埃丽卡跟着冲向门口。她突然想起了威格拉，回头喊道，"快点，威格拉，我们走啦。"

威格拉迅速穿好衣服。三个小伙伴和大批屠龙学校的其他学生全朝自助餐厅涌去。

当他们经过校长办公室时，莫德雷德探出头，生气地喊道："天哪！出什么事了？你们在逃难吗？"

他瞥见了安格斯，招呼道："别跑这么快，外甥！我……我有事找你。"

"舅舅，等……等一会儿好吗……"他停下来，上气不接下气地说，"我要去……去自助餐……餐厅……"

"不行，先到我这来。"莫德雷德抓住了他，"威

HERMIT HARRY'S JIFFY-GOLD™ ALCHEMY KIT GUARANTEED

格拉和埃里克，你们也来！这里有活儿需要三个人来做。"

威格拉叹了口气。因为他总是把莫德雷德的事情搞砸，因此和其他同学相比，威格拉没少挨莫德雷德的骂。可这是为什么呢？是因为他比其他人年纪小？还是因为他那头胡萝卜色的头发？按理说，莫德雷德在所有人中应该最喜欢他才对——因为他曾经杀死过两条龙。这两条龙都是来屠龙学校复仇的，一条叫戈兹尔，另一条则是戈兹尔的母亲。不过，威格拉心地善良，从不故意杀生，那两条龙是他意外杀死的。另外，他和安格斯还收养了一条龙仔。他们管它叫"虫虫"，并把它藏在了校长很少光顾的图书馆。

"哦，校长先生，"埃丽卡说，"我们能不能吃过早餐再来找您？"

"求您了！先让我们去吃早饭吧！"安格斯哀求道。

"少吃一顿早餐不会饿死！"莫德雷德不高兴地说。他把三人带进办公室，又取出一卷纸筒在他们眼前晃，"过来，这是最近一期的《贪婪》杂志，好好看看。"

特别巨献——只限本周！
隐士哈里的"梦想成真"牌点金宝盒。

能把不值钱的玩意儿变为货真价实的黄金。保您发大财!

为您量身定做的"梦想成真"牌点金宝盒。您可以带回家,免费试用一周!

如不满意,可以无条件退货。

隐士哈里可能会老,但他的"梦想成真"牌点金宝盒却将永葆青春!

快来隐士哈里的小屋吧!

小屋地点:黑森林(无名沼南部)。

威格拉和他的宠物猪黛西去过无名沼。那是从他们家来屠龙学校的必经之地。就在那里,他们结识了一位名叫泽尔诺克的糊涂巫师。泽尔诺克对黛西念了一段咒语,黛西就会说话了——不过它只会讲一般人听不懂的"猪拉丁语"。

"我现在就想要那个点金宝盒," 莫德雷德用低沉的声音说, "哇! 一周内,我可以把整个城堡都变成金子。然后,我就把它还回去,并且不用付一分钱。哦! 这简直是无本万利的活计,太值了! 我一定要得到它!"

"妈妈常说,一件事情如果听起来太好的话,那它可能就不是真的。也许,这次就会是这样。"安格斯说。

"她懂什么！"莫德雷德嘟囔着说，"你们去找隐士哈里，把点金宝盒给我带回来。马上出发！马上！"

"无名沼距离我们这里有一天的路程。"威格拉提醒道，"那样，我们将不得不在恐怖的黑森林里过夜。"

"是吗？"莫德雷德说，"那你们就趁早出发。"

"好吧，舅舅。"安格斯说，"吃完早饭，我们就动身。今天早上有鸡蛋和烤肉。"

"我才不管你们吃什么呢！"莫德雷德叫嚷着，"快动身，现在就走，现……"这位屠龙学校的校长突然停住了。"该死的！"他那双紫色的眼睛瞪得大大的，愤怒地自言自语道，"煎锅厨师正给那帮小子吃鸡蛋和烤肉？那可都是我的！"

莫德雷德说着冲出了校长办公室，红色的斗篷在身后高高飞扬。"哼！如果那个厨子胆敢做鸡蛋和烤肉给学生吃，我就把他打入地牢！"他突然转过身，盯着仍站在校长办公室门口的威格拉、安格斯和埃丽卡怒吼道，"你们还等什么？快点去给我取点金宝盒！我明天就要得到它。否则，你们也会被送进地牢！快去！"

三个人飞也似的跑开了。

"我实在是太……太……太……饿了！"当他们跑回一班宿舍后，安格斯拉长声调不满地说。

"你那儿不是还有零食吗？"威格拉提醒道。

安格斯瞪了威格拉一眼。屠龙学校的学生都知道安格斯有一个他妈妈送的糖果百宝箱。但他几乎从未与大家分享过。现在，那百宝箱里就放着一大包虫虫状胶糖、大豆果冻、蜘蛛巧克力、药葵蜜饯。

三人收拾东西的时候，校长办公室里传出一阵呜咽声："天哪！我的鸡蛋和烤肉——全都浪费在那帮小子身上了！"

三人往包里装了一些旅途必需的小件随身物品。离开城堡前，他们飞快地跑到了图书馆。威格拉想确定一下龙仔是否有足够的食物。他对龙仔说他们不在时一定要乖，然后又去鸡舍与他的宠物猪告别。

当黛西听说他们要去黑森林时，特别提醒道："心小必务上路。"

"放心吧，我们会小心的。"威格拉向她保证。

然后，他们就出发了。他们沿着沼泽地左岸走了一上午——即使是在白天，黑森林也非常昏暗。并且，不时传来猫头鹰、蝙蝠令人心惊胆战的号叫声。这还不算，在那此起彼伏的叫声中，威格拉突然听见了一声低沉的咆哮。刚开始，威格拉还以为听错了，但是，那声音却逐渐变得清晰起来。

"你们听到什么了吗？"威格拉问道。

"我……我也听见了。"埃丽卡战战兢兢地回答。她平时可不是这样的。

那恐怖的咆哮声越来越大了，令人不寒而栗，毛骨悚然。

威格拉、安格斯和埃丽卡一起尖叫起来。

"肯定是一头野兽，"安格斯哭喊道，"我们完了！我们死定了！"

可怕的脚步声越来越近，三个孩子吓得紧紧地抱在了一起。

第二章
糟透了的咒语

"蟾蜍和毒蘑菇！"一个声音喊道。

威格拉觉得那个声音很耳熟。

"泽尔诺克？"威格拉喊道，"是你吗？"

"大概是吧！谁在叫我？"在一棵枝叶茂盛的大树顶端，出现了一个头戴尖尖帽的白胡子巫师。

"是我，威格拉！"威格拉急切地回答道。

"又是你！"泽尔诺克从树枝上飘下来，站到了这三位屠龙学校的学生面前。他的长袍上点缀着星星，随风不停地摆动着。

"我刚才的吼声怎么样？"

"好吓人。"埃丽卡说。

"很恐怖。"安格斯补充道。

"啊！太好了！"泽尔诺克笑道，"吼叫对于一个巫师的修行是大有好处的。这会让我们感到体内充满了力量。"他又变得严肃起来，"我有一些过人的法力，但现在我遇到了一些小麻烦。"他突然一个趔趄，差点摔倒在地，随后他晃动着胳膊努力保持着平衡。

泽尔诺克看起来气色不太好。威格拉发现他眼圈发黑，仿佛好几个礼拜没有睡觉了似的。

"泽尔诺克，你遇到什么麻烦了？"威格拉问道。

泽尔诺克叹了口气："唉！一个小咒语发生了错误。不过，没什么大不了的。我需要时间找到一个真正强有力的咒语去解除那个咒语。"

"什么咒语出差错了？"埃丽卡问。

"返老还童术。"泽尔诺克答道，"奇奇默致力于这个研究好几十年了。一天晚上，我碰巧在塔上看到了他的咒符，于是就起了好奇心，想试试那个咒语。恰好奇奇默进来了。唉！我本不该在他身上试那个咒语的。可当时我想在他面前表现一番，因为他是我的上司。"泽尔诺克摇了摇头接着说，"现在我不得不去给他念解除咒。我施的咒语糟透了，产生的结果就像是一次恶作剧。我必须马上去解除它，不然，很快——可能是马上——巫师委员会就会收回我的魔杖。"

威格拉十分同情泽尔诺克的处境。因为每当威格拉遇到困难时，泽尔诺克总是有求必应。

"我们需要一个咒语，泽尔诺克。"威格拉说，"我相信你能帮我们。"

埃丽卡用胳膊肘碰了他一下。"威格拉，"她低声道，"你一定在开玩笑吧！我们不到万不得已是不会用泽尔诺克的咒语的。"

"可是我们今天需要赶到隐士哈里的小屋。"威格拉辩解道。

"你知道那个地方吗，巫师？"安格斯问。

"这个地方知道的人不多。"泽尔诺克捏住自己的鼻子，好像闻到了极其糟糕的味道。

"我们知道它在无名沼的南部，"威格拉说，"其他就不清楚了。"

"你们需要的不是咒语，"泽尔诺克叹了口气，"你们需要的是指路——朝南走。如果走捷径的话，一天时间就到了。但是要当心流沙，还有鳄鱼，一年当中的现在，正是它们饥肠辘辘的时候。"

威格拉倒吸了一口凉气："鳄鱼？"

泽尔诺克点了点头，"如果你们能活着走出沼泽地的话，继续向南走。在一个十字路口，你们会遇到一个又干瘪又丑陋的老太婆。要是赶上她心情不好，那你们的路就算走到尽头了。当然了，如果你们运气好，能顺利地从她身边走过，就向左转，通过一个墓地——我不建议你们走捷径穿过它，之后你们会到达一个神秘灯塔。在那儿，向右走……"

"别说了，巫师！"安格斯嚷道，"请给我们念一个'马上就到'咒语吧！你会吗？"

"巫师难道不会咒语？"泽尔诺克脸上写满了惊讶，他反问道，"你说少女会不会有烦恼呢？"

"哦，那就帮帮忙吧！"安格斯说，"我可不想在黑森林里过夜。"

埃丽卡急忙摆手阻止："不用了。我们自己能到那儿。"

"那么，你们就自己去吧！"泽尔诺克说，"继续向前走。路上你们会看到一些响尾毒龟。"

埃丽卡叹了口气说："你赢了，巫师！我们听你的，但你的咒语一定要管用。"

"不必担心。"巫师自信地说，"你们会喜欢上这种旅行方式的。"他把他的巫师袍袖子往上拉了拉，"下一次巫师例会上，他们若得知我给你们施咒，一定会要求我讲讲这个咒语的功效的。闭上眼睛吧，小孩子们，我们开始吧！"

威格拉闭上了眼睛，他听到泽尔诺克开始念咒：

　　苍蝇需要它，

蜜蜂需要它，

小跳蚤也需要它，

现在你们也需要它。

显灵，显灵——一对翅膀！

随着泽尔诺克的吟唱，威格拉感到自己的肩部有一对扁平的东西长出来。他听到一种像什么东西撕裂的声音。是屠龙学校的校袍吗？他开始感到一阵头晕目眩。

泽尔诺克仍在吟唱：

鸭子需要它，

母鸡需要它，

即使是滑稽的小企鹅也需要它，

现在你们也需要它。

显灵，显灵——一对翅膀！

一对翅膀正从威格拉的后背慢慢地长出来。他确信是这样的。他把眼睛睁开了一条缝，看见泽尔诺克一边旋转一边大声吟唱：

躲在洞穴中的吸血蝙蝠需要它，

满身鳞甲的龙也需要它。

翅膀，翅膀——

孩子们，你们也会拥有它。

哦！泽尔诺克会帮你们拥有它！

"巫师！"安格斯大叫，"快停下来。

突然，威格拉觉得天旋地转，浑身难受极了。他感到整个身子在急剧膨胀。整个人就像要裂开似的，皮肤也仿佛在燃烧。他的脖子开始变长，牙齿长到了嘴外，眼球就像膨胀的气球。什么东西从背后长了出来？眩晕占据了整个身心。威格拉感到自己在下坠……

最后，一切归于平静。

威格拉睁开了眼睛。他朝自己的身后瞥了一眼。啊！他有了一对翅膀。但不是长着羽毛的小鸟般的翅膀，而是一对巨大的、银色的、鳞甲斑状的翅膀。

"安格斯？"他叫道，"埃丽卡？"

没有人回答。

威格拉环顾四周。一切都模糊不清。他眨了眨眼睛。他想他看到了他的朋友。但是——不——那不是他的朋友。他又眨了眨眼睛。现在他看清了——

站在那里的安格斯和埃丽卡已经变成了两条龙！

第三章
溜进厨房的三条火龙

威格拉盯着这两条龙。它们一条是银色的，一条是蓝色的，体形都不大。

威格拉低头看了看自己的胳膊——是绿色的，长着鳞片。手也变成了长着鳞片的爪子。

"啊！"他尖叫起来，"我们变成龙了。"

泽尔诺克哼哼唧唧地说："好啦！好啦！你们不是已经长翅膀了吗？翅膀将带你们去你们想去的地方，并且快得很。我本想只给你们一对龙的翅膀。可是，谁知道我的咒语的威力比我想象的大得多呢？"他耸了耸肩，一副无可奈何的样子。

"快把我们变回去！"埃丽卡大叫。

"那得念还原咒。"泽尔诺克说，"哦，我答应你们，我迟早会念还原咒，把你们变回去的。不过，我念咒语发生意外的可能性太大了。谁也无法预料又会把你们变成什么。噢！你们最好还是保持龙的模样，直到我想出了还原咒。"

"那你什么时候才能想出来？"威格拉问。

泽尔诺克仔细地想了想说："一年左右吧！嗯——我想是的。"

"一年！"三条龙都大叫起来。

"也许，不需要那么久。"泽尔诺克吞吞吐吐地说，"或许，这个咒语自己就会消失。谁知道呢！反正我是不知道。我得尽快返回塔中了。变一些蟾蜍、老鼠之类的做做实验。看看能不能尽快想出办法来。我会来找你们的。好啦！我走啦！"

蓝烟弥漫，巫师随着烟雾消失了。

银火龙愤怒地盯着威格拉。

"你们认为这是我的错，对吗？"威格拉说。

埃丽卡把她细长的前臂往回缩了缩，什么也没说。

此时，安格斯正在研究自己的模样。

"嘿！我知道我是蓝色的。我有一个白色的大肚子。但是我的脸会是什么样子呢？"

威格拉很高兴转变了话题。"你的牙齿很长很尖。"他告诉安格斯，"长鼻子、蓝眼睛、黄眼珠。你的头上还长着一对白色的、短粗的树枝状的角。"

"我呢？"埃丽卡急切地问。

"你全身上下都发着银光。"威格拉说，"你的眼睛是绿色的，有一只弯曲的角长在你的鼻子上，与之相配的另一只角长在你的头顶上。"

"酷毙了！"埃丽卡叫道。

"我是什么样子？"威格拉问。

"绿色的脸，"安格斯对他说，"黄色的眼睛，黑色的眼珠。头顶上还有一个红色的龙冠。哈哈！它还在闪光呢！"

威格拉笑了，听起来他是一条英俊的龙。他希望此时虫虫能在这儿看见他现在的样子。"至少现在我们能够飞到隐士哈里的小屋，得到'梦想成真'牌点金宝盒。"他提醒道。

"你真的认为我们能飞吗？"安格斯问。

"我们试试吧！"埃丽卡说。

威格拉用他从未使用过的背肌一使劲，展开了一对大翅膀，飞了起来。安格斯和埃丽卡也照着做。他们拍打着翅膀，越飞越高。

不过好景不长，威格拉飞了一会儿，就觉得自己像被吊在了半空中一样，没有办法再往上飞了。当埃丽卡变的银龙像道银色的闪电一般"嗖"的一声和他擦肩而过时，他心里一急，身体失去了平衡，一个倒栽葱，飞快地向地面摔去。他使劲地拍打翅膀，努力不往下坠，但最后还是一头栽进了地面的草丛中。

"哎哟——"他惨叫了一声，很担心自己的龙冠是不是被撞坏了。

接着，他又听到了一个沉闷的撞击声。抬头一看，埃丽卡也掉下来了——她正挂在一棵树的树杈上，摇摇晃晃的。

"嗨！抬头往这儿看！"安格斯朝他俩喊道。

威格拉抬头望去，一条浅蓝色的龙正在他们的头顶上空自由地盘旋——是安格斯，他已经掌握了飞翔的技巧。

"飞翔的感觉真好！"安格斯叫道，"我喜欢这样！"

安格斯着陆了。他给威格拉和埃丽卡作了一些指点。不久，他们三人就自由地翱翔在黑森林的上空了。迎风飞翔的感觉真是太棒了！难怪虫虫喜欢溜出图书馆，绕着屠龙学校飞上两圈——那也是最让威格拉担心的事。

"要是我们正在天上飞，咒语突然消失了会怎么样呢？"威格拉问其他人。

"这确实是个大问题。"埃丽卡说，"那我们尽快飞到隐士哈里的小屋吧。"她俯瞰了一下地面，"我认为应该走这边，跟我来！"

银龙带头，三条龙飞到了黑森林的上空。一轮圆月悬在高空。他们飞过了一座座高山、一道道分布着小村庄的峡谷。下面的山越来越高大了。泽尔诺克之前可没提到过这些山。威格拉的肌肉开始酸痛起来。飞翔是挺有趣的，但很累，他需要休息一下。

"我们休息一会儿吧！"威格拉喊道。

"合上翅膀，就可以快速地降落下去！"安格斯告诉他俩。

三个人在一座岩石顶上着陆了。

"那是什么？"威格拉侧着头望着漆黑的远方，好奇地问。在峡谷深处，他隐约地看见一座巨大的石头城堡。不过，他确定那不是隐士哈里的小屋。

"我们靠近一些看看。"安格斯建议道。

他们飞到一条河的岸边。这是一条宽阔、水流湍急的河流，在月光照耀下波光粼粼。在河中央的一座岛上，巍然矗立着一座城堡，城堡的四周，是高高的城墙。

"快看那边。"安格斯用爪子指着城堡围墙上的一块牌子说。

当威格拉读完牌子上面的内容，他头上的龙冠开始忽明忽暗地闪烁起来。

"上面写着'屠龙学校'！"威格拉简直不敢相信自己的眼睛。

"难道是舅舅又开了一所分校？"安格斯惊讶地大

声说道。

接着一阵低沉的隆隆声传入了威格拉的耳里。"你们听到什么声音了吗？"威格拉问。

"噢！别紧张！"安格斯说，"那是我的肚子在叫。"

"我也饿了。"埃丽卡说道，"快看看你的包里还有什么吃的。"

"哦！天哪！我忘带了。"安格斯内疚地说，"不过，我们可以到屠龙学校里面弄点吃的，顺便了解一下那里的情况，以便计划下一步的行动。"

"我们不能去！"威格拉急忙阻止道，"屠龙学校是训练屠龙勇士的地方，而我们现在是龙！"

"嗯——"安格斯想了想，"是危险，但我真的快饿死了。"

"我明白。"埃丽卡说，"我们可以趁天黑溜进城堡找到厨房，弄些吃的就走。"

他们周密地计划了一番，沿着河岸飞过城墙，落在了城堡的院子里。威格拉和埃丽卡紧随其后。

这个院子比他们学校的大多了。三条龙穿过院落。威格拉还不习惯用龙脚走路。他感到很笨拙，难以维持平衡——他的腿难以承受他那沉重的身躯。不过眼下的情况，也只能笨重缓慢地移动了。

埃丽卡慢慢地打开了城堡的门。他们蹑手蹑脚地溜了进来。四周没人，空荡荡的。在昏暗的灯光下，他们沿着走廊，上了一段台阶。他们希望这里的厨房跟他们学校的厨房在同一个位置。

安格斯把头探进了一个门里。"找到了！"他低声说道。

埃丽卡和威格拉跟着他闪进了那个房间。

厨房里的餐具在破晓前光亮照射下，隐约可辨。

"我们必须快点，他们快起床了。"安格斯一边说着，一边打开了储藏室的门。

"这里有一大堆意大利面条。不——这不是意大利面条，是干的鳗鱼丝！"

威格拉找到了一个罐子。标签上写着：鳗鱼酱。真讨厌！

"噢！"埃丽卡抱怨道，"几大坛子腌鳗鱼。所有东西看上去都令人作呕！"

"你们在干什么？"一个低沉的声音从身后传来。

威格拉抬起头来。他的龙冠正急速地闪烁着。

一条高大、红色的火龙正站在食堂的门口。

第四章
结识火龙同学

"情况不妙！"安格斯尖叫道。

"哦！不好！"埃丽卡喊道。

威格拉没有出声，只是头上的龙冠在不停地闪烁着。

这条火龙的个头要比他们大两倍，两条紫色的长须从它布满鳞片的脑袋上伸展出来，身上套着一件皱巴巴、做饭用的围裙。

"你们在找什么东西？"这条龙睐着橘红色的泡泡眼问他们。

"吃……吃……吃的。"安格斯努力保持着镇定。

大火龙的鼻子里喷出了两个烟圈。

"在屠龙学校，两餐之间不提供任何食物。"

"可我们都非常饿！"安格斯说。

"你们只能像其他人一样等待早餐。"厨师说，

"你们一定是新生吧！"

威格拉感到自己的整个脑袋都好像在忽明忽暗地闪烁着。新生？这个专为火龙开办的学校？

"我的名字叫贼难吃，"那龙说话的时候，鼻子里还喷着白烟，"是学校的厨师。"他走到一个橱柜边，拿出了一个罐子和一口平底锅。然后往锅里倒了一些像绿色通心粉的东西。他吸了口气，鼻子里喷出了一团橘红色的火焰，点燃了通心粉。"屠龙学校专门收留那些被正规学校扫地出门的龙学生们。你们很清楚这个，对吧？"

威格拉急忙摇了摇头，他脑袋上的龙冠依旧在不停地闪烁。

"所以，在屠龙学校，我们的工作难上加难。"贼难吃厨师一边翻炒着面条一边说，"如果你们不能留在屠龙学校，那就无处可去了。为了把好这最后一关，我们制定了许多的规则，为的是重新塑造像你们这些龙新的勇士形象。"他摇了摇锅里的东西又弯下腰重新点燃它们，"如果你们违反了这些规则，就会被送到龙诺娃女士那里。"当他说到她的名字时，头顶上紫色的龙须开始不住地颤抖，"你们不想那样吧？"

威格拉、安格斯和埃丽卡三人紧紧地抱在了一起，不住地发抖，就连一向天不怕地不怕的埃丽卡也不例外。

"贼难吃厨师，"安格斯说，"我想我们是误入了这所学校。"

"是的。"威格拉急切地附和道，"那完全是个错误。"

"见到你很高兴。再见啦！"埃丽卡说。

三个人转身朝厨房外跑去。但是当他们打开门时，发现门口站着一条巨大无比的龙——他比贼难吃厨师还大两倍。从鼻子到爪子都覆盖着干枯的灰色鳞片。他正半睁着灰色的眼睛冷冷地盯着三条小龙。

"噢！是你，追公！"贼难吃厨师说，"都是新来的学生，把他们带到一班宿舍，好吗？"

追公点点头，驱赶着三条新入学的小火龙出了厨房，沿着过道走去。当他们来到一个拱门前，追公把威格拉、安格斯和埃丽卡推进了一个黑暗的房间里。屋里充满了一股恶心的味道——就像是什么东西在炉子里烧焦了一样。鼾声此起彼伏，像合唱一样回荡在整个房间里。凭借着自己龙冠发出的光，威格拉能够辨认出地上分散着几十个肉堆——每一个肉堆都是一条熟睡的火龙。

追公用一只爪子戳着这些肉堆，驱赶他们到房间的后边去。在那儿有几个空着的破布堆。三个人卧在了破布堆上。这就是火龙的床，威格拉心想。

威格拉闭上了眼睛。他的心无法平静。脑子里也一

片混乱。上一秒，他和好朋友被莫德雷德差遣去完成一个任务；下一秒，他们被糊涂的巫师变成了喷火龙，还闯入了专门管教堕落火龙的学校。他害怕睁开眼睛看到追公笨重的身体在他的身边晃来晃去。不一会儿，他就睡着了。

"起床，起床，起床了！"一个声音喊道，"起床啦！我说，孩子们，今天可是屠龙学校的好日子。"

"咣——咣——咣——"

煎锅厨师！威格拉在睡梦中笑了起来。整个事情原来都是一场噩梦。他打了个哈欠，伸了伸懒腰，坐了起来。正在这时，一条肥胖的蓝色小火龙从旁边的床上滚了下来，撞到了他的身上。这不是梦。

"咣——咣——咣——"

贼难吃厨师正用一把切肉刀敲着一口平底锅。

威格拉伸展了一下他的龙身子，感到他睡的布堆有点硬。他站起来朝四周看了看，其他龙都还没有起床，大部分还在挺着粉红的长鼻子懒洋洋地打着鼾。

"再不起床我就叫追公了。"贼难吃厨师大喊。

房间里的龙一下子都蹦了起来，开始不厌其烦地梳理他们的龙须，扶正他们的龙冠或龙角，掸去他们鳞甲上的灰尘，或者刷着他们的龙牙，然后迅速地穿上他们的蓝色校袍——校袍上写着"屠龙学校"四个金字。

威格拉看见自己的床边也有一套折好的校服。他不想在龙群中太醒目，所以穿上了它。埃丽卡和安格斯也穿上了校服。

"我们必须尽快地从这里逃出去。"埃丽卡轻声说，"必须尽快。"

"不必那么着急吧，"安格斯说，"我们吃了早饭再说。"

"你疯了吗？"埃丽卡不满地说。

她还没来得及讲下一句话，一条长着绿白条纹的龙就跳到了他们面前。这条龙长着一对迷糊睡眼，两条龙须和她的两条辫子绑在了一起。

"早上好，伙伴们！"她说，"我是茜茜，你们叫什么名字？"

"我叫……叫银光。"埃丽卡根据自己龙甲的颜色为自己起了个名字。

"我叫阿飞。"安格斯说，"你将看到我飞翔的样子。"

威格拉从来没想过给自己起个龙的名字。他的龙冠是他与众不同的地方。也许，他可以根据这个特征给自己起个名字。

"我是小闪。"威格拉说完后立刻感到一阵后悔。因为这个名字听起来好像是小鹦鹉之类的宠物。

"那你们是被什么学校开除的？"茜茜问。

"噢！一所非常小的学校，你可能从未听说过它。"埃丽卡说，"你呢？"

"乱七八糟屠杀骑士预科学校。"茜茜回答。"我触犯了在女生浴室不准吸烟的规定。除此以外，我还和那些我本应该吃掉的村民交了朋友。"她耸了耸肩，"所以我就被发配到了这所'屠杀屠龙手学校'。"

"原来这所学校的全名叫'屠杀屠龙手学校'。"威格拉心想，"虽然简称都是'屠龙学校'，但意思正好相反。"

"茜茜，"埃丽卡问，"你觉得这儿怎么样？"

"可怕！"茜茜说，"这儿老师态度都很恶劣，他们总是要求我们烧东西。还有，你们根本想象不出这儿的老师会布置多少作业。这些作业加起来得有几吨重。"说着她不由自主地打了个冷战。

"伙食怎么样？"安格斯问。

"哦！相当不错！"茜茜说。

安格斯蓝色的眼睛亮了起来。

"但是，除非碰巧你们喜欢壕沟淤泥酱拌草粉。"茜茜补充道，"我是不喜欢。走吧！我带你们去餐厅。但是我得先警告你们不要太乐观。"

第五章
女校长龙诺娃

这个屠龙学校的自助餐厅简直就是他们学校自助餐厅的翻版，只是它更大，大约是他们自助餐厅的十倍，里面挤满了喷火龙。

"我希望泽尔诺克的咒语千万别现在失效。"当他们排队时，埃丽卡小声说道。

"那我们就变成他们的早餐肉了。"安格斯端起了一个餐盘说。

威格拉想到这些头上的龙冠又开始闪烁了。

"是生鳗鱼！"当贼难吃厨师放了一大块东西在他的盘子里之后，安格斯几乎要哭了。

贼难吃厨师用他那橘红的眼睛瞪了一眼安格斯："你在抱怨吗？"

"没有，没有。"安格斯急忙说。

威格拉和埃丽卡也打了一份鳗鱼，急忙追上茜茜，和安格斯来到一班的餐桌。

"这是阿飞，雷雷，"茜茜对一个长着紫色带刺龙冠的小龙说，"他是银光，他是小闪。"

雷雷点了点头，从自己盘子里拿起了一条生鳗鱼，把它抛在半空中，然后从嘴里喷出一股火——咝咝——鳗鱼在空中烤熟了。雷雷伸出爪抓住了它，一口吞了下去。

"哇！"安格斯惊叹道，"你是怎么办到的？"

"我猜，你们在自己以前的学校根本就没有亲自动手烤过食物，"茜茜说，"我以前也没有。在乱七八糟骑士学校我们有一个厨师。饭菜做得香极了！"她叹了口气，喷出的火焰立刻烧熟了她盘子里所有的鳗鱼。

"我得试试这一招。"安格斯吸了口气，把一条鳗鱼扔到半空中，使尽全身力气朝它吹气。但这条鳗鱼还是"啪嗒"一声落回了他的盘子里。

埃丽卡的运气并不比安格斯的好。

接着威格拉抓起一条鳗鱼，放在嘴前朝它吹气。咝——咝——当他喷出火时，他惊讶得扔掉了手中正在燃烧着的鳗鱼。

"哇！"安格斯惊叫了起来，"快告诉我怎么办到的？"

"试着卷起你们的舌头。"威格拉伸出他的舌头给他俩作示范。然后他拿起那条烧熟的鳗鱼抛向空中用嘴接住，咀嚼着。虽然他很不喜欢鳗鱼的味道，但这条鳗鱼吃起来感觉味道非凡。

当他正吃得津津有味的时候，一个东西打在了他的后脑勺上——"啪！"

"对不起，没有伤着你吧？哥们儿！"旁边桌上一条黄黑条纹相间的龙急忙道歉。他头上有个闪耀的黑色龙冠，"我本来是瞄准茜茜的！"

他又试了一下，这次他袭击成功。

"谢谢，的士！"茜茜大叫，"我也有东西要给你。"说着她抓起一把鳗鱼朝他扔了过去。

"食物大战！食物大战！"其他龙在旁边起哄。

"真像我们的屠龙学校。"威格拉一边说一边弯腰躲避一团正飞向一班餐桌的鳗鱼。

"不完全像。"安格斯说。

威格拉明白安格斯的意思。有一团火球正在餐厅里"嗖嗖"地急速穿梭。一把椅子着火了。

一个声音喊道："水龙头！水龙头！"

一条丰满的蓝绿条纹相间的火龙得意洋洋地走向着火的椅子。他吸了口气。哗哗——从他嘴里喷出来的是水而不是火！很快火就被浇灭了。

所有的龙拍手喝彩："干得好，水龙头！干得棒，水龙头！"

"在我以前的学校，我们有灭火器。"茜茜说，
"在这儿，什么都得学生自己干！"

正在这时，威格拉看见了一条长着双下巴的绿色巨
龙，她正站在餐厅前面的讲台上。从她宽大的红色斗篷
的口袋里露出了一本卷成轴的《宝库》杂志。她正用一
双紫色的眼睛盯着学生们看。

"早上好，懒龙们！"她大声问候道。

"早上好，龙诺娃女士！"龙学生们高声齐呼。

"今天谁为我弄到了金子？"这位屠龙学校的女校
长问道。

没有龙举起爪子。

"那么今天没有人为我的宝库掠夺回任何金子？"
她又问。

"没有。龙诺娃女士！"龙学生们齐刷刷地回答。

"那么我猜今天你们没有从屠龙手宝库为我偷到任
何东西？"她继续问。

"没有。龙诺娃女士！"龙学生们仍然齐声回答道。

"听着，懒龙们，"龙诺娃女士咆哮道，"你们这
帮胆小鬼们曾被世上一些最好的学校赶出了校门，所以
你们来到了这所屠龙学校——这里最差的学校，也是你
们最后的归宿。"

一些龙耷拉下了他们长满鳞甲的脑袋。威格拉替他们感到难过。

"在屠龙学校，我们要从你们当中培养出真正的勇士！"龙诺娃说，"我们将教会你们如何去喷火——我不是指现在你们所喷的小火球。我是指能焚毁整个村庄的熊熊烈火！"

一些龙学生们发出了呻吟声。

龙诺娃女士没有理会他们。"我们将教你们如何用火焚烧骑士，如何抢劫，如何掠夺，如何毁灭村庄，如何发现屠龙手们并把他们干掉！干掉！"

许多龙学生们把头垂到了桌子上。看起来他们对做这样的事情没有什么兴趣。

龙诺娃深紫色的眼睛落到了威格拉、安格斯和埃丽卡的身上。

"啊哈，贼难吃厨师说我们又有了三位新学生。"她说，"站起来说说你们是怎样从你们的学校里被赶出来的。"她用下颚指了指威格拉："你先说。"

当他站起来的时候，威格拉的龙冠开始闪烁起来。"我——嗯——是小闪。"他努力寻找着理由，"我——来这是因为我怕血。"他说了个真实情况，然后就坐下了。

龙诺娃女士皱了皱眉，她用干瘪皱巴的爪子摸了摸下巴，说道："我们学校的污血教练专门教授'血液、淤血、内脏课'，我会让他给你补课的。"

威格拉真希望在他未受这些课的煎熬前，泽尔诺克能把他从这个鬼地方及时解救出去。

龙诺娃指了指安格斯。这条蓝龙站了起来，大声说："我叫阿飞，被原来的学校赶出校门是因为我在课堂上吃药葵蜜饯。"

"干得好，哥们儿！"的士大声说道。其他龙学生们也为安格斯拍手喝彩。

"药葵蜜饯？"龙诺娃看上去一副厌恶的样子，"真正的龙只吃猩红辣椒。"

埃丽卡站了起来。"我叫银光，"她说，"我被原来的学校踢出校门是因为我和一个屠龙手交了朋友。"

"你们三个是有史以来被赶到屠龙学校来的最坏的学生！"龙诺娃大声总结道，"你们也许不会喜欢的，但我会使你们成为真正的火龙勇士。喔，对了，我的全名叫'爱财如命的龙诺娃'。"

第六章
值得怀疑的三个小伙伴

午饭后，这三条屠龙学校史上最坏的火龙偷偷地溜了出来。他们藏在城堡二楼的一间空屋里。"克诺尔泽！克诺尔泽！克诺尔泽！"威格拉反复低吟道。

召唤泽尔诺克巫师的办法就是倒着呼唤他的名字。

但是巫师并没有出现。

威格拉耸了耸肩："或许他关掉了召唤器。他洗澡的时候总那样做。"

威格拉正打算再试一次，一条巨大的绿龙从门口探进了脑袋。"我想我听到了这里面有声音。"他说。他的蓝色运动夹克正好与他那双蓝色的眼睛相匹配。他戴了顶宽边帽，脖子上佩戴了一条链子，上面坠着一个银质口哨。"你们是新来的吧？"

他们三个点了点头。

"我是污血教练。"他检查了下他的书写板，"你们现在和我一起走吧。要不然你们上我的防御屠龙手课会迟到。"

院子里，威格拉看到茜茜、雷雷、的士、水龙头以及一帮其他年轻的火龙正在那儿等着。旁边有个稻草人，看起来像一个手拿着木剑的骑士。

"今天我将教你们的是——假如遇到屠龙手偷袭，你们该如何应对。"教练说，"雷雷，你来示范一下快速旋转和喷火。"

"好的！教练！"雷雷呜呜哀鸣道，"我必须这样做吗？"

"别磨蹭了，"污血教练道，"快速跑到稻草人那儿，给我们作示范。"

"那个稻草人是个靶子骑士！"威格拉低声对安格斯和埃丽卡说，"就像我们屠龙学校后院的靶子龙一样。"

"背对稻草人，雷雷，"教练喊道，"他在偷袭你，你该怎么办？"

"跑掉！"雷雷大声回答。他在城堡院里急速飞奔。

"错！不及格。"教练咕哝着，在他的书写板上记了个"不及格"。"你们新来的试一下，阿飞？"

安格斯小跑到稻草人跟前，背对着那个靶子骑士。

"屠龙手正在偷袭你，"教练说，"他正在靠近你。现在快速转身并朝他喷火。明白了吗？"

安格斯点了点头，快速面对靶子骑士，并向他喷出了一团巨大的火球。稻草人的脑袋立刻着火了。

"哦，不！"教练大喊。他吹了吹口哨，"水龙头，快！"

水龙头跳到稻草人跟前，向他喷射了一股水。稻草人已经失去了大半个脑袋，但其他部分并未受损。

教练转向了安格斯。"它只是个靶子骑士，你这个笨蛋！"他吼道，"你应该使用假火。你难道不知道吗？"

"不知道。"安格斯嘀咕道。

污血教练看上去对安格斯的话表示怀疑，接下来他叫威格拉去演示剑鞭。

"剑什么？"威格拉问道。

"哦！得啦，小闪。快点，别胡扯啦！每条龙在离开幼儿园的时候都知道剑鞭是什么。"教练在他的书写板上做了下记录，叫道："茜茜，你来给他示范一下。"

"谁，我？"茜茜吃惊道，"嗯，好吧，伙伴们。看着点。"

她站起来走到稻草人跟前，旋转着，飞舞着她的尾巴，漂亮利索地敲掉了稻草人手中的剑。

这给威格拉留下了深刻的印象。

课后，这三位火龙新生希望能够偷偷溜走，试着再去召唤泽尔诺克。但是，从廊里到教室里全都是熙熙攘攘的火龙学生。

"那会很爽的，阿飞，"当他们去上草包教授的"屠龙手分析课"的路上，的士告诉安格斯，"课上我们可以使用真火焰。"

进了教室，安格斯说："我们坐到最后一排吧。这样，我们就不会被叫起来回答问题了。"

"可是我喜欢坐到前排，"埃丽卡说，"我喜欢回答问题。"

"在这所屠龙学校不行。"安格斯把埃丽卡领到教室的后排座位。茜茜、雷雷、的士及水龙头赶忙坐到安格斯的旁边。从他喷火烧了靶子骑士后，他现在被看成是一名英雄了。

大多数的学生还在乱逛的时候，一条瘦长的淡绿色的龙拿着公文包从门口走了进来。他的脖子看上去比他的身子还长。

"请坐，懒龙们。"草包教授说，"把你们的家庭作业交上来。"

龙学生们磨磨蹭蹭地从笔记本里找着作业，可是没有一个找到了。

"又偷懒了吧？"草包教授无可奈何地摇了摇头。然后他一头扎进公文包里，一阵翻腾，找出了一沓试卷。"我批改了你们昨天的试卷，全部不及格，这在我的意料之中。你们今天一定要认真听讲，或许下次考试你们当中就有人能通过。当然了，这意味着创造历史，一切皆有可能。好了！第一个问题：为什么屠龙手要猎捕龙？水龙头，你来回答。"

"呜——呜——"水龙头支吾道。他抓耳挠腮，故作一副深思状。

"谁能回答？"

没有爪子举起来——除了埃丽卡。

威格拉瞥了一眼埃丽卡。他知道要想让她不举手——不，现在是爪子——是一件很难的事情。

"屠龙手们屠龙是为了得到龙的金子，并把金子吃掉。"草包教授自问自答。

威格拉、安格斯和埃丽卡面面相觑，迷惑不解。

"下一个问题，"教授继续问，"屠龙手们在脖子上挂个口袋是为了什么？"

"脖子上挂个口袋？"安格斯低声道，"他在说什么？"

"屠龙手们收集龙牙以示好运，"草包教授自问自

答，"他们把龙牙放到一个小口袋里。"

威格拉简直不敢相信自己的耳朵——不过，现在它们只是他的脑袋两边的两个小洞。

"第三个问题，"草包教授接着问，"说一下若一位屠龙手尾随在你的身后，吓跑他的最好的办法是什么？的士，你来猜一下。"

那条黑黄条纹相间的龙耸了耸肩说："吓唬他！"

"牵牛花，"草包教授纠正道，"一阵牵牛花的香气会使屠龙手神志不清。"

"什么？"埃丽卡忍无可忍地跳了起来。

威格拉和安格斯试图把她按回座位，但为时已晚。

"啊！一位学生有问题。说吧！是什么问题？"

"屠龙手们不吃金子，"埃丽卡说，"他们花金子。"

火龙学生们目瞪口呆。威格拉的龙冠开始闪动起来。他真希望埃丽卡能够住嘴。

"屠龙手们不收集龙牙。"她继续说，"也没有任何屠龙手闻到牵牛花的香味会晕倒。你说的全不对。"

"噢，是吗？"草包教授微微一笑。然后他大声说道，"清理课桌！开始考试！"

"哦，不！"龙学生们一致抗议。

"不要怪我。"草包教授一边说一边把试卷重重地拍到每个龙学生的课桌上，"要怪就怪后排坐的那条龙吧。她认为自己很了解屠龙手。"

几条龙从座位上扭过头来，恶狠狠地瞪着埃丽卡，对她仇视有加。

草包教授走到最后一排，弯下腰靠近埃丽卡说："你有很多地方值得怀疑，银光。"他的眼睛同时瞟向威格拉和安格斯，"还有你的朋友。我会查清楚是怎么回事的。"

"我说的都是事实，"下课后埃丽卡低声对她的朋友们说，"谁能想到草包教授不高兴呢？我们在这儿不会待太久了。吃午饭时，趁大家都在餐厅的时候，我们就去召唤泽尔诺克，他会把我们从这里救出去的。"

下节课是火焰课。教室里到处都是水桶和灭火器。威格拉坐到了安格斯和埃丽卡的中间。

"欢迎来上火焰课！"一条沼泽绿的火龙问候道。他的脑袋疙疙瘩瘩的，上面长着一对焦黄色的角。

"向新同学介绍一下，我是鬼火龙焰。你们的老师。"

"龙焰"这个词威格拉觉得从哪里听说过，可是究竟是在哪里呢？

"喷火是龙的杀手锏。"鬼火龙焰继续道，"我们龙之所以出名，就是因为会喷火。要不然我们怎么会有

'喷火龙'的美称呢？"

威格拉用肘轻轻地碰了碰埃丽卡，小声说："我好像从哪里听说过'龙焰'这个名字。"

"嘘，安静一点！"埃丽卡说，"我想听听喷火的事。"

"在我们练习喷火之前，"鬼火龙焰说，"我想让你们专心学习一下如何喷火，这样你们喷出的火焰才会有杀伤力。"他咧嘴一笑，露出了满嘴青苔般的绿茸茸的牙齿，"你们若遇到了世界上最凶狠的屠龙手会怎么办？"

"跑掉！"雷雷大声说道。

"求他饶命！"茜茜说。

"交出我所有的金子。"的士说。

"用用你们的大脑，懒龙们，"鬼火龙焰说道，"你们若遇上了世界上最邪恶残暴的屠龙手，你们该怎么办？"

"嗯——"的士说，"说服他不要杀我。"

"怎么说服？"鬼火龙焰问，"你们应该向他喷火，用火烧他，烤他。哈——那样就会让他醒醒，知道我们的厉害了！"

威格拉猜鬼火龙焰对这个假想似乎非常兴奋。

"现在，孩子们，"鬼火龙焰继续说，"请你们告诉我，世界上最邪恶的、最残暴的屠龙手叫什么名字？"

　　所有的龙学生们齐声高喊："大头针村的威格拉。"

第七章
中止的飞行课

威格拉的龙冠闪动着，他感到浑身冰凉，血液凝固，他从来没有如此害怕过。安格斯紧紧握住了威格拉的一只爪子，埃丽卡也紧紧握住了他的另一只爪子。

鬼火龙焰在说什么？威格拉不明白。他，大头针村的威格拉，怎么会成为全世界最邪恶的屠龙手？

突然，他想起来了。

"我知道我在哪儿听说过这个名字了，"他低声说，"塞莎龙焰！"

塞莎龙焰是塞莎的全名，她是一条极坏的龙。她的儿子戈兹尔像她的妈妈一样令人可憎。

威格拉杀了戈兹尔——当然，是意外。然后，塞莎就来找威格拉复仇。

那是一个可怕的下午，他被塞莎的爪子紧紧抓着。

一想到这，他就不由自主地颤抖个不停。他对被塞莎悬挂在护城河上空的经历依旧心有余悸。他被吊着不停地来回晃荡，这令他头晕目眩。他不得不拔出了藏在靴子里的匕首。但是一想到要真的去刺伤任何生灵——哪怕是塞莎——都会使他感到很难过，因此他就扔掉了匕首。但是匕首尖恰好碰到了塞莎的脚趾，这使得塞莎跌落到了护城河里，沉到了河底。因此，从某种程度上来说，是威格拉杀了塞莎。

"塞莎有很多很多的孩子。"安格斯说。

"3684个。"埃丽卡补充道。她擅长数字记忆。

"鬼火龙焰一定是其中的一个。"威格拉咽了咽口水。他一动不动地盯着这条愤怒的龙。这条龙在教室前面不停地大声嚷嚷，破口大骂。鬼火龙焰长得像塞莎。他们有着同样的沼泽绿的鳞甲、焦黄色的角、黄色的眼睛和青苔般的绿茸茸的牙齿。

"我们快召唤泽尔诺克吧。"埃丽卡低声说道。

"一下课就召唤。"安格斯点头。

威格拉知道他的朋友试图使他保持镇静，虽然他们看起来也同样被吓坏了。然而，现在什么都不能干，只能坐在这里听鬼火龙焰不停地声讨他。

"如果让我找到了威格拉，我会把他的脑袋揪下来！"鬼火龙焰继续说，"我会痛击他！我会撕碎他！

我会把他钉在肉叉上，烧烤他！"

上帝啊，求你了，千万别让泽尔诺克的咒语现在消失！威格拉在心里不停地在祈祷着，而此时鬼火龙焰正给学生演示如何喷出绿色的火焰。

"太酷了！"安格斯感叹着，喷出了一串火花。

"棒极了！"埃丽卡称赞着，也吐出了一串火花。

"试一下，威吉。"埃丽卡说。

"我快被吓死了。"威格拉低声说道。

突然，鬼火龙焰站到了他的桌子旁边。

"你还在等什么？"鬼火龙焰问，"你喷的火花在哪儿？"

"在……在这儿。"威格拉喔喔地说着，但是并没有火花喷出。

鬼火龙焰皱了皱眉头。"你知道吗？"他咕哝道，"一条龙若不会喷火是一件多么可怕的事情。"他摇了摇头，走开了。

"振作一点，威格拉，"埃丽卡为威格拉鼓劲道，"我们很快就会离开这儿的。"

"越快越好。"威格拉说着喷出了第一朵火花。

终于，鬼火龙焰说："现在下课了。祝你们好运！再见！"

威格拉是第一条冲出教室的火龙。

"快点！"他催促道，当埃丽卡和安格斯终于随着龙群走出教室，"我们必须去召唤泽尔诺克。"

"嘿，威格拉……唉！我想……我的意思是……小闪？"安格斯支支吾吾地说，"我们再上一两节课吧！"

"什么？"威格拉吃惊道，"不！"

"好了，威格拉，"埃丽卡哀求道，"求你了。下节课是飞行课。一旦泽尔诺克把我们变回去，我们就不会飞了，再也不会了。这是我们学习飞行最后的机会了。"

威格拉叹气道："唉，好吧。我想再多待上一两节课也不会有什么大碍。"

飞行课是在城堡的院子里上的。威格拉一眼就认出了老师。他身材苗条，举止优雅。浅绿色的鳞甲配有银色的龙冠、银色的爪子及银色的后鳍。头顶正中是一对圆溜溜的大眼睛。

"你好，艾老师！"茜茜一边说一边向他跑去，"你见过新来的学生了吗？他们是银光、阿飞和小闪。"

"我是艾云翔。"老师自我介绍道，"你们做好花样飞翔的准备了吗？"

"准备好了。"安格斯答道。

艾云翔微微一笑，"那就让我们看看你们的表现吧。"

安格斯舒展了一下翅膀，飞了起来。他连续飞了两圈。身子在空中摇摆了几下，下坠了几英尺，不过还是努力保持住了平衡，最后成功地着陆。

"我飞得怎么样？"安格斯气喘吁吁地问道。

"以一个学前班的标准来说，还不错。"艾云翔说，"不过那还算不上一条火龙在飞。"

安格斯的脸红了。

"茜茜，"艾云翔喊道，"展示一下你的本领。"

"哦，不，艾老师，"茜茜低声哀求道，"我就没必要炫耀一番了。新来的学生事事落后。他们以前的学校一定很糟糕，可这不是他们的错。"

"茜茜——"艾云翔没理会她的同情心。

茜茜无可奈何地叹了口气。威格拉和其他学生一起观看着茜茜展翅高飞。

她先做了几个腾空向前翻的动作，然后是一个旋转向后连续空翻，接着又做了一个垂直向下俯冲的屈体动作。

最后，她展示了一系列真正高难度的动作后，轻巧利落地先用后腿着地，平稳地降落在地面上。

"太精彩了！"埃丽卡惊叹不已。

"同学们，你们先做短跑活动，热热身，为接下来的五十米空中赛跑作准备。"艾云翔说，"我想先和这几位新同学谈谈。"

威格拉的龙冠报警似的闪烁不停。是不是艾云翔怀疑我们不是真正的龙？

但艾云翔的注意力已经转向了城堡。龙诺娃女士正笨重地下着台阶向院子走来。追公一摇一摆地陪着他。旁边还有一条巨大的橙色龙，他步态蹒跚，背上驮着许多鼓鼓囊囊的袋子。在他们之后是成群结队的龙学生和龙老师们，他们正从城堡的大门里蜂拥而出。

"艾云翔先生，"龙诺娃女士对飞行老师喊道，"今天上午剩下的课取消了。我们有特殊情况。"

伴随着龙冠的闪烁，威格拉的心也在怦怦地猛烈跳动着。难道他们已经识破了我们？

龙诺娃女士指着威格拉、安格斯和埃丽卡大声叫道："新学员，靠墙站好，赶快！"

此时，威格拉已经被吓得头脑发晕，不知方向。他随着安格斯和埃丽卡走到高高的石头城墙下站好。

这条巨大的橙色龙会是个刽子手吗？他们会不会把我们交给火龙队处置呢？

"他们识破我们了！"威格拉低声说道。

"我们死定了！"安格斯哀声道。

"威格拉！"埃丽卡着急地说，"快召唤泽尔诺克！"

第八章
身份暴露

威格拉开始反复吟唱："克诺尔泽！克诺尔泽！克——"

"会闪的那个，"龙诺娃大声叫道，"闭上你的嘴。"

威格拉念了一半，停下了。

"其余的人，到那边排队。"龙诺娃挥舞着胳膊指挥着，"小个在前，大个在后，按体操队形排列。老师们站到最后一排。"

他们要干什么？现在整个学校的师生都背对墙站着。

"这是老滑头先生。"龙诺娃朝那条橙色的龙点了点头，"他记错了我们学校的画像日，提前一天到了。所以我们今天就进行画像。"

威格拉紧绷的神经松了下来。原来仅仅是学校画像日安排的一次全体速画像活动。

"老滑头先生画得非常快，"龙诺娃接着说，"但你们必须保持安静，否则你们将不能被画入画像中。一起说'壕沟草'。"她坐在了人群正中的一张王座般的椅子上。

威格拉他们三位新来的学生安静地站着，和其他人一样微笑着。终于，老滑头先生从他的画板上抬起头来说："好了。"

"谢谢，老滑头先生。"龙诺娃女士说着，站了起来。"你们的父母替你们买了个人画册的学生留下，其他人可以去吃午饭了。"

"噢！真的！好家伙！"安格斯说着冲向了城堡，埃丽卡和威格拉紧随其后。

当他们到了自助餐厅时，才发现他们是仅有的三个没有留下来画个人像的学生。

"我们坐得近点。"安格斯在一班的桌子旁坐下后紧张地说，"我想他们已经发现我们是假的了。"

"我也这么想，"埃丽卡一边说一边伸手拿胡椒，"但是他们是怎么发现的呢？我们做了其他学生做的每一件事。我们似乎已经完全融入他们当中了。"

威格拉往嘴里塞了一大口黏糊糊的草粉。突然，他有一种奇怪的感觉——他感到自己正在被人盯着。

他抬起头来向上看，看到的情景差点令他喘不过气来：他们的桌子前面站着龙诺娃女士、污血教练、草包教授、鬼火龙焰以及艾云翔。这几位身上长满鳞甲，个子巨大的龙老师们正满脸怒容地俯视着他们。

威格拉闪烁不停的龙冠使得安格斯和埃丽卡也抬起头向上看。

"噢——"安格斯惊叫道。

"我刚从你们任课老师那里听到了一些关于你们的趣事，小伙子们。"女校长说。

"阿飞，污血教练说你差点儿烧了用来上课的稻草人。小闪，我听说你竟然不知道剑鞭是什么。"

"我们原来的学校很糟糕。"安格斯摇着他的脑袋说，"我们从以前的学校里什么也没学到。"

"那是一所什么学校？"鬼火龙焰问。

"噢——叫小、小不点学校。"安格斯结结巴巴地说，"非常小。没有人听说过它。"

威格拉非常佩服安格斯的镇定。但是，他能够坚持多久而不露马脚呢？

"那个……"草包教授用爪子指了指埃丽卡说，"是一个捣蛋鬼。"

"他叫什么名字？"鬼火龙焰指着威格拉问，"他竟然不会喷火。他身上有很多地方令人怀疑。"

"还有，阿飞。他飞行的样子像两岁的幼龙。"艾云翔补充道。

龙诺娃女士那双深紫色的眼睛气得都鼓了出来。"你们不是真正的龙，"她气鼓鼓地说，"你们是冒牌货。"

"什么？"安格斯故作惊讶，"不，我们是龙。看，龙甲、龙角，还有尖尖的龙牙。"安格斯咧了咧嘴，甚至笑了笑。

"我们会知道的。"鬼火龙焰说，"我们将对你们进行一次真假龙的测试。"

威格拉的龙冠开始飞速地闪动起来。

"说出这首诗的最后一句，所有的龙仔学生都知道。"草包教授唱道：

> 玛丽龙有一只羔羊，
>
> 有一只羔羊，有一只羔羊，
>
> 玛丽龙有一只羔羊……

这些龙老师们都伸长了脖子等着他们说出下一句。

威格拉耸了耸肩。埃丽卡惊慌失措。

安格斯胡乱地编道："它的羊毛像雪一样的白。"

"错！"草包教授大喊道，"是'用来作为早餐、午餐和晚餐。'"

威格拉咽了咽吐沫。他们怎么能通过这次测试呢？

"好、好、好！"鬼火龙焰又唱道：

小小星星亮晶晶，
数来数去数不清。
小小龙娃仰头望，
你说星星像什么？

这一次，安格斯耸了耸肩，埃丽卡也摇了摇头。

威格拉试了试运气，说道："像亮晶晶的钻石。"

"什么？"鬼火龙焰叫嚷道，"错！像小小龙的小火花。"

鬼火龙焰的脸凑近威格拉，威胁道："你究竟是什么人？"

"快叫泽尔诺克，威格拉！"埃丽卡急忙嚷道。她说完忙用龙爪捂住自己的嘴，"我是说，小闪。"

"威格拉？"鬼火龙焰的黄眼睛瞪大了，"威格拉，威格拉是你的名字？"他一把抓住威格拉的前腿使劲地掐着，"你是大头针村的威格拉？"

"一定是咒语！他们不是龙——他们是屠龙手！"龙诺娃恍然大悟，惊恐万分地大叫道。

"哎哟——"鬼火龙焰的龙爪深深地掐进了他的肉里，威格拉痛得大叫起来。

"我一直在等待着这一时刻，"鬼火龙焰怒吼着，"自从你杀了我亲爱的妈妈——塞莎龙焰。"

"我绝对不是有意的。"威格拉为自己申辩道。

"你还杀了我弟弟！"鬼火龙焰大叫着。

"那也是一场意外。"威格拉急忙解释道，"我发誓。"

鬼火龙焰继续使劲地掐着威格拉，问道："还有，那个泽尔诺克，他是个巫师吗？"

威格拉点了点头。

"这么说，是那个巫师施了咒语。把你们一、二、三——三个人全变成了龙？"

威格拉又点了点头。因为频繁地点头，他都开始有些发晕了。

"我明白他们为什么看起来那么不对劲了。"龙诺娃恍然大悟。

鬼火龙焰激动地笑道："等着瞧吧！我的兄弟姐妹们很快就会得知，大头针村的威格拉，世界上最邪恶的屠龙手，现在被囚禁在屠龙学校了！"他大叫着，"我这就去叫他们——3682条龙。哦！太有趣了！他们每人从你身上撕一块肉的话，会把你撕成3682块碎片。"

第九章
地牢逃生

屠龙学校的地牢闷热极了，空气中弥漫着腐烂发霉的恶臭。在墙的高处，接近屋顶的地方，有一个小小的栅栏窗户。威格拉看到一只蜘蛛，它足足有西餐盘子那么大，在墙上爬来爬去。

威格拉的腿被铁镣铐紧紧地铐着，动弹不得。更糟的是，他的嘴也被镣铐紧紧地勒着。如果他能咬到一点点镣铐就好了！或许他能把它咬断！

埃丽卡和安格斯被铐在地牢对面的墙上。埃丽卡被堵住的嘴里不住地发出咕哝声。威格拉猜想她一定在说一些抱歉懊悔的话——为自己失口叫出威格拉的名字感到非常的懊悔！谁能知道塞莎的3683个孩子会怎么折磨他们？

万幸的是，事情出现了转机——他的嘴竟然咬到了镣铐。只听"啪"的一声，镣铐掉到了地板上。

威格拉活动了一下嘴唇，然后快速地反复低吟道："克诺尔泽！克诺尔泽！克诺尔泽！"

一股小小的云状蓝烟出现了。

烟雾越来越浓，最后充满了整个地牢。威格拉憋得快要透不过气来了。他在烟雾中看到了泽尔诺克的身形。泽尔诺克摘掉了他的尖顶帽子，把帽子倒扣过去，喊了声："进来！"烟雾很快就钻到了帽子里面，消失得无影无踪了。

看到有三条火龙被铐在地牢的墙上，泽尔诺克的眼睛瞪得大大的。

"是你们在召唤我吗？"他大声嚷道。

"是我，威格拉。你在我们身上胡乱地使用了'翅膀咒语'，还记得吗？"

"啊——是你，威格洛普！"泽尔诺克醒悟过来，拍着脑瓜说道。他这一回又念错了威格拉的名字——他从来没有念对过。

威格拉抖动了一下身上绑着的铁链说："你能帮我们离开这儿吗？能把我们再变回老样子吗？"他继续说道，"要快！足足有3683只火龙正怒气冲冲地赶往这里，要来找我报仇呢。"

"有那么多？"泽尔诺克吃惊地说，不停地用手敲打着他的下巴颏儿，思索着，"有了，首先，我得让你们摆脱铁链。"泽尔诺克从袖口里掏出了魔杖，开始唱道：

"挥舞我的魔杖！"

巫师轮流在每条龙前挥舞着他的魔杖。

"穿过我的眼睛！"

泽尔诺克直直地轮番盯着每条火龙，几乎挨到了他们的鼻尖上。

"在我面前都缩小！"

和以前一样，泽尔诺克施咒语时，威格拉感到一阵头晕目眩。他感到铁链从身上掉了下去。泽尔诺克停止了念咒。威格拉环顾了一下牢房的四周。他从来都没有注意到这个牢房是如此的巨大。巫师在哪儿？为什么牢房地板中央有两只硕大的鞋？

"威格洛普？"一个声音从上方传来，遥远的上方。威格拉抬头向上看。他看到巫师像座巨大的山一般高高地耸立在他的上方。

"威格拉！"一条银色鳞甲的龙蹦蹦跳跳地跑到了他的面前，"泽尔诺克把我们缩小了。"

一条蓝色的龙在她的旁边说："我们和蜥蜴一样大！"

"泽尔诺克！"威格拉愤怒地嚷道，"别再玩了！"

"什么？"泽尔诺克用低沉的声音说，"你的意思是我的咒语又出毛病了？不，这次不会的。我就是想把你们变小。'铁链断开'咒语非常复杂，如果我念那个咒语的话，估计解不开你们的铁链，那样对你们来说就不好了。哎呀，过道里有脚步声，一定是有人来了。我得先走了，祝你好运！"

话音未落，蓝烟一闪，巫师消失了。

的确，外面传来"噔噔噔"的脚步声——那脚步声听起来不像几个人的，不，简直像是大兵压境，声音越来越近，震耳欲聋。

三只小龙你看看我，我看看你，吓得全身不敢动弹——他们听到了龙的咆哮声。

"这儿有个老鼠洞！"威格拉最先冷静下来，指着墙边一个黑乎乎的小洞尖叫道，"快！"

三只小龙"嗖"的一声冲进了老鼠洞里。真是及时！安格斯刚把尾巴拉进发霉的老鼠洞里，地牢的门就"嘎吱"一声开了。

"啊？人呢？"鬼火龙焰大声嚷嚷道，"怎么都不见了？"

威格拉、安格斯和埃丽卡紧紧地抱成一团。他们从老鼠洞里所能看到的是许许多多的龙爪。

"我想他们一定召唤来了那个巫师，"鬼火龙焰怒

气冲冲地说道，"他们不可能跑太远。不管他们变成什么，我们一定会找到他们的。"

威格拉听着"噔噔"的脚步声逐渐远去了，才长长地舒了口气。他知道假如下一次再碰上鬼火龙焰，一定得设法逃脱——不过，那当然是下一次的事了。

"救命啊！"安格斯突然尖叫起来，飞快地冲出了老鼠洞。

威格拉猛地转过身，看到三只硕大的老鼠站在他的身后。

"别怕，我们可以打败他们！"埃丽卡大叫道。

"噢，嗨，不！"最大的那只老鼠说，"我们不想打架。"

"哦，好的，"威格拉说，"我们也不想。"

"有面包屑吗？"较大的一只老鼠问道。

"对不起，没有！"威格拉抱歉地说道，"我们只是临时在这儿避难的，马上就要离开了。非常感谢你们的避难所。"

"不客气。"最小的那只老鼠说，"祝你们好运。"

"窗户！"埃丽卡激动地大叫，"我们非常地小，小得足以穿过那个栅栏。"

威格拉和其他两条小火龙舒展了一下翅膀，拍打着飞上了窗户，飞出了栅栏。

他们在那儿盘旋了片刻，稳定了一下情绪，最后恢复如常。

"我们飞回屠龙学校吧。"安格斯建议道。

"但是我们太小了，"埃丽卡说，"我们不可能飞那么远。"

就在这时，一个庞然大物向他们疾驰过来。

"小心！"威格拉大叫道——庞然大物很快就要撞到他们身上了，三人定睛一看，是茜茜。

"哇塞！"茜茜惊叫道。在就要和威格拉他们相撞的最后一刻，她一个急转身，灵巧地避开了。"嗨！伙伴们！你们看起来怎么这么小？"

"我知道我们很小，"威格拉说道，"听我说，茜茜——"

但是茜茜并没有听威格拉继续往下说。她对飞行班的其他龙学生喊道："嗨，伙伴们！快看，阿飞、银光、小闪在这儿。"

"茜茜，不！"威格拉急忙阻止她。

但是地面上的所有的龙都听到了——包括艾云翔。

"抓住他们，茜茜！"艾云翔喊道，"他们不是真正的龙。他们是屠龙手扮的！"

"哈哈，艾云翔先生，你在开玩笑吧！"茜茜不信。

"不是开玩笑！"艾云翔喊道，"他们逮着机会就会把你杀了。我们把他们抓起来，关进了地牢里，但是他们却逃出来了。快点，同学们！"他展开他那双巨大的翅膀腾空而起。班里的学生也紧随其后飞了起来。

"哇！"茜茜又飞了起来，"我被骗了。"

威格拉他们在空中使劲地扇着翅膀往前飞——他们全都吓坏了。艾云翔和班里的每条龙都在急速地追赶着他们。不一会儿，威格拉与安格斯和埃丽卡飞散了。威格拉感到全身肌肉疼痛，疲惫不堪。他还能坚持多久呢？

威格拉知道他头顶上闪烁的龙冠就像一个报警信号，似乎在对那些追赶他的龙说："来吧，来抓我吧！"他必须降落了，得找个地方躲起来。可是往哪儿躲呢？

就在他不知所措的时候，突然间，一个巨大的爪子抓住了他。

现在，他什么也做不了。他，大头针村的威格拉，现在是个失败者，或许是个将死之人。

那条抓住了威格拉的龙落地了。它松开了爪子。威格拉感到自己又能正常呼吸了。他抬头往上看，想弄清楚自己究竟是被哪条龙捉住的。

"茜茜！"他尖声惊叫道。

"是我。"茜茜点了点头说。

威格拉看到安格斯和埃丽卡在她的另一只爪子里。

"别把我们往上交，茜茜，"威格拉哀求道，"我们的确是屠龙手。但是我们不想杀任何龙……我们是你的朋友！"

"你说的是真心话吗？"茜茜有些怀疑。

"绝对是！"威格拉、埃丽卡和安格斯异口同声答道。

"嗯！朋友就是朋友，不管发生了什么，都是朋友。"

茜茜把他们放到了一个上面有很多通风口的高架子上。

"你们待在鸡舍里，别出去。我会回来找你们的。"

"谢谢你，茜茜！"当她飞出鸡舍时，威格拉和他的伙伴感激地说。

"我要召唤泽尔诺克。"威格拉说。

"忘了他吧，"埃丽卡说，"我打算直接找他的上司，巫师的头儿——奇奇默。他才是我们要找的人！"

她开始倒着呼唤奇奇默的名字：默奇奇！默奇奇！默奇奇！

第十章
落空的贪念

一股龙卷风般的红色烟雾出现在了鸡舍里。鸡被吓得咯咯地叫个不停，纷纷逃离了鸡舍。三条小龙从架子上飞了下来，迫不及待地去欢迎咒语界法力最强大的巫师——奇奇默。

从飞速旋转的红色烟雾中，走出了一个——婴儿！他穿着一件红色的巫师长袍，戴着一顶红色的巫师帽。但是这些衣物对他来说太大了。他还在吮吸着大拇指呢！

威格拉吃惊地喘了口气说："奇奇默，是你吗？"

"嘻嘻嘻！"一看到三条小龙，婴儿哇哇大叫起来。他追赶着他们，还用胖乎乎的小手一把抓住威格拉，放在手心里把玩起来。

"住手！"威格拉叫嚷道，"我快窒息了。"难道他刚逃脱了3683条龙的追杀，却要死在一个婴儿的手里吗？

"快放手，小宝贝！"埃丽卡着急地喊着。

"不！"那娃娃正玩得高兴呢，连声说，"不、不、不！"

突然，一股蓝烟出现了。泽尔诺克从里面走了出来。

"烦死人了！"泽尔诺克大声嚷着，"你们真会挑时间！我正要给奇奇默念还原咒，你们却把他召唤到这里来了。"泽尔诺克从他的口袋里掏出了一根很大的红色棒棒糖，递给了那娃娃。那娃娃一把抓住棒棒糖，把威格拉扔到了地上。

威格拉晃动了一下翅膀，往上拉了拉龙冠。"你能给我们念还原咒吗，泽尔诺克？"威格拉急切地问，"我们在这儿遇到大麻烦了。"

"怎么不能呢？"泽尔诺克自信地说，"挨着奇奇默站着，我可以把你们一起搞定。"

小龙们急忙跑到婴儿奇奇默旁边，挨着他站好。

泽尔诺克朝着他们伸出了他粗壮的手指，开始念咒：

在我的咒语前你们是什么样子，

在我的咒语后你们将恢复原样。

当我倒数完十个数字，

你们就再现原来的面貌。十！九！

威格拉突然感到一阵眩晕。

"八！七！六！"

他感到自己的整个身体在变大，形状在改变。

"五！四！三！二！一！"

威格拉感到一阵晃动。他向下看了看，发现自己又有了胳膊、手、腿、脚——他又是个男孩了。安格斯和埃丽卡也恢复了原样。他们的身边，还站着一位年迈的、身材高大、长着白胡子的巫师——奇奇默。

"啊！我又是我自己了！"奇奇默激动得大叫起来。他随手给了泽尔诺克一个巴掌，"泽尔诺克，在下一次巫师大会上我想让你……"

"是作报告吧？对吗？奇奇默？"泽尔诺克急切地问，"让我现身说法讲一下我怎样施还原咒的？"

"不，是负责打扫卫生以及干我所能想到的最脏最累的活儿！"

泽尔诺克的头耷拉下去："好的，头儿，"他低声咕哝道，"我随时听候您的吩咐。"

"我想我们该走了，"奇奇默说，"准备好了吗，泽尔诺克？"

"准备好了，头儿。"泽尔诺克答道。

"等等！"威格拉急忙大叫，"等一下！你们得帮我们离开这儿。"

但是，太晚了！威格拉发现自己是在对着浓浓的红蓝烟雾喊话——奇奇默和泽尔诺克已经消失不见了。

随着烟雾的消失，威格拉看到一束光亮。鸡舍的门"嘎吱"一声开了，茜茜跑了进来。

"你们好吗，伙伴们？我有办法了。"她低声说道。

但是她还未来得及往下说。龙诺娃女士冲了进来。她一眼就看见了威格拉、埃丽卡和安格斯。"小东西，真的是你们！"她咬牙切齿地说道。

通过敞开着的门，威格拉看到，在龙诺娃的身后，城堡的院子里，挤着数千条龙——他们全都是塞莎的孩子。

龙诺娃一脚踢开了门。她死死地盯着三位小屠龙手，问道："屠龙手从龙那里偷了大批的金子。"她放低声音问，"告诉我，你们把它们藏在哪里了。快说！要不然我就把你们交给那帮无法无天的家伙，他们可全都是塞莎的龙仔。"

"我们……我们身上没有带金子。"威格拉急切地想说点什么或做点什么，以免被带到院子里，"我们是在去隐士哈里小屋的路上被变成龙的。我们到那里是为我们的校长取'梦想成真'的。"

"'梦想成真'是什么东西？"龙诺娃问道。

"是点金宝盒。"埃丽卡补充道。

"能把任何东西都变成金子。"安格斯说。

龙诺娃女士鳞状的眉毛向上挑了挑，两眼闪闪发光，问道：“都变成金子？”

威格拉点了点头：“对，是免费的，不过只限于本周。”

“是一次优惠试用活动。”安格斯补充道。

“一周之后，你如果不满意——”埃丽卡咽了一下唾沫继续说，“可以无条件退货。”

龙诺娃女士想了想说道：“如果能有这么一个点金宝盒，我是不会介意的。”

“我们可以帮您搞到一个。”威格拉大献殷勤。

“真的吗？”龙诺娃的眼睛亮了起来。

“我们现在就出发。”威格拉提议道。

“茜茜，带他们一程，去隐士哈里的小屋。要快！赶在优惠活动结束之前。快去吧！哇！想想，一周之内，我就可以把整个城堡变成金子了！”

威格拉、埃丽卡和安格斯骑到了茜茜的背上。他们紧紧地抓着她，从一座座高山上面飞过。威格拉发现他更喜欢骑着龙飞翔，而不是变成一条龙。

突然，安格斯用鼻子嗅了嗅，问道：“什么味道，这么难闻？”

威格拉向下看了看。在他们的下方，有个简陋的小屋，屋外排了一支长长的队伍。

"是哈里的小屋。"他兴奋地说。

茜茜降落在了小屋附近。

"伙伴们，你们知道的，"茜茜说，"我自己不能去取点金宝盒，否则会引起人们的恐慌，把他们都吓跑的。"

茜茜在无名沼找了一个地方躲了起来。威格拉、埃丽卡和安格斯去排队。离小屋越近，他们发现味道就越难闻。终于，轮到他们了。一头乱发、全身脏兮兮的隐士站在了他们面前——他可能从来没有洗过澡，换过衣服，恶臭是从他身上散发出来的。

"你们要什么？"哈里问。

"请给我们两个'梦想成真'点金宝盒。"威格拉迫不及待地说。

"这儿有一个。"哈里把点金宝盒递给了威格拉，威格拉把它交给了安格斯。安格斯离开队伍，跑到无名沼把宝盒交给了等在那里的茜茜。威格拉和埃丽卡继续排队等着哈里去取另一个宝盒。但是就在哈里把宝盒往他们那儿递的时候，锣声响了起来。

"啊！时间到了！"哈里说，"优惠活动结束了。"

仍在排队等候的人群中顿时爆发出一阵抱怨声。

"你们仍然可以得到点金宝盒！"哈里对失望的人

群喊道，"只不过，你们需要付点钱给我。"

"莫德雷德想要一个宝盒，"威格拉说，"不过他不可能花钱买的。"

"嗯！但他可以用宝盒变来的金子付款，"埃丽卡对哈里说，"我们买一个。"

"好的，账单在盒子里面。"哈里说着递给他们一个宝盒。

威格拉和埃丽卡走到了沼泽潭边。安格斯已经设法把宝盒绑到了茜茜的背上。

"再见了，伙伴们！"茜茜向他们告别，"以后你们会回来看我们吗？"

"估计不会，因为实在是太危险了。"威格拉遗憾地说，"鬼火龙焰正等着抓我呢！"

"嘿！或许有一天我和的士、雷雷会去看你们的。"茜茜说。

"那对你们来说也太危险了。"威格拉说，"我们的屠龙学校就是专门屠杀火龙的学校。"

"好了，伙伴们，"茜茜说，"我想我们会有办法见面的。"她挥了挥爪子，展翅飞走了。

威格拉、安格斯和埃丽卡望着她逐渐从他们的视线里消失。

"糊涂！"安格斯后悔地说，"我们应该让她带我们一程。"

埃丽卡也很后悔，说道："我们怎么早没想到呢？现在我们只能走着回去了。"

威格拉拿起了宝盒。这个宝盒惊人地轻巧。"我们走吧！"他说道。

夜幕降临了，他们艰难地穿过黑森林，走了整整一夜。黎明时分，他们回到了屠龙学校。威格拉感到又累又饿。但不管怎样，他们终于回来了——没有比这更令人高兴的事情了！

城堡是多么地小啊！他们来到了莫德雷德的办公室。安格斯敲了敲门，叫道："莫德雷德舅舅，我们取回了'梦想成真'牌点金宝盒！"

门突然间开了。"你们怎么这么久才回来？干什么去了？"莫德雷德一把抢过安格斯手里的盒子，一边撕开盒盖一边怒气冲冲地问。

威格拉对盒子里装着什么感到十分好奇，伸长了脖子去看——他看见莫德雷德从盒子里取出了一支管子和一个袋子。

"这就是'梦想成真'牌点金宝盒吗？"他焦急地问。

威格拉看见管子上贴着一个标签：胶水；袋子上贴着：闪光物。莫德雷德解开袋子上的绳子，掏出了一把闪光的玩意儿——是一些金色的碎纸片。

原来，点石成金的办法就是用胶水把金色的纸片贴到想要变成金子的东西上，让它们看起来像金子。

"这是什么破玩意儿？"莫德雷德气得暴跳如雷，"它们只是些一文不值的废纸！唔，这是什么？"他又从袋子里倒出一张卡片。"什么！是一份账单！"莫德雷德看着账单，眼睛立刻像蛤蟆一样鼓了起来。"上面说我欠了哈里三块黄金，如果他在本周末不能得到它们，他就会放一群猎犬来找我。"

莫德雷德恶狠狠地盯着威格拉三人。

"你们三个帮我还掉那些欠哈里的金子！"他大吼道，"滚到厨房去。马上！那儿的碗碟已经堆成山了，正等着你们去洗呢。快去！滚！滚！"

威格拉、埃丽卡、安格斯转身跑出了校长办公室。

"至少我们赶上了吃早饭。"安格斯欣慰地说，"我打赌我第一个到餐厅！"

"你没机会了。"埃丽卡说完撒腿就跑。

威格拉也不甘落后，风驰电掣般地追了上去。破天荒头一次，他急不可待地想去吃一份煎锅厨师做的鳗鱼餐。

扫一扫，关注"**小读客经典童书**"微信，
第一时间获取新书书讯，更有精彩好书、各种福利疯狂送！

孩子读点什么好，问问读客小熊猫！

小读客经典童书，传播爱与价值，
致力于出版最优秀的儿童文学和绘本！

图书在版编目（CIP）数据

乌龙魔法师的咒语 ／（美）凯特·麦克马伦著；
（美）比尔·巴索绘；丁美其译. -- 上海 ：文汇出版社，
2017.11
　　（从前有条喷火龙. 第二辑）
　　ISBN 978-7-5496-2347-1

　　Ⅰ. ①乌… Ⅱ. ①凯… ②比… ③丁… Ⅲ. ①儿童小
说－中篇小说－美国－现代 Ⅳ. ①I712.84
　　中国版本图书馆CIP数据核字（2017）第251272号

Dragon Slayers'Academy 11.Danger!Wizard at Work
by Kate McMullan and Bill Basso
Text copyright ©2004 by Kate McMullan. Cover illustration copy right ©2012 by
Penguin Group(USA) Inc. Illustration copyright ©2004 by Bill Basso.
Simplified Chinese translation copyright ©(2014)
by Shanghai Dook Publishing Co.,Ltd.
All rights reserved including the right of reproduction in whole or in part in any form.
This edition Published by arrangement with Grosset&Dunlap, a division of Penguin
Young Readers Group, a member of Penguin Group (USA) LLC,A Penguin Random
House Company
through Bardon-chinese Media Agency
ALL RIGHTS RESERVED

图文：09-2017-850

乌龙魔法师的咒语

作　　者 ／ 【美】凯特·麦克马伦著　【美】比尔·巴索绘
译　　者 ／ 丁美其

责任编辑 ／ 张　涛
特邀编辑 ／ 汪雯君　黄迪音
封面装帧 ／ 李子琪

出版发行 ／ 文匯出版社
　　　　　　上海市威海路 755 号
　　　　　　（邮政编码 200041）
经　　销 ／ 全国新华书店
印刷装订 ／ 北京中科印刷有限公司
版　　次 ／ 2017 年 11 月第 1 版
印　　次 ／ 2017 年 11 月第 1 次印刷
开　　本 ／ 889mm×1194mm　1/32
字　　数 ／ 41 千字
印　　张 ／ 2.75

ISBN 978-7-5496-2347-1
总 定 价 ／ 199.80 元（全十册）

屠龙学校年鉴

DSA YEARBOOK

金子最美好

屠龙学校校园地图

DSA

露露夫人的卧室

普拉克博士
科学实验室

莫德雷德的教室

洞穴
出入

校长办公室

食堂

地牢

马厩

城堡庭院

擦洗课

假火龙
（训练专用）

约里克快速变装营

东塔

脚趾甲村

特爵士的
起降机

猎人小径

宿舍

鳗鱼壕沟

闲人擅入 后果自负

DSA

吊桥

～ 屠龙学校创始人 ～

一窍不通爵士

一毛不拔爵士

～ 屠龙学校办学宗旨 ～

　　一窍不通和一毛不拔两位爵士依据一条简单的原则创办了屠龙学校，这条原则至今依然十分宝贵：任何年轻人——不论多么虚弱，多么胆怯，多么懒惰，多么残疾，多么肮脏，或者多么不情愿——都可能会转变成一个为了寻找金子而无所畏惧的屠龙手。经过在屠龙学校四年的学习，这些年轻人最终将被培养成有用之材，同时也将为这所著名的学校带来滚滚不断的财源。

　　· 屠龙学校是一所严格以盈利为目的的学校。

　　· 对于学生从火龙洞穴中获得的金银财宝，屠龙学校有保留其中一部分的权力。

　　· 交给学生家人的财宝准确数量只能由我们尊敬的校长莫德雷德决定。这一数量将不得低于该学生所得财宝的1/500，但不得高于1/499。

屠龙学校校长

不可思议的莫德雷德

莫德雷德毕业于槌龙中学，是班级的第二名。第一名里奥纳尔后来当上了扎龙预备学校的校长。

莫德雷德在砍龙新校半读半教了若干年，其间他一直对泥浆摔跤这项运动情有独钟。受里奥纳尔办学暴富的启发，莫德雷德于CMLXXIV年创办了屠龙学校，并担任校长至今。

✤

绰号："吝啬鬼"莫德雷德

梦想：成堆的火龙金子

现实：依然没有见到过一枚金币

最大的秘密：以"猛男莫迪"的名义参加泥浆摔跤运动

未来计划：一旦获得火龙宝藏，立即退休去巴哈马群岛

～受托人～

洛贝丽娅女士

    洛贝丽娅是莫德雷德的姐姐，毕业于那所独一无二的名叫"如果你能读它你就能设计服装"的时装学校。

    洛贝丽娅曾担当过菲利克斯国王和恐怖服装师埃里克的服装设计顾问。在CMLXXIX年，洛贝丽娅嫁给了现今在世的年龄最大的骑士——皮夹克爵士。她因此获得了洛贝丽娅夫人的称谓，还得到了一笔不小的财产，在一次疯狂购物之后就花光了这笔钱。洛贝丽娅夫人多次造访屠龙学校，使得这所学校蓬荜生辉。整座校园里时常回荡着她说的那句话："尽管我生活在中世纪，但并不意味着我看上去就一定已是人到中年。"

✤

绰号：露露夫人

梦想：惊世骇俗的时髦

现实：已经惊世骇俗

最大的秘密：在中世纪地下打折服装店购物

未来计划：为学生们设计网眼紧身衣和花边束
腰外衣

～ 教职员 ～

莫特爵士

莫特爵士是深受学
生爱戴的屠龙课教授。他
年轻时以鞭龙而闻名。他
最后一次遇到的火龙是所
有火龙当中最危险的一
条——骑士粉碎机。战斗
一开始，莫特爵士就遭到了暴击，从此一蹶不振。

✦

绰号：怪老头

梦想：杰出的屠龙手

现实：稀松平常的半瓶醋

最大的秘密：他忘记了

未来计划：打一个盹儿

普林杰教练

普林杰教练在加入屠龙学校体育部之前，一直在黑森林里探索了很多年。最终他走出了黑森林，把屠龙岁月抛在身后，成了北无名沼一带首屈一指的男子汉。"你可以叫我猛男。"普林杰说。

❧

绰号： 教练

梦想： 像指甲一样坚硬

现实： 跟一条名字叫作馥馥的火龙标本睡觉

最大的秘密： 一个劲儿揪自己的头发

未来计划： 寻找他失去的爱人

～ 教职员 ～

戴夫修士

戴夫修士是屠龙学校的图书管理员。他曾是花生薄脆糖小修士会的成员，那是一个生产许多甜味花生糖的慈善组织。后来他的花生薄脆糖让三个脚趾甲村的孩子牙齿掉光了之后，戴夫修士发誓要做一件真正的善行——给一所以"读书无用论"而闻名世界的学校当图书管理员。他希望去改变那所学校的现状。

✤

绰号：戴夫修士
梦想：学生们在图书馆里读书

现实：学生们在图书馆里睡觉

最大的秘密：使用克利夫的笔记

未来计划：为学生们抄遍所有的抒情诗，包括那首《找到一粒花生米》

～ 教职员 ～

普拉克教授

普拉克教授毕业于
一所名叫"笛手彼得挑了
一配克腌辣椒"的预备学
校，之后成为屠龙学校的
一名科学课教授。由于普
拉克教授上课时唾沫横
飞，学生们竭尽全力不坐在第一排。

❧

绰号： 老唾沫脸

梦想： 正确发出字母p的发音

现实： 乱喷口水

最大的秘密： 从来没有近距离看见过皮皮–西
珀–帕帕–皮普斯

未来计划： 努力治愈皲裂的嘴唇

教职员

煎锅厨师到底是如何当上屠龙学校的厨师的，始终是一个未解之谜。各种传说应有尽有。有人说，在莫德雷德买下这座破败的城堡作为学校的时候，煎锅厨师就已经掌管厨房了。还有一些人说煎锅厨师知道很多不可告人的秘密，所以一直牢牢地捧着这个饭碗。但是从来没有人说煎锅厨师受雇于屠龙学校是因为他的厨艺高超。

❧

绰号：绰号和真名一样

梦想：有一个干净的厨房

现实：厨房清理工

最大的秘密：在壕沟里长时间地洗泡泡浴

未来计划：已经报名参加初级烹调课

～ 教职员 ～

约里克

约里克是屠龙学校的首席侦察兵。

他几乎可以装扮成任何东西，其秘诀源于他和快乐的流浪歌手以及舞蹈少女在一起表演的日子，他因为扮演了《灰姑娘》中的玻璃鞋这个角色而获了奖。然而，因为扮演《金盏花》中的熊妈妈这一角色而遭到冷遇的时候，他决定寻求一种全新的生活方式。于是，他在一个夜晚偷偷地溜走了。黎明的时候，他仍然穿着那身熊装，发现自己正走在猎手小径上。莫德雷德从城堡的一扇窗户里发现了他，很赏识他的化装天赋，于是当即聘任他为首席侦察员。

❦

绰号： 那是谁？

梦想： 变装大师

现实： 莫德雷德的小跑腿

最大的秘密： 喜欢装扮成国王肯

未来计划： 扔掉那身兔子服

学生

大头针村的威格拉

威格拉，我们学校的新生，之前住在大头针村外的一所小茅屋里。大头针村是一个小村，和它相比，脚趾甲村看上去就像一座繁华的大都市。

威格拉有12个兄弟，他在来屠龙学校之前，已经尝到了宿舍生活的滋味，所以他非常适应学校的生活。他的新学年是以一声响亮的"嘭"开始的，这一声是他一剑刺中了普林杰教练头上那顶男服务生式的假发时发出的。好样的，威吉！在接下来的几年里，我们希望多多看见这个小伙子的幽默表现。

❦

梦想：无畏的屠龙英雄

现实：仍然揪着一块幸运布头不放手

课外活动：担任动物爱好者俱乐部、中餐不吃鳗鱼俱乐部主席；煎锅厨师擦洗队刷子手；赏猪俱乐部创始人

最喜爱的话题：图书馆

最常说的话：你好，黛西！

未来计划：寻找金子！

〜 学生 〜

安格斯

作为莫德雷德和洛贝丽娅夫人的外甥，安格斯把"我只是学生中的一员"和"我就去告诉我舅舅！"挂在嘴边。这个一班的学生会成为一名伟大的屠龙手吗？或者将来有一天他会从煎锅厨师的手里接过掌管厨房的大权吗？我们这些屠龙学校年鉴上的教职员赌的是第二种可能。嘿，安格斯，加油啊！

⚜

梦想：为屠龙学校提供一份更加丰富的菜单

现实：鳗鱼，鳗鱼，鳗鱼！

课外活动：屠龙学校烹饪俱乐部主席；微笑哈

尔校外餐馆销售代表

最喜爱的话题：午餐

最常说的话：我的肚子还饿着呢！

未来计划：写出一本叫《火龙烹饪101种方法》的书

埃丽卡

屠龙学校开始正式招收女学生了，埃丽卡再也不用女扮男装成"埃里克"了。这个精力充沛、胆识过人的女孩竟然是国王肯和王后芭比的女儿——埃丽卡公主！毕业之后，她一定会在自己的王国中大显身手，屠杀恶龙。这是毋庸置疑的事情。她的秘密已经公开，只有一件事，大家很好奇：她频繁地在课堂上举手，难道不累吗？

✤

梦想： 勇敢的屠龙手

现实： 老师的宠儿

课外活动：屠龙学校拉拉队创办人和队歌词曲作者，同时参加了浪子骆驼爵士迷俱乐部、擦亮盔甲俱乐部、月评未来屠龙手俱乐部

最喜爱的话题：所有的话题！

最常说的话：等我成为一名伟大的屠龙手的时候……

未来计划：接管屠龙学校

～ 学生 ～

简丝丝

简丝丝是一个喜欢追
逐有趣刺激事物的大块头
女孩。她从灭龙学校转到
了屠龙学校。她的父亲是
一个土财主。

⚜

梦想：屠龙学校长矛队领队

现实：学校压根儿没有这项运动

课外活动：屠龙学校联谊计划委员会、微笑哈
尔餐厅外卖俱乐部主席；屠龙学校长矛队奠基人

最喜欢的课程：体育课

最常说的话：有人想来一块口香糖吗？

未来计划：多花点老爸给的金币

鲍尔德里克

对鲍尔德里克来说，这是特别的一年。他正在庆祝作为屠龙学校一班的学生的第十个纪念日。加油，鲍尔德里克！如果有哪位新生想知道屠龙学校的过往，鲍尔德里克是最佳选择。他可以告诉你：什么时候一定不要吃自助餐馆里的鳗鱼；上普拉克教授的课的最佳位置；还有如果你上课迟到了，应该对校长说什么。切记不要问他关于考试的任何问题。

⚜

梦想：跑遍全世界

现实：鼻涕满脸跑

课外活动：火龙模型维护小组成员；最不上进屠龙手训练奖得主

最喜爱的科目：你能重复一遍刚才的问题吗？

最常说的话：火龙吃掉了我的家庭作业

未来计划：转到扎龙预备学校

屠龙学校新闻

谁更可怕——火龙还是双胞胎？你来决定！

——大头针村的威格拉

在一个漆黑恐怖的洞穴里，我和安格斯被绑架了，但是给我们设下陷阱的不是火龙，而是安格斯的双胞胎表弟，瞎编王和谎话精。

他俩严重地破坏了龙洞，那可是双龙女士——露辛达和埃塞雷德的栖息地。当双龙女士生气的时候，她们的羽冠会突然竖起，眼睛会射出火花，珍珠项链如炽热的熔岩。她们真是非常非常的可怕，但是事实上，她们与双胞胎相比，犹如小巫见大巫，根本不及双胞胎的一半。

瞎编王和谎话精是屠龙学校的新生。或许，如果我们友好待他们的话，他们也会以礼相待的。值得一试。

救命的零食！

——安格斯

我和威格拉坐在深坑里，形势对我俩来说相当不利，我们充满了绝望。

我想起珍藏的零食，我和威格拉开始吃欢乐蠕虫果冻，瞎编王和谎话精眼巴巴看着我俩吃。看得出来，他俩一定是饿坏了。因此，我又掏出了全麦饼干、中世纪棉花糖、可可方糖，引诱成功。瞎编王和谎话精把绳子扔下来，我们得以爬出深坑。

我从这次经历中学到了什么，你们知道吗？

两件事：

一、随时都备上一点零食，好处多多。

二、与瞎编王和谎话精扯上关系，坏运连连。

走近我！

来自皇室的问候！我的
父母统治着嘎嘎庄，所以，
我就是公主了，哈！

我个性十足，实际上，
我所有的物品都是真金的：
我的梳子，甚至牙刷！我上
过小公主预科学校，然后上
了公主预科学校，我所有的
学科成绩都是"A"，但是
我厌倦了公主们必学的形体
课、针织课。于是，我就转学到了屠龙学校，我喜欢屠龙学
校女生校服。我追求时尚，每天必读《少女时装日报》，我
的衣橱里衣服塞得满满的。（如果你的衣橱有地方，请告诉
我一声，好吗？）噢，威格拉，下周屠龙技巧课挨着我坐，
怎么样？

我的全名：嘎嘎庄的格温多琳·格罗丽亚娜公主

我最喜欢的科目：我！

我最喜欢的食物：一切

我最喜欢的谜语：骷髅公主为什么不能去跳舞？

谜底：因为没有身体（没有人，nobody）一起去。

与煎锅厨师一起烹制
火龙薄荷脆饼干

——安格斯

　　一位可爱的火龙女士非常慷慨地把制作火龙薄荷脆饼干的秘方给了我，美味又易烤制——根据需要调整了烘烤方法！

　　祝您有个好胃口！

> **火龙薄荷脆饼干**

调料：

3爪野生火龙薄荷

6爪面粉

1/8爪盐

7磅鹅油

2爪热糖

4爪红糖

1/3爪香草精

做法：

1.把火龙薄荷剁成黏糊状，滚成球，把每颗薄荷球切成四瓣，压成薄片，放到一边备用。

2.把盐和面粉放到碗里，拌匀备用。

3.把猪油、热糖、红糖、香草精、鹅蛋搅拌成糊状物，备用。

4.把上述糊状物倒入面粉碗里，放入薄荷薄片，搅拌均匀。

5.把面粉糊状物倒入烤盘内。

6.张开嘴，喷火，直至饼干烤熟。

享受美食吧！

屠龙学校体育快讯

——沙利·玛利

煎锅厨师声称，他的公牛退出了屠龙学校长矛竞技队。自此，竞技队解散了。

招聘专栏

职位：图书馆助理

你认识从A到Z的26个字母吗？你喜欢与书打交道吗？你喜欢酥脆花生糖作为薪酬吗？

如果你对以上三个问题的回答是"是"，那么请到图书馆，与戴夫修士面谈有关书架理书员的具体职责。

联系人：戴夫修士

职位：优秀的深水潜水员

男生们，女生们，想挣零花钱吗？那么就潜入屠龙学校壕沟里，打捞某个东西吧！

只有那些守口如瓶的学生可以申请。

联系人：屠龙学校校长莫德雷德

来自莫特爵士的教室的悄悄话

——鲍尔德里克

当本记者上课迟到，偷偷溜进莫特爵士的教室里时，听到了如下的悄悄话：

"莫特爵士睡着了吗？"

"戳一下，看看。"

"你戳。"

"不，你戳。"

"不，你戳。"

"他还活着吗？"

"或许。"

"我觉得他好像停止呼吸了。"

"那么，是谁在打呼噜？"

煎锅厨师的鳗鱼让你肚子疼吗？那么来微笑哈尔茶餐厅品尝炸面包圈，喝一杯奶昔吧！

上周的蛤蜊，只需1便士！想一想，煎锅厨师的鳗鱼或许会变质，请来微笑哈尔餐厅吧！刚粉刷一新！

扫一扫，关注"**小读客经典童书**"微信，
第一时间获取新书书讯，更有精彩好书、各种福利疯狂送！

孩子读点什么好，问问读客小熊猫!

小读客经典童书，传播爱与价值，
致力于出版最优秀的儿童文学和绘本!

《从前有条喷火龙》第一辑

（套装全10册）

DRAGON SLAYERS' ACADEMY

从前有条
喷火龙
第一辑
（全十册）

[美]凯特·麦克马伦 著
[美]比尔·巴索 绘
叶显林、丁美其 译

没有什么困难，是乐观战胜不了的

《从前有条喷火龙》第一辑
《从前有条喷火龙1. 喷火龙的秘密洞穴》
《从前有条喷火龙2. 喷火龙的档案室》
《从前有条喷火龙3. 黑森林的沉七井》
《从前有条喷火龙4. 被废公主蕾丝专递》
《从前有条喷火龙5. 勇敢城》
《从前有条喷火龙6. 寻找骑士日记》
《从前有条喷火龙7. 魔龙秋令营》
《从前有条喷火龙8. 话多多唠唠叨叨》
《从前有条喷火龙9. 我们家的喷火龙》
《从前有条喷火龙10. 他人的乐水日》

荣获凯迪克大奖、苏斯博士奖， 纽约时报畅销图画书坐作者
美国儿童阅读与写作推导用书 美国家长高分推选"快乐童年必读书"
最爱学校阅读排名推荐用书 美国书馆"高借阅率"书

中国文联出版社

《从前有条喷火龙》第二辑

（套装全10册）

DRAGON SLAYERS' ACADEMY

从前有条喷火龙

第二辑
（全十册）

[美] 刘特·麦克马伦 著　[美] 比尔·巴索绘　杨鹏 丁美其 陈静思 译

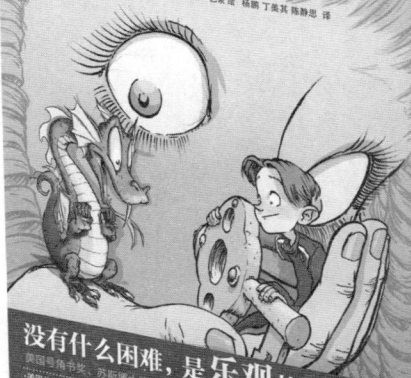

《从前有条喷火龙》之 11 马尔童话诗的奇妙约会

《从前有条喷火龙》之 12 老长洞女的怨愤魔法

《从前有条喷火龙》之 13 幸运古怪的屠龙怪王

《从前有条喷火龙》之 14 会说话口了谁的国王

《从前有条喷火龙》之 15 凯瑟琳的大坏心天灵

《从前有条喷火龙》之 16 废话王的历史难题

《从前有条喷火龙》之 17 勇敢古怪的大门狗

《从前有条喷火龙》之 18 勇敢的巨人捕快魔女比

《从前有条喷火龙》之 19 喷火龙之王

没有什么困难，是乐观战胜不了的

美国号角书奖、苏斯博士奖、纽约时报图画书奖作者给孩子的乐观成长书

·美国儿童阅读与写作指导用书　　　·美国家长首选"回到童年推荐书"

·曼尼学校阅读报告类推荐用书　　　·美国图书馆"最佳阅读"书

文匠出版社

DRAGON SLAYERS' ACADEMY

从前有条喷火龙 ⑫

地牢深处的秘密幽灵

【美】凯特·麦克马伦 著　【美】比尔·巴索 绘｜丁美其 译

文汇出版社

屠龙学校校园地图

DSA

露露夫人的卧室

普拉克博士
科学实验室

洞穴
出口

莫德雷德的教室

校长办公室

马厩

食堂

去地牢

城堡庭院

擦洗课

假火龙
（训练专用

约里克快速变装营

东塔

脚趾甲村

莫特爵士的
起降机

猎人小径

宿舍

闲人擅入后果自负

鳗鱼壕沟

DSA

吊桥

目 录

第一章
编造的校史

"准备好了吗，威格拉？"埃丽卡的声音从走廊尽头的一班宿舍传来，"该走了，安格斯，咱们别耽误了晚宴。"埃丽卡催促道。

"哪会有什么晚宴呀？"安格斯穿上他半旧的屠龙学校校服，嘟囔着，"舅舅给我们准备的晚餐还是每天吃的煎鳗鱼和大块布丁。"

安格斯说得没错，威格拉一边穿裤子一边想。不过，他并不介意，因为在家里，他妈妈做的饭更难吃。

"我真想知道我妈妈寄给我的百宝箱里会是些什么东西，它现在也该到了。"安格斯说。

埃丽卡快步走向小伙伴们，转过身，轻声问道："看看我的辫子是不是露在头盔外边了？"

威格拉帮她检查了一遍，说："好，没问题了，不会

~ 1 ~

有人怀疑你是个女孩子的。"

"嘘——"埃丽卡四下看了看，确信没有人听见后说："别再提这些了，让莫德雷德知道了会把我赶出屠龙学校的。"

"放心，我们会替你保守秘密的。"威格拉说。

安格斯也点头附和道："对，我们的嘴都贴上了封条。"

埃丽卡扣好衣带，叹了口气："我感觉太累了，全校就我一个女孩，每天都要伪装成男孩与人相处。"

威格拉抓过头盔扣在他胡萝卜色的头发上，和朋友们一起下楼去了。

"昨天晚上听见呻吟声了吗，你们害不害怕？"在路上，埃丽卡问。

"呻吟声？"安格斯有些奇怪，"我没听见呀。"

"我也没听见。"威格拉附和道。

"真的吗？"埃丽卡说，"它太可怕了，我几乎一夜没合眼。"他们往餐厅走去，"我听力非常好，就像浪子骆驼爵士一样，在他的书《像我这样的骑士》中，讲述了他如何能够听见最细微的声响。"

安格斯翻了一个白眼，但威格拉仍笑眯眯的——他知道埃丽卡最大的愿望就是成为像浪子骆驼那样的骑士。三个人穿过一个宽阔的石头拱廊，进入了拥挤的屠龙学校餐厅。

借着墙上的火把发出的摇曳灯光，威格拉看到了大玛利兄弟们——巴利、沙利、法利和哈利。他们看上去比学校里其他老师高大得多。旁边一桌坐着普林杰教练、屠龙老师以及武器课刽子手老师。刽子手老师以前是个行刑手，至今依旧戴着黑头套。他还看见了戴夫修士，他是屠龙学校的图书管理员，还有莫德雷德的姐姐洛贝丽娅夫人，她穿着一袭装饰着羽毛的紫色礼服。

威格拉还注意到三位体格健壮、黄头发的陌生面孔，正坐在最前排的桌子前，看起来像是父亲、母亲和女儿。父亲脖子上戴着好几条金链子，母亲配戴了一条镶有一颗巨大蓝宝石的项链，女儿则穿了一件漂亮的紫色长裙。她正不断地咀嚼着一大卷绿色的口香糖。威格拉赶忙四处打量看看莫德雷德在不在，因为他总是把嚼口香糖的学生直接送到地牢关一段时间。

"他们是什么人？"威格拉问安格斯。

安格斯耸耸肩，不置可否地回答："他们看上去很有钱。"

"嗨！快看那边。"埃丽卡用手指着另一头说。

在那边，一块黑布遮住了餐厅后边的一个拱门，罩住了原先写在上边的字"为男孩打造的屠龙学校"。

"校长到了，全体起立！"莫德雷德的侦察兵约里克喊道。

大家都站了起来。莫德雷德大步走向前边那三位陌生人的桌子。他身穿考究的天鹅绒金边长袍，头戴一顶带金穗的帽子。

莫德雷德面带微笑，一颗金牙在灯光下微微发光，紫色的双瞳炯炯有神。

"大家好，"他隆重地说，"明天是奠基人日，今晚我们在此举行宴会，以此缅怀学校的开创者们。并借此机会欢迎一名新同学，她的到来将使屠龙学校的面貌焕然一新。"

"我刚来的时候就没为我举行晚宴，当晚却要我洗堆积成山的脏盘子。"威格拉低声对安格斯发着牢骚。

莫德雷德继续道："首先，还是让我们先听一听有关屠龙学校创立的感人故事吧！小家伙们，带上你们的诗歌上来吧！"

威格拉、埃丽卡、安格斯蹦蹦跳跳地上来了。鲍尔德里克也上来了，托尔布拉德带着他的喇叭也来了。

莫德雷德开始念道："很久很久以前，在黑森林最深处的洞穴里，住着两条世界上最暴虐的火龙。在黑森林最高的山顶上住着两个世界上最凶悍的强盗。任何怀揣黄金的路人经过此处都会被洗劫一空。即便有人侥幸从龙嘴喷出的火焰中死里逃生，也无法躲过强盗的洗劫。

有一天，黑森林里来了两位勇敢的骑士。"

托尔布拉德把喇叭放在嘴上吹了起来："嘟……
嘟……嘟……"

埃丽卡向前一步，信心十足地开始朗诵：

我是一窍不通爵士！

我以专做好事而扬名。

我深入洞穴杀了两条恶龙。

他们再也无法发威，

也无法喷火烧死可怜的路人。

啊，我是勇敢的一窍不通爵士。

埃丽卡退回，安格斯清了清嗓子，开始朗诵道：

我是一毛不拔爵士。

我的任务是专杀强盗。

我潜入山顶处的贼窝，

拔剑怒杀了这两个盗贼，

我一剑刺穿他们，这对我来说平常无奇，

因为，我是勇敢的一毛不拔爵士。

接下来轮到威格拉了，他拿着羊皮纸的手微微有些
发抖：

强盗的窝里堆满了掠夺物，

勇敢的骑士对此毫无兴趣，

他们对金银财宝并不在乎。

若把掠夺物留在那里，似乎并不明智。

一窍不通爵士说："仅用一颗宝石，

我们就可创办一所学校。"

"哦，那么，就让我们拿上一颗吧。"

一毛不拔爵士赞同。

"我们将教小家伙如何屠杀穴中邪恶的龙，

以及如何对付黑森林中贪婪的强盗。"

托尔布拉德的喇叭又吹响了："嘟……嘟……嘟……"

鲍尔德里克上前来，用袖子抹了把鼻涕，朗诵道：

这就是我们伟大的屠龙学校的起源！

"太精彩了！"洛贝丽娅夫人情不自禁地站起来大声喝彩。

黄头发的女孩吐出嘴里的口香糖，打了一个长长的口哨。

"结束了吧？"她喊道，"莫德雷德，我们什么时候吃饭？"

第二章
屠龙学校"第一位"女生

整个餐厅顿时变得鸦雀无声。威格拉也惊呆了。在屠龙学校，学生从来不敢当面直呼莫德雷德的名字，而是称他为先生。他会不会把这个女孩打入地牢呢？

但是，莫德雷德只是笑了笑说："马上，亲爱的，马上就吃。但我们首先要做一件事，普林杰教练、刽子手老师，请到前边来！"

两位老师起身推着两具硕大的、浑身发光的雕像走了过来。

"这是我们学校创始人的雕像！"莫德雷德喊道，"过去的雕像在一次事故中被毁坏了。"他故作伤心，并装模作样擦了擦眼边并不存在的眼泪，继续说："现在我们又重新拥有了我们尊贵的创始人崭新的雕像。"

"哼，装腔作势，"安格斯对威格拉耳语道，"像我们不知道以前的那个雕像是肥皂做的一样，上次洗澡日被大家用光了。"

威格拉不住地点头表示赞同。没错，是一窍不通爵士，戴着眼罩，留着一撮稀疏的小胡须。

掌声平息后，埃丽卡举起了手，莫德雷德示意她放下来，要说此时有什么事是他最不乐意的话，那一定是有学生向他提问题。但埃丽卡误以为校长很乐意回答她的问题。

"先生，"她问道，"我们尊敬的创始人建立屠龙学校之后去哪了？"

莫德雷德瞪了埃丽卡一眼说："问得好，一窍不通爵士和一毛不拔爵士感到他们年纪大了，经营一所学校有些力不从心。于是，他们挑选了数以千计的候选人去谈话。最终，选中了我作为他们的接班人。他们退休后去了老年骑士之家，在靠近希腊海岸、种满棕榈树的小岛上过着幸福的生活。"

莫德雷德又恢复了之前的笑容可掬。

谁在吧嗒嘴？是那个黄头发的女孩正在嚼着口香糖。

餐厅又一次安静下来。学生们都屏住了呼吸，现在莫德雷德肯定要把这个女孩送入地牢了。

但是校长仅微微一笑，他慈祥地看了女孩一眼，说："到了该把我们的惊喜告诉大家的时候了。"

托尔布拉德站起来又吹响了他的喇叭：嘟……嘟……嘟……

刽子手老师和普林杰教练撤去了蒙在石头拱门上的布，露出了一行新写的标语：勇男们和侠女屠龙学校。

埃丽卡激动不已："他已经知道我是一个女孩了。"

"你再也不必担心被赶出学校了！"威格拉在一旁高兴地说。

埃丽卡兴奋地跳了起来，冲着校长喊："谢谢你，校长。今天真是幸福的一天。"

"坐下！"莫德雷德呵斥道，"我会告诉你什么时候该站起来，什么样的一天是幸福的。快坐下！"

埃丽卡迅速地坐了下来，她看上去有些窘迫，她每个月都是"月评未来屠龙手"的获奖者，无法接受这样的对待方式。

莫德雷德接着继续对那个黄头发的丫头献媚："请允许我介绍简仁义公爵及他的夫人。"

这对身材高大，体形健壮的夫妇站起来，咧嘴露齿笑着，不停地向大家挥手。

莫德雷德继续说："还有他们可爱又健美的天才女儿——简丝丝。"

女孩站了起来，威格拉注意到她看起来几乎和哈利·玛利一样高大。

"嗨！你们好，伙计们。"她一边嚼着口香糖，一边肆无忌惮地喊道。

"简丝丝同学是我们屠龙学校建校以来第一位用金币预交了学费的学生。"莫德雷德的紫色的眼睛里充满了喜悦。

"哦，先生，"普林杰教练用胳膊肘碰了一下满面春风的校长，"我想，您的意思是说简丝丝是我们学校第一位……"

"是第一位女孩！"莫德雷德反应过来，"是的，我想告诉大家的是简丝丝是我们学校第一位女生。"

埃丽卡惊讶得张大了嘴巴。

"哦，莫德雷德，"洛贝丽娅夫人对着莫德雷德激动地喊道，"这是多么具有历史意义的一步啊！"

"简丝丝以后就要和我们朝夕相处了，为了让她尽快喜欢上这里，让我们一起向我们学校唯一的女生表示热烈的欢迎。"

第三章
地堡的呻吟

"全校唯一的女孩？只不过是我的跟屁虫。"埃丽卡愤愤不平。她和安格斯、威格拉沿着宽宽的石阶，无精打采地向宿舍走去。

一顿晚宴，学生们吃到的仍是平常的鳗鱼砂锅。吃完饭之后，三人被煎锅厨师抓个正着，负责洗涮餐具。

"我才是屠龙学校第一位女生，简丝丝根本算不上。"埃丽卡仍感到不痛快。

"你的父母是国王和王后，"威格拉说，"估计他们也是用金币来为你预交学费的。"

"没有，"埃丽卡说，"真正的有钱人是不会预交学费的。"

他们走进一班宿舍发现大家全都愣住了。

"怎么回事？"威格拉喊道。

"小声点，"托尔布拉德叫道，"我们正准备睡觉。"

即使在微弱的灯光下，他们也能看见所有的小床都被推向了一边。一条棕色的布帘把宿舍一分为二，一个匆忙赶制的标示牌挂在帘子上：一班女生宿舍。

埃丽卡一步跨进帘子，并把它推向一边。这是那一晚她第二次做出如此令人瞠目结舌的举动。

威格拉和安格斯也跟了进来。当他们看到帘子后面的摆设时顿时惊呆了。

一张大的带纱帐的金属床靠在墙边，一个衣橱，抽屉柜和床头柜围绕着它。一个马球杆和一对长矛交叉着挂在床头上。

随着一阵咀嚼声，简丝丝从衣柜后站起来，她正在整理包裹。

"嗨！伙计们，"她说，"我搬进来了。"

简丝丝的每一件东西都很大，威格拉想，她的脸颊布满了大雀斑，两个门牙中间有一条大裂缝，她还有一副宽大的肩膀。

"你好，我是安格斯。"安格斯说。

威格拉也作了自我介绍。

"我是，嗯，埃里克。"埃丽卡说。

"啊，你们都已经认识我了吧？"简丝丝说。

"你是从哪个学校转过来的？"安格斯问。

"灭龙学校。"简丝丝咀嚼着口香糖回答。

"你为什么要转到我们学校？"威格拉问。

"有一天，莫德雷德来到我们学校，看到我的长矛比武赛。他找到我希望我能加入屠龙学校长矛队。爸爸妈妈也同意我转学。"简丝丝解释道。

威格拉、安格斯和埃丽卡互相交换了一下眼色，因为屠龙学校从来没有过长矛队。

简丝丝打了哈欠，伸了个懒腰，说："好了，伙计们。我的灭龙学校的朋友们为我举行了一系列的告别聚会，搞得我一个星期没睡好，我困了。"她从嘴里撕出一团绿茸茸的口香糖粘在床头柱顶端，然后说，"各位，晚安。"

当他们准备回去时，埃丽卡朝自己原来贴在床头上的浪子骆驼的肖像看了一眼，发现自己崇拜的骑士被揉成团扔在地上。她冲过去，把它拾起来，气冲冲地跟着威格拉和安格斯走了。

威格拉穿着衣服钻进了自己的被子中。"晚安！"他低声对安格斯说。

"晚安！"安格斯在被子中含糊地回应。

"你们竟然能睡得着觉？"埃丽卡满腹委屈地说，"这不公平。我才是屠龙学校第一位女生，并且我是一个公主！但我从来没有要求享受一个更大的居住空间，从来没有。"

"嗯，嗯。"威格拉设法入睡。

"长矛队，哪有啊？"埃丽卡咕哝着。

然后她安静了一会儿："你们现在一定听到了。"

威格拉已经飘飘忽忽进入梦乡了。他迷迷糊糊地问："什么？"

"你们难道听不见吗？"埃丽卡低语道。

"听见什么？"威格拉问。

"可怕的呻吟声啊！"埃丽卡提高了声调，"就来自这座城堡的地底。"

第四章
透明骑士

"起来吧！"埃丽卡不断地摇晃着安格斯和威格拉，直到他们从床上爬起来。"今晚我们一定要搞清楚这个可怕的声音到底是怎么回事！"埃丽卡说。

威格拉迷迷糊糊地穿上衣服和鞋子，此时他困得什么都听不见。一旁安格斯梦呓般地说："我也什么呻吟声都没有听见啊。"

"我可不是无中生有，"埃丽卡强调，她又把手放在耳朵边听了听，说，"哦，好恐怖的声音，我们今晚就去找它，带上你们的剑，出发！"

没有给威格拉和安格斯说"不"的机会，埃丽卡拉上自己的伙伴就朝石阶下面走去。她点燃自己随身携带的火炬照灯。来到石阶下面，他们停下来。埃丽卡侧耳听了听，说："声音是从地牢里发出来的。"

　　威格拉完全醒了，他的心开始怦怦乱跳。地牢即使在白天也是个能吓死人的地方，何况现在是半夜。他不敢多想，看了看天上的满月，又看了看月光下的城堡，硬着头皮，随着埃丽卡和安格斯下到地牢。

　　埃丽卡打开地牢门，威格拉紧握剑柄，心都快要跳出来了。埃丽卡进入地牢，用火炬照灯四下照了照，说："什么都没有。"

　　威格拉长嘘一口气说："哦，太好了。"埃丽卡皱起了眉头，说："奇怪，这个声音好像还在下面。这怎么可能呢？"

　　安格斯吞吞吐吐地说："据我所知，在这个地牢下面还有一个地牢。"

　　"那你给我们带路。"埃丽卡命令道。安格斯颤巍巍地接过埃丽卡的小火炬，领着埃丽卡和威格拉找到了隐蔽的楼梯，他们小心翼翼地朝下走去。空气变得越来越稀薄，充斥着一股陈腐发霉的味道。

　　这时，威格拉听到了一个微弱、飘忽的哭泣声。

　　"我听到它了，真可怕。"威格拉低声说道。

　　"没骗你们吧。"埃丽卡低声回应道。

　　下了楼梯，安格斯停住了。三个小伙伴的手不由自主地握在了一起。他们一点一点地向前移动。

　　这个小火炬仅能照亮一小块地方。黑暗中，威格拉听到那个恐怖的呻吟声，不禁毛骨悚然，那究竟是什么东西？

安格斯在一个老旧的木门前停了下来，低声说："就这儿。"

埃丽卡接过火炬，拔出宝剑，说："开门，威格拉。"威格拉的手颤抖着伸过去，碰到一个铁环，一使劲，门"吱呀"一声开了。一股令人作呕的恶臭扑面而来。

"妈呀！"当一只蝙蝠从他们头顶飞过时，威格拉吓得发出一声惊叫。

埃丽卡急忙蹲下来，躲开蝙蝠扑扇的翅膀。

走进地牢后，她用火炬灯照了一遍，转向安格斯，说："这个地牢也是空的，我们现在该怎么办？"

"我们回去睡觉吧！"安格斯说。

"是啊，回去吧！"威格拉也低声说。

但是，埃丽卡仍不罢休，盯着安格斯说："告诉我，该怎么办。"

"这下面还有一个更深的地牢，"安格斯不情愿地说，"那里是双下巴杜克受难的地方。这个可怜的人，被瘙痒折磨了足足一个月。哦，那可不是一个好去处，自建校以来，从来没有人到过那儿！从来没有！"

"真的吗？"埃丽卡又增加了几分好奇，"那我们今天晚上一定要探个水落石出。"

　　威格拉浑身颤抖，随着埃丽卡和安格斯穿过一条黑暗的走廊，来到另一段楼梯口。这段楼梯是如此狭窄，好像压在他们身上一样，而且，非常陡峭，上面长满了苔藓，散发出一股腥臭味。威格拉被呛得几乎喘不过气来。

　　下了楼梯，威格拉发现自己站在某种没过了脚脖子的黏糊糊的东西中。

　　"是粪便，"安格斯喊道，"真恶心。"

　　"这只是一条臭水沟。"埃丽卡用火炬照灯朝下面照了照说。

　　威格拉感到胃里一阵阵地翻涌，恶心得直想吐。他抱怨道："哦，不！我们正站在腐烂的鳗鱼内脏及冒泡的臭水沟淤泥里。难道我们还要继续待在这滩烂泥里吗？"

　　"走吧！"埃丽卡有些恼怒，厉声道。

　　他们沿着一条狭窄的走廊前进，随着地牢越来越近，那个呻吟声也越来越清晰。要不是戴着头盔，威格拉的头发早就立起来了。

　　最后，他们来到了一个古老的铁门前，埃丽卡的灯光照到了覆盖在它上面的一层厚厚的、湿漉漉的苔藓上。

　　突然，这个门自动开了。三个人慌忙朝后退了几步。威格拉吓得大气都不敢出。

　　门后站着一位戴着独眼罩，留着细长胡须，穿着银盔银甲的骑士，他扬起穿着锁子甲的手，邀请他们进去。

"你好，先生！"埃丽卡急忙上前一步，打了声招呼。

"等等！"威格拉喊道，他感觉到这个骑士一定有什么问题，但是又说不上来哪儿不对劲。

埃丽卡没有理会威格拉。

"很高兴见到你，骑士。"埃丽卡说。

终于，威格拉明白问题出在哪儿了。这个骑士是透明的，透过他的身体，威格拉能够看到地牢斑驳的后墙。

"站住！"他一把抓住埃丽卡的胳膊，叫道，"他是个幽灵！"

第五章
与幽灵对话

"啊——"三个人都吓得大叫，掉头跌跌撞撞地往外跑。

那幽灵却突然横在面前，挡住了他们的去路。

威格拉一个急停，埃丽卡和安格斯都撞在了他的身上，三个人紧紧地抱在了一起。

"请告诉我，金子藏在哪儿了？"幽灵咆哮道。

"我们根本不知道金子的事。"埃丽卡说。

"求求你，放了我们吧！"安格斯哀求道。

幽灵哈哈大笑，说："别急，让我们说会儿知心话。"

他们在幽灵冰冷的手指推搡下，返回了地牢里。

一进牢里，幽灵就搬过来一个长铁凳，命令他们坐下。

威格拉坐了下来。嚯！那条长凳冷得像冰，他想自己的屁股一定会被冻住的。

这个幽灵又拉过来一把大铁椅子，那椅子的坐垫和靠背上全是钉子。幽灵坐在上面，钉子在他的铠甲上滑动。

一个正冒着气的大杯子放在椅子旁边的地板上，幽灵拿起杯子喝了一大口。威格拉惊恐地看着从杯子流出来的猩红液体顺着幽灵的喉咙直接进入他的胃中。

威格拉发现这个幽灵很面熟，一定在哪儿见过他。

"我……我……我们以前曾见过面吗，先生？"威格拉结巴地问。

幽灵没理他，又拿起那红色的液体喝了起来。"仔细想想，我年轻的朋友们，你们一定见过你们卑鄙的校长藏金子的地方。"

"不，先生，我们从来没看见过。"埃丽卡说。

"我认出你是谁了！"威格拉突然大叫道，"你是一窍不通爵士。"

"这酒不错！"幽灵咧嘴笑着说。

"哦，先生，"埃丽卡接过话说，"今晚，我还荣幸地读了一首关于您的诗歌，和您一块儿的一毛不拔爵士还好吗？"

"不，这里只有我一个人，"一窍不通爵士回答，"一毛不拔已经在他的坟墓中安息了，我也想像他那样。"幽灵皱起了眉头，"就因为一毛不拔的良心发现，导致他抢来的金子至今找不回来。"

一毛不拔爵士是个强盗？威格拉感到有些困惑，这个幽灵到底在说什么？

"但对于一毛不拔我不得不说，他没有丝毫的贪心。"一窍不通爵士继续说道，"他仅仅把抢劫看作一种游戏，从未在意过财宝。不像我。"幽灵咯咯地笑了，"我抢劫就是为了金子，啊，我是多么地爱金子！"

幽灵的这番关于金子的言论，使威格拉想起了莫德雷德，他也像这个幽灵一样喜欢金子。

"我的贪婪永无止尽，"一窍不通爵士接着说道，"哪怕我的金子已经堆得像一座山，我也希望它能再高一些。我太贪婪了，所以，在平息我的欲望之前，我无法在坟墓中安息。"

"打断一下，"安格斯说，"您的意思是您和一毛不拔先生都是强盗？"

"没错。"幽灵点了点头。

"不！"埃丽卡叫了起来，"那不可能。"

"你不相信我？"一窍不通爵士咧嘴一笑，"这不怪你，尽管我说谎像我偷东西一样平常，但碰巧这次我说的都是实话。"

　　"先生，我是这所学校唯一一位在学校图书馆从头至尾查过屠龙学校历史的学生，"埃丽卡说，"我知道您和一毛不拔先生都是贵族骑士。"

　　"不，你们的校长一直以来都在欺骗你们，"幽灵说，"听着，我年轻的朋友，让我给你们讲述一段真实的屠龙学校的历史吧。"

第六章
校长的黑历史

威格拉在冰冷的长凳上挪了挪身子，他想听听这个幽灵到底会讲些什么。

"活着的时候，我，一窍不通，是一个恶棍。"幽灵说，"我曾经当过小偷，做过强盗。我的犯罪搭档是一毛不拔。我们装扮成骑士，骗取人们的信任。很聪明吧？我们劫掠各色各样的人——贵族、女人、修士、圣地朝拜者、农场主等等。我们还打劫了许多农夫，倒出他们口袋里仅有的几便士，甚至，我们还抢过小孩的午饭钱。"

"你们干得太龌龊了。"埃丽卡冲着幽灵怒吼道。

"是够龌龊的。"幽灵笑着回应道，"大概三十年前的一个夏天，我和一毛不拔决定从我们原先住的山顶搬到黑森林另一端的洞穴里。我们换上了特制的大袍子，在它里边缝着十多个小兜，我们往小兜里塞满了金子。"

"那样不是很沉吗？"安格斯问。

"贪婪的人从来不嫌金子重。"一窍不通爵士说。

"我们离开老家。在路上经过'香喷喷饭馆'时，在那里美餐了一顿，顺带洗劫了那家饭馆老板的钱柜。我们继续往前走，不料遇上了莫德雷德。"

"你们以前就认识我舅舅？"安格斯问道。

"你们是亲戚？"幽灵搓着手说，"啊，这点也许有用。"他又端起那个冒气的红色液体喝了一口，"那里的每个人都认识莫德雷德。"他继续说道，"他是个大力士，强壮得像头公牛。我记得，我和一毛不拔经常在莫德雷德的比赛中下注，总是能赢很多钱。"幽灵笑着，沉浸在回忆中。

"请继续。"安格斯说。

"我们和莫德雷德赛马，结果他输了。"幽灵说，"他问我们的名字，我们告诉了他，只是在名字后面多加了个'爵士'，以使我们显得很富有。听说我们是爵士，莫德雷德眼前一亮，说他如何想为小男孩们办所学校，他甚至已经为这所学校想好了名字——屠龙学校。"

"这是真的吗？"威格拉问。

幽灵冰冷的手一把抓住威格拉的手腕，喊道："是真的！"

"莫德雷德向我们讲述了他的计划：以黄金做学费，教学生如何屠龙。"幽灵眨了眨眼接着说道，"我们都被他蒙蔽了，以至于他要求我们向学校投资时，我们竟答应了。但与此同时，我们也窥探到了他的腰包，里面塞满了金子，我能闻出它们的气味。"

"你们打劫了莫德雷德？"威格拉瞪大了眼睛问道。

"不准确，"幽灵说，"我们一起上了路。当来到黑森林中一个人迹罕至的地方时，一毛不拔给我递了个眼色，我俩冲向莫德雷德，企图抢走他的金子。但是，莫德雷德动作更快。而且，他太强壮了，功夫也比我俩高。他把我们像拎小猫一样拎了起来。"

"你们是罪有应得。"安格斯说。

"我们马上意识到自己犯了严重的错误，乞求宽恕。"幽灵说，"莫德雷德两眼放光，他要我们投资屠龙学校，我们别无选择，只好答应。他猜到我们袍子内衬里藏有钱，就解开它一个不剩地拿走了我们所有的金币。我们反而成了受害者。"

一窍不通又发出了一声可怕的呻吟。威格拉吓得浑身发抖。

"莫德雷德把我们绑在附近的一棵树上，"幽灵继续说道，"他说他会报答我们的。"

"我知道他是诚实的。"埃丽卡说。

"诚实？哼！"一窍不通咬牙切齿地说，"莫德雷德说会授予一窍不通爵士和一毛不拔爵士屠龙学校真正的创始人身份并永远纪念我们。"

幽灵又拿起装有红色液体的大杯子一饮而尽。他拍拍胸脯，打了个饱嗝儿。接着说："我和一毛不拔被你们的校长抢了！"他又变得愤怒起来，"抢劫！想到这些，我的灵魂无法安息。这就是我为什么没有安逸地躺在坟墓中，却跑到这里来的缘故。从潮湿的地牢到楼顶，我将搜遍这座城堡的每一个角落，直到找到金子为止。"

"如果您找不到金子，会怎么样？"安格斯声音颤抖地问。

"如果找不到金子——"幽灵说，"我就毁了屠龙学校。"

第七章
受威胁的城堡

"不，先生，不要毁了屠龙学校。"威格拉哀求道。

"那么，你们就帮我把金子重新弄到手。"幽灵说。

"舅舅从前把他的金子都堆放在他的保险柜里。"安格斯说。

"很好。"幽灵从他的椅子上欠了欠身，对安格斯说，"设法打开它，小伙子。拿到金子，我立刻就走。"

"已经不可能了，"安格斯说，"去年春天，学校督察官员来找舅舅，要他增加投资，否则学校就得关门。最终，修理这座城堡花掉了他所有的金子。"

"那不是他的金子，是我的！"幽灵大喊着纠正道，"我的金子！"他从铁椅子上跳了下来，抓住两条椅子腿，朝墙猛砸了过去。墙上的灯座也被他拔下一个。

"看到了吗？"幽灵叫嚷着，"我要履行我说过的话。"

"可是我们真的不知道金子在哪里！"威格拉喊道，"真的不知道！"

幽灵抓住固定着的铁床，猛地把它举起来，然后又扔到了地板上。

三个小孩胆战心惊地看着幽灵又抓起他的铁椅子，扔到地上，折断了它的两条腿。

埃丽卡凑到威格拉和安格斯的耳边说："莫德雷德从简丝丝家收了一袋金子做学费，还记得吗？"

一窍不通尖叫道："我听到你说的话了，莫德雷德又抢了简丝丝家吗？"

"不！"安格斯说，"那是简丝丝的学费，我们可以求校长给你一部分。"

"不是一部分！"幽灵厉声道，"是全部。贪婪的人是不会满足一部分的。准确地说，全部也是不够的。我希望越多越好。"

"假如莫德雷德给了你全部的金子，你就会走吗？"威格拉问。

"我再说一遍！"幽灵挥舞着胳膊，又从墙上拔下了一个铁环，"我早一天得到金子，就早一天离开。"

然后，一道白光闪过，一窍不通爵士不见了。

黑暗中，埃丽卡摸索到自己的小火炬，点燃了它。

"嗨！小心我的宝剑。"埃丽卡突然喊，埃丽卡的宝剑自己从剑鞘中跳了出来，飘在空中，接着对着他们一通乱砍。

"天哪！"威格拉大喊，一屁股坐在地上。

"停下来，回到剑鞘中去。"埃丽卡大喊。

宝剑又一阵乱砍。

"快跑！威格拉、安格斯。"埃丽卡喊道。

他们在泥泞的壕沟里狂奔，宝剑在后面紧追不舍。这一次，它刺中了威格拉的后背。威格拉疼得"哎哟"惨叫一声。

三人跑上了狭窄的楼梯，又穿过了第二层地牢。

"你们拿到了金子，就喊我的名字。"隐了形的幽灵喊道，"否则，我就毁了这个城堡。"

"当啷！"过道里的一副盔甲被撞翻在地。

"他说到做到。"威格拉说。他们又登上了另一段楼梯。

"安格斯，去叫醒莫德雷德。"埃丽卡边跑边说。

"我，为什么是我？"安格斯不解地问。

"因为他是你舅舅。"埃丽卡说。

"威格拉，还是你去叫醒他吧。"当他们到达地面后，安格斯上气不接下气地说。

莫德雷德最讨厌学生打扰他睡觉，其反感度甚至超过学生向他提问。

但威格拉不担心，当他们往回跑时，校长的门打开了。莫德雷德从里面走了出来。他穿着睡衣，戴着睡帽，脚上没穿鞋，手里拿着蜡烛。威格拉惊讶地发现，在校长另一只胳膊下夹着一只很大的棕色玩具熊。

"就知道是你们在胡闹。"莫德雷德不满地说。

轰——

城堡开始摇晃起来。

"天哪！"莫德雷德惊叫道，"快打住！"

"不关我们的事。"埃丽卡说。

轰——轰——

"打住吧，求你了！"莫德雷德喊道，"你会吵醒简丝丝的，如果她不喜欢这，就会离开，她的父母会从我这里要回他们的金子。"他脑子运转着这些可怕的想法，眼珠滴溜溜地转。

威格拉无意识地朝台阶顶上看了一眼，发现简丝丝正站在那里，黄发散乱，睡眼惺忪。她手拿一支长矛，嘴里嚼着口香糖，一副很生气的样子。

"嗨，莫德雷德，"她喊道，"到底发生了什么事？"

"回去接着睡觉吧，亲爱的。"莫德雷德答道，"我们正在做奠基人日游戏呢。"

第八章
幽灵来袭

简丝丝皱着眉头回去了。

"天哪！"莫德雷德紧紧地抱着玩具熊说，"如果简丝丝不开心怎么办？等我抓住吵醒她的恶棍，我非得关他一年地牢。"

"舅舅，"安格斯说，"那不是恶棍，他是一窍不通爵士。"

"不过，他可不是一个真正的爵士。"埃丽卡补充道。

"他是一个幽灵，"威格拉说，"他是来要回属于他的东西的。"

莫德雷德怀疑地眯上了眼睛。

"你们这帮小无赖，"他叫嚷着，"你们想敲诈我，是不是？"

"不是这样的，先生，"埃丽卡说，"这是真的，我们在最深的地牢里发现了一窍不通爵士，他说，除非你还给他……"

"什么？"莫德雷德问，"还他什么？"

"他说还他的金子。"安格斯小声说。

但是莫德雷德没有听到一个字。因为当时过道的一大块天花板正好掉在了地上。

"一窍不通爵士的幽灵开始捣乱了。"埃丽卡惊叫。

"明白了吗？他要毁掉屠龙学校。"威格拉一边喊一边蹲下身，躲避不停往下落的碎石。

校长的脸沉了下来："这个无赖，他终于来了。"

"你抢了他的东西，这是真的吗？"埃丽卡问。

"是他们想对我下手，"莫德雷德辩解道，"他们所有的金子都是从别人那儿抢来的。就算我从他们那里拿了金子，也是拿来做了好事。是我把你们这些无助的毛头小子变成了屠龙英雄。"

"您还是给他一些金子吧，那样他才会离开。"安格斯说。

"一些，"莫德雷德说，"哼！恐怕他要的是我全部的金子。"

"嗯，确实是这样。"威格拉说。

"当然是这样，"莫德雷德咬牙切齿地说，"贪婪的人永远无法满足。就算拥有了一切，仍然会觉得还不够多。"

"和一窍不通爵士说的一模一样。"威格拉说。

莫德雷德攥着小熊转过身对安格斯说："是你干的吗？外甥。"

"不，舅舅，不是我。"安格斯急忙辩解。

"一定是你带那个幽灵到这来的，"莫德雷德说，"是你想报复我，因为我削减了你一半的补助。"

"可是舅舅，您从来没给过我一分钱的补助啊。"安格斯说。

"我没给过你？"莫德雷德满脸疑惑，"那就奇怪了，你妈妈每个月寄给我钱……没关系。"

"说到妈妈，她最近给我寄来百宝箱了吗？"安格斯急切地问。

"百宝箱？"莫德雷德面露不悦，"这个时候还谈百宝箱，现在，你们必须武装起来，准备战斗。消灭城堡里的幽灵！"

"我们除不掉他，先生，"威格拉说，"只有你才行。"

"怎么做，快告诉我，我可以做任何事情。"莫德雷德急切地问。

威格拉笑着说道："把你那袋金子给他，他就会走。"

莫德雷德举起小熊走到他的面前，"给他……我的……"他面带愠色地说，"做你的鬼梦。"

"舅舅，小心背后。"安格斯警告道。

莫德雷德急忙回头看，这时，一套铠甲正向他逼近。

"天哪！"他叫道。

铠甲的头盔飘了起来。铠甲举着盾牌跳了过来，手中宝剑在他面前挥舞。

"别碰我！"校长喊，"哦，还有我的熊。"

幽灵发出了一阵可怕的笑声。

校长转身朝下面的走廊逃去。

盾牌、盔甲、宝剑紧追不舍。

威格拉、安格斯和埃丽卡三人贴墙靠在校长室的门上，害怕再次被幽灵抓到。

"滚开！一窍不通。"莫德雷德边跑边喊，"嘘——嘘……回去吧，我说，回到你的坟墓里去吧。"

幽灵没有吵醒学生，倒是校长的叫喊声，吵醒了他们。几十个学生正沿着楼梯下来。

莫德雷德见状，气喘吁吁地喊："快回去睡觉，回去！"后边的铠甲几乎踩到了他的脚后跟。

幽灵森然的笑声传来，正沿楼梯返回的托尔布拉德突然感觉到自己飞了起来，"哦——"他惊叫着被越举越高，为了保命，他抓住一盏吊灯，悬在上面。

接着鲍尔德里克也飞了起来，他呼叫着从威格拉头顶飞过，摔在地上。

"哎呦！"鲍尔德里克落地后爆发出哭喊声。

"我真不忍心看下去！"莫德雷德用小熊挡住自己的双眼。

"救命！救命！"托尔布拉德仍吊在吊灯上，大喊，"屠龙学校闹鬼啦！"

第九章
与幽灵作战

"烧着了国王肯的裤子啦！"莫德雷德叫嚷着，然后转身逃进他的办公室里了。

威格拉、安格斯和埃丽卡也跟着他逃了进去。

莫德雷德飞快地穿过一扇门，冲进他的卧室。其他人也跟了进去。一副漂亮的金质铠甲挂在他红色的床头上方。莫德雷德迅速穿好它，小熊也被塞了进去。"一切都会好起来的，"他小声对小熊说，"会好起来的。"

洛贝丽娅夫人穿着黄色绒毛长袍，跑了进来，瞪着眼睛问："天塌了吗？"她喊道，"农民造反了吗？以圣乔治的名义告诉我，外边到底发生了什么？"

"是一窍不通！一窍不通的幽灵，姨妈。"安格斯说，"他说要毁掉我们学校。"

"为什么？"洛贝丽娅夫人问，"他不是我们学校的创始人吗？对吧，莫德雷德。"

"说来话长，姐姐，"莫德雷德马上回答，"关键是这个无赖想要我们手里的金子。"他站在床边，大声说，"我们逃吧，姐姐，我收拾好金子，你我在路边会合，"

洛贝丽娅夫人双手合十道："哦，不，我不逃。学校的利益高于一切。莫迪。"

"哦，天哪！"莫德雷德扎进了他的丝质枕头上。

"我们必须除掉这个幽灵，"洛贝丽娅夫人说，"我去弄点大蒜。"

"那是用来对付吸血鬼的，姨妈。"安格斯说。

"哦！"洛贝丽娅夫人说，"我们就把他暴露在阳光下。"

"那是对付狼人的办法。"威格拉说。

"我们鸣钟敲锣怎么样？叮当声会把幽灵吓跑。"洛贝丽娅夫人说。

埃丽卡摇摇头说："那是对付魔鬼的办法。"

这时，房间外边响起了一阵可怕的撞击声。

洛贝丽娅夫人缩成一团。"如果城堡被毁了，我可不想穿着长袍被抓住。"她一边说着，一边匆匆忙忙地朝她的寝室跑去。

"小伙子们，"莫德雷德说，"看起来你们知道如何对付这个混蛋。"

"我有一本关于如何对付幽灵的书。"安格斯说。

"告诉我，如何除掉这个幽灵？"莫德雷德问。

安格斯摇摇头说："幽灵几乎不可能被除掉，舅舅。唯一的办法是把你的金子给他。"

巨大的撞击声还在延续着，莫德雷德从床上跳了下来。大家都跑出去看发生了什么事。

威格拉被眼前的景象惊呆了。

整个入口处的天花板都已经塌了。学生们正踩着瓦砾往城堡外面跑。

"救命！救命！"一团团燃烧的火焰追逐着学生，那些火焰想要点着他们。幽灵的笑声四处飘荡。

鲍尔德里克和一些人正拖着箱子下楼准备逃跑。

在楼梯的平台上，大块头玛利兄弟手拿长矛武装了起来。

"他朝哪条路跑了？"巴利喊。

"我们想会会他。"沙利喊。

"我们来收拾他。"法利喊。

"我们正在到处找他。"哈利喊。

一阵师生的尖叫声从城堡的后院传来。

"他们正朝门楼方向跑，"埃丽卡说，"但吊桥被吊起来了。"

"那再也没有逃出屠龙学校的路了，除非游过城堡下的壕沟。"威格拉说。

"哦，那里边都是鳗鱼，比幽灵还可怕。"安格斯说。

"跟我来。"埃丽卡说，他们跑进了后院，校长带着玩具熊也跟来了。

月光下，埃丽卡看见一群勇敢的小伙子正捏着鼻子，跳入了城堡下的壕沟里。

"那个幽灵哪儿去了？"莫德雷德喊道，"让我们和他决斗！"

"在这儿！"校长话音未落，一窍不通就出现了。他身上的盔甲在星光的照耀下闪烁着银色光辉，那种红色的液体在他的肠胃中蠕动着。

"救命啊！幽灵来了！"老师和学生们都大声惊呼，纷纷跑回城堡中。

"这只是冰山的一角，"一窍不通爵士喊道，"如果我拿不到金子，我将让这座城堡瓦砾无存。"

一窍不通飞过人群，从壕沟里抓起一块污泥，重重地摔在城墙上。

在一片嘈杂声中，一个高大的、身披铠甲的武士正默默地朝这边走来。他戴着头盔，挡板遮住了他的脸。

"那是谁？"威格拉问。

"普林杰教练。"埃丽卡说。

"不可能是他。"威格拉说。

"我知道了，"埃丽卡说，"我打赌他一定是哈利或玛利。"

这个铁甲武士晃着长矛朝幽灵走去。

"哦，你想决斗吗？"一窍不通喊道，"可惜，你死定了。"

这个幽灵打了一个尖利的口哨。"来吧，剑齿鱼。"

一阵风吹过，从天上飞来一条长着一对大翅膀的龙的幽灵。

学生和老师们都吓得四散奔逃。

这条龙的幽灵落在一窍不通的旁边，让他骑在自己背上。龙发出了一声可怕的长啸，鼻子里冒出缕缕的青烟。

这个铁甲武士挥动手中的长矛冲向龙背上的一窍不通。

"好样的，哈利。"埃丽卡喊道。

"干掉他，哈利！"安格斯也喊。

威格拉没有喊。他从未见过像哈利·玛利这样勇敢的人。

剑齿鱼展开双翼腾空而起，然后俯冲下来，以便让一窍不通手中的宝剑向铁甲武士发起攻击。

哈利躲过了第一波攻击，但不幸在第二波攻击中被刺中头盔，倒在地上。

龙的幽灵在天上慢慢地盘旋，一窍不通大笑道："谁还敢来挑战吗？"

"不敢，我们不敢。"学生们纷纷喊着。

"谁说不敢？"莫德雷德大叫道，"继续战斗，小家伙们，把幽灵赶出我们的校园。"

威格拉、安格斯和埃丽卡没理莫德雷德，径直跑向受伤的武士。

"帮我摘掉他的头盔。"埃丽卡说。

安格斯和威格拉也抓住头盔，三人又推又晃，终于，把它摘下来了。

"天哪！"埃丽卡和安格斯都惊叫起来。

威格拉用敬佩的眼光盯着这位勇敢的同学，他根本不是哈利·玛利，她是新转来的简丝丝。她双目紧闭，嘴角上扬，露出一副倔强的笑容，身体却格外的冷。

第十章
另一个幽灵大盗

"简丝丝太勇敢了。"威格拉说。

"她现在很虚弱,"埃丽卡说,"看她头上的伤口,我们把她抬进城堡吧。"

"她真沉。"安格斯说。三个人抬着简丝丝摇摇晃晃走着。他们把她送到莫德雷德的卧室,威格拉从她嘴里取出一卷绿色口香糖,把它粘在莫德雷德的床头柱上。

"舅舅不会介意的。"安格斯说。

"不会的。"威格拉说,"毕竟她是敢于向幽灵挑战的勇士。"

埃丽卡叹了口气说:"现在,简丝丝不会愿意再待在屠龙学校了,但我们不能责怪她。"

威格拉说:"也许我们应当召唤泽尔诺克巫师,或许他能帮我们除掉幽灵。"

"可是泽尔诺克是世界上最糟糕的巫师。"埃丽卡说。

威格拉耸了耸肩说:"我们别无选择了。"

城堡的后院里传来一阵坍塌声,安格斯跑出去看到底发生了什么事,不一会儿,他气喘吁吁地跑回来说:"后院已经变成一片废墟了,一窍不通把屠龙台毁了,现在正朝穿刺用稻草人而来。"

威格拉立刻念了三遍巫师的名字:"克诺尔泽,克诺尔泽,克诺尔泽。"

莫德雷德的卧室立刻充满了紫色的烟雾,等烟雾散尽,一个瘦瘦的、戴着尖尖帽的白胡子老头站在威格拉面前。一只大黑鸟站在老头的左肩上。

"泽尔诺克!"威格拉叫道。

"威格利普!"巫师用手扇了扇未散尽的烟,他总是把威格拉的名字叫错,这回把威格拉叫成了"威格利普"。他接着说:"啊,你在这里,认识我的伙伴吗?"他朝大鸟点了点头,"这是我新的神奇伙伴,它的名字叫乔治。有什么要帮忙的吗,乔治将帮我满足你的任何愿望。"

泽尔诺克伸手去抚摸那只鸟,不料却被它啄了一口。

"哦,你这该死的嘴。"泽尔诺克嚷道。乔治开始梳理它的羽毛。

"麻烦你了，先生！"威格拉说，"我们需要帮助，一个幽灵正在捣毁我们学校。"

乔治突然展开它的翅膀，飞到一顶头盔上，开始啄它的金边。"讨厌的家伙，别乱啄！"巫师喊道，"乔治和我的配合，目前还没有巫师手册上讲的那么默契。"

"你能除掉幽灵吗，泽尔诺克？他马上就要毁掉整个学校了。"

泽尔诺克用手指敲了敲脸颊，说："你们玩过石头剪子布吗？"他问，"告诉你们，这是石头。"他说着攥了攥拳头，"这是剪子，"他又伸出两个手指，"还有布，"他放平了手掌，"石头压剪子，剪子压布，布压石头。"

"我们知道如何玩这个游戏，但不知道如何对付幽灵。"威格拉打断了他的话。

"那正是我要说的。"泽尔诺克说。

"你知道，男巫师能够对付女巫师；女巫师能够打败盗尸者；盗尸者能够吓跑蝙蝠；蝙蝠能够吃掉臭虫；臭虫能够吓坏少女；而少女……"

"好了，好了！"埃丽卡不耐烦地问，"这和对付幽灵有关系吗？"

泽尔诺克想了想说："我不能确定，除非再没有其他的妖怪、恶魔了，或许只有这个办法才有效。"

"你没有其他办法帮我们了吗？"威格拉问。

"我可以念一些驱幽灵的咒语，但它从未灵验过。"泽尔诺克说，"不过，凡事都有第一次，乔治，帮帮忙怎么样？"

那鸟没理他，继续梳理它的羽毛。

"好吧，开始。"巫师闭上眼睛念咒：

> 始祖精灵，
>
> 穿墙而来，
>
> 随声念着：去，去，去！
>
> 幽灵吓得苍白无力，
>
> 幽灵！去吧！

一道闪电划过早晨的天空。威格拉感到屋里变冷了。

"啊呀！"泽尔诺克失声道。这个房间变得更冷了。

"你为什么'啊呀'一声？"埃丽卡问。

"我想我得走了，乔治，快来！"泽尔诺克说，这只鸟发出了一声长鸣。

"等等，泽尔诺克。"威格拉喊道。这时，紫烟弥漫开来，威格拉什么都看不见了。

当烟散尽后，巫师和他的鸟都消失了。

但威格拉的眼睛却瞪大了，因为在巫师站过的地方正站着另一个幽灵骑士。

"一毛不拔爵士吗？"威格拉问。

他心里暗叫不好：现在学校来了两个幽灵强盗。

安格斯朝这个幽灵说："我认识你，你是皮夹凯爵士。"

第十一章
洛贝丽娅的心上人

"我的名字要用法语念，"幽灵一边说一边飘向他们，"所以你们应该这样发音：皮夹克。试一下。"

"皮夹克。"三个人嘟囔着。

"啪！"幽灵皮夹克打了个响指，"说对了，我就是大名鼎鼎的皮夹克爵士，现在告诉我为什么把我从坟墓里召唤出来？"

"皮夹克爵士是洛贝丽娅夫人的丈夫。"安格斯告诉大家。然后他们向皮夹克的幽灵礼貌地鞠了个躬，说道："我们需要帮助，一窍不通爵士的幽灵正企图毁灭我们的学校。"

"这个恶魔，"皮夹克爵士拔出宝剑道，"我会对付他的，我要把他送回老巢。但是，首先，我得见见我亲爱的洛贝丽娅。"

"你不能先除掉恶魔再见她吗，皮夹克爵士？"安格斯问，"她就在这个城堡里做事。"

"不，不，不。"皮夹克爵士向他们摇着指头说，"那样我不干，真正的骑士总是在漂亮的姑娘陪伴下进入战场的。洛贝丽娅会把她的一份爱给我带上，也许是一条漂亮的手帕，或是她的头花，我把这份爱放入铠甲中，放在心上。只有那样，我才会冲向战场。"

"好吧！"安格斯无奈地说，"那咱们走吧。"

"等等。"威格拉说，"皮夹克爵士，如果其他同学看见你……"

"啊，我会吓着他们的，不是吗？我还是不要让他们看见为好。"皮夹克爵士立刻消失了。

"简丝丝在这很安全。"威格拉说。

三个学生和隐形的幽灵离开了校长的卧室，他们穿过石头和铠甲乱飞的台阶，来到了洛贝丽娅夫人的房前。安格斯一边敲门一边对威格拉和埃丽卡说："如果她昏过去，我们必须做好扶她的准备。"

洛贝丽娅打开门。就在这时，皮夹克爵士重新出现了。

"哦，我的明星！"洛贝丽娅夫人喊道，"真的是你吗？"

"亲爱的洛贝丽娅！"皮夹克爵士说，"我真想让你用胳膊来拥抱我，但可惜，你只能抱着空气。"

"皮夹克，是你！"洛贝丽娅夫人叫着，"还穿着你的葬礼上我亲手为你穿的铠甲，快进来，进来。"

"皮夹克爵士答应为我们除掉一窍不通，夫人。"安格斯说。

"还真是个出色的骑士，哦？皮夹克。"洛贝丽娅夫人说，"这套铠甲很适合你，转一圈，让我从各个角度看看你。"

皮夹克幸福地转着圈。

"你们见过更出色的骑士吗？"洛贝丽娅夫人问，"即使作为一个幽灵，你也是最利落的一个。"

皮夹克微笑着："让我背一些爱情诗给你听，亲爱的洛贝丽娅。"

"但是，皮夹克爵士，一窍不通怎么办？"威格拉说。

"你认为他会想听一首爱情诗吗？"皮夹克皱着眉说。

"我的意思是什么时候除掉他？"威格拉说。

"一个骑士不曾为爱人背一首情诗之前是绝不会进入战场的。"皮夹克坚决地说。他清了清喉咙：

我对你的爱就像软软的奶酪，

我愿轻轻地捏。

我对你的爱就像绿绿的豌豆，

你若喜欢它，

就请告诉我！

我对你的爱就像爽爽的喷嚏，

漂浮在微风里。

我对你的爱就像……

"哦，皮夹克！"当他念完这首诗后洛贝丽娅夫人陶醉地说，"太美了！"

"这里还有一首。"皮夹克说。

一阵坍塌声在他们上方响起。

"是从餐厅传来的。"安格斯警告道，"皮夹克先生，我们不得不快点动身了。"

"再来一首，我的甜心！"洛贝丽娅夫人说。她的目光再也无法从皮夹克的身上挪开了。

"令人作呕。"埃丽卡说，"我们自己解决这件事吧。"

安格斯、埃丽卡和威格拉朝餐厅跑去，他们停在一个火把下面。

在黎明的微光中，他们看到这个被袭击的地方：碗和勺子都在空中飞着。学生们蜷缩在桌子底下。

"出来呀，幽灵，无论你在哪儿！"煎锅厨师攥着一口锅在餐厅里边跑边挥舞。

幽灵的大笑声飘然而至，空气中，煎锅厨师正炖着鳗鱼的大锅飘了起来——当然是隐了形的一窍不通拿起来的。

"小心！"威格拉大喊道。大锅飞起来，鳗鱼汤倒向餐厅里的每一个人的头顶。

"不要，快住手吧！"学生们喊着。

"住手？"一窍不通突然现形站在威格拉前边的一张桌子上说，"只要莫德雷德给我金子，立马就停。"

就在此时，洛贝丽娅和皮夹克爵士出现在入口处。

"住手！"皮夹克爵士拔出宝剑，大声喊道，"该死的一窍不通，准备再死一次吧！"

第十二章
狡猾的莫德雷德

一窍不通向皮夹克爵士疾飞而来，两人拔剑相对。

威格拉、安格斯、埃丽卡和洛贝丽娅夫人躲在他们后边的一张桌子下面观战。

"冲啊！皮夹克爵士！"埃丽卡喊道。

一窍不通双手握剑朝皮夹克爵士头上猛劈下来。皮夹克闪身躲过，两人打成了一团。

但是皮夹克爵士不是一窍不通的对手，威格拉看出这一点。他正逐渐处于下风。

威格拉想去做点什么帮帮他。

"嗨！一窍不通，看哪！"他喊道，"这里有莫德雷德的金子。"

"什么？在哪儿？"一窍不通扭过头来看。就在他分神的一刹那，皮夹克乘机挥剑刺中了一窍不通。

"去死吧，恶棍！"皮夹克喊道。

"哦！皮夹克，好样的。"洛贝丽娅在旁边叫好。

一窍不通干笑了一下，像没事人似的把刺在身上的剑拔了出来。鲜血从伤口处喷出来，撒在地板上。

"哦！"他呻吟了一声，然后晃着两把宝剑说，"皮夹克，你没武器了。"接着举起双剑向皮夹克爵士发起了攻击。

皮夹克一边躲避一边向煎锅厨师的大铁锅靠近，随后，他举起大铁锅抵挡，但又被一窍不通夺了去。他把锅里的鳗鱼汤倒了皮夹克一身。

"哦，那鱼汤会毁了他的铠甲的。"洛贝丽娅夫人心疼地说。

这时，皮夹克夺回了宝剑，又刺中了一窍不通。如果两个人不是幽灵的话，已经死了好几回了。但他们是幽灵，战斗仍在继续。

"是我眼花了吗？"安格斯说，"皮夹克爵士怎么变模糊了？"

威格拉也注意到了，的确，这个贵族骑士的身影越来越不清晰了。

"泽尔诺克巫师的咒语正在失效，"埃丽卡说，"唉，这个没用的巫师。"

皮夹克使出了浑身解数，竟把一窍不通的宝剑打飞，令人惊讶地擒住了他。皮夹克用宝剑指着一窍不通的头说："赶快滚出屠龙学校，永远不许回来！"但他的声音轻微得几乎听不见。他的身躯也变得越来越黯淡，就像他说的话一样。

"我不会走的！"一窍不通喊道，"该走的是你，看看你自己吧！"

皮夹克无奈地看了看自己越来越模糊的身躯，仰天长啸道："一切都结束了。"随后，他转过身，深情地望了一眼洛贝丽娅说："再见了，我的爱人，相聚是如此甜蜜，可是分别的无奈又那么感伤，永别了……"话未完，人已如烟而逝。

"哦，皮夹克，别离开我。"洛贝丽娅夫人泪如泉涌，依依不舍。

一窍不通乘机卷土重来，变本加厉把餐厅搞得天翻地覆。

"住手！"威格拉和安格斯哭喊着。

"快停下来！"莫德雷德一阵风似的跑进来，看着一片狼藉的餐厅，他那紫色的眼珠子瞪得大大的。

一窍不通朝他飞过来，两人怒目而视。"终于又见面了！"一窍不通说，"你想好了把金子交给我了吗？""是的，"莫德雷德说，眼里掠过一丝狡黠，"我把所有的金子交给你，跟我来吧。"莫德雷德转身就走。一窍不通紧随其后。

　　"我简直不敢相信自己的耳朵。"埃丽卡说。

　　"学校有救了！"威格拉说。

　　"舅舅从来不会如此轻易地屈服，"安格斯说，"这背后一定有什么猫腻！"

　　"我们跟着去看看，"埃丽卡说，"快走！"

第十三章
把黄金扔进大海

威格拉、埃丽卡、安格斯和洛贝丽娅夫人跑到了餐厅的后面。安格斯打开了一扇门，领着大家朝楼梯下走去。他们穿过一段狭窄的过道，又来到另一扇门前。安格斯推开它，大家进入了莫德雷德的卧室。简丝丝仍平躺在床上。

"听，"埃丽卡说，"听到了吗？"

威格拉竖起耳朵，他听到了从隔壁校长办公室传来的谈话声。

大家都把耳朵贴在门上想听个究竟。

"你赢了，一窍不通，"莫德雷德说，"我把全部的金子都给你。"

"我已经闻到它的气味了，"一窍不通的幽灵说，"快点把它交出来吧。"

"好，好，"莫德雷德说，"我会把所有金币一个不剩全给你。"

安格斯转向洛贝丽娅夫人，耳语道："我不相信这是他的真心话。"

"他一定在玩什么鬼把戏，"洛贝丽娅夫人回答，"可会是什么样的鬼把戏呢？"她抓住门把手轻轻一转，门被推开一条缝。四个人挤在一起往里看。

威格拉看见莫德雷德一手夹着玩具熊，一手举着一只红白条纹的大盒子。安格斯喘着粗气盯着那只盒子。莫德雷德从盒子里倒出了一大堆金币。

"不。"安格斯看上去气呼呼的。"金子，我的金子。"一窍不通大叫，他把金子拢到了胸前，"终于我又拿回了自己的金子。现在我可以回到我的坟墓中安息了，像一毛不拔一样。"

威格拉笑了。一窍不通贪婪的幽灵将要永远离开屠龙学校了。

但是，安格斯突然推开了门，威格拉觉得十分意外。

安格斯冲入了莫德雷德的办公室。"外甥！"校长吃了一惊，厉声说道，"滚开，离开这里。""舅舅，这个盒子不是你的，不能送人，"安格斯大叫，"它是我的百宝箱。"

"哦？"幽灵感到奇怪。安格斯转身对幽灵大叫道："那不是金币，是我的巧克力。"

"别听他的，"莫德雷德怒吼道，并拿起他身旁的玩具熊击打安格斯，"他在说谎。快滚，外甥，否则我就对你不客气了。"

安格斯跑到洛贝丽娅夫人身边避免挨打。

与此同时，一窍不通的幽灵正笨拙地摆弄着一个"金币"。威格拉看见他终于成功地剥下了巧克力的金箔纸。

"他是对的，"幽灵发怒了，把盒子扔在了地上，"果真是该死的巧克力。"

"它是我的，"安格斯叫道，"自从在屠龙杯争夺赛中赢得了这个装着满满一盒子金币巧克力的奖品后，妈妈就一直把它放在我的百宝箱中。"

一窍不通的鬼魂喘着粗气说道："但是，我知道我的金子就在这儿，我能闻出它的味道。现在我只能自己去找它了。"幽灵开始在办公室里四处翻腾。威格拉看见校长嘴角挂着一丝古怪的笑。

"你找不到我的金子，找不到，找不到！"莫德雷德带着他的熊在房间里蹦来蹦去，不停地喊着。

"喔，天哪，"洛贝丽娅夫人说，"他疯了。"

屠龙学校的奖杯掉在地上摔了个粉碎。

莫德雷德的长袍随着他的蹦跳摆动着。他不住地唱着："找不到，找不到，找不到，你永远找不到我的金子。"

幽灵喘着粗气。他开始一点点凑近莫德雷德，直到他俩的尖鼻子仅仅只隔几英寸。

"我知道金子在哪里了。"一窍不通的鬼魂说着冲向了莫德雷德的玩具熊。"什么！你怎么猜出来的？"莫德雷德拿着他的玩具熊躲开这个幽灵。然后紧紧把它抱在胸前。"我的金子！"他嘟囔着，"我花了好几个月的时间引诱简丝丝离开灭龙学校。这是我挣来的金子，谁也不许拿走。"

"那我就把这所学校变成瓦砾，瓦砾！"幽灵咆哮道。

一窍不通的鬼魂抓住了小熊。莫德雷德也死死地抱住它。两人撕扯起来。这是一场拉锯战。但一窍不通的鬼魂很快就处在下风。

"先生，"埃丽卡说，"如果我们没有学校，我怎么能成为屠龙英雄呢？"

"你们函授自学吧！"莫德雷德盯着小熊大叫。

"先生，"威格拉说，"我们能为您挣到很多的金子。""很多的金子。"莫德雷德无意识地重复。"很多很多的金子。"威格拉说。

"舅舅，把小熊交给我，好吗？"安格斯说。"是的，交出来吧。"一窍不通说。

"好吧，"莫德雷德说，"给你。"安格斯伸手去拿，但莫德雷德仍牢牢地抱着它不松手。

"我们得想点办法了。"安格斯说。

"有办法了，"威格拉说，"咱们将双下巴杜克的刑罚用到校长身上。"

"原谅我们，先生。"埃丽卡说。威格拉、安格斯和埃丽卡按住莫德雷德开始挠他的痒痒。

"哦……哦……"莫德雷德叫喊着，"住手。"

他们继续挠他的肚子、脖子，甚至他的腋下。

"哦……哦……可怜可怜我，"莫德雷德叫嚷着。

"松手吧，莫德雷德。"洛贝丽娅夫人也加入进来。

威格拉脱掉莫德雷德的靴子，挠他的脚心。

"哦……"莫德雷德叫着，最终把抱小熊的手松开了。

"拿到它了。"洛贝丽娅夫人一只手举着小熊。

"不、不！"莫德雷德大喊。眼泪顺着脸颊流了下来。

"我的金子。"一窍不通喊着冲过来，从洛贝丽娅夫人手中一把抢过小熊。

他摇了摇它，里面叮当作响。"现在我已经夺回了这个强盗从我手中夺走的财宝。我可以回到我的坟墓中安息了。"

"对不起，先生，"威格拉问，"你打算用这些金子干什么？"

"干什么？"一窍不通耸耸肩，"我只是想拿到它而已。平心而论，作为一个幽灵，我要金子也没用。也许在回坟墓的路上，我会把它扔进大海里。"

"扔进大海里。"莫德雷德眼前一黑，一头栽倒在地上。

"再见，再见了！"幽灵一边说着一边消失了。但它的笑声却在它离去后久久地徘徊在屠龙学校的上空。

第十四章
我不是埃里克

"哎哟……"呻吟声突然响了起来。

"简丝丝醒了！"埃丽卡说。

三人跑进莫德雷德的卧室。

"简丝丝，"威格拉问道，"你好点了吗？"

简丝丝坐起来，摸摸头上的伤口，说："没关系，以前长矛比武时，受的伤比这还重呢。"

"你需要我们帮你收拾行李吗？"埃丽卡问。

简丝丝皱着眉头不解地问："为什么收拾行李？"

"我知道你不会在屠龙学校再待下去了。"埃丽卡说。

"经过这件事，你还会再待下去吗？"威格拉补充道。

"开什么玩笑，伙计们，"简丝丝说，"我以前呆的学校和这里比起来，简直无聊死了。"

"耶！"威格拉高兴地大喊。

"值得庆祝一下。"安格斯说。

"咱们回宿舍吧，你能走路吗，简丝丝？"埃丽卡问。

"走路？"简丝丝从床上跳了下来说，"咱们比一比，看谁先跑回宿舍。"说完她就飞跑起来，其他三个孩子忙追上去。

最后简丝丝赢了。安格斯最后一个跑进来，因为他得抱着他的大百宝箱。一进门他就喊道："大家把巧克力分了吧。"

"屠龙学校总是这样充满激情吗？"简丝丝把她的口香糖夹在耳朵上，大口大口地咀嚼着一块巧克力问道。

"差不多吧。"威格拉说。

"接下来会发生什么呢，伙计们？"简丝丝问。埃丽卡在她的耳边讲了她的秘密。

"你是……"简丝丝惊讶地说，"太好了。"

埃丽卡也开心地笑了。

"现在我们四人要一起做件事情，"她压低声音说，"等大家都睡着了，我们溜到下面的工具店买把锤子和凿子……"

"欢迎参加奠基人日早餐。"那天早上，当学生们三三两两进入餐厅时，洛贝丽娅夫人大声说道，"进来吧，小家伙们。在开始大扫除前，大家先吃点东西。"

一块黑布头蒙在了学校标语上。但是，这一次威格拉没有感到奇怪。

莫德雷德坐在校长席上。他的紫色眼睛因为哭过仍然红肿着。

大家坐好后，埃丽卡突然跑上前去。

"莫德雷德，"她说，"我有一份奠基人日的惊喜送给您。"

莫德雷德只是从鼻子里"哼"了一声。

"简丝丝，"埃丽卡继续说道，"她不是屠龙学校的第一个女生。"莫德雷德奇怪地眨了眨眼睛。他摇了摇手中的手帕示意她继续说下去。

埃丽卡摘掉了她的屠龙学校的头盔，两条棕色的长辫子搭在她的肩后。

"先生，我不是埃里克！"埃丽卡说，"我是埃丽卡，一个女孩。"

简丝丝和威格拉跑到挂着黑布的标语牌下。他们扯下了黑布，标语上面写着：勇男们和侠女们屠龙学校。

莫德雷德刚开始看上去有些发呆，突然他醒悟过来，站起来大声喊道："对，屠龙学校是属于男孩和女孩的。欢迎女孩们加入屠龙学校。许许多多的女孩子们。学生多一倍，学费也就多一倍。哦，为什么早没想到呢？太棒了。我又要发大财了！"他开心地看着学生们，喊道："煎锅厨师，不要总是吃那些鳗鱼，来点奶酪和香肠！"餐厅顿时安静下来，安静得甚至可以听见针掉到地上。

煎锅厨师从厨房探出头来问："您没病吧，先生？"

"这是奠基人日，煎锅厨师！"莫德雷德说，"把好吃的都端上来吧。我说了，是全部好吃的，对了，再开一壶苹果酒吧。"

他开心地笑了，充满陶醉地说："双倍的学费。哦，我应该好好庆祝一下。"

威格拉、安格斯、埃丽卡和简丝丝碰了下酒杯，大叫道："让我们为了屠龙学校——干杯！"

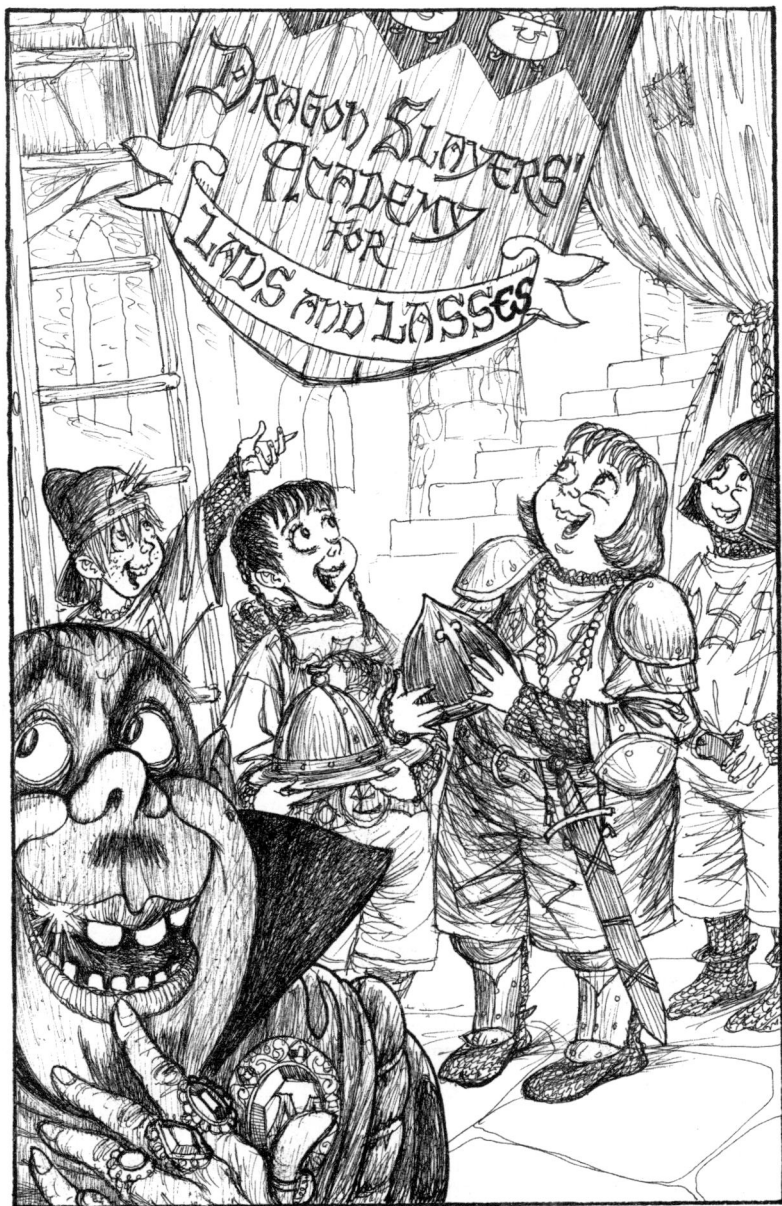

DRAGON SLAYERS' Academy FOR LADS AND LASSES

图书在版编目（CIP）数据

地牢深处的秘密幽灵 ／（美）凯特·麦克马伦著；
（美）比尔·巴索绘；丁美其译. -- 上海 ： 文汇出版社，
2017.11

（从前有条喷火龙. 第二辑）

ISBN 978-7-5496-2347-1

Ⅰ. ①地… Ⅱ. ①凯… ②比… ③丁… Ⅲ. ①儿童小
说一中篇小说一美国一现代 Ⅳ. ①I712.84

中国版本图书馆CIP数据核字（2017）第251273号

Dragon Slayers' Academy 12.The Ghost Of Sir Herbert Dungeonstone
by Kate McMullan and Bill Basso
Text copyright ©2004 by Kate McMullan. Cover illustration copy right ©2012 by
Penguin Group(USA) Inc. Illustration copyright ©2004 by Bill Basso.
Simplified Chinese translation copyright ©(2014)
by Shanghai Dook Publishing Co.,Ltd.
All rights reserved including the right of reproduction in whole or in part in any form.
This edition Published by arrangement with Grosset&Dunlap, a division of Penguin
Young Readers Group, a member of Penguin Group (USA) LLC,A Penguin Random
House Company
through Bardon-chinese Media Agency
ALL RIGHTS RESERVED

图文：09-2017-850

地牢深处的秘密幽灵

作　　者 ／ 【美】凯特·麦克马伦著　【美】比尔·巴索绘
译　　者 ／ 丁美其

责任编辑 ／ 张　涛
特邀编辑 ／ 汪雯君　黄迪音
封面装帧 ／ 李子琪

出版发行 ／ **文匯**出版社
　　　　　　上海市威海路 755 号
　　　　　　（邮政编码 200041）
经　　销 ／ 全国新华书店
印刷装订 ／ 北京中科印刷有限公司
版　　次 ／ 2017 年 11 月第 1 版
印　　次 ／ 2017 年 11 月第 1 次印刷
开　　本 ／ 889mm×1194mm　1/32
字　　数 ／ 39 千字
印　　张 ／ 2.5

ISBN 978-7-5496-2347-1
总 定 价 ／ 199.80 元（全十册）

DRAGON SLAYERS' ACADEMY

从前有条喷火龙 ⑬

幸运的黑色星期五

【美】凯特·麦克马伦 著 【美】比尔·巴索 绘 | 杨鹏 译

文汇出版社

屠龙学校校园地图

DSA

露露夫人的卧室

普拉克博士
科学家实验室

洞(
出/

莫德雷德的教室

马厩

校长办公室

食堂

法地牢

城堡庭院

擦洗课

假火龙
(训练专用

约里克快速变装营

东塔

脚趾甲村

黑特爵士的
起降机

猎人小径

宿舍

鳗鱼壕沟

闲人擅入 后果自负

DSA

吊桥

目 录

第一章
丑陋的校服

"啦啦啦！"威格拉一边从屠龙学校城堡往外跑，一边欢呼着，"我们要去野餐了！"

清晨的校园里，蓝白相间的屠龙学校校旗随风飘扬，草地上点缀着色彩鲜艳的野餐布，一条长长的横幅悬挂半空，上面写着：

女孩们！欢迎来到屠龙学校！

"太棒了！"简丝丝感叹道，"在灭龙学校，我们就从来没有野餐过。"她嘴里嚼着"微笑哈尔牌"树胶泡泡糖，随口吹出一个巨大的绿色泡泡。

简丝丝是屠龙学校的新生。自从她来后，校长莫德雷德就决定把屠龙学校的大门向所有的女生敞开。

"女生们要入学了，我好期待！"埃丽卡说道。

埃丽卡来到屠龙学校有一段时间了，但就在不久前，她还是女扮男装的埃里克。莫德雷德校长做梦也想不到，"埃里克"竟然是女生，而且还是一个公主。

"新入学的女生们需要优秀的榜样，需要有人引领。"埃丽卡拍了拍挂在脖子上的月评未来屠龙手奖章，继续道，"我就是那个最佳人选，可以向她们示范一切！"

"快看那儿！"安格斯喊道。他指向一条长桌。上面堆满了肉饼、面包、奶酪和苹果。安格斯长得胖嘟嘟的，比较贪吃。

看到眼前丰富的美食，威格拉的肚子咕噜直叫，早上又是吃剩的鳗鱼，他几乎没怎么动口。

"简直是盛宴！"安格斯欢呼道。

"确实是，"莫德雷德的姐姐洛贝丽娅穿着蓝色礼服从城堡里走了出来，"这顿饭莫迪可是花了不少钱。不过，一旦新入学的女生们交了学费，他就会得到10倍以上的利润。"

洛贝丽娅手做杯状，放在嘴边大声喊道："一班！迅速集合！"

一班聚集在洛贝丽娅的跟前，威格拉和他的朋友们也加了进来。

"为了盖新的宿舍，二班与三班的男生们还在黑森林里采集石头。"洛贝丽娅夫人说道。

"我们女生要有宿舍了！"简丝丝高兴地叫着。

洛贝丽娅夫人微微笑了笑，说："那么，一班的学生们，你们要怎样向新来的女生展示屠龙学校真正的精神？"

埃丽卡举手道："我们可以组建拉拉队，来欢迎她们吗？"

"噢，太好了！赶快行动吧！"洛贝丽娅夫人赞同道。

"你们每个人——"洛贝丽娅夫人说到一半停住了，"简丝丝，你在嚼口香糖吗？"

简丝丝赶忙将口香糖咽了下去："不嚼了。"

洛贝丽娅翻了个白眼，接着说道："你们每个人将挑选一位女生作为你的伙伴，先带领你的新伙伴去见各位老师，然后带她去煎锅厨师准备好的宴席桌，帮她盛满食物，坐到她的旁边。"

"哦，我的美食！"安格斯欢呼。

"安格斯，美食可是为新来的女生准备的。"洛贝丽娅夫人警告道。

"不！"安格斯惊呼，"你的意思不会是——"

"确实是，"洛贝丽娅说道，"煎锅厨师将会给你们每一位老生准备一份美味的碎鳗鱼烤面包。"

大家一片怨声载道。

"我不介意！"简丝丝大声说道，"我越来越喜欢鳗鱼了！"

"埃丽卡、简丝丝，我有份惊喜送给你们，你们随我来。"洛贝丽娅夫人欢快地说，"小伙子们，我们马上回来！"

埃丽卡和简丝丝急切地跟着洛贝丽娅夫人登上台阶，进了城堡。

"我得挑一位个头小的女生做我的伙伴，"她们离开后，安格斯说道，"这位女生胃口一定要小，而且爱与人分享食物。"

不一会儿，洛贝丽娅夫人就返回来了。

"精彩呈——现！"她拉长声调，"洛贝丽娅夫人设计的屠龙学校女生新校服！

她转向城堡，说："模特们！闪亮登场！"

埃丽卡和简丝丝走出了城堡。

威格拉倒吸了一口气，说："可怜的埃丽卡！可怜的简丝丝！"

埃丽卡和简丝丝站在一班同学们面前，上身穿着紫红色蕾丝拼接衫，领口系着松散的大蝴蝶结，泡泡袖硕大无比，下身为同色百褶裙，底边镶着银色小铃铛。还有一个头盔，头盔周边凸起，在顶部汇集成一个圆圆的尖角。

"这就是迎新最精彩部分！"洛贝丽娅解释道，"姑

娘们，你们要在明天的脚趾甲时装会上展示这套校服！"

简丝丝笑个不停，满地旋转，埃丽卡却眉头紧锁，交臂抱胸。

"幸好我们是男生！"威格拉悄声说道。

安格斯点头赞同，说："简丝丝穿着这套校服看起来像个巨大的李子布丁。"

"洛贝丽娅夫人，"埃丽卡问道，"穿着铃铛衣服，如何潜近火龙呢？"

她向前迈了一步，欢快的铃铛声随之响起。

"难道清脆的铃声不好听吗？"洛贝丽娅夫人完全没有理会埃丽卡的问题。

"还有一件事——"洛贝丽娅夫人压低声音，继续说，"你们的校长今天很高兴。我们可不能破坏他的好心情。所以，你们要是看到校长，说什么都行，就是别提今天这个日子。"

"今天是个什么日子？"简丝丝问道。

"今天是13号，星期五。"

"今天是13号，星期五？"托尔布拉德惊叫道，他生性胆小，什么都怕，"天哪！黑色星期五！"

"嘘！"洛贝丽娅把手指放唇边示意大家安静，"不要大声嚷嚷！要是被校长听到了……"她闭上眼，摇了摇头，继续说，"我们将会非常非常地后悔。"

第二章
迎新遇到老朋友

"这不公平！"埃丽卡愤怒地说，"这套校服太可笑了！"

她摘下尖尖的头盔，扔到地上。

简丝丝问安格斯："为什么不能跟你舅舅提起今天是什么日期？"

安格斯耸了耸肩，说："我只知道，每逢这个日子，洛贝丽娅姨妈总是保密，不让他知道。"

"校长可能比较迷信，就像我爸爸一样，"威格拉猜道，"我爸爸要是半夜听到狗在狂叫，第二天，他会在床上待一天。而且，他绝不会洗澡。他说，洗澡会让人发疯，他还经常摇铃铛驱魔。"

"管用吗？"托尔布拉德急切地问。

"肯定管用，"威格拉答道，"恶魔从来没来过我们家！"

"胡说！"埃丽卡反驳道，"这是迷信。"

就在这时，莫德雷德的哨声响起：吱吱——吱——吱吱——！

威格拉转过身，看到莫德雷德站在城堡台阶上。他披着镶着金色穗边的紫色斗篷，装扮得像个国王，他的金戒指在旭日中显得分外耀眼。

洛贝丽娅站在她的弟弟旁边，手里拿着一个大卷轴。威格拉已经在上面签过名了，当然，屠龙学校的每个学生都已经签过名了。

"早上好！"莫德雷德以低沉而洪亮的声音问候大家。

"校长，早上好！"一班的男生女生们齐声回应。

"屠龙学校招收女生，真是不错的计划！"莫德雷德欢快地说道，"我简直等不及她们入学报到了。学生越多，学费越多。"

他咧了咧嘴，金牙闪闪发亮。

"今天将会载入史册。"他皱了皱眉，问，"今天是几号来着？"

托尔布拉德随声应道："星期五，1——"

安格斯赶紧用胳膊肘戳了他一下，托尔布拉德疼得大叫一声："哎哟！"

"今天是圣·海尔格手帕节。"埃丽卡大声喊道。

"今天也是圣·阿尔伯特踝骨节。"威格拉补充道。

"莫迪，椅子搬来了，"洛贝丽娅赶紧转移她弟弟的注意力，"放哪里好呢？"

"就放在那边阴凉的地方吧。"莫德雷德挥动着戴戒指的手，指向城堡墙边。

两名实习老师费力地从台阶上往下搬这个死沉的宝座。

校长转向一班，吹响了口哨："吱——吱——"

"你们这帮拖后腿的，快去校门口列队欢迎新生。"他咆哮道。

威格拉和他的朋友们赶紧往校门口跑去。路上，他们碰到了戴夫修士，他是屠龙学校的图书管理员。戴夫修士穿着棕色的修士袍，腰间系着根带子，胳膊上挂着个篮子。

"姑娘们，小伙们，大家早上好！"戴夫修士咬文嚼字地问候大家。他是个乐天派，但当屠龙学校的图书管理员并不容易，仅有三个学生完整地读完过一本书，还没有哪位老师完整地读完一整本书。

同学们都向校门口跑去，埃丽卡、威格拉和安格斯三个却在后面磨磨蹭蹭。

"埃丽卡，"戴夫修士问道，"你还在读《浪子骆驼传》吗？"

"我已经读十六遍了，"埃丽卡答道，"我可以续借吗？"

"当然了。"戴夫修士欣然同意。

"戴夫修士，"安格斯问道，"今早的饭实在太难吃了。你篮子里有花生糖吗？"

"我可是为新同学准备的，但也有你们的份。"戴夫修士说道。他曾是花生薄脆糖小修士会的成员。

他把手伸进篮子里，掰了一些给他们，威格拉和安格斯迫不及待地接过来。

"谢谢了，"埃丽卡拒绝了，"我从来不在两餐之间吃零食。"

安格斯一小口一小口咬着，非常享受。

威格拉也赞不绝口，说："戴夫修士，你是最棒的花生糖师傅。"

"过奖了，过奖了，"戴夫修士谦虚地说，"这些花生糖是我兄弟返回修道院后给我寄来的。我可做不出这么酥脆的花生糖，我做的都硬得跟石头似的。"

戴夫修士看起来非常沮丧，威格拉想，最好换个话题。

"戴夫修士，虫虫回来了吗？"威格拉问道。

虫虫是一条小火龙，当他还是一颗龙蛋的时候，威格拉和安格斯偷偷带回宿舍孵化了他，虫虫偶尔住在图书馆——图书馆大大的窗户让虫虫可以随意地飞出飞进。

对于虫虫，戴夫修士是屠龙学校唯一知情的老师。

戴夫修士摇了摇头，说："虫虫还在黑森林里呢，与它的族人在一起。"

"它离开有两周了，"威格拉说道，"恐怕已经把我们忘了。"

"不会的，不会的，小伙子们，"戴夫修士赶忙安慰道，"它绝不会忘记你们的！"

突然，城堡外传来了阵阵喇叭声，威格拉听到吊桥上传来嗒嗒的马蹄声，他和安格斯、埃丽卡一同向校门口跑去。

校门缓缓地打开了，一对对白色的马拉着金色的两厢马车，纷纷驶入校园。女孩们各自下车，最后进入校园的是一名个头矮小的女孩，骑着一匹上乘的红色小马。她披着一件红色斗篷，穿着红色拖鞋，肩膀上挂着一个花哨的红白相间的小包，头发是成熟的红苹果色。

威格拉从来没见过这种大红的头发，他的胡萝卜色的头发与之一比，就显得黯然无光。

红发女孩跳下马来，小马向马厩嗒嗒地跑去，其她女孩都向她围了上去。

"我头一次看到长这么一头红发的女孩。"埃丽卡低声道，马车掉转头，离开了屠龙学校，"那个女孩不可能是新生。她看起来只喜欢精心打扮，开开茶会之类的事。"

埃丽卡转向一班。"喂！"她大声喊着，"让我们热烈地欢迎新同学的到来！"

他们齐声唱道：

啦—啦—啦！啦—啦—啦！

屠龙学校一班的小勇士！

大龙，小龙，瘦龙，肥龙。

我们勇追不停息，不停息！

不分幼龙，不分老龙，

我们勇追不停息！

我们屠龙，我们取金币！

耶！耶！为了古老的屠龙学校，嗨嗨！

"太棒了！"红发女孩赞叹道，"我就知道我会爱上这个地方的！"

埃丽卡的眼睛睁得大大的。"天哪！"她惊呼，"是格温多琳吗？"

第三章
今天是13号星期五

莫德雷德大声说："女同学们，欢迎你们！我是莫德雷德，屠龙学校的校长。"

他快步向校门口走去，紫色的斗篷随之飘动起来，他问："你们是——"

"我们是公主！"红发女孩大声应道。

"不要打断我！"莫德雷德严厉地说。

他的浓浓的眉毛向上弓起，说："你是说……公主？"

"我们都是公主，"格温多琳应道，"我是嘎嘎庄的公主。"

"哦，不得了了！"埃丽卡摇了摇头，裙装上的铃铛丁零零地响起来，她赶紧站住不动。

"嘎嘎庄？"莫德雷德急促地尖叫道，"那可真是个大王国，非常非常大，而且非常富裕。"

"确实是，"格温多琳回应道，"我们都上过公主预备学校。现在，我们想上屠龙学校。"

其他公主纷纷点头。

"会让你们满意的！"莫德雷德飞速移到他的御用宝座，坐了下来，"过来！交钱吧……我的意思是赶快注册缴学费吧。"

莫德雷德打开了他的卷轴。

公主们蹦蹦跳跳地围过来。

格温第一个过来，问道："校长，学费多少钱？"

"7——"莫德雷德停顿了一下，眯起眼睛，说，"我的意思是10便士。"

威格拉倒吸了一口气，屠龙学校的学费一直以来是7便士，安格斯的妈妈给安格斯交了7便士："10便士？那可是一大笔钱！"

格温从她花哨的红白色的包里翻找起来，威格拉看得目瞪口呆，惊讶万分。她从包里掏出一把昂贵的金梳、一支宝石镶嵌的发卡、一面银制的镜子、一个睫毛夹、一瓶亮甲油、几本杂志、一份报纸，最后终于拿出一个红色天鹅绒钱包。

"一共10便士？"格温问道，"公主预备学校学费可比这里贵多了。"

"不是10便士，"莫德雷德快速地改变了主意，"是2……20便士！"

"莫德雷德舅舅简直无耻至极！"安格斯低声说道。

格温把20便士放到了莫德雷德等待已久的手掌里。

威格拉活到这么大第一次见到这么多的钱！

莫德雷德逐个咬了一下，确保每个金币都是真的，随后，他把金币放入了钱袋里。

"在这儿签名。"莫德雷德指着卷轴说。

格温写上自己的名字——格温多琳，还巧妙地画了一个心形。

"欢迎来到屠龙学校！"莫德雷德说道。

他向站在格温后面的公主招了招手："下一个！"

在其他公主陆续交费注册的时候，格温开始把她的东西往包里塞，问道："接下来还要干什么？"

"接下来你们每人将有一位搭档，"洛贝丽娅向她们走来，"谁想做格温多琳公主的搭档？"

一班很多同学都举了手。

洛贝丽娅左思右想，说："嗯……我看看……我想……"

格温多琳坚定地说："我自己选！"

院子里立刻安静了下来。一班的男生女生站成一排，格温公主从他们前面走过，仔细审视着他们。

鼻涕虫鲍尔德里克用手臂擦了擦鼻涕，说："选我，我来一班时间最长。"

"我来自脚趾甲村！就挨着嘎嘎庄！"托尔布拉德大喊着，"选我！"

公主继续向前走着，她突然停了下来，看着埃丽卡，问道："埃丽卡·冯·罗亚尔？上过小公主预备学校？真的是你吗？"

埃丽卡点了点头，说："你好，格温。"

威格拉笑着问："小公主预备学校？"

"当时我仅三岁，"埃丽卡咕哝着，"爸爸妈妈非得让我去。"

她看了看格温，说："太出人意料了，你竟然想学习屠龙本领。"

格温耸了耸肩，说："我烦透了公主学校。我早已学会了公主该具备的礼仪。现在是时候和男生一起去闯荡闯荡了！"

"你来对地方了！"简丝丝说道，"这儿有很多出人意料的事！几周前，有一位幽灵——"

"简丝丝，谢谢你！"洛贝丽娅打断了她的话，转向格温，"亲爱的，你想让埃丽卡当你的搭档吗？"

"是的。"格温多琳答道。

"还有他。"她指向安格斯，"还有这个可爱的胡萝卜色头发的男孩。"

"可爱的？"威格拉感到脸颊发热。

"每个女孩只能选一个搭档。"洛贝丽娅赶忙说。

格温对洛贝丽娅夫人灿烂一笑，说："对于喜欢的东西，我总是喜欢比别人多拥有一些。"

"噢，亲爱的！"洛贝丽娅感叹道，"真有公主范儿！"

"我是什么，碎鳗鱼肝？"埃丽卡嘟囔着，怒视了一眼格温。

"小家伙们！"洛贝丽娅欢快地大声说，"快带公主们去见见她们的老师。"

"洛贝丽娅夫人，等一下！"埃丽卡赶忙叫道，"我有一个重要的问题，要问问女同学们。"

大家都向她靠拢，想听听她的问题。

就连校长都不顾脖子上挂着沉甸甸的钱袋，蹒跚着挪过来，想听听埃丽卡要说什么。

埃丽卡先旋转了下身子，裙子发出轻柔的叮当声。

"你们觉得这件新校服怎么样？"

威格拉明白埃丽卡的想法，埃丽卡认为女生们都会讨厌这件校服。

当埃丽卡旋转的时候，格温眼睛一动不动盯着她，她跑过去，把埃丽卡下巴下面那个松散的蝴蝶结拉直了，接着退后两步看看效果。

其他的公主都看着格温，格温是她们的代言人。

"就个人而言，我绝不会带这顶头盔。"格温最终开口了。

洛贝丽娅倒吸了一口气。

埃丽卡笑了，接着说："但是，校服的其他部分设计得棒极了。"

"什么？"埃丽卡感到难以置信。

洛贝丽娅惊呼道："用这个词形容这件衣服再恰当不过了。"

"格温，你在开玩笑吧？"埃丽卡嚷道。

格温把手放到嘴唇上，说："安静，埃丽卡，你对时尚从来就没有鉴赏力。在小公主预备学校，你就从来没来过'时装角'，你总是在外面那个脏兮兮的沙坑里玩。"

"我可是用沙子在做榻榻米镇的浪子骆驼爵士的城堡！"埃丽卡大声反驳。

威格拉从来没看到埃丽卡如此沮丧过。

格温仅仅耸了耸肩。她指着埃丽卡的泡泡袖说："这代表着温柔的力量。"

格温又指着铃铛说："这些简直是天才的作品。衣服的颜色……"她又开始从包里翻找东西，掏出一份名为《少女时装日报》的报纸，飞快地找到她要的内容，"今年流行紫红色！"

"噢！"洛贝丽娅夫人把手紧紧地放在胸前，激动地说，"不知道《少女时装日报》是否要做关于我的原创服装专题报道。"

"我迫不及待地想穿校服了。"格温一边说一边把她那堆东西往包里塞。

莫德雷德说："把你那份报纸给我看看。"

格温把报纸递给了他。

"莫迪！"洛贝丽娅尖叫一声，"赶紧去清点你的金币！"

"嘘，姐姐。"莫德雷德朝她挥了挥手，说，"我在《少女时装日报》上做广告了，题为'屠龙学校欢迎女生的加入'，我想看看他们给我登了没。"

"等等，舅舅！"安格斯冲上前，一把抢走报纸，"野餐时间到了！"

莫德雷德又抢了回来，盯着头版看。

校园里一片安静。

莫德雷德一动不动，就像一尊石雕，突然间，他的紫色眼睛开始向外鼓起。

"估计舅舅发现今天是13号，星期五了。"安格斯叹道。

校长的嘴张了又合，没发出一点声来。

"哎哟！"洛贝丽娅大声叫着。

报纸从莫德雷德的手里滑落下来。他发出一声惨烈的叫喊声，一跃而起，跑进了城堡。

第四章
校长的恐惧症

"公主们！"洛贝丽娅夫人喊道，"不要担心，校长只是有点头疼，很快就没事了。"

她嘴角颤抖，勉强笑了一下，说："来，我带你们去领校服！"

公主们跑进了城堡。

威格拉悄悄地捡起莫德雷德扔掉的《少女时装日报》，他想还给格温。

埃丽卡说："我看看格温究竟拿着什么样愚蠢的报纸。"

威格拉也非常好奇，两人一起读道：

少女时装日报

13号，星期五

脚趾甲时装秀取消
火龙前往屠龙学校

威格拉和埃丽卡盯着新闻标题。

"让我瞧瞧，"安格斯读着头条新闻，尖叫道，"啊啊……啊……啊……火龙要来这儿了！"

戴夫修士和其他师生也赶紧围了过来，公主们冲出城堡，到处都是震耳欲聋的铃铛声。

格温问道："谁在尖叫？发生什么事了？"

威格拉双手颤抖个不停，他努力拿稳报纸，以便大家阅读，报纸上写着：

脚趾甲村——星期五

凡尔波亚，脚趾甲村最佳时装设计师，她身着紫红色礼服，对记者宣布："我决定取消明天的大型时装秀。这是一个艰难的决定，T台已经搭好，模特们也已经就绪，设计师们也完成了最后的制作，脚趾甲村的每个人都已经购买了入场券。但远方的消息传来，暴牙龙正前往此处。它曾拦住村民问前往屠龙学校的方向，屠龙学校就位于我们村子的南边。据说，暴牙龙此次前来是为了复仇。暴牙龙以放火烧村庄为乐。我们不能冒险，让所有靓丽的时装毁于一炬，我们的模特也不能出事。一旦暴牙龙离开了屠龙学校，趾甲时装秀会择期举行。"

"一条邪恶的火龙要来屠龙学校了？"格温颤抖着，威格拉惊讶地发现，格温吓得向他挨了过来。

"明白了吧，格温？我跟你怎么说的？"简丝丝高兴地大叫道，"屠龙学校总有惊险刺激的事发生。"

"但是，暴牙龙来这儿是找谁复仇的？"埃丽卡满脸狐疑地问。

"找我，"戴夫修士低声道，他的脸上毫无血色，"暴牙龙最终还是找到我了。"

"找你，戴夫修士？"威格拉惊呼。

"啊？"简丝丝惊愕万分，"火龙为什么要找你复仇？"

"说来话长。"戴夫修士说完，便向南塔走去。

"他到底是什么意思？"威格拉满脸疑惑。

埃丽卡指着城堡台阶上一个身材高大的人，问："咦，那是谁？"

这人戴着一顶蕾丝花边软帽，帽子的带子在下巴处打了个结，身穿一件宽松豹纹短外衣，毛茸茸的肩膀和

双腿都裸露在外，脚蹬一双满是窟窿的靴子，脖子上挂了一条像是鳗鱼一样的东西。

"啾……啾……啾……啾……啾啾……"哨子声响起。

"哎呀！"安格斯喊道，"是舅舅！"

"哈哈！"简丝丝欢呼道，"灭龙学校从来就没有这样怪诞过！"

"公主预备学校也没有，"格温小声说，"从来就没有过。"

"今天！"莫德雷德咆哮道，"是13号，星期五。非常不幸的日子。哦，天哪！"

洛贝丽娅来到城堡台阶下，跟一班的学生站在一起，熟练地用手帕擦了擦眼睛，叹了口气，说："唉，他从来就没经历过这么糟糕的事！"

"他生病了吗？"威格拉问道。

"是的，"洛贝丽娅抽噎着，"他得了Triskaidekaphobia。"

"是家族遗传病吗，姨妈？"安格斯不安地问道。

"传染吗？"埃丽卡问道。

"难道是瘟疫？"托尔布拉德惊恐万分。

"不是瘟疫，不要乱说。"洛贝丽娅厉声怒斥。

"Triskaidekaphobia就是黑色星期五恐惧症。莫德雷德只是严重一点。看他那样就知道了。"

"不幸的日子！"莫德雷德一遍又一遍地喊着，"不幸的日子！"

洛贝丽娅夫人叱喝道："莫迪，住嘴！"

"不幸的日——子呀！"莫德雷德盯着姐姐洛贝丽娅说，"姐姐，一条恶龙正赶往我们的学校！我们真是太不幸了！"

"哦，莫德雷德，别胡说八道了！"洛贝丽娅打断弟弟，"你知道如何逢凶化吉！"

"我知道？"莫德雷德一脸困惑。

"你当然知道了，"洛贝丽娅肯定地说，"只需要一些好运符咒。"

"啊，是的是的！"莫德雷德大叫，"我现在就戴着好运符咒。看到了吗？我戴着我的幸运贝尼软帽，穿着我的幸运靴子，还有我的幸运摔跤服。"

"那么，那又是什么？"埃丽卡指着他的脖子上的东西问。

"围在我脖子上的是一条鳗鱼——鳗鱼是挡住邪恶的幸运鱼！挡住邪恶！挡住——"

"莫迪！"洛贝丽娅大声吼道，"扣上扣子！"

莫德雷德眨了眨眼，喊道："对这样不幸的日子，我早有准备！"

他拿起了放在脚下的箱子，说："这里面，我为你们每个人都准备了一顶幸运贝尼软帽！"

"万岁！"托尔布拉德高呼。

"他是在开玩笑，对吧？"格温问道。

"恐怕不是。"洛贝丽娅边说边哭了起来。

根据校长的命令，煎锅厨师开始分发幸运帽。

威格拉戴上帽子后觉得傻乎乎的，但要是真能把恶龙从戴夫修士身边驱走，他愿意永远戴着这顶看起来很傻的帽子。

"给你。"煎锅厨师递给格温公主一顶帽子。

"不用了，谢谢。"格温赶忙拒绝。

"没的选，"煎锅厨师说，"戴上吧。"

格温交臂抱胸。

"格温，怎么了？"埃丽卡问道，她正往头上戴一顶白色花边帽，"你难道不觉得这些贝尼帽很漂亮吗？"

格温一把从煎锅厨师那儿抓过一顶帽子，戴在了头上，但并没有系上帽带。

"你俩！"莫德雷德指着托尔布拉德与鲍尔德里克，"去马厩，取些马掌铁，幸运的马掌铁啊，把它们钉在城堡墙上。"

他俩拔腿就跑。

　　"外甥！"莫德雷德大声说，"你和威格拉，去把煎锅厨师捕鱼器里的鳗鱼全部取来，给每人发一条。"

　　他递给他们一条麻布袋。

　　"你的意思是我们必须——"安格斯刚开口就被莫德雷德打断了，他咆哮着："快去，女生们！你们去地里捡一些幸运四叶草。"

　　"校长，幸运四叶草非常稀少。"埃丽卡反对道。

　　"快去找！"校长怒吼，"把四叶草插在你们的帽子上、校服上，这样有助于赶跑火龙，你们还等什么？快去！"

第五章
四叶草带来的不幸

"舅舅总是让我干最糟糕的活儿！"安格斯一边抱怨，一边和威格拉急匆匆地赶往城池。

"一样。"威格拉说，"火龙为什么要追踪戴夫修士？他是个和蔼善良的修道士，我敢保证，他从来没做过伤害火龙的事情。"

安格斯地耸了耸肩，说："抓住那根绳子，1、2、3——拉！"

他们俩花了几个小时才把所有的木头捕鱼器拽上来，里面满是翻滚的黑鳗鱼。倒空最后一个捕鱼器，他们俩艰难地拖着装满鳗鱼的麻布袋往城堡走去。

鲍尔德里克与托尔布拉德忙着沿城堡墙壁钉幸运马蹄铁。

女孩子们已经从四叶草地里回来了，威格拉与安格斯拽着满是鱼腥味的布袋子经过她们。

"哎呀!"威格拉发出一声惊叹,"快看看,女生们找到这么多幸运四叶草,她们的帽子上,校服上全戴上了幸运草。"

"可埃丽卡一朵幸运草也没戴。"安格斯发现。

他俩赶忙向她走去。

"怎么回事?"威格拉问。

"你们发现每个女孩子都戴着幸运四叶草。"埃丽卡说,"可是其实我们一朵也没找到。"

"一朵也没有?"威格拉满脸疑惑。

"一朵也没有,"简丝丝插话,她头一次没有嚼口香糖,"但格温想出了一个绝佳主意。她真是了不起。"

威格拉仔细看了看简丝丝的四叶草。

"啊,这些都是三叶草!"威格拉惊叹不已,"另一片叶子是粘上去的……用口香糖?"

"完全正确!"简丝丝露齿一笑,"我不得不把口袋里所有的口香糖嚼了才够粘全部的四叶草。"

"我们不得不这样做。"格温说,"要不然,我们就得一整天爬到地里找四叶草了,我可不想这么干。"

"这是作弊,"埃丽卡说,"威格拉,你觉得呢?"

"确实是作弊。"威格拉表示赞同。

"格温，看到了吧？"埃丽卡说道。

"但这个主意确实妙，"威格拉继续说，"如果校长看到这么多的幸运四叶草，他也许就不会让我们把鳗鱼挂在脖子上了。"

"不用挂鳗鱼！"周围每个人都为之一振。

格温朝威格拉笑了一下。

而埃丽卡却狠狠地瞪了威格拉一眼，跺脚走开了。格温皱了皱鼻子，说："可怜的埃丽卡，她的心情总是这么差？"

"不是这样的。"威格拉喃喃道，他感觉很糟糕，埃丽卡肯定对他非常恼火。

他和安格斯费力地朝煎锅厨师那挪去，他们把装满鳗鱼的麻布袋交给了厨师，然后跑向城堡台阶上的其他同学。

"校长，快看！"格温大声叫着校长，他正忙着递给托尔布拉德一个马蹄铁，"我们全身都戴满了幸运四叶草！"

"希望四叶草给我们带来好运！"校长大声祈祷。

"戴了这么多的幸运四叶草，我们不需要再戴着鳗鱼了，是吧？"格温问道。

"鳗鱼！"校长大声说，"我都忘了鳗鱼的事了。

煎锅，快把鳗鱼发下去。"

"真是不错的提醒，格温。"埃丽卡低声抱怨。

煎锅厨师把手伸进袋子里，抓出一条鳗鱼，绕在托尔布拉德的脖子上，鳗鱼猛烈地拍打着，托尔布拉德疼得直掉眼泪。

煎锅厨师拿着一条鳗鱼走向格温。

"不用了，谢谢了。"格温赶忙拒绝，她向煎锅厨师甜甜地一笑。

"戴上吧。"煎锅厨师把鳗鱼递向她。

"煎锅厨师，"她低声问道，"花多少钱我就不需要戴鳗鱼了？"

"我没听到，"煎锅回答，"看，这有一条小鳗鱼。"

他边说边把鳗鱼围在了格温的脖子上。

格温感到一阵恶心。

煎锅厨师接下来把鳗鱼递给了威格拉，鳗鱼摆动着尾巴扇着威格拉的面颊，"啪啪"！

"现在，我来给你们演示一下幸运步伐。"莫德雷德说完身体向前一倾，他开始像婴儿一样走起路来，胳膊左一下，右一下地摆动着，脑袋也左右扭动着。在威格拉看来，莫德雷德像一只受重伤的鸭子。

安格斯痛苦地咕哝着："简直难以置信我俩竟然是亲

戚。"

"跟着我！"莫德雷德大喊。

威格拉排和其他同学排在莫德雷德的身后，他身体前倾，开始学婴儿走路。他伸出一只胳膊，然后又伸出另外一只，他的脑袋左晃一下，右晃一下，真是不太容易，尤其是鳗鱼还不停地抽打着他的脸。

"不错，不错，"莫德雷德很高兴，"接下来几天都要这样走路，好运一定会接踵而来，现在停下来吧！"

大家立刻停了下来，高兴不已。

"你们走幸运步的时候，还必须唱一首幸运歌，"莫德雷德补充道，"我现在就教你们怎么唱。"

他立马开唱：

> 幸运的我！幸运的你！
> 幸运的牛儿！幸运的哞声！
> 幸运的马儿！幸运的嘶声！
> 幸运的黑夜！幸运的白天！

校长没完没了地唱着。

"跟着唱！"校长大喊一声，开始从头唱起。

学生们开始跟着低声唱起来：

幸运的我！幸运的你！

幸运的牛儿！幸运的哞声！

……

"要一直唱着这首幸运歌！"莫德雷德强调，"千万不要停下来。这样，厄运就很难落到我们头上，恶龙也难以到达屠龙学校。"

威格拉抬头一看，发现挂在城堡大门上的马蹄铁，托尔布拉德只用了一只钉子固定。

"校长！"威格拉大喊一声，"马蹄铁要——"

"威格拉，不要说话！"校长怒斥，"唱歌！"

马蹄铁在校长头上晃来晃去，摇摇欲坠，十分危险。

"幸运的你！"威格拉唱道，"幸运的马蹄铁！"

钉子砰的一声从墙上弹了出来。

莫德雷德唱道："幸运的牛儿！幸运的——"

"叮当！"

马蹄铁掉落，击中校长的贝尼帽。

"哞声——"莫德雷德唱声未落，紫色的眼睛向上一翻，倒在地上，不省人事。

第六章
花生糖引发的宿怨

"莫迪！"洛贝丽娅尖叫一声，她赶紧拿掉莫德雷德头上的贝尼帽，额头上被砸到的地方立刻肿起了一个包，有一颗鹅蛋大小。

"普拉克教练！莫特爵士！"洛贝丽娅大喊，"快把校长抬到办公室的沙发上，陪着他，直到他醒来。"

莫特爵士身着铠甲，咣当咣当地与普拉克教练一起把沉甸甸的校长抬到了城堡里，他俩累得气喘吁吁。

洛贝丽娅转过身来面对学生，开始发号施令："校长醒过来之前，这里的大小事由我说了算。你们现在停止唱歌，停止走幸运步，丢掉脖子上的鳗鱼。"

"万岁！"大家齐声欢呼。

威格拉带领大家来到吊桥，把鳗鱼全部又扔回到城池里。大家把所谓的幸运贝尼帽也全部抛了出去，但托尔布拉德没有这样做。

鳗鱼和帽子慢慢地沉没在泥泞的城池里，大家欢呼跳跃着。

就在这时，威格拉看见戴夫修士正在过吊桥，肩膀上挎着一个旅行布袋。

"戴夫修士！"威格拉冲他大喊，"等等！"

戴夫修士停了下来，桥上的每个人都向他围了过来。

"您这是要去哪儿啊？"简丝丝抢先问道。

"我要去黑森林，去见暴牙龙，把我自己交出去。"戴夫修士说道，"这样，他就不会来屠龙学校了。再见了，我亲爱的孩子们！"

"请等一等，"埃丽卡急切地喊道，"您必须告诉我们——暴牙龙为什么要追杀你？"

"此事说来话长。"戴夫修士答道。

"您就告诉我们吧！"简丝丝哀求道。

戴夫修士叹了一口气，说："那好吧，反正还有时间，你们来图书馆吧，我给你们讲讲这个悲伤的故事。"

图书馆台阶多达427级，男生们气喘吁吁地登着台阶，女生们也喘着粗气，一路叮当声不断。很快，大家就坐到了图书馆里，听戴夫修士讲故事——这可是戴夫修士一直以来梦寐以求的场面。

戴夫修士走到借阅台后面，坐到一块大石头上，教规严禁修道士坐在舒服的座位上。

他拿起一本书，是赫舒尔·诺萨罗德写的《世界上100条最邪恶的龙》。他翻动着羊皮纸，翻到了一张插图，上面印着一条可怕的恶龙：头上的犄角冒着滚滚浓烟，一双小眼充满了邪恶，龅牙向外突出，双唇无法合拢。插图下面配有文字：世界上第97条最邪恶的龙——暴牙龙。

"真可怕！"威格拉尖叫一声，他盯着暴牙龙长长的弯曲的牙齿，胃里一阵翻腾。

在扉页上，诺萨罗德爵士记载了就他所知的有关暴牙龙的一切，而他对暴牙龙真是无所不知。

全名：暴牙龙Suggarlump

绰号：糖果唇、糖果派

配偶：做梦，就他这长相！

鳞甲：完完全全的米白色

犄角：能喷烟雾

眼睛：淡蓝色

牙齿：奇形怪状

年龄：1465天

最喜欢的歌曲：我是你的最痛！

爱好：回复来自暴牙俱乐部的邮件

最喜欢的零食：棒棒糖、太妃糖、豆胶糖、橡皮糖、粟米糖

最讨厌的事：用牙线洁牙；刷牙；定期体检

鲜为人知的弱点：没人知道

戴夫修士合上了书，开始讲述："数年前，我和我的花生薄脆糖小修士会的弟兄们住在修道院里。一个漆黑的夜晚，我们听到翅膀的扇动声。大家都向窗外看去，发现一条极为可怕的恶龙，正向我们迎面飞来。"

"但是恶龙为什么会袭击你们？"威格拉好奇地问。

"他是专为我们的花生薄脆糖而来的，"戴夫修士解释道，"你们知道，我们的花生糖可是享誉全球的。除了我之外，其他人做的花生糖可是最美味可口的。"

"你做的花生糖怎么了，夫子？"简丝丝问道。

"不太适合吃。"戴夫修士叹了口气继续讲，"就在那天早上，我烤焦了一炉花生糖，我的兄弟们把我的花生糖放到了最底层。巨龙落下来，咆哮道，'我是暴牙龙！快把花生糖交出来，否则我就一把火烧了你们！'"

"真是欺人太甚！"埃丽卡怒斥。

戴夫修士点了点头，说："我们吓坏了，蜷缩成一

团，一动不动，而他则狼吞虎咽地在吃着我们的花生糖。"

"嗯嗯，花生糖盛宴。"安格斯低语。

"暴牙龙吃个不停。最后，它吃到了放在最下面的我烤的那炉花生糖——啪嗒！啪嗒！啪嗒！啪嗒！——他前面四颗牙断了。"

"开玩笑吧？"简丝丝惊呼，"你烤的花生有那么硬吗？"

戴夫修士沮丧地点了点头。

"你废了暴牙龙的牙齿！"埃丽卡惊叹，"他伤害不了任何人了，戴夫修士，你真是英雄！"

"噢，不是你想的这样，"可怜的修道士说道，"恶龙还是能喷火的，而且他的爪子就像剥葡萄皮一样毫不费力地撕掉骑士的铠甲。"

威格拉问道："暴牙龙怎么知道是你烤的花生糖磕掉了他的牙齿？"

"恶龙怒不可遏，"戴夫修士继续说，"它暴跳如雷，'是谁烤的花生糖像石头一样？'"

格温倒吸一口气，问："你承认了？"

戴夫修士点点头，说："我不会撒谎，而且我也想保护其他兄弟们。"

"戴夫修士，暴牙龙用火烧你了吗？"埃丽卡问道，"或者他用爪子撕你了吗？"

"没有，"戴夫修士答道，"它只是用爪子指着我咆哮，说将来的某一天，它会回来报仇的，接着它捡起断齿飞走了。"

戴夫修士叹了一口气，说："现在你们明白了吧，我必须离开这里。"

"修士，要坚持住！"格温说，"一定要坚持住。"

第七章
快去武器室！

格温从包里拽出一本杂志，飞快地翻着，说："我记得暴牙龙上了本期《热点》杂志专栏。看，在这儿。"

格温把这一页举起来以便大家都能看到。

"天啊！"戴夫修士尖叫一声。

页面上是一条非常恐怖的龙，犄角喷着黑色的浓烟，双眼放着火花，他不屑地冷笑着，露出四颗断牙。图片下面的文字写着：

世界第一恶龙——暴牙龙

"他从恶龙排名97位上升为第一了！"简丝丝惊叫，"好可怕！"

格温翻到下一页，大家一起读着：

月度喷火龙：暴牙龙！

暴牙龙天生邪恶，因为一次吃花生糖时发生的离奇事故，折断了四颗门牙，他变得更加邪恶了。为了弥补缺失龅牙的不便，他遇事先喷火后开口。

大多数恶龙都有完美的前门牙，但暴牙龙的门牙缺失了，他经历了很大的折磨，所以他靠喷火，费力拼搏，才一步一步爬到了世界第一的位置。这就是他成为我们杂志'月度喷火龙'的原因。嗨，暴牙龙，希望你能回归原位——做一条不太邪恶的龙！

"戴夫修士！"威格拉劝阻道，"你不能去见这么邪恶的龙！"

"为什么不能！"托尔布拉德大叫，"就让他去吧！这样，恶龙就不会来追杀我们了！"

"我会去的，"戴夫修士说道，"如果你们要借书的话，我可以多待一会儿。"

"哦，天哪！"格温惊叹，她从书架上取出一本书，说，"嘎嘎庄宫廷图书馆里有这本书！"

她翻开扉页读道：花生薄脆糖制作过程古老而又费力，需要长达数小时站到大汽锅旁，不停地翻炒，挥汗如雨。

"你们现在知道了吧？"戴夫修士眉开眼笑地说，"这本书是我修道院的兄弟们编写的，我帮忙打的字。"

"开玩笑！"简丝丝难以置信，倾身向前来看这本书。

"当然没有开玩笑，"戴夫修士赶忙澄清，"我的修道会靠卖这本书及花生薄脆糖来糊口度日。"

"我的妈妈，身为王后，是绝不会站在热锅旁的。"埃丽卡感叹。

"别傻了，我妈妈也不会的，"格温插话，"我们有专门的宫廷烘焙师。"

托尔布拉德从自己的座位往窗外一看，突然尖叫一声，大家都转向他，想知道究竟发生了什么事。

"快看！天上！"托尔布拉德哀叫，"是恶龙！他来了！我们都死定了！"

威格拉跑到窗边。在遥远的西边，他依稀看到一个黑色的不大的身影，拍打着翅膀朝此地飞来，还有好几英里远呢，真的是暴牙龙吗？

"简直难以置信！"简丝丝大叫，"刚送走了幽灵，现又迎来了恶龙！"

"取武器！"埃丽卡发令。

"取什么？"格温把武器误解为胳膊了①。

埃丽卡冲她翻了个白眼，说："就是去拿你的兵器！我们必须迎战暴牙龙。"

"但是我们没有兵器呀。"格温说。

其他公主也点了点头。

"我们完蛋了！"托尔布拉德绝望地哭叫着，担心大家没有意识到，他又重复了一句，"我们完蛋了！"

"快回宿舍拿剑！"埃丽卡命令，"其他女生的武器我会想办法的！"

大家从图书馆的第427级台阶上飞奔下来，戴夫修士紧随其后。

回到宿舍，威格拉赶紧伸手从床底下拿出一把屠龙宝剑——必杀剑。这是泽尔诺克送他的礼物。

但是他能挥剑吗？他讨厌血。即使听别人讲血腥的战斗，也让他恶心，但他不得不帮助戴夫修士！他把必杀剑插到腰带里。

他急匆匆地去找埃丽卡，她已经换上了屠龙学校旧校服。

"我们怎么迎战恶龙？"他问道，埃丽卡把她的银剑插到剑鞘里。

---

① 在英文中，"arms"也有胳膊的意思。

"你怎么不去问格温公主？"埃丽卡怒斥他，"或许她有好办法。"

"行了，埃丽卡。"他求饶，但埃丽卡不依不饶。

埃丽卡大喊："去武器室！快！一分钟也耽误不得！"

大家浩浩荡荡地穿过走廊。洛贝丽娅从校长办公室探出了脑袋。

"嘘——"她把手指放到唇边，示意大家小点声，"别吵到莫迪，他若是能昏睡到明天，对大家都有好处。"

"洛贝丽娅夫人，一条恶龙正朝这儿赶来，"埃丽卡说道，"我们必须迎战他。"

"天啊！"洛贝丽娅夫人惊呼一声，"砰"地把门关上了。

埃丽卡带领大家来到武器室。

"威吉，把剑发给大家。"她说。

威格拉抱起几把剑，埃丽卡又叫他的昵称威吉了，太好了，或许她已经忘了他刚才站在格温一边。

威格拉把剑抱到城堡院子里，把它们发给了公主。

"这个东西怎么使？"格温问威格拉，"能私下里教我吗？"

"格温，没时间教你了，"威格拉说，"冲锋的时候，你们跟在我后面，这样，你们就不会受伤。"

"格温姑娘，紧跟着我！"埃丽卡模仿着他，"我会保护你的！"

威格拉感到脸上一阵阵发热，或许，埃丽卡并没有完全原谅他。

"格温，看着我，"埃丽卡说，"我和简丝丝将会冲在前面，打头阵，跟我学，你很快会掌握屠龙的诀窍。"

"我当然会掌握的！"格温凶巴巴地说，"我换把剑！"

她从威格拉手里抓起了另一把剑。

头顶上传来翅膀拍打的巨大声响，恶龙正步步紧逼。

"暴牙龙，我要让你见识一下我在屠龙学校学到的本领！"简丝丝大呼一声，她夸张地挥动着长矛，为战斗热身。

"我让你们见识一下我在公主预备学校编织课上学到的本领。"格温大喊。

她飞快地挥动着剑尖，技艺娴熟，威格拉觉得她看起来相当令人生畏。

威格拉站在安格斯和鲍尔德里克中间，靠近队伍的后面。他瞥见戴夫修士，他站在墙根，双拳紧握，看似非常焦虑。

一声长鸣划过天空，恶龙正迅速飞来，威格拉看到一道绿光一闪而过，然后是一道黄光，接着——

"砰！"恶龙落在了院子里。

简丝丝大喊："冲啊！"

一班助阵呐喊："呀啊——啊——啊——"

他们挥舞着剑，冲向了恶龙，威格拉看到恶龙扇动着翅膀，接着把翅膀收起来了。

突然，威格拉加速向队伍的前面冲去。

"住手！"威格拉边跑边喊，"住手！不要伤害这条火龙！"

第八章
暴牙龙来袭

"屠龙勇士们，冲啊——"简丝丝大喊着。

其他人紧随其后，在空中挥舞着剑和长矛。

"住手！"威格拉大喊着，狂奔着。

龙蹲坐了下来，头藏到了翅膀里。

威格拉跑到了火龙前面，转过身来，伸出胳膊阻止迎面而来的狂热分子，大喊："我说了，住手！"

大家都停了下来。

"威格拉，往后站，"简丝丝命令他，"这样我才能一剑砍掉龙的脑袋！"

"不要砍，他不是暴牙龙，他是虫虫！"

听到自己的名字，虫虫立马把头从翅膀下面伸了出来，环顾四周，它有着黄色的眼睛，樱桃色的瞳仁，见到威格拉十分开心，用鼻子不停地蹭着他。

"威格拉，你认识他？"格温惊叫。

"虫虫！"安格斯和埃丽卡一声大叫，冲向了小火龙。

"我——我——回家了。"小龙呀呀道。

他用头轻轻地蹭着威格拉。

"嗨！虫虫，你现在真的会说话了！"威格拉惊叹不已。

简丝丝放下了长矛，说："哇，虫虫长大了，真是太酷了！"

"他真可爱，"格温说道，"威格拉，你救了他！"

威格拉没顾上理格温，见到他的虫虫，他真是太高兴了！

虫虫跳到戴夫修士面前，大叫："修——士！戴——夫——！"

"虫虫！"戴夫修士一把搂住小龙，"你终于回家了！"

虫虫又跳回到了威格拉身边。

"妈咪！"他轻柔地咕噜道，"虫虫——想——想——妈咪——咪！"

他的头不停地蹭着威格拉的肩膀。

"他叫你妈咪！"格温说道，"真是太可爱了！"

威格拉微微一笑。

他挠着小龙的耳根。虫虫比起刚出生时大了一百倍，但它永远是威格拉的小乖乖，他的小毛虫。

"报纸一定搞错了！"埃丽卡突然大声说道，"不是暴牙龙要来屠龙学校，仅仅是虫虫。"

"万岁！"大家欢呼着。

"我戴着幸运贝尼帽真是好！"托尔布拉德大声说道，"我赶走了暴牙龙！"

"我说，大家美餐一顿吧。"安格斯提议道。

"万岁！"欢呼声再次响起，他们跑向了宴席桌。

但是，虫虫向他们跳去，咿咿呀呀地说："火龙——龙——要来了！"

"我知道，"威格拉一边走入队伍，一边愉快地说，"我们的小火龙已经回家了。"

虫虫摇了摇头，说："不是小龙，大——大——大——的龙——龙——大大的！"

"虫虫，你确实已经长大了。"戴夫修士说道。

"修——士，不——是我——"虫虫焦急万分，"大大的龙——龙——龙——马上就来——来——了。"

院子里突然安静了下来。

"虫虫，谁要来了？"威格拉问道。

"大——大的龙！"虫虫叫着，"坏——坏——的。快跑——跑！躲——躲起来！"

"他是告诉我们快躲起来！"威格拉惊呼，"他的意思是说暴牙龙马上就来了？"

"谁知道呢？"安格斯怒气冲冲，他回头最后看了一眼满桌盛宴，"虫虫，你最好不是在跟我们开玩笑。"

戴夫修士急匆匆地走向虫虫。

"虫虫，快告诉我，"他问，"这条龙的前牙是不断掉了？"

"牙——牙——牙——断——断——了。"虫虫点点头，"马——马——马——上就来——来——来——了。"

"不幸的日子！"托尔布拉德哭喊着，"我们死定了！死定了！"

"不要害怕！有老师们在！"莫特爵士全身铠甲，哐当哐当地下城堡台阶。

"洛贝丽娅夫人派我们来的，"普林杰教练说，他走在莫特爵士的后面，"我们是来向你们展示如何打败恶龙——"

教练突然停了下来，他的嘴张得大大的，眼睛一动不动地盯着虫虫。

威格拉跑上前来，大声说："先生，它不是恶龙！它是……他是……"

他一时不知道该如何解释虫虫的存在，说："反正虫虫是不会伤害任何人的！"

"他很可爱，不是吗？"格温补充道。

"普林杰，他们在哇啦哇啦地说什么呢？"莫特问，他的头盔护目罩遮住了眼睛，"我们要大干一场，不是吗？"

"莫特，院子里有条龙，"普林杰说道，"不太大，看起来也不会对人造成伤害。"

"完全不会！"简丝丝强调。

"不会伤害人，嗯？"莫特继续说，"就像一只小猫咪。"

"我们来这的目的——"教练打断了莫特爵士，"是教同学们快速学会如何潜近火龙并且杀掉火龙。"

虫虫躲在威格拉身后。

"我很乐意示范！"埃丽卡大声说，她紧接着对虫虫说，"虫儿，没有人会伤害你的。"

公主们手持剑列队站好，一班的其他同学站在旁边观看。

"小伙子们，偷偷地靠近一条喷火的龙绝非易事。"莫特爵士开始授课。

"我们不是小伙子，"格温纠正，"我们是公主。"

这位年老的骑士费力地弄着他的头盔，终于拉起了护目罩，能看到外面了，他惊呼："公主，我以前认识一位公主，不，是王子，只是他被变成了癞蛤蟆，或许是青蛙！"

他挠了挠头盔。

"爵士！"埃丽卡大叫，"没时间讨论这些了，暴牙龙马上就来了。记得吗？"

"暴牙龙，嗯？"莫特爵士说道，"那条龙咬了我的肩膀，伤口极深，流血不止。"

"爵士，别说了！"威格拉大喊，一想到莫特爵士恶心的伤口就想吐。

"记着！"莫特爵士终于说，"当你潜近火龙时，别忘了眼睛要盯着火龙，耳朵要听着地面的动静，双手随时做好准备，注意力保持高度集中，还有，手指不要抠鼻子。"

他转向埃丽卡，说："继续，你来演示。"

普拉克教练及时走向前来，称赞道："莫特爵士，感谢你教授宝贵的潜近术。"

格温问："这就是一堂课？"

威格拉耸了耸肩，他把眼睛转向空中，天空看起来有些阴沉……是烟雾吗？

"我的屠龙课总是以绕院子跑十圈开始。"普林杰教练向新同学讲道，"然后是俯卧撑，仰卧起坐，引体向上。结果，没过几天，一位学生就打退堂鼓了。"

他咯咯地笑着自己讲的笑话。

突然间，天色变得越来越暗了。

威格拉闻到了烟的气味。

"暴牙龙就要来了！"托尔布拉德大喊。

"哦，太糟糕了，看来我们今天是没有时间做热身运动了。"教授飞快地说道，"我们将直奔最基本的冲刺课，手握剑柄，左脚向前一步，右胳膊尽力向后，直接把剑刺入火龙的腹部。"

现在已经漫天烟雾了，威格拉感到眼睛一阵阵的刺痛。

"如果你是左撇子，"教授飞快地说道，"转圈回身刺，有问题吗？没有？女士们，准备战斗！"

他边说边往城堡里退，他向公主们竖起两个大拇指，说："去屠龙吧！祝你们好运！再见！我会从城堡里观看你们战斗的！"

话音刚落，他就转身跑进了城堡。

第九章
虫虫受伤了

虫虫蹦向了威格拉，大叫："妈咪——咪——咪，快跑——跑——跑！快躲起来——来——来！"

它展翅飞到了城墙上空。

"虫虫，小心！"威格拉低声嘱咐。

烟雾更浓了，威格拉的心因为害怕怦怦直跳，他还听到翅膀扇动的飕飕声，这可不是他的虫虫的翅膀声，而是一条大龙飞动的声音，是暴牙龙扇动翅膀的声音。

"砰！"

恶龙降了下来，地面颤动着，如同发生地震。

烟雾渐渐散去，一条巨龙满满映入眼帘，暴牙龙站在供学生练习的假火龙附近。

它面色苍白，看上去十分可怕，他张口一笑，露出满口牙齿。

它这些牙是从哪里冒出来的？威格拉纳闷不已。

"列队，准备战斗！"埃丽卡发令。

一班所有同学立刻列队排在她的后面，威格拉因为被恶龙喷出的烟雾呛着了，咳个不停。

暴牙龙头上的犄角喷出一小股蓝色的烟雾，他斜眼看着眼前这帮屠龙学校的学生。

"戴夫修士在哪里？"恶龙咬着舌头说，"看看这些假牙。"

他把爪子伸进嘴里，调整了一下假牙，说："我有话要跟他说，现在！"

"恶龙，马上离开！"埃丽卡怒喊。

"马上！"威格拉大喊，"不要骚扰戴夫修士！"

因为愤怒，暴牙龙犄角里喷出了黑黑的烟雾，哀嚎着："我已经等这一天等了很久了，我可不想再等下去了！"

恶龙后腿站立，火焰从嘴里喷了出来。

"屠龙勇士们，准备战斗。"埃丽卡大喊。

一班的老生们已经拔出了剑，新入学的公主们见此情形，也跟着拔出了剑。

"准备完毕！"格温报告。

"预备！"埃丽卡喊道。

勇士们剑指恶龙。

"一切就绪！"简丝丝大声汇报。

"冲！"埃丽卡一声令下。

勇士们冲向了恶龙。

突然，一个穿棕色长袍的人飞奔到了恶龙与勇士们之间。

"不要打！"他大喊，"我投降！"

埃丽卡和她带领的学生兵们都停了下来。

暴牙龙咧嘴一笑，说："小兄弟，我们终于又见面了。"

"又见面了。"戴夫修士平静应对。

"戴夫修士，快跑！"威格拉大喊，"快！"

"别听他的，"暴牙龙说道，它朝戴夫修士晃着尖锐的爪子，"靠近点。"

戴夫修士勇敢地走向前。

暴牙龙立马用爪子勾住了戴夫修士的腰带。

"这样好多了！"暴牙龙大叫，它的爪子吊着戴夫修士。

威格拉的心一沉，可怜的戴夫修士。

暴牙龙转向了未来的屠龙勇士，威胁道："待着别动，否则我用火烧死你们。"

在恶龙的爪子下晃来晃去的戴夫修士说："我从来没有要伤害银（你）的意思。"

"伤害银（你）？"恶龙的眼睛眯成了一条缝，"你在取笑我说话的方式？"

"不是的！"戴夫修士赶忙否认，"酥脆花生薄脆糖小修士会的人都这样说话。"

"薄脆！"暴牙龙大叫，"你们的花生薄脆糖硬得跟砖头似的！"

"我知道，"戴夫修士承认，"对此我深表歉意。"

"为什么感到抱歉？"暴牙龙一把把戴夫修士拉到满是鳞片的脸前。

"对不起……薄脆的……磕掉了……你的牙！"戴夫修士断断续续地说着。

威格拉听到耳后有翅膀扇动的声音，他转过头看到虫虫从城墙上飞了过来！

它绕着暴牙龙的脑袋打转，嘴里喊着："帮——帮——你——，修——士！帮——帮——你——你！"

威格拉看到虫虫笨拙地俯冲向暴牙龙，吓坏了。

"别烦我，小东西！"暴牙龙大喊，"这是我和戴夫修士之间的私人恩怨。"他用爪子拍打着虫虫，就像对待一只烦人的苍蝇。

一爪拍下去，虫虫就像陀螺似地撞到了墙上，它重重地撞到墙上，无法动弹了。

　　"虫虫！"威格拉大叫一声，飞快地穿过院子，冲向了昏厥的虫虫。

　　虫虫抬起头，用爪子搓了搓脑袋，低声说道："妈咪？虫——儿受伤了！

第十章
无力的反抗

黄色大泪珠从虫虫绿色的面颊上流下来。

埃丽卡和其他人纷纷跑过来安慰虫虫。

小龙用爪背擦了擦眼泪，踉踉跄跄地站了起来。

"虫——虫——儿——儿——没——没——事。"他说道，随即就一跃飞向了暴牙龙，"修——士！虫——虫——儿——来——了！"

"快回来，虫虫！"威格拉焦急万分，"你不是暴牙龙的对手！"

虫虫又飞回到了威格拉身边。

"与恶龙拼了！"埃丽卡大喊，"列队战斗！"

"得了，戴夫修士，"暴牙龙说道，他展开了巨大的翅膀，"我们还是找个僻静处好好谈谈吧！跟大家道别吧！"

"再见！"戴夫修士大喊。

威格拉眼睛瞪得大大的，他不能眼睁睁地让暴牙龙把戴夫修士掠走！他虽然只是个小小的屠龙学生，但他必须得采取行动。

"跪下来，虫虫。"威格拉说。

在未改变主意之前，他跳到了虫虫的背上，一手紧握必杀剑，另一只胳膊紧紧地抱住虫虫的脖子。

"追上去！"威格拉大叫。

"等等我！"格温大喊。"我也想上去。"

"太危险了。"威格拉大声回应。

"没事，"格温说道，"我每天都骑小马！"

威格拉还没来得及开口，埃丽卡就迈步走向了虫虫。

"格温，这可不是小马，"埃丽卡讥讽说，"威格拉是我的朋友，我和他一起去，他好有个帮手！"

格温双手叉腰，说："他也是我的朋友。"

"格温，你或许是小公主预备学校时装角的头儿。"埃丽卡说道，"但，这里是屠龙学校，是我的地盘！"

埃丽卡跳到了虫虫的后背上，坐在了威格拉的后面，他感到她抱住了他的腰。

"出发！"埃丽卡发令。

虫虫试跳了几次，测一下荷重，他开始使劲扇动翅

膀，摇摇晃晃地向空中飞去。

"虫虫，很棒！"威格拉大声表扬，"再高点！你能行的！"

虫虫在空中一会儿俯冲，一会儿滑落，弄得威格拉头晕眼花，他定睛望去，发现暴牙龙盘旋在他们的上空，爪子下的戴夫修士在空中荡悠着。

虫虫突然掌握了飞行的技巧，他展翅向上腾飞。出于害怕，威格拉紧紧地抱住虫虫的脖子，埃丽卡紧紧地抱住威格拉。虫虫展翅一路高飞，直到超过暴牙龙，放平翅膀，扑向暴牙龙。

"啊啊啊啊——啊咿——咿咿咿呀呀——"当虫虫俯冲向暴牙龙的时候，威格拉和埃丽卡齐声呐喊。

暴牙龙抬头向上望去。

威格拉手握必杀剑，双眼紧闭。

"嘿！"埃丽卡大喊，"想什么呢？"

威格拉感到埃丽卡突然放开了她，他回头看去，埃丽卡不见了。

"我在这儿，威吉！"埃丽卡大喊。

埃丽卡钩在暴牙龙的另一只爪子里，火龙拍打着浅色翅膀，微微一笑。

"小东西，还不投降？"暴牙龙冲着虫虫大喊。

虫虫做了个半空翻转作为回答，威格拉紧紧抱着虫虫，失去了方向。

虫虫再一次锁定暴牙龙。

当他们"嗖"的一声从暴牙龙旁边冲过时，威格拉感到自己从虫虫的背上被拽了下来，暴牙龙钩住了他的外衣。

"哎呀！畜生！"威格拉大骂，"救命呀！"

"噢，威吉！"埃丽卡大喊，"我们就这样完蛋了！"

"我希望不会。"威格拉颤抖着。

"不要害怕，勇士们，"戴夫修士给他俩鼓劲，"我们不会死的。"

暴牙龙盘旋而下，把他们三个丢在了城堡最高的塔楼上。暴牙龙落在了他们的旁边，巨掌紧抓塔楼。威格拉、戴夫修士和埃丽卡紧紧蜷缩在一起，他向下看去，城堡院子里的人犹如蚂蚁般大小，托尔布拉德尖锐刺耳的声音飘浮到他们的耳边："死定了！死定了！"

暴牙龙用爪子戳了一下戴夫修士，说："兄弟会——"

没有下文了，因为虫虫飞速冲过来，低着头，重重地向暴牙龙撞去。

"啊——！"恶龙疼得大叫，紧抱肚子，摇摆不停，失去了平衡，栽下了塔楼。

　　威格拉原以为能听到恶龙重重撞地的声音，只见暴牙龙以更可怕的速度飞了起来，抓住了虫虫的长脖子，飞向了高空。

　　"汩——汩——"虫虫疼得大叫。

　　"他还是孩子！"威格拉大喊，"快把他放下来！"

　　"我会放下他的，"暴牙龙咬着舌头回答，"如果你们发誓按我说的做！"

　　"我发誓！"威格拉立刻回答。

　　"我也发誓！"埃丽卡紧接着说。

　　"修道士是不能发誓的，"戴夫修士说，"但我可以保证！"

　　暴牙龙满意地笑了。

第十一章
意料之外的复仇行动

暴牙龙像夹玩具一样把戴夫修士夹在自己的胳膊下，他飞到塔楼上，盘坐了下来。"爬到我背上。"他命令道。

戴夫修士、埃丽卡、威格拉相互帮忙爬上了暴牙龙宽阔的后背，紧紧地抓着他的鳞片。

暴牙龙飞到了院子里，他蹲下来，背上三人相继下来。

暴牙龙把虫虫也放下来了。

"谢谢。"虫虫说。

一班的男生女生都远远地站在一边，无人敢靠近，院子里也不见老师们的身影。

威格拉的心仍狂跳不止。接下来会发生什么事呢？

"坐下。"暴牙龙咬着舌头命令。

戴夫修士和埃丽卡坐在蓝色野餐布上，威格拉挨着虫虫坐在草地上。

暴牙龙也坐在了草地上。

在落日的余晖中，一班的其他同学们蹑手蹑脚地靠近了暴牙龙。他们也都坐了下来，大家都想知道暴牙龙到底想说什么。

"我曾经发誓，某一天我一定会回来报仇的。"暴牙龙咬着舌头讲道。

戴夫修士点了点头。

威格拉感到一阵战栗，他用一只胳膊抱住了虫虫。

"但是我现在回来了，"暴牙龙接着说，"我是为了花生薄脆糖而来。"

"花生薄脆糖！"戴夫修士说，"太好了。我会请我的小兄弟们给你烘烤一些。"

"不行。"暴牙龙说，"我就想吃你烘烤的花生糖。"

"我烤的——我烤的花生糖？"戴夫修士难以置信，"崩掉你牙齿的花生糖？"

暴牙龙点了点头，卷着舌头说："失掉牙齿确实令我伤痛万分，但你烤的花生糖真是佳品。吃过一次，欲罢不能。"

"真的是想吃我烤的花生糖？"戴夫修士简直不敢

相信自己的耳朵。

"就是你烤的花生糖，"暴牙龙确认，"虽然非常硬，但是风味独特，甜而不腻，火候恰好，是我到目前为止吃过的最好的花生糖。"

戴夫修士咯咯一笑，说："你竟然喜欢我烤的花生糖！真难以置信！"

看到戴夫修士如此高兴，威格拉也笑了。

"我此行的目的，"暴牙龙解释，"是想让你每周帮我烤一炉花生糖。"

"我会问问煎锅厨师，看我能否用他的厨房。"戴夫修士答应了，"我想他不会介意的。我每周都会为你烤一炉花生糖的。"

"如果你喳着——我的意思是——呷着花生糖，你就不会崩掉其他的牙齿了。"埃丽卡热心指点，舌头也跟着打卷了。

"我太高兴了！"暴牙龙卷着舌头大喊。

突然，戴夫修士眉头一皱，问道："暴牙龙，等等，你是世界上第一恶龙吗？"

暴牙龙点点头，说："是的，确实是。"

"你火烧村庄了吗？"戴夫修士连着问，"你抢农民的钱了吗？你还抢其他人的金币了吗？所有这些都是真的吗？"

"没错！"暴牙龙咬着舌头回答，"非常成功。"

戴夫修士摇了摇头，伤心不已，他说："既然你无恶不作，我不会给你烤花生糖的。"

"我可是火龙！"暴牙龙大喊，"烧杀抢掠是我的本能！"

"你必须得找一份正经工作。"戴夫修士提议，"你可以用你的火焰帮助小兄弟们烘烤花生薄脆糖。或许，在寒冷的夜晚，你可以用火焰温暖农民寒冷的小屋。"

"哦哦呃，真正的工作！"暴牙龙呻吟着。

"你可以让小孩子爬到你的身上玩耍。"戴夫修士继续提议，"然后从你的尾巴滑下来，一定很好玩。"

"别犯傻了！"暴牙龙大叫，"其他的火龙将会嘲笑我的！"

"或许吧。"戴夫修士说。

"我将不会出现在赫舒尔·诺萨罗德爵士下一期《世界上100条最邪恶的龙》上了。"

"不会了。"戴夫修士肯定地说，"但是我会永久供应你新鲜出炉的花生糖，每个周二早上，我都会在黑森林里的浪子骆驼骑士雕像顶上留一大袋花生糖。"

暴牙龙闭上了眼睛，鼻孔翕动着，就像在闻花生糖的香味，想到花生糖的美味，他不由自主地流出了口水。

暴牙龙突然睁开了眼睛，说："我会去找一份好工作的。"

"万岁！"大家欢呼起来。

埃丽卡和威格拉一跃而起，激动地相互拥抱在一起。

"埃丽卡，谢谢你跳上虫虫的背上与我并肩作战，"威格拉说，"你是我最好的朋友。"

"我担心，你会失去知觉。"埃丽卡说，"特别是当你意外刺伤暴牙龙，暴牙龙开始流血，嘀嗒嘀嗒……黏糊糊的血。"

"别说了！"威格拉大声制止。

埃丽卡抿嘴一笑，说："那么幸运草的事现在扯平了。"

威格拉也开心地笑了。

暴牙龙站了起来，卷着舌头说道："就这么定了，下星期二在浪子骆驼骑士雕像前见。"

"一言为定！"戴夫修士大声回应。

暴牙龙从犄角里喷出一团花生糖色的烟雾，然后展开宽大的翅膀，在城堡院子上空盘旋一圈，向西飞去。

"再见——暴牙龙！"虫虫咿呀而语。

城堡门打开了，洛贝丽娅领着莫德雷德走了出来，校长身披斗篷，额头上仍然有个鹅蛋般大小的肿包，他傻傻地笑着。

"虫虫！"戴夫修士叫道，"快去图书馆，快！"

"虫虫，快走！"威格拉催促着，"要不然莫德雷德就看到你了。"

"好的——的——，妈咪——咪——"虫虫嘟囔着飞走了。

现在，老师们急匆匆地走出了城堡，手里拿着火把，他们把火把插到城堡墙上的托架上，整个院子都亮了。

普林杰教练和莫特爵士也相继从台阶上下来。

他们后面是煎锅厨师，端着一盘热气腾腾的樱桃馅饼，他跑到宴席桌前，大声喊道："野餐时间到了，快来取吃的，否则我就扔掉了！"

每个人——公主们、普通学生们——都在宴席桌前排队等候。煎锅厨师分发食物：肉饼、面包、奶酪、苹果，根本就没提碎鳗鱼烤面包的事。

"好家伙，哇，好家伙！哇，好家伙！"安格斯端着堆得高高一摞食物的盘子，激动不已，不停感叹。

威格拉同样分外激动。

简丝丝端着一盘食物，快步走到公主们就坐的地方，她感叹道："来到屠龙学校真是太幸运了，格温，是不是很酷？"

大家把目光都转向了格温，格温正举着奶酪，一小口一小口地嚼着，小手指翘起，公主范儿十足。她停了下来，思忖片刻，终于开口了："超棒！"

"大家知道吗？"威格拉压低声音，以防莫德雷德听到，"黑色星期五最终转变为了幸运星期五。"

"而且这一天也快过去了，"托尔布拉德快乐地补充道，"或许我们命不该绝。"

扫一扫，关注"**小读客经典童书**"微信，
第一时间获取新书书讯，更有精彩好书、各种福利疯狂送！

孩子读点什么好，问问读客小熊猫！

小读客经典童书，传播爱与价值，
致力于出版最优秀的儿童文学和绘本！

图书在版编目（CIP）数据

幸运的黑色星期五 / （美）凯特·麦克马伦著 ；
（美）比尔·巴索绘 ；杨鹏译. -- 上海 ：文汇出版社，
2017. 11
　　（从前有条喷火龙. 第二辑）
　　ISBN 978-7-5496-2347-1

Ⅰ. ①幸… Ⅱ. ①凯… ②比… ③杨… Ⅲ. ①儿童小
说－中篇小说－美国－现代 Ⅳ. ①I712.84

中国版本图书馆CIP数据核字(2017)第251275号

图文：09-2017-850

幸运的黑色星期五

作　　者 / 【美】凯特·麦克马伦著　【美】比尔·巴索绘
译　　者 / 杨　鹏

责任编辑 / 张　涛
特邀编辑 / 汪雯君　黄迪音
封面装帧 / 李子琪

出版发行 / 文匯出版社
　　　　　　上海市威海路 755 号
　　　　　　（邮政编码 200041）
经　　销 / 全国新华书店
印刷装订 / 北京中科印刷有限公司
版　　次 / 2017 年 11 月第 1 版
印　　次 / 2017 年 11 月第 1 次印刷
开　　本 / 889mm×1194mm　1/32
字　　数 / 40 千字
印　　张 / 2.75

ISBN 978-7-5496-2347-1
总 定 价 / 199.80 元（全十册）

侵权必究
装订质量问题，请致电010-85866447（免费更换，邮寄到付）

DRAGON SLAYERS' ACADEMY

从前有条
喷火龙
14

会说猪拉丁语的国王

【美】凯特·麦克马伦 著 【美】比尔·巴索 绘 ｜ 杨鹏 译

文汇出版社

屠龙学校校园地图

DSA

露露夫人的卧室

普拉克博士科学实验室

莫德雷德的教室

洞穴出入

校长办公室

马厩

食堂

法地牢

城堡庭院

擦洗课

假火龙（训练专用

约里克快速变装营

目 录

第一章
威格拉要住皇宫啦！

威格拉举起他的三明治面包片，仔细端详着它下面的一层黏稠的棕色液体。

"呀哎！"他说着猪拉丁语。

"哎呀，"安格斯纠正，"这到底是什么东西？"

"是壕沟草汁，"埃丽卡回答，"它是煎锅厨师最新的菜品。"说着迫不及待地咬了一大口手中的三明治。埃丽卡狂热地爱着屠龙学校，甚至这里糟糕的伙食。

"心恶好，"威格拉又喊道，"好恶心。"

他从自己的宠物猪黛西那里学会了猪拉丁语——颠倒正常说话语序，现在他已经说得非常流利。

一个巫师在黛西身上施了说话咒，以便使她会说英语，但当黛西开口时，发现她说话的字母顺序竟然完全是颠倒的。当然这也并不奇怪，这个巫师不是别人正是泽尔诺克。对于一个甚至连治打嗝儿和打喷嚏这样最基本的法术都能搞砸的巫师来说，施加说话咒对他来说的确有些力不从心。

"哎哟，"安格斯推开自己的盘子，"差点忘了，这个月妈妈又给我寄来了一个大糖果盒。"

威格拉充满渴望地看着安格斯从他的外衣兜里掏出了一块中世纪棉花糖，他大大地咬了一口。

要是安格斯拿一些出来给大家分享多好！可他没有这样做。

"我以前学校午餐吃的是一种大麦麸子做的汉堡，"简丝丝说，"味同嚼土，但壕沟草汁比它更难吃。"

"在公主预备学校，"格温说，"我们每天都喝一种叫公主豆的汤。"

她叹了口气，继续说："我非常不喜欢那汤的味道，但现在我愿意用我的翡翠头饰换一碗喝！"

"注意啦！"校长莫德雷德大步流星地走进学校餐厅，身后的红丝绒披风随着他的步伐轻轻飘起，他浓密的黑发在头上一分两半，每个手指上都带着一枚金灿灿的戒指，包括两个大拇指。

威格拉和其他学生立刻起立迎接。

"稍息！"莫德雷德校长喊道，"告诉大家一个好消息。"

餐厅立刻变得鸦雀无声，威格拉甚至能听到一班桌子下面的老鼠为争夺地上的面包碎屑而打斗的声音。

莫德雷德紫色的双眼中闪烁着激动的光芒，说："我从不认为学校放假就是浪费时间。"

"这算什么好消息，舅舅？"安格斯插话，"众所周知，我们从来就没有放过一天的假。"

"在灭龙学校，"简丝丝说，"我们有整整一周的暑假时间。"

"安静！"校长打断她，"所有的男女同学们，我为你们准备了一份礼物！"

他微笑地看着新来的女同学们，金牙在正午的阳光照耀下闪闪发光，说："明天——星期六和星期天，有一些重要的人物要来我们屠龙学校开会。"

"浪子骆驼爵士也会来吗？"埃丽卡急切地问，她是这位著名骑士的铁杆粉丝，在临时女生宿舍，她的床头上就挂着一幅浪子骆驼爵士屠龙的挂毯。

"不，来的人是……嗯，一些教师，"莫德雷德迅速地回应，"对，是的，是教师们，他们来到我们这里，就是为了听我的教诲，成为更优秀的老师。所以，同学们！你们有三天假期，现在可以动身回家了。"

"万岁！"学生们大喊，他们手舞足蹈，欢呼雀跃，这噪声吓坏了一班桌子下面的老鼠，他们纷纷四下逃散。

家！威格拉离开它已经很久了，他想念妈妈莫尔维娜，想念爸爸弗格斯，想念他的十二个兄弟，吃过屠龙学校煎锅厨师的饭菜后，他甚至开始期待着喝上一碗妈妈做的甘蓝菜汤了。

欢呼声渐渐地平息。

"这件事好蹊跷。"安格斯嘟囔着说。

"回到宿舍，收拾东西，打扫干净你们的宿舍。"莫德雷德继续在发号施令。

他拿起沙漏计时器，把它倒置计时，说："限你们在一小时内离开这里，行动吧，再见！"

威格拉和其他人一起喊着："放假啦！放假啦！"他们冲出了学校餐厅。

男生们跑回他们的铺位，女生们也迅速地消失在了麻布布帘后面，男生宿舍和临时女生宿舍是由这道布帘隔开的。

埃丽卡把手伸进床底下，拉出了她的"奔走的浪子骆驼"行李中的一件———一个大旅行箱，带着一个把手，底部还有轮子，她开始收拾东西。

威格拉没有任何行李，哪怕是一个包也没有。于是，他把毯子平铺在床上，一股脑儿地把自己的东西扔到上面，包括他已生锈的必杀剑，当然，还有他的幸运毯。

"回家我又能骑我的小红马了。"格温边说边收拾起自己的头饰和时装杂志。

"我要去脚趾甲村集市算个命，预测一下我的前途。"托尔布拉德说。

"我将回宫，享受我的皇家待遇。"埃丽卡卷起了浪子骆驼爵士挂毯，把它塞进了箱子里，"你回了大头针村会做什么，威格拉？"

"我……"威格拉一时语塞。他不想告诉埃丽卡，他可能将在没肘深的油腻的刷锅水中帮妈妈洗餐具或在择菜中度过假期，也可能和十二个弟弟挤在一个狭窄的小屋中，听父亲讲那些令人心惊肉跳的冷笑话。

"我会很忙。"最终他回答。

"我会睡懒觉，"安格斯咧嘴一笑，"早餐会有樱桃派。"

"安格斯，"埃丽卡说，"你不是说你妈妈去了西羊村吗？"

安格斯的笑容消失了，大叫："我忘了！我妈妈去了她堂妹弗洛克夫人家了。哦，糟糕，我回不了家了！"

"那么，你跟我回家吧，住住我的宫殿。"埃丽卡一边扣紧工具带一边向他发出邀请。

安格斯摸了一下自己的鼻子，以为自己听错了。

埃丽卡点点头，说："皮埃尔厨师可以每顿饭给你烤制一个樱桃派。"

"有鲜奶油吗？"安格斯问。

"有的。"埃丽卡确定。

"灭龙学校有个家长周末，我爸妈去看我哥哥了，"简丝丝说，"你那儿还有地方的话，我也想去。"

"有！"埃丽卡说，"皇宫有435间卧室，你可以随意挑。你愿意和我们一起走吗，威吉？"

威格拉感到非常纠结，他想念自己的家人，但又不想错过去皇宫的机会。那是一个真正的皇宫！有专门做樱桃派的厨师！有仆人为你洗碗刷锅！有435间卧室，供自己任意挑选！

威格拉难以抵挡这样的诱惑！

"哦，但是黛西，"威格拉突然想起了宠物猪，"我不能把她独自留下。"

"你可以把她放在皇宫的猪圈里。"埃丽卡说。

威格拉开心地笑了，鞠了一躬，说："这样的话，我和黛西非常愿意和你一起回家。"

一个出身卑微的大头针村的小男孩将住进皇宫！想到这，他的手兴奋得有些颤抖。

第二章
谈笑风生猎人道

"等等我，孩子们！"戴夫修士的喊叫声远远地传来，他穿过城堡的院子朝准备离去的学生跑了过来。

"你们总不能饿着肚子出远门吧，到我这儿来。"他说着从篮子里给每人发了一大块自制的花生薄脆糖。

威格拉拿了一块花生糖放进自己口袋里，给黛西也拿了一块并向戴夫修士表达感谢。

"不用担心虫虫。"戴夫修士低声对威格拉说虫虫是那只被藏在屠龙学校图书馆的幼龙，"你不在的时候，我会照顾好它的，你尽情享受在家的时光吧。"

"我不打算回家，戴夫修士。"威格拉说，"埃丽卡邀请我和她一起去皇宫。"

"我也去。"简丝丝说。

"去起一个三们我。"黛西说，它的意思是"我们三个"。

"还有我，是四个，"安格斯忙插话，"我们会吃樱桃派的早餐、午餐和晚餐。哦！我都有点迫不及待了。"

"一路顺风，孩子们！"戴夫修士说，"但是记住旅行虽愉快，既充满惊喜也充满意外甚至危险，所以，路上一定要小心。"

"见再！"黛西说。

"她在和你说再见，戴夫修士。"威格拉赶忙解释。

"再见，黛西，"戴夫修士说，"大家保重！"

威格拉挥了挥手，一行人出发了，他们穿过门楼，踏上屠龙学校的吊桥，直奔北边的猎人小径。

威格拉用一根木棍挑起行李，扛在肩上。幸好行李很轻，威格拉暗自高兴。

埃丽卡的行李箱可就没那么轻巧了，除了浪子骆驼的挂毯、铠甲，她还带着她收藏的所有浪子骆驼匕首、浪子骆驼坐骑的一个马掌、浪子骆驼城堡的墙砖，她还想塞进了浪子骆驼的急救包，甚至沙滩浴巾，但她的箱子太满了，实在塞不下了。

"到你家得走多久？"威格拉问。

"要好几个小时，"埃丽卡拉着她身后那个庞大的双轮行李箱，"除非我们抄近道，穿过黑森林。"

"穿过黑森林？"威格拉有些犹豫，他从没有进入过黑森林的中心地带，大家都知道那里充满了各种奇形怪状的生物，暴虐的巨人怪和疯子。

　　"我选择走近道，"简丝丝说，"这将是一次激动人心的冒险。"

　　"走们我！"黛西说。

　　威格拉简直不相信小猪会这么勇敢，他有些害怕走黑森林，但自己的小猪都不怕，没有理由不去黑森林。

　　"你不怕吗，黛西？"威格拉问。

　　黛西点点头，说："路的长太走能不，短太腿的我。"

　　简丝丝问："她在说什么？"

　　威格拉把黛西的话换了语序说了一遍。

　　安格斯说："不行！我可不愿踏进那个可怕的黑森林，也许我们会撞见无头的死囚，或者是一大群丑陋的小妖精，还可能碰上一个大怪物！"

　　"可是，如果我们抄近道，"埃丽卡说，"我们能在晚饭时到达皇宫，吃上鲜奶油樱桃派！"

　　"那还等什么？"安格斯大喊着，一路小跑，跨过了小石桥，率先进入了黑森林。

　　走在黑森林里，威格拉心跳得像打鼓一样，光线暗了下来——阳光无法穿透浓密的枝叶从上面射进来，却投下大树和灌木各种怪异的影子。

"哈——"埃丽卡喘着粗气，"这些杂草和烂树根让我的箱子寸步难行。"

"我们轮流帮你吧！"简丝丝说着从埃丽卡手里接过了箱子的把手。

与此同时，威格拉瞥见了一个洞穴。

"快看，埃丽卡！"威格拉大叫，"那不是戈兹尔的洞穴吗！"

"是的！"埃丽卡也大叫起来，"就在那儿，我和威格拉杀死了一条暴虐的恶龙。"

"你们挥剑痛击了它？"简丝丝急切地问，她手挥长矛，假装恶龙就在面前，"去死吧，你们这些长满鳞片的怪物！"

"当然了，"埃丽卡大声炫耀，"那是一场惊心动魄的战斗，戈兹尔从鼻子里向我们喷出了炽热的火焰，但最终我刺中了它的内脏，结束了战斗，是吧，威格拉？"

"我记得事实不是这样的。"威格拉有些不满，实际上，是他杀的那条龙。

每条龙都有一个不为人知的致命弱点，一个意外，威格拉发现了戈兹尔的致命弱点——冷笑话。

于是他向那条龙讲了一些爸爸弗格斯常说的冷笑

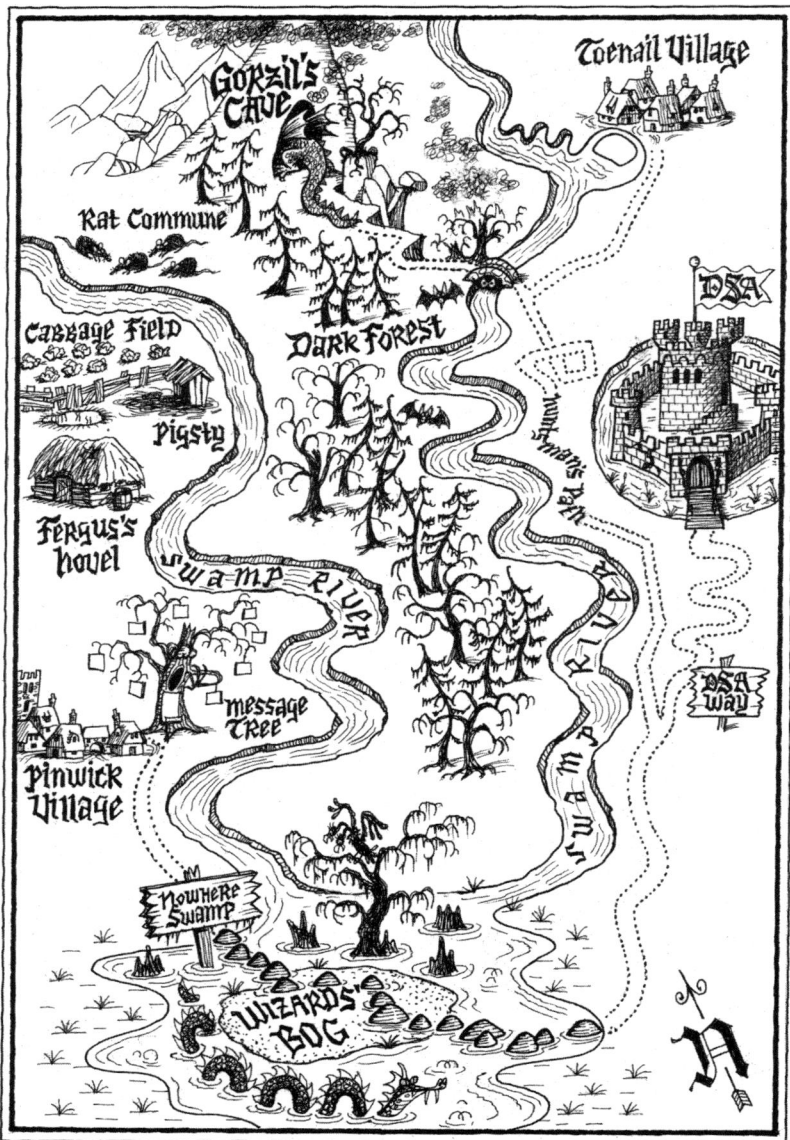

Toenail Village

Gorzil's Cave

Rat Commune

Cabbage Field

Pigsty

Fergus's hovel

Dark Forest

Swamp River

DSA

Huntsman's Path

Swamp River

DSA Way

Message Tree

Pinwick Village

Nowhere Swamp

Wizards Bog

N

话，把那条龙笑死了。

"好啦，别磨蹭了，"安格斯有些不耐烦，"快点，否则，我们会错过晚餐了。"

埃丽卡从简丝丝那接过箱子，一群人翻过山岭，踏过荆棘，朝着黑森林的深处前进。

"了死累。"黛西嘟囔着。

"它说什么？"简丝丝问。

"累死了。"威格拉回答。

"我希望能听懂你说的话，黛西，"简丝丝说，"你教我猪拉丁语，怎么样？"

"呀好。"黛西一副高兴的样子。

"她在说'好呀'。"威格拉说。

大家找了一块圆木坐下来。

"始开字名习学从。"黛西说。

"啥？"简丝丝一脸疑惑。

"它说从学习你的名字开始。"威格拉解释。

黛西用一个蹄子比画着说："丝丝简。"

"是我的名字？"

威格拉点点头，说："这有一个窍门，说你名字时，语序倒过来就可以了。"

"丝丝——简？"简丝丝说，

"确正！"威格拉说，"现在试试，威格拉怎么说。"

"拉格，"简丝丝说。

简丝丝笑着说："我在说猪拉丁语！"

她转过头对黛西说："黛西，西–黛！"

"说说我的名字。"安格斯说。

"斯格安"，简丝丝又转过头对埃丽卡说，"卡丽埃"。

"了会学你。"黛西说。

"你学会了，"简丝丝翻译，"嗨！我做到了！"

"用猪拉丁语说'侏儒'。"威格拉说。

"儒侏？"简丝丝皱起眉，结巴地说。

"了极好。"黛西称赞。

"了走该们我。"安格斯用猪拉丁语催促。

"给我们讲讲皇宫吧。"当他们集结继续前行后，威格拉提议。

"它是由许多白色大理石塔楼组成的建筑群，坐落在一座小山的顶上，俯瞰一座大花园。"埃丽卡描述。

威格拉努力地想象着这一壮美的景象，听起来如同神话故事里的宫殿。

"我妈妈的野生黑独角兽群就饲养在公园里，"埃丽卡继续说，"他们长着红色的犄角，跑起来像一阵风。"

埃丽卡突然停顿了一下，大叫："哦，我差点忘了！明天是我父亲登基25周年纪念日！每年的加冕纪念日爸爸都会发表一个演讲，之后会安排一个盛大的宴会。"

"盛宴！"安格斯惊呼，"太棒了！"

然后，他做出了一个对于他来说非同寻常的举动——他奔跑了起来。但没跑多远，脚就被树根绊了一下，只听到"嗷——"一声惨叫，他身体凌空向前飞了出去，"砰"的一声重重地摔在了地上。

第三章
炼金术士阿尔本

大家立刻扑向了安格斯。

"伤着了吗？"威格拉大声问。

"是的——"安格斯痛苦地呻吟，膝盖汩汩地流血，喷涌而出的泪水刮花他脏兮兮的脸颊。

威格拉不忍直视，因为他晕血。

"糟透了！"埃丽卡大叫，"我把浪子骆驼急救包忘在了屠龙学校。"

"斯格安的怜可。"黛西说。

"真的很可怜。"安格斯呜咽着。

他站起来试图走几步，但瘸得厉害。

"现在我们无法准时赶到皇宫了。"他说着哭得更厉害了。

"每年总会剩下很多饭菜，"埃丽卡说，"当务之急是清洗你的伤口。"

"不——"安格斯又哀号起来，忙用手遮住膝盖，"那样会很痛！"

"如果不这样做，你的伤口会化脓，甚至你的腿会被截肢。"简丝丝指出。

呸！威格拉感到一阵晕眩，抱住了旁边一棵树。

安格斯看起来是被吓着了，但他还是放开了膝盖。

只有威格拉的水瓶里还有水，他尽力克制住胃里的不适为安格斯清洗伤口，之后，他拿出一块从戴夫修士那里拿的花生糖送给安格斯，安抚他的情绪。

"患难见真情！"安格斯一口吃下了整块花生糖。

黛西凝视着伤口，自言自语地说："子叶戈琼。"

黛西一溜烟跑进了森林里。

"我没听明白。"简丝丝说。

"琼戈叶子，"威格拉解释，"我也不清楚是什么意思。但黛西懂得很多知识，图书馆的戴夫修士总是借给她很多书。"

埃丽卡补充道："黛西很聪明，屠龙学校进入全国学校智力竞赛时，她是我们的领队。"

"别提比赛了，好吗？"安格斯大叫，"还是说说我的膝盖怎么办吧？"他向前探身站了起来，一度还想再起来走几步，但剧烈的疼痛，让他无法挪动，唏嘘两声后又坐下来。

"黛西正为你找草药，"威格拉说，"听——有脚步声，一定是她回来了。"

大家都竖起耳朵，听到了小道上的脚步声，重重的脚步声。

"那不是黛西的脚步声，"威格拉低声说，一个人或某个比小猪大得多的动物正穿过森林向他们走来。

埃丽卡一跃而起，拔出了剑，厉声问道："谁在那儿？"

没人回应。

脚步声越来越响了。

简丝丝也跳了起来，紧握住自己的长矛，低声说："太刺激了！"

威格拉也站起来，从行李中拿出了必杀剑，他绝不会伤害任何生物，这样的目的，只是为了吓退不速之客。

"快出来！"埃丽卡大喝一声，"不然，我们屠龙勇士就不客气啦！"

"不！请不要！"传来一个颤抖的声音，"我没有恶意。"

一个满头银发的胖女人走进了大家的视野，她穿着一件灰色长袍，背着一个鼓鼓囊囊的包。

"我叫阿尔本，"老女人开口，"是一个炼金术士。"

"炼金术士？"威格拉问，"你会炼金？"

"没错！"阿尔本回答，"锡铜铁，凡是你能说出来的普通金属，我都能把它变成黄金，而且不是镀金，我说的是纯金，24克拉的黄金。"

她的蓝眼睛泛起了光芒，伸手从包里取出一片羊皮纸，说："我要去参加一个炼金术大会，不幸的是我迷路了，也许你们中有人能帮我找到正确的路。"

埃丽卡接过羊皮纸，与此同时，黛西也一路小跑地赶回来，大家都围过去看。

"难以置信！"威格拉惊叫起来。

"给我看看！"安格斯着急地喊。

简丝丝递给他。

安格斯大声地读起来：

欢迎参加炼金术大会。

时间：周五、周六、周日。

地点：屠龙英雄假日酒店。（猎人小径附近，屠龙学校路）

内容：观摩魅力十足的炼金术表演。

学习古代炼金术的秘诀。

同行间炼金术技巧分享。

豪华住宿，预付黄金即享打折优惠。

请预约或现场报名。

提醒：别忘了把你的黄金带来。

"夫人，"埃丽卡说，"屠龙英雄假日酒店是一所学校。"

"我们的学校。"简丝丝补充道。

"哈哈！"安格斯大叫，"舅舅给我们放假时，我就觉得这事有蹊跷。原来他是打算把我们赶走，出租我们的宿舍赚钱。"

第四章
与流浪歌手重逢

阿尔本一走，黛西立即把她找到的草药拿给威格拉看。

"着拿。"黛西说，在它右前蹄的掌缝里藏着一束长满叶子的花。

威格拉摘下那些叶子，黛西告诉他把叶子放在一起搓揉后变热，然后敷在安格斯的伤口处。

威格拉麻利地照做。

"哇——"安格斯惨叫一声，"快把那些杂草从我膝盖上拿走！"

"好效疗药草。"黛西说。

"草能疗伤，胡说八道！"安格斯气呼呼地说，"我不明白一把草怎么——"

他打住了，脸上露出一副惊讶的表情："等等，我的伤口好像不疼了！"

黛西胸有成竹地点着头，威格拉为自己的宠物猪感到骄傲。

几分钟后，黛西让安格斯除去草药，他的伤口已经停止出血，看上去不过是个划痕而已。

安格斯站起来，弯曲了一下膝盖，又把它伸直，欣喜若狂："黛西，你真是一个天才，才天！我可以出发了！"

小分队又踏上了征程。

"你怎么会懂得琼戈叶子治病，黛西？"路上，安格斯问黛西。

"书药草多很过读我。"黛西回答。

"你是说'你读过很多草药书'对吗？"简丝丝问。

黛西点点头。

"哇塞！我又学了一门语言！"简丝丝激动地大叫起来，"我又懂了一门外语。"

随着他们的旅程不断深入，路越来越陡峭，乱石丛生。

"破石头！"埃丽卡抱怨道，"我行李箱的轮子就快被它们搞坏了！"

那些碎石也让黛西的行走越来越困难，为了答谢疗伤之恩，安格斯抱起了黛西。

威格拉看见两颗松树间有个小山精在偷窥他们，头顶上面一只尖叫的鸟——或许它是一只蝙蝠？他听到了隐士们在大喊，"别来烦我！"接着，他又听到了歌声。

"你们听到什么了吗？"他小声问。

大家一起点点头。

歌声越来越大，最后，他们能听清楚歌词了。

"戈兹尔是一只火龙，它本性贪婪。
在它恐怖的魔爪下，村民四处逃散。"

"戈兹尔？"简丝丝转向埃丽卡，"那不是你和威格拉杀死的那条龙吗？"

埃丽卡点了点头。

"我曾经认识一位流浪歌手，他唱过这首歌。"威格拉说。

这时，一个头戴羽毛帽子的人出现在他们前方的小路上，正轻弹琵琶，独自吟唱。他抬起头，看到威格拉，大吃一惊："我不是在做梦吧？你是大头针村的威格拉？"

威格拉也惊叫："流浪歌手！见到你太高兴了！"

威格拉把流浪歌手介绍给朋友们，并向他们讲述了相识的经过：在一个风雪交加的冬天，流浪歌手来到了大头针村，他需要找个地方落脚，于是住进了威格拉家的猪圈。

"你好，黛西！"流浪歌手低头看着小猪，"你还是那个世界上最漂亮的，最粉红的猪小妹。"

黛西十分害羞，肤色变得更粉了。

"流浪歌手教我读书写字，"威格拉说，"还教我如何活动自己的耳朵。"说完做了一个小小的演示。

"你的英雄事迹我早有所闻，威格拉，"流浪歌手说，"你杀了戈兹尔和塞莎！"

"那只是意外。"威格拉坦白。

"不要谦虚，"流浪歌手微笑着，"我说过你注定是一个英雄。"

威格拉脸上开始发烫。

"我已经把你的事迹谱写成了歌曲。"流浪歌手说着又开始抚琴高歌：

戈兹尔是只火龙，它本性贪婪。

在它恐怖的魔爪下，村民四处逃散。

它能喷烟吐雾，用鼻孔射出闪电。

英雄终于出现，找到它的致命弱点。

英雄名叫威格拉，人小却英雄虎胆。

他用鬼敲门的笑话，笑破了暴龙的胆，

他杀死暴龙戈兹尔，为民除害！

大家鼓掌叫好。

埃丽卡小声嘟囔道："我记得事实并非如此。"但她还是跟着鼓掌了。

流浪歌手摘帽鞠躬致谢。

"谢谢，流浪歌手，"威格拉说，"非常荣幸能成为您歌曲里的人物。"

"你真的能算命？"简丝丝问。

"当然。"流浪歌手肯定地说，"把你的手掌伸过来，小姐。"他用手指顺着掌纹滑动着，说："现在，我来看看......这条掌纹贯穿了那条线，嗯，等等，我看明白了，你很快会遇见一位男巫。"

"哦，伙计！"简丝丝转向埃丽卡，"为什么你不告诉我，你的皇宫里有一位男巫。"

"因为那里没有，"埃丽卡耸耸肩，"我美丽的教母过去曾住在皇宫的一个小房间里，但我五岁时，她就已经辞世了。"

"如果我算得不准，"流浪歌手说，"还是头一回。"

"该我了。"安格斯把手伸了过去。

"多么圆润的小手啊，"流浪歌手赞叹道，他研究了一会儿说，"你将对新鲜出炉的果派说不。"

"绝对不会，"安格斯反驳道，"果派是我最喜欢的甜点，尤其是樱桃派。"

"我只是说出我看到的，"流浪歌手说，"说实话，有些结果我也不太明白为什么会这样。"

埃丽卡也伸过来她的手掌。

流浪歌手几乎只扫了一眼便开口说道："毫无疑问，很快你将看到很多的疹子。"

"疹子？"埃丽卡略显不悦，"先生，那可不是什么命运。"

威格拉知道埃丽卡本指望听到流浪歌手说你能变成一位伟大的英雄，就像浪子骆驼一样。但看见疹子？确实不是什么命运。

黛西走向前，把它的右前蹄伸给流浪歌手。

"黛西，亲爱的猪小妹，"流浪歌手亲昵地说，"我是看手相的，至于你的猪蹄，既然你想让我看看，那也行。"他抓起猪蹄，凑过去仔细地端详，突然，他双眼圆睁，身子不由自主地退了一步，手中的猪蹄也跌落下来。

"哎哟！"黛西惨叫一声，"吗好不？"

流浪歌手看上去有些焦虑。

"你看到了什么，流浪歌手？"威格拉问。

"我看到……"流浪歌手欲言又止，脸上强装笑容，"猪蹄不是手掌，我无能为力。"

他拎起来他的琵琶，说："我得走了，要不然就赶不上脚趾甲村集会了。"

他弯腰凑到威格拉耳边低声说："要留意你的小猪。"

他转身对大家说："再会！"

随后踏着碎石路朝东走去。

"再会！流浪歌手。"威格拉回应。

他跪下来，抱起了自己的小猪，流浪歌手从黛西的猪蹄里看到了怎样的命运？他有些害怕，无法想象什么噩运会降临在亲爱的黛西身上。

第五章
蛇怪贝希尔

威格拉和伙伴们在穿越黑森林的旅途中艰难地行进着，他的情绪很低落，这是捷径吗？更像是在绕路。

突然，毫无征兆地，一个刺耳的说话声从他们身后的灌木丛中传来："站……站……站……站住！"

威格拉的心怦怦直跳，他抱紧了一旁的黛西。

"谁……谁在说话？"埃丽卡问。

"我是……是……是贝希尔，"这个声音回答，说话结结巴巴，"我需要帮……帮……帮助！"

"你先出来！"简丝丝喊道，"然后我们再决定是否能帮你！"

"哈哈，那是……是……是个问题，"贝希尔回答，"你们看……看……看见我，就会丧命。"

"丧命？"威格拉吸口冷气，"随时会死？"

"是……是……是的，"贝希尔说，"千真万确，因为我是一条蛇……蛇怪，你们也……也许听说过吧？"

"听说过，"威格拉说，他曾经查阅过屠龙学校图书馆中关于蛇怪的每一本书，"你们浑身长满鳞片，腿很短，有爪子，一双翅膀因为太小而无法飞行，还有一条长尾巴，脑袋像鸡头。"

"我更喜欢你说像公鸡头，"贝希尔纠正道，"不过，其他说的都是正确的，你叫什么名字？"

"威格拉，"威格拉继续说道，"如果一条蛇怪踩到石头上，石头会裂成两半。"

"是立……立……立刻裂成两半。"贝希尔又纠正。

"难怪我们会看到那么多的碎石。"埃丽卡说。

"蛇怪拥有大量财富，就是众所周知的蛇怪金。"威格拉接着说。

"是……是……是的，"贝希尔骄傲地回答，"我们蛇……蛇……蛇怪很富有。"

蛇怪口臭很重，但威格拉感到提到此事会很失礼。

安格斯插话："看见你，我们就会死，是吗？"

"的……的……的……的确如此，"贝希尔肯定地说，"任何动物都一样，谁都不例外，除非是另一只蛇怪。"

"天哪！"威格拉惊叫起来。

"不必害……害……害怕！"贝希尔说，"我戴着墨……墨镜，所……所以，我的目光不会伤害到你们的。"

"哦，太好了，"安格斯声音颤抖着说，"那戴好你的眼镜，贝希尔。"

"我误入黑森林，"贝希尔接着说，"因为带着墨……墨镜，我看……看不见东西，所……所以我迷路了，我希望你们能把我领出黑森林，我想回到我亲爱的索……索菲身边。"

"索菲是谁？"威格拉问。

"是……是……是一条美丽的蛇……蛇怪，"贝希尔说，"糟糕，看……看见她，你们就会死。她头顶的羽冠是……是……如……如……如此的富丽堂皇。"

"我这儿有一条绳子，"威格拉说，"你抓住一头，我们走在前面把你带出森林。"

"你真是一个天……天才，威格拉！"贝希尔激动地大叫起来。

威格拉抓住绳子一端和其他人在前边走，他感到绳子另一端被拽了一下。

"我抓住了，"贝希尔在后面大叫，"答……答……答应我，别丢下我，帮我走出黑森林。"

"我答应你。"威格拉说。

威格拉领着贝希尔跋涉在幽暗的森林里，最后，来到一座桥前，深邃的桥下是咆哮的沼泽河。

"我们现在来到了摇摆桥！"埃丽卡宣布，"一过桥，我们就走出了黑森林，离皇宫就不远了。"

"太棒了！"安格斯大叫，"是晚饭时间。"

透过昏暗的光线，威格拉观察了一下这座桥，哎哟，这座桥面只有木板铺在绳索上。他又走近几步观察，发现木板已经腐烂，绳索也磨损严重。

"我先走，"埃丽卡说，当她前行时，桥摇摆得很厉害，身后沉重的行李箱也在颠簸着。

威格拉闭上了眼睛，他能听到木板咔嚓断裂的声音。

"当心！"他嘱咐即将走上去的简丝丝。

"我可以用我的长矛保持平衡，"当她过桥时木板直接断裂成两半，坠落到下面奔流不息的河水中。

安格斯踏上桥面，他咽了口唾沫，长舒了一口气，"樱桃派、鲜奶油、鲜奶油、樱桃派……"他边走边默默以此来给自己鼓劲。

黛西跟在他后面也摇摇晃晃地过去了，该威格拉了。

桥面已断裂一半。"准备，贝希尔。"他长吸了口气说。

"我害……害……害怕，"贝希尔在后面说，

"我们踩上去，桥就会断……断……断裂。我的翅……膀……膀……膀没用，我不会飞，我们不得不采用其他方式渡……渡……渡河。"

"但其他方式就只有游过去了。"威格拉说。

"很好，"贝希尔说，"我们就游……游……游过去吧，但你知道，我看……看……看不见，你必须骑到我的背上，当我的眼睛。"

"骑……在你背上。"威格拉吓了一跳。

"不行，威格拉，"埃丽卡在遥远的河对岸大声呼喊，"不要那样，太危险了。"

威格拉多想一个箭步冲到河对岸，和朋友们在一起，但他答应过蛇怪，不能把他抛弃在黑森林里。

他颤抖地说："我们游过去吧，贝希尔。"

"我们在岸边等你。"埃丽卡又大喊，接着朋友们一起朝下面跑去。

"闭……闭上眼睛……睛，威格拉。"贝希尔说。

威格拉闭上眼，心脏快要蹦出来了，他感到一个冰冷的长满鳞片的怪物来到了身边，他努力抬起腿跨到他的背上。

"搂紧我的脖子。"贝希尔说。

威格拉用胳膊抱住了蛇怪的脖子，感到他的脖子很干，长满鳞片，就像虫虫的脖子，想到了那只小龙，他平静了很多，抱得更紧了。

贝希尔笨重地下到了河里。

"冷……冷……冷……"他说，"冻死了！只有害相思病的傻瓜才会这么做！索……索……索菲，甜……甜……甜心，我来了！"

"哗"！贝希尔跳入了沼泽河幽深的水中，威格拉感到蛇怪在浩淼的水中像一只小狗在划水，他睁开了眼睛，首先看到的是飞溅的水花，他直起腰来，凝望前方，看到了对岸。

"哎呀！"威格拉大叫，"我们正漂移到下游，快向右游，贝希尔，向右。"

贝希尔拼命地向右划水。

"好！稳住！"威格拉指挥着。

贝希尔——一条蛇怪，努力划着水，终于他们到达了遥远的对岸。

"终于安……安全到达。"贝希尔笨重地从水中爬上了岸。

威格拉闭着眼睛从他的背上滑下来。

"谢谢你，威格拉，"贝希尔说，"现在我要去找索菲了。"

"再见了，贝希尔，"威格拉背对着蛇怪说，"真希望能看见你。"

　　"我也是，"贝希尔说，"我是一个英……英俊的蛇……蛇怪，至少索菲这么说。如果我们孵出蛇怪宝宝，我想给它起和你一样的名字。"

　　威格拉笑了，一个小蛇怪也叫威格拉！

　　他始终闭着眼睛，听着贝希尔隆隆地离去，直到四周一片寂静。

　　"贝希尔？"他叫道，"你在吗？"

　　没有回应。

　　威格拉睁开眼睛，蛇怪已经走了。他的那段绳子套在他的脚上，在绳套里拴着一枚六边形的金币，那是贝希尔财宝的一部分。

第六章
国王遇到大麻烦

"蛇怪走了吗？"威格拉身后的树丛里突然传来了埃丽卡的声音。

"已经走了，"威格拉回答，"快过来看他留下了什么。"

埃丽卡和伙伴们围了过来，盯着那枚金币。

安格斯倒吸了一口气："它一定值很多钱！"

"蛇怪金币有一些特殊的含义。"威格拉说，拿起金币，威格拉想到，它与"24"这个数字有关，是仅有24个蛇怪知道藏金的地点呢？还是代表这个金币是纯金，24克拉，像炼金师阿尔本的金子一样？

金币的一面是一个公鸡头的蛇怪头像，另一面是一只蛇爪站立在一块断裂的岩石上，威格拉把金币放进了衣兜。

正如戴夫修士预言的一样，这的确是一次充满奇妙的旅程。

"拉格威，"黛西爬上小山说，"敢勇常非你。"

"谢谢你，黛西。"听到自己聪明的小猪夸自己，威格拉很开心。

"看！"当大家爬上山顶时，埃丽卡喊道，"那就是皇宫。"

威格拉用手挡住午后刺眼的阳光，极目远眺，一座熠熠生辉的白色塔楼拔地而起。

"这个行李箱可以让它顺着山坡滑下去。"埃丽卡说着放下行李箱轻轻一推，它便沿着山坡颠簸地往下滑，越滑越快。

"我们也滑下去吧！"简丝丝提议，四个未来的屠龙手和一头小猪往草地上一跃，便顺着山坡滚了下山去。

山脚下，他们找到埃丽卡的行李，便直奔通往皇宫的公路。

沿途他们遇上几个正在劳作的农夫，威格拉无意中听到了一些他们的谈话。

"要我说，国王肯正在变成一个十足的笨蛋。"一个戴白头巾的农妇说。

"一直就是个大傻瓜，"一个穿皮坎肩的农夫说，"我想要一位能让我引以为傲的国王——绝不是一个放火烧自己屁股的人。"

威格拉瞥了埃丽卡一眼，看她是否也听到了他们的议论。——他们说的正是她的父亲！

但埃丽卡仅仅转了转眼睛，说："农民只是发发牢骚而已。"

威格拉想：难道埃丽卡忘了他也是一个农民？

一个身穿蓝衣服的农妇说："我听说国王肯得了一种奇怪的病。"

"鲍勃郡的国王鲍勃是一个不错的君主，"一个红鼻头、裹着脏兮兮的裹腿的人说，"如果国王肯有什么意外，他可能会接替肯的位子。"

埃丽卡皱起了眉头。"农民们就热衷于散布王室成员的谣言。"她嘴上这么说，但却加快了脚步。

很快，他们便来到了皇宫的大铁门前。

"卫兵！"埃丽卡隔着铁栅栏喊，"是我，艾丽卡·薇拉米娜·伯纳黛特·宝拉·弗里达·玛丽·冯·罗亚尔公主。"

威格拉从来不知道埃丽卡有这么多的中间名。

一个身穿大红色制服的卫兵跑过来，盯着埃丽卡看了好一会，然后转身返回了卫兵房里。

"他一定是新来的，"埃丽卡说，"不管怎么说，从三岁我就一直是破门而入的状态。"她爬上大铁门，

把手伸进去，鼓捣着门锁，"砰！"铁门弹开了。

　　一分钟后，威格拉，一个大头针村的男孩，正走在皇家大道上，一切像是在做梦！他看到前面是一片被修剪成龙形的灌木。

　　"这些龙是我的创意，"埃丽卡说，"他们在月光下看上去很可怕吧？。"

　　"太棒了！埃丽卡！"威格拉兴奋不已，"当初你怎么舍得离开这里。"

　　"它是做公主的好地方，"埃丽卡说，"但不适合屠龙手待。"

　　威格拉又被喷泉吸引住了，金色的水带冲天而上，下面水池里的金鱼在自由自在地游来游去。

　　"这是皇家金鱼池，"埃丽卡介绍，"你好，浪子骆驼！"她把手伸进水里拦住一只个大的金鱼，"那两个是亚瑟和吉尼韦尔。"

　　"埃丽卡公主。"有人叫埃丽卡。

　　威格拉抬起头，一个身着蓝制服的仆人正弓着腰从宫殿的台阶向他们跑过来。

　　"你好，法恩斯利。"埃丽卡跟仆人打了个招呼。

　　"很抱歉要跟您说一个坏消息，埃丽卡公主，"法恩斯利弯腰鞠躬，"皇宫现在有了麻烦！"

　　埃丽卡皱起来眉头，说："法恩斯利，你到底要说什么？快直截了当地告诉我！"

"你的国王父亲，他染上了疱疹。"

"这么说，农民传的谣言竟然是真的！"埃丽卡惊呼，"我必须立刻去见我的父亲。"

"哦，不行，公主！"法恩斯利弓着腰说，"他不愿见任何人，他高贵的脸上长满了赤红的斑点，甚至他高贵的手、胳膊乃至于全身都是红斑。"

威格拉看了一眼黛西，"你能配药来祛除那些红斑吗？"

"题问没。"黛西回答。

"已经请十六个医生看过了，但都无济于事，"法恩斯利弯着腰说，"第十七个正在路上。"

"我母后在哪，法恩斯利？"埃丽卡说，"我现在就想见她。"

"王后——"法恩斯利低下头说，"她去找巫师去了，她听说巫师对于治疗疱疹有奇招。"

黛西对法恩斯利说："他好治能我，王国见去我带。"

"哎呀！"法恩斯利惊叫一声，"是这头猪在说话还是我疯了？"

"这头猪确实在说话。"埃丽卡说。

"她让你带她去见国王，"威格拉接着说，"她说她能治好国王的病。"

法恩斯利惊得合不住嘴："一、一头猪？治国王的病？"

这个想法对法恩斯利来说简直太疯狂了，他眼睛向上一翻，昏了过去。

第七章
江湖庸医

"卫兵！"埃丽卡喊道。

两个红衣卫兵跑过来，向埃丽卡敬礼。

"照顾一下法恩斯利！"埃丽卡命令。

难怪埃丽卡如此专横，威格拉想，她总是发号施令，总是被人顺从。两个士兵抬起法恩斯利的胳膊，把他架走了。

埃丽卡召唤朋友们，说："走！去看看我父王！"

朋友们追着她进入了皇宫里，他们穿过一间又一间房间，遇见了一批批红衣卫兵、蓝衣仆人和很多穿着花边真丝服装的女孩，威格拉觉得很奇怪。

"她们也是公主吗？"他问。

"她们是侍女，"埃丽卡回答，"我是这里唯一的公主。"

埃丽卡带领他们爬上了一个宽敞的楼梯间，来到一个长廊，在走廊的尽头，威格拉听到有人在呻吟。

埃丽卡推开金色的大门，进入了卧室，大叫："父王！"

其他人也跟着进入了卧室，房间足有威格拉在大头针村的小屋十倍大。国王正躺在卧室最里面一张围有纱帐的大床上。

"哦！"他盯着一面镜子，说，"我真可怜！"

即便离得很远，国王身上的红斑也隐约可见。

"你能治了吗，黛西？"他问。

"看试试。"黛西低声回答。

国王放下镜子，他惊喜地叫道："啊呀！是你吗，宝贝？"

埃丽卡抱住了国王，说："是我，父王！"

"我得了疱疹！"国王痛苦说，他又举起了镜子，"呸！鼻子上又起了一个红斑。"

黛西跑到了国王的床前。

"下陛，好安。"她问候。

"主啊！"国王惊叫起来，"我想我听到了一头猪在说话。"

威格拉走过来，说："您说得没错，陛下，她叫黛西。她说安好，陛下。"

"安好？"国王又看了看镜子，"我可不好，不是吗？"

"黛西也许能帮到您，"威格拉说，"她知道如何治疗疱疹。"

"它精通草药，父王。"埃丽卡补充道。

"效有最莨毛。"黛西说。

"毛莨最有效。"威格拉翻译。

国王肯说："是法恩斯利给我找了一个猪医生吗？"

突然门被打开了。

"别害怕！"一个穿着黑袍、着宽边黑帽的人闯了进来，随身还带着一个黑色的盒子。

"水蛭医生来了！"他跑到国王身边，大叫，"其他人都出去！把这头肮脏的小猪也带走！"

"且慢！"埃丽卡说，"你怎么证明自己是一名好医生呢？"

"我治愈了喷嚏公主的花粉热，"水蛭医生举例，"我去除了蟾蜍王后身上的疣，我摘除了链球菌公爵夫人的扁桃体！现在我要治愈国王肯的疱疹！"

"怎么治？"埃丽卡问。

水蛭医生笑了，举起了手中的黑盒子，说："这里有世界最先进的药物。"

他说着把盒子放到了国王床头柜上，他打开盒子，几十条像小蛇一样的虫子正往外探头。

"下去，"医生说，"耐心点！马上让你们尝尝国王血的味道。"

"那是什么东西？"安格斯惊呼。

"是水蛭！"医生说，"它们将吸出国王的瘀血，疱疹就会消失，国王将痊愈。"

水蛭！威格拉一阵反胃，看着这些细长的黑色吸血虫，一阵头晕。

医生从盒子里拿出一条细长的水蛭，把其中一条水蛭放到了国王脸颊上时，说道："你可能会感到一点刺痛，"

"啊哟！"国王大叫，"它咬我！"

威格拉闭上了眼睛，他为可怜的国王感到非常难过。

"你肯定水蛭能治病？"埃丽卡问。

"是的！"水蛭医生拍着胸脯保证。

"用没！"黛西说。

但没人注意到她说的话。

除了威格拉外，每个人都目不转睛地看着这个人麻利地取出更多水蛭，在国王的胸部放了一堆，肩膀各放了好几条，额头上放了一条，大脚趾上放了一条。

"快看，"简丝丝说，"水蛭变蓝了。"

威格拉睁开一只眼，立刻感到一阵不安，水蛭已经膨胀起来，变成了脓血的颜色。

"它们吸血为什么不变成红色？"安格斯问。

"无知的土包子，"医生不屑地说，"皇室血统是蓝色的。"

"我想保留一点自己的血。"浑身爬满了圆滚滚的蓝色水蛭的国王哀求。

"就快结束了！"医生回答。

"呀！呼！亲爱的肯尼，"一个声音从门廊里传来，"我回来了！"

"母后！"埃丽卡喊着冲向了她。

"宝贝！"王后芭比紧紧搂住她，"真是一个大惊喜！你还带来了你的朋友，喔！"王后瞪大了眼睛，"一头小猪，今天惊奇的事太多了！皮埃尔厨师刚告诉我，为明天的宴会，他连一只野鸡也找不到。那么，你也看到了你可怜的父王，很可怕，对吗？"

埃丽卡点点头："是的！"

王后压低声音说："我仅让一些可靠的卫兵和仆人来照顾他，我希望他们不要说出去，我相信你的朋友也不会。"

"不会！"埃丽卡保证。

王后叹了口气，说："你父亲在位已经25年了，我们的臣民明晚将来皇宫聆听他登基25周年的演讲。我和他为此不辞辛苦地日夜工作，为的就是让每一个人知道他是一个健康、贤明的君主，而不是一个放火烧自己屁股的傻冒。"

她拿出一块蕾丝手帕擦了擦鼻涕，接着说："如果我们的臣民看到肯尼全身长满奇怪的疱疹，哎！也许他们会把我们赶出王国。"

威格拉想起了路上听到的农民们的谈话，王后的担心是对的。

"你父亲的病明天前必须痊愈，以便他能够作演讲，"王后继续说，"那也是为什么我会亲自去请这个世界著名的巫师。"

可能是奇奇默，巫师们的头，威格拉私下猜想。

"你好，芭比，"国王虚弱地呼唤。

王后跑到了国王床边，大叫："你身上那些恶心的东西是什么？"

"是水蛭，王后陛下，"水蛭医生说，"请允许我介绍自己——"

"我不想知道你是谁，"王后怒不可遏，"赶快把你那些吃饱的吸血鬼从国王身上弄走，否则我就叫皇家卫队来了。"

水蛭医生不敢怠慢，他抓起一只喝的圆滚滚的蓝色水蛭使劲一拽，"砰！"蓝色的血液喷溅得到处都是。

威格拉一阵窒息，蓝色血液比红色的血液更让他感到晕眩，他用一只手捂住了嘴，努力去想一些其他的事，任何事都行，除了眼前血淋淋的场面。

"砰！砰！砰！"

医生试图把这些水蛭放回原来的盒子里，但此时它们已经吃的肚大腰圆，盒子再也塞不下它们了。他脱下宽边帽把水蛭扔进里边。

"哦，我可怜的肯尼！"王后心疼地说，她转过身，怒视着水蛭医生，"快滚，你这个恶棍！"

医生赶忙拿起盒子，忘记了在帽子里的水蛭，把它扣在了头上。细长的家伙们钻出来，滑到了他的脸上，吸附在他的脖子上。

"哦。"他一声惨叫，跑出房间，大呼，"疼死我了！"

王后芭比转向面色苍白，长满红斑的丈夫，轻抚着他的额头，说："坚持住，亲爱的，巫师正在洗漱，一会儿就过来，他会治好你的病。"

"啊呀。"国王想说话。

王后招呼埃丽卡和朋友们来到国王床前。

"亲爱的肯尼，"王后垫高了他的枕头说，"为什么不当着孩子们的面，练习一下你的演讲呢？"

国王肯从床上坐起来，说："女士们、小伙子们……"

"女士们、先生们。"王后纠正。

"啊，对，"国王说，"女士们，先生们，乡亲们，野鸡们！"

"是农民们，亲爱的。"王后说。

国王点头继续道："为了庆祝我的康乃馨25周年……"

"是加冕，"王后说，"康乃馨是一种花。"

"哦，是的，"国王继续说，"我，你们至高无上的君主，准备为此举行一次盛大的宴会。"

这时，一个高个子，满头乱糟糟白发的巫师闯进了卧室，他穿着一件星星点缀的蓝色长袍，大声说："我来救治生病的国王。让我看看国王的病情，王后陛下，我将尽我所能。"

"天哪！"威格拉大叫一声。

王后竟然请来了泽尔诺克。

第八章
巫师再乌龙

"哦，你们都来了！"泽尔诺克巫师环视了一圈房间，激动地说，"一个不少，就连这头猪猡也在。"

"猡猪！"黛西怒视着巫师。

"奇奇默在哪？"埃丽卡问，"你怎么来了？"

"亲爱的，你认识这位巫师？"王后问埃丽卡。

但是埃丽卡还没来得及回答，泽尔诺克已经抢先说："嗯，他看上去非常糟糕，我立刻施展法术。"

他清了清嗓子："哦，蝙蝠和钟楼！我嗓子太干了！"

"别担心，巫师，"王后说，"我亲自给你取杯水来。"

她转身离开了。

母亲一走，埃丽卡立刻说："父王，你先歇息一会儿，我们马上回来。"

她招呼朋友和巫师进入了父亲的衣帽间，关紧了门。

"泽尔诺克，"埃丽卡小声问，"你想干什么？"

"奇奇默太忙，"巫师说，"所以我来这里给国王治病。"

"谁能告诉我怎么啦？"简丝丝问。

"他是泽尔诺克巫师，"威格拉说，"他的咒语，嗯，总是错误百出。"

"因原的语丁拉猪说会么什为我是就这。"黛西补充道。

"走吧，巫师，"埃丽卡说，"我父亲已经够麻烦的了，我不想你再念错咒语，把他变成一条龙。"

"你是指上次的事？"泽尔诺克耸耸肩说，"大意了，是我的错。但除此之外，我打赌你们也非常享受飞行的快乐！"

"那你的那个驱鬼咒呢？"安格斯说，"本打算驱赶走一个幽灵，不曾想被你又召来一个。"

"是的，我带来一个出麻疹幽灵到屠龙学校，"泽尔诺克说，"好的，两次错误。每个人都会有失误，此一时彼一时，巫师也不例外，这一次一定是毫无差错，我能治好国王的病。"

埃丽卡摇着头，说："休想在我父亲身上施展法

术。"

"哦，公主，"巫师跪地乞求，"请怜悯一个时运不济的落魄巫师吧，我的祛病咒语万无一失，如果你给我这次机会，我保证国王的病在几分钟之内痊愈。"

"万无一失吗？"埃丽卡犹豫了。

"当然！"泽尔诺克信誓旦旦地说，"我打百分之一百五十的保票。如果我告诉奇奇默我治好一个国王的病，我的帽子上会加上一根荣誉羽毛。哇！甚至奇奇默会把我加入到大巫师周末勋章委员会，我已经做了472年保洁员了。"

威格拉对泽尔诺克的处境感同身受，自从他来到屠龙学校，一直在厨房做洗碗工，但他们能信任这位疯癫的巫师吗？

"哎呀！"国王肯在床上大叫，"我的疱疹又痒了，快让那个巫师给我治病。"

埃丽卡走到泽尔诺克跟前，说："好吧，试试看。不过我们将在现场监督你！"

他们走出衣帽间。

泽尔诺克站到了国王的床边。

他从自己的左边袖口中取出一个魔杖，说："大家保持安静，我做法时，一定不要打断我。"

他举起魔杖开始做法：

起疹的国王，你遭受打击，

我能让你的疹子消失。

我从一数到三，

你的疹子立刻消散。

泽尔诺克在国王的头顶上不断地舞动魔杖，大喊道："一！"

接着泽尔诺克用魔杖贴在自己的前额，高喊："二！"

泽尔诺克又把魔杖贴在国王的前额，正在此时，门被推开了。

"你的水，巫师。"王后的声音。

巫师吓得转了一个圈，手中的魔杖也飞了出去，正好打在黛西的头上，恰巧此时，他喊出了："三！"。

"上帝呀！"王后大吃一惊。

"黛西！"威格拉忙问，"你受伤了吗？"

黛西蹭了蹭头皮，望着威格拉，摇了摇头，但是，威格拉感觉她面色苍白。

"父王！"埃丽卡激动地喊道，"你的疱疹不见了！"

"真的，肯尼，"王后也激动地大叫，"它们都消失了，你好啦！"

威格拉扫视了一番国王，毫无疑问，疱疹消失了。

"我说的没错吧？"泽尔诺克有些得意。

"给你镜子，父王，"埃丽卡举着镜子，"看，疱疹消失了。"

国王肯盯着镜子，眼睛闪烁着喜悦的光芒，他大声说："呀啊。"

王后皱起眉头，问："你说什么，肯尼？"

"岁万说我，"国王喊道，"失消疹疱。"

房间顿时一片沉静。

威格拉打破了安静，说："国王说万岁！疱疹消失了！"

突然黛西发出了一声尖叫："上帝！国王开始说猪拉丁语，我得了疱疹！"

威格拉扫了一眼黛西，惊叫起来。她全身上下长满了深赤色的大疱疹。

第九章
国王床上躺了一头猪

"蝙蝠和水疱！"泽尔诺克高声说，"这是一个突然变故，疱疹给了小猪，猪拉丁语给了国王，我想我该走了！"

"别急着走，巫师！"王后问，"国王说这种外语的状况得持续多久？"

"别为难我，"巫师说，"看，陛下，我已经治好了他的疱疹。"

"现在我得了疱疹。"黛西一边用前蹄蹭着鼻子，一边说。

"猪小的怜可！"国王肯说。

王后一头把脸扎进双手中痛哭起来，她强忍着悲伤说："肯尼在胡言乱语！小猪得了疱疹，宴会用的野鸡还没有搞到！哎，我怎么办？"

国王肯从自己专用的大床上蹦下来。

"猪小！"他说，"来上床的我到跳。"

黛西难以置信地盯着他。

国王肯弯下腰抱起了黛西。

"肯尼，不要。"王后声嘶力竭地喊道。

国王把染了疱疹的小猪放到他的真丝床单上。

"他失去了理智！"王后哀叹。

"母后！"埃丽卡说，"冷静。"

"下躺，"国王开心地说，"子被上盖你给我在现！"他拉过丝绒被给小猪盖到脖子下面。

黛西硕大的猪头往后一仰，枕在缎子枕头上，说："好舒服！"

"巫师！"王后怒喝，"快想想办法！"

"愿为陛下效劳，"泽尔诺克连忙说，"大家退后一些！"

巫师开始旋转，蓝烟开始从他脚下升腾，直到把他完全遮掩，一会儿功夫，泽尔诺克消失了。

王后气得王冠也歪到了一边，大叫："法恩斯利！法恩斯利！"

法恩斯利跑进来鞠躬行礼。

"带我去皇家水疗，法恩斯利，"王后说，"我需要在浴缸里泡热水澡放松。"

"好的，陛下。"法恩斯利鞠躬回答。

"见再，比芭。"当王后走时，国王肯和她挥手告别。

"我父母是如此的不可思议！"埃丽卡探口气。

"不用难过，"简丝丝说，"每个人的家庭都不过如此。"

王后还没动身，门又打开了，一个带着白色高筒帽的小个子把头探进了卧室。

"大家好！"他跟大家打了招呼。

"皮埃尔厨师！"埃丽卡高兴地说，"进来吧！"

"师厨尔埃皮！"国王肯和他打招呼。

"怎么——"皮埃尔不解地看着国王。

"我父亲在说一门外语，皮埃尔。"埃丽卡说。

"那不是法语，"皮埃尔迷惑地说，"好的，我来是告诉大家，晚饭——"他一眼看到了正躺在国王床上的黛西，他惊得目瞪口呆，"有头猪躺在国王的床上！"

"那是黛西，皮埃尔，"埃丽卡说，"她有点不舒服。"

"黛——西——"皮埃尔情绪高涨起来，他跑到床边，"多么漂亮的斑点猪啊，你好，黛西。"

黛西过于惊恐没有答复他。

“请问，皮埃尔厨师，”安格斯说，“刚才你是想说晚餐已经好了，是吗？”

“哎哟！对了——”厨师说，“在蓝色宴会厅！”说完向国王鞠躬退去。

国王转向埃丽卡，说：“贝宝，的好，餐晚进共起一家大们我让。”

“好的，让我们大家一起共进晚餐。”埃丽卡说。

“吗走，猪小？”国王问。

“我不想去，陛下。”黛西说。

“你病得太重了，连饭也吃不下吗？”威格拉问。

“我想待在这里多休息一会儿。”黛西回答。

威格拉想，她看上去非常享受躺在国王那宽大床上的舒适时光。

“题问没，”国王说，“餐晚盘托顿一用享以可你。”

“我的晚餐在床上用托盘吃？”黛西受宠若惊，“谢谢你，陛下。还有，你能否吩咐仆人给我从皇宫图书馆拿一些书？调整一下我的情绪。”

“题问没。”国王说。

黛西笑了，满足地躺在国王的丝绒被子里。

威格拉陪着她，直到仆人送来一摞书。然后，他匆忙下楼去蓝色宴会大厅，流浪歌手提醒过他要看护好黛西，但有什么地方比睡在国王的大床更安全呢？

宴会厅灯火通明，国王肯坐在长桌的顶头，埃丽卡和简丝丝坐在他右边，威格拉坐在了安格斯左边。

"用享情尽。"国王开口道。

威格拉随心所欲地吃着皮埃尔厨师的烤鹅，炖羊肉和山药。

"好吃！"安格斯舔着手指缝里的羊肉汁，赞不绝口，"递给我一些山药，威格拉。"他拿了几个，一口吞了下去，说："现在我还要吃些烤鹅！"

"错不口胃。"国王说。

"父王！"埃丽卡说，"你能不能不说猪拉丁语？"

国王皱了一下眉，"试试我让，三、二、一！"

国王摇摇头，说："到不做我，贝宝。"

埃丽卡叹了口气，说："幸亏黛西教我们学了猪拉丁语，我们还能知道你说什么。"

"好幸！"国王说。

仆人端来了新鲜烤制的水果派。

"哦，太棒了！"安格斯欢呼起来，"这一定是皮埃尔厨师拿手的樱桃派！"

"这是皮埃尔厨师最新的创作，蜂蜜派。"仆人回答。

"什么？"安格斯失望地坐回到椅子上，"不，不，不行，我对蜂蜜派过敏。"

"如果你吃了蜂蜜派会怎么样？"威格拉问。

"出麻疹，"安格斯说，"只要吃一口就会出来，浑身的斑点数量是国王肯的两倍多。"

"怜可，"国王说，接着对仆人说，"家大给分它把！"

"分给大家。"埃丽卡解释。

仆人切开了派，分给威格拉一份。威格拉慢慢体验着每一口的滋味，他给黛西留了一些。

仆人切派时，安格斯难过地说："这真是我生命里是最糟糕的一天。"

"嘿！流浪歌手说对了，安格斯！"简丝丝突然惊叫，"不能吃水果派，而且我也见到了巫师，关于我的预言也实现了。"

埃丽卡倒吸了一口气，说："我也见到了疱疹！你全身都是，父王。"

所以流浪歌手最终没有说错任何一个预言。威格拉又想起了流浪歌手对他说的话：留心小猪。

一种不祥之感油然而生，或许把黛西独自留下并非明智之举，他应该立即去找黛西，看看她是否安全。恰好此时，王后昂首阔步地走进了宴会厅，大家都起立鞠躬，然后，退回坐下。

王后芭比的皇冠已经正过来，她换了一件长袍，戴了一些珠宝首饰。

"肯尼，看我！"她说，"神清气爽。我泡了舒服的草药浴。亲爱的，你感觉怎么样了？"

"好常非！"国王肯回答。

"噢——"王后痛苦地呻吟，"你还在说猪拉丁语！"

"下坐，比芭，"国王肯说，"餐晚点吃！"

王后脸色变得苍白："肯尼，你必须停止说猪拉丁语！"

国王耸了耸肩，说："法办没。"

"母后，没办法，"埃丽卡解释，"他想让你坐下来吃点晚餐。"

王后芭比跌坐在她的金色椅子上，她抽出手帕，擦拭了下眼泪，说："肯尼，你一直在喋喋不休、胡言乱语。但至少，以前我能听明白你在说什么！你的臣民要来听你的演讲。你明天必须停止说猪拉丁语！"

仆人端来一个金色的大盘子放在王后面前，但她把它推到了一边。

"肯尼，你还记得那个没穿衣服的皇帝最终的结局吗？"王后问，"被驱逐了！如果臣民们听到你讲猪拉丁语，他们会拿起武器造反！哦，我们该怎么办？肯尼，那将是王国的末日！太可怕了！真的太可怕了！难以想象我们会遭此厄运！"

第十章
消失的黛西

"黛西。"威格拉轻轻地把国王卧室的门推开一条缝喊道。

除了安格斯，大家都还在宴会厅。他吃得太多了。现在，他正在435个卧室中的某一间里闹肚子。

"黛西？"威格拉又叫了一声，"我给你带晚餐了。"

黛西没有应答。

威格拉走进卧室，把晚餐托盘放在一张桌子上，纱帐是凌乱的，但却不见黛西的影子。

"黛西！"威格拉四下看了看，大叫，"你在哪儿？"

他找遍了整个房间。他上上下下跑遍了灯火明亮的走廊，呼唤着小猪，他推开了一间间漆黑的屋子，但小猪依然全无踪迹。他在这个巨大的皇宫里四处找寻，一度迷路，最后，他来到了蓝色宴会厅。国王和王后已经退场休息去了。

"黛西不见了，"威格拉焦急地说，"我们必须找到她。"

"这是皇宫，威格拉，"埃丽卡说，"在这能出什么事呢？"

她的话让威格拉略感宽慰。然而他想见到黛西，他想确定她平安无事。

"我们大家一起去找黛西吧。"简丝丝提议。

"黛西。"威格拉一遍遍地叫着，无论是大殿、舞厅、珍宝室还是织锦室。他问了见到的每一个卫兵、侍女和仆人，但没有一个人见到黛西。

最后，他们来到了御厨房，厨师们正为明天的盛典调汤，烤制果派和面包。

"有人见过一头小猪吗？"埃丽卡问。

"没有。"调汤师傅说。

"我们也没有。"烘焙师傅说。

"小猪？"皮埃尔厨师说，"哦，我安排了晚餐给小猪。"

"真的吗？"威格拉松了一口气，问，"黛西没事吧？"

"哦，"皮埃尔说，"我有送晚餐给她，后来，我看见仆人带她去做水疗。现在，她正在舒服地泡澡。"

威格拉笑了，黛西一定很喜欢泡澡。

厨师点点头，说："每一小时，我给她送一次甜点——果派、蛋糕及蛋挞。我会照顾好小猪的。"

听到这儿，威格拉悬着的心踏实了。同时，也感到了疲惫。埃丽卡陪他来到了他自己的卧室，自己的专属房间。他爬上了一张巨大的床，大到足以躺下他和他的十二个健壮的兄弟，而不会有人掉下来。他枕着天鹅绒枕头，盖着天鹅绒的被子，回想起在大头针村的老家，他的床就是一堆稻草。

但威格拉难以入睡，因为王后深更半夜在走廊里走来走去，并且不断地哭泣。国王肯的大喊大叫声压过了哭泣声，他在试图安慰她。

"心担别，比芭！"国王大声说，"听你！讲演的我道知我！"

他清了清喉咙，说："们民农，们亲乡，们生先，们士女……"

"我们死定了！"王后泣不成声，"死定了！"

威格拉努力去想一些幸福的事以使他能够尽快入睡，他想象着黛西在热浴缸里放松的场景；他想象着给莫尔维娜和弗格斯看蛇怪金币——弗格斯一定会咬它一口，以确定它是否是纯金，莫尔维娜将兴奋地哭起来。是什么让金子如此的特殊？每个蛇怪都有24枚金币吗？果真如此的话，那贝希尔仅有23枚啦，想着想着威格拉就跌入了梦乡。

当他睁开眼睛时，阳光明晃晃地照进来。他的外套，绑腿已经洗净，烫平，整齐地摆放在他身旁，他正过着王子般的生活。他穿好衣服，匆忙下楼了。

国王一家、安格斯、简丝丝已经坐在餐桌上了。

"你睡过头了，耽误了早餐，"安格斯说，看样子精神饱满，"现在我们已经吃完午餐了。"

"为什么你不能做这个演讲。"埃丽卡问她眼圈通红，不断抽泣的母亲。

"你父亲一直是国王，"母亲说，"所以必须由他来演讲！他是受推崇的人！"

"道知我，"国王说，"言语方官国王为语丁拉猪布宣将我！"

"他说什么？"王后问。

"国王说，'他将宣布猪拉丁语为王国官方语言'。"威格拉帮忙翻译。

"我们的臣民几乎不会说英语，"王后说，"他们又怎么会学猪拉丁语。"说着王后放声痛哭。

皮埃尔厨师进入了餐厅。

他鞠躬说道："打扰！盛典的菜单已经准备好，陛下，没有野鸡的麻烦已经解决。我准备了其他更好的替代品。它将美味无比！"

他把羊皮纸菜单递给了王后。

王后一边看菜单一边用纸巾擦着鼻子，她无精打采地说："如果这是一次盛会，如果臣民们不造反。"

她把菜单递给了国王。

国王看着菜单，说："好很！"

随手递给埃丽卡。

"让我看看！"安格斯急切地说。

威格拉和安格斯一起看。

国王肯尼斯盛宴日菜谱

百合汤

24 只黑鸫肉派

红烧幸运兔子脚

烧烤鸽子唇

药卤 cochon 配苹果

皮埃尔厨师的惊喜果派

百合汤！威格拉从未听说过如此奇异的菜品，但他却不赞成吃黑骊、野兔脚和鸽子身体部位。

　　"cochon是什么？"他问安格斯。

　　安格斯耸耸肩，说："我也不知道，听起来很美味！"

　　法恩斯利走向了两个男孩，鞠躬，说："我不小心听到了你们的问题，cochon是腌猪肉。"

　　威格拉点点头，"谢——"他停住了。

　　cochon是腌猪肉？

　　药卤猪肉？

　　"哦，天哪！"

第十一章
捡回一条命

"黛西！"威格拉大叫一声跳了起来。

"黛西怎么啦？"安格斯问。

"黛西上了菜谱！"威格拉焦急地说。

"呀啊。"国王说。

"黛西在哪？"简丝丝问，"我没看见她。"

"她成了卤猪肉！"威格拉说，"皮埃尔厨师想烹调了她！快！我们必须去救她！"

"哦，"当埃丽卡和朋友们迫不及待地起身要救黛西时，王后高声数落，"又怎么了？"

四个人匆忙滑下了南塔大理石楼梯，穿过走廊，直奔皇宫的水疗室。一个身着蓝制服的仆人坐在门口。

埃丽卡问："你看到一头小猪了吗？"

"我最后一次看到她是在热浴缸里，公主。"仆人回答。

他们冲进了雾气缭绕、香气弥漫的水疗室，中间放置着一个巨大的浴缸。

威格拉盯着水雾缭绕的空浴缸，难过地说："黛西不见了！都怪我，我没听流浪歌手的警告，看护好我的猪！"

"看！"安格斯指着浴缸旁边堆放的没洗的盘子说，"一大摞空盘子！皮埃尔厨师一直在喂肥黛西。"

"去厨房！"简丝丝喊道。

他们跑下楼，冲进了皇宫厨房。

"小猪在哪？"埃丽卡冲着烘培师傅大喊，"快告诉我！"

"在那儿！"威格拉大喊，他惊恐地瞪大了眼睛，因为黛西正坐在一口黑色的大煮锅里，冒着热气的水淹没了她的脖子。一束长满叶子的花束夹在她前蹄的缝隙里。她闭着眼睛，皮肤变成了深粉色。

"我们来晚了！"威格拉难过地说，"她已经被煮熟了！"

他跑到锅边，张开手臂抱住了自己心爱的小猪。

黛西的眼睛颤动着睁开了。

"她还活着！"安格斯大叫。

"哦，黛西！"威格拉大哭。

"嗨，威格拉，"黛西梦呓般地说，"我正在做草药浴，我让仆人去采了一些疱疹草药回来，我打算把那些草药洒在浴缸里，祛除我的疱疹。哦，泡澡可真舒服！"她心满意足地感叹道。

"快！"威格拉大喊，"我们必须赶快把她拉出来。"

"哦，请不要这样！"黛西说，"我正享受着皇家的待遇！让我多享受一会儿好吗？"

威格拉抓住她一只前腿，简丝丝抓住另一只。

"一二三，拉！"简丝丝喊道。

他们把滚烫的小猪从锅里拉出来，安格斯和埃丽卡拿起擦碗布帮她擦干身子。

"为什么这样！"黛西含着眼泪说，"我喜欢大浴缸。"

"那不是浴缸，"威格拉说，"那是汤锅！"

黛西立刻睁大了眼睛，惊呼："不，不！"

"恐怕是这样的。"埃丽卡说。

"看！"安格斯拿起那张宴会菜谱。

"腌猪肉？"黛西惊讶得下巴都要掉了下来，"我正在被腌制？"

威格拉及其他人都点点头。

正在此时，国王和王后跑了进来，王后对埃丽卡说："我们正到处找你，我们决定逃亡，立刻就走。"

"什么？"埃丽卡几乎不敢相信自己的耳朵。

"您是说明天没有宴会了？"安格斯问。

王后摇摇头，说："没有宴会，没有演讲，走吧！亲爱的，也许这样更好点，在臣民们造反前，我们先逃亡！"

"打扰一下，陛下！"黛西说，"我从书上得知巫师们可以用解除咒语，来纠正他们的错误。"

"黛西！"威格拉大叫，"你在说什么？"

"我一直想召唤一个巫师，"黛西继续说，"但因为我说猪拉丁语，无法做到，不过现在我说标准英语，因此我可以试一试了。克诺尔泽！克诺尔泽！"

一道白光闪过，泽尔诺克站在了大家面前。

"哪天的我！"国王惊叹。

"蝙蝠和浴缸，"泽尔诺克面带不悦地喊道，"我是被一头猪召唤来的吗？"

"是的。"黛西说。

"我们就指望你了，尊敬的巫师。"王后热切地说。

"啊，陛下！"他鞠躬致敬，嘴里却嘟囔着，"这时召唤我可真是时候，吃饭也不让人消停！我刚把一批各种星形的油酥甜点放进烤箱，美味的甜点！一口一块，想吃什么形状的就有什么形状的。我回到家时，它们会烤得恰到火候，香甜酥脆。"

他瞪了黛西一眼，说："什么事，猪猡？"

"你上次来的时候，"黛西平静地说，"念错了除病咒语。"

"我念错？"泽尔诺克委屈地说，"不是这样的！我被中途打断，结果转移了咒语效力，疱疹给了猪，猪拉丁语给了国王！"

"不管怎样，巫师，"黛西说，"今晚国王需要用标准英语演讲，你能不能再施法帮帮他。"

"求求你，巫师，答应了吧！"王后哀求。

泽尔诺克巫师耸耸肩，说："我可以解除转移咒语，不过，结果可能不尽人意。"

"你什么意思？"简丝丝问。

"如果我念了解除咒语，一切将恢复原状，"泽尔诺克进一步解释说，"发疱疹的国王。"

"哦，上帝！"王后有些绝望地叹口气。

"还有你，猪猡！"泽尔诺克盯着黛西，"你将继续说猪拉丁语！"

所有的目光都集中在了黛西身上。

她闭上眼睛，深情地说："能用标准英语去表达，让我感到如此地快乐！"

"定决你由切一，西黛。"国王说。

"痛快点，猪猡！"泽尔诺克巫师催促，"你要不要我念解除转移咒语，快说！我能闻到我的甜点已经快煳了！"

第十二章
完美的国王演讲

黛西长叹一口气说："如果没有你给我施展法术，我现在根本就不会说话。巫师，即便是猪拉丁语，也好过只会咕噜咕噜叫。"

"那么，你将让泽尔诺克巫师念解除转移咒语了，黛西？"埃丽卡问。

"是的，"黛西点点头，"这是为了王国的利益。你们也不必为国王的疱疹担心，我能祛除它们。"

"哦，谢谢你，黛西！"王后激动地大喊，"你真是世界上最仁慈的小猪。"

"准备好了吗？"泽尔诺克巫师从自己左耳后边，取出来了事先放好的魔棒，"猪猡，你站到窗边，国王，你站到砧板旁。"

黛西缓慢地走向窗边。

国王也就位了。

"其他人，退后。"巫师发令，"千万别打断我！"

泽尔诺克挥舞魔棒画了一个大圈，开始念咒语：

愚笨人，聪明人
倒数三个数，
魔法解除了
三、二、一！

泽尔诺克在国王肯头顶挥舞着魔棒，大叫："三！"

然后又在黛西头上挥舞魔棒，大叫："二！"

接着他用魔棒碰一下自己前额，又敲一下自己脚后跟，跳了一小段难看的舞蹈。他挥舞魔棒在空中又画了一个大圈。这时，皮埃尔厨师冲了进来。

"一！"巫师大叫。

"啊呀！"国王大叫。

"啊哈！小猪在这儿！"厨师大叫着冲向了黛西，"过来，小猪！我现在得烘烤你了！"

"我救！"黛西大喊。

"离她远点，皮埃尔！"国王肯呵斥，"这只小猪将挽救整个皇室。"

皮埃尔厨师僵在那里，不解地问："这头猪？"

国王点点头，说："你再说一句烤黛西，我就辞了你。"

"哦，我要烤她吗？"皮埃尔慌不择言，"不，不，我的意思是说祝福她！哎哟！今晚我们将为这头美丽的小猪而干一杯！"

"这还差不多！"国王说。

"你谢谢，王国肯。"黛西说。

"我的解除咒语完美施展，"泽尔诺克说，"我得赶回去吃甜点了。"

随着白光一闪，人便不见了。

"忘了！这些疱疹可真刺痒！"国王一边挠着痒痒一边痛苦地大叫。

"拉格威，我帮来。"黛西喊。

威格拉跟着黛西一路小跑，来到厨房，她打手势指示他捡起那些洒在锅里的树叶。

"子叶药草疱疹是这。"她说。

她教威格拉把疱疹草药叶子敷在国王的皮肤上，威格拉照着黛西的话做了，当他最后把草药从国王身上剥离后，疱疹消失了。

"哦！"王后尖叫起来，"黛西，你拯救了王国！我必须向你致以皇家最诚挚的谢意，你愿意接受一枚印有国王头像的勋章吗，亲爱的？"

"意愿我。"黛西说。

"我还可以授予你黛西女士的封号！"王后说。

"了好太。"黛西平静地说。

"嗯——"王后接着说，"你可以每年来皇宫住一天，做一次皇家水疗怎么样？"

黛西笑了，说："后王的敬尊，好！"

然后，她看了看皮埃尔厨师，说："谋阴有再别！"

威格拉翻译："别再有阴谋！"

"不敢！"厨师连忙鞠躬对国王和王后说，"我将为国王和王后做一道可口的烩菜来代替腌猪肉。"

"很好，皮埃尔！"王后长出口气说，"听！你们听到了什么？"

皇宫外，威格拉听到人们笑着，喊着："演讲！演讲！国王肯演讲！我们要听国王肯演讲！"

"臣民们都来了！"王后兴奋地说，"哦，肯，我知道你将发表一个史无前例的好演讲。来，让我们给你穿上庄重的皇家蓝色天鹅绒礼袍！"

至于威格拉，接下来的几个小时都沉浸在幸福的眩晕当中。他和他的朋友们加入到了院子里的臣民中，聆听了国王肯的演讲。他几乎什么也没记住，除了最后那句关于有特制的盛大宴席。当然，这句也是臣民们最想听到的。他们振臂高呼："国王肯万岁！"

现在威格拉知道，不再会有选派鲍勃郡的鲍勃国王成为新国王的谣言了。

演讲结束后，每个人都在皇宫草坪的长桌旁落座。仆人端上来了皮埃尔厨师的宴会大餐，威格拉想他从未吃过比皮埃尔的烩菜还可口的东西。

简丝丝说："明天我真不想再回到屠龙学校了。"

"回去又得吃煎锅厨师的饭！"安格斯一边用面包抹着最后一点烩菜送进嘴里，一边抱怨道。

威格拉也像安格斯一样把碗底扫得干干净净，说："现在我想知道炼金术大会进行得怎么样了？也许莫德雷德获得了丰厚的黄金。"

"不会，"安格斯说，"舅舅挣钱的愿望总是落空，和泽尔诺克的咒语一样糟糕。"

威格拉笑了，安格斯说得对。那意味着当威格拉给他看蛇怪黄金时，他一定会羡慕死的。威格拉把手伸进兜里，去摸自己的财富。但是……他的兜是空的！

"我的蛇怪金，"他尖叫，"不见了！"

"看看兜里有洞吗？"简丝丝说。

威格拉摇摇头。

"你是不是把它放在一个安全的地方了？"埃丽卡问。

"没有！"威格拉回答。

"你是不是花了？"安格斯问。

"没有！"威格拉尖叫道，"但是我明白了，"他拍了一下自己的脑门，"现在我知道蛇怪金币和24这个数字的特殊关系了，你必须在24小时内把他花掉，否则它就会自己消失。"

尽管丢了金子，威格拉很难过。但此时，他，一个大头针村的农家小男孩，在皇宫享受着皇家盛宴，享用着仆人们不断送来的一盘盘美味的果派、蛋糕和蛋挞。谁知道在返回屠龙学校时，又是怎样的一段奇妙之旅呢？

扫一扫，关注"**小读客经典童书**"微信，
第一时间获取新书书讯，更有精彩好书、各种福利疯狂送！

孩子读点什么好，问问读客小熊猫！

小读客经典童书，传播爱与价值，
致力于出版最优秀的儿童文学和绘本！

图书在版编目（CIP）数据

会说猪拉丁语的国王 / （美）凯特·麦克马伦著 ；
（美）比尔·巴索绘 ；杨鹏译. -- 上海 ：文汇出版社，
2017. 11
　　（从前有条喷火龙. 第二辑）
　　ISBN 978-7-5496-2347-1

Ⅰ. ①会… Ⅱ. ①凯… ②比… ③杨… Ⅲ. ①儿童小
说一中篇小说一美国一现代 Ⅳ. ①I712.84

中国版本图书馆CIP数据核字(2017)第251274号

会说猪拉丁语的国王

作　　者 / 【美】凯特·麦克马伦著　【美】比尔·巴索绘
译　　者 / 杨　鹏

责任编辑 / 张　涛
特邀编辑 / 汪雯君　黄迪音
封面装帧 / 李子琪

出版发行 / 文匯出版社
　　　　　上海市威海路 755 号
　　　　　（邮政编码 200041）
经　　销 / 全国新华书店
印刷装订 / 北京中科印刷有限公司
版　　次 / 2017 年 11 月第 1 版
印　　次 / 2017 年 11 月第 1 次印刷
开　　本 / 889mm×1194mm　1/32
字　　数 / 40 千字
印　　张 / 3

ISBN 978-7-5496-2347-1
总 定 价 / 199.80 元（全十册）

侵权必究
装订质量问题，请致电010-85866447（免费更换，邮寄到付）

DRAGON SLAYERS' ACADEMY

从前有条喷火龙 ⑮

双胞胎对决喷火龙

【美】凯特·麦克马伦 著　【美】比尔·巴索 绘｜杨鹏 译

文汇出版社

屠龙学校校园地图

DSA

露露夫人的卧室

普拉克博士科学实验室

洞穴出入口

莫德雷德的教室

校长办公室

食堂

法地牢

城堡庭院

马厩

擦洗课

假火龙（训练专用）

约里克快速变装营

东塔

脚趾甲村

莫特爵士的
起降机

猎人小径

宿舍

鳗鱼壕沟

闲人擅入后果自负

DSA

吊桥

目 录

第一章
办公室的惊天秘密

威格拉冲上了屠龙学校东塔楼梯，快速穿过走廊。为了准时参加记者圆桌会议，他连午餐都放弃了。

到了莫特爵士的教室，他调整了下呼吸，放慢了脚步，悄悄地走了进去。只见莫特爵士全身铠甲，脚架在桌子上，头盔里面传出低沉的呼噜声。威格拉蹑手蹑脚地从莫特爵士身边走过，溜到了安格斯旁边的座位上。

"威格拉，你迟到了。"埃丽卡点名批评。她站在莫特爵士桌前，手里拿着羽毛笔和书写板。

"抱歉，"威格拉说，"煎锅厨师的'刷洗课'拖堂了。"

"好了，各位记者，"埃丽卡发问，"关于《屠龙学校新闻》，你们有什么构想？"

"我想写一篇《我的家乡——脚趾甲村的故

事》。"托尔布拉德说。

"这是校刊，"埃丽卡否决，"我们只登与学校相关的故事，还有其他想法吗？"

格温举起来了手，说："我想写一篇关于我的故事——《走进我！》，我想让《屠龙学校新闻》的读者们了解集财富、天资、时尚为一身的公主的生活。"

"可以，"埃丽卡同意，"但不能超过一百字。"

"这么短？"格温抗议，"但是我——"

埃丽卡打断了她："还有其他构想吗？"

简丝丝举起了手，说："炼金术大会怎么样？"

埃丽卡若有所思地用羽毛笔敲着自己的脸颊，说："继续说下去。从哪个角度写？"

"写莫德雷德如何把学校出租给参加炼金术大会的人以及炼金师们没有炼出任何金子的事。"

"还把学校弄得一团糟。"安格斯咕哝地抱怨。

"所以洗刷刷课下得晚了，"威格拉补充，"这就是我们要把整个城堡所有金属上面的灰尘擦洗掉还迟到的原因。"

"简丝丝，你负责这个故事。"埃丽卡说。

威格拉又开口了："我想写屠龙学校里面的动物，以及如何能更好地照顾它们。"

"你的意思是写一篇关于黛西的故事？"埃丽卡问。

"还有关于那些被大家忽视的动物，屠龙学校里有好多老鼠，蜘蛛——"威格拉接着说。

"乏味！"埃丽卡拖长声调大声说，"我需要一些真正的新闻！而不是这些乱七八糟的事！"

埃丽卡的喊声惊醒了莫特爵士。

"火龙在哪儿？"他大叫，叮呤咣啷地站了起来，"我要杀掉那条喷火的家伙，否则我就不是雷金纳·兔心骑士。"

"先生，你一定是做梦了。"埃丽卡提醒，"你不是雷金纳·兔心爵士。"

"不是吗？"莫特爵士反问，"那太遗憾了。"

"你是莫特爵士，"埃丽卡继续说，"是校刊《屠龙学校新闻》的顾问。"

"哦，"莫特爵士说，"你们继续吧。"

他又一屁股重重地坐回到座位里，戴着头盔的头往桌上一放，很快鼾声就再次响起。

"有人想写一篇关于校长的报道吗？"埃丽卡问，"你们想了解管理一所学校是怎样的体验吗？校长的一天又是如何过的？"

她环视一圈，问："谁想写？安格斯？"

"我可不想碰这个故事。"安格斯赶忙拒绝。

"我会登在头版的。"埃丽卡下了诱饵。

安格斯摇了摇头。

"威吉，你来写怎么样？"埃丽卡问。

"我想写关于动物的故事，"威格拉拒绝，"埃丽卡，你自己为什么不写呢？"

埃丽卡脸一沉，怒气冲冲地说："我是报纸的主编，我不写故事，我是分配故事的。"

她的脸又明朗起来，说："对，这就是我的职责，安格斯！威格拉！我指定你俩一起写校长的故事！"

"不！"安格斯抗议。

"我是主编，"埃丽卡说，"我说了算。"

威格拉知道争辩也没用，埃丽卡心意已决。

"紧紧跟随着校长，"埃丽卡指点他俩，"不要让校长脱离你俩的视线，多问问题，挖掘出前摔跤冠军是如何转变成屠龙学校校长的，一定要写一篇激动人心的长文！"

威格拉喜欢写故事，他喜欢看到自己写的文字登在《屠龙学校新闻》上，或许，要是这篇关于校长事迹的报道写得好的话，埃丽卡下一期会让他写动物们的故事。

五分钟后，威格拉和安格斯走在了去校长办公室的路上，俩人都拿着书写板，羽毛笔和墨水瓶。

"舅舅不会让我采访他的。"安格斯抱怨。

"为什么不会？"威格拉问。

"他看见我就会让我帮他擦靴子，"安格斯说，"或者让我清洗他的短上衣上面油腻腻的脏点。"

他叹了口气，说："舅舅不太喜欢我。"

"但你是他的外甥。"威格拉说。

"这就是问题所在。"安格斯说，"我妈妈让舅舅照看我。"

莫德雷德办公室门口两侧各立着一副铠甲，走到门前，安格斯敲了敲门。"或许我天生就不适合做一名屠龙手，"等候开门期间他说，"但我想做一件惊天动地的事，当一名英雄。这样，舅舅就会对我刮目相看。"

他们身后大理石台阶上传来沉重的脚步声。

"是舅舅！"安格斯低喊，"快！躲起来！"

早忘了什么英雄气概，安格斯扑向了右边门口的铠甲。他把盔甲上半身掀起，跳了进去，又把上半身套在自己身上。

"跳进另一套铠甲里去！"他从铠甲里对威格拉喊，"赶紧！"

威格拉也冲进了铠甲里，他尽力一动不动。

脚步声越来越近，然后停了下来，威格拉听到开门的声音，然后"砰"的一声关上了。

威格拉听到低沉的砰声，然后是咔嗒，接着是嘎——吱！

办公室里传来了莫德雷德的声音："62。"

"叮当！"

"63。"

"叮当！"

威格拉不用猜都知道是莫德雷德打开了保险箱，他在数金币。

"64。"莫德雷德数着。

"叮当！"

"65。"

"叮当！"

校长数金子的事怎么能写出一篇又长又激动人心的故事呢？乏味！动物的故事会更加吸引人的。

过道里传来一阵急促的脚步声，有人跑过来了。威格拉听到有人大喊，他熟悉这个声音，是校长莫德雷德的侦察兵约里克。

约里克会根据不同任务化装成不同的动物。威格拉从铠甲里往外窥视，只见约里克穿着一件棕色的皮毛套装，带着一条毛茸茸的尾巴，像松鼠又像是棕熊。

"主人！"约里克大喊着，"主人！"

他猛敲莫德雷德的门。

"天哪，快住手！"莫德雷德从里面大喊。

威格拉听到一阵金币哗啦声，一分钟后，他听到门开了。

"什么事，约里克？"莫德雷德咆哮着问。

"主人，这纸条上有你的名字。"约里克说，"我在吊桥上找到的，压在一块石头下面。"

威格拉听到羊皮纸展开的沙沙声。

"天哪！"莫德雷德大叫一声，"无耻，是绑架！"

威格拉把耳朵贴近铠甲，希望能听到更多谈话内容。

"哦，不，约里克！"莫德雷德叫喊着，"是绑匪的勒索条！他们想让我掏金币！"他大哭起来。

第二章
残缺的绑架信

绑架！威格拉的心开始怦怦直跳，谁被绑架呢？是屠龙学校的学生？要不约里克怎么会把勒索条带给莫德雷德呢？好吧，这真是一条大新闻！

威格拉竖起耳朵使劲地听办公室里的对话内容。

莫德雷德说："约里克，你把条子给其他人看过吗？"

"哦，校长，没有。"约里克赶忙回答。

"太好了，"莫德雷德松了口气，说，"千万别说泄露出去，这是我们的小秘密。我会为此重重地赏你的。"

"哦，谢谢你了，主人！"约里克开心地大叫。

"跟我去厨房。"莫德雷德说。

办公室的门开了，威格拉听到锁门的声音。

"我会奖励你，"莫德雷德接着说，"一大杯煎锅厨师煮的热气腾腾的咖啡。"

"哦。"约里克的回答声听起来没那么高兴了。

接着，他们的脚步声消失在走廊里。

威格拉快速地从铠甲里挣脱出来。

安格斯也出来了，他冲向威格拉，低声问："听到了吧？"

威格拉点了点头，说："你觉得莫德雷德会付赎金吗？"

"肯定不会。"安格斯说。

"我们必须知道谁被绑架了，"威格拉提议，"必须想办法帮忙。"

"我们吗？"安格斯语气没那么肯定。

"或许，莫德雷德把勒索条留在了办公室里。"

"进去看看。"安格斯使劲晃动着门把手，门开了。

威格拉溜进校长的办公室，害怕地心怦怦地狂跳不止，想到万一被校长当场捉住，他就不寒而栗。

他们俩翻遍校长办公桌，没有找到勒索条。他俩又查了沙发垫，翻看了所有的靠枕，一无所获。威格拉瞥了一眼垃圾桶，看见里面有撕碎的羊皮纸。

他喘了口气，说："在这儿，莫德雷德把勒索条撕了。"

两个人开始从垃圾桶里捡羊皮纸碎片，塞进了口袋，安格斯又从莫德雷德办公桌上抓起一把羊皮纸，撕碎了，扔进垃圾桶。

他们俩快速离开了校长办公室。

"我们去图书馆吧，把碎纸拼起来，"威格拉建议，"莫德雷德从来不去图书馆。"

他们俩匆忙赶往南塔。

"戴——夫——修——士？"威格拉叫着，跑上427级台阶的图书馆让他累得喘不过气来。

没人应答。

"虫虫？"安格斯叫着，大口地喘着气。

他们也没有听到任何应答声，虫虫空闲时间是住在图书馆里的。

"看，"安格斯说，"戴夫修士在办公桌上留了张字条。"

亲爱的读者们：

　　我去取新订购的图书了，很快就回来。以下是新书书目表：

　　《谁是凶手》——霍华德一世（著）

　　《我的手指和拇指》——图特（著）

　　《走出债务》——钱欧文（著）

《明日何时来临？》——胡安（著）

戴夫修士

安格斯和威格拉从口袋里掏出全部碎纸片放在桌子上，他们坐下来开始粘这些碎纸片，很快细黑的线条拼接成了单词："今晚"和"金子"。

"不仅仅有文字，"安格斯说，"还有一幅地图，快看。"

威格拉把最后几张碎片拼接完后，安格斯用戴夫修士图书馆的糨糊把这些碎片粘在另一种羊皮纸上。还缺几个碎片，便条上留下几个空缺，但不影响阅读。

屠龙学校莫德雷德：

把载着金币的独轮车放在止步山洞穴外，如果今晚见不到金币，你们亲爱的玛格就和你们永别了！

绑匪

威格拉盯着这些潦草，难以辨认的字迹看。绑匪的拼写实在糟糕。威格拉大声读了起来。

"谁是玛格？"威格拉问。

"是玛吉吗？"安格斯猜。

"我不认识任何叫玛吉的人，"威格拉说，"你认识吗？"

安格斯摇了摇头。

威格拉又读了一遍便条，他看了下文字下面的那幅粗糙的地图，图上画的是从屠龙学校学校向北通向止步山的一条道，半道上有个黑点，标有"T.V."。

"T.V.——一定是指脚趾甲村，"威格拉说，"这意味着止步山洞穴离这里不远。如果我们快点走，今天下午就能到。"

"我们为什么要这样做？"安格斯问。

"去救被绑架的人质，"威格拉说，"而且，这可是一条大新闻。安格斯，想想我们写的这个故事！埃丽卡一定会登在《屠龙学校新闻》头版的。"

"但要是我们被绑架了怎么办？"想到这儿，安格斯不寒而栗。

"要是我们被绑架了，你难道不希望有人来救我们吗？"威格拉问。

"当然希望了，"安格斯说，"我希望有个像浪子骆驼骑士一样英勇无畏的大英雄来救我，而不是像我们这样无足轻重的小家伙。"

"但是这里有浪子骆驼骑士吗？"威格拉反问，"而且今天晚上必须实施营救。"

安格斯摇了摇头。

"从绑匪手里营救人质是一项英雄事迹。"威格拉说。

安格斯盯着他的朋友，威格拉说："我们将会成为英雄。"

"安格斯·德·潘格斯，一名英雄，"安格斯幻想着，"让舅舅见识见识我安格斯的厉害。"

他折起勒索条，说："快点，威格拉，我们必须尽快到达那个洞穴。"

第三章
勇闯止步洞穴

大家下午都在上课，所以，男生宿舍没有人看到威格拉和安格斯在打包装备。

威格拉把绳子和必杀剑打包进了包袱里，他借了埃丽卡的迷你火炬照灯及火药箱，他觉得埃丽卡不会介意他私下借走这些东西，如果他能为《屠龙学校新闻》带回好的故事就更不会介意了。

安格斯打包得很快，他滑开了墙上的一块石头，把手伸进了一个暗格里，从里面拿出了一个糖果盒。

威格拉急切地看着他的朋友把各种零食——甘草方糖、全麦饼干、可可方糖、卡米洛特脆脆棒、中世纪棉花糖、欢乐蠕虫软糖、糖精口香糖、胶质鳗鱼干、纸杯奶油蛋糕——装进一个袋子里。

威格拉把水袋挂在腰带上，然后在枕头上留了一张字条：

埃丽卡，

我和安格斯为《屠龙学校新闻》寻找故事去了。不要把这件事告诉莫德雷德。

威格拉

几分钟后，两人踏上了猎人小径向北走去，他们很快就到了脚趾甲村，穿过弯弯曲曲的街道，最后终于来到了村庄的北端。

威格拉看到远处一座高高的山峰，说："这是止步山。"

"真是一个奇怪的山名，"安格斯说，他们上了回头道继续北行，"这条路名也挺奇怪的。"

他停了下来，说："止步，回头，你不觉得是有人在向我们暗示什么吗？"

威格拉耸了耸肩，说："或许吧，但我们必须前进。"

头顶上传来一只鸟的叽叽声："回去！回去！"又传来另一只鸟鸣声："离开这里！离开这里！"

威格拉感到一阵战栗，他试图把鸟的警告声想象成他要为《屠龙学校新闻》写的故事的丰富的细节，他想知道他们到达洞穴会发现什么情况。这两个瘦小而又几乎手无寸铁的少年是不是绑匪的对手呢？

屠龙手踏上了未知的旅程，他们途经了很多路标，上面标明回头道上的各个岔路会通向何处。

路标上指示：

虫肚村　　　2丈远

东鼠须村　　4丈远

秃鹫谷　　　98丈远（不值一去）

两人停留在通向北的路上。现在路标内容变了。

正前方，止步山

止步的意思是

Fu cn ths g bck rt nw

止步！还能更简洁明了吗？

你不应该来这！

经过最后一个路标，安格斯停了下来，说："我们还是回去吧。"

"我们进过死亡洞，"威格拉说，"我们活了下来。"

"或许我们不该来试运气。"安格斯有点泄气。

"记住，我们会成为大英雄的，"威格拉说，"想一想。"

安格斯咕哝着，但他们还是继续出发了。

到了下午，他们到达止步山山脚下，威格拉查看了一下他们前面的路，这条路沿着山盘旋而上，一直通到一个大黑洞：止步洞穴。

"你想休息一下再往上爬吗？"威格拉问。

"不休息了，"安格斯说，"一旦坐下来休息，就不想再起身了。"

他们踩着岩石路往上爬，路的一边是耸立的高山，一边却是悬崖峭壁，没爬多远就看到一处标牌，写着：蝙蝠是棕色的。

继续爬行，又看到一处标牌：蛇是黑色的。

下一处标牌写着：如果我是你。

继续爬行，来到了另一处标牌：我将转身回去。

安格斯在道上僵住了，说："我很害怕。"

"我也害怕，"威格拉承认，但他们还是继续前行，很快，他们就碰到了另外一系列的标牌，上面写着：

蛇是黑色的，

蝙蝠是棕色的，

如果我是你，

我将转身回去。

他们没有转身回去，但他们不得不手脚并用爬这艰难的路段，他们俩谁也不敢往下看。

他们终于拐弯了——面临的却是一面岩壁。

安格斯发牢骚："我们爬不过去的。"

"看，有孔眼，岩壁上还有手抓的缝隙，"威格拉鼓劲说，"我们能爬过去。"

威格拉带头，俩人脚踩孔眼，手插进缝隙，开始爬行，最后终于到达了顶部，两人翻滚到了一小块平整的草地上。

威格拉躺在那儿，上气不接下气。

"得需要补充东西了。"他从口袋里拉出一个袋子，递给威格拉一块欢乐蠕虫软糖，他把其他的零食几乎全部干掉了。

他们走了不远就来到一处黑洞，止步洞穴，洞穴入口处周围插满了木头牌子，写着：

不管你是露丝还是露西，

进入此洞穴，你将后悔不已！

另一边写着：

不管你是海尔格还是豪伊，
走开！我们绝不留情！

"你觉得这些警示语是谁写的？"安格斯声音颤抖地问。

"我们必须得进去！"威格拉说，声音很坚定，他打开了埃丽卡的迷你火炬照灯，另一手握着必杀剑，踏进了止步洞穴。

"喂，等等我，"安格斯哀叫，"我可不想一个人待在外面！"

安格斯一把抓住了威格拉的外套。

俩人慢慢地绕过洞穴口内的一块巨大岩石，进入了一条又黑又窄的隧道，他们一点一点往前挪。威格拉看到主隧道上岔出很多变窄的隧道，也不知通往何处，洞穴里弥漫着烟的味道，还伴随着腐臭味。他们留心地面以免被树立着的石笋绊倒，还得弯腰屈膝以免被洞穴顶上倒挂下来的尖尖的钟乳石擦破脑袋，真是不容易。

"咣当！"威格拉踢到了什么东西，他用火炬照灯照着地面，大叫："是骑士的靴子！"

"看那儿！"安格斯大喊，"骑士的手套！但是骑士在哪儿？"

威格拉也想知道，靴子和手套已经锈迹斑斑了，这位骑士遭遇到了什么那也是很多年前的事了。

他们继续往前走，发现洞穴地面上到处散落着铠甲装备：凹陷的头盔，生锈的胸甲，锁子甲碎片，残留的剑柄，威格拉觉得洞穴里过去一定是发生了一场恶斗。

"听！"安格斯低声说。

远处传来"咣当"一声，接着传来一声尖叫。

又传来一声响声！他握紧了必杀剑，往前迈了一步。

隧道变宽了，威格拉看到远处火光摇曳。他们继续前进，离火光越来越近了，洞穴也越来越亮了，咣当声、尖叫声也越来越大了。

"我们为什么要来这儿？"安格斯低声问。

"嘘——"威格拉提醒他，"我们必须攻其不备。"

"但要是绑匪不止一个呢？"安格斯尖声问，"要是有一帮绑匪呢？我们该怎么办？"

突然传来一声刺耳的尖叫。

"哎呀！"威格拉和安格斯齐声惊叫，他们彼此伸出胳膊，紧紧地抱住对方。

他们等待着，但周围一片寂静。

他们紧紧抱着对方，往前挪了一步，又往前挪了一步。

　　突然，脚下的地面裂开了。

　　"啊——"威格拉拼命大叫。

　　"啊——"安格斯拼命大叫。

　　他们一边下坠，一边尖声狂叫。

第四章
顽劣兄弟谎话精和瞎编王

"砰！"威格拉重重地摔在坚硬的岩石上。

"砰！"安格撕掉到了威格拉旁边。

迷你火炬照灯也摔了出去。

光线昏暗，威格拉使劲地眨了眨眼，弯了弯手指，没事；他又晃了晃胳膊，伸了伸腿，也没事；左右转动了下脑袋，没事；身体完好无损。

他坐了起来，低声问安格斯："你没事吧？"

"哼——"安格斯哼了一下。

从头顶上方传来了重重的脚步声。

接着，隆隆！隆隆！隆隆！

有人在敲锣吗？威格拉听到了喘息声、大喊声和尖叫声，怎么回事？

"安格斯，"威格拉低声说，"我觉得我们也被绑架了。"

"我们就这么完了！"安格斯哭着说，"永别了！威格拉，认识你非常高兴。"

"不要放弃，"威格拉鼓劲他说，"我们或许可以逃出去。"

"逃出去？"从上面传来一声大叫，"我可不这样认为。"

一块匕首般的尖状小石头"嗖"的一声飞落进了洞里，接着，又一块飞落了下来。尖尖的石头如雨滴般纷纷落下，威格拉和安格斯用手当盾牌护着脑袋。

安格斯和威格拉疼得哎哟直叫。

最后，石头终于停止了坠落。

"安格斯，你还好吗？"威格拉问。

安格斯点了点头，然后他对着上面的敌人晃着拳头大喊："你是世界上最卑鄙的绑匪！"

一张脸突然出现在洞口边，一双眼睛幸灾乐祸地往下看着他俩。

威格拉倒吸了口气，原本以为是一个残忍的恶棍，谁知抬头一看竟是一个小毛孩！年龄与自己的弟弟杜德温相仿，不过六七岁的样子。小孩带着一个桶形的头盔，用一个金属条从下巴处固定，头盔的边缘漏出几缕金黄色的头发丝。

"你是什么人？"安格斯朝他大喊。

"不关你的事！"小孩大声回应，然后就从洞口消失了。

威格拉的大脑紧张地思索着，接下来会发生什么？为什么那个小孩冲他们大喊？他对这些毫无头绪。

"你也是被绑架的吗？"威格拉问。

"你也是被绑架的吗？"小孩模仿他的口气。

威格拉抬起头，小男孩又出现在洞口打量着他们，他换上了另一个带着金属鼻护套的头盔。这个带着一个金属的鼻护套。威格拉只能看见他的一双眼睛，和正咧着笑的嘴，嘴里还少了一颗门牙。

接着，第二个脑袋出现了，这个男孩带着一个桶形头盔，威格拉眨眨眼，呸！原来是两个小屁孩！

安格斯开始大喊大叫："不！哦，不！不！哦，我们真倒霉！"

"安格斯！你怎么了！"威格拉疑惑不解地问。

"我宁愿他们是一对恶魔！"安格斯痛哭流涕，"怎么都比现在好！"

"为什么？"威格拉大喊道，"难道你认识这两个小孩？"

"是……是……是的！"安格斯抽泣着说，"他们是我的表弟谎话精和瞎编王。"

威格拉抬起头，谎话精和瞎编王正站在洞口，笑眯眯地看着他们。

"你好呀！安格斯。"戴桶形头盔的小孩向安格斯打招呼。

"你好，安格斯！"戴鼻护套的小孩也跟着打招呼。

"你们好！"安格斯边叹气边回应。

"我们是来救你们的！"威格拉冲他们大喊。

"我们不需要解救！"谎话精回应。

"是的！"瞎编王肯定地说，"我们喜欢这里！"

"你们能帮我们离开坑里吗？"威格拉问。

"我们能，"谎话精回答，"但我们不愿意！"说完两个人开怀大笑。

"明白了吗，威格拉？"安格斯绝望地说，"他们是多么恐怖！"

"嘿！猜猜这是什么地方？"瞎编王说，"这是一条龙的巢穴，她马上就回来了，她很凶残并且很饥饿。"

"你的朋友骨瘦如柴恐怕不合龙的胃口。"谎话精笑着说。

"没错！"瞎编王接过话题，"这条龙喜欢吃像你一样胖嘟嘟的小孩，安格斯！"

"呵呵！"安格斯闷闷不乐地说，"很有趣！"

"安格斯是龙的糖果！"谎话精说道。两人又哈哈大笑起来。

安格斯坐了起来，说："提到糖果，如果你们帮我们离开这，我就分你们一些！"

"你有什么糖果？"谎话精问。

"欢乐蠕虫软糖！"安格斯回答。

"不好！"谎话精说，"我讨厌蠕虫软糖！"

"是的！"瞎编王附和道，"我们只喜欢真正的蠕虫！"

"还有虫子！"谎话精说，"最好是嚼着嘎吱嘎吱响的那些！"

威格拉感到一阵恶心。

"我还带了胶质鳗鱼干。"安格斯说。

"咝！"一条绳子摇晃着垂到洞里。

"谢谢！"威格拉大叫，迅速地抓住了绳子。

"不是给你的。"谎话精喊。

"绑上糖果！"瞎编王喊。

"不干！"安格斯说，"你们要想得到我的糖果，就必须把我和我的朋友也拉上去！"

"嗖！"绳子消失了！

"我们先吃点糖果吧，威格拉！"安格斯故意大声说，安格斯从兜里掏出些糖果零食，"全麦饼干，可可方糖，一袋中世纪棉花糖，要是我们现在能搞到篝火的话，我想烤棉花糖！"

"嗯，好吃！"威格拉大声说。

"我会把烤好的棉花糖铺在全麦饼干上，上面再盖一层可可方糖，"安格斯继续构想，"然后上面再加一层全麦饼干——嗯，真好吃！"

谎话精和瞎编王没有露面。

"这叫味多美三明治，"安格斯继续诱惑，"只要吃过一次，就会回味无穷！"

"嗖——！"绳子又出现了。

安格斯冲威格拉咧嘴一笑："我们被'味多美'这个词救了。"

第五章
落空的计划

安格斯把绳子递给威格拉，说："你先上吧！"

威格拉赶在谎话精和瞎编王后悔之前，迅速向上爬，抢先一步跃出深坑。

"谢谢，兄弟！"他说。

他看见这对双胞胎穿着已经破旧生锈的不合体的铠甲，他们走路时会发出"嘎吱嘎吱"的声音。

谎话精走向威格拉从他手中拿走了绳子！嗯，威格拉不由自主地后退几步。他父亲是个不屑洗澡的人，因此，他身上的味道很难闻，但谎话精和瞎编王身上的味道更甚，足以呛死人。

双胞胎又把绳子扔给安格斯。

在威格拉的帮助下，他们开始设法把肥胖的安格斯拉出深坑，然而，出人意料，安格斯飞快地爬上来，脚一落地，就从双胞胎身边跑开了。

"离我远点！"他大叫，"如果你们想要我的味多美，我警告你们，必须和我保持距离。"

"哦！表兄！"谎话精说，"你不信任我们吗？"

"不信任！"安格斯肯定地说。

瞎编王转向威格拉，问："你信任我们，对吗？"

"是的。"他试图迁就他们。

"错了！"两兄弟一起飞身冲向威格拉，一把把他按倒在地，威格拉来不及反抗，便被两兄弟拧住胳膊反绑起来。

"哎哟！"威格拉惨叫着，被两兄弟绑好扔在洞穴的墙角里，"你们要干什么？"

"你是我们的人质。"谎话精说。

"松开他，"安格斯大喊，"否则，你们得不到任何糖果！"

"那是你的想法！"谎话精说。

接着他们又像饿狼一样扑向安格斯。

"不！"安格斯大喊，"住手！"

但他的两个小表弟已不由分说地把他按倒在地，他们从他的兜里缴获了他所有的零食，然后把他反绑起来，拽到墙角，扔到威格拉旁边。

"第二个人质！"瞎编王满意地笑了，漏出了嘴里的豁牙，他把安格斯的右脚和威格拉的左脚绑在一起。

"哎哟！"安格斯大叫，"轻点！"

瞎编王把绳子拉得更紧了。

然后，他们开始围着篝火又唱又跳，挂在腰带上的钟乳石匕首撞击着他们生锈的盔甲，"砰！砰！砰！"

"他们是禽兽。"安格斯低声说。

"禽兽！"威格拉说，"他们简直禽兽不如！"

威格拉看到他们是在一个大的圆形洞穴里，长长的钟乳石从幽暗的穹顶上垂下来，它们落到洞穴地面后形成了粗壮的石笋。一些钟乳石和石笋长在一起形成了厚厚的石柱，洞穴中央有一堆篝火正"噼啪"地燃烧，它的烟升起后被洞穴顶部看不见的小孔吸走，篝火的周围有一圈石笋凳子。

双胞胎结束了他们疯狂的舞蹈后，蹲在篝火旁边，倒出了所有的棉花糖，他们摘下腰间的钟乳石匕首，把棉花糖乱堆在匕首上面，然后插进了火里，整个洞穴立刻弥漫着烤棉花糖的香味。

"你们烤煳了棉花糖！"安格斯大喊，"用小火慢烤！"

"我们喜欢吃糊的，"谎话精说，他吹开火焰，从钟乳石匕首上拽下烤得黑乎乎的棉花糖，"啪"的一声扔进了嘴里。

泪水从安格斯的眼里涌了出来。

这工夫，威格拉正设法松开绑在手腕上的绳索。

"我想吃'味多美'。"谎话精说。

"呀呵！"瞎编王大叫，"我也想吃。"

双胞胎乱翻着安格斯的珍藏品，最终找到了饼干和可可方糖。威格拉看着他们一股脑儿地把饼干、巧克力、烤煳的棉花糖塞进嘴里，很是惊愕。

"哦！我看不下去了！"安格斯心疼不已，闭上了眼睛，"他们吃完告诉我一声。"

双胞胎狼吞虎咽地把所有食物一扫而光。

瞎编王嘴张得大大的，打了一个饱嗝儿。

安格斯睁开了眼睛，抱怨道："我们是来救你们的，你们却这样对我们！"

谎话精张开嘴，以便让他俩看到他正在吃东西。

"至少告诉我们，你俩在这里做什么。"威格拉打探。

"这个洞穴是我们的藏身处。"瞎编王说。

"你们在躲谁？"安格斯问。

"妈妈说我们必须去上学，"谎话精说，"她给舅舅写信说我们要来，然后就给我们收拾行李，把我们送到屠龙学校。"

瞎编王接着说："但是我们不想去。"

"因此我们就逃跑了，"谎话精继续说，"我们找到了这个洞穴，里面空无一人，只有些骑士们的旧铠甲及其他东西，我们就住了进来。"

"你们的意思是你们根本就没有被绑架？"威格拉问双胞胎。

"从来没有，勒索条是我们自己写的，"瞎编王骄傲地说，"我们在漆黑的夜晚跑到屠龙学校，把勒索条放到了吊桥上，并且用石头压住。"

威格拉闭上了眼睛，这简直是天大的恶作剧！

"舅舅拿到勒索条了吗？"谎话精问。

安格斯点了点头。

"他有让你们带来了满满一独轮车的金子吗？"瞎编王迫不及待地问。

"门儿都没有，"安格斯说，"你们知道舅舅的为人，他一直以来就是小气鬼，不可能拿出一丁点金子的。"

"我就知道会是这样的，"谎话精说着，一把推开了弟弟。

"那又怎么样？"瞎编王尖叫一声，他把石头匕首猛地掷向谎话精，谎话精向瞎编王扑打了过去，很快，俩人就在地上扭打成一团。

安格斯摇了摇头，伤心地感叹："真难想象，他们是我的亲戚。"

"好在他们都穿着铠甲。"威格拉安慰他。

他还在试着松开绑在手腕上的绳索，他想，或许绳子松了一点，就在他挣扎着的时候，他感到洞穴地面晃了起来。

他看着安格斯。

安格斯睁大了眼睛，他也感到了。

"砰！"

双胞胎停止了打斗，俩人鼻子都鲜血直冒。

"什么声音？"威格拉低声问。

谎话精和瞎编王紧紧地盯着隧道。

"听起来像是火龙，"安格斯说。

"火龙？"谎话精反问。

"砰！砰！"

"这里没火龙，火龙是我们编的，"瞎编王说，"为了吓唬你们。"

一团难闻的黄色烟雾在隧道里翻滚。

"想打赌吗？"安格斯说，"我们都要成为火龙糖果了。"

第六章
双龙大麻烦

双胞胎对视一眼，大喊："快跑！"

"等等！"威格拉大叫，"先把我们的绳子解开。"

但是谎话精和瞎编王已经一溜烟地向洞穴深处跑去了。

"我们死定了。"安格斯低声说。

威格拉咬紧牙关，猛地一拽——双手从绳索上挣脱下来，赶忙给安格斯松绑。

"砰！砰！"

"快点！"安格斯大叫，"火龙马上就来了！"

脚步声越来越大了，又一股恶臭的烟雾翻滚而来。

威格拉费劲地解着绳索，别看双胞胎拼写能力差，可打结能力却是一流。

"解开了！"他大叫一声，把安格斯腰部的绳索扔到一边。

两人挣扎着要站起来，但他们的脚踝仍然绑在一起，他们把手搭在对方的肩上，相互搀扶着，快步向洞穴的深处走去——就像在参加双人三腿赛跑。

"砰！"

"谁把这个洞穴弄得乱七八糟？"一个低吼的声音传来，"哎哟，这真是耻辱，真是灾难！"

威格拉和安格斯躲在最近的石柱后面，威格拉以前从来没有听到一条龙说过这么严重的话，他感到自己因为害怕而发抖，或许是安格斯在发抖——他们的腿绑在一起，他也分不清是谁在发抖。

"只有一条路可以进入这个洞穴，"火龙咆哮着，"我知道这里有人，快出来！"

威格拉听到咣当声，他扭过头一看，一个粗壮的石柱后面蹲着谎话精和瞎编王，他们咯咯地傻笑，生锈的铠甲跟着咣当作响。

威格拉壮了壮胆，从石柱后面偷窥：在摇曳的篝火旁，有一条长满红鳞的巨龙，长着紫色的耳朵，这是一只母龙。她橙色的眼睛扫视着洞穴，头顶上黄色龙冠，甚是娇艳。令威格拉大吃一惊的是，她红色的长脖子上竟然带着一串双层珍珠项链，一只前爪上抓着一个红色的大坤包。

威格拉往后缩了缩，一条戴着项链，拿着坤包的龙？看上去没有那么狰狞可怕。但是经验告诉他：绝不能以貌取龙。

"你们自找的，"火龙大叫，"我过来了！"

火龙的脚步声离威格拉越来越近了。

"呀！"当火龙那张硕大的脸恰好出现在他眼前时，他大喊一声。

"天哪！"安格斯大叫。

"原来是学生！"火龙惊叫，"我早该想到。"

火龙伸出前爪，麻利地抓住他俩的校服把他们举了起来，拿到眼前细瞧，靠得更近时，威格拉闻到一股丁香的味道，难道这条龙喷香水？

"你们是在训骑士吗？"火龙问。

"可……可……可以这么说。"威格拉结巴地回应道。

火龙叹了口气，说："唉，真正的骑士是绝不会把我的洞穴弄得乱七八糟的。"

"不是我们弄的——"安格斯开口了。

"不是我们弄的！"双胞胎以抑扬顿挫的声音喊道，然后他们"扑哧"一声大笑起来。

火龙飞快地转过身，问："谁在说话？"

"谁在说话！"双胞胎嘲弄着。

火龙猛然扑向嘲弄声传来的地方。

威格拉和安格斯在她的爪子下猛烈地晃动着。

"你抓不到我们的！"双胞胎大喊，一个箭步冲到了火龙抓不到的地方，然后飞快地回过身来，面对着她。

"冲啊啊啊啊啊！"双胞胎大喊，挥舞着石刀。

"天啊！"火龙惊呼一声，返身回跃。

谎话精和瞎编王双双把石刀插进了火龙的后腿，他俩不停地捅着。

"哎哟！哎哟！"火龙疼得大叫，"快住手，你们两个小捣蛋鬼！"

但谎话精和瞎编王并没有理会。

火龙把威格拉和安格斯放到了地面上。

他俩试着跑开，但是由于脚踝绑在一起，他们俩一头栽倒在地。

"臭狗屎！"谎话精和瞎编王冲着火龙大喊，"我们不怕你！"

"不怕？"火龙发怒，紫色的耳朵里喷出了两团黑色的烟雾，"我会让你们瞧瞧我的厉害。"

威格拉和安格斯惊恐地看到，火龙头顶上的黄色龙冠扬起就像一面风帆立起来，眼睛里喷出了橙色的火花，珍珠项链开始闪闪发光，就像炽热的球状熔岩，她用长长的爪子迅猛地钩向双胞胎。

双胞胎一闪，箭一般地穿过山洞，跑进了隧道里。

火龙张开大嘴，喷出一股橙色的火焰，她放下坤包，四肢着地，"呼"的一声，紧追双胞胎，冲进了隧道。

"我们必须把绳索解开。"威格拉说。

他弯腰使劲拽下了他的左靴，安格斯也弯腰使劲拽下了他的右靴，两个人扭动着脚，挣脱了绳索，他们穿回靴子跳了起来。

"我们怎么出去？"安格斯叫道，隧道是唯一出路。

"跟上！"威格拉说着便向隧道跑去，"如果火龙来了，我们就躲进岔道。"

紧紧挨着，两个人沿着潮湿的洞壁摸索着前进，没走多远，就看到前面一处亮光，他们听到了咣当声、咯咯声。

威格拉和安格斯蹑手蹑脚地朝双胞胎走去，谎话精拿着埃丽卡的迷你火炬照灯，四处挥动着。

"嘘——"威格拉示意他们安静。

"你疯了吗？"安格斯低声说，"一条暴怒的火龙在追着你们，你们还有心思大呼小叫。安静点！"

"安静点！"双胞胎模仿着。

"你们是有机会跑出这个洞穴逃命的，为什么还在这儿？"威格拉问。

"我们为什么要跑出去？"谎话精反问。

"是呀，"瞎编王说，"这本来就是我们的洞穴。"

"不见得。"安格斯说，"火龙随时都会过来。快跑！"

他拽着瞎编王生锈的胸甲。

"喂！"瞎编王大喝一声，"放开！"

"砰！砰！"

威格拉一把从谎话精手里夺过火炬照灯，把它关了。

火龙越来越近的脚步声回荡在隧道里，她向洞穴走去。

"等着，一旦她经过，"威格拉低声安顿，"我们就赶紧逃命。"

四个孩子挤在一起，头一次，谎话精和瞎编王保持纹丝不动。

火龙的脚步声越来越近了，她从他们的身边疾行而过，一直向山洞走去，她的脚步声也越来越远了。

威格拉打开迷你火炬照灯，"快！"他带领着大家向隧道走去。安格斯紧紧跟在他的后面，谎话精和瞎编王也紧随其后，他们为什么一定要穿着这身古老的铠甲？威格拉真是想不通，铠甲"咣当咣当"地响着，简直令人发疯。

四人朝洞穴口跑去。

"前面看见日光了。"威格拉高兴地大喊。

"逃出来了！"谎话精大叫，双胞胎用肘推开威格拉和安格斯，全速向前冲去。

威格拉和安格斯也一步不敢耽误。

"就快——到了！"威格拉气喘吁吁。

突然，有什么东西在洞口挡住了日光，是个庞然大物。

是火龙！她就站在他们的面前，挡住了他们的去路，"唑——"她喷出了一股长长的火焰。

"哎呀！"孩子们大叫一声，旋风般地掉头往回跑。

火龙怎么就到了洞口？来不及细想，威格拉和其他伙伴飞快地跑进了隧道里——躲开了喷火的龙，他们一转弯——火龙又站在了他们的前面！

"嗖——"

"天呢！"孩子们齐声尖叫。

他们又向另一条道冲去。

但是，他们刚起身跑——

"嗖——"火龙就又出现在了他们面前。

孩子们又掉头往反方向跑去，威格拉跑糊涂了，他是在往洞穴里跑呢？还是往外跑呢？他也搞不清了。唯一清楚的是，他正在为活命而奔跑。

"嗖——"火龙又到跟前了。

他们飞快掉头——

"嗖——"她又出现了。

前面一条龙，后面一条龙，威格拉感到头晕眼花，难道他看到的是两条龙？

"有两条龙！"安格斯大喊。

"双胞胎龙！"谎话精和瞎编王喊道。

千真万确，威格拉想，哦，不，他们现在是真的有了大麻烦，双龙大麻烦！

第七章
洞穴大破坏

谎话精的眼睛突然睁大，他指着洞顶，大喊一声："塌方！快闪开！"

"天哪！"双胞胎龙惊呼，她俩用前爪盖住脸，滚到了地面上。

安格斯和威格拉伸出胳膊护住头，迅速卧倒。

但是双胞胎从一条龙身边挤过去，沿着隧道跑去，一边跑一边尖叫："傻瓜，一群傻瓜！"

威格拉爬起来，对安格斯说："我们能逃走！"

双胞胎龙飞快地一跃而起，"休想逃跑！"一条龙咆哮着，她转向另外一条龙，"埃塞雷德，这些小流浪儿跑进了我们的洞穴，他们将会藏进其中的一条通道里，我们稍后去抓他们，当务之急是去滚一块大巨石，把洞口封死。"

"好的，姐姐，"埃塞雷德说着，笨重地向洞口移去。

"囚犯们！"另外一条龙对威格拉和安格斯喊道，"抬起头，这样我才能看清你们长啥样，走过来！"

他们俩抬起头，走到留在洞穴里的龙跟前。

"坐下。"火龙指着石凳说。

威格拉和安格斯坐了下来。

火龙坐到他俩对面，他们注意到，她的黄色龙冠收了回去，只剩下一条靓丽的棱线，她的珍珠项链冷却成了银白色。

"囚犯们，我不会把你们绑起来，"火龙说，"这毫无意义，入口已经堵死了。任何人都出不去。"

她环顾了下四周，叹了口气："可怜我们这遭到破坏的洞穴！"

她从红色的大坤包里掏出一块蕾丝手帕，轻轻擦拭眼泪。

"别哭了，露辛达，"埃塞雷德回到了洞穴里，她的羽冠也不再是一张黄色的巨大风帆，她的珍珠项链也不再发光了，"我会帮忙收拾好的。"

"谢谢你，妹妹，"露辛达说，"但我们还是先跟这些入侵者谈谈吧。"

埃塞雷德坐到了露辛达的旁边，面对着威格拉和安格斯。

"我们家族在这个洞穴里已经生活了七百年了，"露辛达对他们讲道，"这么长时间里，我们的祖先从未破坏过任何钟乳石和石笋。"

"现在，一半变成了残桩！"埃塞雷德伤心地说，"石笋要想恢复到以前漂亮的形状，至少需要好多年的滴注，多可惜啊！"

"我们的曾祖父喜欢收藏古代铠甲，"埃塞雷德接着说，"他找到的所有无价的、独一无二的物品，我们都会竭尽所能把它们添加分类，把所有的收藏品都陈列在洞穴里自然形成的岩架上。"

"现在，我们多数珍贵的铠甲都被碰撞到地面上了，"露辛达抽泣地说，"要么破碎不堪，要么凹痕斑斑！简直惨不忍睹。更可气的是，那两个小兔崽子竟然穿着两件铠甲！哦，简直是忍无可忍了。"

"洞穴遭到了破坏，我们也很难过。"威格拉说。

"但不是我们的错！"安格斯接着说，"是另外两个孩子破坏的。事情是这样的。"他把莫德雷德及勒索条等事情的经过给双胞胎龙讲了一遍。

"我们根本就不知道勒索条是假的，"威格拉补充，"我们是来救人的！"

"谎话精和瞎编王说，洞穴现在归他们所有，"安格斯接着补充，"他们不想离开这里。"

露辛达摇了摇她那红色大脑袋，惊呼："真是厚脸皮！我们周末去了东胳肢窝村古董交易会，回来后发现洞穴已经被霸占了。"

威格拉听到了跑步声，说："嘘——听。"

安格斯和双胞胎龙一动不动。

脚步声越来越大了，谎话精和瞎编王从隧道里蹦了出来，他们冲进了洞穴，在头顶上挥动着像烂白菜之类的东西。

"滚出我们的洞穴！"谎话精大喊。

"我的星星啊！"露辛达惊叫。

"我的天呢！"埃塞雷德叫喊。

"立刻滚出去！"瞎编王大喊，他往洞穴地面上扔了一张羊皮纸，"要不然我会扔更多这东西。"

两个人猛地往地面上摔了些像卷心菜一样的球状物，物体经碰撞立刻裂开了，里面飞出了烂骨头、死蝙蝠、蛇头及发霉的垃圾。

威格拉迅速地用一只手捂住鼻子，太臭了！

谎话精和瞎编王快速地跑回了隧道，一边大笑一边大喊："尝尝臭弹的味道！臭弹！臭弹！"

"呃——"威格拉简直不能呼吸。

埃塞雷德和露辛达用蕾丝手帕捂着鼻子，把这堆臭物扫进了垃圾箱。

"洞里的臭味很难消除，"露辛达说，她开始用一个瓶子往空中喷些什么东西，"洞里的新鲜空气不足了。"

威格拉深深地吸了吸，喷雾闻起来清新如丁香，但并没有真正地除去臭味。

安格斯捡起瞎编王扔在地面上的羊皮纸，读道：

衮（滚）出我们的洞穴！我们汁（指）现在！

入（如）果你们一个小石（小时）内不衮（滚）出去，我们针（真）的会坡（破）坏这个第（地）方。

谎话精和瞎编王

"天呢！"露辛达大喊，"竟然恐吓火龙！"

"竟然错字连篇！"埃塞雷德低语。

远处传来了撞击声。

"哦！"埃塞雷德大叫，"他们连答复都不等，就已经开始破坏洞穴了！"

"埃塞和我老了，"露辛达说着摇了摇头，"这是我们养老的洞穴。"

她看了一眼妹妹，说："我们会不惜代价地把这两个傲慢的家伙赶出去的。"

她在鼻子前挥了下爪子："哦，这里还是这么臭。"

"我也受不了这个臭味了，"埃塞雷德说，"我们需要呼吸下新鲜空气。"

她抓起自己那个红色的大坤包，说："走吧！"

威格拉瞟了一眼安格斯，火龙要离开洞穴了，或许他俩也可以逃出去了！但他为双胞胎龙感到难过。

他有点想留下来帮忙驱逐谎话精和瞎编王，露辛达也抓起来自己的坤包，她站了起来，用前爪摸了摸自己的珍珠项链，双层项链的每颗珠子都开始发光，不过不是吓人的炽热的岩浆色，而是亮白色，用来照亮漆黑的隧道。

"跟着我。"她说完，便率先向洞外走去。

第八章
倒付赎金条

威格拉和安格斯紧随其后，谎话精和瞎编王在哪儿？威格拉不解，他们一点动静也没有。

在珍珠光芒的照耀下，威格拉看到了挡在洞口的巨石，埃塞雷德拿起挨墙放着的一根长铁棒，顺着洞口和岩石缝插进去，咬紧牙关，猛地一推铁棒，巨石滚进了洞里，洞口打开了。

露辛达、埃塞雷德、威格拉、安格斯相继跑到了洞外。

威格拉深深地呼吸了一口气，"啊——！"从恶臭的洞里出来，外面的空气闻起来真清新，夕阳刚刚落下，满月正在升起。

露辛达和埃塞雷德大口大口地呼吸着新鲜空气，她们伸直了长长的、长满鳞片的红色脖子，舒展开了巨型翅膀。

"啊!"埃塞雷德大叫,"感觉好多了!"

"我也是。"威格拉说。

"我也是,"安格斯嘟哝着,"我还感到我的肚子咕噜噜地叫。"

突然,洞内传来一阵轰隆声,把他们吓了一大跳,他们转向洞口,只见巨石滚回来,挡住了入口。

"哈哈!"谎话精和瞎编王从洞里大叫,"你们进不来了!洞穴现在是我们的了!"

"圣乔治龙!"露辛达大喊,"他们难道真的认为我们推不开那块巨石吗?"

"让他们做一会儿梦吧,露西。"埃塞雷德说,"这儿很平静。"

露辛达点了点头,说:"我们喝杯热茶吧,然后再想想如何除去这两个害人虫。"

接下来的事真是让威格拉吃惊不已:露辛达打开了她那红色大坤包,从里面拿出了一个烧水壶,她大步流星地走到附近的一个山溪边,往壶里灌满了水。

埃塞雷德也打开了她那红色大坤包,拿出了一个茶壶、一袋拉绳茶包、两个茶杯、两个茶托,她把茶包里的绿色干叶子撒进了壶里,说:"你永远不会知道什么时候会想喝一杯心神气爽的茶。孩子们,坐到这些石头上。放松些。"

露辛达对着水壶吹着炽热的火焰，里面的水很快就沸腾了，她把开水倒进茶壶里，泡了一会儿，倒满了两个杯子。

露辛达把带茶托的两个杯子分别递给了威格拉和安格斯，说："希望你们喜欢火龙薄荷茶。"

威格拉抿了一口茶，赞叹道："美极了！"

安格斯喝了一大口，说："棒极了！味道有点像胡椒薄荷，但是薄荷味更足。"

两位火龙女士交换了下得意的神情。

"哦，差点忘了！"埃塞雷德再次打开了她的坤包，拿出了一大袋饼干，给威格拉和安格斯一人两片，"你们晚餐将就吃这个吧。"

"没问题！"安格斯说，他迫不及待地咬了一口，立刻眼睛发亮，"太好吃了。"

"这是火龙薄荷曲奇。"露辛达介绍。

威格拉觉得他从来没吃过这么好吃的东西。

埃塞雷德拿回茶杯给自己及姐姐倒了茶，问道，"我们怎么才能除去那两个人小鬼大的洞穴霸占者？"她橙色的眼睛眯成了一条缝，"大多数龙会直接烧死他们。"

"或者把他们带到高空，然后摔下来。"埃塞雷德

一边搅着茶，一边说。

"或者把他们撕成碎片。"露辛达补充。

威格拉听完不寒而栗，感到不舒服。

"嗯……他们可是我的小表弟。"安格斯提醒着双胞胎龙。

"有些龙会直接坐到他们的身上，把他们压扁。"埃塞雷德继续说，好像没听见安格斯说的话。

"或者直接把他们烤了当晚餐吃，"露辛达补充，"虽然我觉得他们的肉会有些硬。"

威格拉放下了他吃了一半的饼干，问道："就没什么两全其美的办法吗？既能让他们离开，同时又不伤害他们。"

"我们的意思是——"露辛达说，"大多数龙会直接杀了这两个孩子，但是我和埃塞雷德跟那些龙不一样。"

威格拉很高兴她能这么说。

"我想想……"埃塞雷德用爪子若有所思地敲着她那红鳞下巴，"我们可以给他们投掷一颗火龙臭弹，没有什么的臭味能与火龙的——"

"不行，姐姐！"埃塞雷德大叫，"龙臭是持久不散的，很难消除。"

"呃，要不把整个家族请过来？"露辛达建议，

"376条龙的壮观景象会吓走那两个小流氓。"

"别指望那样有效。"安格斯说。

"此外，我们还得给这376条龙安排食宿。"埃塞雷德说，"而且，他们有可能要住好几周不走。"

"这个办法行不通。"露辛达说。

他们都陷入了沉思好一会儿。

最后，威格拉开口了，说："在屠龙学校，我们得知——"

"你们来自那个学校？"埃塞雷德大声质问。

"哎哟！"威格拉捂住了嘴巴。

"天哟，埃塞雷德！"露辛达摇了摇头，"那你认为他们会在哪儿上学？公主预备学校？威格拉，继续说。"

"所有的火龙都囤积金子。"威格拉注意着措辞。

露辛达点了点头，说："没错。我和妹妹就有一大笔金子，那又怎样？"

"如果你们愿意拿出一部分金子来，"威格拉小心翼翼地说，"我想我有办法赶走谎话精和瞎编王。"

"洗耳恭听。"埃塞雷德说，她动了动自己的耳朵。

"谎话精和瞎编王给莫德雷德写了个假的勒索条，"威格拉说，"要求他拿出满满一独轮车的金子作为交换条件。"

"但是舅舅把勒索条撕了，"安格斯插话，"他爱金子胜过一切，胜过他的外甥。"

　　"如果你们愿意主动给莫德雷德金子，"威格拉继续说，"他可能会来把谎话精和瞎编王带走。"

　　"我明白了，"露辛达说，"你的意思是我们倒付他赎金，让他来把那两个捣蛋鬼带走。"

　　威格拉点了点头。

　　埃塞雷德叹了口气，说："一般说来，火龙的囤积本能是非常强烈的——特别是像我们这样来自古老大家族的龙。"

　　"割让金子，"露辛达说，"嗯，想都别想！"

　　"是的，"埃塞雷德说，"没门！"

　　火龙姐妹交换了下眼神。

　　"但是——"露辛达慢条斯理地说，"或许，我们可以作出让步——仅此一次。"

　　"我们可以拿出一些金子，"埃塞雷德补充，"如果真能赶走这两个小流氓。"

　　露辛达在自己红色大坤包里翻腾了一会儿，找出一张羊皮纸。

　　埃塞雷德从自己的包里翻出了一瓶墨水，一支大羽毛笔，说："我来执笔倒付赎金条，我该写些什么？"

　　"亲爱的莫德雷德校长……"威格拉口述。

"措辞再夸张些。"露辛达说。

威格拉咧嘴一笑，露辛达从来就没见过莫德雷德，但是却对他了如指掌。

最后，埃塞雷德写完了倒付赎金条。

尊敬的屠龙学校校长：

告诉您一个千载难逢、快速致富的好消息。如果您能尊移贵步，来我们龙洞带走您的学生（他们在上学路上走丢了），并且保证，这两个学生——一个是谎话精，一个是瞎编王，永不踏入我们的龙洞——作为回报，我们将赠予您满满一独轮车的金子。

见信请立即答复。

此致

敬礼

露辛达·阿纳默茨和埃塞雷德·阿纳默茨

止步山龙洞

埃塞雷德检查了这封倒付赎金条，满意地笑着说："没有一个错别字。"

"怎样才能把信送到莫德雷德手上呢？"

"你们可以飞到学校。"威格拉建议。

"去屠龙学校？"露辛达问，"不明智。"

"别担心，"安格斯说，"我舅舅不是一般的小气，他绝不会花钱雇保安的。你们趁夜深人静，把信送去，没有人会注意到你们。"

"把信放到吊桥上，用石头压住，"威格拉说，"莫德雷德的侦察兵，约里克，就是在那儿发现勒索条的。"

埃塞雷德折起了信，塞进了自己红色大包里。

"屠龙学校就在猎人小径旁边，对吧？"她询问。

"没错。"安格斯说。

埃塞雷德笑了，说："这张倒付赎金条会安全送达的。"

第九章
爬上龙背回学校

不久之后，埃塞雷德回来了，宣布："任务圆满完成。"

"太好了！"露辛达欢呼，"不知道我们何时能收到答复？"

"不会很快，"安格斯说，"我们徒步来这儿花了很长时间。"

"我们玩游戏来打发时间吧！"露辛达提议，"你俩知道怎么玩猜字谜游戏吗？"

安格斯点了点头，但是威格拉摇了摇头。

"问题游戏？"露辛达又问。

威格拉再次摇了摇头，说："我家唯一玩过的游戏是'打嗝儿'。"

"哦！"露辛达用爪子捂住嘴，咯咯地笑了起来。

"或许这俩家伙想看我们的火爆表演，姐姐。"埃塞雷德说。

露辛达笑了，说："我和埃塞年轻时，风光一时。"

"你们是歌星？"威格拉问。

"而且还是舞蹈家！"露辛达回答，"哦，这些都是昔日的风光了！我们展示一下吧，妹妹？"

双龙跳了起来。她们把胳膊放到彼此的腰部，开始载歌载舞。

一些龙喜欢打架斗殴，

抢劫掠夺不能给我们带来快感，

我们不是那样的小龙女，

我们喜欢梳妆打扮佩戴珍珠项链。

她们放开对方，跳了段单人舞，就又开唱了。

一些龙喜欢不分昼夜喷火，

那不是我们的快乐，

我们喜欢伦巴，咚嚓嚓——嗨，看我们的

旋转！

我们更喜欢佩戴珍珠项链跳舞。

双龙姐妹欢快地旋转着，并踩着花式步法。

表演结束了，威格拉和安格斯鼓掌欢呼："太棒了！"

"谢谢。"露辛达和埃塞雷德一起鞠躬致谢。

"接下来，我们将演唱《飞龙倾城》，"埃塞雷德报幕，"准备好了吗？"

双龙姐妹又开始载歌载舞。

威格拉从来没见过这么有天赋的火龙，他和安格斯尽情地享受着火龙的表演。

但当双龙姐妹开始演唱第15首歌曲的时候，威格拉开始嘀咕，她们还得表演多少首呢？他瞟了一眼安格斯，只见他在打盹，他用胳膊肘碰了碰安格斯，最好别让双龙女士看出来他们的不耐烦。

表演还在没完没了地进行着，但就在她们唱完第26首歌准备谢幕时，埃塞雷德眯起眼看了下远处，喊道："看，露西！有人正向我们龙洞走来。"

远处山脚下，威格拉看到一个身穿灰色长袍的人正急匆匆地赶路。

"答复来了！"埃塞雷德尖叫，"我就知道会是这样！"

威格拉和安格斯顺着山路跑下去，大声叫着："约里克！约里克！"

"天呢！"当他们到了约里克跟前的时候，他惊叫，"简直难以置信，你们到底在这儿干吗呢？"

"说来话长了。"威格拉说，他看到约里克穿着他的岩石装、灰色的帽衫、灰色的绑腿、灰色的靴子，穿着这套行头，蜷伏在路边，就能躲过人们的视线——行人会误认为这是一块灰色巨石。

"过来见见火龙们，约里克。"安格斯说。

约里克立刻僵住了，难以置信地说："我的耳朵肯定是出问题了，你们刚刚是说去见火龙吧？"

"是的。"安格斯点了点头。

"她们是非常友好的火龙女士。"威格拉插话。

"哦，我的脚再痒痒，我也不会去见火龙的。"约里克坚决拒绝。

"喂！"埃塞雷德喊道，"你是莫德雷德的信使吗？"

约里克一眼就看到一条巨大的、红色鳞甲的火龙正大踏步地下山向他走来，他迅速卧倒，双倍躬身，蜷缩得更小了，把自己伪装成了一块石头。

"信使哪儿去了？"埃塞雷德到了他俩跟前，问，"我们的答复呢？"

岩石突然伸出一只胳膊，举着一卷羊皮纸，埃塞雷德从约里克手里扯过纸卷。

"尊敬的龙陛下，信件在此！"约里克说，由于头裹在身子里，声音含糊不清。

露辛达也赶过来了，埃塞雷德把爪子插进纸卷封蜡下，封口弹开了，她大声读着莫德雷德的回信。

尊敬的火龙：

我会从你们手里带走谎话精和瞎编王，但是仅付一独轮车的金子？女士们！女士们！他俩可是双胞胎。只有付两独轮车的金子才公平——少于此数，交易无法达成。

如若同意，请让我的侦察兵传话，今晚午夜，在猎人小径的歪脖子橡树下见面（校园不是合适的见面地点，让人发现屠龙学校的校长与火龙做交易就大事不妙了。）你们带金子来，我自带独轮车。

期待你们的回复，

不可思议的莫德雷德

（屠龙学校校长）

附言：独轮车巨大无比。

"天哪！"露辛达大喊，"他真是贪得无厌！"她转向了埃塞雷德，说："他想要双倍的金子。"

"轰隆"，洞穴深处传来一阵巨大的响声。

"露西，接受条件，"埃塞雷德劝说，"和平和安宁是无价的。"

"侦察兵？"露辛达用脚踢了踢岩石说，"你在里面吗？"

"在，尊敬的火龙陛下！"传来了一个沉闷的声音。

"捎话给贪得无厌的莫德雷德，午夜，歪脖子橡树下，"露辛达说，"我们会带着金子去的。"

"我会带到，尊敬的火龙陛下！"约里克回答，"再见！"

威格拉吃惊地看到，约里克伪装的岩石前后摇摆了一下，开始翻滚着下山，速度越来越快，不一会儿，他就滚出了视线。

"唉，可怜的约里克。"威格拉感叹。

安格斯摇了摇头，说："谁能知道他竟然如此害怕火龙。"

露辛达满面笑容地对威格拉和安格斯说，"你们的计划奏效了！"

"快点，姐姐，"埃塞雷德催促道，"我们得赶紧去洞穴取金子，没有多少时间了。"

"孩子们，我们马上回来。"露辛达说完，就和埃塞雷德消失在山的另一边了。

安格斯瞅着威格拉吃了一半的饼干，问："你还打算吃吗？"

威格拉把饼干扔给了他。

安格斯咬了一大口，说："不知道露辛达是否会给我饼干的烘烤方法。"

露辛达和埃塞雷德回来了，各自带着鼓鼓囊囊的一个大麻袋。

"我们会带你们飞去猎人小径。"露辛达主动提议。

"骑到你们的背上？"安格斯大叫，"哦，天哪！呵呵！"

威格拉也勉强地笑了下，他不喜欢飞行，他有点儿恐高。

"我来带你，安格斯。"埃塞雷德说。

"跳上来，威格拉。"露辛达说着，蹲在了他的旁边。

威格拉探起身紧紧抓住露辛达疙疙瘩瘩的脊骨，正要爬上去，只听背后洞穴里传来一阵大喊。

火龙和他俩都回头一看究竟，洞口的巨石慢慢地滚开了，谎话精和瞎编王冲了出来，身上的铠甲咣当作响。

"我们也想骑火龙！"谎话精大喊。

"是的！"瞎编王应和，"带我们一程！我们想飞！"

埃塞雷德和露辛达交换了下目光。

"那你们答应离开我们的洞穴？"露辛达问。

"永远离开？"埃塞雷德补充。

"我们答应！"谎话精大喊，"我们讨厌那个旧洞穴。"

"是的！"瞎编王应和，"就带我们飞吧！"

"跳上来！"埃塞雷德说，她把身子放低，好让他们爬上来。

双胞胎把脏兮兮的手指插进埃塞雷德的鳞甲里，爬到了她的背上。

"嘚儿驾！"谎话精大喊。

"快，快！"瞎编王大喊，"飞行要疯狂刺激！"

"没问题。"埃塞雷德说。

威格拉安然地站在地面上，他仰望着埃塞雷德高空翱翔。

她弓着背，做了个半空向后翻转动作。

"啊啊啊啊哈哈哈——"双胞胎大声尖叫，在埃塞雷德的背上摇来晃去的。

接下来，埃塞雷德做了个完美的前滚翻，然后，她向内收拢脑袋，做了勾爪三周跳，最后，转体两周半。

"我快晕过去了！"双胞胎之一大声尖叫，但是他们距离地面太远，威格拉分不清到底是双胞胎中的哪个

在尖叫。

"我们可以一起飞行。"露辛达说着，冲威格拉和安格斯挥了挥爪子。

威格拉爬上露辛达的背时，心怦怦地狂跳起来，他伸出胳膊紧紧地抱住她的脖子，安格斯爬上来坐到威格拉的后面，抱住了他的腰部。

"准备好了吗？"露辛达问，她展开巨大的红色翅膀，开始振翅高飞，转瞬就飞到了高空，威格拉抱得更紧了。

露辛达半空侧转，离开止步山，向下面的山谷飞去。

威格拉慢慢地放松了，满月之夜，坐在龙背上翱翔，他倍感惬意，耳边只有翅膀扇动的声音，夜幕下，不时传来双胞胎震耳欲聋的尖叫声。

第十章
掉入壕沟的金子

坐在龙背上，俯瞰地面，威格拉一眼就看到了歪脖子橡树，莫德雷德倚着弯曲的树干，身披红色斗篷，头戴便帽，他的旁边放着两辆巨大的独轮车。

"哈喽！"莫德雷德大喊，他冲露辛达挥手，"着陆时动作一定要轻缓，不要发出碰撞声，我们可不想把事情泄露出去。"

露辛达落到地面上，威格拉仅仅感到轻微的颠簸了一下，他和安格斯从她的背上滑了下来。

"哎哟！"莫德雷德惊呼，目不转睛地盯着他们俩，"外甥！威格拉！你们俩在这儿干吗呢？火龙没有把任何一丁点儿金子给你俩，对吗？"

"不用担心，舅舅，"安格斯说，"你的金子都在呢。"

"在这里，莫德雷德。"露辛达说完，从背上把麻袋拽下来，打开口袋，开始倒金子，黄灿灿的金子哗啦哗啦地溜进了等待已久的独轮车里。

　　"哦！哦！"莫德雷德直感叹，"真是美妙的乐曲！"

　　他迅速下手抓起一枚金币，一口咬了下去，咧嘴笑着："哇！差点磕了臼齿。是真金，真好！什么？麻袋已经空了？这是满满一车吗？"

　　"是的，"露辛达目光尖利地盯着莫德雷德，"独轮车已经满了。"

　　"好吧，另一辆车呢？"莫德雷德问，"我们约定好是两车，对吧。"

　　露辛达向上望去，她用爪子指着夜空上的一处黑影，说："我的妹妹马上就来了，她还有一袋金子。"

　　埃塞雷德在上空盘旋了两圈，威格拉听到双胞胎撕心裂肺地叫着，飞到低空，她最后做了个四周后空翻动作。

　　"不——"双胞胎尖叫着。

　　埃塞雷德连蹦带颠地落在了猎人小径上，宣布："飞行结束。"

　　谎话精和瞎编王从埃塞雷德的背上软绵绵地溜了下来，头晕眼花，颤巍巍地走了几步，就双双跌坐到地上，月光下，他俩面色惨白。

"金子带来了，双胞胎也带来了。"埃塞雷德说。

"哈喽，舅舅，"谎话精躺在地上打招呼，"我们骑着火龙飞来的。"

"火龙在空中做了特技翻滚动作，"瞎编王摇摇摆摆地站了起来，说，"火龙，我们能再飞一次吗？行吗？行吗？"

"你的意思是你们喜欢飞行？"威格拉惊声问道。

"是的，"瞎编王说，"真是酷毙了。"

"够了！"莫德雷德怒斥，"谈正事。"

"谈正事！"谎话精模仿。

"闭嘴！"莫德雷德咆哮。

"闭嘴！"双胞胎奚落，忍不住哈哈大笑起来。

莫德雷德怒视了一眼双胞胎，转向了两条龙，说："我的第二车金子呢？"

"在这儿，"埃塞雷德说完，就把她带的金子倒进了那辆独轮车。

莫德雷德把胳膊伸进了这大堆金子里，紧紧地搂着，满怀柔情地喊着："哦，我的金子，全都是我的了。"

"但是——"露辛达说，"你得保证谎话精和瞎编王不再闯进我们的龙洞。"

"不用担心他俩，"莫德雷德连声答应，"我的学校名气就是把无用之人训练成骁勇善战的屠——我的意思是，年轻有为的人。谎话精和瞎编王不会再去打扰你们了，我马上就会把他们鞭策成才的。"

"要不要打赌？"安格斯轻声地问。

"再见了，威格拉，"露辛达说，"再见了，安格斯。真希望你们能来看我们，但是我打算在通向我们龙洞的道上设陷阱。"

她耸了耸肩，接着说："不好意思，但是绝不会再有不长翅膀的生物突然造访我们的事了。"

"谢谢你们的饼干。"安格斯说。

"我们还想再飞一次，火龙！"谎话精要求。

"是的！"瞎编王附和，"让我们再来一次疯狂飞行吧！"

但是双胞胎龙根本就没有理会他俩，她们展翅向止步山龙洞飞去。

"好了！"莫德雷德搓了搓手，说，"我们带着战利品回屠龙学校吧。外甥，你来推那辆车，威格拉，你来推这辆。目前为止，一切顺利。可不能把金币掉出来，呃，我想得需要一个大一点的保险箱了。"

安格斯和威格拉抓住车把，咬紧牙关，用尽全身力气，才挪动了独轮车，他们俩推着硕大的独轮车下山。

"谎话精！"莫德雷德大喊，"瞎编王，你俩走在后面。捡起掉了的金子，我会盯着你们的，要是让我看到你们偷偷地把金子放进衣兜里，我会把你们倒栽葱，把藏在身上的金子全部摇出来。"

双胞胎蹦蹦跳跳地跟在独轮车后面。

"天亮之前必须回到学校，"莫德雷德走在最后面，"没必要让醒来的师生们看到这么多的金子。"

他手做杯状，喊道："外甥，快点！你也是，威格拉，加快步伐。"

推着满满一车摇来晃去的金子实在不容易，威格拉和安格斯尽了最大力气往前推。

黎明的曙光泛红了天边，威格拉看到了不远处的学校。

距离吊桥不远的地方，安格斯停下来了。

"我……再也……推……不动了。"他气喘吁吁地说。

威格拉也停了下来，他从来就没这么累过。

"我们来帮忙吧！"谎话精大声说，他抓起了安格斯推的那辆独轮车的车把。

"是的，"瞎编王说完，就抓起了威格拉推的那辆车的车把，"我们上！"

安格斯和威格拉倒在了草地上，筋疲力尽。

那两个小家伙使劲推着，设法让独轮车走了起来，谎话精把自己那辆独轮车推上了吊桥，瞎编王就跟在他的后面。

"这么小的孩子真是有力气。"威格拉望着他俩，感叹。

"孩子们，小心点，"莫德雷德大声嘱咐，匆忙地向吊桥走去，"推稳点，别把金币掉进壕沟里。"

听到这话，双胞胎对视一眼，抿嘴一笑，然后他俩开始在吊桥上把独轮车左右晃动起来。

"哦——！"谎话精大叫，"真是太重了！"

"是的！"瞎编王也大喊，"车快翻了！"

威格拉倒吸了口气，说："他们俩是故意的！"

"小心点！"莫德雷德厉声尖叫，快步向他俩跑去，"快停下来！快停下来！"

但双胞胎并没有停下来，他俩把硕大的独轮车疯狂地从一边倒向另一边。

莫德雷德一跃跳上了吊桥，脸色已经变成了茄皮紫，眼睛直冒火，咆哮着："快停下来！快放下我的独轮车！"

"好吧，舅舅！"谎话精说完，就放开了往前翻滚的车，莫德雷德冲向谎话精推的车，但是太迟了，独轮车向桥的一边冲去，翻进了壕沟里。由于车里高高地堆满了金子，眨眼就沉没到沟底了——如果壕沟有底的话。

莫德雷德惊恐地捂住了脸。

"你到底干了什么？"他尖叫。

"这个，舅舅，"瞎编王说，"他干了这个。"

他猛推了一下独轮车。

"不——"看到第二辆独轮车冲进了壕沟，莫德雷德尖叫声不断。"噗通！"独轮车消失了。

"我可怜的金子，我来救你们！"莫德雷德哭喊着跳进了壕沟里。

哗啦！他消失在污浊的泥水里了。

"哎哟，可怜的舅舅，"安格斯惊叹。

"谎话精和瞎编王真是太可怕了，"威格拉心有余悸，"难怪莫德雷德撕了勒索条。"

莫德雷德的头突然从泥沟里冒了出来。

"谎话精！"他大喊，"瞎编王！快跳进来，捞金子！"

"没门儿！"两个捣蛋鬼哈哈大笑起来。

再次沉下去的时候，莫德雷德穿着靴子的脚踹起了一阵水花。

"错过了这次历险，埃丽卡会非常遗憾的。"安格斯说。

"但是我们将为《屠龙学校新闻》写一篇激动人心

的长篇故事，她会很高兴的。"威格拉说。

"没错，"安格斯说，莫德雷德的头又一次从壕沟里冒了出来，"我们的故事一定会登在头版的。"

扫一扫，关注"**小读客经典童书**"微信，
第一时间获取新书书讯，更有精彩好书、各种福利疯狂送！

孩子读点什么好，问问读客小熊猫！

小读客经典童书，传播爱与价值，
致力于出版最优秀的儿童文学和绘本！

图书在版编目（CIP）数据

双胞胎对决喷火龙 ／（美）凯特·麦克马伦著；
（美）比尔·巴索绘；杨鹏译. -- 上海：文汇出版社，
2017. 11
（从前有条喷火龙. 第二辑）
ISBN 978-7-5496-2347-1

Ⅰ. ①双… Ⅱ. ①凯… ②比… ③杨… Ⅲ. ①儿童小
说—中篇小说—美国—现代 Ⅳ. ①I712.84
中国版本图书馆CIP数据核字(2017)第251277号

双胞胎对决喷火龙

作　　者／【美】凯特·麦克马伦著　【美】比尔·巴索绘
译　　者／杨　鹏

责任编辑／张　涛
特邀编辑／汪雯君　黄迪音
封面装帧／李子琪

出版发行　**文匯**出版社
　　　　　上海市威海路 755 号
　　　　　（邮政编码 200041）
经　　销／全国新华书店
印刷装订／北京中科印刷有限公司
版　　次／2017 年 11 月第 1 版
印　　次／2017 年 11 月第 1 次印刷
开　　本／889mm×1194mm　1/32
字　　数／41 千字
印　　张／2.75

ISBN 978-7-5496-2347-1
总 定 价／199.80 元（全十册）

DRAGON SLAYERS' ACADEMY

从前有条喷火龙

16

世界上最长寿的火龙

【美】凯特·麦克马伦 著 【美】比尔·巴索 绘 | 陈静思 译

文汇出版社

屠龙学校校园地图

DSA

露露夫人的卧室

普拉克博士科学实验室

洞穴出入

莫德雷德的教室

校长办公室

马厩

食堂

怯地牢

城堡庭院

擦洗课

假火龙
（训练专用

约里克快速变装营

东塔

脚趾甲村

莫特爵士的
起降机

猎人小径

宿舍

鳗鱼壕沟

闲人擅入后果自负

DSA

吊桥

目 录

第一章
慰问骑士老人之家

威格拉咕嘟咕嘟地喝着煎锅厨师煮煳了的鳗鱼汤当午餐。论难喝，这汤虽然比不上他妈妈做的甘蓝菜汤，但也能紧随其后排个第二了。

埃丽卡端着餐盘走到一年级的餐桌旁，她看起来闷闷不乐的样子。

"出什么事儿了？"等她坐到自己身旁，威格拉问道。

"新一期的《浪子骆驼爵士邮购目录》还没到呢！"她说，"几个星期前就应该到了。"她叹了口气："我一直在攒钱想再买一本《骑士是怎样炼成的》，旧的那本已经破得不行了。"

就在这时候，穿着一袭蓝绿色长袍的洛贝丽娅拿勺子敲得她的高脚杯叮当作响。她从主桌的座位上站了起来说道："我有件事情要宣布。"

正在抱怨食物难吃的小家伙们，都停下来认真地听着。

"比起打打杀杀，人生还有更多有意义的事情等着你们去完成，小家伙们，"洛贝丽娅说，"例如为人民服务。"

"糟了。"安格斯说。他已经狼吞虎咽地把自己的鳗鱼汤喝了个精光，正盯着威格拉那碗："听上去又有活儿要干了。"

"不过这活儿很有意义，"埃丽卡插嘴说，"我们这些屠龙骑士应该去帮助那些不幸的人。"

威格拉把自己的汤推到永远都吃不饱的安格斯面前。

他瞥了埃丽卡一眼。就是靠这种大道理，月评未来屠龙手奖章才能月复一月地别在埃丽卡的屠龙学校上衣上头。

"在我原来的学校，"简丝丝说，"我们会给退休的刽子手织暖脚套。"

"每个星期，"洛贝丽娅接着说，"我都会派一批学生去慰问骑士老人之家。第一批学生今天下午就出发。"

"骑士老人之家就在脚趾甲村外头！"托尔布拉德惊叫着。他正好就是从脚趾甲村来的。

"你们可以跟那些老骑士们聊聊他们的光辉岁月，"洛贝丽娅继续说着，"谁知道呢？说不定他们还会告诉你们一些屠龙必杀技呢！"

"还有夺金绝招！"屠龙学校的校长莫德雷德补充道。

他挨着他的姐姐洛贝丽娅坐在主桌旁说："别忘了金子。"

"我爷爷以前就住在骑士老人之家，"简丝丝告诉一年级餐桌旁的其他人，"不过我爸爸发财以后，就让爷爷搬到幸福晚年公寓去了。那儿特别豪华，有漂亮姑娘会带着爷爷在院子里散步，他还有自己的小丑给他表演杂耍，讲笑话。"

鲍尔德里克用袖子擦了擦鼻子，举起手来问："骑士老人之家我们是非去不可吗？"

"当然不是，"洛贝丽娅说，"你们可以留下来刷锅。"

"我想去！"简丝丝说，"会有怪事发生的，每次都是这样。"

洛贝丽娅选了简丝丝、埃丽卡、安格斯和威格拉作为第一批慰问队员，她给了威格拉一张地图。

吃完午餐，四个人就出发去骑士老人之家了。

"我知道这么说不太好，"大家沿着猎人小径朝北走时安格斯说，"不过那些老家伙让我很害怕。"

"为什么？"威格拉问，"他们也曾经年轻过，就像我们一样。"

"所以我才害怕嘛！"安格斯哭丧着脸说，"我不想变老，变得颤颤巍巍的，满口的牙都松了，口水全流到了衣服上！"

"我爷爷就从来没把口水流到衣服上。"简丝丝说，她往嘴里塞了一片口香糖。

"没流过？"安格斯说。

"没有，"简丝丝说，"他系着围嘴儿呢。"

"瞧瞧我说什么来着？"安格斯大叫着，"变老真是太可怕了。"

"正因为这样，我们才要去慰问他们，"埃丽卡说，"我们这些青春活力的面孔，会为那些老骑士沉闷的生活带去欢乐的。我还要把写给浪子骆驼爵士的诗背诵给大家听，大家该是多么地开心啊！这诗很长，"她补充说，"不过我把整首诗都记熟了。"

等他们走到脚趾甲村，威格拉看着洛贝丽娅的地图。"我们得从这边走。"他指着东边说。

就在他们转身朝泽河走去时，威格拉看见一座灰色的石头城堡矗立在山顶上。他们慢慢地朝那儿靠近，威格拉看见城堡前头的草地上放着许多摇椅，大门上方的石头上刻着几个字：骑士老人之家。

埃丽卡带着大家走过了吊桥，她使劲扯了扯门铃拉绳。

一分钟后，巨大的木质前门打开了。

门口站着一个男人：高个头宽肩膀，一头微卷的褐发，还有一双矢车菊一般的蓝眼睛。他身穿鲜红色的束腰上衣，脚蹬红色皮靴。他的衣服上缝着一块布章，上面写着他的名字：唐唐。

"你们好"唐唐说，"你们好！"他鞠了个躬，"有什么能为你们效劳的？"

"我们是从屠龙学校来的，"埃丽卡说，"洛贝丽娅派我们来的。"

"啊，洛贝丽娅！"唐唐双手紧紧地抱在胸前，"帮我拿过拖鞋的姑娘就数她最最漂亮了。"

"呃，"安格斯小声嘀咕着，"但愿他不是洛贝丽娅姨妈的新男朋友。"

"欢迎来到骑士老人之家，"唐唐说，"进来吧！"他领着他们走进大堂里。炉火在巨大的石头壁炉里熊熊燃烧，褪色的盾徽旗帜在他们头顶上方的旗杆上飘扬。

威格拉看见到处都是上了年纪的骑士：有的穿着束腰上衣和马裤，有的穿着他们七零八落的旧盔甲，不过大部分都穿着睡衣坐在那儿。

"跟老骑士们聊聊吧，"唐唐说，"他们会很开心的。噢，天哪！"他突然尖叫起来，"口水王骑士的假牙又不见了，恕我失陪。"他急匆匆地赶去帮忙。

屠龙学校的学生们走到两个正在玩扑克牌的老骑士身旁。

"你手里有J牌吗？"老骑士1号对老骑士2号说。

"哈哈——没有！"老骑士2号幸灾乐祸地笑着，"你快去摸呗！"

老骑士1号从扑克牌堆里抽出一张。

"我拿到J牌了！"他亮出扑克牌大叫着，"我又赢了一轮！"

"这不是J牌，"老骑士2号说，"这是张鬼牌。"

"都一样。"老骑士1号说。

"不一样！"老骑士2号大叫道。

"就是一样的！"老骑士1号也嚷了起来。

两个老骑士争个不停，他们似乎没注意到屠龙学校的学生们。

"瞧！"简丝丝指着一群围坐在大桌子前的骑士小声说，"他们在玩火龙宾戈游戏①。"

---

① 骑士们的一种游戏，画一个正方形，并分为九个小正方形，即3×3形式。然后根据要求将号码填入小正方形里。一个人读选定的三个号码，其余人根据读的顺序在对应的号码那里做标志。如果这三个号码恰好可以连成一条横线、竖线或斜线（对角线），则做标志者喊"宾戈"。

屠龙学校的学生们冲着圆桌子走了过去，每个骑士面前都摆着一张羊皮纸牌。牌上摆满了扁扁的小石头，纸牌顶端写着：火龙。

威格拉注意到有一个骑士远没有其他人那么老。他脸上肉嘟嘟的，一头齐肩黑发，挺着个啤酒肚，穿了套褪色的蓝睡衣。

威格拉看着这个胖乎乎的骑士从桌子上拿起一个银色的餐巾环，一个劲儿地盯着看，就像是在照镜子。他从头上拔了根白头发，然后笑眯眯地看着"镜子"里的自己。

威格拉觉得好像在哪儿见过这个骑士。可是……在哪儿呢？

"好了！"唐唐来到大圆桌旁说，"刚才念到哪儿了？"他从盒子里拿出一个小棋子大声念道："G-32号！"

所有纸牌上有G-32号的老骑士，都用一块小石头把数字盖了起来。

威格拉用手肘推了推埃丽卡："快看那个穿蓝睡衣的胖骑士，"他低声说，"是不是很面熟？"

"在哪儿？"埃丽卡一边打量着四周，一边说。

唐唐伸手从盒子里又拿出一个小棋子。

"N-5号，"他喊着，"N-5。"

一个身材矮小、手握拐杖的秃头骑士大声喊道："我逮到火龙了！"

"你唯一还能逮到火龙的机会，罗杰，"一个骨瘦如柴、弯腰驼背的白色卷发蓬蓬头骑士大叫着说，"就是玩火龙宾戈游戏！"

牌桌上的骑士全都哈哈大笑起来。

"闭嘴，卷毛！"罗杰骑士挥舞着拐杖吼道，"我说的是火龙宾戈牌，我告诉你！"

"呸，罗杰，"卷毛骑士说，"你作弊！"

"我从来不作弊！"罗杰骑士大叫，"除非情况紧急。"

"拜托！"唐唐说，"拜托！不要吵架！"

罗杰骑士把他纸牌上的字母和数字重新念了一遍。

"好吧！"等他念完唐唐就大声说，"你赢了，罗杰骑士！"

"很好！"罗杰骑士说，"奖品是什么？"

"一张浪子骆驼爵士的签名画像！"唐唐把画像递给他说。

"我的天哪！"埃丽卡尖叫道，"真希望赢的是我啊！"

可是罗杰骑士看了看画像翻了个白眼："这算哪门子的奖品，"他嘟嘟囔囔地说，"就给一张过气英雄的小画像。"

埃丽卡倒吸一口凉气："浪子骆驼爵士？过气了？"她扭头看着威格拉，"他这么说是什么意思？"

威格拉耸耸肩没吭声。

"快瞧啊！"罗杰骑士嚷嚷着，"这不是真的亲笔签名，就连我都看得出来！浪子骆驼的名字是用橡皮图章盖上去的。呸！"他把画像塞给卷毛骑士。"给，这玩意儿给你。"

"我才不要呢！"卷毛骑士大声说。

"拜托！"唐唐大叫着，"你们能不能不要再吵架了！"

"没错，别再说了！"埃丽卡尖叫着。她走上前去说道："浪子骆驼爵士是完美无缺的，他是我心目中的英雄！"

"他以前也算是个英雄。"罗杰骑士说。

"不过现在已经不是了。"卷毛骑士说。

"他现在当然是英雄！"埃丽卡大叫着，"把你们的助听器都戴上，老骑士们。听听我为浪子骆驼爵士写的诗吧！"她背诵了起来：

许多骑士都优秀而真诚，
尽管有一些是冒牌货，

不过有个骑士光芒盖众人，
千秋万世终将被记得。

就在埃丽卡背诗的时候，威格拉注意到，那个胖乎乎的骑士脸慢慢红了。

因为他是最英勇的骑士，
整个榻榻米城无人比得，
这个独一无二的完美骑士，
就是优秀的骑士浪子骆驼。

"呸！"卷毛骑士大声说。
"听听这首吧。"罗杰骑士嚷嚷着。

浪子骆驼爵士，他吃得特别多！
肚子胀鼓鼓，一天到晚都把裤子撑破！

老骑士全都哄堂大笑起来。
威格拉看见那个胖骑士垂头丧气地瘫坐在椅子上，他看起来恨不得找个地方躲起来。
这时候，威格拉已经非常的肯定自己以前见过那个骑士了。

"好了！"埃丽卡在一片嘲笑声中大叫起来。她的脸通红通红的，看上去气愤极了："我不念了，不过我说的都是真的，浪子骆驼爵士的确是完美的骑士。"

那个长着黑头发的骑士脸上开始渐渐浮现出一丝丝笑容。

威格拉突然倒吸了口气，他一把抓住了埃丽卡的胳膊。

"那个胖乎乎的骑士，"威格拉悄悄说，"他长得就很像浪子骆驼爵士！"

第二章
最老火龙白发戈尔

埃丽卡直盯着那个胖乎乎的骑士。

"你说得没错，威格拉，"她接着说道，"不过在他的自传《像我这样的骑士》里，浪子骆驼爵士从来没提到过自己有个胖亲戚。"

唐唐吹响了银哨子："好了，先生们！"他喊道，"到吃点心的时间啦！"

安格斯来了精神："我们也有份儿吧？"

服务员端来了装着盐焗坚果的银碗和盛着果汁的高脚杯。

胖骑士招手让服务员过去："来碗盐焗坚果，端到这儿来！"

服务员上点心的时候，埃丽卡跑到胖骑士跟前，威格拉和其他人紧随其后。

"先生！"埃丽卡说，"我有幸见过浪子骆驼爵士本人。你跟他长得非常像，只不过比他胖了五十磅。你不会是他的表兄弟吧？"

"不，"骑士说着说着，肉嘟嘟的脸就红了，"我就是浪子骆驼。"

埃丽卡惊得张大了嘴："你就是我的英雄，湖畔爵士浪子骆驼？"

骑士举起银色的果汁杯，凝视着"镜中"的自己。"没错，我就是浪子骆驼，"他说，"不过我的英雄时代已经结束了。"

"噢，先生！出什么事儿了？拜托你告诉我们吧！"埃丽卡咚的一声坐在浪子骆驼爵士跟前。

屠龙学校的其他学生也在浪子骆驼爵士跟前坐了下来。

"好吧，我就给你们讲讲是怎么回事儿，"浪子骆驼爵士一边把头发从肉嘟嘟的脸颊上往后拢，一边说，"一直以来，我杀的恶龙都是最多的，我救下的姑娘也是最多的，我打败的坏蛋都是最十恶不赦的，我就是最棒的骑士！"

"是个顶尖的骑士。"埃丽卡叹息着说。

"是的，"浪子骆驼赞同地点点头，"可是到了后来，长江后浪推前浪了。有一天，我刚要杀死一条恶龙的时候，年轻的福刀骑士冲过来，抢先一步把他的剑刺进了恶龙的身体！"

"不会吧？"埃丽卡说着。

"真的，"浪子骆驼爵士说，"而且更糟的还在后头呢！过了一周，正当我准备从巨人怪手里救出粉手套夫人的时候，半路杀出个年轻的铁刺骑士把她给救走了。"

"我敢说那巨人怪她自个儿就可以对付。"简丝丝咕哝着。

"之后没多久，我把一个大坏蛋关进了地牢，"浪子骆驼爵士说，"结果第二天，年轻的银靴骑士一次打败了两个大坏蛋，把他俩都扔进了地牢。"

"天哪！"安格斯惊叫着，"真希望我能亲眼瞧瞧那一幕。"

埃丽卡使劲地给了他一肘。

"那后来你怎么办呢，先生？"威格拉问。

"噢，我就急流勇退了。"浪子骆驼爵士说。

"你居然放弃了？"埃丽卡大叫道，"你说的是你吗，先生？噢，快告诉我这不是真的！"

"这是真的，"浪子骆驼爵士点点头，"当过第一，就很难甘居第二了。"他伸手从碗里抓了一把盐焗坚果扔进嘴里，"不用每天起个大早，"他一边嚼一边说着，"我就可以睡个懒觉，去湖里钓钓鱼。我开始玩编织。你该去瞧瞧我织的那些可爱的花毯子。"

"编织？"埃丽卡看上去深受打击。

浪子骆驼爵士点了点头："下午我就在吊床上看推理小说，每天晚上我都尽情吃喝。本来我过得很好，直到我的邮购目录公司倒闭了。"

"难怪我再也没收到过邮购目录！"埃丽卡大声说。

"抱歉，小姑娘，"浪子骆驼爵士说，"你瞧，我那个坏蛋双胞胎弟弟痞子牙，开始做浪子骆驼爵士的山寨货了。"

"你是说冒牌货？"威格拉说。

"冒牌货，"浪子骆驼爵士点点头，"他取了个名字叫'浪子落魄'。浪子落魄爵士工具带、浪子落魄骑士盔甲——全都是些劣质货，不过大部分村民都分不出真假。"他又往嘴里扔了些坚果，"山寨货大卖特卖，我的邮购目录公司就破产了。很快我就连佣人的工钱都付不起了，我不得不从豪宅里搬出来。那会儿，我已经胖得连马都驮不动我了，所以我步行到了这儿——骑士老人之家，恳求他们收留我。"

"太糟糕了！"埃丽卡尖叫着。

"糟透了！"简丝丝大声说着，嘴里的口香糖嚼得啪嗒直响。

"真可怕！"安格斯说。

威格拉摇了摇头，浪子骆驼爵士还很年轻，他不应该穿着睡衣腆着个大肚子，待在骑士养老院里。

"可是你是活生生的传奇人物啊，先生！"埃丽卡大声说，"当我遇到困难的时候，我总是想着浪子骆驼爵士会怎么做呢？"

"我会好好睡上一觉，"浪子骆驼爵士说，"基本上每天下午我都是这么过的。"

"听着，我的骑士先生啊！"埃丽卡高声说，"我的英雄——浪子骆驼爵士，应该是这个样子的——

　　每次要去斩杀恶龙，
　　他总是带头去冒险。
　　在所有勇猛的骑士中，
　　浪子骆驼爵士最最赞。"

"是啊！不过……那只是从前，"浪子骆驼爵士耸了耸肩，"别发愁了小姑娘，我在这儿过得很开心。"

"可是先生，"埃丽卡说，"你不想做最棒的骑士了吗？"

"在这儿，我就是最棒的，不费吹灰之力，"浪子骆驼爵士说，"我是唯一能够连续做十个开合跳①的人，而且我的牙一颗都没掉。"

"可我的英雄浪子骆驼爵士一直都是全力以赴的。"埃丽卡咕哝着。

就算浪子骆驼爵士听见她的话，他也装作没听见。

在回屠龙学校的路上，简丝丝捡到一张羊皮纸，她开始读上面的内容。

一路上埃丽卡都愁眉不展的，她不停地说："我真不敢相信！"

"我才真是不敢相信呢，"简丝丝突然停下脚步说，"这附近有条火龙。"

威格拉和其他人都踮起脚尖，越过她的肩头一看：

　　　　我，白发戈尔，

　　　　世界上最长寿的火龙，

　　　　已经搬到了你们学校附近的山洞里。

　　　　很快我就会去你们学校，

　　　　进行睦邻友好访问。

　　　　以下是我的行程安排：

---

① 一种流行世界各地的体育锻炼活动。主要方式是双脚并立，双臂放在身体两侧，然后向上跳起，落地时双脚分开，同时把双臂举过头顶；再跳，落地时双脚并紧，双臂重回身体两侧，这算一个回合。

屠龙杀手实验学校——圣奥尔加日

我们是骑士学校——圣帕蒂节前夜

公主预备学校——圣三脚妖爱派日

高贵的骑士摇篮学校——春季狂欢节周末

扎龙预备学校——小贩约翰日

屠龙学校——愚人节

我来的时候，交出你们所有的金子，

要不然就看着你们的学校付之一炬吧！

最受人爱戴的，世界上最长寿的火龙

白发戈尔

"他打算向屠龙学校发起进攻了！"威格拉大叫道，"我们必须把这个拿给莫德雷德看看。"他们拔腿就跑。

一路上，他们发现了另一张白发戈尔的行程表。接着，又找到了一张——整条路上到处都是乱扔的行程表。

"火龙肯定把这附近都发了个遍。"安格斯气喘吁吁地说。

回到学校，他们在办公室里找到了校长莫德雷德。简丝丝把羊皮纸递给了他，威格拉看见莫德雷德读着读着脸就气得发紫了。

"莫德雷德看起来就像是要爆炸了一样，"简丝丝小声说，"我叔叔贾尔斯就爆炸了。好家伙，简直是血肉横飞。"

威格拉努力地不去想简丝丝的叔叔爆炸的场景。

莫德雷德把羊皮纸揉成一团，扔到地上。"威胁说要烧了我的学校，是吧，白发戈尔？"他大叫着，"哼，放马过来吧！不过那些宝贝金子都是我一个人的，你一个子儿都别想碰。"

"我的校长先生！"威格拉大喊着，"你在说什么呢？"

"我在跟白发戈尔说没门儿！这就是我要说的。"莫德雷德大声嚷嚷着，脸色还是紫不溜秋的，跟李子一个样儿。"无论如何都不会给他金子的，门儿都没有！屠龙学校付之一炬？真可笑。不过，天下没有不散的筵席，我也要收拾行李离开这儿了。"他开始把桌上的东西都往袋子里扔。

"别让他一把火烧了我们的学校，舅舅！"安格斯大叫着，"拜托了！给那条火龙一点儿金子吧！"

"小外甥！"莫德雷德恶狠狠地嚷嚷着，"别多嘴！"

他们由着莫德雷德收拾他的行李，四个人朝着餐厅走去。

安格斯摇了摇头："我知道莫德雷德舅舅很贪财，"

他说，"可我没想到他贪成这样。"

"我们不能任由一条火龙烧掉我们的学校。"简丝丝说。

"你说得对，简丝丝，"埃丽卡说，"想救屠龙学校就要靠我们了。"

"说不定白发戈尔只是吓唬人呢？"安格斯说，"我的意思是，要是他真那么老了，又能有多厉害呢？"

"干脆我们去查查戴夫修士的书里是怎么说的吧？"威格拉提议。

吃完晚餐，他们就行动起来了。

"戴夫修士？"刚爬完图书馆塔楼427级台阶的最后一级，威格拉就大声喊道，"你在吗？"

"你们快进来！"戴夫修士大声说。这位小个子修士正坐在借书台后面，织着一条长长的红围巾。他身旁的蜡烛已经快烧完了。看见学生们来到图书馆，他高兴得两眼放光。

安格斯是最后一个进门的，他气喘吁吁地扑倒在窗边一个巨大的龙形枕头上。

"有什么能帮你们的，小家伙们？"戴夫修士问道，"我这儿新到了几本好书，有光线小分队编写的《长矛比赛必胜法》、李咚咚写的《城堡大门的敲门声》、手稿通写的《经典珍藏中世纪手稿》、酒鬼菲利普的《蜂蜜酒百科》，还有突然小姐的《什么时候的事儿》。"

"我们想查查火龙白发戈尔的资料，戴夫修士。"简丝丝说。

"啊，我这就去给你们取《火龙百科全书》。"戴夫修士说。他立刻从座位上起身，去了书库。很快，他就回来了，手里还拿着本厚厚的大书，书是褐色皮面的，还有个巨大的银色搭扣。他把书放到图书馆的桌子上，大家都围了过来。

威格拉翻过了伊迪丝那页，这条健谈的火龙把来自未来的萨克吓坏了；他又翻过了菲弗尼尔那页，这条火龙曾经伤过莫特爵士；然后他翻过了戈兹尔那页，也就是他自己碰巧杀死的那条火龙；接着，他又往下翻了一页。

这回，他翻到了白发戈尔。

第三章
救命诗歌

"他看起来确实很老，"埃丽卡盯着书上白发戈尔的画像说，"简直是老得不得了。"

"这本书是几年前出版的，"戴夫修士说，"所以这条火龙如今应该比这画像还要老。"

一看白发戈尔是这么个瘦成皮包骨头的老家伙，威格拉高兴极了：白发戈尔眼睛无力地耷拉着，眼睛下头还吊着两个眼袋。他那分叉的舌头从嘴角耷拉出来，嘴里一颗牙都没有，还有串口水滴到他瘦巴巴的胸口上。

"看起来他没本事烧了屠龙学校啊！"威格拉说。接着，他又往后翻，想瞧瞧书上怎么介绍这条世界上最长寿的龙的。

全名：教皇白发戈尔

别名：老家伙、老来俏、老情人、老糊涂

子女：太多了，大部分都不记得了

外貌特征

鳞片：绿色

犄角：小小的，绿色的

眼睛：两只，但是视力都不好

牙齿：几百年前就掉光了

年龄：世界上最长寿的龙

口头禅：我又过生日了？

最令人惊讶的事：喷的火一年比一年厉害

爱好：把杀掉的骑士按字母表依次排序

最喜欢做的事：火烧各大屠龙骑士学校

　　埃丽卡眉头一皱："或许白发戈尔还是有本事烧了屠龙学校的。"

　　安格斯咽了咽口水："或许我们应该像莫德雷德舅舅一样，收拾行李逃走。"

　　"等一等，"威格拉说，"白发戈尔有个秘密死穴。"

　　他们读到了这一页的最后一行：

秘密死穴：多下一点儿苦功，诗歌牢记心中

"诗歌？"威格拉说，"这是什么意思？"

简丝丝扭头对戴夫修士说："什么诗歌，戴夫修士？"

"不知道。"戴夫修士挠了挠他光秃秃的脑袋。

"这个秘密死穴就是诗歌，"安格斯说，"说不定白发戈尔的秘密死穴就是某首诗歌？"

"我们得把这首诗查出来，"埃丽卡说，"这样我们就可以跟火龙大战一场，拯救屠龙学校了。"

跟火龙大战一场？威格拉直哆嗦。书上那句"喷的火一年比一年厉害"一下子就浮现在他脑海里。就在这时候，他的脑子里突然冒出一个念头。

"去问问莫特爵士吧？"威格拉问，"他年纪很大了，说不定他遇见过白发戈尔，说不定他就知道这首诗歌呢？"

"莫特爵士今晚有课，你们动作快点儿还来得及。"戴夫修士说。

四个人便飞快地冲下塔楼台阶。他们跑过走廊，朝莫特爵士上潜进火龙课的教室奔去。莫特爵士学生们的尖叫声和嬉笑声早已经穿透了走廊。

安格斯猛地拽开教室门，教室里的学生们迅速地冲

到座位上，假装正在注意听讲。

莫特爵士本来在桌子前头睡得正香呢，这会儿一下子就蹿了起来。头盔上的面罩咣当一下盖住了他的脸。

"别怕，莫特爵士在此！"他艰难地拔出剑来，大喊道，"火龙在哪儿？指给我看看！"

"这儿没有火龙，教授。"埃丽卡说，"最起码现在还没来。"

"我们来这儿是有个问题想请教你，莫特爵士。"威格拉说。

莫特爵士松开剑，把面罩往上一抬说道："我喜欢大家提问题，"他说，"只不过我不太擅长回答。自从那条名叫'骑士粉碎机'的火龙在我脑袋上狠狠地打了一下，我就不怎么会答了。喏，从前有条火龙，全身……"

简丝丝啪嗒啪嗒地嚼着口香糖说道："可我们想问的是，教授，"她说，"火龙白发戈尔有个秘密死穴，跟一首诗歌有关，你听过这首诗歌吗？"

"啊，听过，白发戈尔的诗歌，"莫特爵士神情恍惚地说，"我年轻的时候，能从头背到尾呢！"

"那你现在能背出来吗，教授？"埃丽卡问。

"背出来！背出来！"莫特爵士的学生全都不停地喊着，他们都盼着别上课了。

莫特爵士皱起眉头。"开头是什么来着？有个第一节——我还记得，然后是第二节，就这么不断地重复，一节接一节。"他陷入了沉思。

最后，威格拉说："教授？你还记得白发戈尔的秘密死穴为什么会是这首诗歌吗？"

"是啊，到底是为什么呢？"莫特爵士点点头，"这个问题问得非常好。"

"那答案是什么呢，教授？"埃丽卡说。

"我不知道，"莫特爵士耸了耸肩，"毫无头绪。"

第二天早晨，威格拉和他的朋友们再次出发前往骑士老人之家。

"也许那群老骑士里有人记得这首诗歌。"路上威格拉说道。

"不可能，"安格斯说，"那群老头子的精神头儿还不如莫特爵士呢！"

"说不准哦！"简丝丝说，"头一天发生的事情我爷爷第二天就给忘了。不过，要是你问他学生时代的事情，他简直一清二楚！"

"浪子骆驼爵士应该知道这首诗歌。"埃丽卡对自己的偶像信心满满。

"你们好！你们好！"唐唐一打开骑士老人之家的

大门，就大声说，"快进来！我带你们去见见那帮老骑士。再次见到你们，他们会很开心的！"

这回唐唐带他们去了客厅，威格拉看见老骑士们今天都在做手工活儿：有的在织壁毯，有的在织锅套，还有的拿着画笔用数字填画套装画画。

"骑士先生们！"唐唐喊道，"年轻的朋友们来探望你们了！"

几个老骑士挥了挥手，不过大多数人都忙着手里的活儿，顾不上打招呼。

四个人往浪子骆驼爵士、罗杰骑士和卷毛骑士那头走去——几个骑士正在用黏土捏小龙。

"有一回，我用匕首就杀了一条龙！"卷毛骑士说着。

"那又怎样？"罗杰骑士说，"有一回我用玩具枪就杀了一条龙！"

"我嘛……"浪子骆驼爵士说，"有一回我只是直勾勾地瞪着话痨鬼吉尔的眼睛，就把那火龙吓得摔死了。

"吹牛大王！"卷毛骑士说。

"大骗子！"罗杰骑士说。

"浪子骆驼爵士说的都是真的，"埃丽卡说，"在《像我这样的骑士》的第358页上，就写到了瞪死话痨鬼吉尔的经历。"

浪子骆驼爵士笑了笑："确实如此，"他轻抚着埃丽卡的脑袋说，"我真喜欢这小姑娘！"

埃丽卡乐开了花。

"恕我打断一下，先生们，我们有个问题想问问你们。"简丝丝说。

"没错，"威格拉说，"我们去了图书馆，查了查火龙白发戈尔的秘密死穴。"

"书上说的是：多下一点儿苦功，诗歌牢记心中。"安格斯说。

"你们知道这是什么意思吗？"埃丽卡问。

"白发戈尔？"罗杰骑士摇了摇他的秃头，"你记得这条火龙吗，卷毛？"

"不记得了。"卷毛骑士说，"你们在说白帕格尔吗？啊……那是条很可怕的龙，爪子就跟镰刀一样。"

"我说什么来着？"安格斯嘀咕着，"他们就跟莫特爵士一样糊涂。"

"我们说的是白发戈尔。"威格拉说。

"我听说过，"浪子骆驼爵士说，"我有个同母异父的哥哥叫老斯班特——他比我大得多。在他还是个孩子的时候，就必须得背一首关于白发戈尔的长诗。"

"嗯，"罗杰骑士说，"我现在想起来了。"

"那会儿我还在读书，"浪子骆驼爵士接着说，"那条火龙就金盆洗手了，于是大家都不用背白发戈尔的诗歌了。"

"白发戈尔诗歌！"卷毛骑士大叫起来，"你们怎么不早说？"

"我们当然记得！"罗杰骑士大声说，"从头到尾都记得。"

"跟我们说说这诗歌怎么变成秘密死穴的吧！先生们。"简丝丝说。

"我们还是小毛孩儿的时候，"卷毛骑士说，"白发戈尔抢夺的金子、抓走的姑娘、吃掉的村民、残杀的骑士，还有烧毁的学校，就是天底下最多的了。而且，他在一英里之外就能闻出金子的味道。"

浪子骆驼爵士扭头对埃丽卡说："我还是跟你说说我杀死榻榻米城大野猪那回吧！"

"拜托了，先生，"埃丽卡说，"我们得查清楚白发戈尔的底细。"

浪子骆驼爵士一脸的不高兴。

"白发戈尔飞到哪间学校，"罗杰骑士说，"校长就得把他所有的金子都交出来。否则，学校就完蛋了，除非……"

"除非怎样？"埃丽卡说。

"除非学校的学生会背那首诗歌，"卷毛骑士说，"整首诗歌。"

"还得会跳那个舞。"罗杰骑士咯咯笑着，补充道。

"愚人节那天白发戈尔就会到我们学校来了。"威格拉告诉老骑士们。

埃丽卡补充说："而我们的校长一毛不拔，不肯给他金子。"

"所以白发戈尔要烧了我们的学校，"安格斯说，"除非我们能够阻止他。"

"要是我们会背诗歌，我们就可以阻止他了，"埃丽卡说，"你们能教教我们吗？拜托了！"

"火龙都有尾巴吗？"罗杰骑士大声问。

"骑士都有战马吗？"卷毛骑士大叫着。

"答案当然是肯定的！"他们齐声高喊着。

第四章
一线希望

"我要开始啦！"卷毛骑士说。

"你一边念，我一边背。"埃丽卡说，"背诗是我的强项。"

威格拉交叉着手指祈求好运，他希望这群老骑士的记性能比莫特爵士强点儿。

卷毛骑士开始念诗：

从前骑士们都大胆又鲁莽，

姑娘们全都心知肚明，

有条火龙囤了许多金银财宝，

白发戈尔就是他的大名。

白发戈尔住在山洞里，

山洞外就是格维尔镇啊，

喷火和咆哮是拿手好戏，

他还有……

卷毛骑士皱起眉头："他还有什么来着，罗杰？"

"他还有条带刺的尾巴！"罗杰骑士一边用他的拐杖在坚硬的石头地上使劲地敲着，一边大喊着，"下面的我来念——

白发戈尔双眼黄澄澄，

他冷酷无情，心眼又小呀，

满口尖牙大得瘆人，

他成天都在打打杀杀。

浪子骆驼爵士打了个哈欠，然后他站起来，走到织壁毯的角落里去了。

罗杰骑士接着往下背：

一千个骑士亲身领教了，

白发戈尔火焰的威力，

一千个骑士一败涂地了，

亲爱的家园再也回不去。

在骑士老人之家的其他老骑士们，都围在罗杰骑士和卷毛骑士身旁。他们干瘪的嘴唇也跟着动了起来，开始背他们孩提时代就学过的诗歌：

> 珀西骑士振臂高喊：
> "不能再让恶龙逍遥人间！
> 对这头野兽不能心慈手软。
> 让我们把他碎尸万段！"

威格拉的胃里一阵翻腾，他希望这不会变成一首充斥血腥暴力的诗。

卷毛骑士接着往下背：

> 德雷克骑士高举长矛：
> "抓住白发戈尔——勇往直前！
> 找到他藏身的洞穴老巢，
> 一剑刺在他的胸前！"

> 米奇骑士和加拉胡德骑士，
> 特里斯坦骑士和韦斯特骑士，
> 迪纳丹骑士和顶呱呱骑士，

他们都加入了屠龙之师。

加拉胡德骑士声音豪迈：
"讨伐白发戈尔就是现在！
把他揪出来彻底打败！
让他不能再为非作歹。"

卷毛骑士停下来笑了笑："你们觉得这诗怎么样？"他问。

"这诗不错。"威格拉高兴地说，幸亏这首诗没有变得血腥暴力。

"这首诗真长。"安格斯有点儿没把握。

"噢，是的，"老骑士们纷纷点头，"确实特别长。"

"再来一遍吧！拜托了先生们，"埃丽卡说，"我们跟着你们念的。"

罗杰骑士念了起来：

从前骑士们都大胆又鲁莽，
姑娘们全都心知肚明……

两个小时以后，威格拉的脑袋里充斥着白发戈尔的诗歌，他的脑子都快转不动了。不过，他和他的朋友们总算努力地把八节诗都背完了，他们还齐声背了一遍。

"我们背下来了！"埃丽卡尖叫着。

"屠龙学校有救了！"威格拉大喊。

"现在教我们跳舞吧！"简丝丝嚼着口香糖急不可耐地说。

"可你们应该先把诗歌背完。"卷毛骑士说。

"我们已经背完了啊！"安格斯说。

"不不不，差得远呢！"罗杰骑士摇了摇头，"这才刚开了个头。"

"你的意思是后面还有？"简丝丝大叫起来，差点儿把口香糖都给吞了下去。

"噢，要命，当然还有。"卷毛骑士说。

"后面还多着呢！"老骑士们大声说。

"接着还会有一场惊心动魄的大战，"罗杰骑士兴奋地敲着他的拐杖补充道，"骑士们的死法五花八门，死状都很恐怖。"

威格拉觉得胃里像翻江倒海一样。"后面还有多少节呢？"他问道。

"622节，"卷毛骑士说，"还是623节？"

"实在是太长了，根本不可能在愚人节之前把诗背完，"埃丽卡说，"就连我都不可能！"

"噢，要背完整首诗得花好几年呢！"罗杰骑士说。

"得花很多很多年！"所有的老骑士都附和道。

"到头来我们还是救不了屠龙学校。"埃丽卡难过地说。

"但是老骑士们可以！"威格拉说。他转过来看着他们："好心的先生们，你们愿意在愚人节的时候到屠龙学校来背这首白发戈尔的诗歌吗？"

罗杰骑士却摇摇头。"我真希望我们可以去，"他说，"可是这法子行不通。背诵这首诗歌的必须得是学校的学生才行。"

"在这个问题上，白发戈尔可一点都不糊涂，"卷毛骑士补充，"这样他才能让他的传奇经历传唱千古。"

"噢，我们没希望了。"埃丽卡说。

"确实是这样的，不是吗？"浪子骆驼爵士在织壁毯的角落里大声说。威格拉转过头去，看见他正在织一幅有他自己画像的壁毯。

"等等，"威格拉说，"我们查到了白发戈尔的秘密死穴，又找到了会背整首诗歌的老骑士。我们不能就这么放弃了！"

他盯着小个子光脑袋的罗杰骑士，盯着一头白发又瘦巴巴的卷毛骑士，盯着其余的老骑士们。噢，他们年轻时的样子一下子就浮现在了他的脑海中。接着，又一个念头在威格拉的脑子里冒了出来："不知道白发戈尔的视力怎么样。"他喃喃道，像是在自言自语。

"五十年前他就瞎得跟蝙蝠似的了。"罗杰骑士回答。

"这么说我们只需要校服就行了，"威格拉说着说着渐渐激动起来，"屠龙学校的校服。"

"你在说什么呢，威格拉？"埃丽卡说。

"我懂了！"简丝丝大叫着，"骑士们可以穿上校服，假扮成屠龙学校的学生！太好了！我就知道会有疯狂的事情发生的！"

"这样骑士们就可以来屠龙学校背诗给白发戈尔听了！"安格斯跟着说。

"这主意太妙了，威格拉。"埃丽卡咧开嘴笑了。她扭头看着骑士们，"你们愿意来吗？好心的先生们，救救我们的学校吧！"

"我们这帮老家伙巴不得去助你们一臂之力，"卷毛骑士说，"可是……唉，我们太老啦！经不起长途跋涉了。"

"不出十步，我们就会上气不接下气，"罗杰骑士说，"我们做不到的。"

"再说我们年轻那会儿跳白发戈尔舞就累得筋疲力

尽了，"卷毛骑士说，"要是我们现在再跳一次，我们就要进棺材了。"

就在这时，晚餐铃声响了起来。

"已经到吃晚餐的时间了？"浪子骆驼爵士说。他从织布机前站起身来，"恕我先跑一步，小家伙，不过我喜欢当第一，凡事都喜欢当第一。"说完他就匆匆离开了。

老骑士们全都跟在浪子骆驼身后，踉踉跄跄地离开了。这时候威格拉听见一阵奇怪的咚咚声，他扭头看见唐唐走了过来——咚，噔，咚，噔。

"请原谅！"唐唐说着鞠了个躬，"请原谅。我就在附近，实在不是故意要偷听你们说什么。要想让这些可怜兮兮、虚弱无力、弯腰驼背的骑士恢复健康与活力，还要赶得及做你们的好帮手，世界上只有一个人可以办到。"

"是谁？"埃丽卡说，"快告诉我们！"

"没错，"唐唐会心一笑，"就是我，没错！我能办到。"

第五章
私人教练唐唐先生

"在我的祖国——西班牙，"唐唐昂首挺胸地说，"我是个非常有名的私人教练。大家都叫我唐唐先生。"

威格拉看见了唐唐先生的束腰衣下面隆起的肌肉。

"我拥有许多家大受欢迎的连锁健身房，名字叫作'Uno！Dos！Tres！'。"唐唐先生说。

"一！二！三！对吧？"安格斯说。

"没错，"唐唐先生说，"我让健身变得像数'一二三'那么容易。那时候我也是家财万贯啊！"

"那你怎么会到了骑士老人之家呢，先生？"威格拉问。

"啊，这个故事说来就很离奇了。"唐唐先生说。

"跟我们说说吧，唐唐先生。"威格拉说。

"我们就喜欢听故事。"简丝丝大声地嚼着口香糖说，"尤其是那些稀奇古怪的故事。"

"好吧，"唐唐先生说，"三年前，我在西班牙登上了一艘大帆船。我要乘船去英国多开几家健身房。突然，来了一场可怕的暴风雨。急风骤雨！电闪雷鸣！掀起的大浪跟这座城堡一样高！"

"真糟糕！"埃丽卡说。

"更糟糕的还在后头，"唐唐先生说，"一个巨浪就把帆船掀了起来，砸了个粉碎——整艘船只剩下了一根桅杆。"

"太可怕了！"简丝丝说。

"更可怕的还在后头，"唐唐先生说，"所有的乘客和船员都被抛进了大海里。我全身的骨头都断了，但是我死死地抓住了桅杆，坚持着。另外还有两个人也跟我一样，我们被凶残的海怪包围着，在大海上漂了好多天。"

"好恐怖！"安格斯尖叫着。

"更恐怖的还在后头，"唐唐先生说，"一只大海怪咬断了我的左腿。"

威格拉胃里一阵翻腾。"更吓人的还在后头吗？"他问。因为要是后头还有更吓人的，他就不打算再听下去了。

"只比这个吓人一点点，"唐唐先生说，"幸好，海水实在太凉了，我没流太多血。最后我们被冲上了岸，到了一座岛上。我的同伴们撕碎了他们身上残余的衣服，把我的残腿包扎了起来。我活了下来。等我身上的骨头都长好了以后，我就用那根船上的桅杆给自己削了根假腿。"

威格拉肃然起敬。唐唐先生太坚强了！

简丝丝听得入了迷，连口香糖都忘了嚼。

"这一切都是真的吗？"她问。

"当然！"唐唐先生把左脚的靴口往下一翻，露出一根结实的木腿，"这是上好的柚木做的。"他敲了敲木腿，讨个吉利。

"我还是不明白，你最后怎么会来这儿的。"安格斯说。

"有船从那儿路过，救了我们，"唐唐先生说，"然后把我们带到了这儿。我在海上待够了，就决定留下来。我把财产都转移到了这儿。经历了这些磨难之后，我想用我的训练天赋帮助那些最需要帮助的人——身经百战、满身伤痕的老骑士们。所以我买下了这座城堡。我筹建了一家拥有最先进健身器械的'一！二！三！'健身房。我还创办了这间骑士老人之家。"

"这间老人院很棒，先生。"威格拉说。

"是的，"唐唐先生说，"不过有一个问题。老骑士们很喜欢重提当年勇。可是他们觉得自己的光辉岁月已经一去不复返了。所以他们没有振作起来的动力。不管我怎么努力，都不能哄他们进健身房。可现在不同了。"

"现在有什么不同呢？"简丝丝问。

"骑士们迫切地想要帮助你们，"唐唐先生说，"他们想去你们学校背那首诗歌。他们想从白发戈尔的魔爪下把你们学校拯救出来。老骑士们会再次成为英雄的。"

"你真的能让老骑士们跳出白发戈尔舞吗？"安格斯问道。

"没错，"唐唐先生说，"你能用一艘沉船的桅杆给自己削一根木腿，你就无所不能了。"

"抱歉打断你，唐唐先生，"安格斯说，"不过我们现在得走了，要不然就赶不上屠龙学校的晚餐了。"

"明天你们还会来的，对吧？"唐唐说。

"没错！"简丝丝大叫着，"我们会助你一臂之力的。这肯定很好玩！"

"好吧，"唐唐先生说，"现在离愚人节还有……"他掰着指头数着。"十四天。问问你们的校长，能不能让你们在这儿住上两个星期。老骑士们都爬不动楼梯，所以城堡的二楼还有很多空房间。"

四个人向唐唐先生道别以后，就出发回屠龙学校去了。

月亮躲在云层里，露出半边身子。猎人小径上黑漆漆的。走着走着，威格拉听见了脚步声。

"有人正朝我们这儿来了。"他小声说。

埃丽卡从浪子骆驼爵士工具带上解下迷你火炬，点燃了它。

威格拉远远地看见有两个人影。

"什么人？"埃丽卡大声喊。

"你又是什么人？"一个人影回话道。

在昏暗的夜色中，威格拉瞧见两个小姑娘走了过来。

"埃丽卡？"一个姑娘说，"是你吗？"

埃丽卡眯起眼睛，在夜色中仔细张望着说："罗莎蒙德？"

"呀呀呀呀！"罗莎蒙德尖叫起来。她张开双臂搂住了埃丽卡。

"很高兴见到你。"埃丽卡一边说一边就挣脱了出来。"罗莎蒙德是西咯吱窝村的公主，"她告诉她的朋友们，"我们是老朋友了。"

"这是莞儿，"罗莎蒙德介绍着另一个姑娘，"东咯吱窝村的公主。我们刚从屠龙学校出来。"

"我们校长让我们去莫德雷德校长那儿借点金子，"莞儿说，"因为火龙白发戈尔来了，把公主预备学校的金子抢了个精光。"

"天哪！"简丝丝叫道，"那火龙长什么样子？"

"他长着巨大的尖爪，"罗莎蒙德说，"还有一条带刺的尾巴。"

"他的下巴上还挂着火红的口水，"莞儿说，"恶心死了！"

威格拉打了个哆嗦。白发戈尔听上去真可怕！

"我敢说莫德雷德没把金子借给你们，对吧？"安格斯说。

"一个子儿都没借，"罗莎蒙德说，"真是个小气鬼。"

"现在我们要去扎龙预备学校碰碰运气了，"莞儿说，"我们得赶紧走了。"

"再见！"罗莎蒙德说。

两个小姑娘沿着猎人小径继续往北走，威格拉和他的朋友们则朝南往屠龙学校走去。

有一件事情可以肯定，威格拉想着，那就是：世界上最长寿的龙又重操旧业了。

第六章
老骑士们的健身课

安格斯和其他人在屠龙学校的餐厅外头找到了洛贝丽娅。"洛贝丽娅姨妈!"安格斯说,"莫德雷德舅舅在哪儿?我们得跟他谈谈。"

"莫德雷德把自己关在他的办公室里,"洛贝丽娅说,"他正忙着收拾他的文件和金子。所以现在这儿归我管了。"她打量着简丝丝。"你是在嚼口香糖吗?"她问。

简丝丝吸了一口气,把口香糖吞了下去。"嚼完了。"她说。

"我们得跟你谈谈,姨妈,"安格斯说,"这事儿很重要。"

"去我的客厅吧。"洛贝丽娅说。

听完了故事,洛贝丽娅瘫在蓝色的天鹅绒椅子上。

"圣乔治的头盔保佑我！"她惊呼，"你们的意思是说，只有那群老骑士才能从白发戈尔手里救出屠龙学校吗？"

"没错，姨妈，"安格斯说，"而且要是想迷惑火龙，让火龙以为他们就是屠龙学校的学生，就需要给他们准备屠龙学校的校服。"

"我们有多余的校服，大中小号都有，"洛贝丽娅说，"不过除了校服，他们还需要别的。"她两眼放光。"首先，就是化妆。然后还有假发。我会在愚人节前夜把所有东西都准备妥当的。"

威格拉和其他人跑到宿舍去收拾行李。

第二天一大早，他们就出发了。上午他们就赶到了骑士老人之家。

"好极了！"唐唐先生说。他领着新上任的健身助理们去他们城堡二楼的房间。简丝丝和埃丽卡住一间，她们的房间能看见勿近山。威格拉和安格斯住一间，他们那间能看见脚趾甲村。

接着，唐唐先生领着他们去了健身房。门上有块牌子写着：一！二！三！

他们一进门，简丝丝就吹起了口哨。"这健身房真不赖，"她说，"比屠龙杀手实验学校那间还要好。"

威格拉从没见过健身房。屠龙学校没有健身房，因为莫德雷德觉得学生们光是擦洗整个学校就足以锻炼身体了。这会儿威格拉傻乎乎地看着那些奇形怪状的健身器械：从天花板上垂下来的绳子，门口高高拴着的引体向上铁杆，各种大小不一的球和哑铃。地上到处都铺着垫子，墙角还放着一艘锃亮的带桨划艇。

整个上午唐唐先生都在给他们四个演示"一！二！三！"式引体向上、仰卧起坐、俯卧撑和开合跳的正确姿势。他还教他们怎么操作所有的器械。然后他说："现在佩戴上'一！二！三！'健身房的绶带吧。"他把绶带发给大家，"这表示你们成为正式的健身助理了。"

威格拉把绶带别到束腰衣上头，真是自豪极了。

"这会儿老骑士们应该还在吃午餐，"唐唐先生说，"我们也一起去吧？"

他们顺着走廊来到了餐厅。

"谁吃了我的肉桂卷？"一个老骑士大声说。

"我的肉饼里没有肉！"另一个老骑士大叫。

这些抱怨声让威格拉想起了在屠龙学校吃午餐的时候。

"啊，小家伙们来了。"卷毛骑士说着，招呼他们去他那桌。

四个人坐了下来。

"他们是来听那首没念完的诗歌的，罗杰，"卷毛骑士说，"上回念到哪儿了？"

"我记得。"罗杰骑士说。然后他就背了起来：

洞中的火龙不再沉睡，

巨大的脑袋低下一瞧。

骑士们勇敢又无畏，

可他们还是落荒而逃。

珀西骑士说："我们得从长计议！"

顶呱呱骑士说："就这么办。"

全体骑士齐心协力，

绞尽脑汁通宵达旦。

"抱歉！"唐唐先生说，"抱歉打断一下，罗杰骑士。你们这些骑士们是很想成为英雄，从白发戈尔的魔爪下救出屠龙学校的，对吧？"

"我们求之不得！"所有的骑士都大声说。

只有浪子骆驼爵士没出声，他一直在吃他的肉桂卷。

"很好！"唐唐先生说，"那么我有个好消息要告诉你们。你们当然可以去屠龙学校。你们可以再次成为英雄。"

埃丽卡站了起来。"骑士先生们，唐唐先生和他新上任的助理们——就是我们！会帮助你们恢复骑士岁月时的英勇状态，"她郑重其事地说，"接下来的两个星期，我们会跟你们共同努力，一起进行著名的'一！二！三！'式健身训练。"

这时候安格斯站起来说："两个星期以后，你们就会拥有足够强壮的体魄，奔赴屠龙学校了。"

跟着，简丝丝猛地站了起来："强壮得能够背完整首白发戈尔诗歌。"

这时候威格拉也站了起来："强壮得可以跳白发戈尔舞，还能够拯救我们的学校。"

"为我们欢呼吧！"卷毛骑士大声说。

老骑士们纷纷开始又是鼓掌，又是跺脚。

"哈！"欢呼声逐渐平息以后，浪子骆驼爵士大叫着，"哈哈！"

房间变得异常安静。

"噢，得了吧，"浪子骆驼爵士对老骑士们说，"你们不会真的以为花几天时间健健身，就管用了？这只会让你们筋疲力尽，还会全身酸痛，你们还会乱发脾气。但是健身不会让你们重新成为英雄。不可能。"

"要打个赌吗，浪子骆驼？"罗杰骑士大喊道。

"等着瞧吧！"卷毛骑士高声说。

这时候唐唐先生站起身来："听我说，老先生们，"

他说，"'一！二！三！'式健身法非常管用，我用我的木腿发誓！愿意接受训练的骑士，请站起来……或者说不方便站起来的，请举起你们的右手。"

餐厅里许多只右手高举起来。

"很好，老先生们，"唐唐先生说，"那我们就开始吧。"他转身看着浪子骆驼爵士。

"别看我，"浪子骆驼爵士说，"我现在就很快活了。无事一身轻。"

第七章
十三天的奇迹

"欢迎大家参加骑士回归训练营第一天的训练。"当十六个老骑士步履蹒跚、踉踉跄跄地走进健身房时，唐唐先生说道。

"天哪！"卷毛骑士环顾四周惊叫道，"这些玩意儿都是用来干什么的？"

"我聪明能干的健身助理们会向你们一一解释清楚的，"唐唐先生信誓旦旦地说，"现在，排队站好。"

骑士们分成了四组。卷毛骑士、瞎紧张骑士和其他两个老骑士拖着步子，慢腾腾地来到威格拉身旁。

威格拉扶着老骑士们颤颤巍巍地走到了引体向上杆前，这时候他看见浪子骆驼爵士正倚在门口。

"注意看，要握紧铁杆，把身体往上拉，直到下巴碰到铁杆为止。"威格拉说。他并不强壮，不过当着老骑士的面，他努力地做了三个还算合格的引体向上。之后他跳下来说："该你了，卷毛骑士。"

唐唐先生走过来。他跟威格拉把卷毛骑士向上推了一把。老骑士握住了铁杆。

"你行的！"威格拉说。

"我看够呛！"浪子骆驼爵士大喊着。

"把身体往上拉！"唐唐先生说。

"我正在拉呢！"卷毛骑士大叫着。跟着他松开了手。

"瞧见没有？"浪子骆驼得意地说，"我说什么来着？"

瞎紧张骑士和其他两个老骑士都轮流试了试，没一个人能做完一个引体向上，也没人能拿得动划艇器上的桨，跳鞍马就更不可能了。

晚餐铃声响起的时候，屠龙学校的学生们和唐唐先生找了张桌子坐下来。等浪子骆驼爵士一离开，餐厅里就只剩下他们一桌人了。所有的老骑士都累坏了，直接上床睡觉去了。

"没希望了，"简丝丝说，"我那组都快喘不上气了。"

"罗杰骑士什么都做不了，"安格斯说，"而且我一帮他，他就要用拐杖打我。"

"口水王骑士可以弯腰摸到自己的膝盖，"埃丽卡说，"其余的组员就连这个都做不到！"

"瞎紧张骑士光是看着那些器械就睡着了。"威格拉汇报说。

"很好！"唐唐先生说，"很好。"

"不太好，先生，"埃丽卡说，"他们都彻底失败了。"

"每个人的成功，都是以失败开始的，"唐唐先生说，"明天情况就不同了。"

第二天，威格拉发现老骑士们的表现确实有了一丁点儿的好转。卷毛骑士努力地用双手握住了引体向上杆。而且，他铆足了劲儿，弯了弯胳膊肘。

"万岁！"威格拉欢呼起来，"你有进步了。"

瞎紧张骑士努力地爬进了划艇器，在睡着以前拿起了桨。

训练了一个钟头以后，唐唐先生说："骑士们，在垫子上找个位置坐好。"

骑士们颇花了些时间，才给自己那副老骨头调整成坐姿。

"闭上眼睛，老先生们，"唐唐先生说，"想象一下——现在就是愚人节了。想象一下你们穿着鲜亮的蓝色束腰衣，骑着你们的宝马前往屠龙学校。你们的体格健康又匀称，就如同当年的光辉岁月一样。"

威格拉看见老骑士们露出了笑容。

"好，再想象一下火龙就站在你们面前，"唐唐先生说，"你们直直地盯着他的眼睛，开始念那首诗歌。"

几个老骑士开始默念着诗句。

"好，"唐唐先生说，"想象一下你们开始跳起了白发戈尔舞。"

"哇！"卷毛骑士大叫起来。他的眼睛还闭着，可是已经开始手舞足蹈了。

"好。"罗杰骑士高喊着，也动了起来。

"今天就让你大开眼界，你这贪婪的火龙！"瞎紧张骑士嚷嚷着。

"非常好，"唐唐先生最后说，"睁开眼睛吧！我们开了个好头。明天早晨钟敲七下的时候，就来健身房报到吧！"

老骑士们挣扎着站了起来，他们一瘸一拐地走出了健身房。

但是卷毛骑士留了下来。他走到引体向上杆前，紧紧地抓住了铁杆，他把身体使劲往上拉。他咬紧牙关，脸憋得通红。接着，他完成了一个引体向上。

"好样的，卷毛骑士！"威格拉大声喊道，"太厉害了！"

他扭头看着唐唐先生。"这招真的管用！"他说。

"当然，"唐唐先生说，"百试百灵。"

骑士回归训练营一天天地继续下去，他们非常刻苦。每天，他们都比前一天更强壮。他们从没抱怨过训练的辛苦，唯一不满的就是唐唐先生给他们准备的新式健康食品。

有时候，浪子骆驼爵士会懒洋洋地站在健身房门口。

"浪子骆驼爵士！"唐唐先生喊道，"快来给这些老骑士们示范一下引体向上吧！"

浪子骆驼爵士摇了摇头："凭什么？"他说，"我才不参加什么训练，去搞什么幼稚的冒险行动呢。"

随着训练的不断进行，老骑士们取得了实质性的进展。

第五天，卷毛骑士做了三个引体向上。

第七天，罗杰骑士扔掉了他的拐杖。"总算解脱了！"他大叫道。

第八天，瞎紧张骑士顺着绳子一路往上爬，一掌拍到了天花板。"我做到了！"他喊道。

第九天，罗杰骑士走到引体向上杆前。

"罗杰骑士！罗杰骑士！我们的英雄就是你！"安格斯给他加油，"他能完成引体向上，没错，他一定没问题！"

罗杰骑士跳起来，抓住铁杆，完成了十二个引体向上。

"耶！"当他松开铁杆的时候，老骑士们欢呼道，"万岁！"

每天，唐唐先生都让骑士们闭上眼睛，想象着他们再次迎来光辉岁月的模样。

到了第十天，卷毛骑士昂首挺胸，站得笔直。他看上去比威格拉第一次见他的时候年轻了二十岁。罗杰骑士胳膊上鼓起了肌肉，眼神里充满了斗志。

第十一天的训练结束以后，老骑士们走到唐唐先生和他的健身助理跟前。

"'一！二！三！'式健身训练真的很管用，我们就是活生生的证据，唐唐先生。"卷毛骑士说。他转了个圈，展示了自己健硕的体态。

"没错！"唐唐先生说。

"不过从明天早上开始，"罗杰骑士插嘴说，"我们得暂停训练了。"

唐唐先生皱眉说："为什么呢？"

"要是我们想从白发戈尔手里拯救屠龙学校，"罗杰骑士说，"我们就需要时间练好我们的舞步。"

唐唐先生咧开嘴笑起来。"好！"他说，"我们可以把这个加到训练课程里来。完全没问题！"

"嘿，罗杰，"简丝丝说，"你能教教我们这个舞步吗？"

"火龙都有鳞片吗？"罗杰骑士说。

"骑士都有盔甲吗？"卷毛骑士说。

"答案当然是肯定的！"老骑士们全都异口同声地大喊道。

"太好了！"简丝丝大叫着说。她吹了个泡泡，越吹越大，直到"啪"的一声爆掉。"明天我们就尽情摇摆！"

第二天早晨，威格拉和其他学生冲到健身房。

老骑士们已经在那儿等着了。

"快过来吧！"卷毛骑士一瞧见他们就喊，"我们天一亮就开始练习了。"

"准备好了吗，卷毛？"罗杰骑士说，"我们示范一下吧。"

两个老骑士并肩站好。他们跳起来转身，面对面落地，做了个拔剑的动作，他们大声喊道：

从前骑士们都大胆又鲁莽……

他们把食指放到额头上说：

姑娘们全都心知肚明……

卷毛骑士和罗杰骑士张开五指放在脑袋两侧，做了个凶神恶煞的表情：

有条火龙囤了许多金银财宝……

这时候他们都举起右手做成利爪的样子：

白发戈尔就是他的大名。

"这舞我们能跳！"埃丽卡大叫道，"瞧好了！"
四个屠龙学校的学生跳起了白发戈尔舞。
"好极了！"唐唐先生说道，都没人注意到他是何时来到健身房的，"好极了！"
老骑士们念出了下一节诗句，示范了舞步：

白发戈尔住在山洞里，
山洞外就是格维尔镇啊，
喷火和咆哮是拿手好戏，
他还有条带刺的尾巴！

每次他们念到白发戈尔的名字，他们都会用苍老的手做出利爪的手势。可是当他们念到白发戈尔"喷火和咆哮"的时候，老骑士们的动作变得狂野起来。他们转了个圈，跳起来，然后落地做了个大劈叉。

"骑士先生们！"威格拉大叫道，"你们没事儿吧？"

"嗯，没事儿，"卷毛骑士一边用双手和膝盖把自己撑起来，一边说，"这是舞步的一部分。"

罗杰骑士说："说实在的，我好像卡住动不了了。"

跳完刚才的舞步，老骑士们决定把后面更激烈的动作，口头解释给威格拉和他的朋友们听，以便在见到白发戈尔之前保存体力。

简丝丝天生就是学跳白发戈尔舞的料子，尤其是那些狂野激烈的舞步。埃丽卡的手部动作非常棒。安格斯最擅长的是一摇一摆地跳希米舞①。威格拉发现自己对快速旋转和劈叉很有天赋。他觉得自己从来没有像现在这么刻苦过。等他们跳到第七节的时候，他和他的朋友们已经气喘吁吁，大汗淋漓了。

那天晚上，四个屠龙学校的学生是最早上床睡觉的。

---

① 一种抖动着肩膀和臀部一扭一摆的舞蹈。

到了第十三天，老骑士们和屠龙学校的学生们花了一上午的时间调整改善他们的舞步。

　　"非常非常好！"从头到尾看完前二十五节舞蹈的唐唐先生大声说，"你们看上就像专业的舞蹈演员。"

　　吃过午餐，骑士们重新开始常规的"一！二！三！"式健身训练。结束了最后一段训练项目以后，浪子骆驼爵士出现在健身房门口。他洋洋得意地笑着。

　　"你好，浪子骆驼爵士，"唐唐先生说，"他们都准备就绪了。你也可以跟他们一起去。你每天都来看他们训练。所有的动作你肯定都会。"

　　"你能行的，先生！"埃丽卡高声说。

　　"你可以的！"威格拉喊道。

　　"我知道我肯定能行，"浪子骆驼爵士说，"问题是，我想不想去呢？答案是'不想'。"

　　他转身扬长而去。

　　威格拉觉得埃丽卡就快哭出来了。

第八章
秘密武器

愚人节的早晨，天气晴朗，阳光明媚。老骑士们和健身助理们吃了顿丰盛的早餐，跟着威格拉他们就走到城堡外头。

"把我们的汗血宝马牵过来！"卷毛骑士大喊道。

"对不起，"唐唐先生驾着一辆两匹灰马拉的巨大的干草车从马厩出来，说道，"没有宝马。"

"没关系。"罗杰骑士说。他和其他老骑士跳上马车后部。威格拉和他的朋友们也跳了上去。

"驾，驾，罗莎！驾，驾，贝拉！"唐唐先生对他的马儿说，"咱们出发咯！"

一路上都颠簸得很，但是没一个老骑士抱怨。威格拉觉得他们似乎都很高兴能够重新回到外面的世界。

最后，一座黑漆漆的石头城堡映入他们的眼帘。

"到了！"埃丽卡指着城堡说，"那就是屠龙学校。"

威格拉深情地望着自己的学校，他多么希望老骑士们能拯救学校，免遭白发戈尔烈焰吞噬。

唐唐先生把干草车停在吊桥下。所有的乘客都跳了下来。

"莫德雷德舅舅！"安格斯一边跑过吊桥一边喊着，"洛贝丽娅姨妈！"他使劲地敲着大木门。

威格拉、埃丽卡、简丝丝、唐唐先生和老骑士们都在桥上等着。威格拉抬头望着城堡。巨大的木门紧闭着。门上的铁门闩也闩着。所有窗户的百叶窗都关了起来。屠龙学校已经准备好迎接白发戈尔的到来了。

安格斯又开始猛敲大门。"快开门！"他大叫道，"我们找到拯救屠龙学校的办法了！"

最后，屠龙学校的煎锅厨师猛地打开了大门。他的目光越过安格斯，盯在那群衣衫褴褛的老骑士身上。

"是想找口吃的吗，老伙计们？"他问，"进来吧，我给你们拿些上好的疙瘩布丁。"

"疙瘩布丁？"一个老骑士嚷嚷着，"我们还是小孩儿的时候，在学校里吃的就是这个！"

"那会儿我们就不喜欢，"另一个骑士说，"现在我们也喜欢不起来。"

煎锅厨师还来不及推销他的炖鳗鱼，洛贝丽娅就从他身后冒了出来。

"欢迎光临，骑士们！"她说，"谢谢你们来帮助我们。"

"洛贝丽娅。"唐唐先生鞠着躬说。他牵起洛贝丽娅的手，放到唇边，"能再见到你，我深感荣幸。"

"噢，唐唐！"洛贝丽娅尖叫着说，"我也是一样！"

安格斯翻了个白眼。"噢，姨妈。"他咕哝着。

"大家快请进吧！"洛贝丽娅说。

他们全都穿过门楼，走进了城堡院子。

威格拉看到莫德雷德在院子里，觉得很意外。他穿着红色丝绸旅行斗篷，戴着旅行帽，正坐在洗碗台旁的一大堆行李箱上头。

"学生们正在上课，"洛贝丽娅压低声音说，"我尽量让学校一切如常。我不想因为火龙要来了而弄得人心惶惶。"她瞥了一眼莫德雷德，翻了个白眼。"去我的客厅吧，骑士们。你也来吧，唐唐。"她笑着抛了个媚眼儿。"安格斯？"她接着说，"你跟你的朋友们来帮我给老骑士们换上屠龙学校的校服。"

"这儿看上去就像我的母校一样。"大家朝着城堡走去的时候，卷毛骑士说着。

"我感觉好像返老还童了。"罗杰骑士说。

大家走进洛贝丽娅的客厅时，威格拉看见大中小号的屠龙学校校服都已经按尺码排好了。

"选件自己合身的吧，"洛贝丽娅说，"你们可以去屏风后面换上。"

卷毛骑士和另外九个老骑士迅速地抓起十件男生的校服，飞快地走到屏风后头。

"剩下的都是女生的校服了！"罗杰骑士大喊道。

"能糊弄住白发戈尔就行，"洛贝丽娅说，"去吧，选一件校服。"

罗杰骑士和其他骑士一脸不高兴地拿起女生的校服，也走到了屏风后头。

几分钟以后，所有的骑士穿着屠龙学校的束腰上衣和马裤再次出现了。

看着这些老伙计从校服底下伸出来的一条条细长腿儿，威格拉的眼睛都直了。再看看他们束腰上衣上头顶着的一颗颗白发苍苍的脑袋，威格拉咽了咽口水。白发戈尔会上当吗？但愿如此。

"我感觉自己又变成小男孩儿了！"卷毛骑士惊呼。他转了个圈，炫耀着自己的校服。

"噢，我可没这种感觉。"身穿女生校服的罗杰骑士说道。他双手交叉抱在胸前。

"也许加上这个会好一点。"洛贝丽娅说。她把一

顶金色带卷假发放在他光秃秃的脑袋上。然后她往后退
了退，欣赏着。"好看极了！"她说。

她开始把五颜六色的假发放到所有穿着女生校服的
老骑士头顶上。

威格拉连忙走到罗杰骑士跟前。"你的确是个英
雄，先生，"威格拉告诉他，"无论你穿的是什么。"

"谢谢你，孩子。"罗杰骑士打起精神说，"我就
想听这句。"

"我们得跟学生们进行一次舞蹈的带妆彩排，"卷
毛骑士说，"我们去城堡院子里吧。"

威格拉和他的朋友们赶在唐唐先生和老骑士们之前
走到城堡院子里。他们看见莫德雷德还坐在行李上头。

"校长！"威格拉一边喊着，一边跟埃丽卡和简丝
丝急匆匆地跑了过去，"我们从骑士老人之家带了十六
个骑士回——"

"够了！"莫德雷德举起戴满金戒指的手怒吼着，
"你们来的路上看见我的侦察员约里克了吗？"

"没有，校长。"埃丽卡说。

莫德雷德皱起眉头。"他一个钟头前就该到了，
他得带我跟我的金子去……"他用怀疑的眼神打量着他
们，"去一个安全的地方。"

"没必要把你的金子藏起来了，校长。"简丝丝说。

"没必要？"莫德雷德扬起一边浓密的眉毛。

"不需要了，舅舅，"安格斯说，"老骑士们会把我们从火龙的魔爪下解救出来的。"

莫德雷德眉头紧皱。"那帮老骨头根本不可能对付得了白发戈尔。"

"他们知道他的秘密死穴，校长，"威格拉说，"是一首诗歌。他们会背给他听的。"

"你的意思是……我的金子也许能保住？"莫德雷德迫切地问。

"是的，舅舅，"安格斯说，"你的金子会保住的。"

莫德雷德咧嘴一乐。"噢，那你们这帮小家伙还在等什么？"他嚷嚷道，"快拿上我的行李！搬到我的办公室去。快点儿，抓紧时间。动作利索点儿！"

威格拉刚拿起一个沉甸甸的包袱，城堡入口就一阵骚动。他转身看见屠龙学校的学生蜂拥而出，到了城堡院子里。

"天哪！"莫德雷德大叫，"别让这些暴徒靠近我的金子！"

"他们不是暴徒，舅舅，"安格斯说，"他们是你的学生。"

"快让我们离开这儿！"学生们嚷嚷着奔向了门楼。

埃丽卡跑到他们跟前。"身为月评未来屠龙手，我命令你们站住！"她大喊道。

所有的男生女生都站住了。

"你们没必要逃走。"埃丽卡说。

"可是有条火龙就要来烧掉学校了！"四胞胎中的沙利大声说。

"是有条火龙要来，"埃丽卡说，"但是他不会喷火烧掉学校的。因为我们有秘密武器！"

"太好了！"小家伙们欢呼起来，"有秘密武器！"

"秘密武器是什么呢？"四胞胎的法利问道。

就在这时候，城堡的门又打开了。老骑士们穿着屠龙学校的校服，从台阶上走了下来。

"快瞧！"埃丽卡指着城堡门口说，"那就是我们的秘密武器！"

所有的小家伙都转身看着门口。当看见穿着屠龙学校校服的老骑士时，他们惊得嘴都合不拢了。

"你说那就是我们的秘密武器？"四胞胎的巴利大叫道。

"一帮糟老头子？"查力大喊道。

没等回答，他们就尖叫着往门楼冲去。

"站住！"埃丽卡在他们身后大喊，"等一等！"

可是他们还在继续跑。就在他们往前跑的时候，天色暗了下来。

威格拉抬头一看，天空中大片的乌云翻涌而来。

学生们停下脚步，也抬头看着。城堡院子里安静下来。

突然之间，一道亮橙色的火焰"呼"的一声划破云层。一个声音在他们头顶上响起："世界上最长寿的龙——白发戈尔前来拜访！快出来迎接我吧！"

第九章
住进骑士老人之家的火龙

一听见白发戈尔的声音，莫德雷德就尖叫起来。

门楼那儿的所有学生也尖叫了起来。

"带妆彩排取消，"卷毛骑士压过尖叫声镇定地大声喊道，"学生们，排队站好。骑士们，站到他们后面去。"

威格拉、安格斯和简丝丝按照卷毛骑士吩咐的那样排好了队。

但是埃丽卡冲到了门楼那儿。

"身为本月的最佳屠龙骑士，我命令你们停止尖叫！"她高声喊道。

学生们都闭上了嘴。

"你们得帮忙拯救屠龙学校，"她告诉他们，"去老骑士那儿，围在他们身边站好，这样他们看上去就像学生一样了。"

"遵命，埃丽卡。"查力说。

"注意看威格拉、简丝丝、安格斯和我的动作，"她告诉他们，"跟着我们做。要是我们失败了，屠龙学校就会变成一片火海了！"

"遵命，埃丽卡！"所有人都齐声说道。

埃丽卡跑回到队列前头，其余人则把老骑士围在中间。

"前进！"卷毛骑士大喊着。

所有人齐步穿过了门楼，走过吊桥，来到了屠龙学校门前的草地上。

有这么大一群人壮胆，莫德雷德也蹦蹦跳跳地跟在后头。

一路上威格拉的心像打鼓一样怦怦直跳。一节节的白发戈尔诗歌在他的脑子里打转，一个个的白发戈尔舞步在他脑子里闪现。他觉得头晕晕的。

"快看！快看啊！"所有人都大喊了起来。

威格拉抬头一看。一开始，他并没有看见白发戈尔。跟着，他发现火龙正盘在离吊桥不远的一根树枝上。火龙长着暗绿色的鳞片，鼻子上的犄角惨兮兮地垂到了一边。他的腰弯得厉害，成了个驼背。

"哎哟，天哪，"白发戈尔的声音因为年迈而颤抖着，"全体师生都出来迎接我了，你们真是太贴心了。"

火龙露出了笑容。威格拉觉得，作为一条世界上最长寿的龙，他满口的新假牙还真是不赖。

"别浪费时间了，"白发戈尔说，"我已经老得快成化石了。天知道我还能活几天？好了！把你们的金子交出来我就走了。"

莫德雷德挤到队伍前头。

"我们不会把金子给你的，火龙！"他大叫着。

火龙大吃一惊，嘴张得大大的。

威格拉看着他的假牙从嘴里掉了出来，吓坏了。

"可恶的牙医！"火龙大叫道，"又一套假牙报废了！"

跟着，他从光秃秃的嘴里喷出一道愤怒的火舌。火焰温度太高了，每个人都开始吭吭哧哧，连咳带喘起来。莫德雷德的头发都开始冒烟了。

"天哪！"莫德雷德尖叫着，"我着火了！"

他飞快地跑到护城河边，把脑袋扎到了水里。

"快去拿金子，"白发戈尔咆哮着，他没牙的嘴铆足了劲儿把话咕噜清楚，"拿来给我，快点！要不然你们的学校就要遭殃了。"

"准备好了吗，开始吧！"卷毛骑士高声喊道。

所有下了工夫学习诗歌的人都大声地念道：

从前，骑士们都大胆又鲁莽……

威格拉和埃丽卡跳起来面对面，做了个拔剑的动作。

在他们身后，老骑士们和屠龙学校的学生们也都跟着跳起来：

娘们全都心知肚明……

所有人都把食指放到了额头上：

有条火龙囤了许多金银财宝……

这时候大家都张开手指放到头上，做出凶神恶煞的样子：

白发戈尔就是他的大名。

所有人都高举右手，做出利爪的样子。

"以我的鳞片发誓！"开心的火龙大声说，"你们会背我的诗歌！噢，接着背，接着背！"

他们就接着背了下去，记得诗歌的人都背了出来。每个人都竭尽全力地跳着舞。

白发戈尔住在山洞里，
山洞外就是格维尔镇啊，
喷火和咆哮是拿手好戏，
他还有条带刺的尾巴！

念完前面八节诗歌以后，老骑士们就只能自己往下背了。不过到了这会儿，白发戈尔听着传颂自己千古英名的诗歌，正兴高采烈地扭来扭去呢。没人觉得这条火龙有什么可怕的。

老骑士们接着往下背：

洞中的火龙不再沉睡，
巨大的脑袋低下一瞧。
骑士们勇敢又无畏，
可他们还是落荒而逃。

这时候白发戈尔举起一只爪子让他们停下来。

"这是我最喜欢的诗节之一了，"他告诉他们，"骑士们落荒而逃？我就喜欢听这个。"

莫德雷德又大着胆子开口了。"火龙先生，"他说，"金子的事儿咱们就不提了，对吧？"

白发戈尔摇摇头。"没错，念念诗歌给我听就足够了，"他说，"虽然我确实有点儿缺钱花。"

趁他还没来得及细想，威格拉赶紧开口："你已经从其他学校拿到金子了，"他说，"还是不够用吗？"

"够用？"白发戈尔气冲冲地说着，鼻子都冒烟了，"你觉得我会够用？"

威格拉一边点头，一边哆嗦。

"那是你根本不知道如今外科医生收费有多贵，"火龙说，"噢，就连治疗指甲内生症①这么简单的事情，那些贪婪的大夫也要收上六千个金币才肯做。"

"所以你才需要这么多金子？"罗杰骑士说，"为了筹集手术的费用？"

白发戈尔点点头。"等你活到我这把岁数，身上的零件就全都坏掉了，"他说，"我的心脏老伙计还很强壮有力。我还得活好几百年呢。可是我就连鼻子末端的犄角都几乎看不清了。我的骨头也撑不起来了，两边屁股都受过伤，膝盖就跟蛋奶果冻一样颤颤悠悠的，脚踝就跟刚出生的小猫一样脆弱。噢，我的背又开始疼

---

① 指甲长到肉里的一种病。

了！"

"你的痛苦我们都能体会。"卷毛骑士说。

火龙直盯着他。每个人都纹丝不动。

白发戈尔瞪着卷毛骑士说："你不会明白老了以后有多痛苦！"

"对，我们当然不明白，"卷毛骑士连忙说，"我的意思是说我们这帮小家伙将来总有一天能体会到你的痛苦，等我们都变老以后——跟你一样老。"

白发戈尔点点头，似乎接受了这个解释。"我身上唯一还没罢工的就是我的翅膀了，"他接着说，"可是天知道它们还能撑多久？"

这时候唐唐先生走上前来。他对着火龙鞠了个躬。

"你好，白发戈尔先生，"他说，"或许我可以帮到你。拜托了，拜托了，让我看看你的脚踝吧？我是个教练。也许我能教你一些锻炼方法，让你的脚踝恢复健康。"

"反正试试看我也没损失对吧？"白发戈尔说。他从树上滑下来，小心翼翼地坐下。他伸出他的左后脚。

"一。"唐唐先生说。他把火龙的脚掌握在手里，顺时针方向转动了几下，然后逆时针方向又转动了几下。他让火龙自己转一转试试。

"二。"唐唐先生说。他让火龙用脚掌抵住他的手

往前推。

"三，"唐唐先生说，"闭上你的眼睛，想象一下自己再次像年轻的火龙一样奔跑起来。"

白发戈尔按照唐唐先生说的做了。他苍老的脸上露出了笑容。

"很好！"唐唐先生说，"现在试试你这只脚掌能不能使得上劲儿。"

白发戈尔撑着站了起来。他迈开左脚走了一步。"太惊人了！"他大叫起来，"噢，现在感觉很好。"

他飞快地又坐了下来，伸出了右后脚。当唐唐先生开始转动他的脚掌时，白发戈尔说："也许我就用不着动手术了。也许我需要的是锻炼。"

"没错，"唐唐先生赞同道，"接下来我们锻炼一下你的膝盖。"

趁着唐唐先生带着白发戈尔锻炼的时候，莫德雷德、洛贝丽娅、老骑士们和所有的学生都回到了屠龙学校城堡里。学生们把城堡窄窗上的百叶窗都打开了。之后，煎锅厨师做了加料疙瘩布丁当午餐。跟着大家都走到外头，去看唐唐先生和白发戈尔进展如何。

威格拉一看见火龙，就倒吸了口气。白发戈尔的犄角笔直地挺立在他的鼻子上。他正昂首阔步地走着。

"天哪！"莫德雷德大叫道，"是有人施了魔法吗？"

"你们现在看不出来我是这个世界上年纪最大的龙了，对吧？"白发戈尔一边说，一边转着圈好让大家能看到他身体的各个部位。

"看不出来！"所有人都高声喊道。

唐唐先生站在白发戈尔身旁，自豪地笑着。

"噢，唐唐！"洛贝丽娅眉开眼笑地大声说，"你真是我的英雄！"

"谢谢夸奖，夫人。"唐唐先生说着，再次亲吻了她的手。

"呃，"安格斯说，"看上去真恶心。"

这时候火龙转过来看着唐唐先生。"非常感谢（原文为西班牙语），非常感谢，唐唐先生。"他说。

"你会说西班牙语？"唐唐先生惊讶地说。

"没错（原文为西班牙语），没错，"白发戈尔说，"等你活到我这把岁数，你就什么话都会说了。"他笑了笑，"我的金子全都归你了，唐唐先生。拿去吧。"

"谢谢（原文为西班牙语），"唐唐先生说，"谢谢你的好意。不过这些金子其实也不是你的，对吧？"

"现在都是我的了，"白发戈尔说，"而我要把金子都送给你。"

"拜托了（原文为西班牙语），"唐唐先生说，"拜托了。把金子都还给那些学校吧。"

白发戈尔眼珠子一转。"好吧。我会还回去的。不过我该怎么报答你呢，唐唐先生？"

"我来帮你出个主意，唐唐。"洛贝丽娅说。

唐唐先生还没来得及回答，一个人骑着一匹马出现在远处。有人正朝着屠龙学校策马奔来。

"会是谁呢？"威格拉问。

埃丽卡眯着眼睛盯着远方。"那是……浪子骆驼爵士！"她大叫道。

昔日的完美骑士骑着马，来到了屠龙学校外头，大家都聚集在那儿。他的马不堪重负，马背都压弯了。不过现在的浪子骆驼爵士看上去有点儿不一样了。比如说，他想办法把自己塞进了盔甲里。

"噢，先生！"埃丽卡大叫道，"能再看到你骑上战马，我真是太开心了！"

"谢谢你，小姑娘。"他说。

"我很怀疑，他的战马能有多开心。"简丝丝小声嘀咕着。

"你穿上盔甲了，先生，"威格拉说，"你的骑士生涯又开始了吗？"

"是的，"浪子骆驼爵士说，"'一！二！三！'

式健身法我看都看会了。很快我就会恢复完美骑士的状态。"

"是什么让你改变了主意呢，先生？"简丝丝问道。

"是老骑士们。"浪子骆驼爵士说。

"嘘！"埃丽卡说，"火龙以为他们跟我们一样是小孩子呢。"

"他们让我明白了，比起永保第一，拼尽全力更加重要。"浪子骆驼爵士说。

"这话才像是浪子骆驼爵士说的嘛！"埃丽卡大声说。

"我会拼尽全力去做个优秀的骑士，"浪子骆驼爵士说，"我还会拼尽全力让痞子牙关门大吉，让我的邮购目录公司重新开业。"

"噢，我的骑士先生！"埃丽卡大叫着，喜悦的泪水夺眶而出，"谢谢你！"

浪子骆驼爵士点了点头。然后他握起缰绳，战马一瘸一拐地驮着他走向了黑森林，奔向新的冒险旅程。

"再见了，先生！"埃丽卡大声喊道，"再见！"

等浪子骆驼爵士消失在视线之外，唐唐先生转身看着火龙。

"白发戈尔先生，"他说，"我替你想到了一个报答我的方法。"

"万死不辞。"白发戈尔说。

"跟我回骑士老人之家去吧，"唐唐先生说，"整个城堡的二楼都归你住。"

"包一日三餐？"白发戈尔说。

唐唐先生点了点头。

"床单被罩一礼拜换一次？"白发戈尔说。

"当然，"唐唐先生说，"我会帮助你锻炼身体。也许偶尔你可以来当当那帮老骑士的对打陪练，就当交住宿费了。让他们再感受一下手握长矛的感觉。让他们再重温一下他们的光辉岁月。"

"就做做样子，对吧？"白发戈尔说，"点到为止。"

"点到为止。"唐唐先生说。

"在寒冷的冬夜，"卷毛骑士插嘴说，"我们还可以背诵——我是说那帮老骑士还可以背诵——诗歌给你听。"

"再配上舞蹈！"罗杰骑士补充道。

"一言为定！"白发戈尔大叫道。

这时候白发戈尔转头看着莫德雷德。"我永远都不会忘记，在屠龙学校，幸运之神是如此地眷顾我。"他说。

莫德雷德紫色的眼睛一亮。"没错，火龙先生，那你有没有考虑过，或许……给我一点儿奖励？送学校一份小礼物？或者一份大礼物也行！我们可以扩建一下学校，用你的名字来命名——白发戈尔楼。你觉得这名字怎么样？"

白发戈尔张开光秃秃的嘴笑了。"也许我会在遗嘱里给屠龙学校留点儿什么。"他说。

"我还指望能早点儿拿到这份奖励呢，"莫德雷德说，"不过你已经一把年纪了。明天的事情谁又说得准呢？谢谢你，火龙先生。"

跟着，白发戈尔跳上干草车。"我累坏了，飞不动了。"他说。

在爬上车夫的座位以前，唐唐先生悄悄地对威格拉说："让那帮老骑士换回自己的衣服。我会回来接他们，白发戈尔不会察觉的。"

"再见，亲爱的唐唐！"洛贝丽娅挥舞着一张天蓝色的手帕，大声喊道。

"再见，洛贝丽娅。"唐唐先生说道。他给了她一个飞吻，"我很快就会回来看你的！"

接着，唐唐先生和火龙就乘着干草车走上了猎人小径。

"记得回来看我们哦！"唐唐先生和白发戈尔回头对学生们喊道。

"我们会的！"简丝丝大叫。

"再见了，白发戈尔！"威格拉和其他人在他们身后大声喊。

每个人都挥手告别，直到马车消失在视线里。然后大家朝着屠龙学校城堡走去。

"我们成功了，威格拉。"路上埃丽卡说。

"要多谢老骑士们出手相助。"简丝丝用胳膊搂住卷毛骑士。

威格拉抬头看着屠龙学校。这儿到处都是蜘蛛网和可怕的爬虫。老师们都古里古怪的。而且每天都要面对挑战——把煎锅厨师做的食物咽下去。不过，威格拉还是非常开心能够走进这座冰冷昏暗、摇摇欲坠的城堡，走进他的学校。

"我们成功了，"威格拉对他的朋友们和老骑士们回答说，"我们齐心协力从火龙手上救出了屠龙学校。"

诗歌《远古巨龙》
第 1~24 节

从前骑士们都大胆又鲁莽，
姑娘们全都心知肚明。
有条火龙囤了许多金银财宝，
白发戈尔就是他的大名。

白发戈尔住在山洞里，
山洞外就是格维尔镇啊。
喷火和咆哮是拿手好戏，
他还有条带刺的尾巴！

白发戈尔双眼黄澄澄，
他冷酷无情，心眼又小呀，
满口尖牙大得瘆人，

他成天都在打打杀杀。

一千个骑士亲身领教了，
白发戈尔火焰的威力。
一千个骑士一败涂地了，
亲爱的家园再也回不去。

珀西骑士振臂高喊：
"不能再让恶龙逍遥人间！
对这头野兽不能心慈手软。
让我们把他碎尸万段！"

德雷克骑士高举长矛：
"抓住白发戈尔——勇往直前！
找到他藏身的洞穴老巢，
一剑刺在他的胸前！"

米奇骑士和加拉胡德骑士，
特里斯坦骑士和韦斯特骑士，
迪纳丹骑士和顶呱呱骑士，
他们都加入了屠龙之师。

加拉胡德骑士声音豪迈：
　"讨伐白发戈尔就是现在！
把他揪出来彻底打败！
让他不能再为非作歹。"

洞中的火龙不再沉睡，
巨大的脑袋低下一瞧。
骑士们勇敢又无畏，
可他们还是落荒而逃。

珀西骑士说："我们得从长计议！"
顶呱呱骑士说："就这么办。"
全体骑士齐心协力，
绞尽脑汁通宵达旦。

当太阳冉冉升上了天，
大胆的计划成竹在胸。
他们高举长矛和宝剑，
出发前往火龙山洞。

他们伺机等候在洞外面，
长矛紧紧握在手里边。

火龙一觉睡到了八点，
骑士们坚守岗位彻夜不眠。

他们等啊等，等啊等，
可是火龙并没有出现。
最后顶呱呱骑士说："哼！哼！
恐怕里面情况有变。"

于是骑士们两两一组，悄悄向前，
走进了火龙的巢穴。
他们用火把照亮山洞——要不怎么看得见？
可是洞里空空如也。

"哎呀！天哪！"加拉胡德骑士大喊道。
"呜呼！"韦斯特骑士大喝。
"噢，骗人！"顶呱呱骑士大叫道，
"我们的屠龙行动失败了！"

洞穴深处火龙老巢，
一个声音响起就在此时：
"还不赶快逃命躲藏好，
趁我还没找到你们这帮小骑士！"

他们不约而同转身就跑呀，
可是卡在洞口动弹不了。
珀西骑士说："大家勇敢一点吧！
我们的好运已经用光了。"

火龙呼出的热气扑背而来呀，
他们隔着盔甲也能感觉到啊。
顶呱呱骑士说："大家准备受死吧！
我们就要一命呜呼啦！"

小个子的米奇骑士挣脱出来，
他转身看着白发戈尔哟。
他说："恶龙，求求你贵手高抬！
要不然我们就没命了。"

火龙睁着黄色的眼睛，
盯着这群无助的骑士。
"好吧，我会闭上眼睛，
小家伙们，从一数到十。"

米奇骑士和加拉胡德骑士，

韦斯特骑士和特里斯坦骑士，

还有迪纳丹骑士和顶呱呱骑士，

他们齐声说："噢，白发戈尔，多谢饶我们不死！"

火龙闭上了黄色的双眼。

骑士们从洞口挣脱了出去。

"一！二！三！"火龙大喊。

骑士们东躲西跑逃命去。

米奇骑士说："火龙今日言行

真是英勇无畏又宽宏大度。

也许他并不是那么冷酷无情。

他放了我们一条生路！"

在格维尔山洞的深处呀，

火龙口吐烈焰面带微笑哟。

"噢，小骑士们早点回来吧！

我们的游戏还没玩够！"

扫一扫，关注"**小读客经典童书**"微信，
第一时间获取新书书讯，更有精彩好书、各种福利疯狂送！

孩子读点什么好，问问读客小熊猫！

小读客经典童书，传播爱与价值，
致力于出版最优秀的儿童文学和绘本！

图书在版编目（CIP）数据

世界上最长寿的火龙 / （美）凯特·麦克马伦著；
（美）比尔·巴索绘；陈静思译. -- 上海：文汇出版社，
2017.11
（从前有条喷火龙. 第二辑）
ISBN 978-7-5496-2347-1
Ⅰ．①世… Ⅱ．①凯… ②比… ③陈… Ⅲ．①儿童小
说—中篇小说—美国—现代 Ⅳ．①I712.84
中国版本图书馆CIP数据核字(2017)第251276号

世界上最长寿的火龙

作　　者 / 【美】凯特·麦克马伦著　【美】比尔·巴索绘
译　　者 / 陈静思

责任编辑 / 张　涛
特邀编辑 / 钱叶蕴　汪雯君　李　爽
封面装帧 / 李子琪

出版发行 / 文匯出版社
　　　　　上海市威海路 755 号
　　　　　（邮政编码 200041）
经　　销 / 全国新华书店
印刷装订 / 北京中科印刷有限公司
版　　次 / 2017 年 11 月第 1 版
印　　次 / 2017 年 11 月第 1 次印刷
开　　本 / 889mm×1194mm　1/32
字　　数 / 50 千字
印　　张 / 3.25

ISBN 978-7-5496-2347-1
总 定 价 / 199.80 元（全十册）

侵权必究
装订质量问题，请致电010-85866447（免费更换，邮寄到付）

DRAGON SLAYERS' ACADEMY

从前有条喷火龙 ⑰

被诅咒的龙魂岭

【美】凯特·麦克马伦 著 　【美】比尔·巴索 绘 ｜ 陈静思 译

文汇出版社

屠龙学校校园地图

DSA

露露夫人的卧室

普拉克博科学实验

莫德雷德的教室

洞出入

校长办公室

马厩

食堂

擦洗课

法地牢

城堡庭

假火龙
(训练专用

约里克快速变装营

东塔

脚趾甲村

特爵士的
起降机

猎人小径

宿舍

鳗鱼壕沟

闲人擅入后果自负

DSA

吊桥

目 录

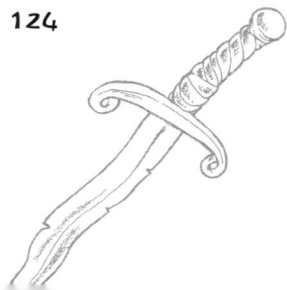

第一章
暑假问候信

屠龙学校的小家伙们：

你们的校长向你们问好了！

哦！之前督学官员们冒出来说，我必须得给你们放暑假的时候，我可真是太惊讶了！我上学那会儿，从来没放过假，可你瞧瞧我现在多么优秀。

但愿你们在家里过得都很开心，不过要记住：做什么都好，就是别读书！这是很伤眼睛的，小家伙们，何况天知道又会有什么稀奇古怪的主意溜进你们的小脑袋瓜里。要是你们在暑假里碰巧看见随处乱扔的书，听我的，别碰它！

等你们秋季开学回来的时候，记得带上8

便士缴学费。没错。8个！八个！捌个！7便士你们连门都进不来哟！不行，你们得缴8便士，否则就开除，所以现在就开始攒钱吧！

我在干吗？我正在北上，要去我年轻时战斗过的泥塘故地重游。我就是在那儿拿到泥浆摔跤冠军，一滚成名的。

拜拜。

最受人爱戴的校长、不可思议的莫德雷德

尊敬的莫德雷德校长：

非常感谢你给我写信。乡村邮递员跟我说，我是大头针村第一个收到信的人。现在我一去村子里，人们就指着我说："他就是那个收到信的家伙。"

我跟我爸爸说了学费要缴8便士的事情。等他笑完了以后，他说他只能用甘蓝菜来付学费。那你看我得交多少颗甘蓝菜才够呢，校长？

大头针村满怀期待的威格拉

亲爱的威格拉：

这个暑假你过得开心吗？我一点都不开心。我已经等不及要回屠龙学校了！

当个全职的公主真的是最糟糕的事儿了。今天早晨，妈妈让我泡了个牛奶浴，好让我的皮肤变得柔软，现在我闻起来就像头奶牛。接着，我又上了竖琴课，弄断了六根琴弦。之后我又去了一个市集，给萝卜汤比赛当评委，还把汤滴在了长裙胸口的位置。这已经是这个礼拜我毁掉的第四条长裙了！

我们这儿也举行了一场马上长矛比赛，不过我只能坐在看台上观战，这简直就像受刑。我多想再穿上我的浪子骆驼爵士盔甲，拿起我的宝剑啊！

皇宫里跟我做伴儿的只有浪子骆驼、亚瑟和吉娜薇——就是我那三条金鱼。他们能听我诉苦，可他们没办法跟我聊天。我想你了，威格拉。给我回信吧！告诉我你在忙些什么。

你的挚交好友　埃丽卡

亲爱的埃丽卡:

　　我上个礼拜回家的时候,最惊讶的人是我爸爸。他从来没听说过什么放暑假。等我跟他解释完以后,他说这主意听上去不错,然后他就迷上了他的吊床。

　　这样一来,打水、给甘蓝菜地除草、砍柴和清理猪粪就都成了我的活儿了。

　　我家的小茅屋又挤又吵,我爸爸成天打嗝儿,我妈妈总是很焦虑。还有我那十二个兄弟,一直不停地吵吵闹闹,打个没完。就因为这样,我才去猪圈里跟黛西睡在一起。

　　快给我回信吧!

　　　　　　　　　　　　你的朋友　威格拉

亲爱的威格拉:

　　屠龙学校图书管理员即问近好。我多么希望你的夏日时光充满欢声笑语,还有好书陪伴身旁。

　　放暑假让我有机会去参加了"法兰克福香

肠书展"。我带去了许多好书，比如说走不远伯爵的《散散步》和竞猜王的《谁在敲门》。

书展明天就结束了。之后我会去跟花生糖兄弟会的小兄弟们聚聚，一直待到秋天开学。我期待着到时候与你相会，威格拉。

戴夫修士手谕

尊敬的戴夫修士：

谢谢你的来信！我也好想参加书展啊！

我和黛西很喜欢我们从图书馆借回来消磨暑假时光的书。星期五公主的《可怕的星期四》我已经看了一半了，黛西刚开始看那本神犬休利特的《浪子出走记》。

你的学生　威格拉

亲爱的威格拉：

希望你的暑假过得比我好。虽然我妈妈本意不坏，可是我要被她整疯了。她说我跟她都需要减肥，所以她让我俩开始进行可怕的节食。我们吃的都是胡萝卜头和芹菜叶子，喝的都是大麦茶。此时此刻，要是能来上一大盘煎锅厨师的炒鳗鱼，我真是干什么都愿意！

你爸爸跟你讲新的敲门笑话了吗？如果有就好了，我等不及想听一听！

代我向黛西说"好你"。

你的死党　安格斯

亲爱的安格斯：

黛西也让我代她说"好你"。

我很担心我的宝贝小猪，因为我家里还没人知道她会说话。我提醒过她，千万不要在任何人面前说话，尤其是我妈妈，你知道她有多迷信的。要是我妈妈听见猪开口说话，她一定会以为世界末日到了！

真希望你能来我家！我妈妈做的甘蓝菜汤会让你立刻苗条起来——前提是你能咽得下去。

我爸爸让我跟你说个敲门笑话：

"嘭！嘭！"

"是谁啊？"

"报信的。"

"报什么信？"

"告诉你开门就要被石头砸呀！"

你的朋友 威格拉

威格拉：

你好呀！

你猜怎么了，我回到家的时候，发现我家房子没了！我妈把房子都拆了。她正在建一座更大更气派的新房子。房子里会装一个叫作"抽水马桶"的东西。我不清楚那是什么玩意儿，不过在鎏金镇我家是第一个装这个的，我妈特别兴奋。现在这儿乱七八糟的，到处都是木匠和石匠。

现在我身边一个朋友都没有。我成天都在照看我的小弟弟兜兜，因为每个保姆跟他待上一个钟头就辞职不干了，兜兜就是个讨厌鬼！

跟你老爸说，我已经在练习打嗝儿了。哎哟，我打嗝儿的声音可大了！下次我再见到他，会跟他较量一下，来个打嗝儿比赛。哦，我真想你，威格拉！

你的好伙伴 简丝丝

亲爱的简丝丝：

　　真想见识一下你的新家。虽然我不敢肯定，但是我觉得抽水马桶应该是个盆子，可以用来洗掉靴子上的泥。

　　今天早上，我妈妈抬头看见天上有朵土豆形状的乌云。她一边嚷嚷着说是个凶兆，一边跑进了小茅屋里，然后她就再也没出来。

　　当我跟我爸爸说你想跟他较量一下比赛打嗝儿的时候，他打了个超级无敌震天响的大饱嗝儿，你在鎏金镇肯定都能听见！我的左耳现在都还在耳鸣呢！

　　我也很想念你。

你的朋友　威格拉

第二章
"妖怪"黛西

威格拉坐在黛西身旁的一捆干草上，他打开安格斯最近寄来的一封信。从废话镇传来的消息可不太妙，安格斯的妈妈已经在用干炖蒲公英当晚餐了。

就在这时候，威格拉的爸爸弗格斯把脑袋伸进猪圈里。

"嘭！嘭！"弗格斯大声喊道。

威格拉抬起头。"是谁啊？"他回答。

"小鲜肉！"弗格斯吼道。

"什么小鲜肉？"威格拉问。

"这么大个儿的老鼠可不是美味多汁的小鲜肉吗？"弗格斯大叫道。

"老鼠？"威格拉跳起来，"什么老鼠？"

黛西尖叫着说："鼠老？"她也蹦了起来。

"上当了吧！"弗格斯大喊着。等他笑够了，他又补了一句："汤已经做好了。"便转身离开了猪圈。

威格拉拍了拍小猪。"黛西，你得记住，不能在任何人面前说话。"

"起不对，"黛西说，"了坏吓才刚我。"

"我知道，不过要是我妈妈听见了……"后果就不用威格拉多说了。

黛西点点头，亲昵地蹭了蹭威格拉的脸，然后她就小跑着奔向了长满野花的河边。

威格拉赶紧下山走到小茅屋跟前，他推开门——差点儿又把门给关上了。

他那十二个健壮如牛的黄头发兄弟，又在进行撞脑袋比赛了。

他的大哥猛地往前一倾，把脑袋往桌子上一撞。"梆！"

老二也干了同样的事情。"梆！"

排行老三的威格拉，干瞪眼，没动静。

老四把脑袋重重地撞在桌子上。"梆！"

接着是老五。"梆！"

"嘭！"老六一边把头往桌子上狠命一撞，一边大喊着。"梆！""我撞得最狠！"他嚷嚷着，"我赢了！"

"够了！"他们的妈妈莫尔维娜大叫起来，"你们会把我的桌子给撞凹的。"她往身后扔了一小撮盐，求个吉利。

威格拉试着在长凳的一端坐了下来。

"滚开！"老大用胳膊肘捅了他一下说。

"别过来，威格拉！"最小的弟弟从桌子对面大喊道，"你身上的味道真奇怪！"

"那是因为他洗了个澡。"排行倒数第二的弟弟捏着鼻子嚷嚷着。

"快吃！"莫尔维娜命令道，可惜没人搭理她。

"坐我这儿来，威格拉。"杜德温大声说，他往边儿上挪了挪，在凳子上给威格拉让了个座儿，"我觉得你很好闻。"

威格拉挨着杜德温坐了下来。他瞅了瞅汤锅，空空如也。

"给。"杜德温把自己的碗往威格拉面前一推。碗里还剩着一点点汤。"剩下的归你了。"他把自己的勺子给了威格拉。

"谢谢你，杜德温。"威格拉说。他抿了一口，真恶心！这汤难吃的程度总是那么出人意料。

"跟我们说说你是怎么杀死火龙戈兹尔的吧，威格拉。"杜德温说。

"他已经说过了。"老大说。

"他还没说完呢，"杜德温说，"跟我们说说吧，威格拉。"

"好吧，"威格拉说，"戈兹尔是条恶龙，他会'嗝儿''嗝儿'地喷出团团黑烟。"

"嗝儿！"弗格斯在长桌的上座那儿打了个嗝儿。不过没有喷出烟雾。

"嗝儿！"老大打了个饱嗝儿。

"嗝儿！"老二打了个饱嗝儿。

"戈兹尔的鼻子里会喷出火红的烈焰。"威格拉压过打嗝儿声大喊道。

"火红的火龙鼻涕！"排行倒数第四的弟弟大叫起来。

兄弟们全都有样学样地反复呼喊："火红的火龙鼻涕！"

"火龙鼻涕'啪'的一声溅你身上了吗，威格拉？"老大高声说。

"没有。"威格拉说。不过没人在听，大家都笑得太起劲了。

突然，小茅屋的门'嘭'的一声打开了。大家都止住了笑声。

黛西冲了进来，身后还跟着一群嗡嗡作响的蜜蜂。

"命救！命救！"黛西大叫着。

莫尔维娜也尖叫起来。

十三个兄弟全都一跃而起，桌子都打翻了。

"我救救！"黛西一边大叫着，一边绕着掀翻在地的桌子飞跑，蜜蜂则紧跟在她身后，"我帮帮，拉格威！"

"烧着了国王肯的裤子啊！"弗格斯大叫道，他的眼睛瞪得跟茶碟一样大，"那头猪会说猪拉丁语！"

"那头猪被恶魔缠身了！"莫尔维娜尖叫着说，"我们都要完蛋了！"她开始把盐一把一把地抓起来往身后扔。

十几个兄弟满屋子乱跑，疯狂地拍打着蜜蜂的同时也不忘互殴一通。"打死那群蜜蜂！打死那群蜜蜂！"他们叫嚣着。

威格拉抓住黛西，把她拉到小茅屋的一个角落里，脱离了险境。莫尔维娜拿着扫帚追打着蜜蜂，把它们赶了出去。

"了蛰被我！"黛西的尖叫声压过了所有的吵闹声，大颗大颗的眼泪从她的脸颊滚落下来。

"你被蛰了？"威格拉说，"蛰哪儿了？"

黛西转身把屁股对着他，接着威格拉把蜜蜂的毒刺拔了出来。

黛西用猪蹄背擦去脸颊上的泪珠说道："你谢谢，拉格威。"

"威格拉！"弗格斯大吼道，"你的猪为什么会说这么奇怪的话？"

他的十二个兄弟和妈妈都等着听他的解释。

"呃，你瞧，我遇见了泽尔诺克巫师，然后……然后他也算是给黛西施了个说话咒，"威格拉结结巴巴地说，"不过，巫师的咒语出了岔子，所以黛西就会说猪拉丁语了。"

"巫师？"莫尔维娜大叫道，"我们的死期到了！"她的盐全都用光了，所以她拿起一把勺子抛到了身后。

"当！"勺子砸到了老二的脑袋上。他抓起勺子朝老三扔过去，"当！"老三又朝老四扔了过去，"当！"这下子勺子开始满天飞了："当！当！当！"其余的几个兄弟一拥而上，很快就大打出手了。

只有杜德温站在一边，敬畏地看着黛西。

"这只猪必须离开这儿，弗格斯！"莫尔维娜大叫道，"她会让我们走霉运的！我们现在已经够倒霉了！"

"你听见你妈说的话了，威格拉，"弗格斯说，"这猪不能留在这儿。"

"爸爸，别这样！"威格拉大喊道。

黛西低着头，慢慢地走向小茅屋门口。

"你了解你妈的，儿子，"弗格斯压低声音说，"只有等她看不见那头猪了，你妈才会消停的。"

威格拉双手交叉往胸前一抱。"要是黛西走了，我也走。"他说。

"不！"杜德温尖叫。

弗格斯伤感地打了个嗝儿，然后说："那就对不住了，孩子，你妈说一不二。"威格拉和黛西离开了小茅屋，他们爬上山坡来到猪圈。

"起不对。"黛西说。

威格拉轻抚着小猪。"你又不是故意的。"他说。

"呢儿哪去们我那？"她问。

"我不知道该上哪儿去，黛西，"威格拉说，"只要别待在这儿就行。"

威格拉在猪圈里把他的褐色薄毯子铺开，把他的几件家当扔到上头——幸运布头、屠龙宝剑和水壶，然后把毯子打包捆好。

"准备好了吗，黛西？"威格拉说。

"了好备准。"黛西说。

他们动身离开了猪圈。当他们经过小茅屋时，杜德温跑了出来。

"威格拉！"他喊道，"带我一起走！"

莫尔维娜冲出来揪住他。"你哪儿都不许去，杜德温。"她说。

"讨厌！"杜德温说。

威格拉笑着说："我会想你的，杜德温。"

"别让黑猫从你面前跑过，威格拉，"莫尔维娜说，"也别从梯子底下走。"她给了他一个拥抱，压得他差点儿透不过气来，"快点儿回来——不过不许把那些会说话的妖怪带回来！"

弗格斯从小茅屋里走出来，大声说："来个敲门笑话吧！嘭！嘭！"

威格拉咕哝着说："是谁啊？"

"给你壮胆的！"弗格斯大吼一声。

"壮什么胆？"威格拉说。

"带上这个，肚子饿了也不用怕哟。"弗格斯说着，把一瓶甘蓝菜汤塞到威格拉手里。

接着，威格拉和他的小猪就沿着小路出发了。可是他们该去哪儿呢？威格拉不知道。学校刚放假那会儿，他真是觉得无拘无束，逍遥自在。可现在他真希望压根儿就没有暑假这回事儿。

第三章
诱人的龙魂岭夏令营

"黛西！我想到了！"当威格拉和他的小猪走到沼泽河的时候，他说道，"我们可以去皇宫找埃丽卡。"

短腿小猪一脸迟疑。"哦儿那到能才久很走得。"她说。

"从屠龙学校走到皇宫是得走很久，"威格拉说，"不过从这儿走过去很快就到了。你知道国王肯一直对你救王后芭比心怀感激。我想她会很乐意让我们在皇宫住上一两天的。"

威格拉拖着他的大长腿，黛西迈开她的小短腿，一人一猪就这么步履艰难地上路了。

他们沿着河边小路一直往北走，一路上没看见其他人。不过威格拉时不时地有种奇怪的感觉，他觉得有人在跟着他们。强盗和猛兽常常埋伏在河边，于是他加快了步伐。

当天色开始渐渐暗下来的时候，他们已经走了好长一段路了。

"啪！"

威格拉转过身，刚才那是树枝被踩断的声音吗？

可他们背后没有人。

不过，威格拉很肯定自己听见了脚步声。

"拉格威？"黛西悄悄说道，"的怪怪觉感我。"

"我也感觉怪怪的。"威格拉悄悄说。

黛西点了点头，她看起来很害怕。

不过他们又继续往前走，黛西一边走一边用猪拉丁语唱歌，让自己打起精神来。

"晶晶亮闪一闪一，星星小是都天满……"

太阳落山的时候，半弯月牙照亮了天空。威格拉看出来，黛西走累了。

"我们就在河边过夜吧，黛西。"威格拉告诉她。

黛西小心翼翼地环顾四周。"睡下底树棵那去要我。"她边说边小跑着奔向一棵大橡树。

威格拉把自己的褐色薄毯子铺在地上。他脱下靴子，躺了下来。不知有什么东西快速地穿过附近的树林，一只狼在远处长哞。

威格拉用毯子把自己裹起来试着数绵羊。当他数到第76只绵羊就快要迷迷糊糊地睡着时，他听见了"啪"的一声！

什么声音？

有人正偷偷摸摸地钻过灌木丛——他很肯定。

"黛西？"他轻轻地喊了一声。

黛西没应声。

脚步声越来越响了。

威格拉的心怦怦直跳。有人要来打劫了吗？他赶紧拼命往毯子里缩——他希望自己看上去就像根褐色的大木头。

他从毯子里头偷偷地往外看。他看见了一个影子！那影子越来越近了！

"谁……是谁？"威格拉结结巴巴地问道。

"是我！"夜色中响起一个声音。

"'我'是谁？"威格拉问。

"我是杜德温啊，"那声音说，"就是我。"

"杜德温？"威格拉从毯子里挣脱出来，坐起身子。来的是他的弟弟而不是强盗，他真不知道是该生气还是高兴。

"想不到吧，威格拉！"杜德温咧嘴笑着说，"我一路跟着你呢。"

"我看出来了。"威格拉说。

"不管你去哪儿,我也要去,"杜德温说,"还记得我们去死亡洞那回有多好玩吗?"

"还行吧。"其实威格拉只记得怎么把杜德温从一个接一个的险境中解救出来。

"还记得我是怎么把咱们从巨人怪手里救出来的吗?"杜德温说,"记不记得我是怎么把甘蓝菜汤扔到他脸上的?"

"我记得。"威格拉叹了口气。杜德温是个好孩子,可是他总爱惹麻烦。

"我能跟你合盖一张毯子吗,威格拉?"杜德温问。

威格拉点点头。没过多久,两个小家伙就开始小声地打起了呼噜。

第二天早晨,黛西跑回威格拉的露营地。

"温德杜!"大吃一惊的小猪大喊道。

"嗨,黛西!"杜德温说,"我可不觉得你是着了魔。你猜怎么着?你们去哪儿,我就去哪儿。"

三个人喝完了甘蓝菜汤,接着,他们就踏上了前往皇宫的旅途。

他们走了几个钟头,这时候杜德温停了下来。"瞧啊,威格拉,"他指着前面路上的一棵大橡树说,"有棵消息树。"

"没错。"威格拉说。

三个人走到跟前想看个仔细。

"上面都写了些什么？"杜德温问。

威格拉把绑在树枝上的留言大声地念了出来：

　　　国王肯是个唠唠叨叨、昏头昏脑的大笨蛋。

　　　国王肯就是块长着山羊胡子的班伯里芝士。

　　　国王肯就是王国里一颗致命的毒瘤，化脓的水疱。

"怜可真肯王国。"黛西说。

"他不太受欢迎啊。"威格拉说。

"这上头说的是什么，威格拉？"杜德温问。他从树干上钉着的一沓厚厚的羊皮纸中头扯出了一张，递给他哥哥。

威格拉大声念道：

　　　你是个热爱自然的小家伙吗？
　　　你喜欢健康的户外运动吗？
　　　你喜欢游泳吗？
　　　喜欢做手工艺品吗？

想拿点儿奖品吗？

唱歌呢？

在熊熊燃烧的篝火上烤棉花糖怎么样？

都喜欢？

那就来参加龙魂岭夏令营，

度过一段让你永生难忘的夏日时光吧。

没错！威格拉就是个热爱自然的小家伙。说得对！他就想要一段永生难忘的夏日时光，一个充满了阳光和欢笑的夏天，他几乎尝到了烤棉花糖的滋味了。

"听上去真不错。"威格拉说。

"夏令营！"杜德温大喊道，"我爱夏令营！"

"是也我。"黛西说。

大字下面还有一行小字：

只花3便士，就能尽享欢乐。

"3便士？"威格拉大叫道。为什么所有东西都那么贵呢？为什么我们家又那么穷呢？"我们去不成了。"

"我们必须去，威格拉！"杜德温说，"我知道了！我们可以偷偷溜进去。"

羊皮纸最底下有一行更小的字引起了威格拉的注

意，他念道：

四人同行，一人免费！

"万岁！"杜德温大喊道，"我们只需要再找三个人一起去就行了！"

"再找三个人也只能让我们其中一个免费入营。"威格拉说。

"你会想到办法的，威格拉，"杜德温说，"你主意最多了。"

威格拉开始动脑子：他有三个朋友——埃丽卡、安格斯和简丝丝，他们三个暑假都过得不开心，但他们三个都能拿得出3便士。确切地说，这还算不上是个计划，不过总算是个开始。他的心开始兴奋得怦怦直跳。他把羊皮纸折起来，塞进了束腰上衣兜里。也许还有机会，让他、黛西、杜德温和他的朋友们都能去那个好地方——龙魂岭夏令营。

第四章
糟糕公主埃丽卡

太阳当空照的时候，威格拉、杜德温和黛西走到了皇宫。

"哟呵！"杜德温傻乎乎地看着高高的粉红色大理石塔楼，嚷嚷道，"这小茅屋可真棒！"

威格拉走上前去，来到大铁门前大声喊道："卫兵！"

一个穿着红色束腰上衣，胸口别着皇室徽章的卫兵急匆匆地赶来开门。不过，等他看见站在跟前的这三个人，他大吼道："快走开，土包子！只有在国王肯加冕日那天你们才能进来。两个月以后再来吧，土包子！"

"可我们是来找埃丽卡公主的，先生。"威格拉说。

"她也是我的朋友。"杜德温说。

"公主？我可不相信，"卫兵傲慢地说，"快走，你们这群流氓！"

黛西瞪大了眼睛。"氓流？"她尖叫道。接着，她从守卫身旁冲过去，跑进大门，朝着皇宫飞奔而去。

"快跑，黛西！"杜德温大喊着。他和威格拉跟在小猪身后飞跑起来，差点儿把那个卫兵给撞翻在地。

"快停下来！"卫兵大叫道，"快停下来，你们这帮无赖！"他吹响了金色的口哨。

转眼间，皇宫院子里就站满了红衣服的卫兵。

"把他们抓起来！"头一个卫兵高声喊道。

一个卫兵抓住了威格拉，另一个抓住了杜德温。

"放开我！"杜德温大叫道，"放开我，嘿！"他一边扭来扭去地挣扎着，一边大声叫唤。

当卫兵把绳子套在黛西脖子上的时候，她尖叫了起来。

王后从高高的窗户里探出头来。"看在上帝的分儿上，下面到底出什么事儿了？"她大声说。

"有人非法入侵，王后殿下，"首领卫兵大声回答，"我们正要把他们关进地牢里去。"

王后芭比眯着眼睛向下打量着囚犯。"黛西？"她大喊道，"是你吗？"

"我是，下殿后王！"黛西大声说道。

"卫兵，立刻释放他们！"王后高喊道。

"遵……遵命，王后殿下。"首领卫兵小声嘟哝着。他把绳子从黛西脖子上取了下来。

"我马上就下来。"王后大声说，接着消失了在窗口。

黛西皱起眉头瞪着那个卫兵。"他的救我是可候时的痘水出肯王国！"她说。

"国王肯出水痘的时候是她救了他。"威格拉告诉卫兵。

"哦，你就是那头国王的救命恩猪？"卫兵惊呼道，"非常抱歉！"他向黛西鞠了一躬。

"多不差还这。"黛西说。

这时候王后芭比风风火火地走出了皇宫。

"你好，王后殿下，"威格拉鞠躬说道，"请允许我介绍一下我的弟弟杜德温。"

"欢迎你们来到皇宫，小家伙们。"王后芭比说道。高贵的王后伸出手接受吻手礼。"欢迎你回来，黛西。哦，国王肯错过了跟你见面的机会，他一定会很难过的。他去拜访线轴郡的国王鲍勃了。他想去请教一下怎么才能更加受人爱戴。"王后耸了耸肩，"哦，我敢打赌，你们是来找埃丽卡公主的。"

"是的，王后殿下。"威格拉说。

"让我想想。公主十点的时候上的是屈膝礼课程，十一点上的是叠餐巾高级课程，"王后芭比看了一下脖子上那条金链子上的小沙漏，"午餐时上的是公主礼仪课……她现在肯定在音乐室里，开茶会招待她的几个表姐——米西公主、碧西公主和蒂西公主。"

"埃丽卡？开茶会？"威格拉惊讶地说。

"是啊，"王后说，"嘿，黛西！"她转身对着小猪接着说，"你想去皇家水疗馆打发打发时间吗？"

黛西眼睛一亮："的好！谢谢！"

王后带着他们进了皇宫，走上南塔楼的大理石楼梯。走到楼梯顶部，她说："顺着走廊一直走，右边就是音乐室。等我在水疗馆安顿好黛西，就马上过来。"

威格拉和杜德温顺着大理石走廊一直走，在音乐室门外停了下来。他们听见尖声尖气的说话声，还有笑声。威格拉从门框那儿偷偷地张望。他一眼就看见了埃丽卡，不过她看上去跟他认识的埃丽卡不太一样。她留着长长的卷发，穿着一件蓝色的丝质长裙，她正从一只银茶壶里倒茶。

一个穿着紫色长裙的公主递过她的杯子。

公主们在喝茶，威格拉不知道该不该进去。

但是杜德温径直冲了进去。"嗨，埃丽卡公主，"他说，"还记得我吗？"

埃丽卡惊得张大了嘴。

"杜德温！威格拉！"她大叫道。就在她跑过去迎接他们的时候，茶壶从她手里掉了下来。茶壶盖"啪"的一声就开了，茶水泼得紫衣服的公主浑身都是。

"我的新裙子！"紫衣服公主尖叫着说，"全都毁了！"

"哎呀！"埃丽卡说，"对不起，米西。"

穿黄色长裙的公主瞪着埃丽卡，"我看你是故意的，因为米西的长裙比你的好看。"

"碧西！"埃丽卡说，"我不是故意的！"

穿绿色长裙的公主拿起一块蛋糕，在埃丽卡胸口的蕾丝上摁得稀烂。

"这下子你的长裙也毁了，"她说，"看你能拿我怎么办！"

埃丽卡用手指抠了点儿蛋糕上的糖霜，塞到嘴里。"嗯，真好吃，"她咧嘴笑着说，"这么做可有失公主身份哦，蒂西。"

"这是我参加过的最糟糕的茶会！"米西大喊道。

"简直糟透了。"碧西说。

"比糟糕透顶还要糟。"蒂西说。

就在这时候，王后芭比从门口探头进来。"天哪！"她惊叫道。

米西、碧西和蒂西迈着公主步，走到王后跟前。

"全都怪埃丽卡表妹！"碧西说。

"我的长裙都被她毁了！"米西说。

"我们不会再来这儿了，芭比姑妈，"蒂西说，"你别想管我们！"

三位公主迈着公主步走出了音乐室。

"我的天！"等她们走了以后王后芭比惊呼道，"这到底是怎么一回事儿？"

埃丽卡叹息着说："我又搞砸了，妈妈。"

王后抱了抱她。"别担心，宝贝儿，"她说，"你的朋友们会让你打起精神来的。"

"我们会的，王后殿下，"威格拉说，"你瞧瞧这个怎么样，埃丽卡？"他从衣兜里掏出龙魂岭夏令营的宣传单，递给了她。

"我在皇家消息树上看见过这个，"埃丽卡说，"听起来很有意思，对吧？"

"让我看看。"王后芭比说。她从埃丽卡手里拿过羊皮纸，读了起来。

"你要去参加这个夏令营吗，威格拉？"王后问道。

"但愿我能去，王后殿下。"威格拉说。他解释说入营费要3便士，但是要是他能带上三个同伴，他就可以免费参加了。

"我敢说安格斯肯定想去，"埃丽卡说，"简丝丝也一样。他们这个暑假过得一点儿都不开心。"她转身看着王后:"妈妈?我能跟威格拉一起去参加夏令营吗?拜托了。"

王后四下打量着音乐室:砸瘪了的皇室茶壶躺在地上,埃丽卡的长裙前胸也脏兮兮的,全是蛋糕碎屑和糖霜。

"夏令营!"王后大声说,"这主意太好了。我会让阿福立刻替你收拾行李。"

"我也要去!"杜德温大叫道。他跪倒在王后跟前。"哦,美丽绝伦高贵无比的王后殿下,你能施舍3便士,让我这个可怜的乡下小子去参加夏令营吗?"

"杜德温!"威格拉大喊道。他的脸羞得通红。

不过王后芭比只是大笑着说:"我会让皇室会计给你3便士的,杜德温。"

"哦,太感谢你了,王后殿下。"杜德温说,他一跃而起,"太好了!"他大叫着说,"我们要去露营咯!"

第五章
寻找安格斯

第二天早晨，威格拉、杜德温、埃丽卡和黛西离开皇宫出发了，他们要去安格斯的家乡废话镇。

威格拉扛着一根棍子，棍子一头捆着他的全副家当——褐色薄毯子。

杜德温肩上扛着王后给他的皇室蓝色厚毯子，他把衣兜里的3便士拨弄得叮当作响。

埃丽卡只带了一个皇家甜点师给的小盒子，皇室马车夫直接把她的行李箱送到龙魂岭夏令营去了。

"澡洗欢喜真我。"黛西一边小跑着跟在威格拉身旁一边说。她做了水疗以后，全身的皮肤透出前所未有的粉嫩。

"哦，我绝对不会洗澡的，"杜德温说，"老爸说洗澡会让人发疯的。"

"说胡。"黛西说。

"你们能来皇宫我真是太开心了，威格拉。"埃丽卡说。她再次扎起了辫子，穿上了束腰上衣，腰间捆着她的浪子骆驼爵士工具带，上面挂着各种各样有用的玩意儿："我生来就不是当公主的料。"

他们一直走到正午时分，这时候杜德温说："我的脚好疼啊！"

"没多远了，"威格拉说，"看！往前直走就到废话镇了。"

迎面走来一个挤牛奶的姑娘，她牵着一头奶牛。

"打扰一下，挤牛奶的姑娘，"威格拉说，"请问潘太太和她的儿子安格斯住在哪儿呢？"

"就在那座茅草屋顶的大屋子里，"挤牛奶的姑娘指了指说，"不过要是你在这里等一会儿，很快就能看见他们从这儿经过了。"

挤牛奶的姑娘说完没多久，一个身材高大、头顶上绾着金色发髻的女人沿着小路慢跑着过来了。

安格斯慢跑着跟在她身后。

"跑快点儿，小甜心，"那女人喘着气大喊道，"记住——舍不得流汗，掉不下肉。"

"哦，我的天！"安格斯气喘吁吁地说。

"你好啊，安格斯，"等他俩跑近了，威格拉说道，"你好，潘太太。"

安格斯盯着威格拉，猛地停了下来。

"小丑铃铛！"他惊叫道，"我都跑出幻觉来了！"

"哦，是你的同学们啊！"潘太太惊呼道，"跟他们聊天的时候，原地跑步，宝贝儿。"

安格斯微微地动着双脚。

"慢跑是最新的减肥方法，"潘太太告诉他们，"还要吃香菜、胡萝卜头和芹菜汤。"

"真恶心。"杜德温说。

"不恶心才怪，"安格斯说，"简直糟透了！"

"请跟我们一起共进午餐吧！"潘太太说。

"别指望能填饱肚子。"潘太太朝着她家跑步前进的时候，安格斯小声咕哝着。

"见到大家我真是太高兴了！"安格斯说，他挠了挠黛西的耳背跟着他们开始往家走，"什么风把你们吹来了？"

"我们想给你看看这个。"威格拉说。他把羊皮纸宣传单递给安格斯。

安格斯迫不及待地读起来。

"哎哟！龙魂岭夏令营听起来太妙了，"他说，"你们要去吗？"

"我希望能去。"威格拉说。

"我要去，"埃丽卡说，"你也去吧，安格斯！"

"妈妈不会让我去的，"安格斯叹了口气，把羊皮纸还给威格拉，"这辈子都不可能。"

"可这是为什么呢？"威格拉问道。

"我回家过暑假她高兴坏了，"他说，"要是我告诉她我要离开家里去露营，她会伤心的。"他又叹了口气，"不过我不知道再这么节食跑步下去，我还能撑多久！"

"可怜的安格斯！"埃丽卡说。

安格斯点点头。"给我写信吧！"他说，"把夏令营里的一切都告诉我，尤其是你们吃了些什么。"

等他们走到家，安格斯打开大门，把他们领进院子里。

潘太太正隔着篱笆跟隔壁的太太说话。

"把你的朋友们领进屋去吧，安格斯，"潘太太大声说，"我跟圆滚滚太太正在聊天呢！"

威格拉往屋里走去的时候，一不小心就听到了她俩的谈话。

"今天下午我就要去轻飘飘夫人瘦身中心了！"圆滚滚太太说。

"你真有福气！"潘太太大叫道。

"他们说，让你圆滚滚地进来，轻飘飘地出去。"圆滚滚太太咯咯笑着，"你干吗不跟我一起去呢？"

"我想去啊！"潘太太说，"可是怎么可能呢？要是我走了，扔下小安格斯跟他的表弟们待在一起，他会伤心的。"

"太遗憾了，"圆滚滚太太说，"那好吧，拜拜！"

"打扰一下，潘太太，"等她走近茅屋的时候，威格拉说，"我一不小心听见你跟邻居的谈话了。"

"别担心，孩子，"潘太太说，"我不会扔下我的小安格斯跑掉的。"

"我给你看样东西。"威格拉说。他把夏令营宣传单递给潘太太，"埃丽卡、我弟弟和我要去参加这个夏令营，你觉得安格斯愿意跟我们一起去吗？"

"健康的户外运动，"潘太太念道，"游泳和远足。"她看着威格拉，"哦，这正是安格斯需要的！"

接着她脸色一沉："哦，可是他会非常想念我的，我担心他不肯去。"

"那我们去问问他吧？"威格拉说。

潘太太笑着说："问问看吧！"

威格拉跟着潘太太走进厨房：埃丽卡在盛芹菜汤，杜德温在端碗，安格斯在摆汤勺。

潘太太快步走到儿子跟前。"我想问你点事儿，小甜心。"她说。

"妈妈！"安格斯哀号着说，"别这么叫我！"

"瞧你这小心眼儿，暴脾气，"潘太太说，"说吧，安格斯，你想跟你的朋友们去参加龙魂岭夏令营吗？"

"我？"安格斯尖叫起来，"去夏令营？"

潘太太扭头看着威格拉："瞧见了吗？我说什么来着？他不想去。"

"什么？"安格斯大叫道，"不是这样的！"

"你不用勉强，宝贝儿。"潘太太说。

"我的意思是我想去！"安格斯说，"是的，我很想去。拜托了！让我去露营吧！"

"真的吗，亲爱的？"潘太太说，"你确定吗？"

"确定一定以及肯定！"安格斯咧嘴乐着，"夏令营听上去简直棒得要命！"

"好吧！"潘太太说，"我得赶紧出去告诉圆滚滚太太，我总算能跟她一起去瘦身中心了。"

等到汤碗洗好晾干的时候，安格斯已经收拾好露营的行装了。前往轻飘飘夫人瘦身中心的潘太太，同样整装待发了。

第六章
龙魂岭夏令营我们来啦

"吁！"圆滚滚太太对她的马儿唤道。她把马车停在了鎏金镇外头，因为简丝丝就住在这儿。

安格斯和他的朋友们从马车上跳下来。

"拜拜！"潘太太挥手大喊着，"露营要玩得开心点哦！"

马车刚消失在视线之外，安格斯就说："谁有吃的？"

埃丽卡打开了皇家甜点师给的盒子。

黛西闻了闻精致的点心。"芙泡油奶！"她大叫道。

"奶油泡芙！"安格斯一边把泡芙塞进嘴里，一边哼哼着，"天哪！我都忘记真正的食物是什么滋味儿了。"

奶油泡芙一下子就被消灭了。接着，威格拉和他的朋友们徒步走上山坡，来到了鎏金镇。

刚走到镇外，两个牧羊人赶着一小群羊走了过来。

"打扰一下，牧羊人先生，"威格拉说，"请问简仁义公爵住在哪儿呢？"

"你肯定能找到的，"一个牧羊人说，"他家的房子是鎏金镇最大的。"

"而且现在还没修完呢！"另一个牧羊人补充道。

"要知道，简仁义以前就跟我们一样，是个土包子。"头一个牧羊人说。

"可他现在发财了，"另一个牧羊人说，"这下子他真觉得自己成了什么公爵了。他还要给自己树座雕像呢！"

说到这儿，两个牧羊人哈哈大笑起来，继续上路了。

"走吧，"安格斯说，"应该不难找。"

威格拉和其他人走上了鎏金镇的主街。最后，他们来到了一座还没完工的大房子前头。院子里，一个雕刻师正对着一块大石头敲敲凿凿。一个身材高大的男人骑着马杵在他跟前。

"那就是简丝丝的爸爸。"安格斯小声说。

杜德温跑上前去敲了敲门。简丝丝把门打开了，她的脸、脖子和胳膊上都缠着绷带。

"好极了！"她一看见她的朋友们就大声说，"我还以为是新的保姆来了呢！"

简丝丝嘴里嚼着口香糖，怀里抱着一个小宝宝。威格拉从来没见过这么大个儿，脑袋这么秃的宝宝。

"哇！"小宝宝高兴地大叫起来。

"进来吧！"简丝丝压过宝宝的大叫声高喊道，"小心脚底下，这儿已经乱翻天了。"

到处都是工人，有的在丈量着尺寸，有的拿着锤子锤锤打打，还有的在锯木头。"你们几个来这儿干吗？"简丝丝拼命地大喊着，好让自己的声音盖过这些噪音。

"我们来看看你要不要跟我们一起去参加夏令营！"威格拉高声说。

安格斯把羊皮纸递给她。

"我帮你抱着宝宝吧，你读读看。"威格拉提议道，他喜欢照顾小宝宝。

"当心，"简丝丝把宝宝递给他说，"兜兜会咬人。"

兜兜咧开嘴笑着，露出四颗门牙，上面两颗，下面两颗。

简丝丝读完羊皮纸，抬起头来。"哇，我好想去啊！"她说，"可谁来照顾兜兜呢？镇上的保姆我们几乎都试过了。"

"哇啊!"简丝丝把兜兜抱回来的时候,他大叫着。

就在这个时候,有人来敲门了。简丝丝把门打开,门廊上站着一个高个子女人,她身旁放着一只大箱子。

"格特婶婶!"简丝丝惊呼。

"快找人帮我把行李箱搬进来,简丝丝。"格特婶婶一边说一边往里走,"我要在这儿住下来。贾尔斯爆炸了以后,就剩我孤零零的一个人。我要找人陪陪我,还要找点事情忙活忙活。"

"帮忙照顾小宝宝怎么样?"简丝丝问。

"我很乐意。"格特婶婶说张开手臂说,"小兜兜!"

"啊!"兜兜一边大叫着,一边伸出胖乎乎的胳膊。他搂住年迈的婶婶皮肤粗糙的脖子,张嘴就是一口,不过婶婶似乎没什么感觉。

简丝丝转身看着她的朋友们。她把口香糖嚼得啪嗒作响,大叫道:"龙魂岭夏令营!我们来咯!"

威格拉和他的朋友们在简丝丝家还没完工的房子里过了一夜。第二天早晨,厨师为他们准备了丰盛的早餐,做了一顿炒面布丁给他们吃,然后送他们上路了。

羊皮纸背后有张地图,标明了去龙魂岭夏令营的路。一行人沿着独角兽小道往北走,最后他们来到了步步当心大森林。

"我们沿着这条林间小道往前走，"威格拉看着地图说，"就能到龙魂岭了。"

他们走进了森林里。

"这儿好黑啊！"简丝丝说。

"比黑森林还黑。"埃丽卡说。

这森林的名字太奇怪了，威格拉一路上都步步小心，其他人也是一样。这也是当一个瘦瘦小小的男人从树干后头跳出来大叫一声"吓你一跳！"的时候，所有人都冷不防地被吓了一大跳的原因。

"呀哇！"黛西尖叫起来。

小个子男人一头白发乱七八糟的，长长的胡子也乱成一团。

"疯子少尉在此，"小个子男人说，"专职做隐士，业余时间当疯子，你们可能也听说过我吧？"

"我们……我们见过一次，先生，"威格拉好不容易说出话来，"在去死亡洞的路上。"

"死亡洞？"隐士大叫道，"哦，我就是在那儿失去了我的理智，你们有捡到吗？"

威格拉和其他人摇了摇头。

"太糟糕了，"隐士说，"我还弄丢了我的地图！失去地图我怎么能找到金子呢？失去理智我还能找到什么呢？这下子我完蛋了！"

"他在说什么呢？"简丝丝说。

"谁知道呢？"安格斯小声回答。

这时候隐士脸上露出了笑容。"哦，至少我不用再担心那可怕的诅咒了，"他说，"这是好事儿，嘻嘻！"他开始蹦蹦跳跳地转着圈，一边蹦一边唱：

弄丢了地图，弄丢了理智，

但愿我不会弄丢屁股墩子！

疯子少尉唱着唱着，就蹦蹦跳跳地钻进了森林里。

"这是个疯疯癫癫的隐士。"等他走了以后，简丝丝说。

他们又开始在森林中穿行。

"我饿了。"安格斯说。午餐时间早就过了，在简丝丝家里吃过早餐以后，他们还没吃过东西呢！

可是他们没有吃的，所以他们继续前进。没走多远，他们就听见前面路上有人说话。

"哎哟喂！"有人哀号着，"我的新靴子上全都是唉！"

"给！用这些树叶擦干净，"另一个声音说，"擦快点！我们可不能落后。"

威格拉和他的朋友们拐过一个弯，看见许多跟他们差不多年纪的男生和女生。他们正沿着小路前往龙魂岭夏令营。

在他们正前方，一个男生正坐在路中间擦他的靴子。

"托尔布拉德！"威格拉大叫道。

托尔布拉德抬起头。

"我踩着什么脏东西了。"他抱怨着。

一个小姑娘站在他身旁，给他递树叶。她转身瞥了威格拉一眼。

"我认得你，"她说，"是你杀了火龙戈兹尔。"

威格拉点点头。那次是个意外，不过，他确实杀死了那只火龙。

"我是塞尔达，"小姑娘说，"本来是要去给戈兹尔当早餐的，是你救了我的命。你拿到戈兹尔囤的金子了吗？"

"没有。"威格拉说。

"真可怜，"塞尔达说，"我从戈兹尔的洞里拿了好几袋金子呢！"

"埃丽卡！威格拉！安格斯！"有人大喊道。

威格拉扭头一看，漱口村的格温多琳公主朝他们跑了过来。

"你们是要去参加龙魂岭夏令营吗？"格温多琳问道。

"是的！"杜德温说。

"太好了！"格温多琳说，"去年夏天我去参加了松果公主夏令营，不过今年夏天，我准备参加一些户外的冒险活动。走吧！跑起来！我已经等不及要去龙魂岭夏令营了！"

"这个鬼地方就是营地？"安格斯一边说，一边隔着一道简陋的木门往里头看。

"这看起来跟松果公主夏令营完全不同。"格温多琳说。

威格拉咽了咽口水，这儿跟他想象中的也完全不同。他想象中的夏令营应该有草地有大树，还有一个澄蓝的大湖，波光粼粼的，可以在湖里游泳、划船，进行各种健康有益的户外运动。在他的想象里，还应该有舒适的小屋和笑眯眯的辅导员。

但现在他眼前只有一座陡峭的山峰，没有草地，没有大树，只有被烤得黑漆漆的树桩杵在烧焦的地面上。地上扎着几只劣质的帐篷，湖面全是绿藻。湖边还有个巨大的泥坑，最大的帐篷旁边竖着根旗杆，营地上空乌云密布。

"好臭！这地方味道好难闻！"杜德温说。

"可能是我靴子上的味道。"托尔布拉德说。

"不，"塞尔达说，"是这个营地的味道。"她到处嗅了嗅，"一股烟味儿，就像烧焦的灌木丛。"

"更像被烧焦的黄鼠狼。"一个大块头男生嘟哝着说道。威格拉认了出来，那人正是参加过屠龙杯智力竞赛的穆斯。

"我们要睡在这些帐篷里吗？"格温多琳说。

简丝丝啪嗒啪嗒地嚼着口香糖。"哦，就算没有漂亮的营地又有什么关系呢？"她说，"最起码我们又聚在一起了。来吧！我们还等什么呢？"

接着，他们都穿过大门，跑进了龙魂岭夏令营。

就在他们跑步前进的时候，一串急促而尖锐的哨声划破了天空，营员们都停了下来。

威格拉四下张望着。一个大个子男人急匆匆地走了过来，他穿着一件鲜红色的束腰上衣，一条松松垮垮的红色短裤，脖子上挂着一只银哨子。

"天哪！"埃丽卡惊叫道，"他跟莫德雷德校长长得一模一样唉！"

"哎呀！"威格拉说，"确实很像唉！"

"告诉我这不是真的！"安格斯哀号着。

大块头男人笑眯眯的，金门牙在阳光下闪闪发亮。

"糟了。"简丝丝说。

杜德温脱离了队伍，跑了过去。

"杜德温，快站住！"威格拉大喊道。

可是他的弟弟跑啊跑，一直跑到大个子男人跟前。

"你是莫德雷德校长吗？"杜德温问。

"不是！"那人大吼道。

"哇哦，"安格斯说，"鬼才相信呢！"

"在学校叫我莫德雷德校长，"那人接着说，"这是夏令营，在这儿叫我老莫。"他咧嘴乐着，"欢迎来到龙魂岭夏令营！"

第七章
营长老莫

"天哪！"安格斯盯着他的舅舅莫德雷德大叫道，"这是怎么一回事儿？"

威格拉也在想这个问题。

老莫吹响了银哨子——"哔！""营员们！面向我，排好队，动作快点！"

营员们肩并着肩排好了队。

"很好！"老莫大吼道，"我是你们的营长，也是泥浆摔跤的辅导员。"

"老莫！"穆斯大喊，"宣传单上没写什么泥浆摔跤啊！"

"我们不可能把每一样项目都写在一张小小的羊皮纸上，对吧？"老莫说，"不过我们的夏令营拥有世界一流的泥塘，就在蚂蟥湖畔。"

蚂蟥湖？威格拉拿定主意，不去报名游泳了。

"好了！有人想吃晚餐吗？"老莫说，"据说只要给食物取个听起来很有趣的名字，营员们就什么都可以吃。"

"他在骗人，营员们！"洛贝丽娅大喊着从帐篷里蹿出来跑到她弟弟身旁，她也穿着一件鲜红色的束腰上衣。

"叫我洛贝丽娅，"她说，"我是手工艺辅导员。相信你们徒步来到营地肚子一定饿了，我们去营火区吧！没想到吧，营员们？你们今晚要露天野餐啦！"

"耶！"营员们全都大叫起来，洛贝丽娅领着他们走到一堆冒烟的木头跟前。

"在地上围着篝火坐成一圈。"洛贝丽娅说。

"你把这个叫作篝火？"格温多琳说，"在松果公主夏令营，我们有一大堆熊熊燃烧的木头呢！"

"哦，那你会生火咯？"洛贝丽娅急切地问。

"呃，其实用不着我自己动手生火啦！"格温多琳嘟囔着。

"嗯，让我来吧！"埃丽卡说。她在那堆冒烟的木头旁跪了下来。等大家都就座以后，篝火已经烧得噼啪作响了。

威格拉跟杜德温、黛西、安格斯和简丝丝坐在一起，埃丽卡走过来挨着他们坐下。

威格拉打量着围坐在篝火旁的每一个人，惊讶地张大了嘴。约里克来了！还有刽子手老师！普林杰教练也在！还有白儿莱娜公主！

"天哪！"他惊叫道，"屠龙学校有一半的老师都来了！"

"拉格威，"黛西说，"猪野只一了见看我。"

"野猪？"威格拉四下张望着。果然，在普林杰教练和白儿莱娜公主中间坐着一只体型健硕、鬃毛粗硬的野猪。他两颗长牙牙尖镶金，在篝火的映衬下闪闪发亮。"我记得他，他跟白儿莱娜公主一起来过屠龙学校。"威格拉说。

黛西点点头，隔着篝火盯着那只野猪："帅真得长他。"

老莫在篝火旁放了张折凳，坐了下来。

"辅导员呢？"他说，"站起来把你们在夏令营期间的绰号告诉大家。"

"等一等！"格温多琳大叫道。

老莫瞪着她说："还等什么？"

"在松果公主夏令营，"她说，"篝火会开始的时候我们都要唱营歌的。"

"呃……呃……哦，这儿是龙魂岭夏令营，"老莫结结巴巴地说，"我们不需要什么营歌。"

"可是老莫，"洛贝丽娅说，"我已经写好一首了。"她走近篝火。"我先唱，营员们，然后你们接着唱。"接着，她就唱了起来：

> 万岁！万岁！龙魂岭夏令营！
> 我们郑重宣誓！
> 龙魂岭夏令营独一无二，
> 满地烂树桩子！
> 登顶路，蚂蟥湖，
> 我们要跋山涉水！
> 孩子们的户外天堂，
> 龙魂岭夏令营，万岁！

威格拉跟着其他营员们一起唱。这会儿的烟味儿比刚才更浓了，他被熏得直流泪。就算他从来没有参加过夏令营，他也知道龙魂岭夏令营有点不对劲。

唱完营歌，辅导员们站起来，说出了他们的绰号。

普林杰教练大声说："我叫温吞吞！"

白儿菜娜公主说："我叫小白菜！这是我的小猪，他叫小尖牙。"

"牙尖小。"黛西叹着气说。

刽子手老师站了起来，跟往常一样，这个前任刽子手的脑袋用黑色面罩捂得严严实实的。"叫我斧头杀手吧！"他说。

约里克站起来说："我叫哟哟克！"

煎锅厨师站起来。"叫我大厨神。"他说。

"谢谢各位辅导员，"老莫说，"好，各位营员们，现在该交入营费了！"他那双紫色的金鱼眼闪烁着喜悦的光芒，"把那三个闪亮的便士拿出来吧！哟哟克会来收的。"

哟哟克抖开一个口袋，开始挨个儿收钱。

"3便士。"他走到杜德温跟前说。

杜德温把他那3便士放了进去。

哟哟克走到威格拉跟前。"3便士。"他说。

"他带来了三个同伴，哟哟克，"杜德温说，"埃丽卡、安格斯还有简丝丝，他们都给钱了。"

"所以我就可以免费入营。"威格拉说。

"免费？"老莫尖叫着跑了过来，"刚才谁说'免费'来着？"

"我说的。"威格拉说。

"你！我就知道是你！"老莫大吼道。

威格拉把羊皮纸拿起来的时候，手都在发抖。他指了指上面那行特小的小字。

老莫读着羊皮纸，满眼怒火。

"这玩意儿是哪个脑袋被门夹了的蠢蛋写的？"老莫挥舞着羊皮纸咆哮道，"我要夹断他的手指！"

洛贝丽娅冲了过来："这是你写的，老莫。"

"不可能！"老莫大叫道。

"你说这是个绝妙的促销手段。"洛贝丽娅提醒他说。

"免费？我这辈子就没写过这两个字，"当洛贝丽娅拽着老莫的胳膊，把他拖回折凳上时，他小声嘟哝着，"从来没写过！"

第八章
惊悚的鬼故事

现在轮到大厨神在营火区走一圈，他递给每个营员一根棍子，棍尖上有一团白色的像果冻一样的东西。

"这是你的。"他递给威格拉一个。

"这是什么？"威格拉问道。

"我叫它'棍式晚餐'，"大厨神说，"保险起见还是烤熟了再吃。"

威格拉和其他营员们把棍子伸到篝火上，一股臭烘烘的鱼腥味儿弥漫在空气中，跟烟味儿混杂在一起。威格拉咬了一口，呃！不管这是什么玩意儿，都比他们在屠龙学校吃的鳗鱼还要难吃，难吃得多！

老莫站了起来。"龙魂岭夏令营是个很特别的地方，"他说，"你们可以在手工活动时做做小玩意儿，可以在接力赛上勇争第一，可以跳到蚂蟥湖里游个痛快，还可以交上新朋友，也有可能交不到朋友。我小的时候，就不擅长交朋友。瞧瞧，我现在一样可以出人头地！"

就在老莫高谈阔论的时候，黛西往威格拉身上一靠。

"了觉睡去要我。"她小声说。

"你要睡在哪儿呢？"威格拉问。

"的儿地找己自会我。"她说着就跑开了。

"从早到晚你们都可以在户外呼吸新鲜的空气，远远足，挖挖洞。"老莫说着。

杜德温侧身对威格拉说："宣传单上没提过什么挖洞，对吧？"

威格拉摇摇头，挖洞听上去可不像夏令营的活动。

"夏令营结束的时候，你们会分成两队进行一次'掘地三尺'大对决！"老莫咧嘴笑着，"具体规则到时候再说。获胜的那队，每个队员都可以得到一份大奖！"他举起一块红色的小布章，上面有条四脚朝天的龙。

"那玩意儿就算是大奖吗？"安格斯小声说。

"今晚的篝火会到此结束，"老莫说，"营员们，上床睡觉吧！"

"等一等！"格温多琳大喊道。

老莫投去火辣辣的眼神："这次又怎么了？"

"在松果公主夏令营，"她说，"篝火会结束的时候都要讲鬼故事。"

"我们要听鬼故事！"杜德温大喊道，"我们要听鬼故事！"

其余的营员们也跟着起哄。

"真不巧，"老莫说，"我不会讲鬼故事。"

"我会。"斧头杀手说。隔着面罩，他的声音听起来有点儿瓮声瓮气的。他慢慢地站了起来。

威格拉打了个寒战。

"你们有些人可能很纳闷儿，我头上为什么会戴着这个黑色的面罩，"斧头杀手说，"有时候我自己也弄不明白，夏天戴着这玩意儿热得要命。"

斧头杀手停顿了一下，威格拉怀疑面罩底下的他是不是正在笑。

"我来告诉你们，我为什么要戴这个面罩，"斧头杀手接着说，"我以前是个刽子手，我的责任就是把那些小偷、强盗、杀人犯、投毒犯和密谋叛乱者的脑袋剁下来。"他比画了一个举起斧子又迅速剁下来的动作，"简直太爽了！"

营员们都吓了一跳。

"以前，理查德国王统治着整个王国，"斧头杀手说，"他是个好国王，只不过做事情有点儿缺乏条理。有一天，理查德国王把我叫到跟前——

"'刽子手老师，'他说，他一直就这么叫我，'刽子手老师，今晚我的卫兵会带一个囚犯去血峰山。我想让你到那儿去，在午夜的时候把他的脑袋砍下来。'

"'包在我身上，国王陛下，'我说，'我能问问那犯人是谁吗？'

"'是毒伏魔公爵。'国王说。

"我倒吸了一口凉气！我还是个小屁孩儿的时候，就听过这个残暴公爵的传说了。整个王国里的每个妈妈都跟她们的孩子说，要好好听话，要不然毒伏魔公爵会来抓他们的。哦！他的所作所为真是听到都让人觉得头皮发麻。当我听到自己会成为处死他的那个人时，简直自豪极了。不过这活儿也让我有点儿不祥的预感，血峰山可不是一个该在午夜时分去的地方，就算是手拿斧头的刽子手也一样。"

威格拉一阵哆嗦。

"我磨快了斧头，"斧头杀手接着说，"把面罩洗干净，熨平整，然后我就动身去了血峰山，我走了很久很久。那天夜里没有月亮，也没有星星，不过我的眼睛就像猫一样，在黑暗中也能看得见，而且那条路我走惯了。等我走到血峰山顶时，我看见有两个卫兵站在一截树桩旁，公爵被他们架在中间。他肩上裹着一件黑色的斗篷，脸色像死人一样苍白。当我走近的时候，他大笑起来：'哇哈哈哈哈哈哈哈哈哈哈！'"

威格拉和其他营员们都吓了一跳。

"要受刑的人一看见我，通常都笑不出来，"斧头杀手说，"不过毒伏魔公爵却'哇哈哈哈哈哈哈哈哈哈'地笑个不停。"

"我很不喜欢他的笑声，"斧头杀手接着说，"我想把他的脑袋砍下来赶紧收工，于是我让卫兵把公爵的斗篷领子往后翻，这样我就能看见他的脖子。接着，我又让他们把公爵的脖子摁到树桩上。他们照我的吩咐做了，可是即便是他已经脸朝下，把煞白的脖子露在树桩上时，公爵还在大笑着：'哇哈哈哈哈哈哈哈哈哈哈！'"

"我盯着他的脖子，举起了斧头，一挥而下。咔！我听见了什么声音？是脑袋落到地上的声音吗？这回不是。不，我听见的是'哇哈哈哈哈哈哈哈哈哈哈哈！'"

几个营员尖叫了起来，威格拉和他的朋友们挨得更紧了。

"听到公爵的大笑声，卫兵尖叫着冲进了夜色里，"斧头杀手说，"我低头看着我的斧刃，斧刃已经深深地嵌进了树桩里。在斧刃一侧，我看见公爵的身子；在另一侧，我看见了他的脑袋。我已经把公爵的脖子彻底砍断了，可他的脑袋还是连在他的身体上。

"公爵就在我眼皮底下一跃而起，他的血肉之躯逐渐消失了，只剩下了一副骷髅。他张开下颌骨，大笑起来：'哇哈哈哈哈哈哈哈哈哈哈哈！'接着他大声说：'毒伏魔公爵已经死了五十年了！难道你不知道，鬼是杀不死的吗？'"

托尔布拉德开始抽泣起来。

"接着，那具骷髅上又开始出现那层像死人一样苍白的皮肤，"斧头杀手接着说，"公爵旋转着他的斗篷。当他轻飘飘地飞走，飘荡在血峰山上空的时候，我听见他大笑着：'哇哈哈哈哈哈哈哈哈哈哈！'"

营员们全都挤作一团，互相壮胆。这会儿，营火已经烧成了灰烬。

"第二天，我就金盆洗手了，"斧头杀手说，"刽子手的生涯到头了。不过我还是会戴着这块面罩提醒自己，那天夜里我没能把那鬼的脑袋砍下来。"

斧头杀手脑袋往后一仰，大笑起来："哇哈哈哈哈哈哈哈哈哈哈！"

所有的营员们都尖叫起来，久久不能停歇。

第九章
火龙尖牙

篝火会结束后，温吞吞领着威格拉和其他男生去了帐篷那儿。

威格拉还在因为刚才的鬼故事吓得瑟瑟发抖，他侧身往弟弟身上靠。"要是你害怕的话，可以挨着我睡，杜德温。"他说。

"我喜欢鬼故事！"杜德温说，"越恐怖的越好。"

他们钻进了男生帐篷里。

"嘿，床在哪儿？"安格斯说。

"宿舍里才有床，"温吞吞说，"现在是露营，你们可以睡在地上啦！"

杜德温躺了下来，威格拉把那床温暖的皇室蓝色厚毯子盖在了他身上。

"晚安，威格拉，"杜德温说，"谢谢你带我来露营。"

"睡个好觉吧！杜德温。"威格拉说。他把自己裹进了褐色的薄毯子里，闭上了眼睛，男生帐篷里一片安静。

只有安格斯在睡梦中轻轻地咕哝着"奶油泡芙，奶油泡芙"。

忽然之间，响起了一阵可怕的笑声："哇哈哈哈哈哈哈哈哈哈！"

所有男生都尖叫着蹦了起来。

只有杜德温例外，他正在地上笑着打滚儿。

"杜德温，刚才是你的声音吗？"威格拉说。

杜德温没回答，他像疯了一样笑个不停："你们几个吓坏了，对吧？"

"没错！"托尔布拉德抽噎着说。

男生们又重新安静了下来，不过威格拉睡不着了，他担心杜德温又来吓唬大家。他好像听见森林里有狼嚎声，还有大鸟拍打翅膀的声音，毒伏魔公爵的样子萦绕也在他脑海中挥之不去。血峰山到底在哪儿呢？会不会就在龙魂岭附近呢？

最后，威格拉从毯子里钻了出来。数星星总是很容易睡着的，所以他悄悄地溜出了帐篷。他往地上一坐，抬头凝望着天空。但是天上密云汹涌，星星全被遮住了。

过了一会儿，黛西跑了过来。

"着不睡我。"她说着，挨着威格拉坐了下来。

"我也是。"威格拉说。有他的小猪陪着，他觉得踏实了点儿。他扭头看着龙魂岭山顶，那儿也被云层挡住了。他就这么看着看着，翻滚的云层渐渐散开了。天空中划过一道闪电，借着闪电的光芒，威格拉看见山脊上布满了锯齿状的大石头。

"看啊，黛西，"威格拉说，"看那些石头！有了那些石头，龙魂岭山顶看上去好像一只火龙长满了尖刺的脊背！"

"嘟嘟嘟——"

威格拉被吹号声吵醒了。

"快起床吃早餐了，小家伙们！"男生帐篷外头传来温吞吞的叫喊声。

威格拉听见有人大喊："快看啊！看天上！这是什么意思呢？"

威格拉连忙从毯子里爬起来，冲了出去。他抬头一看，汹涌的乌云拼出了两个字：快走。

杜德温突然就出现在他身旁。

"这两个字是什么意思，威格拉？"他问道。

"快走。"威格拉说。

"这是个预兆！"托尔布拉德哀号着，眼泪都快流出来了，"要出事儿了！"

　　老莫踏着重重的步子走了过来，洛贝丽娅紧跟在他身后。

　　"没什么好担心的，营员们！"老莫大吼着说，"大大小小形状各异的云在这儿都能看得见，这也是龙魂岭夏令营之所以如此特别的原因之一。好了，排好队准备举行龙魂岭夏令营的升旗仪式了。"

　　营员们默默地站在那儿，等待着哟哟克把一面红旗升到了旗杆顶端，旗上印着一只四脚朝天的火龙。

　　"跟我念！"老莫说。他把一只手放在胸口说：

　　　　我的一言一行，
　　　　都要对龙魂岭夏令营……

　　他停了下来。"不，这个不行。"他说。他想了一会儿，接着又说："重来一遍。"

　　　　龙魂岭夏令营，恪诚尽忠，
　　　　老莫之言，唯命是从！

　　老莫咧嘴笑了："跟我念！"

营员们都接着念起来。

"早餐准备好了！"洛贝丽娅大声说。

在去营火区的路上，威格拉到处找黛西，但是没见到她。

大厨神这回又在给大家发棍子。

"这是什么？"杜德温看着他棍子上戳着的那坨像软骨一样的东西，大叫道。

"我叫它'棍式早餐'，"大厨神说，"把它烤熟了吃掉吧！"

等营员们都把棍子上那些四不像的东西啃完以后，老莫说："来吧，营员们！我们来一次远足吧！"

"你说的是'亲近大自然远足活动'，对吧，老莫？"格温多琳说，"在松果公主夏令营的时候，我们常常搞这种远足活动。我们观察了各种石头、植物和动物的脚印。"

"随便你叫它什么，"老莫说，"你们这些营员得去认认上龙魂岭山顶的路。排好队！动作快点！"

营员们在阴沉沉的天空下排好了队，洛贝丽娅带着他们唱起了营歌：

> 万岁！万岁！龙魂岭夏令营！
> 我们郑重宣誓！

营员们大步走出了烧焦的营地，走上了登顶路。威格拉觉得眼睛火辣辣的，感觉比头天晚上更难受。

上山的路上，威格拉往下看，发现黛西和小尖牙正懒洋洋地躺在泥塘里。他笑了，他的小猪交上新朋友了！

一路上都是夯实的泥土和石头。

"那儿有株麦麸浆果灌木。"格温多琳指着路边的一株灌木说。

"确实如此。"老莫说。

"快瞧！"格温多琳说，"这儿有种稀有的吹哨蓟。"

"也很典型。"老莫说。

威格拉开始怀疑，老莫对大自然究竟了解多少。

"停！"埃丽卡突然大叫道，"有脚印！"

她跪在地上查看起来。

威格拉看见一组脚印嵌在布满岩石的路面上——巨大的脚印！每个脚印都有三只长脚趾，每个脚趾尖都有个圆洞。

"这些是什么脚印，校长？"托尔布拉德声音发颤地问道。

"在学校才叫我校长！"老莫咆哮道，"这是营地，叫我老莫！"

"这些是什么脚印，老莫？"托尔布拉德说。他的声音还是在发抖。

"呃……嗯……兔子的脚印。"老莫说。

"这些是火龙的脚印。"埃丽卡说。

"喷火龙，萤火虫，"老莫赶紧说，"随便啦！向着山顶继续前进！"

"路上见到漂亮的小石头都可以捡起来，"他们一边徒步上山，洛贝丽娅一边说，"手工活动的时候我们可以用来做成首饰。"

一路上大部分石头都是又黑又亮的，就像被火烧过一样。威格拉一颗都没捡，直到他看见一颗蓝色的石头，他把它捡了起来。

杜德温几乎把他看见的每一块石头都捡了起来，很快他的衣兜就胀鼓鼓的了。

路上，埃丽卡从工具带上取下一本小册子。她翻到一幅图片，递给威格拉看。他看着画上那枚三只脚趾的脚印，这跟刚才路上看见的很像。图片下方有几个字："火龙脚印"，威格拉把小册子递给安格斯。

"这个夏令营有点儿不对劲。"安格斯说着把小册子递给简丝丝。

"你是说吃的吗？"简丝丝啪嗒啪嗒地嚼着口香糖说。

"不只是这个，"安格斯说，"我了解舅舅，他有事儿瞒着我们。"

登顶路变得越来越陡了，大部分的营员们都不得不停下来喘口气，所有人都抱怨说眼睛疼。杜德温的衣兜里装了太多石头，所以这次他没有冲到前头。

"幸……好……我……练……过……慢……跑，"安格斯一边爬一边气喘吁吁地说，"要……不……然……我……肯……定……爬……不……动……"

他们越往上爬，雾就越来越大，空气也越来越难闻。

所有人都开始咳嗽。

"这上头简直臭死人了！"杜德温大叫道。

"我的眼睛要被熏瞎了。"埃丽卡说。

"我的口香糖都变得难吃死了！"简丝丝说着就把口香糖吐了出来。

不过他们还是继续前进着。很快，地面的雾就很浓了，威格拉连自己的靴子都看不见了。

他们终于停了下来。威格拉看见浓雾中耸立着锯齿状的大石头——就是前一天晚上他借着闪电的光看到的那些石头，这样的石头有好几十块。

"营……营……营员们！"老莫咳嗽着说，"祝贺你们！你们爬上了龙魂岭山顶。"

"耶！"营员们欢呼起来。接着，他们又继续咳嗽。

"每天早晨你们都要像这样走上一趟。"老莫补充道。

"不要啊!"营员们哀号着。

"要走!"老莫说,"很快你们就能一溜烟儿地跑上来了,而且你们就能挖几个大洞找到……找到……呃,大自然的宝物。"

威格拉皱起眉头,老莫为什么总提挖洞这事儿呢?

"老莫!"穆斯大喊道,"这些大石头是什么东西?"

"谁知道呢?"老莫说,"不过这也是龙魂岭夏令营如此特别的原因之一。"

"噗!"简丝丝打了个哆嗦,不过不是因为冷,"这地方让我觉得毛骨悚然。"

"你也这么觉得?"威格拉惊讶地说。简丝丝一向都是处变不惊的啊!

"哇哈哈哈哈哈哈哈哈哈!"杜德温又是一阵狂笑。

托尔布拉德尖叫起来。

"够了,杜德温。"威格拉说。他捏住了鼻子,这样就闻不到那股臭味儿了。

"我觉得这些石头看起来像是雕像。"埃丽卡说。

"对,很有些年头了,"简丝丝说,"像是在这儿伫立了好几百年,饱经风雨侵蚀。"

威格拉点点头，这些石头看上去确实如此。

"老莫？"穆斯又说道，"我听过关于这儿的一个古老传说。"

"传说？胡说！"老莫说，"别听风就是雨的。好了，营员们！上到山巅终要下！"

他和洛贝丽娅领着大家走下山，每往山下走一步，恶臭就减弱一点点。

走到半路上，杜德温就溜到别处去了。

"杜德温！"威格拉大喊着，赶紧追了上去，"快回来！"这回他弟弟又要干吗啊？

威格拉发现杜德温跪在地上，手里拿着根棍子——他正从一个盘根错节的大树根上往下撬什么东西。

"杜德温，你捡的石头已经够多了，"威格拉说，"不用非得要捡这一个。"

"这不是石头。"杜德温说。

威格拉仔细地瞧着杜德温正在撬动的东西：那玩意儿很长，白色的，呈弧形，尖端还很锋利。

"天哪！"他大叫，"这是什么？"

杜德温把他的棍子往下压，忽然之间，那小玩意儿就从树根上崩了出来。它掉在下山路上几英尺外的地方——那是枚尖牙。

威格拉和杜德温目不转睛地看着那枚尖牙，尖牙中间有个黑乎乎的洞，这让威格拉想起了火龙塞莎的那颗烂牙。

杜德温一把抓起了那枚尖牙，攥在手里。"哟呵！猜猜是谁找到了一枚火龙的尖牙？"

"是你，杜德温，"威格拉说，"好了我们走吧！"

"等一等！"杜德温大叫道，"树根底下还有尖牙，还有好多呢！"

杜德温不停地挖着，直到挖出了十几枚满是窟窿的烂牙才停手。直到那会儿，威格拉才说服了他走回营地去。

亲爱的小甜心：

轻飘飘夫人瘦身中心简直糟透了！轻飘飘瘦身汤就是温乎乎的大麦茶，我和圆滚滚太太吃了两天就回家了。从现在起，我要想吃就吃，尽情地享受美食，希望你也跟我一样！

安格斯，我知道你的户外运动强度很大，所以送你一份特别的礼物——一大箱中世纪棉花糖，可以在篝火上烤着吃。一定要跟你的夏令营同伴们分享哦，小甜心！

爱你的妈妈

第十章
火苗之上有鬼魂

威格拉在龙魂岭夏令营已经待了三天了，他已经习惯了这里灰暗阴沉的天空，习惯了恶心的臭味，习惯了咳嗽，习惯了每日一次的徒步爬山，就连一日三餐的棍式食物他也适应了，但他受不了夜里听到的那些古怪的号叫声和扑打翅膀的声音，他入营以来就没睡过一个好觉。

"每天夜里那些扇动翅膀的声音是怎么回事儿，老莫？"有天早晨，当威格拉和其他的营员们正在烤棍式早餐时，他问道。

"只不过是风声而已，"老莫说，"这是让我们的夏令营如此……"

"特别的原因之一。"威格拉小声地自言自语道，倒不如说是特别古怪的原因之一。

吃过早餐，他和几个营员坐在野餐布上，洛贝丽娅把这儿叫做手工活动区。他们看着洛贝丽娅拿出一颗黑亮亮的石头，然后在石头上绑了两根薄薄的小皮绳。

"看见了没？"她举起绑着皮绳的石头说，"现在我要在皮绳上打几个结……"她打上了结，"然后我要再绑上一颗石头。"很快洛贝丽娅就做好了一串手链。

"太酷了！"简丝丝说着，听上去那一贯的活泼劲儿又回来了，"我要给我妈妈做一串像这样的手链。"

"我也是。"埃丽卡说，她把收集到的所有黑石头倒在野餐布上，"虽然我不知道为什么她有那么多珠宝还要戴一串这么普通的石头手链。"

威格拉从衣兜里拿出那颗蓝色的石头，他喜欢石头闪闪发亮的样子，他希望自己的妈妈能喜欢。她没有珠宝首饰，所以她应该不会反感戴一条石头手链。威格拉便拿了两根小皮绳，开始打结。

"看看我做的！"杜德温大叫道，"一条尖牙项链！"他举起一条皮绳，这条皮绳从尖牙的烂洞中穿过，把所有尖牙都串了起来。他咧开嘴笑嘻嘻地把项链戴在脖子上，"我戴这个怎么样，威格拉？"

"你戴起来很合适，杜德温。"威格拉说。他很高兴他弟弟有事儿可忙了，这样就不会到处吓唬人了。

"你在做什么呢，威格拉？"杜德温问。

"给妈妈做一条手链，"威格拉说，"就当是我俩一起做的。"

"不用，"杜德温说，"待会儿我会给她再做点儿什么玩意儿的。"

手工活动结束以后，威格拉就去找黛西了，他发现她和小尖牙正坐在蚂蟥湖畔。

"啊好你，拉格威。"黛西说。

"我很想你，黛西，"威格拉说，"你过得开心吗？"

"心开很。"黛西露出笑容。她跟威格拉说，她很喜欢和小尖牙懒洋洋地躺在泥塘里。"了看好太是真得长他，"她叹了口气，"好多有该话说能他是要！"

"或许我能召唤一下泽尔诺克，"威格拉说，"他可以给小尖牙施个说话咒。"

黛西瞪大了眼睛："错没！办么这就！"

不过，午餐锣声响了起来，威格拉只能赶到营火区去。他跟其他营员们坐在一起，将就着吃了几口棍式午餐。

"这是什么东西？"塞尔达问。

"你最好别问，小姑娘，"大厨神说，"相信我没错的。"

老莫大步走到营火区。"今天是个特别的日子，营员们，"他说，"今天将会决定你们被分到哪个火龙队。"他指着托尔布拉德说，"一二报数！"

"二！"托尔布拉德大声喊道。

老莫鼓起那双金鱼眼："从一开始数。"

"一。"托尔布拉德抽抽搭搭地说，他讨厌被人呵斥。

"二！"穆斯大声说。

"一！"安格斯大喊道。

"二！"杜德温大声喊道，"嘿，穆斯！我跟你一队！"

"嘘！"老莫说，"接着报数！"

"一！"威格拉大喊。

"二！"塞尔达大声说。

他们继续报数，直到每个人都报出了"一"或者"二"。

"报一的小家伙，你们是洞穴龙队。"老莫说，"报二的小家伙，你们是沼泽龙队。"

洞穴龙队——威格拉一听就喜欢这名字。埃丽卡和安格斯是洞穴龙队的，简丝丝和格温多琳也是，不过杜德温是沼泽龙队的。

"从现在起你们就挨着各自的队员坐。"老莫说。"洞穴龙队的坐在营火这边，"老莫指了指，"沼泽龙队，坐那边。"

"杜德温，要规矩一点……"威格拉提醒他。

不过杜德温没听到他的话，他飞快地冲到了沼泽龙队那边。他开始一边咯咯大笑，一边舞动着手指头装出利爪的样子。"我是只凶残的绿色沼泽龙！"他大叫道，"我要把我找到的洞穴龙通通吃掉。"他发出可怕的咆哮声。

"快闭嘴！"托尔布拉德尖叫道。

"谁想当沼泽龙队的队长？"老莫说。

"我！我！我想当！"杜德温大声说。

"我想当队长，"塞尔达说，"得花多少钱，老莫？"

老莫紫色的金鱼眼一亮。"哦！一个深知我心意的小姑娘啊！"他尖叫起来，"我任命你为队长，吃完早餐来见我。"

"嘿！"杜德温大喊，"这不公平。"

"安静，"老莫说，"好了，谁想当洞穴龙队的队长呢？"

"我！"埃丽卡和格温多琳同时大叫起来。

"哇哦？"老莫说，"那就开个价吧！"

"在松果公主夏令营，我们都是投票选队长。"格温多琳说。

"好主意，"埃丽卡说，"选我吧！洞穴龙队的加油口号我都想好了。"她大喊道：

> 我们是洞穴龙队！
> 我们是最棒的队伍！
> 尽管来挑战试试，
> 但你绝对不会成功！

所有的洞穴龙队队员都欢呼起来。

格温多琳翻了个白眼说："选我吧，洞穴龙队队员们。我以前参加过夏令营，我知道必胜的绝招。"

老莫让洞穴龙队队员们闭上眼睛举手投票，他数了数票数。

"睁开眼睛吧！"他说，"格温多琳当选了。"

"什么？"埃丽卡大叫道。

"嘘。"老莫说。

接下来的几天，埃丽卡就像变了一个人。在背石头接力赛上，她一次都没有加油助威过；在快速挖洞比赛上，她挖的洞是最小的；游泳的时候，她甚至连脚趾头都不肯伸到蚂蟥湖里去。

"我不喜欢那些绿汪汪的淤泥。"她说。

一天早晨，当她和威格拉徒步爬上龙魂岭山顶时，她说："我还是不敢相信我会输掉选举，不管做什么事情，我都是头儿！"

"要是评选每月最佳营员，你肯定得第一。"威格拉说。

埃丽卡面露喜色："你真这么认为？"

那天晚上去篝火会的路上，威格拉看见杜德温跟穆斯走在一起。自从杜德温加入沼泽龙队以后，威格拉就没怎么见过他了，他追了上去。

"篝火会跟我一块儿坐吧！"威格拉说。

"不要！你是洞穴龙队的，是我们的对手！"杜德温又咯咯笑起来。

"行了，杜德温，"威格拉说，"这次就挨着我坐。"

"我成了洞穴龙队的俘虏了！"当杜德温挨着他哥哥坐下来的时候，他大喊道。

"嘿，老莫！"等所有营员都坐好以后，穆斯大声说，"我们什么时候才能像宣传单上说的那样，在熊熊篝火上烤棉花糖啊？"

"没错！"营员们全都大叫起来，"什么时候啊？"

"哦，其他的夏令营整天都烤棉花糖吃，"老莫说，"不过在龙魂岭夏令营，我们会举行一个特别的烤棉花糖之夜。"

"换句话说，我们只有一次烤棉花糖的机会。"安格斯小声说。威格拉瞥了他朋友一眼，他见过藏在安格斯铺盖卷儿下头满满一盒子的棉花糖，不过安格斯没有要分享的意思。

今晚轮到托尔布拉德讲鬼故事了。这是个好长的故事，讲的是脚趾甲村上一个芝士店闹鬼的事儿。

就在托尔布拉德滔滔不绝的时候，杜德温开始盯着篝火看。

过了一会儿，他打了个激灵，抓住了威格拉的胳膊。

"我看见鬼魂了，威格拉！"杜德温低声说，"火龙鬼魂！"

"够了，杜德温。"威格拉说。

"我不是开玩笑！"杜德温小声说，"那鬼魂就在火苗里。"

"那边的人安静点！"托尔布拉德大喊道，"我的鬼故事都被你们搞砸了！"

"对不起。"威格拉嘀咕着。

"哦，那鬼魂消失了。"杜德温轻轻说道。

"火苗会变成各种稀奇古怪的形状，杜德温，"威格拉压低声音说，"这会让你以为自己看见了原本不存在的东西。"

"那鬼魂就在那儿，"杜德温轻声说，"飘在火苗上方，我看见了！"他瞥了哥哥一眼，"你不相信我，对吧，威格拉？"

亲爱的老爸老妈：

　　但愿乡村邮递员会把这封信念给你们听。

　　杜德温、黛西和我都在龙魂岭夏令营。每一天，我们都徒步爬山，挖洞，还背着沉甸甸的石头跑接力赛。这跟我原本想象的夏令营活动不太一样，不过我变结实了呢！

　　妈妈，我在手工活动的时候给你做了条手链，手链上有一颗闪闪发亮的蓝石头，希望你能喜欢。

儿子　威格拉

第十一章
飘在空中的石头

"砍柴是很好玩的哦！"当营员们都列队站在斧头杀手跟前的时候，他说道。他们看着这个头戴面罩的辅导员用手指顺着斧刃划了划试试有多锋利。

"削铁如泥！"他说着说着，鲜血就从他的大拇指上喷了出来。

威格拉一阵恶心，斧头杀手干吗不在木头上试试斧子呢？

"所有这些大木头都要劈成木柴，"斧头杀手告诉营员们，"看我示范：把一块木头竖起来放在一截平坦的树桩上，接着……漂亮！"他把一块木头劈成了两半，"瞧见了吗？就像我这样。"

斧头杀手把小斧子发给大家。

杜德温和穆斯一起跑去砍木头了。

"当心点儿，杜德温。"威格拉在他身后大声说。接着，威格拉和安格斯拿起他们的木头，去找一截平坦的树桩。

"这个地方的味道真让人恶心，"安格斯一边把木头放到烧焦的树桩上，一边说，"终日不见阳光，我很想知道舅舅为什么要在这儿办夏令营。"

斧头杀手过来查看他们的进展。

"用双手握住斧头把，"他告诉安格斯，"接着就咔嚓——"

安格斯和威格拉试了试，结果却砸得木头从树桩上掉了下去。

"哦，没关系，"最后斧头杀手说，"你们两个就去捡些引火物吧！"

"斧头杀手？"威格拉说，"你对龙魂岭了解多少？"

"有个古老的传说，说的是山顶上有片墓地。"斧头杀手说。

威格拉想起来，穆斯提到过传说什么的。

"谁葬在那儿？"威格拉问。

"传说是火龙。"斧头杀手转过身，抬头凝视着雾气笼罩的山峰，"据说他们的鬼魂现在还住在那儿。"

"火龙鬼魂？"威格拉大叫道。

斧头杀手大笑起来。"这只是个传说，孩子，"他说，"去捡引火物的时候，把斧刃插在树桩上就行了。"接着，他就走开了。

"昨晚杜德温说他看见有火龙鬼魂飘在篝火上方。"威格拉告诉安格斯。

安格斯耸了耸肩："可能他也听过这个古老的传说，他就是想吓唬你。"

威格拉点点头。说得没错，杜德温不过是想吓唬他。

安格斯握住斧头把，他把斧头往后一抡，准备砸进树桩里。结果，他的斧头却在他背后定住了。安格斯看上去就像是座一动不动的雕像。

"安格斯！"威格拉大叫道，"出什么事儿了？"

"我……我不知道，威格拉！"安格斯大喊着，"我抡不动斧子了，就像有什么把它给拽住了。"

过了一会儿，安格斯把斧头砸进了树桩里。他往后一跳。"太奇怪了！"他说，"也许是我肌肉抽筋了。"

之后，等威格拉和安格斯回到帐篷时，他们发现了更奇怪的事情。

"呃！"威格拉掀开帐篷的门帘时，大叫道，"这里好臭啊！"

"天哪！"安格斯尖叫道，"快看！"

铺盖卷儿和毯子都皱成了一团，上面全是烂泥。

"哦，不！"安格斯大叫，"我的……"他冲了进去。

威格拉听见一声尖叫。

然后安格斯又出现在门帘下头。"我的零食盒子！都空了！"他尖叫着，"而且盒子上头全是冷冰冰、黏糊糊、臭烘烘的脏玩意儿！"

安格斯紧闭双眼，拼命忍住眼泪："这是谁干的好事儿？"

威格拉摇了摇头，他只希望这不是杜德温干的。

接下来的几天阴云密布，安格斯盘问了所有人关于他棉花糖失踪的事情，还问起了盒子上黏糊糊的那堆东西是怎么回事。很快流言就满天飞了——龙魂岭夏令营闹鬼了！

"龙魂岭夏令营没有闹鬼。"几天以后老莫在吃早餐的时候郑重宣布。

"不，就是在闹鬼！"杜德温大叫道。

"闭嘴！"老莫说。

托尔布拉德开始抽泣。

"营地是不是雾蒙蒙的？"老莫说，"没错，晚上总刮风？也没错。就是因为起雾刮风，有些傻瓜就编出了一个龙魂岭闹鬼的传说。"

"快跟我们讲讲！"一个营员大喊道。

"今晚的篝火会，洛贝丽娅会跟你们讲这个传说。"老莫说。

"我讲？"洛贝丽娅惊讶地说。

"你讲。"老莫说。

同往常一样，当营员们围坐在营火区的时候，月亮躲进了云层里。几个年纪比较小的家伙带上了他们的泰迪熊，生怕传说太吓人。

洛贝丽娅站了起来。"呃……"她说，"很久很久以前，这里住着一条火龙。"

年纪小的营员们抱紧了泰迪熊。

"那条火龙叫菲菲，"洛贝丽娅接着说，"她很有礼貌，也很友善，还长得非常漂亮，但是她很孤单。"

"这不是鬼故事！"杜德温大叫着。

"嘘！"老莫在他的折凳上大喊。

"所以，有一天菲菲邀请了她认识的所有火龙，到龙魂岭山顶上开派对，"洛贝丽娅接着讲故事，"她请了个乐队来演奏美妙的乐曲。"

威格拉看见小营员们已经不再紧紧地抱着他们的泰迪熊了。

"菲菲穿着一件点缀着玫瑰花瓣的粉红色长裙招呼她的客人们，"洛贝丽娅说，"她头上还戴了一顶点缀着玫瑰花瓣的粉红色尖帽子。"

"哪儿有鬼啊？"简丝丝嚷嚷着。

"哦！鬼，"洛贝丽娅说，"我差点儿忘了。呃，乐队开始演奏，火龙们整夜都在跳舞。天亮的时候，火龙们还在跳。他们日复一日地跳下去，日复一日，周复一周，月复一月，年复一年，他们跳得停不下来。"

一阵巨大的呼噜声响了起来，威格拉看见老莫已经呼呼大睡起来。他坐在折凳上，身子歪向一边，摇摇欲坠的样子。

"火龙们跳啊跳，"洛贝丽娅压过老莫的打呼声大声说，"直到他们一个接一个地都因为年迈而死去。现在他们的鬼魂就住在龙魂岭山顶上。有时候，当云层散开，你们也许会以为看见了菲菲和她的朋友们翩翩起舞呢！"

篝火会结束后，威格拉和安格斯追上杜德温，他们一起走向男生帐篷。

"这不是真正的传说。"安格斯说。

"不可能是真的，"杜德温说，"无论如何，火龙鬼魂都不可能叫什么菲菲。他们的名字应该叫什么笑面龙或者掘地魔之类的。"

"你怎么知道的，杜德温？"威格拉问。

"我就是知道。"杜德温说。

睡到半夜，威格拉觉得有人正在摇晃他，于是他睁开眼睛。

"威格拉，"杜德温小声说，"火龙鬼魂就在这儿，你自己看吧！"

威格拉呻吟了一声："别开玩笑了，杜德温。"

"我不是开玩笑，"杜德温说，"我发誓。"

威格拉从毯子下面钻出来，他和杜德温蹑手蹑脚地走出帐篷。

"看吧！"杜德温说，"到处都是鬼魂。"

"我没看见哪儿有鬼啊！"威格拉说。

杜德温握住威格拉的手，几乎是拽着他就往山上走。

"在那儿。"杜德温说。

"我还是没看见有……"威格拉话没说完。

就在旗杆附近，他看见有大石头似乎飘在半空中。

"石……石头。"威格拉好不容易说出话来。

"是鬼在搬石头。"杜德温说。

威格拉定睛一看，那些石头块正一个接一个地从森林里飘出来，落到旗杆附近的地面上。

"我们必须告诉老莫。"威格拉说。

他们跑去老莫帐篷。

"校长？"威格拉大喊道。

"在学校才叫校长！"老莫在帐篷里睡得迷迷糊糊

地大声说，"这是营地，走开！"

"情况紧急，老莫！"威格拉大喊。

"滚开！"老莫大吼道。

"这儿有鬼！"杜德温尖叫着。

老莫把脸伸到帐篷门帘外头。

"这儿有鬼，乌鸦嘴，"他说，"我数到十，回你们的帐篷去，要不然我就放猎狗咬你们。一！"

"什么猎狗？"杜德温说。

"二！"老莫吼道。

"你根本就没猎狗。"杜德温说。

"三！"老莫大喊道，"四！五！六！"

"快走吧，杜德温！"威格拉扯着弟弟的束腰上衣大声说。两个小家伙转身跑下了山，有多快跑多快。威格拉只想要安然无恙地待在他的帐篷里，钻进毯子底下，离那些飘在半空的石头远远的。

爸爸妈妈：

嗨！

你们好吗？房子修好了吗，妈妈？你的雕像进展如何了，爸爸？格特婶婶还住在家里吗？兜兜咬人的毛病改了吗？

我太喜欢露营了！我们组队了，我是洞穴龙队的。我们玩得可尽兴了！我们跟沼泽龙队进行了各种体育比赛——搬石头接力赛、挖洞、举重、砍柴和游泳。蚂蟥湖面上全都是浮藻，不过下水以后也没那么糟。

　　或许你们能再寄几包口香糖给我对吧？

　　我想念你们！

爱你们的　简丝丝

第十二章
挖石头比赛

第二天早晨，威格拉被帐篷外传来的托尔布拉德的尖叫声惊醒了："哎呀！我们的死期到了！"

威格拉一跃而起，冲出帐篷。杜德温紧跟在他身后。他抬头往天上看，想看看是不是又有什么启示，不过他只看见了厚厚的乌云。

"出什么事儿了？"他问刚从女生帐篷出来的简丝丝。

"不知道，"简丝丝说，"去看看吧！"

旗杆附近已经围了一群人，他们正抬头看着山上。等威格拉走到那儿，他知道大家都在看什么了。大石头拼成了两个字：走开。

"这俩是什么字，威格拉？"杜德温大声说。

"走开。"威格拉说。

"走，"杜德温说，"那个字念'走'？"

威格拉点点头。

"那些鬼想让我们走开，"杜德温说，"他们把石头放在那儿是为了给我们传信儿！你这回相信我了，对吧，威格拉？"

就在这时候，托尔布拉德从他们身旁大叫着跑过去："我要回脚趾甲村去！"

"没人要回去！"老莫大吼道。

"老莫？"塞尔达说，"为什么这些石头拼成了'走开'两个字啊？"

"哦，这是首古老的童谣里的歌词，"老莫说，"大雨，大雨，快走开。意思是今天要出太阳啦！我敢打赌，你的朋友参加其他夏令营的时候，肯定不会一起床就发现神秘有趣的石头文字，绝不可能。只有在龙魂岭夏令营这儿才有哦！"

那天下午，洞穴龙队和沼泽龙队进行了"挖到手软"接力赛的对抗。

"规则是这样的，"等大家在旗杆那儿集合以后，温吞吞说，"当我说'开始'，你们就跑去拿麻袋和铲子，然后开始挖！挖出三块石头，然后扔进麻袋里。接着，跑回队友那儿把麻袋和铲子交给下一个队员。"

威格拉脑袋晕乎乎的，他好不容易才听完了温吞吞的规则说明。他们的营地是闹鬼了吗？还是杜德温又在捉弄他？

"准备好了吗？"温吞吞大喊道。

"沼泽龙队准备好了！"塞尔达大叫道。

"洞穴龙队准备好了！"格温多琳高喊道。

温吞吞大叫一声："开始！"

埃丽卡和一个沼泽龙队队员拔腿就跑，拿起了铲子。刚开始挖洞，埃丽卡就迅速地挖出了三块大石头。她把石头都扔进了麻袋里，跑回洞穴龙队队员那儿。她把麻袋和铲子递给格温多琳，格温多琳就跑了出去。

威格拉看着格温多琳挖完了石头，这会儿她朝他跑了过来。下一个上场的就是他了！她把麻袋递给他。袋子沉甸甸的，但他把麻袋往背上一甩，全速冲到洞口，开始挖了起来。他听见身旁的沼泽龙队队员也在挖着。威格拉挖起了一块石头，两块石头，三块石头，他把它们都扔进了麻布袋里。他都快拿不动了，不过还是跌跌撞撞地走回队友那里。简丝丝正等着他，她抓起麻袋和铲子拔腿就往外冲。

沼泽龙队的穆斯紧跟在她身旁。他和简丝丝都拼命地挖着石头，他们把石头甩进各自的麻袋里，飞快地奔向终点线。就在最后时刻，简丝丝猛地一加速，比穆斯快一步冲过了终点线。

"万岁，洞穴龙队！"埃丽卡大叫起来。

全队都欢呼起来。

不过等欢呼声平息以后，格温多琳摆了摆脑袋。

"我们在松果公主夏令营的时候从来没搞过这种活动。"她咕哝着说。

那晚的篝火会上，老莫宣布了两队的比分。

"沼泽龙队和洞穴龙队打成平手，两队各得510分。"他笑了笑，"竞争激烈啊！看起来要靠'掘地三尺'大对决才能分出胜负了。"

"沼泽龙沼泽龙精神抖擞！"沼泽龙队给自己加油助威，"要叫对手吃尽苦头！"

埃丽卡跳起来，带头喊出她最喜欢的口号：

洞穴龙队顶呱呱！

这可不是玩笑话！

洞穴龙！洞穴龙！

我们是最强的队伍啊！

"耶！"洞穴龙队的全体队员大喊道。

"老莫？"穆斯大声说，"我们什么时候才能知道，这个'掘地三尺'大对决是个什么玩意儿呢？"

老莫咧嘴一乐。"很快。"他说。

这时候洛贝丽娅站起来。"今晚谁来讲鬼故事？"她说，"没讲过的人来讲吧！"

出乎威格拉意料，杜德温腾地跳起来，走到洛贝丽娅身旁。

"我来。"他说。

"好吧，杜德温，"洛贝丽娅说，"开始吧！"

"我看见鬼了——火龙的鬼魂，"杜德温用毛骨悚然的声音说道，"我每天晚上都能看见他们。"

"不！"几个营员们大叫起来。

"我确实看见了，"杜德温说，他握住他的尖牙项链，"我看见这儿就有一只鬼，就在篝火上头飘啊飘。"

"嗬！"几个营员们大喊。

"我看见的第一只火龙鬼魂有点儿发蓝，"杜德温接着说，"它的眼睛闪闪发亮，脑袋上竖着五根尖尖的刺。"

"你讲的是个故事吗，杜德温？"洛贝丽娅问。

"不知道，"杜德温说，"不过这是真的。"

"好了，杜德温，"洛贝丽娅说，"我们都知道鬼故事全是虚构的。"

"这个不是。"杜德温说。

橘红色的篝火火苗倒映在杜德温的眼睛里，这画面让威格拉直发抖。

"之后，我在营地周围到处都看见鬼魂，"杜德温还在说，"而且昨晚……"

"闭嘴！"老莫大叫起来。他从折凳上蹦起来，冲向杜德温，他把杜德温领到了原来的位置上。

"我还没讲完呢！"杜德温嚷嚷着。

"哦，不，你已经讲完了，"老莫说，"我们不想吓着小朋友。"他轻轻地拍了拍杜德温的脑袋。

"老莫真不要脸！"杜德温挨着威格拉坐下的时候，小声嘀咕着。

"既然我们今晚的鬼故事很短，"洛贝丽娅说，"那我们就唱首营歌结束篝火会吧！"

"这鬼故事不短！"杜德温大喊道，"我还没讲完呢！"

"闭嘴！"老莫怒气冲冲地瞪着杜德温说。

接着，洛贝丽娅和小白菜就领着营员们唱了起来：

哦，那片潮湿的土地上，

是我们露营的好地方！

还有棍式食物烤着吃啊！

耳边总能听到，

老莫嘹亮的吼叫：

"来吧，营员们！徒步远足吧！"

龙魂岭夏令营呀！

小家伙们尽情玩耍！

放眼望去看不到

一棵树，一株草，

成天都阴云密布啊！

威格拉和大家一起唱。

只有杜德温若有所思地盯着篝火，他扭头对着威格拉："我现在就看见鬼了，"他小声说，"他们有话想要跟我说。你相信我吗，威格拉？"

"我不知道，"威格拉说，"不过我知道你相信自己看见了鬼。"

"呸！"杜德温喃喃道，"没有一个人相信我，就连你也不信我，威格拉！"

亲爱的戴夫修士：

我需要你的帮助，我的弟弟杜德温觉得自己在营地看见鬼了。你的图书馆里有没有什么书提到过关于龙魂岭的火龙鬼魂呢？

请尽快回信！

你的学生　威格拉

第十三章
棉花糖消失了

嘟嘟嘟嘟嘟嘟——

威格拉睁开眼睛，龙魂岭夏令营又一个乌云密布的日子来到了。

安格斯咕哝着："为什么这儿总是见不到太阳呢？每个白天都跟黑夜一样！"

"快起来吃饭吧，小家伙们！"温吞吞大喊。

威格拉爬起来，他环顾四周想找杜德温，但是他弟弟已经离开帐篷了。

威格拉和安格斯是最后跑下山坡的两个人，他俩看见旗杆附近又围了一群人，全都在哈哈大笑。

"什么事儿这么好笑？"安格斯问。

威格拉看见有个红色的东西正在旗杆顶上飘扬，不过那不是龙魂岭夏令营的旗帜。

"那是老莫的红色大短裤！"威格拉大叫，"有人把它给升到旗杆顶上去了！"

他俩加入了大笑的队伍。

威格拉走近观察以后，发现短裤上有个黑色的字样：走。

走？他脑子里响起杜德温的声音——"走。那个字念'走'？"这场恶作剧跟他弟弟有关系吗？

这时候老莫从他的帐篷里出来了，他的头发乱糟糟的，身上还穿着睡袍。

"什么事儿这么好笑？"他气呼呼地说。

营员们哄堂大笑起来。

老莫四下张望着，最后，他的金鱼眼忽然注意到他那条迎风飘扬的短裤。

"国王肯的马裤保佑！"他眼睛瞪得圆鼓鼓的，大喊道，"那上头是我的短裤！"

他的话引发了新一轮的哄笑。

威格拉看见杜德温飞跑着穿过人群，他示意杜德温过来。

杜德温跑过来。"很好笑，是吧？"他说。

威格拉盯着弟弟的手，他的双手沾满了黑乎乎的污迹。

"杜德温，你的手。"威格拉说。

杜德温低头一看。"啊呀！"他说，接着他拔腿就往湖边跑。

"够了！"老莫咆哮道。

营员们止住了笑声。

老莫看了看四周的营员："这事儿是谁干的？老实说！"

没人说话。

"你就提心吊胆地过下去吧！干坏事的家伙，"老莫说，"我会把你揪出来的。托尔布拉德，把裤子给我拿下来。"

"遵命，校长！"托尔布拉德说。

"在学校才叫校长。"老莫提醒他。

"遵命，老莫！"托尔布拉德说。他解开绳子，把短裤往下拉。

"这短裤上写着'走'，老莫！"穆斯大声说，"这是什么意思？"

"意思就是让我们走去吃早餐！"老莫说，"走吧，走！"

那天早上稍晚的时候，老莫组织了一场以龙魂岭山顶为终点的赛跑。下山的时候，威格拉看见了他的小猪。

"黛西！"他大喊，"看见你真开心！"

"是也我。"黛西说，她小跑着跟在威格拉身旁，

陪他走到蚂蟥湖去练习游泳，"拉格威，吗克诺尔泽下一唤召能你？"

"要给小尖牙施说话咒，"威格拉说，"我都给忘了。好了，黛西，我来召唤他。"

"咯好太！"黛西大叫起来。

"也许巫师能帮我弄清楚这里发生了什么事儿。"威格拉补了一句。

他俩约好篝火会之前在泥塘那儿碰头。

"你谢谢，拉格威！"黛西说。她蹦蹦跳跳地奔向了泥塘。

威格拉决定不去游泳了，他要去找他的弟弟。可是，哪儿都找不到杜德温。

吃午餐的时候，威格拉赶紧找到穆斯。

"你见过杜德温吗？"他问穆斯。

"今天早上他跟我一起沿着登顶路上山了。"穆斯说。

"格温多琳组织了一次'亲近大自然远足活动'，去山的那一边，"另一个营员主动说，"我想杜德温是跟她们一起去了。"

听到这话，威格拉觉得安心了一点点。

在篝火会开始之前，威格拉出发去跟黛西碰面。刚走到旗杆那儿，安格斯就把他拦了下来。

"你得帮帮我！"安格斯说。

"帮你做什么？"威格拉问。

"我想我知道是谁偷光我的棉花糖了，"安格斯说，"跟我来。"

"现在不行，安格斯，"威格拉说，"我跟黛西和小尖牙约好了在泥塘碰面的。"

"拜托！求求你了！必须现在去，"安格斯说，"不会耽误太久的。"他抓起威格拉的束腰上衣，开始把威格拉往山坡上拉，"我需要你替我把风。"等他们走到老莫帐篷那儿时，他补充说。

"你觉得是老莫拿走了你的棉花糖？"威格拉问。

"现在仍有嫌疑的人就剩下老莫一个了，"安格斯一边说着，一边从衣兜里掏出一个小火把点亮了它，两个小家伙钻进了帐篷里。"我听到老莫问洛贝丽娅，要是自己一颗棉花糖也没有，烤棉花糖之夜怎么才能办得起来。"安格斯补充说，他指着帐篷门帘，"盯着外头。要是你看见老莫过来了，就说声'舅舅'，然后我们就在被发现之前跑出去。"

安格斯开始检查老莫的行李袋、包袱和箱子。

"快点！"威格拉说。他可不愿意去想，要是在这儿被老莫逮住会有什么后果！

几分钟以后，安格斯说："找不到！可能他已经自己吃掉了。"

"走吧，"威格拉说，"黛西会以为我出什么事儿了呢！"

"我再看看他的上衣口袋。"安格斯说。

威格拉听见羊皮纸上似乎发出了一阵阵沙沙作响的声音。

"天哪！"安格斯大叫道，"这个看起来像是张藏宝图！"

威格拉连忙跑过去，他仔细地看着羊皮纸上的一幅画。

"这画的是龙魂岭。"威格拉说。

"没错，"安格斯说，"连山顶上的那些大石头都画上去了。看这儿，藏宝图顶部写着个人名：FZ少尉。"

"FZ少尉？"威格拉说，"它说的会不会是疯子少尉？"

"没错！"安格斯大叫，"疯子少尉念叨过，他丢了张地图。"

安格斯把羊皮纸翻过来。"这儿有首诗！"他把火把拿到羊皮纸前，两个小家伙念了起来：

　　龙魂岭的顶峰，

石碑拔地参天。
往日飞翔的火龙，
尸骨故土长眠。

龙魂岭的顶峰，
昔日狂龙长眠地底。
尸骨深埋的地下，
金银财宝相伴朝夕。

龙魂岭的顶峰，
火龙鬼魂守护宝藏。
春去秋来，酷暑寒冬，
年复一年不曾离乡。

龙魂岭的顶峰，
火龙鬼魂坚守岗位。
只有仲夏当夜，
飞走的鬼魂成群结队。

龙魂岭的顶峰，
所有鬼魂纷纷飘远。
一年一次就在今夜，

火龙宝藏无人看管。

龙魂岭的顶峰，

掘宝人唯恐大难临头！

因为必将降临的是，

可怕的龙魂岭诅咒！

"疯子少尉提到过什么诅咒，"威格拉小声说，"还记得吗？"

安格斯点点头。"老莫肯定是捡到了这张藏宝图，"他说，"说不定就是老莫偷的。"

"这下子所有的夏令营活动都说得通了！"威格拉说，"他是要训练我们去挖火龙的金子！"

安格斯点头："这就是舅舅说的什么'掘地三尺'大对决。"

就在这时候，两个人听见帐篷外有声音。

"呀！"安格斯大叫，"篝火会可能已经结束了！"他把羊皮纸塞回老莫的衣兜里，摁灭了火把，"我们得离开这儿！"

威格拉听见有谁在喊他的名字：

"拉格威！拉格威！儿哪在你？"

威格拉倒吸口气，他把黛西给忘了！

我亲爱的小甜心：

　　你们的营地里有小偷！这真是太可怕了！

　　给你一个份量加倍的零食盒，宝贝儿。记住，跟朋友们分享会让你的棉花糖美味加倍哦！

　　亲亲我的小甜心！

　　　　　　　　　　　　　　　妈妈

第十四章
神奇的火龙尖牙项链

威格拉冲出老莫的帐篷。"黛西！"他追上去大喊道。

小猪转过身，眉头一皱："了去儿哪上你？"

"说来话长，"威格拉说，"小尖牙在哪儿？"

"儿那塘泥在。"黛西说。

"我们现在过去吧！"威格拉说，"我来召唤巫师。"

当营员们全都向自己的帐篷走去的时候，威格拉和他的小猪偷偷地溜下山坡去了泥塘。小尖牙正在泥浆里打盹儿。

"牙尖小！"黛西说，"了来谁看看。"

小尖牙睁开一只眼睛，咕噜了一声。

根据召唤巫师的传统方法，威格拉把他的名字倒着念了三次："克诺尔泽，克诺尔泽，克诺尔泽！"

一道强光闪过，穿着蓝袍子的巫师站在了他们跟前。

"啊——"小尖牙尖叫着蹦了起来。

"又是你，威格利普，哦不，是威格拉！"泽尔诺克大喊道。

"都差不多啦，"威格拉说，"巫师，你能给黛西的朋友小尖牙施一个说话咒吗？"

泽尔诺克瞪着小尖牙，接着他眼睛一亮："嘿，威格利普，你能付我点儿报酬吗？"

"对不起，"威格拉说，"我们没钱。"

"喝凉水也塞牙！"泽尔诺克嘟哝着，"麻烦的是，我弄坏了奇奇默崭新的云朵制造机，这只是个意外。不过奇奇默说我还是得赔他一台新的，所以我现在急需钱。不管怎样，《巫师准则》第598条说：不能拒绝别人的请求。那么我们就开始吧！"

巫师开始绕着小尖牙走起来。

"咦？"小尖牙吱了一声，一双圆溜溜的眼睛直盯着巫师。

泽尔诺克从长袍袖子里抽出魔杖，他指着小尖牙哼唱起来：

呼噜啊——啦，

叽咕啊——啦，

小猪小猪，

你将开口把话说！

泽尔诺克用魔杖碰了碰小尖牙鬃毛粗硬的脑袋。

小尖牙一哆嗦，眨了眨他圆溜溜的眼睛。接着，他用低沉的嗓音说："我闻到香肠的味道了。"

"你鼻子真灵，小野猪！"泽尔诺克大声说，"你们召唤我的时候，我正在煎香肠做晚饭呢！"

"那你带来了吗？"小尖牙问。

"唉，没带。"泽尔诺克说。

"克诺尔泽！"黛西大叫，"唉常正很话说牙尖小！"

"他说话是很正常啊，"巫师点点头，"怎么了？"

"呢语丁拉猪说不么什为他？"黛西问。

"他是野猪，不是家猪，"泽尔诺克说，"这世上又没有野猪拉丁语。"

威格拉简直不敢相信，泽尔诺克竟然施咒成功，没出岔子！

"还有别的事情吗？"巫师说，"我能回去吃香肠了吗？"

"还有点事儿。"威格拉说。

威格拉连忙把疯子少尉地图上了解到的诗歌情况告诉了泽尔诺克。

"老莫希望在仲夏夜，趁火龙飞走以后让我们把金子挖出来。"威格拉解释道。

"金子？"泽尔诺克来了精神，说道，"哦，要是我能拿到点儿金子，就能赔给奇奇默了。"

"不！"威格拉大叫道，"谁挖走了火龙的金子，谁就会被诅咒的。"

"你说的是仲夏夜对吧？"巫师问。

威格拉说："没错，不过……"

"那到时候见！"泽尔诺克大声说。接着，他一下子就消失了。

小尖牙扭头看着黛西。"那么，"他说，"你不觉得，如果有对牙尖镶金的尖牙，我就会是你见过的最最英俊潇洒的野猪吗？"

威格拉把黛西和小尖牙留在泥塘边，自己回男生帐篷去了。他着急想看看参加远足活动的杜德温回来没有。

威格拉急匆匆地穿过营地，他这会儿才意识到，这么晚了，好像只有他一个人还在外面溜达。

威格拉悄悄地走进男生帐篷，以免吵醒睡着的人。他蹑手蹑脚地走到杜德温的铺位，伸手拍了拍弟弟的毯子——毯子底下没有人。

威格拉摇了摇安格斯。"醒醒！"他说。

安格斯坐了起来。"怎么了？那个小偷又回来偷我新到的零食盒子了？"他伸手往铺盖卷儿下头一摸，松了一口气。

"还是没见到杜德温，"威格拉小声说，"你得帮我找到他。"

"好吧，"安格斯站起身说，"不过我得带上这个。"他从铺盖卷儿底下抽出一个超大的零食盒子。

两个人溜出了帐篷。安格斯点燃了火把，然后他们朝着登顶路走去。没走多远，他们就看见几个营员走了过来。

"威格拉！"埃丽卡大叫。

"我们在'亲近大自然远足活动'中迷路了！"简丝丝说。

"不是迷路，"格温多琳生气地说，"只是有点儿被弄糊涂了。"

"杜德温跟你们在一起吗？"威格拉问。

格温多琳摇摇头："没有，就我们三个。"

"你跟安格斯大半夜的在这外头做什么呢？"埃丽卡问。

"杜德温不见了，"威格拉说，"我们想去找他。"

"我们在山上没见到他。"埃丽卡说。

"也许他藏起来了。"威格拉说。

"我帮你找他吧,威格拉!"埃丽卡说。

"我也去!"简丝丝说道。

"我要去睡一会儿了,"格温多琳说,"祝你们好运!"

威格拉、安格斯、埃丽卡和简丝丝出发了。此时此刻,顺着登顶路爬山对他们来说已经是轻车熟路了,只点着几支小火把照路对他们来说也是小菜一碟。

"杜德温!"一路上威格拉大声喊着,"杜——德——温——"

可是那小家伙一直没有回应。

在他们顺着小路上山的时候,安格斯把羊皮纸上的诗歌告诉了埃丽卡和简丝丝。

"老莫为了得到金子真是费尽心思啊!"简丝丝说,"他应该像我爸爸一样,拿这块沼泽地卖上一大笔钱。"

等他们走到臭烘烘的山顶时,大家都咳嗽起来。雾太大了,很难看清周围的环境。他们全都不停地喊啊喊,可是杜德温一声都没应过。

他们离开小路,开始去森林里找。威格拉大喊着杜德温的名字，喊得嗓子都哑了，他们找了好几个小时。

当他们走到一块空地上时，安格斯说："我得吃点儿东西才能接着走下去。"

"我这儿有些远足活动带的肉干。"简丝丝说。

"我还带了这个！"安格斯说。他掀开零食盒盖，好多棉花糖在火光下闪闪发亮。

"你的意思是你愿意跟我们分享？"埃丽卡问。

"你们每人拿三块吧！"安格斯说。

突然之间，杜德温出现在空地上。

"杜德温！"威格拉哑着嗓子喊道，他冲向弟弟，一把抱住他，"我担心死你了！"接着，威格拉皱起眉头，"你干吗都不回答我一声？"

"我被火龙鬼魂给定住了，像雕像一样，"杜德温说，"没办法说话。"

"别编故事了，杜德温。"威格拉说。

"等一等，"安格斯说，"还记得我抡不动斧子那回吗？也许我是被火龙鬼魂定住了，也许他说的是真的。"

"我说的确实是真的！"杜德温点头说，"嘿，能给我几块棉花糖吗？"

"给你三块，"安格斯说，"每人三块。"

"我们生个火来烤棉花糖吃吧！"埃丽卡说。

简丝丝和威格拉把木头捡回来，埃丽卡生起了火。安格斯找了五根烤棉花糖的棍子，他在每根棍子上串了三块棉花糖。

"杜德温，是你把老莫的短裤升到旗杆顶上去的吗？"安格斯把棉花糖棍子递给他的时候问道。

"要说实话。"威格拉说。

"没错。"杜德温咧嘴一笑。

"这是今年夏令营最棒的事儿了。"安格斯在杜德温的棍子上又多串了三块棉花糖。

他们全都把棍子放到了噼啪作响的火苗上，空气中弥漫着烤棉花糖的香味。

"杜德温，你出去的时候干吗不告诉我？"威格拉问。

"因为你不相信我，我很生气，"杜德温说，"不过我确实能看见鬼魂，而且我还能听见他们说话。"

"现在我相信你了，杜德温，"威格拉说，"真的，我真的相信你。"接着，他把那首诗说给杜德温听。

"诗里说，谁挖走火龙的金子，谁就会被诅咒。"威格拉最后说。

"我们得阻止老莫。"安格斯说。

简丝丝啪嗒啪嗒地嚼着口香糖："可是怎么阻止呢？"

是啊，怎么阻止呢？他们全都不说话，思索了起来。

最后，威格拉说："杜德温，为什么你能看见鬼魂，听见他们说话，而我们不行？"

"生来就走运？"杜德温说。

"可能吧！"威格拉说。

"也许我有特异功能。"杜德温说。

"会不会跟你总戴着的那串火龙尖牙项链有关系呢，杜德温？"简丝丝说，"也许那项链有魔力。"

"嘘！"杜德温示意，接着他轻声说，"我现在就看见了一只火龙鬼魂。"

一块棉花糖从威格拉的棍子上挣脱后往上飘走了，它悬在半空。接着，呼的一声不知从哪儿蹿出来一股蓝色的火焰。棉花糖迅速地在火里烤了烤，接着就消失了。

"呀！"安格斯、埃丽卡和简丝丝大叫起来。

"天哪！"威格拉尖叫着。

忽然，安格斯摆在地上的零食盒凌空而起。

"不！"安格斯大喊。他跳起来，扑向他的宝贝棉花糖。

可是盒子飘到了他够不着的地方。它一直往上飘，最后停在了树顶上。

"还给我！"安格斯哀号着，"我求求你了！把我的零食盒子还给我！"

威格拉灵机一动。"快点，杜德温，"他低声说，"把你的火龙项链给我戴上。"

杜德温把项链摘下来，往威格拉头上一套。

威格拉抬头一看：他看见悬在他们头顶上方的东西，像是一个巨大的云团，一个巨大的龙形云团。不是云，是鬼魂，一只火龙鬼魂！

亲爱的威格拉：

　　我把《火龙百科全书》上的这几页替你抄下来了，孩子。你现在极其危险，千万别把那些金子挖出来！

　　　　　　你忠诚的朋友　戴夫修士

龙魂岭火龙

族群历史：数千年以来，龙魂岭火龙一直控制着黑森林以北广阔的地区。

生活习性：这些体格强健，身材高大的高山霸主是喷火的行家。他们常常往山腰上喷火，只为了观赏火焰。他们从来不盗抢人类，却很喜欢偷洞穴龙族和沼泽龙族的金子。

财产情况：长年累月，龙魂岭火龙囤积了数额庞大的金子。他们把盗抢来的金子，运到了他们特别喜欢焚烧的一座山顶上，这座山就被称为"龙魂岭"。

殡葬习俗：龙魂岭火龙死后会化为灰烬，但是骨骼、尖牙和爪子会保留下来。活着的龙魂岭火龙就会把已故挚友的遗骸运到龙魂岭山顶上。他们把骨骼和宝藏埋在一起，把爪子和尖牙撒在上面。

族群灭绝：几百年后，龙魂岭火龙逐渐灭绝了，不过直到今天，这个强大族群的鬼魂仍然常在龙魂岭出没。

鬼魂性格：龙魂岭火龙鬼魂很顽皮，性情温和——除非寻宝人来挖他们的金子。那时，为了保护他们的金子，鬼魂会疯狂地喷火，还会念起可怕的龙魂岭诅咒。

龙魂岭诅咒：别问！

鬼魂外貌特征：

身体——透明的蓝色

鳞片——银色

犄角——头顶尖刺呈扇形

眼睛——橙色

鼻子——嗅觉极其灵敏

尖牙——因为爱吃甜食所以很容易蛀牙

最常说的话：别碰我的金子！

最令人惊讶的事：在仲夏夜晚，龙魂岭火龙的鬼魂会离开山岭，飞去参加鬼魂舞林大会，直到天亮才回来。

秘密死穴：低挡不住棉花糖的香味。

亲爱的妈妈：

我还需要更多的棉花糖，现在就要，有多少就给我寄多少。今天就寄！十万火急，见面的时候我会跟你解释的。

> 儿子　安格斯

爸爸妈妈：

嗨！

请你们把鎏金镇所有的棉花糖全都寄给我，可以吗？这事儿非常重要。等我回家就告诉你们为什么，要是我还回得去的话。

替我亲亲兜兜。

> 爱你们的简丝丝

亲爱的爸爸妈妈：

请派佣人去把全国每一粒棉花糖都买下来，然后让皇室马车夫尽快把棉花糖给我送来。

很快我就会告诉你们为什么的。

千万别耽误！

> 爱你们的埃丽卡

敬爱的戴夫修士：

　　谢谢你这么快就回复我，《火龙百科全书》上面的资料真是帮了大忙了！我们现在已经有了全盘计划。

　　你和花生糖兄弟会的兄弟们会做棉花糖吗？要是会的话，能请你们马上做一些寄给我们吗？这个要求很过分，我知道，但是我们已经走投无路了，还有不到一个星期就是仲夏夜了。

　　祝我们好运吧！

　　　　　　　　　　感激不尽的学生　威格拉

威格拉：

　　你好啊！

　　很抱歉这么久才给你回信。要说服乡村邮递员以一大堆甘蓝菜作为交换帮我们代写这封信，并不是一件容易的事情。

　　看起来你去露营了，玩得很开心，对吧？很放松吗？有像我这样的老人能参加的露营活动吗？这点记得答复我哦！

　　我知道你需要跟你的朋友们讲个新笑话了，给你来一个：

嘭！嘭！

是谁啊？

做善事的。

做什么善事？

帮你把好吃的给吃了，因为吃太多会肚子疼的哦！

这个笑话很好笑，对吧？好吧，再说一个：

嘭！嘭！

是谁啊？

王后。

哪个王后？

来给你打扫卫生的家政王后！

哈哈哈哈！

你妈妈说谢谢你给她做手链。不过，她说蓝石头会带来霉运，想问问你能不能用那种叫金子的黄灿灿的金属给她做一条手链？

你的兄弟们成天都在吵架拌嘴，你妈妈又把盐用光了。家里最新的情况就是这样，孩子。

嗝儿！

大头针村打嗝队队长　弗格斯

第十五章
偏爱棉花糖的龙魂

"我听见打雷了。"几天后，当威格拉和其他的营员们围坐在营火区烤早餐的时候，他说道。

"像是要下雨了，"安格斯说，"不过，这儿一天到晚都要下雨的样子。"

"你觉得就算下雨了，老莫还是会让我们举行'掘地三尺'大对决？"简丝丝问。

"他都不在乎是不是会有诅咒降临到我们头上，"安格斯说，"又怎么会在乎是不是会有雨点落在我们头上呢？"

"所有东西都准备齐全了吗？"埃丽卡问。

威格拉点点头："你准备好了吗，杜德温？"

杜德温坐在地上，双臂交叉抱在胸前。"我想是吧！"他说。

"全靠你了。"埃丽卡说。

杜德温摸摸他的项链。"我知道。"他难过地说。

"我们会尽全力帮你把项链拿回来的，杜德温。"威格拉说。

就在这时候，老莫大步流星走到了营火区。

"好消息！"他大吼道，"'掘地三尺'大对决就在今夜！"

"耶！"格温多琳、塞尔达和大部分的营员们都欢呼起来。

不过威格拉和他的朋友们没出声。

"先说说规则，"老莫接着说，"我在龙魂岭山顶埋了些夏令营专用的金子。"

"是真金子吗，老莫？"穆斯大声说。

"不是，"老莫说，"当然不是真的。夏令营专用的金子是仿品，所以你们拿着这些玩意儿是没有任何意义的，懂吗？"

营员们点了点头。

"老莫那张镶满金牙的嘴里正说着大谎话呢！"安格斯小声说。

"你们有一整夜的时间，爬到山顶，用你们最快的速度把金子挖出来，"老莫继续讲，"然后把金子用麻袋装起来，运下山交给我。接着，你们再回到山顶继续挖。哪队交给我的金子多，哪队就赢得一百分！"

又一阵欢呼声响了起来："耶！"

那天晚上吃完晚餐，威格拉和其他的营员们走下山坡来到营火区。地上放着一大堆木头，不过还没有生火。杜德温挨着威格拉坐了下来。

老莫大喊道："全体起立，龙魂岭夏令营点火仪式开始！"

全体营员都站了起来，大家都还被蒙在鼓里。

接着，像往常一样戴着面罩的斧头杀手，举着火把跑进营火区。他把火把放到木头堆上，营火就燃了起来。斧头杀手把火把往火堆中一扔，然后对着老莫鞠了一躬。

老莫缓缓地转了一圈，打量着全体营员，他紫色的金鱼眼炯炯发光。

"今晚就是你们期待已久的时刻，"他用低沉的嗓音说道，"'掘地三尺'大对决之夜，祝愿最优秀的队伍获得最终的胜利！"

"那就是我们沼泽龙队！"塞尔达高喊着。

所有的沼泽龙队队员一边欢呼，一边咳嗽。

"洞穴龙队顶呱呱！"格温多琳大叫着。

所有的洞穴龙队队员一边咳嗽，一边欢呼。

"沼泽龙队队员，找好搭档，两两一组在我右边列队站好，"老莫说，"洞穴龙队队员，找好搭档排在我左边。"

杜德温跑过去找了穆斯做搭档。

威格拉和安格斯排在一起，简丝丝和埃丽卡排在他们身后。每个人都背着个胀鼓鼓的背包。

哟哟克给了每对队员一支火把。

"沼泽龙队，点亮火把。"老莫说。

沼泽龙队把火把举到炽热的营火上头点燃了，接着，洞穴龙队也把火把点燃了。

"现在跟我来！"老莫大喊道。

"等一等！"杜德温大叫。他跑到老莫跟前。

"等一等？"老莫大吼，火光照耀下，他紫色的双眼闪烁着愤怒的光芒，"等什么？"

"等我给你一个幸运护身符。"杜德温说。

"幸运？"老莫露出笑容，"这个词儿我喜欢！尤其是在今夜。给我吧，小家伙，动作快点！"

威格拉的心揪得紧紧的。杜德温能不负众望，按照计划完成他的任务吗？

杜德温取下他的火龙尖牙项链。安格斯和简丝丝冲出队伍把他向上抬了一把，他就把项链戴在了老莫脖子上。

"谢谢你！"老莫大声说，"走吧，营员们！开始爬山！"

老莫和营员们走上了登顶路。

在这支火把大游行队伍的登山路上，格温多琳和塞尔达带头唱起了营歌：

万岁！万岁！龙魂岭夏令营！

我们郑重宣誓！

火把的光芒很微弱，但现在威格拉和他的朋友们就算蒙着眼睛也能走这条路了——这已经是他们今天第七次上山了。

他们越往山顶上走，熟悉的臭味儿就越浓烈，每个人都咳嗽得越来越厉害。

最后，老莫大吼一声："停！"

借着摇曳的火光，威格拉能看见巨大的石头穿透了浓雾，矗立在山顶上。

"去吧，小家伙。"哟哟克说，他递给威格拉一把铲子，"你挖洞的时候，你的搭档就举着火把，接着你们再交换。"

威格拉、安格斯、埃丽卡和简丝丝默默地从背上取下背包。

"哦，我真不愿意这么做，"安格斯抱怨着，"这太不像我会干的事儿了！"

"我们这是在做好事呢！"威格拉提醒他。

安格斯一边无精打采地点点头，一边打开他的背包，开始往天上扔棉花糖。

威格拉、埃丽卡和简丝丝也开始分头行动，扔起了棉花糖。

"你们在干什么？"塞尔达看见他们把棉花糖到处扔，就问道。

"这是洞穴龙队的小习惯，"简丝丝告诉她，"祈求好运。"

"听好了，营员们，"老莫大声说，"每个人都找一块大石头，在底下开始挖。在那儿才能找到金子，我的意思是仿制的夏令营金子。"

"今晚这山顶上头的味道真难闻，老莫。"穆斯说。

"我刚踩到什么黏糊糊的玩意儿了。"托尔布拉德说。

老莫对他们的抱怨根本就不予理睬。"找好自己的位置，营员们！"他大喊。

营员们各自冲到一块大石头跟前。

"各就各位……"老莫说。

营员们把铲勺对准地面。

"预备……"老莫大喊。

营员们一只脚踩在铲子上。

就在这时，威格拉大声喊："克诺尔泽！克诺尔泽！克诺尔泽！"

天空中闪过一道光。

"天哪！"当穿着蓝色袍子的巫师飘飘荡荡地落在老莫身旁时，营员们都大叫起来。

"哎呀！"老莫大叫，"你到这儿来干什么，巫师？"

"有人召唤我我就来咯！"泽尔诺克说，"看情形我来的正是时候啊！"

"来了个巫师，"穆斯大喊道，"真是太棒了！"

"多谢捧场。"泽尔诺克微微鞠躬。

"快走开，巫师！"老莫大叫，"我们正在举行'掘地三尺'大对决呢！"

"那我敢打赌你会想要借用一下这个。"泽尔诺克说。他从宽大的巫师袍袖子里，抽出一把亮闪闪的银铲子。他摁了一下手柄上的一个小按钮，铲勺就开始像钻头一样旋转起来。"我叫它'挖得容易。'"说着，他就把铲子递给老莫。

跟预想的一样，泽尔诺克喋喋不休地念叨着。他一边念叨，威格拉和朋友们就一边扔着棉花糖，直到包袱都空了为止。

"真不敢相信，我一颗棉花糖都没吃到！"当安格斯把他最后一颗棉花糖抛到空中时，他说道。

"现在我们必须等待。"威格拉说。他觉得自己听到远处传来拍打翅膀的声音，不过也可能仅仅是风声而已。

老莫把"挖得容易"的开关调成高速："这东西能派上用场，现在你可以走了，巫师。嘘——"

"嘘？"泽尔诺克大叫起来，"赶猫走才说'嘘'呢！这不是赶巫师用的。算了吧，要是你想赶走巫师，你得念驱巫咒。哦，如果是巫师来念效果就更好了。"

老莫没搭理他。

扑打翅膀的声音越来越大了。

"我想是他们来了。"威格拉小声说。

"营员们！"老莫大喊道，"各就各位！预备！啊——"

老莫用双手捂住脑袋又尖叫了起来。

"老莫！"穆斯叫道，"你怎么了？"

老莫只是一个劲儿地尖叫。

"出什么事儿了？"营员们大声说，"怎么回事儿？"

"蝙蝠和钟楼！"泽尔诺克抬头看着天空大喊道，"好像还来了一大群啊！"

老莫正转着圈儿地边跑边嚷："就是今夜啊！没到天亮，你们不该回来的啊！快走开！嘘！别惹我们！"

"他在冲谁嚷嚷呢？"格温多琳大喊道。

"我们要完蛋了！"托尔布拉德大叫着，接着就哭了起来。

"哇，我从来没见过这么愤怒的鬼魂，"泽尔诺克惊呼，"要赔偿奇奇默应该有更容易的方法。我要走了！"

眨眼间他就不见了。

营员们三三两两地挤作一团。混乱中，大部分营员都扔掉了火把，火都熄灭了。

"求求你们！求求你们！不要伤害我！"老莫大喊，他紧闭双眼跪了下来。

威格拉瞅准了机会，冲到老莫跟前，把尖牙项链飞快地从他头上取下来。老莫害怕极了，根本没注意到。

威格拉戴上项链，抬头一看。

"天哪！"威格拉瞪大了双眼大喊道。

埃丽卡和简丝丝冲了过去。

杜德温和安格斯紧随其后。

"天上全是火龙鬼魂！"威格拉大叫，"有成百上千个！"

"我说得没错吧！"杜德温得意扬扬地喊道。

"我们的办法奏效了！"安格斯大声说，"棉花糖把他们给引回来了。"

"他们的眼睛闪闪发亮，"威格拉接着说，"我敢说他们气坏了。"

"让我看看，威格拉。"杜德温说。

威格拉迅速地把项链递给他。

"哎哟！"杜德温大叫，"他们气坏了，真的。他们嘴里还念念有词的，威格拉，似乎在念……咒语，在给我们施咒呢！"

"去拿麻袋！"埃丽卡大喊。

威格拉、杜德温、简丝丝、埃丽卡和安格斯迅速地向四面八方散开。他们跑到事先藏好了装满棉花糖的麻袋的地方。这会儿他们就把麻袋举到头顶上，开始飞奔。一路上，袋子里成千上万颗棉花糖都洒到了龙魂岭上空。

威格拉把最后一颗棉花糖从他的麻袋里抖出来，抬头看着天上。他露出了笑容，因为他看见到处都是棉花糖，好像自动地往天上飘着。

"他们不再念咒了！"杜德温大声说。

许多蓝色的小火焰迸发出来，点亮了天空。一股烤棉花糖的香味在空气中弥漫开来，蓝色的火苗出奇地亮。

老莫这会儿还跪在地上，他抬头凝望着被蓝色火焰照亮的天空。他看上去就像是座一动不动的雕像，一座两行热泪滚滚而下的雕像。

"快跑回营地去！"威格拉对那些挤作一团的营员们大喊道。

"沼泽龙队，跟我来！"塞尔达大叫道。

"洞穴龙队，走吧！"格温多琳高喊着。

营员们跟着各自的队长，沿着登顶路跑下山去。

"我们也得走了。"简丝丝大喊。

"等一等！"安格斯大叫，"我们不能把舅舅留在山顶上。"

"呃，他好臭啊！"杜德温说。

威格拉看出来这是为什么了——老莫全身都是鬼魂的黏液。

"舅舅，跟我们走吧！"安格斯用安抚的口吻对他说。

他和威格拉扶着老莫站了起来。

"鬼魂很快就会把棉花糖吃完的，"威格拉说，"我们动作要快，校长！"

"在学校才叫校长，"当营员们带着老莫下山的时候，他念叨着，"这是营地，叫我老莫！"

第十六章
挣到8便士

"真不敢相信，夏令营就结束了。"威格拉一边说，一边把他的褐色薄毯子铺在地上开始收拾行李。

"今天是夏令营的最后一天，"安格斯说，"夏天过得可真快啊！"

"我喜欢露营！"杜德温一边卷起他的皇室蓝色厚毯子，一边大喊，"明年夏天我还要回这儿来。"

威格拉把他的幸运布头、屠龙宝剑和水壶放在毯子上，打包捆好。他把给妈妈做的蓝石头手链放进衣兜里。也许等她看见这手链的时候，会对蓝色石头有所改观呢！

一阵锣声响了起来。

"万岁！"安格斯大叫，"这是我们最后一顿棍式早餐！"

　　小家伙们冲出帐篷，跑下山坡奔向营火区。不过大厨神没有像往常一样发给他们棍式食物，而是煮了一大锅不知道是什么玩意儿的东西。

　　"这是什么玩意儿，哟哟克？"杜德温一边问，一边往锅里瞅，"看起来就像泥土！"

　　"这只不过是最上面那层。"大厨神说。他把上面那层给撇到一边，露出底下看起来更加黏糊糊的泥浆。

　　"呃呃呃呃！"格温多琳尖叫，"这里头有条虫子！"

　　"里头有好多条虫子！"托尔布拉德大叫。

　　"试试吧！"大厨神说，"你们会喜欢的。"

　　安格斯勇敢地把手指戳到那锅黏糊糊的东西里头，然后舔了舔。"啧啧，"他说，"很好吃！"

　　这时候洛贝丽娅带着老莫来到营火区，他看起来气色不太好。在蚂蟥湖里泡了泡之后，他身上的鬼魂黏液已经洗掉了。不过，这会儿他的头发和胡子上挂满了一缕缕的绿色浮藻。

　　"老莫！"穆斯大声喊，"哪支火龙队赢了啊？"

　　"火龙队？"老莫的语气听起来就像是从来没听说过什么火龙队。洛贝丽娅让他在折凳上坐了下来。

　　"我正要宣布这个。"洛贝丽娅说。

　　营员们屏住呼吸，重要的时刻来临了。

"既然……呃，昨晚的比赛因为天气异常而取消了，"洛贝丽娅说，"两队就以昨晚比赛前的得分为准。洞穴龙队……"

格温多琳交叉着手指祈求好运。

"总分是625分。"洛贝丽娅说。

"沼泽龙队呢？"

塞尔达闭上眼睛，默念着："拜托了，拜托了，拜托了。"

"总分625分，"洛贝丽娅说，"打成平手！两队都是赢家！"

营员们爆发出一阵欢呼声，他们欢呼雀跃，相互拥抱着。

"我们赢了！"托尔布拉德大叫着，喜悦的泪水夺眶而出。

"洛贝丽娅！"穆斯大喊，"我们每个人都能得到一份大奖吗？"

"这个恐怕不行，"洛贝丽娅说，"我们没有预料到会打成平手，所以我们没有足够的布章发给你们每一个人。不过，我们找到了比布章更好的东西。"

"是什么？什么东西？"营员们大喊道。

"一样会让你们常常想起龙魂岭夏令营的东西。"洛贝丽娅说，"哟哟克？请把奖品发给大家。"

哟哟克开始拿着个鼓鼓的大袋子绕场一周，他在杜德温跟前停下来。

"拿一个吧。"他说。

杜德温迫不及待地把手伸进袋子里，他拿出一块亮闪闪的黑石头。

"石头？"他大叫，"这玩意儿我有上百个呢！"他把石头又扔回了袋子里。

有几个营员拿了石头，但是大部分人在哟哟克过来的时候都直摇头。

老莫摇摇晃晃地站了起来。"再见，营员们，"他说，"要是你们有人明年还想来这儿，就跟我说，我们再来搞个'掘地三尺'大对决。"

"我要来，校长！"托尔布拉德说。

老莫深情地对他笑了笑。"好孩子。"他说。

"哦，很好！"洛贝丽娅若无其事地说，"她和其他人最后一起唱道：

万岁！万岁！龙魂岭夏令营！

我们郑重宣誓！

龙魂岭夏令营独一无二，

满地烂树桩子！

登顶路，蚂蟥湖，

我们要跋山涉水！

孩子们的户外天堂，

龙魂岭夏令营，万岁！

唱完营歌，所有人都蹦了起来准备回家了。

"我得去跟穆斯道别。"杜德温说着就跑开了。

这时候，黛西朝威格拉跑了过来。

"很难开口跟小尖牙道别吧，黛西？"威格拉问她。

黛西耸耸肩。"帅很是牙尖小，"她说，"趣无很他是可。"

"原来野猪小尖牙很无趣呀！"威格拉笑了。这时候，一辆华丽的金马车轰隆隆地穿过了龙魂岭夏令营的大门。

"我的车来了！"埃丽卡大喊着蹦了起来，"来吧，简丝丝！你也是，安格斯！马车夫在回皇宫的路上可以顺路捎你们回去。"她转身对威格拉说，"你、杜德温和黛西也一起来，马车夫是不会介意去趟大头针村的。"

"吗学开到住直一里宫皇在能我？"黛西问埃丽卡。

"当然可以，黛西！"埃丽卡说，"爸爸妈妈会很乐意把你留在皇宫里的。"她扭头看着威格拉，"马车上会有点儿挤，不过管它呢！路上我们可以商量一下，回到亲爱的屠龙学校以后的开学大计。"

埃丽卡跑去跟马车夫打招呼去了。

威格拉叹了口气。他没有告诉任何人，他秋天可能不会再去屠龙学校了。他把蓝石头手链从衣兜里拿出来，妈妈是不会戴一条霉运手链的。也许他应该把手链给埃丽卡，这样也算是给她留了个纪念品。

杜德温悲伤地走到威格拉身旁。"我会想念所有的沼泽龙队队员的。"他说。

就在这时，塞尔达跑过他们身旁，她看见威格拉拿着那条手链。"我一直忙着领导沼泽龙队，都没有时间给我妈妈做点儿什么，"她说，"你能把这条手链卖给我吗？"

"卖给你？"威格拉说。

"7便士。"塞尔达说。

"呃……8便士行吗？"威格拉说。

"没问题。"塞尔达说。她伸手进衣兜，掏出一把便士。

"成交！"当塞尔达把8便士放进威格拉手心时，威格拉说道。

威格拉笑得合不拢嘴说道："8便士！我回屠龙学校正需要这个！"

"我也想去屠龙学校！"杜德温说，"嘿，塞尔

达？你想买条火龙尖牙项链吗？"

"我爸爸会喜欢这个的！"塞尔达说，"8便士？"

"成交！"杜德温说。他扭头看着威格拉："这下子我可以跟你一起上学了，威格拉。这听起来是不是很不错？"

威格拉没有回应，他已经朝皇家马车奔去了，杜德温和黛西紧跟在他身后。

"嘿，埃丽卡！"威格拉大喊，"等等我们！"

扫一扫，关注"**小读客经典童书**"微信，
第一时间获取新书书讯，更有精彩好书、各种福利疯狂送！

孩子读点什么好，问问读客小熊猫！

小读客经典童书，传播爱与价值，
致力于出版最优秀的儿童文学和绘本！

图书在版编目（CIP）数据

被诅咒的龙魂岭 / （美）凯特·麦克马伦著 ；
（美）比尔·巴索绘 ；陈静思译. -- 上海 ：文汇出版社，
2017. 11
（从前有条喷火龙. 第二辑）
ISBN 978-7-5496-2347-1

Ⅰ. ①被… Ⅱ. ①凯… ②比… ③陈… Ⅲ. ①儿童小
说—中篇小说—美国—现代 Ⅳ. ①I712. 84

中国版本图书馆CIP数据核字 (2017) 第251279号

被诅咒的龙魂岭

作　　者 / 【美】凯特·麦克马伦著　【美】比尔·巴索绘
译　　者 / 陈静思

责任编辑 / 张　涛
特邀编辑 / 钱叶蕴　汪雯君　李　爽
封面装帧 / 李子琪

出版发行 / 文匯出版社
　　　　　 上海市威海路 755 号
　　　　　 （邮政编码 200041）
经　　销 / 全国新华书店
印刷装订 / 北京中科印刷有限公司
版　　次 / 2017 年 11 月第 1 版
印　　次 / 2017 年 11 月第 1 次印刷
开　　本 / 889mm×1194mm　　1/32
字　　数 / 75 千字
印　　张 / 4.75

ISBN 978-7-5496-2347-1
总 定 价 / 199.80 元（全十册）

侵权必究
装订质量问题，请致电010-85866447（免费更换，邮寄到付）

DRAGON SLAYERS' ACADEMY

从前有条喷火龙 ⑱

巨人怪的恶作剧

【美】凯特·麦克马伦 著 【美】比尔·巴索 绘 ｜ 陈静思 译

文匯出版社

屠龙学校校园地图

DSA

露露夫人的卧室

普拉克博士
科学实验室

莫德雷德的教室

洞穴
出入

校长办公室

食堂

法地牢

马厩

城堡庭院

擦洗课

假火龙
(训练专用

约里克快速变装营

目 录

第一章
小心泡泡出没

暑假结束了，大头针村的威格拉迫不及待地想要回到屠龙学校去。于是，在一个风和日丽的秋日早晨，他穿着屠龙学校的校服，站在自家的小茅屋外面——他的全副家当都打包拴在一根棍子上。

"杜德温！"威格拉喊道，"准备出发咯！"

排行倒数第三的小弟弟背着背包冲了出来。"我已经等不及要去学校了！"他说。

这会儿，威格拉的爸爸弗格斯和妈妈莫尔维娜，以及其余十一个兄弟，全都挤在小茅屋门口。

"再见，威格拉！"兄弟们大声喊着，"再见，杜德温！"

两个人正准备动身，弗格斯大声说："讲个敲门笑话吧！嘭！嘭！"

威格拉翻了个白眼，他老爸的笑话真的很烂。

他应了一句："谁啊？"

"老汤！"弗格斯嚷着。

"什么汤？"威格拉说。

"就是你妈煮的甘蓝菜汤咯！"弗格斯大声喊道。

莫尔维娜忙活起来，她往威格拉手里塞了一大瓶热乎乎的甘蓝菜汤。

"这屋子里少了你俩，都空荡荡的了。"莫尔维娜说。接着，她转了三个圈，往地上吐了口唾沫祈求好运。"威格拉，答应我好好照顾你弟弟。"

"我答应你，妈妈。"威格拉说。

一番挥手道别之后，两个小家伙终于出发了。

"我已经等不及要见黛西了。"他俩一边在沼泽河边走着，威格拉一边说。

因为被巫师施了咒语，威格拉的小猪黛西会说猪拉丁语了。威格拉的妈妈不想让黛西待在家里，因为她怕一头会说话的猪会带来霉运。所以暑假最后几个礼拜，黛西都跟埃丽卡待在一起。

"黛西真幸运，"杜德温说，"能住在皇宫里。哦，看啊，威格拉，是消息树。"

两个人在一棵疙疙瘩瘩的老橡树旁停了下来，树枝上挂着各式各样的留言：

加思：

　　赶紧跟妈妈联络！

　　　　　　　　　　爱你的妈妈

妈妈：

　　别管我了！

　　　　　　　　　　儿子加思

杜德温指着一张布告，布告上画着一条龙。

"威格拉！"他说，"念念这个。"

威格拉大声念道：

　　小心泡泡出没！！！！！

　　有人在蚂蟥湖里发现了一条叫作泡泡的水龙。别被他友善的蓝眼睛所蒙蔽了。也别相信他可爱的笑容。泡泡是很危险的，非常非常危险。

　　关于泡泡你需要了解如下信息：

　　全名：麻烦王泡泡

　　妻子：麦斯格尔鸭鸭（已被英勇无畏的特莫爵士杀死）

　　外貌特征：

鳞片：海蓝色

犄角音色：次中音萨克斯

眼睛：深蓝色

双脚：有蹼

口头禅：浪来了！

最令人惊讶的事：不会喷火

爱好：水上芭蕾

最喜欢做的事：用犄角吹奏《忧郁的龙》

标志：树上的字母 B 记号

秘密死穴：啊啊啊啊……

"啊？"杜德温说，"这是什么意思？听起来泡泡没那么可怕啊。"

"你永远都不会了解龙族的，杜德温。"威格拉说。接着，他打开了大瓶子。他们捏着鼻子，把老妈做的甘蓝菜汤灌下去一大半，然后两个人就继续上路了。

最后，他俩来到了黏糊糊的无名沼。沼泽中央是一片叫作"巫师潭"的流沙。一排石头从流沙中间露了出来，变成了一条通过沼泽的路。

一年前就在这儿，威格拉第一次遇到泽尔诺克巫师。就在这儿，巫师给黛西施了个猪拉丁语的咒语。就在这儿，巫师给了威格拉一把有魔力的必杀剑。可惜的是，能够让宝剑从威格拉手里飞出去杀死火龙的咒语，巫师把它给忘了。

"过去的时候要当心，杜德温，"威格拉说，"这流沙的速度可快了。"

"哦，呸，威格拉！"杜德温说，"这个沼泽我都走过上百次了，瞧好了！"他开始单脚在石头上跳来跳去。

威格拉看得心都揪紧了，为什么杜德温总是要卖弄一下呢？

"我就快到对岸了！"杜德温大声喊着。紧跟着，他一脚踏空，扑通一声摔到了沼泽里。

威格拉飞快地踏过岩石冲了过去。

"威格拉，救命！"杜德温尖叫着，"我要沉下去了！"

"我来了，杜德温！"威格拉大喊着。等到了近处，威格拉伸出那根绑着他全副家当的棍子。"抓住它！"他叫道。

杜德温抓住了棍子的一头。

"再用点儿力往上拉，威格拉！"杜德温哭号着说，"我沉得很快啊！"

"我已经很用力了！"威格拉站在一块石头上摇摇晃晃地说。他真有点儿担心自己也会摔下去。

忽然，他弟弟开始从流沙里往上升。越来越高，越来越高！威格拉有种奇怪的感觉，他觉得杜德温不是被自己拉上来的。发生了什么事情？

杜德温松开了棍子，可他还在继续上升。

"看啊，威格拉！不用手也行唉！"杜德温大叫道。

这会儿威格拉看见，弟弟身子底下有两只瘦巴巴的胳膊，把他举出了沼泽。紧跟着，威格拉看见一顶尖帽子，然后是一张老巫师的脸。

"泽尔诺克！"威格拉惊呼。

"我的名字老挂在嘴边可就不灵了。"巫师奇迹般地从沼泽里冒出来。他浑身上下都裹着泥浆，杜德温也是一样。巫师飞过来，把威格拉的弟弟放在岸边。

"谢谢你，巫师，"杜德温说，"这真是太刺激了。"

泽尔诺克笑了："你想要什么样的礼物呢，小家伙？"

"您要送我礼物？"杜德温说。

巫师点点头："《巫师准则》第886条说：如果我救了你的命，我必须给你一份礼物。"

"你可以不要，杜德温。"威格拉说。泽尔诺克的礼物很有可能莫名其妙地就弄巧成拙了。

"别开玩笑了！"杜德温说，"我喜欢礼物！好吧，巫师，你有什么东西能让我隐身吗？"

"不，杜德温，"威格拉尖叫道，"泽尔诺克的咒语总会出岔子！"

"嘘，威格拉！"泽尔诺克说，"我已经在复原法力的流沙里泡了三个星期了。我现在的法术可是顶呱呱的。"

巫师把两只沾满了沼泽淤泥的瘦胳膊伸出来，手心朝上，他开始唱起来：

> 喊嚓嚓，呼啦啦，蹦恰恰，唰！
> 给这家伙来一顶隐身帽吧！

一道光闪过——唰！泽尔诺克正拿着顶亮蓝色的帽子，上面还缀着银色的闪电。

"太棒了！"杜德温说。

"给你，小家伙。"泽尔诺克说着就把帽子戴在杜德温头上。

"这下你觉得我的法术如何啊，威格利普？"巫师问。

"你知道这帽子的隐身咒语吗？"威格拉问。

"我当然知道，"巫师气呼呼地说，"当你想要隐身的时候，伙计，你就说'喊嚓嚓，唰'。等你想现身的时候，你就说'嘻唰唰，嚓'，就这么简单。"

"喊嚓嚓，唰！"杜德温说，他一下子就消失了。

"你们能看见我吗？"杜德温问。

"看不见，"威格拉说，"现身吧，杜德温。"

"嘻唰唰，嚓！"杜德温说，他又出现了。

威格拉松了口气。太不可思议了，泽尔诺克的咒语竟然没出一点儿岔子，在沼泽里泡三个星期还真是管用。

"谢谢你，巫师！"杜德温说。

"再见，伙计们，"泽尔诺克说，"我得去见奇奇默了。这小老头还在为我弄坏了他崭新的云朵制造机生气呢。不过现在，我的法力都恢复了，可以把机器修好了！"

巫师周围升起一股紫色的烟雾，烟雾消散的时候，巫师也消失了。

"嘿，威吉！"杜德温激动地说，"这顶帽子会让所有一年级的家伙都羡慕死的！"

"当心点儿，杜德温，"威格拉说，"要是你在学校里显摆，莫德雷德会把帽子没收的。"

"这不可能！"杜德温说。接着他大叫一声："喊嚓嚓，唰！"然后就消失了。

威格拉跟在他那隐身的弟弟身后跳过石头，他觉得这帽子只会带来麻烦。再说，杜德温都隐身了，他还怎么帮妈妈看着弟弟呢？

第二章
魔力隐身帽

威格拉和再一次现身的杜德温，跑过屠龙学校的吊桥，穿过了门楼。

威格拉往城堡院子四周一看，露出了笑容。院子里挤满了穿着蓝色校服的学生，还有像杜德温一样，没拿到屠龙学校束腰上衣的一年级男生和女生。校长正拿着个写字夹板，从一年级学生那儿收学费，而莫特爵士就坐在洗碗台旁边！

威格拉跟老爵士挥挥手打了个招呼。"回到学校真是太好了！"他说。

"我已经爱上这儿了！"杜德温兴奋极了。

"威格拉！"黛西大声喊着。小猪飞奔着穿过城堡院子，扑进威格拉怀里。"黛西！"威格拉被宠物小猪撞得一摇一晃地说，"我真是太想你了，宝贝儿！"接着，他把小猪放到地上。

"是也我。"黛西说。

"你在皇宫里住得怎么样？"威格拉问。

"了极好！"黛西说，"澡瓣花瑰玫洗都天每我。"

"难怪你闻起来这么香。"威格拉说。

"你确实很香，黛西，"杜德温说，"你觉得我的新帽子怎么样？"

"亮漂常非。"黛西说。

"是巫师给我的，"杜德温说，"瞧好了！"

"杜德温，"威格拉警告他，"我怎么跟你说的？"

"我就想让黛西见识一下。"杜德温说。

"现在不可以，"威格拉说，"不能当着大家的面。"

埃丽卡朝他们跑了过来。

"威格拉！"她大叫道，"真不敢相信，我们上二年级了！我打算竞选班长，你会投我一票吗？"

"当然。"威格拉说。

接着，简丝丝蹦蹦跳跳地从院子那头跑过来。"嗨，威格拉！嗨，杜德温！"她说，"回来真是太开心了！"

威格拉看见简丝丝的脖子和胳膊上都有牙印，显然她的小弟弟兜兜还正是磨牙的年纪。

"你们听说了吗？这附近有条龙！"简丝丝拍着手说，"好戏已经开场了！"

"什么龙？"威格拉问，"你是说泡泡吗？我们在大头针村附近的消息树上，看见了一张关于他的告示。"

"就是他！"简丝丝说，"据说泡泡是头可怕的怪兽。要是他现身了，我要用我的长矛给他捅个大窟窿！"

这时候安格斯急匆匆地过来跟他们打招呼。

"威格拉！"他说，"我帮你在二年级的寝室里占了个床位，紧挨着我的床。"

"谢谢你！"威格拉说。

安格斯扭头看着杜德温说："在莫德雷德发完新的屠龙学校束腰上衣之前，快去交你那8便士学费吧！"

"好！"杜德温说。他在夏令营的时候卖掉了自己用火龙牙齿做的项链，刚好挣了8便士。

"待会儿见，威格拉！"

威格拉看着弟弟加入了新生的行列中，可是有一个家伙站在人群之外。他比其他人都高出一头，长着一对尖耳朵，皮肤还是鲜绿色的。

"杜德温班上似乎来了个巨人怪。"威格拉说。

"没错，"安格斯说，"巨人怪体格魁梧，所以舅舅觉得他们会成为很厉害的屠龙手。于是他就放出消息，说屠龙学校也欢迎巨人怪报名。"

威格拉正盯着看呢，巨人怪就从地上抓起一根蚯蚓放在嘴边，蚯蚓的身体还不停地扭动着。其他新生反应不一，有的惊恐万分，有的欢喜雀跃。

巨人怪手一松，蚯蚓往下一掉，他又用尖舌头把蚯蚓勾住。然后他闭上嘴，把蚯蚓吞了下去。

"格哈哈，格哈哈，格哈哈！"巨人怪大笑起来。

"哦，真恶心！"几个学生尖叫起来。

不过，大多数的学生却用崇拜的眼神看着巨人怪。

"这可真是出风头啊。"安格斯说。

"可能是因为他是这儿唯一的巨人怪。"威格拉说。这会儿，他已经决定要跟巨人怪做朋友了，他也要让杜德温对巨人怪格外友善一点。

午餐的铃声响了起来。没过多久，威格拉和安格斯已经在餐厅里拿餐盘了。

"你们要吃什么呢？"煎锅厨师问，"奶油鳗鱼水草汤？还是鳗鱼碎夹小圆面包？要不来个奶油鳗鱼汤加三明治套餐？"

看样子，暑假之后的午餐菜单并没有什么改进。

"有什么推荐呢？"安格斯问。

"奶油汤是上上周做的，"煎锅厨师说，"鳗鱼碎闻起来味道有点儿怪。"他耸了耸肩，扔了几个小羊皮纸袋给他们，"不管你选哪样，都浇上点儿红椒汁，"他接着说，"臭味儿就能盖住了。"

威格拉和安格斯端着餐盘穿过餐厅。

"哦，不会吧，"安格斯突然哀号一声，"看！一年级的餐桌那儿！那是我两个讨厌的表弟，谎话精和瞎编王！"

威格拉看见了那对双胞胎，他们穿着崭新的屠龙学校束腰上衣。不过，他们的脸和手还是跟往常一样脏兮兮的，他们正准备开始一场扔食物大战。

杜德温没坐在一年级的餐桌那儿，巨人怪也没有。威格拉看见杜德温站在城堡窄窗旁向外张望着，或许，他希望看见更多的巨人怪赶来屠龙学校上课吧！

"舅舅怎么会让谎话精和瞎编王进屠龙学校来呢？"安格斯在二年级的餐桌旁找了个座位，哭丧着说。

"这汤不错。"埃丽卡说，屠龙学校的所有东西总是那么对她的胃口，"怎么了，安格斯？"

"谎话精和瞎编王来了，他们是世界上最可恶的家伙，"安格斯斩钉截铁地说，"他们把舅舅装满金子的手推车推进壕沟里去了，还记得吗？"

埃丽卡点了点头："怎么可能忘记？"

"啊哈！"简丝丝说，"怪不得今年秋天新开了壕沟潜水课。"

餐厅里突然响起一声尖叫。

"幽灵！"几个一年级的学生大喊着。

威格拉大吃一惊，四下张望着，所有人都指着一张餐盘：它正诡异地从餐厅上空飘过。

"哦，不！"威格拉哭丧着脸，"我警告过杜德温不许显摆的！"

"杜德温？"埃丽卡说，"我没看见杜德温啊。"

"问题就在这儿，"威格拉说，"泽尔诺克给了他一顶有魔力的隐身帽。"

突然之间，餐盘周围开始冒出了火星。

"哎哟！"杜德温尖叫着，"哎呀！快停下来！"

餐盘哐当一声摔在地上，汤汁四溅，校长莫德雷德从主桌上跳了起来。

"烧着了国王肯的裤子啊！"他大叫道，"哪个恶灵竟敢骚扰我的学校？"

杜德温没出声，但是火花还在四射。忽然，杜德温的脑袋露了出来，随即又不见了。接着是他的两只胳膊，闪了一下又消失了。然后出现了一条腿，这回腿没有消失，不过他身体的其余部分又开始一闪一闪的。

"哎哟哟，哎哟哟！"杜德温一阵尖叫。

"恶魔！"莫德雷德大喝一声，"速速退让！"

威格拉跳了起来。"快说'嘻唰唰，嚓！'，杜德温！"他大喊着。

"嘁——哎哟！唰！"杜德温哭叫着。

杜德温的脑袋再次出现的时候，威格拉把他的帽子一把扯了下来。

"哎呀！"杜德温大叫着摔倒在地。帽子又溅出一些火星，然后停住了。

"骂我吧！你早就提醒过我的，"杜德温站起身说，"我不该显摆的，对不起！"

"无所谓啦，杜德温，"威格拉说，"你的演出还挺成功。"

杜德温环顾四周，所有人都盯着他。

"多谢捧场，"杜德温说着，弯腰鞠了一躬，"晚餐结束之后，会有第二场表演。"

所有的男生和女生都哈哈大笑起来，只有莫德雷德没有笑。

"这是什么意思？"他大步穿过餐厅，大声喝道。

威格拉赶忙把帽子藏到身后。

"我弟弟没有恶意的，校长。"他赶忙解释道。

莫德雷德绷着脸看着杜德温。"我们在哪儿见过？"他问。

"我参加过暑假夏令营，老莫。"杜德温说。

"夏令营的时候才能叫我老莫！"莫德雷德吼道，"这是学校，你得叫我校长！以后不许再……不管这是什么玩意儿，懂吗？"

"好的，校长。"杜德温说。

莫德雷德噔噔噔地走开了。

"把帽子还给我，威吉。"杜德温说。

"不知道你在说什么，杜德温。"威格拉应道。

"拜托了，威吉！这是我的帽子！"杜德温说。

威格拉很不情愿地把帽子递给杜德温。杜德温跑到垃圾桶边，把帽子扔了进去。

"总算脱难了，对吧，威格拉？"杜德温说。威格拉微微一笑——杜德温刚在学校待了一个钟头，就已经变机灵了。

等威格拉回到二年级餐桌旁时，他的汤已经凉了。就在他捏着鼻子咕咚咕咚喝汤的时候，一阵沉重的脚步声响了起来，空气里弥漫着一股香味儿。威格拉转身一看，巨人怪正跑过餐厅。

"快逃命去吧！"巨人怪嚷嚷着，"龙来了！可怕的恶龙！"

"一条蓝色的龙？"埃丽卡尖叫道。

"是啊！"巨人怪大声说。

"脑袋上长着红色的犄角？"威格拉叫道。

"是啊！"巨人怪大声说。

"他正在屠龙学校的壕沟里游泳吗？"简丝丝大喊道。

"是啊！"巨人怪大声说。

"是泡泡！"二年级餐桌旁的所有人都大叫道。

"拿起武器！"莫德雷德叫喊着，"带上你们的剑，小家伙们！杀死巨龙！"

"可我们没有剑啊！"一个一年级的男生嚷着。

"那就做一把！"莫德雷德叫道，"就地取材。"

男生女生全都一跃而起，许多人拿着勺子就冲出了餐厅。

威格拉的心害怕得怦怦直跳。泡泡就在外头，就在屠龙学校的壕沟里！简丝丝说的没错，新学期就这么轰轰烈烈地开场了。

第三章
麻烦搭档

威格拉一边跑，一边拔出锈迹斑斑的必杀剑。他绝对不会拿剑去捅泡泡，他讨厌看见血，不过挥舞一下必杀剑能给他壮壮胆。

所有的屠龙手都冲进了城堡院子，他们蜂拥着穿过吊桥。

"他就在壕沟里！"巨人怪大喊道。接着，他就回头朝学校跑去。

埃丽卡站在桥底发号施令。

"你们去左边！"她对一群挥舞着棍子当武器的一年级女生说，"拿勺子的，你们去右边！趁着泡泡还在水下，我们要把壕沟围起来。这样他一上来就会被我们包围。"

屠龙学校的学生高举着武器各就各位，所有的眼睛都盯着壕沟，他们等待着泡泡浮出水面。

"泡泡憋口气能管好长时间呢。"威格拉最后说道。

安格斯朝水里仔细地查看："我只看见了鳗鱼，没看见龙。"

"也许他待在水下最深的地方。"威格拉说。

"要是壕沟里有条龙，"安格斯说，"鳗鱼还不在里头拼命蹦哒？"

"这么想也是啊。"威格拉说。

"泡泡！"埃丽卡一边大喊着，一边拔出她那把银剑，这剑可是照着浪子骆驼爵士的宝剑原样复制的，"快出来受死吧！"

泡泡没有现身。

"泡泡！"简丝丝一边把长矛在地上敲得咣咣响，一边嚷着，"你是个胆小如虫的家伙吗？"

也许他真是，威格拉想着，因为压根儿就看不见龙的影子。

这时候威格拉隐约听见了笑声："格哈哈！格哈哈！格哈哈！你们都上当了！"

他抬头一看，巨人怪正站在城堡窄窗那儿一通狂笑。

"这是恶作剧！"威格拉大喊道，"泡泡不在屠龙学校的壕沟里，快看！"

威格拉看见谎话精和瞎编王从巨人怪身旁探出了脑

袋，还有杜德温，他也在那儿。四个人正在那儿哈哈大笑呢。

"我们都被一年级的家伙给骗了！"简丝丝叫道，"真丢脸！"

"确实很丢脸！"埃丽卡生气地说，"威格拉，杜德温正跟那帮坏家伙混在一起，你最好让你弟弟守点儿规矩。"

"这就是个无伤大雅的小玩笑。"威格拉笨口拙舌地辩解着。只要正式开课了，巨人怪可能就会消停了。他希望杜德温也是一样。

下午，威格拉把自己的薄毯子拿出来，铺在安格斯床位旁边那张有点儿凹凸不平的床上。然后他从包袱里拿出自己的那几件家当，一会儿工功夫就收拾妥当了。

威格拉穿过走廊，站在一年级男生寝室门口悄悄地往里张望。

杜德温正跟谎话精、瞎编王和巨人怪在地上围坐成一圈。他们在玩扑克牌，其余的一年级小家伙正在围观。

"我赢了，对吧？"巨人怪嚷嚷着，"快给钱。"

"可我们没钱啊。"谎话精说。

"对，"瞎编王说，"一个子儿都没有。"

"你有钱吗？"巨人怪问杜德温。

"我有钱，"杜德温得意地说，"不过都给莫德雷德了。"

"这么说，你们都拿不出钱来，"巨人怪说，"也就是说你们都欠我的，懂吗？"

"懂了。"瞎编王、谎话精和杜德温说道。

威格拉蹑手蹑脚地走开了。巨人怪说他们都欠他的，这是什么意思？威格拉不喜欢这个字眼儿。

在鸡棚里，威格拉看见黛西正坐在稻草上头，母鸡围在她身边，咯咯叫着。她把鼻子埋在一本叫《历史上的名猪》的书上。

"你好啊，黛西，"威格拉说，"我想你已经去过图书馆了吧。"

"错没，"黛西说，"看好很书本这。"

黛西跟威格拉讲了些名猪的故事。接着，威格拉跟黛西说了巨人怪是怎么骗大家说水龙泡泡在屠龙学校的壕沟里的。

"杜德温很崇拜巨人怪，"威格拉说，"我看得出来。就算巨人怪让杜德温去干坏事，我想他也会去的。"

"心担别，拉格威，"黛西说，"坏不质本温德杜。"

威格拉笑了，黛西真会说话，威格拉心里好受些了。杜德温本质不坏，毫无疑问，巨人怪也是一样。威格拉不过是杞人忧天罢了。

"晚餐吃什么呢，小家伙们？"煎锅厨师问威格拉和安格斯，"炖鳗鱼尾？还是鳗鱼水草卷饼？"

"有什么推荐？"安格斯说。

"选熟食总是最保险的。"煎锅厨师说。

洛贝丽娅夫人站起身来。威格拉和安格斯刚在二年级的餐桌旁坐下，她就把水杯敲得叮当作响。

"注意了，小家伙们！"洛贝丽娅夫人说，"欢迎你们来到屠龙学校，开始新学期的学习。你们当中有些人还不认识我，我是洛贝丽娅夫人，是莫德雷德的姐姐，我和校长有些重要的事情要宣布。"

威格拉无意中看见，巨人怪把手放进嘴里，大声地打了个嗝儿。

莫德雷德跳了起来。"是谁打嗝？"他吼道。

巨人怪没有吭声。

"不许再这样，"莫德雷德说，"要是再有人打嗝，我就收拾你们，明白了吗？"

巨人怪又打了个嗝作为回答。

一年级餐桌旁的所有人哄堂大笑起来。

莫德雷德瞪着一年级的学生，他的脸气得发紫。

"再有人打嗝，我就把你们全部都扔进地牢里去，"莫德雷德扬起他浓密的左眉毛，左眼珠骇人地从眼窝里鼓了出来，"下午这种恶作剧也不准再有！"

"一年级的家伙们，"洛贝丽娅夫人说，"请站起来，告诉我们你叫什么名字、从哪里来，以及来到屠龙学校的原因。"

杜德温蹦了起来："嗨，大家好！"他说，"我是来自大头针村的杜德温。我和哥哥威格拉一起来这儿读书，他已经杀了两条火龙了！"

威格拉笑了笑，也许杜德温是个捣蛋鬼，不过他也是个好兄弟。

"你到这儿来是因为你也想成为一个屠龙手。对吗，小家伙？"莫德雷德问。

"也许是，"杜德温说，"也许不是。"他坐了下去。

谎话精和瞎编王跟着站起来。

"我叫谎话精！"谎话精大声说，"他叫瞎编王！"

"我们住在山洞里，吃的是活生生的小虫子！"瞎编王嚷嚷着。

"呃呃呃呃！"一些学生尖叫起来。

"好极了！"巨人怪大叫着，挥起他那只绿色的大拳头加油助威。

莫德雷德哼了一声。"真是拿这些亲戚没办法。"

他小声抱怨着。"坐下吧，你们两个蠢货！"他大吼道，"下一个！"

这次，一个女生站了起来。"我叫阿加莎。叫我阿吉就行。我是从脚趾甲村来的。"

"脚趾甲村万岁！"托尔布拉德在二年级的餐桌旁大叫道。

"我来这儿是因为我听说这儿的伙食棒极了。"阿吉说。

煎锅厨师从厨房里伸出脑袋。"真的吗？"他问。

"当然是假的咯！"阿吉说，"你上当了！"接着她就笑得腰都直不起来了。

"真是一帮讨厌鬼！"莫德雷德小声嘟哝了一句。接着他又说，"那你想成为一名屠龙手吗，来自脚趾甲村的阿吉？"

"不怎么想，"阿吉说，"不过要是我的歌唱事业进展不顺利的话，还是得留条后路啊。"

莫德雷德狠狠地瞪了她一眼，大吼道："下一个！"

这回巨人怪站了起来。威格拉看着他那双赤脚，每只脚上都有八个脚趾头。

"我的名字叫高高，"巨人怪说，"我跟我的家人住在食人鱼河的桥底下。有时候，人们驾着马车从桥上经过，我们就把他们给抢了。我就是这么挣到了8便士，来了学校。"

巨人怪咧嘴一乐，露出满口参差不齐的大牙。

"有时候，人们滑船从桥底下过，"巨人怪接着说，"我们也会把他们给抢了。如果我们愿意的话，就把他们给吃了。"高高舔了舔嘴唇。

一阵焦虑不安的嘀咕声淹没了餐厅。

"这儿的人我一个都不会吃的，"高高说，"我保证！"他又咧开嘴笑起来。

"那你为什么要来屠龙学校呢，高高？"莫德雷德问。

"我可不想插手家族生意，对吧？"高高说，"我想成为第一个巨人怪屠龙手！"

"好极了！"莫德雷德对着巨人怪咧嘴一笑，"欢迎你，巨人怪兄弟！"

这时候洛贝丽娅夫人又站了起来："一年级的小家伙们，你们每个人都会跟一个二年级的学生一帮一结对子。在学校的第一个礼拜，你们会跟一帮一的小伙伴待在一块儿，他们会向你们介绍屠龙学校的所有情况。"

"但愿我能跟杜德温结对子。"简丝丝说。

威格拉希望自己能做高高的小伙伴，他觉得自己能帮高高适应屠龙学校的生活。

"一年级的学生，把你们的桌子和凳子都推到墙边。"洛贝丽娅夫人说。

高高抓起一年级的餐桌，往墙角一扔。

"哎呀！"他说，"有时候我都不记得自己是个大力士了。"

洛贝丽娅夫人给了他一个白眼。"在餐厅中间围成一个圆圈。"她说。

一年级的学生照着做了。

"二年级的学生，"洛贝丽娅夫人说，"在他们的圆圈外面再围一圈，所有人手牵着手。"

威格拉站在外圈，简丝丝和埃丽卡站在他两侧。

普林杰教练拿着他的曼陀林站起来。"注意听歌，你们就不会走错，"他说，"一年级的，绕着圈向右走。二年级的，绕着圈向左走。"

威格拉和其他二年级的学生开始朝左边移动。

"闭上眼睛。当我的歌声停下来的时候，就别动了。"教练开始弹着曼陀林唱了起来：

人人都需要小伙伴，

聪明真诚的小伙伴！

当你初来乍到需要帮助，

好伙伴就在你的不远处！

普林杰教练一段接一段地唱着伙伴歌，每个人都一直在绕着圈走，最后他唱道：

在你想念家人的时候，

当你觉得伤心无助，

找你的伙伴好好聊聊，

小伙伴就在你的不远处！

普林杰教练的歌声停了下来。

"所有人都在原地别动！"他喊道。

"别偷看！"洛贝丽娅夫人说，"一年级的学生，向前走一步。"

威格拉又闻到了那股香味。

"现在，二年级的学生，往前走。"洛贝丽娅夫人说。

威格拉迈步往前走，香味变得更浓了。

"睁开眼睛，"洛贝丽娅夫人说，"跟你们的小伙伴打声招呼吧！"

威格拉睁开眼睛，没错！

高高站在威格拉的正对面，睁开了他那双黄色的小眼睛。

这会儿香味已经非常浓烈了。

威格拉笑了起来，高高身为屠龙学校唯一的巨人怪，一定很不好受，何况他自己比周围的人块头大那么多。威格拉已经准备好帮助巨人怪了。

　　"你好，高高。"他抬起头说。

　　"握个手吧，小伙伴！"高高说。他伸出一只毛茸茸的手。

　　威格拉伸出胳膊跟巨人怪握了握手。

　　"啊呀！"他尖叫一声。巨人怪的手里有什么东西正嗡嗡作响，威格拉的手随之一震，他赶紧把手抽了出来。

　　"格哈哈！格哈哈！"巨人怪大笑道，他摊开手心，露出一只愤怒的大黄蜂，"被我的蜂鸣器给整到了吧，小伙伴！"

第四章
捉弄不断的一天

"我在这儿，小伙伴！"第二天早晨，高高排在拿早餐的队伍前头招呼威格拉，"瞧，我给你占了个好位子！"

"谢谢。"威格拉连忙挤进队伍里。他看见巨人怪的上衣兜里塞满了袋子，里面全是煎锅厨师做的红椒酱。威格拉再一次闻到了那股花香味。

威格拉感觉到肩膀上被人拍了一下。他扭头一看发现是托尔布拉德和他的伙伴阿吉正在他身后。

"不许插队。"托尔布拉德说。

"就这一次嘛，托尔布拉德。"威格拉说。

可是托尔布拉德摇了摇头："去队尾排着。"

威格拉心想，托尔布拉德真是这么遵守纪律吗？还是说巨人怪身上浓浓的味道搞得他心烦意乱？高高身上的味道到底是什么呢？三叶草？还是香菜？

"嘿，伙计，"高高对托尔布拉德说，"你耳朵里有个小虫子。"

"小虫子？"托尔布拉德尖叫道，他开始用手指掏耳朵，"哪只耳朵？"

高高动了动嘴唇，好像正在说话的样子，可是没有出声。

"什么？什么？"托尔布拉德叫道，"我听不见！"

高高扯着嗓子喊道："那是因为你耳朵里有只虫子！"

托尔布拉德开始上蹿下跳，使劲捶打着脑袋一侧。

高高伸手碰了碰托尔布拉德的左耳。他把手收回来，摊开手掌，露出一只巨大的蟑螂。

"啊啊啊啊啊啊！"托尔布拉德尖叫着跑出餐厅。

"进来吧，爬行家。"巨人怪说着就把蟑螂麻利儿地放进上衣兜里。他对着威格拉龇牙一笑："他是我的小宠物。"

"要是你想交上朋友，你就不能再捉弄大家了，高高。"威格拉说。

"他活该，不是吗？"巨人怪问。

"真是了不起，高高。"阿吉说。她拍拍巨人怪的后背，"吃早餐的时候我能跟你坐在一起吗？"

"嗯，"高高说，"当然可以。"

威格拉、高高和阿吉自己动手，全都盛了煎锅厨师做的炒鳗鱼和水草"培根"。

埃丽卡正在餐桌旁跟她的一年级伙伴杜德温聊天。有埃丽卡看着他弟弟，威格拉很高兴。简丝丝正努力地跟她的伙伴瞎编王交流。安格斯也挨着谎话精坐在那儿，一副苦瓜脸。

"这儿的食物真是糟透了！"几个人落座的时候，阿吉抱怨。

"没错。"高高说，他把食物捏成一大坨全都塞进了嘴里，"你们怎么能受得了呢，伙伴们？"

"习惯了就好。"威格拉说着就把目光移到别处，免得看见那些还没被完全嚼烂的大块食物从高高嘴里溢出来。"那么，"他好不容易接着说下去，"关于屠龙学校的事儿，你俩有什么想知道的吗？"

"有，"高高说，"你弟弟说你杀死了两条火龙。你是怎么做到的呢，小伙伴？你是不是狠揍了他们一顿，然后再拿剑捅他们，接着把他们的臭脑袋砍下来？"

"不是！"威格拉连忙说，"看见血我可受不了。"

"受不了？"高高说。

威格拉摇摇头："我发现了火龙的秘密死穴，就这样杀死了他们。"

"哎呀！"高高惊叫一声，弄掉了勺子。他弯下腰去桌子底下捡。

"我有个问题，"阿吉说，"谁来教音乐课？"

"我们没有音乐课。"威格拉说。

"什么？"阿吉叫了起来，"莫德雷德告诉我妈这儿有音乐课，我每天都得练声呢。"

"找到了！"高高开心地叫着，拿着勺子从桌子底下蹦起来，"我还有个问题，小伙伴。我妈能给我寄零食吗？"

"当然可以，"威格拉说，"我的朋友安格斯的妈妈一直在给他寄零食。"

"啊，太好了，"高高说，"因为我妈就想把所有的眼珠子都寄给我。"

"那是一种糖吗？"阿吉问。

"对我来说就是糖，"高高伸出红色的尖舌头舔着嘴唇说，"都是她吃掉的人的眼珠子。"

"呃！"阿吉说，"你说的是真正的眼珠子？"

"对啊，"高高应道，"新鲜的眼珠子松脆又好吃。"

威格拉放下了勺子，他已经没有胃口了。不过高高倒是把盘子舔得很干净。

"这儿可以添饭吗？"高高问。

"不知道，"威格拉说，"之前从来没有人要求添饭。"

高高把盘子递给威格拉。"给我再来点儿吧，小伙伴。能拜托你给我在上面加点儿糖吗？"

"好吧。"威格拉握着高高黏糊糊的盘子边。他站起身，朝着厨房的方向迈了一步。啪嗒！他摔了个大马趴。

"哎哟！"威格拉大叫道，盘子从地上滑了出去。

"格哈哈！格哈哈！格哈哈！"巨人怪大笑道，"这一跤摔得可不轻啊，小伙伴！"餐厅里爆发出一阵哄笑声。

埃丽卡跑了过来。"威格拉！"她喊道，"你还好吧？"

"我……我想还好。"威格拉说。

杜德温也过来了，他跟埃丽卡一起扶着威格拉坐起来。

威格拉揉着前额上肿起来的大包。

"看你的靴子！"杜德温叫道。

威格拉低头一看，他两只靴子上的鞋带被绑在一起了，怪不得他会摔跤了！

埃丽卡把鞋带上的结给松开。"威格拉！"她喊道，"你的靴子怎么会变成这样？"

"去问我一年级的好伙伴吧。"威格拉说。

"格哈哈！格哈哈！格哈哈！"高高哈哈大笑着，"整到你了吧，好伙伴！"

"这一点儿都不好笑，高高，"埃丽卡气愤地说，"威格拉也许真的会受伤的。"

"我觉得很好笑，"高高说，"你没看见他摔倒的样子吗？砰！"

"听我说，高高，不许再捉弄人了。"威格拉说。

"好吧，"巨人怪说，"不过你真该看看你的表情！格哈哈，格哈哈！"

威格拉忍着痛吃完了早餐，然后高高说："那么，接下来是什么课呢？"

"潜随课。"威格拉没好气地说。高高让他摔了一跤，他还在生气呢！

"我不知道我的小伙伴去哪儿了，"阿吉说，"我能跟你们一起去上课吗？"

"没问题。"威格拉说。他带着他们穿过屠龙学校七弯八拐的走廊，来到了东塔楼，爬上螺旋形的石梯。

"最后一个爬上去的就是大混蛋！"高高大叫道。他挤到威格拉前头，一步三个台阶地往上跑。

阿吉紧跟着巨人怪跑了上去，威格拉以最快的速度追了上去。就在快到台阶顶上的时候，他听见了可怕的呻吟声。

"出什么事儿了？"威格拉一边喊一边加快了脚步，他跃上最后一级台阶，倒吸了口凉气。

高高仰面躺在地上，巨人怪的脑袋伤得很重，鲜红的血从他的鼻子和耳朵里流了出来。

"啊……"高高呻吟着。

"这……这是怎么了？"威格拉叫道，"跟我说说话，高高。"

"他摔倒了。"阿吉说。

"啊……"高高又呻吟起来。

鲜血让威格拉的胃直翻腾，可他还是在巨人怪身旁跪了下来。他飞快地从剑柄上解开自己的幸运布头，准备帮高高包扎伤口。

高高黄色的小眼睛猛地睁开了。"格哈哈！格哈哈！"巨人怪大笑起来，"你被骗了，好伙伴！"

"什么？"威格拉大叫着往后一缩。

巨人怪一跃而起。"这是红椒酱！"巨人怪大声说，"我攒着没吃呢！格哈哈！格哈哈！"

阿吉笑得跟巨人怪一样起劲。

"这一点都不好笑，高高！"威格拉说，"我以为你真的受伤了！"

"是吗？"高高说，"那又怎样，好伙伴？巨人怪的血不是红色的。我的血是黑色的，而且滚烫滚烫的，那真会让你反胃的。格哈哈，格哈哈！"

威格拉站起来，跺着脚去上火龙潜随课了。对他来说，有高高这么个小伙伴可不是什么值得高兴的事儿。

第五章
还能相信巨人怪吗？

来上火龙潜随课的男生和女生正站成一排，全都拽着一根悬在窗外的粗绳子。

"一二三，嘿哟！"埃丽卡大喊着，所有人都把绳子往后拖。

"他们在拖什么东西啊，好伙伴？"高高问。

威格拉没有回答。

"哦，拜托，好伙伴，"高高说，"你不会还在生气吧？"

威格拉叹了口气，他的确还在生气。不过，他不能老记着这茬儿。"他们在拽莫特爵士，"他告诉巨人怪，"莫特爵士上了年纪，穿着盔甲没办法爬楼梯。"

高高冲到拉绳子的队伍跟前。"把绳子给我！"他一边把绳子从其他人手里夺过来，一边嚷嚷着。

"不行！"安格斯说，"得大家一起合力才能把莫特爵士拽上来。"

"不用，"高高说，"我一个人就行了。"

"让高高来吧，"谎话精说，"他特别有劲儿！"

"没错！"瞎编王附和道。

"给高高腾出地方来！"杜德温大喊道。

高高开始使劲拽绳子，其他人都松开了手。巨人怪双手交替着一下一下地拉着绳子，很快莫特爵士的头盔就出现在窗口了。

这回，莫特爵士的头盔没有罩上面罩。当他看见高高那张绿色的脸出现在窗口时，他大叫道："我的骨头都要散架了！你这家伙是谁啊？"

"我的名字叫高高。"巨人怪说，他拉绳子的手停了下来，"我要是把你拽进来，你能给我什么呢？"

"高高！"威格拉大喊着，"快把他拉进来，赶紧！"

高高无视他的请求。

"你会给我什么呢，老师？"高高说。

"要是你不把我拽进去的话，我就一脚踹在你的后背上，快点！"莫特爵士悬在绳子上说。

威格拉咧开嘴笑了。老爵士真勇敢！不过要是高高真让他掉下去怎么办？

“快去抓绳子！”威格拉大叫道。

威格拉、简丝丝、埃丽卡、杜德温和其他人朝巨人怪扑上去，把绳子抢了回来。

“呵呵，我不过是开个玩笑嘛，对吧？”高高说。

威格拉和其他人最后用力一拉，把莫特爵士从窗口拽了进来。接着，老爵士在他们的帮助下站了起来，哐啷哐啷地走到教室前头去了。

“有人在脚趾甲村附近的沼泽河里看见了麻烦王泡泡。”莫特爵士大声宣布。

“哦，脚趾甲村遭殃了！”托尔布拉德叫道。

“据说他向南走了，呃……还是向北？”老爵士挠了挠头盔，“重要的是，他正在来屠龙学校的路上。”

“为什么你觉得泡泡会来这儿呢，教授？”埃丽卡问道。

“当然，他是来找我的。”莫特爵士说。

“格哈哈！格哈哈！格哈哈！”高高大笑起来，“为什么一条龙会来找你这么个家伙呢？”

莫特爵士挺直了身板。“我也有光辉的岁月啊，那会儿我杀死了泡泡的妻子——麦斯格尔鸭鸭，”他说，“用杀死这个字眼儿并不准确，不过我已经把她废了。鸭鸭是条巨大的水龙，她张着那张像鸭子一样扁扁的嘴就朝我扑了过来，嘴里全是锋利的尖牙。鸭鸭狠狠地咬了下来，差点就啃掉了我的右胳膊……呃……还是左胳膊？"

"可是，教授……"埃丽卡说。

"我拔出了剑，"莫特爵士接着讲他的故事，"刺中了她的阿卜杜——施林卡——丁卡——普斯。就是这儿。"他指着挂图上的火龙肚子，左手做了个刺剑的动作。

"可是，教授！"埃丽卡喊道。

莫特爵士接着说："鸭鸭发出一声可怕的嘎嘎声，接着就开始变小。火龙死的时候，会变成灰烬。但是水龙死的时候，会缩小。鸭鸭变得越来越小，越来越小，直到变得跟个洗澡玩具鸭一样。"他咯咯一笑，"现在我把她放在抽屉里，天气晴朗的时候，我就把她拿出来，让她在壕沟上游一会儿。"

"教授！"埃丽卡大叫一声，"《名骑士的英勇事迹》这本书里说，麦斯格尔鸭鸭是被英勇无畏的特莫爵士杀死的。"

威格拉记得他在消息树上也看到过这个。

莫特爵士咣当咣当地走到黑板前，写下：特莫。

"倒过来念念，小家伙们。"老爵士说。

学生们一边念，老爵士一边写：莫——特。

"倒过来念，特莫就是莫特？"威格拉说。

"答对了！"莫特爵士说，"我以前就叫特莫爵士。我杀的龙，比大部分骑士吃的盐还要多。"

所有的学生都倒吸了口气——他们的老教授曾经是当世最勇敢的骑士！

老爵士皱起眉头。"接着泡泡就来找我报仇，无论我去到哪儿，他都能找到我。我去崇山峻岭中探险，泡泡就追着我去探险；我驾船去了荒岛，泡泡也追着我游去荒岛，所以我改名换姓。"

"那泡泡收手了吗，教授？"安格斯问。

"是的，确实收手了！"莫特爵士微微一笑，"特莫爵士从世界上消失了，泡泡找不到他了。"

"那他现在为什么又来找你了呢，教授？"威格拉问。

笑容从莫特爵士苍老的唇边慢慢退去。"上个礼拜，《中世纪时报》上刊登了一篇文章，内容是介绍世界上最长寿的骑士，"他告诉大家，"头版刊登了罗杰骑士、卷毛骑士和我的照片。泡泡一定是看了报纸，认出了我。因为自从我的照片出现，我就听到了关于泡泡越来越接近屠龙学校的传闻。"

威格拉眉头一皱，他想起在消息树的布告上还写了件事儿——泡泡非常非常危险。可怜的莫特爵士！

"别害怕，莫特爵士！"埃丽卡叫道，"我们会替你把龙杀死的！"

"他的秘密死穴是什么呢？"杜德温大声说。

"跟他的鼻子有关，"莫特爵士说，"据说他的嗅觉非常灵敏，其他的我就不知道了。"

威格拉回忆着消息树上关于泡泡资料的那张布告。在"秘密死穴"后面就只写了"阿阿阿阿……"，这跟他的鼻子有什么关系呢？

就在这时候，高高猛地从座位上蹿了起来，跑到窗口。"老师！"他大喊道，"泡泡是一条蓝色的巨龙吗？"

"嗯，没错，他是条蓝色的巨龙。"莫特爵士说。

"老师！"高高喊道，"泡泡的前额上是长着个红色的大角吗？"

"是的！"莫特爵士叫道，"哦，泡泡在大口大口吞下猎物的时候，就会用他的犄角奏响他最拿手的爵士舞曲。"

"老师！"高高喊着，"泡泡喜欢表演花样游泳吗？"

"没错！泡泡超爱出风头。"莫特爵士说道。

威格拉跑到窗前，可是高高站在前头挡着他。

"泡泡就在外头吗，高高？"威格拉说，"还是说，你又在骗人？"

"你自己看呗，小伙伴。"高高说着就退到一边。

威格拉冲到窗口，把脑袋伸了出去，他低头看着壕沟。

"我没看见有龙啊。"威格拉说。

"再看仔细一点，好伙伴！"高高说。

威格拉把身子探得更远了一些。忽然之间，他感觉到有人推了他一把。接着，他感觉到自己头朝下摔出了窗外。

"啊啊啊啊啊！"威格拉尖叫道，"救命啊！"

一双强壮的手紧紧地抓住了他的脚踝，把他倒吊了起来。

"你看见龙了吗，好伙伴？"高高问。

"没有！"威格拉尖叫道。他害怕极了，什么都看不见。

威格拉听见杜德温大喊着："快把我哥哥拉上来，高高！"

"是这么拉吗？"高高一边问，一边上下来回地晃动着威格拉。

"快住手！"威格拉尖叫道。他紧闭着双眼，他还不想死，不想就这么摔死！

"你说你看见龙了，我就住手！"高高说。

"不……不！"威格拉叫着。

这时候威格拉听见莫特爵士的声音："把他拉上来，小家伙。"

"听见了吗，高高，"埃丽卡吼道，"要不然侍候你的就不只是我的剑尖了！"

"哎哟！"高高叫道，"好疼！"

突然，威格拉觉得自己正被人一点一点地往上拽。他落到了冰凉的石板上。

"威格拉？"杜德温喊道，"你没事吧？"

"呃。"威格拉呻吟着。

高高狠狠地瞪着埃丽卡。

"你伤到我了！"他嚷着，"瞧。"高高卷起袖子，让大家看他的胳膊外侧。胳膊上有个小小的肿块，比小虫子咬的包还小，连血都没流。

"你不会死的，高高。"埃丽卡说。

"是，"高高说，"可是很疼啊！"他看上去就快哭出来了。

下课铃响了起来。

"明天，小家伙们，"在学生们陆续离开教室的时候，莫特爵士喊道，"我会给你们示范，怎样用长剑变匕首的老招数杀死泡泡———这是迷惑龙的最佳方法，百试百灵哦。"

安格斯扶着威格拉站稳了脚步，然后走出了教室。

高高跟在威格拉另一侧。

"我只是想帮你一把，让你看看龙，好伙伴。"他说。

"我不信。"威格拉吃力地说。

"哦，真的，我真的是想帮你，"巨人怪说，"你信不过我吗，小伙伴？"

威格拉对巨人怪感到很失望，他很努力地想跟巨人怪交朋友，做好伙伴，可巨人怪能信得过吗？

"是的，高高。"威格拉说。

"我也信不过你。"安格斯说。

高高龇牙一笑："明智的决定。"他说完就狂笑着跑开了。

威格拉曾经掉到了臭绿溪里差点儿淹死，他曾经差点儿被一条火龙捏死。不过，在他走下东塔楼楼梯的时候，他觉得跟高高待在一起比那几回都还要糟糕——巨人怪让威格拉看起来就像个十足的大傻瓜。

第六章
生气的修士

"现在去哪儿，好伙伴？"高高在楼梯上追上威格拉问道。

"我要去图书馆，你不用跟着我。"威格拉巴不得他别去。

"呀，我要去，"高高说，"好伙伴要形影不离。"

"那你最好别乱来，高高，"威格拉说，"图书馆的管理员戴夫修士是个大好人。"

威格拉咧开嘴笑着说："我可喜欢好书了。"

威格拉带着高高去了屠龙学校的南塔楼。高高会喜欢什么书呢？可能《整蛊再整蛊》会对他的胃口。等他们爬上427级台阶，威格拉已经上气不接下气了。可高高一口气跑了上去，就好像这只不过是个热身运动。

"戴夫修士？"威格拉大喊着。

戴着圆眼镜的小个子修士从书架背后冲了出来。

"威格拉！"戴夫修士大叫道，"见到你真是太好了！一个暑假没见，你又长高了！"

"真的吗？"威格拉开心地问。

戴夫修士点点头："跟你一起来的是谁啊？"

"是我一年级的小伙伴，他的名字叫高高。"威格拉说。

"欢迎你来到屠龙学校，高高，"戴夫修士说，"希望你在此生活愉快。"

巨人怪忽然瞪大了双眼，他惊叫一声，一下子就窜到书架后头去了。

"你为何惊慌，小兄弟？"戴夫修士喊道。

"龙！"高高嚷道，"绿色的龙！"

"是虫虫吗？"威格拉跑到窗口，希望能看见他和安格斯抚养长大的小火龙，但是天上空荡荡的。"什么龙啊，高高？"威格拉说，"你又在撒谎，是吗？"

"在地上。"高高在书架背后大声说。

"那不过是个枕头，高高，"威格拉说，"你看看。"

高高从书架后面偷偷地看了一眼，他警惕地打量着戴夫修士做的那个巨大的龙形绿枕头：那只分叉的粉红色长舌头是用毛毡做的，还有白色的爪子和尖牙也是毛毡做的。

高高从藏身的地方走出来，不过他还是有点儿哆嗦。

威格拉闻到一股浓烈的辛辣味，他被这味道弄得鼻子发痒，打了个喷嚏。

"上帝保佑你，孩子。"戴夫修士说。

"你不用害怕。"威格拉说。

"我？害怕？格哈哈，格哈哈！"高高大笑道，"我知道那是只假龙，我是装的。"

不过，威格拉心想：隐藏在巨人怪粗暴外表下的高高，骨子里会不会是个胆小鬼呢？

"随便逛逛吧，高高，"戴夫修士说，"我跟威格拉得叙叙旧。"

巨人怪漫不经心地走开了，戴夫修士打开书桌抽屉，拿出一本书。

"这书以前是我曾曾祖父的，"戴夫修士说，"他把它传予我的曾祖父，我的曾祖父又传予我的祖父，我的祖父传予我的父亲，然后我的父亲传予了我。我很想把它传予你，威格拉。"

威格拉看了一下书名：《骑士与龙》。

"这是一个找到火龙蛋的骑士的故事，孩子，"戴夫修士说，"骑士和他的火龙一起经历了许多精彩的冒险旅程。"

"哦，谢谢你，戴夫修士！"威格拉说。

"你不必客气，孩子。"戴夫修士把书递给他说。"虫虫上个礼拜来看我了。"他又补了一句。

"他怎么样？"威格拉问道。他迫切地想要知道宝贝小龙的消息。

"哦，他长得可快了！"戴夫修士说，"你不知道……"他停下来听了听，"你可听见什么嘎吱嘎吱的怪声音？"

威格拉留心听着。"我听见了。"他说，"高高！"他大叫一声，然后扭头看着戴夫修士，"恐怕巨人怪在干坏事了，高高！"他大喊道，"高高！"

高高没有回答，于是戴夫修士把手指放在嘴唇上示意不要出声。

他俩都仔细地听着，嘎吱嘎吱的声音又响了起来。

他们蹑手蹑脚地往图书馆后头走去，巨人怪就在两排书架之间。

戴夫修士倒吸了一口凉气："哦，高高！你都干了些什么啊？"

"高高！"威格拉尖叫道，"不！"

高高坐在地上，仰着头满脸笑容地看着他俩，周围是一大堆撕烂的书。

"哟，修士！"高高说，"你这儿的书真是不错！"他对着手里的书咬了一口，大声地嚼着。

"请住口！"戴夫修士叫道，"不许再吃了！"

"再吃一口，"高高又咬了一口，"味道真好！"

"书是用来看的！"威格拉大叫道。

"对你来说可能是，"高高说，"可是对我来说就是食物。"高高摸着肚子，打了个嗝。

"请你离开图书馆，高高。"戴夫修士一脸严肃地说。

威格拉从没有见过小个子修士发那么大脾气。

"呃，好吧，"巨人怪说，"不过我能借几本书回去吗？"

"不可以。"戴夫修士说。

高高的肚子发出巨大的咕噜声。

"书吃得太快了！"他哀号着，又打了个嗝儿，"我得躺下来。来吧，好伙伴，你得把我送到床上去。"

"你自己上床睡去，高高。"威格拉说。

"不！"高高叫道，"好伙伴要互相帮助！"他的肚子又咕噜作响了，听起来就像打雷。

威格拉摇了摇头。

高高呻吟着，随后他转过身去，捂着肚子跑下了

427级台阶。

威格拉帮着戴夫修士把那堆被啃了一半的书给收拾干净。

"我们花生薄脆糖小修士会的修道士兄弟很喜欢复制图书，"戴夫修士说，"再过个十来年，这些书又能重回书架了。"

"真的很抱歉。"威格拉说。

"这不是你的错，孩子，"戴夫修士说，"你也没想到。"小个子修士一副若有所思的样子。"关于你小伙伴的问题，我有本书也许能帮到你，只要那本书还没被他吃掉。"

戴夫修士急匆匆地走开了。他回来的时候，手里拿着本皮面小册子：《巨人怪百科》。

戴夫修士把它翻开："看看这个吧，威格拉。"说着他就把小册子递给了威格拉。

关于巨人怪的十大温馨提示

10. 巨人怪身强力壮，力气相当于六个人、三个食人妖，或者是半个巨人。

9. 巨人怪脚掌很大，脚趾头的数量不等，从不穿鞋。

8. 巨人怪高兴时身上有浓浓的薄荷味儿。

看到这儿威格拉抬起头来。"高高就是这个味道!"他惊叫道,"薄荷味儿!"

"啊,"戴夫修士说,"我也闻到了,香气怡人。"

威格拉点点头,想起来高高被火龙枕头吓到的时候,他的香味就变了。薄荷香味儿没了,变成了浓烈的辛辣味儿。

威格拉接着看下去:

7. 巨人怪不喜欢阳光,更愿意潜伏在夜里的桥底下或洞穴里。

6. 巨人怪喜欢恶作剧胜过一切。

5. 巨人怪总是觉得饿,他们什么都吃,包括棍子、石头、书和虫子。

4. 巨人怪黏稠的黑血一接触到人,就会把人灼伤。

3. 巨人怪想方设法逃避干活。

2. 巨人怪喜欢瞎编乱造,开恶毒的玩笑。

1. 巨人怪永远都靠不住。

　　"要是我带高高来这儿之前，就能看到这本书，该有多好！"威格拉说。

　　戴夫修士慈爱地笑着说："你永远都不会想到，那个难缠的一年级好伙伴会带来什么好事儿。"

第七章
壕沟里的不速之客

"快起床吃早餐了，小家伙们！"煎锅厨师一边说，一边拿着两只煎锅砰砰对敲，"屠龙学校美好的一天又开始啦。"

威格拉翻身从床上爬起来。今天早上他有点儿犯困，他借了埃丽卡的迷你火炬照灯，熬夜读了《骑士与龙》，这是他读过最棒的书。他等不及想知道骑士和火龙有没有打败邪恶的巫师和鹰头狮。

威格拉把书塞进裤腰带里，他希望白天能抽空再读一章。正当他穿上束腰上衣的时候，他闻到了薄荷的味道。所以等他把头从领口伸出来见到巨人怪的时候，他一点都不惊讶。他注意到高高的束腰上衣上沾满各种污渍，那是高高在屠龙学校每顿狼吞虎咽留下的战绩。

"早餐时间到了，好伙伴。"高高说。今天早上他在肩上挎了个背包。

"就等你了。"威格拉说。

两个人朝着餐厅走去。路上，阿吉、杜德温、谎话精和瞎编王也加入了他们的队伍。"你们怎么没跟二年级小伙伴在一起呢？"威格拉问他们。

"他们太无趣了。"谎话精说。

"是的。"瞎编王附和道。

"我们宁愿跟着你和高高，威格拉。"杜德温说。

"主要还是想跟着高高一起，"阿吉说，"他太酷了！"

"是哟。"高高说。

"吃什么，小家伙们？"等他们顺着早餐队列排到前头，煎锅厨师问道，"鳗鱼青豆卷饼？还是鳗鱼华夫饼配壕沟糖浆？"

"两样都要！"高高大叫着把盘子递出去。

"两样都要！"一年级的跟屁虫说着，也把盘子递了出去。

威格拉看了看那堆滑腻腻的卷饼，他又看了看那深褐色的华夫饼，浸泡在百分之百是泥浆的玩意儿里头。

"华夫饼。"他说出口的时候就觉得一阵恶心。

高高带头找了张餐桌，阿吉和杜德温冲上去占了高高两侧的位置。

"这不公平，"谎话精说，"吃晚餐的时候就是你俩挨着高高坐的。"

巨人怪拿起鳗鱼卷饼，整个儿塞进嘴里。他嚼的时候，汤汁从嘴里漏出来，顺着下巴往下淌。

杜德温和其他一年级的跟屁虫也把整个卷饼都塞进嘴里。瞎编王差点儿被他的卷饼给噎死，靠打嗝儿才把卷饼给吐了出来。真恶心！

威格拉叹着气。有一个好伙伴已经够他受的了，这会儿他突然有了五个！这一个礼拜可真难熬啊。

"那么，小伙伴，下堂课是什么？"两天后的午餐时间高高问，说话时嘴里塞满了煎锅厨师做的鳗鱼肉饼。

"对，"瞎编王说，"下堂课是什么？"

"火龙科学课，"威格拉说，"是普拉克教授的课。"

"科学课，真讨厌！"高高说，"我想要杀龙，我想要杀死泡泡！"

"我也是！"谎话精说，"我想要杀好多好多龙！"

"没错，"瞎编王说，"我也是！"

"嗯，我也一样。"杜德温说。

"我想想，"阿吉说，"也算我一个吧。"

"眼下我们得先上课，"威格拉说，"我们得早点儿去占后排的座位。普拉克教授爱喷唾沫星儿，你要是坐在前排，会被口水淋头的。"

"呃！"阿吉说。

不过高高龇牙一笑："我很想见识一下哦！"

高高从衣兜里掏出他的蟑螂，放在餐桌上。"去吧，爬行家。"他说。

蟑螂冲向威格拉的盘子，从他的鳗鱼肉饼上爬了过去。

"啊！"威格拉大叫着推开盘子。

"哦，你不吃了吗？"高高说着就把蟑螂装回衣兜里。他抓起盘子，一口吞掉了肉饼。他舔了舔盘子的肉末，最后把盘子也吃了下去。

一年级的跟班们哄堂大笑起来。

午餐终于结束了，威格拉带着他们去北塔楼。

"请进，小屁孩儿们！"教授说着，每当他说到P开头的词，就会唾沫横飞，"把你们的书包放下，拿片羊皮纸，然后给你们的小屁股找个座儿。"

威格拉拿起一张羊皮纸，上面画了两条水龙。标题叫做《吸水前》的那幅画上，水龙的肚子很小。标题叫做《吸水后》的那幅，画上的水龙肚子胀成了个巨大的圆球。

看完羊皮纸，威格拉抬起了头。

"我们去坐最后一排那两个座位，高高。"他说。

巨人怪没有应声，威格拉这才转过身来。一秒钟以前，巨人怪还在威格拉身旁，这会儿他上哪儿去了呢？

"快坐下，小屁孩儿们！"普拉克教授喷着唾沫星子，"我是很守时的，马上就要上课了。"

威格拉用鼻子嗅了嗅，威格拉能闻到巨人怪身上的薄荷味儿，但是在哪儿都找不着他。

"坐下！"普拉克教授说。

威格拉赶紧往教室后面走。他正打算坐下的时候，一股无形的力量把他拎了起来。

"呀啊啊啊啊！"威格拉尖叫着。那股力量把威格拉飞快地送到教室前头，"嘭"地一下摁在第一排座位上。

"一个主动坐在前排的小屁孩儿，"普拉克教授满脸笑容地看着威格拉，唾沫飞溅地说，"干得漂亮！现在，注意了，小屁孩儿们！大多数龙都喷火，今天我们要说的龙很特别，他们喷水。"

普拉克教授自己就正在喷水，唾沫星子溅到了威格拉的脸上。呸！他努力地想要站起身来，但是被某种力量给摁着。

"要特别注意你们的羊皮纸上面所画的，"普拉克教授说，"图片上画的是一条咕咚咕咚喝下好几吨水的小水龙。他的圆肚子是因为喝饱了水，膨胀得特别大，之后他就会用排山倒海之力把水给喷出来。"

水滴顺着威格拉的脸颊和脖子流了下来。他胡萝卜色的头发已经湿透了，黏在他脑袋上，他简直难受死了。

"一条水龙，"普拉克教授说，"吸干一条壕沟水的速度，比你说'吃葡萄不吐葡萄皮，不吃葡萄倒吐葡萄皮'还要快。"

就在普拉克教授唾沫横飞地介绍水龙的时候，威格拉听到一个熟悉的声音："格哈哈！格哈哈！格哈哈！"

"高高！"他低声说，"你在哪儿？"

"就在你旁边，好伙伴，"高高粗声粗气地说，"你湿漉漉的样子看起来真好笑。"

突然，威格拉的身旁爆出了一阵火花。

"呀啊啊啊啊啊！"更多火花飞溅出来，巨人怪的声音又响了起来，"哎哟哟！"

"皮特王子的方格裤子保佑我！"普拉克教授惊呼道。

"这是个凶兆！"托尔布拉德尖叫着，"我们要完蛋了！"

这会儿威格拉明白到底是怎么回事儿了——高高想办法弄到了杜德温那顶隐身帽！

火星朝着四面八方飞溅开来。

"呀呀呀！"高高大叫着，"哎哟！好疼啊！"

"快说'嘻唰唰，嚓'，高高！"杜德温喊道。

"嘻——好疼！"巨人怪尖叫一声。

一只长着许多根脚趾头的绿色大脚露了出来，接着就消失了。巨人怪另一只脚闪了一下也消失了，巨人怪的肚子开始忽闪忽闪的。

火龙科学课上的学生都快笑掉大牙了。

一团巨大的火星爆了出来，点亮了整个科学实验室。

"疼死了！"高高尖叫起来。

威格拉看不见高高，但是他又闻到巨人怪害怕时那股浓烈的辛辣味儿，他打了个喷嚏。

高高的胳膊闪现出来，没有消失。接着，当巨人怪的大脑袋出现的时候，威格拉知道该怎么做了。他抓住帽子，从高高的头上扯了下来。

"太棒了，高高！"谎话精大喊着。

"没错！"瞎编王嚷嚷着。

"表演太精彩了！"阿吉大声说着。

杜德温跳了起来，拍手叫好。

高高咧嘴一笑，鞠了一躬。接着他扭头看着威格拉。

"把帽子还给我，好伙伴，"他说，"这是我的。"

"不，不是你的。"威格拉说着，说时候帽子还在飞溅着最后几丝火星。

"我不要了，"杜德温说，"给高高吧。"

"小屁孩儿们，安静！"普拉克教授喷着唾沫星子，"快闭嘴！听我普拉克教授讲课！"

可是没等普拉克教授喷出更多的唾沫，教室门突然就打开了，一只大鸭子摇摇晃晃地走了进来。

"麦斯格尔鸭鸭来报仇了！"托尔布拉德尖叫道。

"不，"鸭子说，"是我啦，约里克。"

莫德雷德的侦查兵约里克是个化装高手。他东奔西走地打探消息，再回屠龙学校报告他的所见所闻。

这会儿约里克已经把大鸭嘴和鸭毛头饰扯了下来。

"套着这些鸭毛热得要命，"他说，"我有消息要报告！"

"请讲！"普拉克教授说。

"我杵着一双小短腿走遍了四面八方，"约里克说，"划着鸭掌从上游到下游，我游过湖泊、池塘和小水洼。"

威格拉觉得要是莫德雷德在这儿，他肯定会大声吼着："说重点，老兄！"

可是莫德雷德不在这儿，所以约里克又东拉西扯地讲了好一会儿。然后他才说："无论是大江还是小河，湖泊还是溪流，只要是有水的地方，旁边的树上都留下了字母B的记号。"

"是泡泡！"杜德温大叫道，"那是他的标记！"

"是的，"约里克说，"而且泡泡正游向这里，直奔屠龙学校而来。"

高高跑到城堡窗边往下看。

"泡泡在壕沟里！"他嚷嚷着，"他来了！"

"你看见泡泡了吗，高高？"威格拉喊道，"还是又在开玩笑？"

"泡泡就在壕沟里！"巨人怪大叫道，"千真万确！"

威格拉一点儿都不相信高高，可是这会儿他听见下面传来了疯狂的嬉水声和叫喊声。也许这次，巨人怪说的是实话。

第八章
表演狂泡泡

"壕沟里有条龙！"莫德雷德在下面的城堡院子里嚷嚷着，"拿起武器，小家伙们！拿起武器！"

"快去壕沟那儿！"埃丽卡叫道，"我们要打败那条龙！"

男生女生都从普拉克教授的教室里冲了出去。

"走之前请先把羊皮纸堆好！"普拉克教授在他们身后继续喷着唾沫星子。

他们跑下了螺旋形楼梯，穿过城堡走廊，冲进了院子里。高高一边跑一边说："我要跟着你，好伙伴。"

威格拉闻到巨人怪身上有股浓浓的辛辣味儿。

"杀了那条龙，把他的金子拿回来！"他们跑过城堡院子的时候，莫德雷德吩咐着说，"我会在办公室里好好看着你们的。"

说完，校长就冲上城堡台阶，消失得无影无踪了。

男生女生冲过吊桥，普林杰教练正站在桥底。

"记住刺喉要领！"他指导着大家。

"我没看见泡泡。"等大家在壕沟边各就各位的时候，安格斯说。

"我也没看见。"杜德温说。

"说不定他躲在城堡背后那段壕沟里呢。"威格拉说。

"我们给他来个突然袭击吧？"简丝丝问。

"好啊！"瞎编王和谎话精说。

"不！"埃丽卡说，"让泡泡自己游出来，见见等待着他的这帮勇士吧。"

"好主意，"威格拉说，"那帮勇士在哪儿？"

"那帮勇士就是我们啦，威格拉。"埃丽卡说道。

高高站在威格拉旁边，他一反常态地一句话都没说。

威格拉扭头看着他，巨人怪看起来很紧张。空气里弥漫着辛辣味。

"怎么了，高高？"威格拉问。

"没事儿，小伙伴。"高高说。

这时候莫特爵士跌跌撞撞地穿过了吊桥，他一只手拿着剑，一只手拿着匕首，准备用这招迷惑泡泡。老爵士罩上了头盔面罩。威格拉很想知道他到底看不看得见，因为他摇晃得实在太厉害了。

"退后，小家伙们！"莫特爵士大喊道，"快腾块地方出来，真正的骑士要跟他的老对手好好较量一下了！"

接着莫特爵士脚下一滑，晃悠着摔到了壕沟里。带着那身沉甸甸的盔甲，他迅速地沉了下去。

"我们来救你了！"威格拉大叫道。他跳进了壕沟里，埃丽卡、安格斯、简丝丝和杜德温也跳了下去，他们齐心协力把莫特爵士拖了上来。

普林杰教练抬起老骑士，把他放倒在草地上。

"把他的盔甲脱掉。"教练说。

埃丽卡把他的头盔拽了下来，威格拉解开了他的护胸甲，安格斯取下了护甲袖，埃丽卡抱住莫特爵士的护甲靴，简丝丝就把他的护腿甲卸了下来。莫特爵士穿着他那套红色长款内衣躺在那儿，看起来非常瘦小。终于，他睁开眼睛说："啊，老招数。每次都很管用。"

"我把他抬进去，弄干他身上的水。"教练说。他把莫特爵士扛在肩上，急忙朝城堡走去。

"我想我看见泡泡了！"有人大叫着。

"对！对！他就在那儿！"其余人嚷嚷着。

威格拉看见高高从壕沟边跑开了，他蹲在一块大石头后边躲了起来。

威格拉追了过去。"你怎么了，高高？"他问，"你不想跟我们并肩战斗吗？"

"我现在没空，好伙伴。"高高在石头后面大声说。

巨人怪害怕时的那股辛辣味儿又呛得威格拉打了个喷嚏。他转身对着壕沟，正好看见一条闪闪发亮的蓝色水龙从城堡后面游了出来。

泡泡来了。

威格拉很意外，泡泡竟然这么小——比黛西大不了多少！他脸上带着善意的微笑，脑袋顶上那只红色的角正吹着一支活泼的曲子。

威格拉跑回去，加入到壕沟边的勇士行列。

"我就跟你说嘛，泡泡并不可怕，威格拉，"杜德温说，"你瞧瞧！"

"他看起来的确是不可怕，"威格拉承认，"不过你不能以貌取龙，杜德温。"

"小家伙们，你们好！"泡泡大声喊道，"非常感谢你们全都出来迎接我！"

"我们不是来这儿迎接你的，泡泡！"埃丽卡大声说。

"我们是来这儿杀死你的！"简丝丝叫道。

"没错！"谎话精和瞎编王大叫着。

"别傻了，"泡泡说，"我不会伤害你们的。我不过是来找你们老师算算旧账而已，就这么简单。"

泡泡一边说一边游了过来。等他靠近了，威格拉发现他脖子上戴了条金链子。链子底下有个金色的字母"B"吊坠，在水龙蓝色的鳞片衬托下闪闪发光。

"想见识见识吗？"泡泡眨着明亮的蓝眼睛说，"瞧瞧这个。"

泡泡翻了个身，背朝下。他把一只带蹼的脚举得高高的，张开锋利的爪子。接着，他的腿慢慢地往下沉，直到爪子消失在水里。壕沟水开始拼命地冒泡泡。

突然，泡泡从水里猛地钻了出来，像陀螺一样旋转着。然后他停下来，大叫道："厉害吧！"

"太棒了！"谎话精大喊道。

"没错！"瞎编王嚷着。

"再来一个！"杜德温拍着手大声说。

"一年级的！"埃丽卡大吼，"别上当！泡泡是很危险的！"

"哦，得了吧，"阿吉说，"你瞧瞧他，多可爱啊！"

泡泡笑嘻嘻地眨着蓝色的大眼睛："还想看表演吗？"

"想！"一年级的家伙们大叫道。

"再来一个！"高高从石头后面跑出来高声说，

"再来一个，小龙！"他跑到了壕沟边。

泡泡闻了闻，皱了皱鼻子，似乎闻到了他不喜欢的味道。接着，他潜到水下，在离高高稍远一点的地方又冒了出来。

"看我的！"泡泡大喊着，"瞧好了！"

水龙张开一只翅膀在水面上挥舞着，一边游一边转圈。他像海豚一样猛冲到水下又突然消失了。然后他又脚朝上钻了出来，四平八稳地躺在水面上。接着，他开始像海豹一样转动着身体扭来扭去的，还翻起了跟头。

威格拉不得不承认，泡泡真是很有天赋。他开始纳闷儿——泡泡真的很危险吗？

水上芭蕾结束以后，水龙游到壕沟边靠近埃丽卡的地方。

"看起来你是这儿的头头，小姑娘。"他说。

"你说对了，泡泡！"埃丽卡说。

"那你能去把特莫爵士叫出来跟我聊一会儿吗？"他问。

"泡泡，"埃丽卡说，"你有两个选择：一是离开这儿，永远不要再回来；二是被我们杀掉。你自己选吧。"

泡泡微微一笑。"不，是你有两个选择，"他说，"一是去找特莫爵士；二是……"

埃丽卡打断了他。"绝不可能！"她大叫道。

"随便你，姑娘。"泡泡说。

水龙把嘴埋进壕沟里。

威格拉听见一阵巨大的喝水声，壕沟开始变得越来越浅，越来越浅了，鳗鱼也开始四处乱蹦。

随着壕沟的水位慢慢下降，泡泡的身体也变得越来越大。这会儿，他顶着个小脑袋，大肚子胀鼓鼓的。

"呀啊啊啊！"眼瞅着水龙越胀越大，高高尖叫起来，他又躲回原来那块石头后面去了。

泡泡变成了一条巨龙。当他就快把壕沟里的水吸干的时候，普拉克教授从城堡窗口探出了脑袋，他大声说："吃葡萄不吐葡萄皮，不吃葡萄倒吐葡萄皮！"

泡泡抬起头来——这会儿他已经跟屠龙学校的城堡差不多大了。

"快去找特莫爵士！"泡泡咆哮道，"要不然就去找你们的冲浪板吧！你们自己选！"

第九章
与巨人怪的交易

"稳住！稳住！"莫德雷德跑过吊桥，"别淹了我的学校，泡泡。有话好好说！"

"你是哪位？"泡泡问道。

"不可思议的莫德雷德，"莫德雷德说，"屠……呃不，龙学校的校长。你说的特莫爵士是我手下的一位老师。"

"快把特莫爵士交出来！"泡泡大喝道，"要不然就等着水漫学校吧！"

"莫特爵士……哦不，是特莫爵士……出了点儿不幸的小意外，"莫德雷德结结巴巴地说，"他掉进壕沟里，昏过去了。"

"把他带来见我！"泡泡说。

"可以，"莫德雷德说，"只要你答应不会让我的城堡被大浪吞没。"

"我保证不会。"水龙回答。

"好吧，"莫德雷德答应他，"我会让人把他带出来的。"

"校长！不可以！"威格拉大叫道，"你不可以这么做！"

"这场较量不公平！"埃丽卡大喊道。

"这太卑鄙了！"简丝丝嚷道。

"你真不害臊，舅舅！"安格斯叫道。

"哦，闭嘴，你们这帮烂好人。"莫德雷德说。他啃着手指头想了一会儿："听着，泡泡，"最后他说，"我去把莫特爵士叫起来，我会陪他溜达溜达，再给他来点儿咖啡。明天早上他就会活蹦乱跳的了，然后就出来跟你决斗。就这么说定了？"

"不，"泡泡怒吼着，"他今天午夜之前必须出来！"

"好啦好啦！"莫德雷德说，"他会来的。那你现在能把壕沟里的水再给我灌满吗？我可不想鳗鱼都死翘翘，我的学生可不吃别的东西。"

"没问题。"泡泡说。

莫德雷德跑回城堡里去了。

水龙朝着壕沟弯下了脖子。他张开嘴，一股水柱喷了出来。转眼间，壕沟又填满了水。鳗鱼又开始活蹦乱跳——这次是高兴得活蹦乱跳。

泡泡又变得跟黛西一样大了，他兴高采烈地漂在壕沟上。

"再变个戏法吧，泡泡！"杜德温大喊。

"再来段表演！"谎话精大叫。

"没错。"瞎编王大声说。

"你是我们的偶像，泡泡！"阿吉喊道。

泡泡笑了，他舒展着身子仰面躺下，开始用腿交替着打水。

二年级的小家伙们退到了吊桥远处，商量着对策。

"在午夜之前我们就得把泡泡给解决了。"埃丽卡说。

"要不然莫特爵士就死定了。"简丝丝补充。

"我们该怎么办呢？"安格斯问。

威格拉看见高高正在石头后面探头探脑的。

"嘿，好伙伴！"巨人怪大喊着，连忙走了过来。

没等他走近，威格拉就闻到了巨人怪那股辛辣的味道。

"这是什么味道？"埃丽卡问。

"是高高身上的味道，"威格拉小声说，"他害怕的时候就是这个味儿。"

"闻起来像胡椒粉。"安格斯说着打了个喷嚏：阿嚏！

就是胡椒粉！高高一边往这边走，威格拉一边想着，高高闻起来就是这个味道。

他突然又想起了消息树上那张羊皮纸。

"可能就是这个。"威格拉自言自语地说。

"可能就是哪个，威格拉？"埃丽卡问。

"一会儿再告诉你。"威格拉说。巨人怪走得更近了。

可能，也许，威格拉明白了泡泡的秘密死穴后面写着的"阿阿阿阿……"是什么意思。

"我要回去拿我那支最大的矛。"简丝丝说。

"我要去拿豪华版的浪子骆驼爵士宝剑。"埃丽卡说。

"我要去拿点零食。"安格斯说。

三个人小跑着奔向吊桥。

"看，好伙伴。"巨人怪对威格拉说。

他摊开手掌——手掌上有一只巨大的蜘蛛。

"我的新宠物，叫'织网家'，"高高说，"懂了吗？蜘蛛？织网专家？格哈哈！格哈哈！"

"你在石头后面就是在做这个？"威格拉说，"找小虫子？"

"是啊，"高高说，"给爬行家找个伴儿。"

威格拉听见杜德温和其余一年级家伙们的欢呼，泡泡一定是又表演了一出拿手好戏。

"高高，"威格拉说，"你害怕龙吗？"

"别逗了，"高高说，"格哈哈！格哈哈！"

"我就害怕龙。"威格拉说。

"是吗？"高高说。

威格拉点点头。"每个人都害怕龙。"他说。"可能埃丽卡是个例外，"他补充说，"不过不是每个人都会逃走，然后躲到石头后面。"

"我是在找小虫子，不是吗？"高高说。

"没错，"威格拉说，"我想说的是，你可以害怕，但还是可以与龙战斗。你可以成为一名屠龙手的，高高。"

"我知道。"高高说。

"今晚你就可以成为一名屠龙手。"威格拉说。

高高看起来有点儿犹豫了。

"你可以杀死泡泡，高高。"威格拉说。

话音刚落，巨人怪身上就腾起一股胡椒粉的味道——高高又害怕了。

威格拉抬头瞄了一眼天空，一轮满月正从屠龙学校的城堡上空冉冉升起，几颗星星冒了出来。很好，有光的话，要实施他脑子里酝酿的计划就更容易了。

"待在这儿，高高，"威格拉说，"我马上就回来。"

"我就在这儿。"高高说着，急忙又回到了石头背后。

威格拉看见一年级的男生女生正在欣赏泡泡最新一轮的水上芭蕾表演。

"嗨，威吉，"杜德温说，"快瞧泡泡！"

"他棒极了！"谎话精嚷嚷着。

"没错！"瞎编王大喊。

"你该瞧瞧他的蛤式跳水，"阿吉说，"太了不起了！"

威格拉看见那条蓝色的龙蜷着身子做了个抱膝姿势，在水下翻了一连串的筋斗。

就在泡泡翻筋斗的时候，威格拉轻轻拍了拍阿吉的肩膀。她转过身来，他把手指放在嘴唇上。

阿吉点点头，一句话都没说。

威格拉示意她去树林那边。很快，他就把计划解释给她听了。

阿吉笑了起来："帮助高高？没问题。你就看我的吧！"。

"这个计划有可能会失败，"威格拉说，"不过我们必须得试试——为了救莫特爵士。"

阿吉点点头。"我会让这个计划成功的！"她说。

两个人走回去，看完了泡泡的压轴表演。

"谢谢捧场，谢谢捧场。"大家为泡泡拍手叫好的时候，他答谢道。

这时候威格拉把双手拢在嘴边，大声喊："泡泡？"

"什么事？"水龙说。

"你能用角给我们吹首曲子吗？"威格拉问。

"乐意之至，"水龙说，"想听什么？"

"《忧郁的龙》。"威格拉说。

泡泡乐了："哦，我喜欢这首曲子！这是我的最爱。"

"也是我的最爱，"阿吉说，"不介意我跟着唱吧？"

泡泡没有回答，他已经开始用龙角轻轻地奏起了蓝调风格的曲子。

阿吉开始唱了起来：

我曾是条凶猛的小龙，

世间任我行！

我曾是条幸运的龙，

生活乐吟吟！

我爱上了你，

当你说感情已经结束，

我能怎么办？

只能走上了忧郁，哦，忧郁之路。

现在我是条忧郁啊忧郁的龙……

　　威格拉尽可能轻轻地往后退，然后偷偷地溜到高高藏身的石头那儿。

　　"高高！"他轻声说，"出来杀死泡泡。"

　　"不，好伙伴，"高高说，"今晚不行。"

　　"这是你成为屠龙手唯一的机会。"威格拉说。

　　高高摇着脑袋。

　　"拜托了！你必须去！"威格拉说，"我……我会给你奖励的，什么都行！"

　　高高黄色的小眼睛一下子就亮了："是什么，好伙伴？"

　　威格拉没有钱，他没什么家当。

　　"安格斯会把他的零食拿来，"威格拉说，"你喜欢吃糖吗？"

　　"不，"高高说，"我喜欢眼珠子，对吧？"

　　威格拉不停地动脑子琢磨着，他得想出点儿奖品来。

　　"我的书！"他脱口而出，"戴夫修士给我的那本

书。"

"是本好书吗，小伙伴？"高高问。

"是本绝无仅有的好书。"威格拉说。他一想到高高对着《骑士与龙》咬一大口的样子，就受不了。不过他已经走投无路了，他必须得救莫特爵士。

"嗯，一本好书，"高高说着开始流口水，"好吧，好伙伴，成交。我要做什么？"

"趁着泡泡在用角吹奏曲子，你悄悄地靠近他，"威格拉说，"得非常近才行。"

胡椒粉的味道从巨人怪身上冒了出来。

"你去吗，高高？"威格拉问。

"行，没问题。我保证，好伙伴，"高高说，"把书给我。"

威格拉把《骑士与龙》从裤腰带里抽了出来，这下他再也看不到故事的结局了。这本书曾经属于戴夫修士的曾曾祖父，到头来它却成了巨人怪的零食，真是太叫人伤心了。

威格拉把书举了起来。"你把泡泡解决了以后，我再把书给你。"他说。

"不，"巨人怪说，"我现在就要！"

"先把龙杀了，"威格拉的口气很坚决，"然后再给你。"

第十章
致命胡椒粉

威格拉把书塞回裤腰带里，他抓起高高毛茸茸的手，悄悄地朝壕沟走去。

阿吉和水龙还在合作演出，威格拉觉得这真是天籁之音：

> 我曾是条快乐的龙，
> 驾雾又腾云。
> 我曾是条活泼的龙，
> 笑声响彻云霄。

当他们走近壕沟的时候，高高停住脚步。"我可以改变主意的，对吧？"他说。

"你向我保证过了，高高。"威格拉低声说。

"我是巨人怪！"高高也压低了声音，"我的保证从不算数！"

"这回一定得算数，高高！"威格拉说。他根本不用问，那股胡椒味儿已经告诉了他一切。可他还是开口问道："你害怕了吗？"

高高点点头。"是啊，好伙伴。"他说。

威格拉拖着巨人怪朝泡泡靠近。"害怕……"威格拉说，"越害怕越好！"

当他们走到壕沟边的时候，阿吉还在唱着，泡泡闭着眼睛。威格拉看得出来，泡泡正沉浸在音乐之中：

> 我曾是条生气的龙，
> 　潜伏在洞中。
> 我曾是条发怒的龙，
> 　哦，我的吼声震天崩。

威格拉对着高高点头示意，巨人怪笨手笨脚地慢慢靠近水龙。

泡泡的鼻孔忽然开始抽搐，不过他仍然继续吹奏着《忧郁的龙》。阿吉继续唱着：

> 我曾是条邪恶的龙，

村民都夺路而逃！
我曾是条残暴的龙，
没人的德行比我糟。

接着我爱上了你，
当你说我们的感情已经结束，
我还能怎么办？
只能走上了忧郁，哦，忧郁之路。

高高踩进了壕沟的浅滩里。这会儿泡泡的整个鼻子都在颤动，可他还是坚持吹奏着。

高高越走越近，越走越近了。

几个一年级的家伙开始打喷嚏。

阿吉大声地演唱着《忧郁的龙》的副歌部分，而泡泡则用他的龙角重复地吹奏着复杂的曲调：

现在我是条忧郁，忧郁的龙。
我的尖尾巴不再晃动。
我要喝着瓶子里的蜂蜜酒，
因为我是条忧郁啊忧郁的龙。

高高满脸恐惧地又朝着泡泡迈了一步。壕沟的水已经没过了他的腰，他不能再靠近了。

突然，龙角吹奏的乐曲停了下来。

"阿！"泡泡大喊着。

他睁大了眼睛。

"阿！"他又喊了一声。

他的耳朵开始哆嗦。

"阿！"泡泡大吼着。接着他张大了嘴，叫了起来："阿阿阿阿——嚏！"

威格拉吃惊地看着这一切。这个巨大的喷嚏就好像把水龙体内的空气，全部都排出去了似的。这个大喷嚏震得泡泡顺着水面往后滑。他一边滑着，一边越来越瘪，越来越瘪。

"看啊！"杜德温尖叫着，"泡泡缩小了！"

"瘪得好快啊！"谎话精说。

"是啊。"瞎编王说。

高高看着眼前这一切，勇气大增。他哗啦哗啦地踩着水，朝着慢慢变小的水龙走了过去。

泡泡不断地缩小，直到变得跟茶杯一样大。猛然间，他明亮的蓝眼睛定住了，直愣愣地望着前方。他的翅膀似乎跟后背融为了一体，他带蹼的脚不再划水。危险无比的泡泡消失了，留下了一只漂浮在水面上的蓝色小龙。

高高把他捡了起来："他死翘翘了！"

"高高万岁！"所有一年级的男生女生大声欢呼着。

"阿吉万岁！"威格拉欢呼着，大家都为她鼓掌。

"谢谢。"阿吉说着鞠躬致意，她扭头看着威格拉，"我不需要用杀龙来当做职业生涯的后路了，我要转学去一所流浪歌手学校了！"

这会儿，二年级的小家伙们都跑到了壕沟边。全副武装的莫特爵士出现在了吊桥上，他抬起了面罩。

"发生什么事了？"他嘟囔着，"泡泡去哪儿了？"

高高蹚着水走了出来，骄傲地举起蓝色的小龙，仿佛这是他的战利品。

"现在你们可以叫我屠龙手高高了！"他大声说。

"你是怎么办到的，高高？"安格斯问。

巨人怪耸了耸肩。

"赶紧告诉我们！"简丝丝说。

"拜托，高高！"埃丽卡说。

"是啊！"谎话精和瞎编王附和着。

"别卖关子了，高高。"杜德温说道。

莫特爵士咣啷咣啷地走到跟前。"发生了什么事？"

高高咧嘴一笑。"嗯，你们瞧，"他说，"我蹚着水到壕沟里，靠近那头可怕的怪兽……"

"然后呢？"简丝丝说。

"然后他的鼻子就开始拼命哆嗦，对吧？"高高说。

"后来呢？"埃丽卡追问着。

"我走啊走，离他越来越近，越来越近。"高高不紧不慢地答着。

"可你是怎么杀死他的呢？"埃丽卡叫道。

高高龇牙笑着说："我把他呛死了，不是吗？"

"什么？"埃丽卡大叫。

"泡泡的秘密死穴是打喷嚏，"威格拉说，"高高害怕的时候，就会散发出胡椒粉的味道。泡泡闻到这股味道，就打喷嚏了。"

"那是我见过最厉害的一个喷嚏，"杜德温说，"可你现在闻起来不像胡椒粉了，高高。"

"那是因为我已经不再害怕了。"巨人怪说。

"莫特爵士得救了！"安格斯嚷嚷着。

"我得救了吗？"莫特爵士说，"这可是个好消息！"

"我们全都欠你一份人情，高高。"简丝丝说。

"是啊，"巨人怪说，"没错。"

屠龙学校的男生女生全都为高高欢呼起来，威格拉也为自己一年级的好伙伴感到自豪。

"这个给你，老师。"高高说。他把蓝色的小龙递给莫特爵士。

"哦，谢谢你，小家伙，"莫特爵士说，"这下我可以带着鸭鸭和泡泡一起游泳了。"

高高转过身看着威格拉："现在把你的书给我吧。"

威格拉慢吞吞地从裤腰带里抽出那本《骑士与龙》。

"你要做什么，威格拉？"杜德温问。

"我答应过他的。"威格拉难过地说。

要是告诉戴夫修士，他那本珍贵的书已经被吃掉了，戴夫修士会怎么想呢？威格拉把书递给巨人怪。

高高抓起书放在鼻子上，他急吼吼地闻了闻。接着，他用粉红色的尖舌头舔了舔封面，他的口水流了出来。

随后，他扮了个鬼脸。

"你不喜欢吗？"威格拉问。

"这书不好吃，好伙伴，"高高说，"旧旧的，还有一股发霉味儿。"

"是吗？"威格拉急切地问。

"呃！"巨人怪说着，把书扔回给威格拉。

"谢谢你，高高。"威格拉笑了起来。封面看起来有点儿黏糊糊的，不过其余部分都完好无损。这下他总算可以知道骑士和龙有什么奇遇了！

"我要回家了。"巨人怪说。

"什么？"阿吉惊呼。

"不，不要走！"杜德温说。

"不要走！"瞎编王和谎话精也跟着说道。

"没有你，这儿就没那么好玩儿了，高高，"杜德温说，"你不喜欢屠龙学校吗？"

"不，我喜欢。"高高说，"但是我已经是第一个成为屠龙手的巨人怪了，"他自豪地补充道，"我的目标已经实现了。"

"那你会回来看我们吗？"杜德温问。

"当然，"巨人怪说，"我保证。"他转过来对着威格拉挥了挥手。"再见了，好伙伴！"他说。

"再见。"威格拉说。他简直不敢相信——看着高高离开，自己竟然很难过。不过他有种感觉，他跟高高还会再见面的。

扫一扫，关注"**小读客经典童书**"微信，
第一时间获取新书书讯，更有精彩好书、各种福利疯狂送！

孩子读点什么好，问问读客小熊猫！

小读客经典童书，传播爱与价值，
致力于出版最优秀的儿童文学和绘本！

图书在版编目（CIP）数据

巨人怪的恶作剧 /（美）凯特·麦克马伦著 ；
（美）比尔·巴索绘 ；陈静思译. -- 上海 ：文汇出版社，
2017. 11
（从前有条喷火龙. 第二辑）
ISBN 978-7-5496-2347-1

Ⅰ. ①巨… Ⅱ. ①凯… ②比… ③陈… Ⅲ. ①儿童小
说—中篇小说—美国—现代 Ⅳ. ①I712. 84

中国版本图书馆CIP数据核字 (2017) 第251278号

图文：09-2017-850

巨人怪的恶作剧

作　　者 / 【美】凯特·麦克马伦著　【美】比尔·巴索绘
译　　者 / 陈静思

责任编辑 / 张　涛
特邀编辑 / 钱叶蕴　汪雯君
封面装帧 / 李子琪

出版发行 / 文匯出版社
　　　　　 上海市威海路 755 号
　　　　　 （邮政编码 200041）
经　　销 / 全国新华书店
印刷装订 / 北京中科印刷有限公司
版　　次 / 2017 年 11 月第 1 版
印　　次 / 2017 年 11 月第 1 次印刷
开　　本 / 889mm×1194mm　　1/32
字　　数 / 49 千字
印　　张 / 3.25

ISBN 978-7-5496-2347-1
总 定 价 / 199.80 元（全十册）

侵权必究
装订质量问题，请致电010-85866447（免费更换，邮寄到付）

小读客 经典童书馆

童年阅读经典 一生受益无穷

DRAGON SLAYERS' ACADEMY

从前有条喷火龙

⑲

勇闯巨人国

【美】凯特·麦克马伦 著 【美】比尔·巴索 绘 | 陈静思 译

文汇出版社

屠龙学校校园地图

DSA

露露夫人的卧室

普拉克博士
科学实验室

莫德雷德的教室

洞穴出入

校长办公室

马厩

食堂

法地牢

城堡庭院

擦洗课

假火龙
(训练专用

约里克快速变装营

东塔

脚趾甲村

莫特爵士的
起降机

猎人小径

宿舍

鳗鱼壕沟

闲人擅入后果自负

DSA

吊桥

目 录

第一章
宝驴阿呆

"小心啊，安格斯！"威格拉对他那坐在驴子上的朋友大声喊道。

安格斯大叫着："快跑啊，阿呆！"

可是阿呆一动不动，而一个披盔挂甲的家伙正骑着一匹黑色的快马，朝着安格斯和阿呆直冲过来。

威格拉捂上了眼睛。

"咣唧！"

威格拉从指缝里往外瞧。

安格斯正一脸茫然地躺在尘土之中。

但这一切都在威格拉的意料之中。早上，屠龙学校的长矛队坐着驴车到了高贵的骑士摇篮学校。高贵的骑士摇篮学校的长矛队对马上长矛比武非常拿手，而屠龙学校的长矛队则特别糟糕。高贵的骑士摇篮学校的长矛队骑的都是货真价实的马，屠龙学校的长矛队骑的是一头货真价实的驴。阿呆是屠龙学校煎锅厨师的驴。威格拉洗了像大山一样高的一摞盘子，才说服煎锅厨师把阿呆借给他们参加比赛。

这会儿他们正在高贵的骑士摇篮学校城堡后面的运动场上，运动场两头都摆放着帐篷供学生穿戴盔甲——如果有的话，而屠龙学校长矛队的大部分队员都没有。观众则坐在运动场边的长凳上。

"哦，"安格斯挣扎着站了起来，咕哝着说，"你应该朝着对方的马冲过去啊，阿呆。"

阿呆摇了摇尾巴。

"别担心，安格斯！"队长简丝丝在边线处大喊着。她挥舞着屠龙学校的三角旗，嘴里的口香糖嚼得啪嗒直响："下次你就会战胜他们了！"

简丝丝在原来的学校拿过马上长矛比武的冠军，组建屠龙学校的长矛队就是她的主意。

这会儿，高贵的骑士摇篮学校的粉丝们正在喝彩加油：

万岁，万岁，万岁，红白战队超级棒！
万岁，万岁，万岁，一脚踢你脑袋上！

安格斯捡起长矛，揉着屁股，一瘸一拐地走向威格拉。

"想跟我交换一下吗，威格拉？"他问，"你来比武，我当长矛队的领队。"

"不，谢谢。"威格拉说。他很喜欢这个职位，他的任务就是给长矛队加油，给队员带点心，安排参赛的交通工具，还有记录比分。

只有一样威格拉不太乐意的，就是他读一年级的大块头弟弟杜德温求着他要当助理。最后威格拉还是让步了，尽管一点忙都帮不上，杜德温还是跟着威格拉和长矛队来高贵的骑士摇篮学校参加长矛比武大赛了。

"埃丽卡，简丝丝之后就轮到你上场了，"威格拉说，"该去穿你的盔甲了。"

埃丽卡从长凳上蹦起来，伸展着胳膊腿儿："真讨厌，不过我这回感觉不错哦！"

埃丽卡其实是一名公主，她最大的愿望就是成为一名屠龙手。她在空中挥舞着拳头给自己加油，然后跑去帐篷那儿换盔甲。

"比分怎样了，威格拉？"杜德温问。

"高贵的骑士摇篮学校得了582分，"威格拉告诉他，"我们得了……呃……4分。"

"我们输得可真惨！"杜德温抱怨着，"真希望屠龙学校能赢一场啊！"

威格拉也希望这样。不过，用阿呆做参赛宝驴，赢的希望很渺茫。

"下一场比赛，"广播员粗声粗气地说，"屠龙学校的简丝丝对阵骑士摇篮学校的朗西。"

简丝丝跑出去，爬到阿呆背上——阿呆正低头啃着一丛青草。

在运动场的另一头，高贵的骑士摇篮学校的朗西骑上了他的骏马。朗西穿着印着"KNC"①字样的白色盔甲，白色的头盔上插着红色的羽毛，他手里拿着根银色长矛。

"火球，冲啊！"朗西大叫着，踢了马一脚，骏马便飞跑起来。他们顺着运动场朝着简丝丝和阿呆直奔过来。

简丝丝握紧长矛，她嘴里的口香糖越嚼越快。

"跑啊，阿呆！"她大喊着。

阿呆纹丝不动。

威格拉闭上眼睛。

"哐当！"

"保佑她吧，快烧着了国王肯的裤子啊！"安格斯大叫着。

---

① 全称为"Knights Nobel Conservatory"，即高贵的骑士摇篮学校。

威格拉睁开眼睛，倒吸了一口气："她没有倒下！"
杜德温开始又唱又跳：

　　简丝丝，简丝丝，她是我们的女战士！
　　她勇猛不羁，她强壮结实！
　　简丝丝，简丝丝，她是一流的好骑士！

简丝丝吹了个泡泡，在驴背上挥手致意。
朗西四仰八叉地躺在地上，白色的盔甲沾满了尘土。
锣声响了起来：咣——咣——
中场休息时间！

第二章
漫长的归途

身穿红白相间制服的高贵的骑士摇篮学校拉拉队员们跑到赛场上，高呼着：

把屠龙学校的家伙赶走，赶走，

赶回森林呀，

因为他们没有，没有，没有钱啊！

他们既没风度也跟不上潮流，

高贵的骑士摇篮学校应有尽有，

屠龙学校一无所有！

高贵的骑士摇篮学校的粉丝们欢呼雀跃着。

屠龙学校的观众席上只有图书管理员戴夫修士一个人。他在自己光秃秃的脑袋上，用蓝色颜料写下了屠龙学校的英文缩写：DSA。他还挥舞着一面屠龙学校的蓝色旗帜。

"加油，屠龙学校！"他大声喊着。

埃丽卡穿着盔甲咣啷咣啷地从帐篷里出来，走到队友身边。

威格拉拿出煎锅厨师做的一大瓶火龙薄荷鳗鱼饮料，让大家轮流喝。

简丝丝把口香糖别在耳朵后面，她把瓶子放到唇边，脑袋往后一甩，喝了一大口。

"该上场了，简丝丝！"安格斯说。他拍了拍她的后背。

"哇啊啊啊啊！"简丝丝大叫一声，满嘴的鳗鱼饮料喷得威格拉一身都是。

"哎呀！"安格斯说，"对不起，简丝丝。"

"没关系。"简丝丝说着，把瓶子递给了埃丽卡。

凉飕飕黏糊糊的鳗鱼饮料从威格拉的脸上流了下来，顺着他的脖子往下淌。他打量着高贵的骑士摇篮学校队员长凳旁的那堆毛巾。

"我很快回来。"威格拉说。他小跑着穿过赛场，杜德温跟在他身后。

高贵的骑士摇篮学校的家伙坐在长凳上，用红色丝帕擦着前额。仆人给他们端来了散发着玫瑰香味儿的水，给他们洗脚。他们没有注意到威格拉和杜德温。

"明天谁想跟我去黑森林里冒险寻龙？"乔西说，"我听说那个隐士已经从隐士之家搬走了，有条龙带着一大堆金子搬了进去。"

威格拉曾经遇到过一个隐士，他的名字叫疯子少尉，真是人如其名。他想知道乔西说的是不是疯子少尉的屋子。

"我听说那条龙很瘦小，"乔西接着说，"很容易下手。"

"我就喜欢这种龙！"朗西说。

"我要用长矛捅死它！"弗朗西说。

"我要砍掉它的脑袋！"德朗西嚷嚷道，"鲜血直喷！"

杜德温听得入了迷。

可是威格拉的胃里直翻腾，他讨厌听到血腥的杀戮，他受不了见血的场景。不过，他是屠龙学校唯一杀过火龙的学生。事实上，他还杀了两条龙，不过那只是意外。他靠的是找出火龙的秘密死穴，完全没有见血。

"我想了解这条火龙的情况。"朗西说。

威格拉不想再听到关于捅啊刺啊血啊之类的字眼儿。

"打扰一下，"威格拉对高贵的骑士摇篮学校的家伙说，"我能借块毛巾吗？"

"一块儿漂亮干净的高贵的骑士摇篮学校的毛巾？"朗西说，"借给你这么个家伙？"

"想得美，"乔西说，"不管怎么样，伙计们，就像我说的，那条龙又小又弱。"

威格拉叹了口气："走吧，杜德温。"

"再等一会儿，威格拉。"杜德温轻声说。

威格拉跑回了队友身边。不过杜德温还留在那帮来自高贵的骑士摇篮学校的家伙那儿偷听。

马上长矛比赛结束了，威格拉算出了总分：

高贵的骑士摇篮学校：933　　　屠龙学校：10

"你们都到齐了吗？"屠龙学校的队员爬上了驴车，车夫的位置传来了戴夫修士的声音，"那我们就出发了！"

他嗒嗒地弹了弹舌头。阿呆迈开沉重的步子，慢悠悠地踏上了返回屠龙学校之路。

驴车穿过了吊桥，埃丽卡回头看着高贵的骑士摇篮学校。

"他们的城堡的确很漂亮，"她叹了口气，"要是屠龙学校有高贵的骑士摇篮学校这么好的条件，想想我们能学会多少东西？可能我们已经在马上长矛比赛上打败他们了。"

"来自高贵的骑士摇篮学校的家伙们去猎杀火龙的

次数可比我们多得多，"杜德温说，"我听他们说明天就要去杀一条龙！"

"一年级的小家伙会有机会杀龙的，杜德温，"埃丽卡告诉他，"耐心点儿。"

"哈！"杜德温说，"高贵的骑士摇篮学校的那帮人都把龙给杀光了，不会有龙留给我们去杀的。"

"这个你不用担心，"安格斯说，"光是黑森林里就住着成千上万条龙，每一天都有新的小龙破壳而出。对吧，威格拉？"

威格拉点点头，威格拉回想起了自己跟安格斯发现那枚紫色恐龙蛋的时候。他们把蛋带回寝室，接着小龙就孵出来了。龙宝宝第一次睁开眼睛，就看见了威格拉。所以他叫威格拉"妈妈"，叫安格斯"先生"，威格拉和安格斯叫他"虫虫"。他现在还没完全成年，住在森林里头。不过有时候他会飞回屠龙学校待在图书馆里，戴夫修士会把他藏起来不让莫德雷德发现。威格拉有好几个礼拜没看见虫虫了，他希望虫虫没出什么事情。

"我们来唱龙魂岭夏令营学会的那首歌吧！"简丝丝说说完便高歌起来：

　　墙上有一百瓶蜂蜜酒，

一百瓶蜂蜜酒！

要是一不小心摔碎了一瓶……

就剩下九十九瓶蜂蜜酒。

其余的队员也唱了起来。

黏腻腻的鳗鱼饮料滴进了威格拉的左耳朵。他叹了口气，看来回屠龙学校这一路将会漫长又难熬了。

第三章
营救宠物龙计划

那天晚上，威格拉跑下台阶，去一年级寝室跟杜德温说晚安。他在门口偷偷地往里瞧。

"高贵的骑士摇篮学校的那帮家伙要去寻龙冒险了。"杜德温正跟他的朋友说。

"他们真幸运！"谎话精说着。他是安格斯的表弟，也念一年级。

"是啊，他们真幸运。"谎话精的双胞胎弟弟瞎编王说。

"真希望我们也能去跟火龙战斗啊！"一个身材魁梧的一年级男生说。

"我也是，"杜德温说，"高贵的骑士摇篮学校的家伙要去找一条小龙，那条龙有好大一堆金子，堆积如山了！"

杜德温没看见威格拉正站在门口——他讲故事讲得眉飞色舞。

"那龙有对粉红色的耳朵，"杜德温接着说，"所以他是条公龙。他还有双黄色的眼睛，眼珠子是樱桃红色的。"

威格拉倒吸了口气，虫虫就有双黄色的眼睛，眼珠子就是樱桃红色的！

"他们打算明天就去杀那条龙。"杜德温说。

要是高贵的骑士摇篮学校的家伙寻找的是虫虫该怎么办啊？威格拉想着。他迫不及待冲上台阶回到了二年级寝室。

"安格斯，快起来！"他一边叫喊着一边摇晃着他的朋友。

他把听到的都告诉了安格斯。

"听上去这条龙太像虫虫了！"威格拉说，"我们必须得救他！"

安格斯坐了起来。"没错，"他说，"不过高贵的骑士摇篮学校人多势众呢，我们去找埃丽卡和简丝丝帮忙吧！"

"好主意，"威格拉说，"我们可以溜到女生宿舍那边去，让她们收拾好行李。天一亮我们就出发。"

"要是煎锅厨师逮到咱们怎么办？"安格斯问，

"他会把我们扔进地牢关禁闭的，我们就再也没办法救虫虫了。"

威格拉皱起眉头思考起来，最后他说："泽尔诺克给杜德温的那顶隐身帽还在我这儿，要是我俩紧挨在一起，我想它应该能让我俩一起隐身。"

安格斯摇摇头："泽尔诺克是这个世界上最差劲的巫师，他的咒语老是出岔子。要是我们戴上那顶帽子，到头来我们可能会长出五只脚，或者只剩下胳膊！"

威格拉耸耸肩说："这办法值得一试啊！"

他伸手从床铺底下拽出一顶鲜艳的蓝帽子，帽子上缀着银色的闪电。他把帽子戴在头上，闭上眼睛念道："喊嚓嚓，唰！"

"天哪！"安格斯尖叫起来，"你消失了！"

这时候安格斯感觉到有只无形的胳膊搂住了他的肩。他低头看着自己的脚，可是脚已经看不见了！

"你猜怎么着？你也隐身了！"威格拉说。

"真的唉，我消失了！"隐身了的安格斯说，"不过这样一来，我们要怎么走呢？"

"我们在运动会的二人三足比赛上拿了冠军，还记得吗？"隐身了的威格拉说，"走吧。"

两个隐形人跌跌撞撞地走下石头台阶，穿过走廊来到大木门跟前。威格拉把门推开，朝着城堡院子里偷偷地张望，院子里看上去空无一人。

"哎呀！"安格斯小声说，"那是什么？"

威格拉也看见了：那是一个可怕的影子，在黑暗之中若隐若现。他的心都快停止跳动了。

"那是条龙。"他好不容易憋出几个字。

龙静静地杵在那儿，威格拉眯起眼睛在夜色中观察着。

"安格斯，"他说着，心跳又恢复了正常，"那不过是用来训练的假火龙——弗弗。"

安格斯松了口气。

两个隐形人悄悄地穿过城堡院子。他们蹑手蹑脚地走上女生宿舍塔楼门前的台阶，差点儿撞上正在墙根儿下站岗的煎锅厨师。

"是谁？"煎锅厨师大叫一声，怀疑地用鼻子嗅了嗅，"我闻到了鳗鱼的味道。"

糟了！威格拉想。我身上还有鳗鱼饮料的臭味呢！我们死定了！他屏住呼吸，交叉着手指祈求好运。

"不过我总是闻到鳗鱼味儿，"煎锅厨师喃喃自语着，"成天都煮鳗鱼就是这样的，鳗鱼，鳗鱼，鳗鱼！从没煮过一只可口的沼泽鼠或是一堆鲜嫩的癞蛤蟆，要是我能煮上几只美味的肥蚂蟥该多好！"

煎锅厨师噔噔噔地走下台阶，嘴里仍然念念有词。

威格拉看着他消失在黑暗中。他舒了一口气，接着，两个家伙溜进了塔楼里。他们隐身快步走上盘旋的台阶，来到二年级的女生寝室。

"现在可以现身了。"威格拉小声说。他松开了安格斯。

安格斯立刻现身出来了。

"嘻唰唰，嚓！"威格拉念道。

什么都没发生。

"嘻唰唰，嚓！"威格拉大声地说。

忽然，他们面前的门猛地打开了，埃丽卡把脑袋伸了出来。

"安格斯？"她问，"你在这儿做什么？"

"我……呃……"安格斯结结巴巴地说着。所有的女生都从床上跳下来，跑到门口来看究竟出什么事儿了。

"安格斯！"嘎嘎庄的格温多琳公主尖叫着，"你是来打劫的吗？"

"不！"安格斯尖叫，"威格拉也在这儿。"

"在哪儿？"格温多琳说，"我没看见他。"

"嘻唰唰，嚓！"威格拉大喊道。接着他又喊了一声："哎哟！"

安格斯和姑娘们睁大眼睛，看着威格拉的双手露出来，又消失了，然后他的鼻子露了出来。

姑娘们咯咯地笑了起来。

"哎呀！"威格拉尖叫的时候，他的鼻子消失了，左腿又露了出来。他举起手，抓住帽子，用尽全力往下拽。帽子噗地一声被扯了下来，突然之间，威格拉整个身子又重见天日了。

简丝丝兴奋极了，嘴里的口香糖嚼得啪嗒作响。"我喜欢屠龙学校！"她说，"这儿总有怪事儿发生！"

"嘘！"埃丽卡提醒简丝丝，"你不想让煎锅厨师把他俩逮住吧？"然后她看着威格拉说："那么你俩来这儿干吗呢？"

"我们有话要跟你和简丝丝说。"威格拉说。

两个女生走出寝室来到走廊，威格拉告诉了她俩关于高贵的骑士摇篮学校的那帮家伙和虫虫如何陷入险境的事。

"天哪！"简丝丝说，"我记得虫虫，他来提醒过我们龅牙龙的事情。"

"我们必须救他！"威格拉说。

"说得对，威格拉！"埃丽卡说，"我们会去救他的！按理说我们都是火龙克星，不过，这次我们要做火龙救星！"

~ 18 ~

第四章
跟踪狂杜德温

第二天早晨天一亮，威格拉和他的朋友们就去敲校长的房门。过了好一会儿，莫德雷德才把门打开，他那双紫色的金鱼眼睡意朦胧地瞪着四个学生。

"什……"他紧紧地抓着一只泰迪熊说，"哦，是你啊，外甥。"

"早上好，莫德雷德，"安格斯说，"我们必须跟你谈谈，这事儿十万火急。"

"十万火急，迟了不急。"莫德雷德跌跌撞撞地回到床上。他把被子拉到下巴底下，闭上眼睛。"你想让我把宝贵的金子，都花在骑士制服和骏马这些没用的玩意儿上面，"他粗声粗气地说，"这不可能，永远都不可能。现在给我走开！"

威格拉走上前去。

"尊敬的莫德雷德，"他说，"昨天我们无意中听到高贵的骑士摇篮学校的那帮家伙的谈话。他们说隐士之家住着一条瘦弱的小龙，那条龙有一大堆金子……"

莫德雷德猛地睁开双眼。"一大堆金子？"他尖叫着坐了起来。"哦，小泰迪，"他把熊紧紧地捂在胸口叫喊着，"这可能就是我们梦寐以求的发财机会！"他似乎再次注意到了那帮学生，就把泰迪熊塞到了枕头底下。

"哦，那你们还等什么？"他大声嚷嚷着，"赶紧去把那条龙杀掉！快去，快去，快去！把金子给我拿回来！"

威格拉、安格斯、埃丽卡和简丝丝急忙跑出了办公室。当他们跑下走廊的时候，莫德雷德在门口探出头来。

"你们最好赶在高贵的骑士摇篮学校那帮家伙之前找到那条龙！"他咆哮着说。

"好的，校长！"他们齐声喊道。

四个人急匆匆地跑进城堡院子，他们头天夜里就已经收拾妥当了。威格拉带上了他的必杀剑，埃丽卡拿着她的剑和浪子骆驼工具带，简丝丝带上了她参加比赛用的长矛，安格斯从他的秘密零食库里拿了一大包糖果。

大家匆匆忙忙赶往城堡大门的时候，埃丽卡说，"我有一张从《浪子骆驼爵士邮购目录》上面买来的黑森林地图，我来带路。"

正当威格拉闪到一边让埃丽卡来领头的时候，他听见有人喊道："威格拉，等一等！"

威格拉转身看见杜德温正朝他们跑过来。

"你们要去哪儿，威格拉？"杜德温问。

"我们有一项冒险行动，非常危险，"威格拉说，"你不能去。"

杜德温眯起眼睛："你们要去杀龙，是不是，威格拉？"

"不，不是的。"威格拉说的是实话。他们的确是去救龙，不是杀龙。

"不，你们就是去杀龙！"杜德温叫道，"我也要去！"

"不，杜德温！"威格拉语气坚决地说，"你会拖慢我们的速度。"

"我不会的！"杜德温抗议道。

"不行，"埃丽卡说，"这就是我们最后的决定。走吧，队员们。"

二年级的小家伙们穿过了吊桥。威格拉回头张望着，杜德温正目送着他们远去——他双臂交叉着，样子挺生气的。威格拉不太好受，不过他不能让弟弟一起去。他们得动作迅速，抢在高贵的骑士摇篮学校的那帮家伙之前找到虫虫，要不然就糟了！

"我们得为这次行动取个名字。"他们走上猎人小径的时候，埃丽卡说。她想了一会儿："就叫'莫尔维娜救援队'吧！"

威格拉咧嘴一笑："我喜欢这个名字。"

"我也是，"简丝丝说，"嘿，也许我们的长矛队也需要这样一个酷酷的名字，就叫'屠龙学校帅驴队'怎么样？"

安格斯做了个鬼脸。

太阳冉冉升起的时候，虫虫官方救援队的队员们在路上快步前进着。最后，他们来到了黑森林。森林里的树木实在是太茂密了，阳光几乎透不进来。即使是在正午时分，这儿也是阴森森的，而且非常可怕。

威格拉听见树林上方传来怪异的叫喊声：灌木丛中传来古怪的嘶嘶声，小路两旁传出一阵奇怪的咕咕声。不过，威格拉觉得这可能是安格斯的肚子在叫唤。

"我饿了，"不久之后安格斯就说，"我们停下来吃午饭吧。"

"等等！"埃丽卡说，"听！"

他们停住脚步，威格拉听见了黑森林里那些平日也有的响声。接着，他听见了一根树枝折断的声音，他差点儿吓得魂不附体了。

是有什么东西在偷偷接近他们吗？

"快！"埃丽卡小声说，"去那边！"

他们跑到一个洞口。洞里的味道很难闻，比煎锅厨师隔夜的鳗鱼饭还糟，比谎话精和瞎编王收集的死蚂蟥还要臭，而且洞里黑乎乎的。不过，最起码洞里看起来是空荡荡的。

四个人跑了进去，他们蹲下来，仔细地听着。

一步……一步……又一步……

有什么东西正穿过灌木丛向他们走过来。

威格拉屏住呼吸。

"啪！"

又一根树枝被踩断了。

威格拉开始发抖——这可不是因为冷。

洞口外面传来咚的一声巨响。

"啊啊啊啊啊啊啊啊啊啊！"虫虫官方救援队的队员们尖叫起来。

"啊啊啊啊啊啊啊啊啊啊！"回应他们的是一阵尖叫。

威格拉透过指缝往外瞧，以为会看见什么野兽。

他看见了……

"杜德温？"他叫道，"你在这儿做什么？"他走到洞外，"还有，你干吗要尖叫？"

"因为你们叫，所以我也跟着叫啊。"接着，威格拉的弟弟耸了耸肩，"我要跟你一起去冒险，威吉，"他双臂交叉着，扬起下巴，"不管你怎么做都不能阻止我。"

威格拉对这个倔强的表情很熟悉，他在他十二个兄弟脸上都见过这种表情，那是当他妈妈莫尔维娜想要阻止他们进行撞头比赛的时候。

"我要成为一年级里第一个杀死火龙的人，"杜德温补充道，"就像你一样，威吉。"

"哦，让他跟着来吧，威格拉，"安格斯说，"我们需要一切可能的支援。"

"没错！"简丝丝说，"杜德温很棒。"

埃丽卡走到威格拉跟前。"这样我们就能看着他了，"她轻声说，"要不然他会跑到前头去惹麻烦的。"

"好吧，杜德温，"威格拉说，"你可以跟我们一起去，不过不许一见到石头就捡。"

"我不会的。"杜德温说。

"还有，我们不是去杀那条龙的。"威格拉补充。

"我们当然是去杀那条龙的！"杜德温说，"我们是屠龙手！"

威格拉摇摇头："我们觉得那是我们自己养的火龙虫

虫，我们要从高贵的骑士摇篮学校的屠龙手里把他救出来。"

"哦，"杜德温说，"这事儿不刺激唉。"

"那你可以回屠龙学校去。"威格拉迫不及待地说。

"不，"杜德温说，"我要去。我要去见见那条龙，然后吓跑高贵的骑士摇篮学校的那群家伙！"

威格拉叹息着说："好吧。"

不过杜德温没听见他哥哥说什么，他正忙着往身旁最近的一棵树上爬。

第五章
虫虫感冒了

虫虫官方救援队又上路了，不过这会儿他们前进的速度慢了下来——杜德温不断地爬上树去"侦察探路"。他大声地报告着在高处所见的一切，然后再大费周章地爬下来。

"你又没说过不许爬树。"威格拉发牢骚的时候，杜德温说道。

"跟上我们，杜德温！"威格拉说，"一条小火龙正危在旦夕呢！"

"好吧，好吧，"杜德温跺着脚往前走，"你还真有法子剥夺冒险路上的乐趣呢。"

虫虫官方救援队奋力前进着，直到烈日当空。

安格斯停了下来："不吃午饭我走不动了。"他表明态度。他在一块大石头上坐下，打开了零食袋。

"我们得吃快点儿，"威格拉提醒说，"要不然想救虫虫就太迟了！"

当安格斯狼吞虎咽着裹着巧克力的野猪肉干和太妃糖苹果的时候，其余人则一边眼巴巴地望着他，一边啃着埃丽卡打包带来的鳗鱼三明治。

"啊，吃饱了就好多了。"安格斯一边说，一边舔着手指上的太妃糖。

"我们可没吃饱。"威格拉嘟囔着说。

安格斯没搭理他。

救援队再次出发，他们沿着一条通往树林深处的小道往前走。

没走多远安格斯就说："我们快到了吗？"

埃丽卡看着地图。"就快到了。"她说。

可是他们一直走啊走。

最后威格拉大叫一声："看啊，有路牌！"

路牌上写着：

去隐士之家往那边走→

箭头指着灌木丛的方向。

威格拉挠了挠头："可那边没有路啊。"

"这是骗人的，"埃丽卡说，"隐士们不喜欢被打扰，所以他们竖起路牌迷惑大家，他们的屋子在相反的方向。从我的黑森林地图上看，隐士之应该走这边。"

他们接着往前走，不一会儿他们又看到另一块路牌，上面写着：

要是你想找到隐士之家，你就走错路了。

"这表示我们选的路是正确的。"埃丽卡解释说。

第三块路牌钉在一棵树上，路牌上写着：

幸好你要找的不是隐士，
因为顺着这条路走下去你一个都见不着。

"我们肯定已经离那儿不远了。"简丝丝说。

虫虫官方救援队沿着林间小道悄悄地前进，一直走到一片空地上。这儿的树木被砍倒了，阳光照了进来。空地中间有一间破败的小茅屋——窗户上钉着木板，屋顶上全是窟窿。

门上有块牌子，上面写着：疯子少尉不在这儿住了。

"虫虫？"威格拉大喊着，"你在里面吗？"

没等到有人回答，穿着红白相间的高贵的骑士摇篮学校束腰上衣的家伙就从对面冲向小茅屋。他们的头盔上插着鲜红色的羽毛，手里拿着亮闪闪的长剑——他们把小茅屋团团围住了。

威格拉数了数——10、12、14！他的心怦怦直跳。他们5个人要怎么才能斗得过这14个全副武装的家伙，把虫虫救出来呢？

"我们知道你在里头，火龙！"朗西冲着小茅屋的方向大喊着。

"阿……嚏！"屋里回答道。

虫虫生病了吗？威格拉想着。

"我们知道你又小又弱！"乔西嚷嚷着。

"很容易下手！"德朗西大声说。

"快出来！"弗朗西大喊，"要不然我们就冲进去了！"

"不要！"小茅屋里传出声音，"快走开！阿阿阿……嚏！"

虫虫就在里头！而且很明显他生病了。

"坚持住，虫虫！"威格拉大叫着，从树林后头冲了出去，"我来了！"

"威格拉，等一等！"埃丽卡说。

可是太迟了。威格拉朝着小茅屋飞奔而去，他的朋友们追了上去。

高贵的骑士摇篮学校的家伙们惊讶地看着他们。

"别担心，虫虫！"威格拉大喊着，"我们来救你了！"

"别多管闲事，脏兮兮的流氓，"乔西嚷嚷着，"让我们杀了这头野兽。"

小茅屋里传出微弱的声音："妈妈？"

"没错，虫虫！"威格拉叫喊着，"是我！"

威格拉听见小茅屋里传来抽鼻子和大咳特咳的声音。火龙确实鼻塞得厉害，听上去他很难受！

"滚开，屠龙学校的家伙！"弗朗西说着，眼里的怒火直往外喷。

"这火龙是我们的！"安格斯说。

"他还是个火龙蛋的时候我们就收养了他，"威格拉说，"我们还给他取了名字，叫虫虫。"

"哦，是哦！"朗西说。

"你们是想骗了我们好去拿金银财宝吧！"乔西说。

"虫虫没有财宝。"威格拉说。

"滚远些，屠龙学校的家伙，"乔西气急败坏地说，"我们是最棒的屠龙手，我们会证明给你们看的！"

威格拉听见嘎吱一声，小茅屋的门缓缓地打开了。虫虫把鼻子伸了出来，火龙眨着他泪汪汪的黄红相间的眼睛，粉红耳朵耷拉着。他咳嗽着，嘴里腾起一股烟雾。

"妈妈？"他瓮声瓮气地说，"妈妈！虫虫感冒了！"

"听见那肮脏的野兽说什么了吗，兄弟们？"德朗西大叫道，"他有财宝！"

"不！"威格拉大喊着，"他没有财宝，他说的是感冒！"

乔西不理他。"准备动手！"他大叫道。

高贵的骑士摇篮学校的家伙们举起他们的剑，一步步往前走。

虫虫抽噎着说："虫虫病了。"

"他说他生病了。"德朗西说着，听起来有些担心。

"哦，那不过是屠龙学校那帮家伙在耍花招，"乔西说，"数到三我们就冲过去。一！"

威格拉必须行动起来，动作要快。

"住手！"威格拉大叫，"虫虫真的生病了，他得了火龙水痘！"

高贵的骑士摇篮学校的家伙们停了下来，他们慢慢地把剑放了下来。

乔西瞪着虫虫。

"他得了水痘吗？"安格斯说，"要是他真得了，我就……哦！"

威格拉给了他一肘。

"没错！"埃丽卡接着威格拉的话说，"火龙水痘可怕极了，而且很容易传染给人！"

高贵的骑士摇篮学校的那帮家伙看起来很紧张。

"所有的症状他都有，"无精打采的虫虫一副可怜兮兮的样子，威格拉看着他说，"眼泪汪汪，流鼻涕，耳朵也耷拉着。"

虫虫闭上眼睛，打了个超大的喷嚏："阿……嚏！"

"打喷嚏，"威格拉说，"最后就会出水痘了。"

朗西、弗朗西和其余几个高贵的骑士摇篮学校的家伙都往后退了。

"别让他们伤害我！"鼻塞的虫虫可怜兮兮地大叫着。他把脸贴在威格拉的上衣上头。

威格拉冲着高贵的骑士摇篮学校的家伙挥舞着必杀剑，他努力地摆出唬人的架势。

"快走开！"他大叫着，"趁着还没染上可怕的火龙水痘，赶紧走开！"威格拉努力地让自己的语气威严一点，也许他确实做到了，因为突然之间所有高贵的骑士摇篮学校的家伙都呆住了，他们都瞪大了双眼。

"啊啊啊啊啊啊啊啊啊啊！"乔西尖叫起来。

"啊啊啊啊啊啊啊啊啊啊！"朗西尖叫起来。

"啊啊啊啊啊啊啊啊啊啊啊啊啊啊！"弗朗西、德朗西和其余高贵的骑士摇篮学校的家伙们全都尖叫了起来。

他们一伙人全都转过身，慌慌张张地逃进了森林里。他们跑得飞快，就像是有一群火龙在追赶他们。

威格拉笑了，他没想到自己能把人吓成这样。

这时候，安格斯忽然也尖叫起来："啊啊啊啊啊啊啊啊啊啊！"

"啊啊啊啊啊啊啊啊啊啊啊啊啊！"杜德温尖叫起来。

就连埃丽卡也惊叫了一声。

简丝丝也不再嚼口香糖了，瞪大了眼睛看着。接着，他们全都转身从小茅屋那儿逃走了。

出什么事儿了？威格拉很纳闷。他们怎么会害怕我呢？

突然，威格拉觉得大地在震动，一个巨大的影子出现在他面前。他慢慢地转过身，想看这到底是什么。他把头抬得高高的。

抬高一点。

再抬高一点。

一个四五岁的小姑娘赫然耸立在小茅屋跟前。

只不过，她的个子可不小。

她是个巨人！

第六章
神奇的复活笔

"哦，瞧啊！"巨人小女孩儿一边咚咚咚地走到小屋门口，一边粗声粗气地说，"一条咻龙！"

她的手从空中慢慢地，慢慢地往下落。一只脏兮兮的手指把威格拉捽到了一边。

"哎哟哟！"他尖叫着飞了起来，落在附近的灌木丛中。

巨人小女孩儿把虫虫抓起来，举在空中。

"一条口耐滴咻龙！"她叫道，"偶一直就想要一条活着滴真龙唉！"

"妈妈！"虫虫尖叫着。

"住手，巨人！"威格拉赶忙站起身来，大喊着，"把龙放下！"

巨人小女孩儿四下张望着。"谁在叫唤？"她吼道。

“是我！”威格拉冲着她嚷嚷，“不许带走那条龙！”

这下子，巨人小女孩儿弯下身子，盯着威格拉。她的大脸靠得越来越近。他的心害怕得一阵狂跳。只要她愿意，用她巨大的拇指就能把他压扁。

巨人小女孩儿皱了皱鼻子。“你系只小虫子吗？”她问。

“不是，”威格拉说，“那条龙是我的朋友，请不要带走他。”

“可偶就是想要他，”巨人小女孩儿解释道，“巨人想要滴都可以拿走。”

“可这是偷！”威格拉大叫。

“巨人就喜欢偷！”巨人小女孩儿说。

“这是不对的，”威格拉说，“这条龙不是你的。”

“现在就系了！”巨人小女孩儿大叫着回答，“这就系偶滴龙！万岁！”

“不！”威格拉大喊，“把他放下来！”

“就系偶滴，就系偶滴，就——系——偶——滴！”她跺着脚嚷嚷着。大地开始摇晃，威格拉被震翻在地。

“去偶滴城堡吧，咻龙，”巨人小女孩儿大声说，

"你会成为偶那只粉色毛绒咻龙最好滴朋友，偶要把你打扮得像个公主一样，漂漂亮亮滴！"

"哦，虫虫真倒霉！"威格拉小声咕哝着。

"偶要把你关进笼子里，咻龙，"巨人小女孩儿接着说，"偶要给你洗个澡，然后喂你吃棒棒糖。"

巨人小女孩儿把虫虫丢进她闪闪发亮的粉色小包里，啪的一声把包给合上了。接着，她咚咚咚地走进了黑森林里。

"等一下！"威格拉尖叫道。他以最快的速度追了上去。不过，很快他就被她远远地抛在了后头，再也看不到她的踪影了。

威格拉停了下来。他四下张望，他把虫虫弄丢了，他把他的朋友弄丢了。这会儿他把自己也弄丢了，孤零零地丢失在了黑森林里。虫虫官方救援队的营救行动也到此为止了。

威格拉需要帮助——能做的只有一件事情。

"克诺尔泽，克诺尔泽，克诺尔泽！"他反复念叨着。把泽尔诺克巫师的名字倒过来念三次，就能召唤巫师了。

"噗！"

一道白光点亮了森林。白光消失的时候，泽尔诺克就出现了。巫师正手握刀叉，他长长的白胡子别到了耳朵后头，长袍领口那儿塞着条围嘴儿。

"蝙蝠和水泡！"巫师大叫道，"我要坐下来吃烤蠑螈呢！蠑螈可是很营养的食物，富含各种增强法力的维生素和矿物质。谁把火把给吹灭了？"

"你在黑森林里呢，泽尔诺克。"威格拉说。

"威格利普？"泽尔诺克眯着眼睛说，"又是你？"

"我需要你的帮助。"威格拉说。

"你能换点儿花样吗？"泽尔诺克发着牢骚。他把刀叉塞进长袍衣兜，"告诉我你想要什么，长话短说。蠑螈放久了营养就流失了。"

"一个巨人偷走了虫虫。"威格拉说。

泽尔诺克眉头一皱："巨人要一条虫干什么？"

"虫虫是我和安格斯收养的小龙的名字，"威格拉说，"还记得吗？"

"那么说是一个巨人偷走了一条龙，"泽尔诺克说，"那你想要我……做什么？"

"帮我找到虫虫，"威格拉说，"他只是一条小龙，而且还生病了，然后我还得找到我的朋友。"

泽尔诺克两眼放光。

"我正好有一样东西！"他惊呼道。他把手伸到帽子底下，拿出一根长长的蓬松的黄色羽毛，"瞧！"

威格拉被弄糊涂了："那是什么东西？"

"这是我自己发明的，"泽尔诺克挥动着羽毛说，"你就羡慕我吧，奇奇默！"

"这羽毛能帮我找到虫虫吗？"威格拉问。

"不……完全是这样。"泽尔诺克说。

"它能帮我找到我的朋友？"威格拉问。

"呃……不能。"泽尔诺克说。

"它能帮我打败巨人？"威格拉问。

"未必。"泽尔诺克说。

威格拉叹了口气，听起来这像是泽尔诺克又一个蠢主意。"那这根羽毛到底能干什么呢？"威格拉问。

"这不是羽毛，"泽尔诺克像是受到了侮辱一样气冲冲地说，"这是支羽毛笔，它是一支复活笔，它能让一切东西都活过来。"

"真的吗？"威格拉说。他不敢去想，像这样的法术会有多少种出错的可能。

"等着瞧。"泽尔诺克说。他往前走到最近的一块大圆石跟前，用羽毛给石头挠痒痒。他一边挠，一边吟唱着：

挠啊挠，挠啊挠，时间过得真是快，

我要把你叫醒，所以你赶紧起来！

泽尔诺克退了回来。

大圆石的正面横着裂开了一条缝。接着，那条缝张了开来。是张嘴！然后大石头开始说话了。

"呃！"大石头说。

"看见了没？这很管用！"泽尔诺克高兴地大叫起来。

"呃！"大石头说。它开始慢慢地、慢慢地翻滚起来。

"等等，"泽尔诺克说，"待在那儿别动，大石头。"

"呃！呃！"大圆石说着。它滚动的速度开始加快再加快。它顺着山坡滚了下去，越滚越快。

"瞧瞧那大石头滚得多好！"泽尔诺克大喊着，"复活笔，干得漂亮！"他亲了亲他的羽毛，"我得去收回法术。奇奇默不喜欢这些没有生命的东西到处溜达。我在他的巫师鞋上用过一回这羽毛笔。等我们抓到鞋子的时候，它们正在东鼠须村参加踢踏舞表演呢！"

他把羽毛笔塞到威格拉手里："祝你好运，威格利普！"

"等一等！"威格拉大叫道，"我要怎么才能收回这法术呢？"

"那就念'苦差，苦差，火腿加泡菜'！"泽尔诺克一边追赶着大石头一边大声说，"然后念'趁你还没……'"巫师的声音逐渐消失在远处。

"还没什么？"威格拉在他身后大声问。

泽尔诺克飞快地追赶着大石头，没听见他在说什么。

威格拉看着手里蓬松的黄色羽毛，心想：这下我该怎么办呢？

第七章
恐怖巨人国

威格拉不知道，他该让黑森林里的什么东西活过来，才能帮他找到他的朋友们、巨人的城堡以及虫虫。

如果他唤醒一棵高大的树木，它也许能看见他的朋友们，把他们的位置告诉他。

威格拉转来转去，找到了一棵非常高大的树。他拿起羽毛，开始给树枝挠痒痒。

"挠啊挠，挠啊挠，时间过得真是快。"威格拉开始念道。

"快住手！"一个低沉的声音说。

威格拉转过身来，背后没有人。

"看在亚瑟王的份儿上，你到底在做什么？"那声音说。

"我……我……"威格拉结结巴巴地说，"我想要让这棵树活过来。"

他头顶上的树叶沙沙作响："像人一样活着吗？"大树说，"我可一直都是活着的。"

"你会说话！"威格拉说，"所有的树都会说话吗？"

"你干吗不去给所有的树挠痒痒，看看他们会不会？"大树说，"这样我就可以接着睡觉了。"

"等一等！"威格拉说，"请问你能帮我找到我的朋友们吗？"

树叶又沙沙地响了起来："你那群朋友里是不是有个大个子女孩儿拿着根长矛？一个男孩儿胖乎乎的？一个女孩儿总是无所不知的样子？还有个男孩儿喜欢爬树？"

"就是他们！"威格拉激动地说，"他们在哪儿？"

"不好意思，没看见。"大树说。树上的树枝颤动着，威格拉觉得大树在笑呢。

"拜托你告诉我他们在哪儿吧！"威格拉恳求道。

"好吧，"大树说，"只要你别再烦我行吗？明白吗？"

"我明白了，"威格拉说，"那么你现在能告诉我，我的朋友在哪儿吗？"

"往那个方向走上四十根树枝的长度，就能找到。"大树指着一根朝北的树枝说。

"谢谢你，大树，"威格拉说，"跟你聊天很愉快，再见！"

威格拉把羽毛塞进裤腰带里，朝北边走去。他在黑暗中摸索着，缓缓地前进。没走多远他就看见前方有点微弱的亮光，他听见有人说话。

"我们必须找到威格拉！"埃丽卡说。

"我想，他正在我身后飞跑着呢！"安格斯说。

"巨人是要吃人的。"简丝丝说。

"但愿威格拉没有被吃掉！"杜德温说。

"没有。"威格拉说着，从一棵树后走出来，出现在篝火的亮光当中。

杜德温蹦了起来，朝哥哥奔去，他一把搂住了威格拉。"你的裤腰带里为什么插了根黄色的大羽毛呢，威格拉？"他问。

"泽尔诺克给我的。"威格拉说，"发生了可怕的事情，"他接着说，"巨人把虫虫抓回她的城堡里去了。"

"她绑架了他？"安格斯问。

威格拉点点头："巨人小女孩儿要给虫虫洗澡，给他穿上华丽的公主服，喂他吃棒棒糖，还要把他关进笼子里。"

"笼子?"简丝丝大叫着,"真是太糟糕了!"

"华丽的衣服?"埃丽卡说,"真是太惨了!"

"洗澡?"杜德温尖叫着,"这才是最惨的!"

"棒棒糖听起来不赖啊。"安格斯倒是挺乐意的。

"我们得找到虫虫,"威格拉说,他皱起眉头,"不过我不知道巨人往哪边走了。"

"这很简单,"埃丽卡说,"她是个巨人,所以我们只需要找到巨大的脚印,然后跟着脚印走。"

埃丽卡解开她工具带上的迷你火炬照灯并点亮了它,虫虫官方救援队开始朝着隐士之家的方向前进。

"我觉得她是朝这边走的。"威格拉说。

埃丽卡、简丝丝和安格斯跟在威格拉身后,杜德温跑去了相反的方向。

"杜德温,快回来!"威格拉大声说。

"我马上就来,威格拉!"杜德温回答,"我要爬到那边的一棵大树上……哎哟!"

威格拉听见他那个大块头弟弟摔倒在地的声音,他和其他人跑了过去。

"杜德温?"他喊着,"你在哪儿?"

"在这下面!"杜德温回答。

威格拉和其余人往四下张望。

"他在这儿！"简丝丝说，"他摔到一条浅水沟里去了。"她伸出一只手，把杜德温拉了上来。

埃丽卡走上前去，举起迷你火炬照灯照着水沟。

"这不是条水沟，"她说，"这是巨人小女孩儿的脚印！"

"干得漂亮，杜德温！"简丝丝说。

杜德温咧嘴一乐。

"这儿还有个脚印！"威格拉指着别处说，"这儿也有一个！"

"走吧，"埃丽卡说，"我们跟着脚印走到巨人小女孩儿的城堡去。"

她用迷你火炬照灯照着地面，火光印出一道光圈，不大不小正好够给他们照亮脚印。

"我要当侦察员！"杜德温嚷嚷着，跑到前头开始爬树。

"我们不需要侦察员，杜德温！"威格拉大声说，"我们只要跟着脚印走。"

尽管杜德温已经爬到树干中腰了，他最后还是从树上爬了下来，虫虫官方救援队于是又上路了。

过了一会儿，威格拉发觉周围越来越亮了，他抬起头瞥了一眼。

"能看见太阳了，"威格拉说，"我们已经走出黑森林了。"

"太好了，"安格斯说，"黑森林让我浑身都起鸡皮疙瘩。我不喜欢那儿，那儿太黑了，而且……"他说着突然停下来并四处张望着，"哇哦，我们这是在哪儿？"

他们正站在一条宽阔的土路上，这条土路要比威格拉之前见过的土路宽十倍。

"一条土路用得着这么宽吗？"简丝丝问。

"还有这些篱笆是怎么回事儿？"埃丽卡问，"他们比皇宫里的篱笆还要高。"

"等一下，"威格拉说，"这不是篱笆，这是草！"

"草不会长得这么高。"安格斯说。

"这些草就有这么高。"简丝丝说。

威格拉开始哆嗦——一条土路宽得足以容纳十辆马车并肩前进，草长得比他还要高，他们究竟是到了哪儿了？

"前头有块路牌。"杜德温说。

五个人紧紧地挨在一起，走近一块挂在高杆子上的大路牌。

"上面说什么，威格拉？"杜德温问。

威格拉把脑袋拼命往后仰，使劲抬头抬头再抬头。他努力了好一会儿，终于看清了上面写的字。

"牌子上写着'要去巨人国必须长到这么高。'"威格拉念道。

　　"这么说，这儿是巨人国，"埃丽卡说，"我听说过巨人国，不过我不知道在哪儿。"

　　"一个全是巨人的王国！"简丝丝惊呼道，她吹出一个巨大的泡泡，"酷毙了！我们出发吧！"

　　"不可以！"安格斯说，"我们长得太矮了，不能进去，我们必须回去。"

　　"我们有任务在身！"埃丽卡说，"没有什么能阻止我们营救虫虫，尤其是这种愚蠢的路牌。"

　　威格拉露出笑容，因为埃丽卡是他见过的最勇敢的人。

第八章
混入城堡的救援队

宽阔的土路上还有很多巨大的脚印。"巨人小女孩儿一定是往这边走的，"埃丽卡说，"跟我走！前进！"

埃丽卡带头沿着路边往前走，其余人跟在她身后。

"要是有人来了，我们可以钻进草丛里躲起来。"大家一边走着，埃丽卡一边说。

"但愿虫虫会感谢我们为他做的一切。"安格斯嘀咕着。

过了一会儿，虫虫官方救援队看到了另一块路牌。

这回简丝丝念出上面的字：

欢迎来到巨人的世界——巨人国。

矮子免进！说的就是你！

乱炖大餐就是擅入者的最终下场。

"我们真的来到巨人的世界了！"杜德温说，"等我回去一定告诉其他一年级的家伙！"

威格拉只希望他能活到那个时候。他觉得自己的膝盖在颤抖，他不想变成一锅乱炖大餐。不过虫虫需要他们的帮助，他们不能放弃。

"跟巨人战斗比屠龙强，"杜德温说，"巨人也有金银财宝，对吧？也许我们还能拿点儿金子呢！"

"你的语气真像我舅舅。"安格斯说。他们来到一座山脚下。

"要爬这座山，我得吃点儿焦糖糖果。"安格斯说完又打开了他的零食袋。

"我想要一块焦糖糖果。"威格拉说。

"我也是。"杜德温接着说。

"我们都想吃。"埃丽卡说道。

"今天咱们就分享一下吧，安格斯？"简丝丝提议道。

安格斯大声地叹息着："就这一次，"他说，"下不为例，吃独食是我的原则。"他递给每人一块焦糖糖果，然后他们又开始爬山了。

埃丽卡第一个爬到山顶。

"瞧！"她说，"快看那边！一座城堡！"

威格拉也看见了，城堡矗立在一座遍布岩石的陡峰之巅。

"我们不会是要去爬那座山峰吧？"安格斯问，"我们怎么知道那座城堡就是我们要找的呢？"

"你看见别的城堡了吗？"埃丽卡问，"而且那城堡很大——确切地说，是巨大。"

"为了虫虫我们得去，安格斯，"威格拉说，"他需要我们的帮助！"

安格斯叹了口气说道："这次我需要吃点棉花糖。"他坐下来，拿出他的中世纪棉花糖并吃了个精光。他没有主动分享，所以其余人凑合着吃掉了剩下的鳗鱼三明治。

太阳开始西沉了，虫虫官方救援队开始攀登那座遍布岩石的陡峭山峰。杜德温很快就爬上去了。安格斯不断地踩在石头上滑倒，有一次他差点儿就滚下山去了。

他们总算到了巨人的城堡。这是座古老的城堡，破败不堪的石头上布满了青苔和藤蔓，壕沟已经干涸了，一堆乱石就做了城堡的城墙。

五个人俯着身子朝着城堡前进。

威格拉听见了隆隆声，他转过身去，看见在两支熊熊燃烧的火炬照耀下，一辆巨大的木头车咔哒咔哒地上山了。一只巨大的驴子在前头拉着，那驴子有五十只阿呆那么大。一个满头金色卷发的女巨人坐在车子后头，车夫是个满脸凶相的山精，个子比女巨人矮一半，一身沼泽绿的皮肤，头发浓密，满口黄牙参差不齐。

"隐蔽！"埃丽卡小声说。所有人赶紧窜到一块陡直的岩石后面偷偷地往外看着。

木头车缓缓地驶到门前，停了下来。

"小沙子！"巨人喊得实在太大声了，威格拉觉得石头都在颤动，"开门！"

门嘎吱一声打开了。

"我们的机会来了！"埃丽卡轻轻地说，"快，从木头车背后跳上去！"

当他们爬过岩石堆走到木头车跟前时，威格拉的心一直在怦怦地跳。杜德温迅速地爬上了车轮辐条，他帮忙把其余人都拽了上去，他们在木头车的后头挤成一团。

车轮轰隆轰隆地碾过石头，穿过巨大的门廊，这一路上威格拉的牙齿都在打架。车子停在了一个看上去像是马厩的地方。巨人大摇大摆地从车上下来。

另一个凶神恶煞的山精急匆匆地跑过来，他穿着一件脏兮兮的白色外套。

"看见您回来真是太高兴了，巨无霸夫人。"山精油嘴滑舌地说。

"去把踢踏的挽具给卸下来，小沙子，"巨人吩咐

山精，"我在车上坐了好几个钟头了，但愿你已经为我准备了丰盛的晚餐！我饿得能吃下一匹马了。"

"嗷——嗷！"驴子踢踏紧张不安地叫唤着。

"晚餐的确准备好了，巨无霸夫人，"山精一边给驴子卸挽具，一边鞠着躬咧嘴笑着说，"我为您准备了美味的血布丁。"

血布丁？威格拉觉得一阵反胃。

"妈妈！"一个刺耳的声音尖叫着说。威格拉从车子侧边望过去，看见巨人小女孩儿正朝妈妈跑过去。小女孩儿双臂搂着妈妈，给了她一个大大的拥抱。

"你猜猜发生了什么事儿？"巨人小女孩儿尖声说着，"偶找到了一条真正滴龙跟偶做伴儿！"

"你可以在吃晚饭的时候慢慢说给我听，格鲁鲁。"巨人妈妈说。

巨人母女俩走上石头台阶。

"偶把那条真龙关进笼子放在偶房间里，"一路上格鲁鲁大声说着，"偶给她戴了顶系着粉红色丝带滴公主帽，她会跟偶滴粉色毛绒咻龙成为好朋友滴。"

威格拉的心往下一沉——粉红色丝带！可怜的虫虫。

"偶要去跟偶滴洋娃娃和咻龙喝茶了，"格鲁鲁接着说，"偶给偶那条真龙取了个名字叫'晶晶公主'。"

"晶晶公主！"巨人妈妈惊叫，"这名字真豪——我是说，你的小龙名字真好听。"

两个巨人消失在城堡里，威格拉再也听不见她俩的谈话了。

"'晶晶公主'，真贴切！"埃丽卡气呼呼地说。

虫虫官方救援队一直等到小沙子领着踢踏回到驴棚，然后威格拉和他的朋友们从车子后面跳下来。他们匆匆赶到石头台阶跟前，每一级台阶都有两个威格拉那么高。

"我们要怎么进到城堡里去呢？"他问，"我们个子太矮了，爬不上这些台阶。"

"我能爬上去，"杜德温说，"什么地方我都能爬上去。"

"这个给你，"埃丽卡说着，从她的工具带上取下一捆绳子递给杜德温，"等你爬到顶上，就把这个扔下来。"

杜德温想办法在石头上找到立脚点，很快就爬上了五级台阶。他把绳子扔下去，攥住绳子一头让其余人一个接一个往上爬。他们用了很长时间才全部爬到了台阶顶端。

"我要饿死了！"安格斯抽泣着说。

"真不凑巧，"埃丽卡说，"我们有任务在身——

我们必须找到格鲁鲁的房间，跟我走。"

她带头紧贴着墙，走进一条点着火把的长廊，威格拉觉得自己跟只老鼠一样大，走廊沿路全是巨型大门。

透过左边一扇门，威格拉看见一间宽敞的餐厅。餐厅里有张餐桌，跟长矛赛场一样长，餐桌四周全是高高的木质餐椅，不过桌椅上都布满了灰尘。墙上挂着被虫蛀过的褪了色的壁毯。威格拉有种感觉，这座巨无霸城堡也曾风光过啊！

他们顺着长廊一路走。在厨房门口，威格拉看见一个巨大的烤炉里，跳跃的火苗忽明忽暗。一只巨大的篮子翻倒了，巨型苹果从篮子里滚落到地上。小沙子正满地跺脚。他一边把锅碗瓢盆儿敲得梆梆响，一边自言自语数落着巨无霸夫人。

"吝啬鬼，她就是这么个家伙，"山精嘟哝着，"一天2便士怎么可能做得出像样的晚餐呢？要是我能找到稳定的人肉来源就好了。"他用粉红色的尖舌头舔了舔深绿色的嘴唇，叹了口气，"这样我的炖菜就更美味了。"

安格斯哆嗦了一下。"巨人真的会吃人吗？"他小声说。

"只有在他们抓到我们的时候才吃。"简丝丝小声回答他。

"但他们永远都抓不着！"埃丽卡连忙补充。

忽然，他们身后响起咚的一声巨响，接着又是一声。

"咚！"

"咚！"

是脚步声！

威格拉转过头，刚好看见巨无霸夫人踏着重重的步子穿过走廊——径直朝他们而来！

第九章
神奇的飞毯

"快点儿！"威格拉大叫道，"躲起来！"

五个人连滚带爬地进了厨房。他们匆忙跑到房间那头，钻进打翻的那篮巨型苹果堆里。

威格拉蹲在一个苹果后面，屏住呼吸。

巨无霸夫人冲进了厨房，她停下来，对着空气嗅了嗅。

哦，不！威格拉想着。她闻出我们的气味了？要是她能闻出人的气味，她很可能闻到的是杜德温的味道，因为他这辈子就从没洗过澡！

"我的天！"巨人咆哮道，"我闻出炖菜的材料是蚂蟥潭里的浮藻物！"

幸好！威格拉想。原来巨人只闻到了炖菜味儿。

"这锅炖菜是为明天巨无霸堡主归来准备的晚餐

吗？"巨人问。

她的声音太大了，威格拉被震得在苹果堆里蹦来蹦去。

"是的，巨无霸夫人，"山精鞠了一躬，咧嘴笑着说，"这吃起来比闻着香。香料十足，至少我是这么认为的。"

"我的天，"巨人抱怨着，"我只想吃人肉派。"

威格拉开始发抖，接着他听见……

"嘎吱！"

他呆住了，这是什么声音？

"你听见了吗，小沙子？"巨人问。

小沙子点点头。"一定是食品柜里的老鼠。"他说。

"嘎吱！"

威格拉循着声音转过头来，他的心脏差点儿就停止了跳动——安格斯正在大口大口地吃着一个巨型苹果！

威格拉示意他赶紧住嘴！可是安格斯装作没看见。

"嘎吱！"

"装些捕鼠夹，小沙子。"巨人说。她雷厉风行地走出了厨房。

威格拉松了一口气，身子都软了，不知道安格斯心里到底在想什么。

"走吧，"埃丽卡低声说，"山精正忙着那锅炖菜呢！我们的机会来了！"

他们偷偷溜出篮子，急急忙忙地穿过厨房。他们来到走廊上，然后停下来喘口气。

"你差点儿就害我们变成一锅炖菜了，安格斯！"埃丽卡说。

"我忍不住了，"安格斯说，"我实在是饿极了。"

五个人像老鼠一样飞快地跑过点着火把的走廊，来到一座石头螺旋楼梯前。楼梯底部铺着一块红色的旧地毯，楼梯沿途的墙上都贴着大片大片的羊皮纸，纸上都是简笔画。画上画的是穿着花边套装的龙，喝茶的龙，还有涂脚趾甲的龙。

威格拉摇了摇头，如果他们不救虫虫的话，这就是虫虫的下场！

"这条楼梯一定是通向格鲁鲁的房间的。"埃丽卡说。

"我们花了好长时间才从马厩那儿的五级台阶爬上来，"威格拉说，"这座楼梯我们得爬一整夜！"

"我们要是有张飞毯就好了。"杜德温说。

"那就酷毙了！"简丝丝说。

"说不定我们会有的。"威格拉盯着那张磨破了的红地毯说。

"你指的是什么，威格拉？"埃丽卡问。

"这个。"威格拉从裤腰带里抽出那根复活笔。他三言两语地解释了巫师是怎么把这根羽毛给他以及这羽毛的魔力。

"我也许能把这个变成一张飞毯。"他说。

"很难说，"埃丽卡说，"那巫师的咒语总是出岔子。"

"要不咱们试试吧，"简丝丝说，"最坏的结果会是什么呢？"

"哦，可能飞到半空那咒语就失灵了，"安格斯说，"我们会摔死；或者是那毯子会把我们抛出去，然后我们会摔死；又或者……"

"够了，安格斯，"埃丽卡说，"我们没有选择。"她扭头对威格拉说："动手吧！试试看。"

威格拉开始一边用羽毛给地毯挠痒痒，一边念念有词：

挠啊挠，挠啊挠，时间过得真是快，
我要把你叫醒，所以你赶紧起来！

地毯的边缘开始抖动。

"天哪！"一个活泼的声音说道。地毯抖动得更厉害了，整张地毯一跃而起，漂浮在上空。接着，地毯使劲抖了抖，灰尘漫天飞。

威格拉和他的朋友们往后退，直到这场沙尘暴结束。

"哦，现在感觉舒服多了！"地毯大叫道。

"打扰一下，地毯，"尘埃落定以后，威格拉说，"我们需要你的帮助，能劳驾你带着我们飞上这座楼梯吗？"

"你在开玩笑吗？"地毯就像是拱起了背，把自己折了起来，然后又往上腾得更高了。

"我总算是自由了，能够来去自如，结果怎样？有人想搭顺风毯！哇哦！我让人踩了一辈子，总算熬出头了。我得自己当家做主！这次我要为自己而活！"地毯使劲地蹦了一下，以表达自己的不满。

"我们不是想随便使唤你，地毯，"埃丽卡说，"我们只是需要爬上这座楼梯。"

"请帮帮我们。"安格斯说。

"要不是我哥哥对你施了咒语，你根本飞不起来。"杜德温指出这一点。

"我说不行，就是不行，"地毯说，"我要去度假了。再见！"它开始朝着城堡墙上的窄窗飘去。

埃丽卡冲向准备开溜的地毯，她拔出宝剑。"别逼我出招，小毯子！"她大喊。

　　地毯叹了口气。"哦，你说了算，"它说着飘了下来，悬在离地面几英寸高的地方，"跳上来吧。"

　　五个人踩上地毯，跪下来，抓住地毯边缘。地毯开始盘旋着飞上楼梯，每转一个弯速度就加快一点，一路上几个人都抓得紧紧的。

　　"哟呵！"地毯大叫着，"我在地上躺的这些年简直是在浪费生命啊！"

　　"真是太酷了！"简丝丝说。

　　"太棒了！"杜德温说，"等我回去告诉其他一年级的家伙！"

　　威格拉死死地抓住地毯边缘，他没往下看。他努力地不去想，万一咒语失灵了他们摔下去会怎样。他把注意力集中在营救虫虫这事儿上。

　　地毯转过最后一个弯，在空中悬停了一会儿，然后飘落在楼梯顶部的地面上。"二楼到了，"地毯说，"全体下毯！"

　　威格拉跟其他人都跳了下去。"谢谢你，地毯，"杜德温说，"真是太神奇了！"

　　威格拉从裤腰带里抽出复活笔，他知道自己应该收回法术，奇奇默不喜欢一张地毯飞来飞去。不过，收回法术的咒语的押韵词是什么来着？跟火腿和泡菜有关，趁你还没……什么呢？哎，算了。要把飞毯又变成被人踩在脚下的小毯子似乎太残忍了。

"祝你玩个痛快，地毯！"地毯再次飘起来的时候，威格拉大声说道。

"我会的！"地毯回答，"我要走了！"接着，它把自己卷了起来，迅速地从城堡墙上的窄窗飞了出去。

"现在去救虫虫吧。"威格拉说。

不过还没等大家迈开步子，一阵巨大的吼声便响了起来。

第十章
虫虫，你在哪？

又是一阵吼声。

"那是什么声音？"威格拉小声说。

"听起来像是老爸打呼噜的声音。"杜德温说。

威格拉乐了，确实像是打呼噜的声音！巨人小女孩儿正在打呼噜。

"我们跟着呼噜声走吧。"埃丽卡说。

她带着大家顺着走廊来到塔楼的一个房间，越往前走，呼噜声越响。月光透过城堡墙壁上的窄窗洒了进来。一支小小的火把在门口摇曳闪烁。整间屋子都被照得亮堂堂的。格鲁鲁躺在一张巨大的床上睡着了，手里还抱着一个粉红色的长毛绒小龙。她的嘴张得大大的，确实是在打呼噜：呼噜噜——呼噜噜！

"她的呼噜声真是大得吓人！"杜德温的叫喊声盖

过了巨人小女孩儿的呼噜声。

"嘘！"威格拉拼命地制止他。

格鲁鲁哼唧了一声，在睡梦中翻了个身。她把巨大的大拇指塞进她的大嘴里，最起码她没有再打呼噜了。

威格拉打量着她的房间。虫虫在哪儿呢？威格拉看见格鲁鲁的床边有张矮桌，上面放着一个巨大的鸟笼。鸟笼底部缩成一团的正是虫虫。他脑袋上系了顶粉红色的蕾丝公主帽，爪子被涂上了亮晶晶的粉红色指甲油，尾巴从笼子栏杆的空隙处耷拉下来，鼻子还不停地流鼻涕。

"他看起来还在生病，"威格拉小声说，"他得吃点儿戴夫修士的顶呱呱感冒停药水。"他转过去对简丝丝说："把我抬到桌子上去，我要去把笼子门打开。"

简丝丝手指交叉握在一起，然后把手臂往下沉，做成脚蹬的样子。威格拉踩了上去，简丝丝慢慢地把胳膊抬了起来，威格拉手臂往上伸，指尖抓到了桌沿。他摇来晃去地荡了一会儿。接着，他一条腿往上一踢攀上了桌子，身体的其余部分也接着蹬了上去。

"好样的，威格拉！"杜德温说。

"嘘——杜德温！"埃丽卡提醒他。

"漂亮。"格鲁鲁嘟嚷了一句，不过她没有睁开眼睛。

威格拉蹑手蹑脚地走到床头桌那头的鸟笼跟前。他

爬上鸟笼栏杆，到了鸟笼门前，他拉了拉。

门没打开。

威格拉从鸟笼栏杆上滑下来，跑到桌边。"锁住了！"他做了个口型没出声。

"我们必须找到钥匙。"埃丽卡也做口型回应他。

其余的救援队员翻遍了地上的每一个角落——格鲁鲁的大床底下、大橱柜底下和大玩具柜子底下都找过。

没有找到钥匙。

威格拉搜遍了桌子上的每一处——格鲁鲁的洋娃娃底下，毛绒野猪和毛绒毒蜥底下，还有毛绒小独角兽底下，他都检查过了。

还是没有找到钥匙。

这会儿虫虫从鸟笼底部抬起了头。"妈妈？"他嘟囔着，"妈妈！虫虫看见你好高兴！"

"嘘！"威格拉把手指放到唇边，"我也很高兴看见你，虫虫，"他小声说，"我们要找到你的鸟笼钥匙然后把你救出来，别出声，好吗？"

"谢谢你，妈妈！"虫虫轻声说。接着，他大声打了个喷嚏，"阿——嚏！"

格鲁鲁的眼皮颤动了一下，不过眼睛还是闭着的。

"威格拉，接着！"杜德温压着声音说。

等威格拉回过神来，他手里正紧握着一根绳子的一头。他的弟弟正握着绳子另一头，顺着桌子腿儿往上爬。

杜德温爬到桌子上头，连忙跑到虫虫的笼子跟前。

"天哪！一条活生生的真龙！"他大喊着，"等我回去告诉其他一年级的家伙去！"接着，杜德温慢慢爬近格鲁鲁，"嘿，威格拉！巨人的洋娃娃戴了个金手链。瞧啊，手链上挂着个金色的小皇冠。你觉得这是真金做的吗？"

"谁知道呢？"威格拉说。他掀起一条巨人怪玩偶的裙子，往底下张望。"我们要找的是钥匙，还记得吗？"

"钥匙不在下面！"简丝丝在地上喊着，"把我们拽上去，杜德温。我们得商量一下。"

杜德温把绳子放下来，埃丽卡、简丝丝和安格斯爬了上去。安格斯隔着鸟笼栏杆轻轻地拍了拍虫虫。

"先生。"虫虫颤声说。

"现在开作战会议，"埃丽卡一边把绳子挂回工具带上，一边说，"每个人都开动脑筋想想怎么才能救虫虫。"

"使劲想想！"虫虫说。

威格拉拼命地想着，最后他说："格鲁鲁开关过笼门，所以她肯定知道钥匙在哪儿。"

"哦，我们根本不可能去问她钥匙在哪儿。"埃丽卡说。

"为什么不行？"他说着就从桌子上轻轻地跳到了巨人小女孩儿的床上。

"你要做什么，威格拉？"杜德温喊道。

威格拉没有回答。格鲁鲁在睡梦中翻了个身，他正一动不动地杵在那儿。然后他很艰难地翻过枕头堆，直到正对着她的大耳朵。

"格鲁鲁……格鲁鲁……"威格拉低声说着，"关着小龙的鸟笼钥匙在哪儿？钥匙在哪儿？"

格鲁鲁哼了一声翻了个身，差点儿把威格拉压扁了。

"格鲁鲁！"威格拉又喊道，"告诉我钥匙在哪儿。"

"钥匙，"格鲁鲁含糊不清地说着梦话，"偶有钥匙。"

突然之间，威格拉听见巨人咚咚的脚步声。

"躲起来，妈妈！"虫虫叫喊着。

所有人都躲了起来，威格拉钻到了格鲁鲁粉红色的长毛绒小龙底下。

"咚！咚！"

有人正在上楼梯！

第十一章
巨人小女孩醒了

"你睡着的样子真可爱，格鲁鲁。"巨人妈妈说着，小心翼翼地走到她女儿床前。她俯下身子亲了亲格鲁鲁的前额，接着她拍了拍粉色的毛绒小龙。

威格拉在小龙底下被震得上蹿下跳，心里琢磨着——他是不是就快被压扁了？接着，威格拉听见巨无霸夫人用鼻子嗅来嗅去的声音。

"我的天，"她说，"这房间散发着一股人肉味儿。"她咂了咂嘴，"人类闻起来很臭，可是吃起来很香。哦，现在要是能吃口人肉小点心，我做什么都愿意！"

天哪！威格拉想，我们就快被她找出来吃掉了！威格拉听见巨人走了几步，接着他又听见嗅来嗅去的声音。

"啊！原来是你闻起来一股人肉味儿啊，小龙。"她说。

"我？"虫虫声音发颤。

威格拉听见她又嗅了嗅。

"你，"巨人说，"明天，晶晶公主，你要去洗个澡。"

威格拉听见巨人蹑手蹑脚地走出格鲁鲁的房间，他大大地松了一口气。接着，他从长绒毛小龙底下探出头来。

"这次好险。"他正嘀咕着，巨人小女孩儿一把搂住小粉龙，连带着把他也抱了起来。

"呃！"威格拉倒吸了口气，这时候格鲁鲁把他和小粉龙搂得更紧了，他都快喘不上气了。必须得想个办法，要不然就被格鲁鲁勒死了！

"钥匙在哪儿？"他尖着嗓子说，"小粉龙想知道——钥匙在哪儿？"

格鲁鲁在睡梦中微微一笑，她松开了手。"傻咻龙！"她咕哝着，"你明知道偶把钥匙放在怎头底下了。"

"怎头？"威格拉重复了一遍，一头雾水。

"在她枕头底下！"埃丽卡哑着嗓子在桌子上小声说。

"可是她的枕头太多了！"安格斯发牢骚说。

这话没错，半张床都被枕头给盖住了。要翻遍这些枕头，就好比要搜遍整个屠龙学校的城堡庭院。

"我会找到的。"杜德温说。他跳到床上，钻到了最近的一个枕头底下。

威格拉抬头看着虫虫——小龙鼻子朝上抵着鸟笼栏杆。他正在呼呼地抽着鼻子，一脸期待的表情。

不一会儿，杜德温的脑袋就从两个枕头之间钻了出来。"找到钥匙了！"他大叫道。

"嘘——"所有人都让他安静。

杜德温赶紧把嘴捂住说道："对不起！"

威格拉翻过枕头山来到杜德温跟前。简丝丝、安格斯和埃丽卡都从桌面跳到了床上，他们齐心协力把巨大的枕头推到了一边。

钥匙就在那儿。钥匙和鸟笼一样是用黄铜做的。钥匙的一头是个圆环，另一头是一条长长的金属棒，末梢有两个钥匙齿。跟格鲁鲁房间里的其他东西一样，这钥匙也是巨型的。

简丝丝啪嗒啪嗒地嚼着口香糖："也许我们能够合力把钥匙给抬起来。"

五个人围着钥匙站成一圈。简丝丝使劲抬起钥匙的一侧，不过也很勉强。

"哦，这太沉了！"安格斯撒手不管了。

"我们再加把劲儿试试，我们能行……"埃丽卡说。不过听上去她也不确定能不能行。

"试试那羽毛怎么样，威格拉？"杜德温说。

"没错！"威格拉说。他把复活笔从裤腰带上抽了出来。

"等一等，"埃丽卡说，"这钥匙可能跟地毯一样想去度假。我们先把它拴在手上，再把它唤醒，这样就能保证它会听我们的话了。"

埃丽卡从小粉龙脖子上解下一根粉色丝带。她把丝带紧紧地拴在钥匙上，然后把丝带末端交给威格拉。他一手死死地攥着丝带，另一只手给钥匙挠痒痒并念着：

挠啊挠，挠啊挠，时间过得真是快，
我要把你叫醒，所以你赶紧起来！

威格拉刚把复活笔放回裤腰带里，钥匙就开始颤动。接着它窜了起来，把自己从头到脚抖了个遍，就像是一只狗在抖落身上的水。

"钥匙……"威格拉开口说。不过他就只说了这么两个字。

钥匙开始在枕头堆里蹦来蹦去。威格拉受惊过度，差点儿就把丝带扔掉了，不过他使劲抓住没松手。

"放开我！"钥匙尖叫着，"放开我！我要走！我要回家！"

"听我说，钥匙，是我把你唤醒的，"威格拉死命地揪住丝带说，"帮帮我们，然后我们就让你走。"

"放开我！放开我！"钥匙嚷嚷着，"我要走！"它像匹野马一样躬着背猛地一跃而起。它开始拖着威格拉绕着枕头一阵乱蹦——这家伙比那地毯还棘手，棘手得多。

"放开我！"钥匙尖叫着，"我要回家！"

"威格拉，让它停下来！"埃丽卡轻声说，"它就快把格鲁鲁吵醒了！"

威格拉点点头。钥匙第二次躬背跃起的时候，威格拉把丝带往自己身前一拉，抱住了钥匙。

"放开我！"钥匙大喊道，"放开我！放开我！"

钥匙又是抖又是蹦的，想要把威格拉给甩下去。威格拉紧紧地抱着它，想方设法地把双腿缠在钥匙身上。钥匙蹦蹦跳跳地穿过枕头堆，朝着桌子奔去。威格拉使劲地拽着丝带，想要把它领到笼子那边。他从来没有骑过马，连小马驹儿都没骑过。不过，他觉得这跟骑在一匹失控的马身上一定很像。

威格拉的朋友们都追在他身后。钥匙一头撞在了桌子上。

"砰！"

"好疼！"钥匙尖叫着，摔回到格鲁鲁的床上。

　　格鲁鲁猛地睁开了双眼。

　　"威格拉，小心！"杜德温大叫，"巨人小女孩儿醒过来了！"

第十二章
被惊动的巨人母亲

格鲁鲁眨着她那双超大的眼睛。

她坐起来，看见屠龙学校的小家伙们正从她的枕头堆上跑过去。

"偶系在做梦吗？"她说。

"是的！"安格斯冲她嚷嚷道，"你就是在做梦，闭上眼睛！"

"偶不系在做梦！"巨人小女孩儿大叫道。接着，她发出一阵震耳欲聋的尖叫声："呀呀呀呀呀呀呀呀呀！"

她开始翻来覆去地又踢又踹，嘴里还大喊大叫："妈妈！偶滴床上有一群恶心滴人类咻爬虫！呃呃呃呃呃呃呃！"

埃丽卡和简丝丝冲向床头桌爬了上去。埃丽卡迅速地从工具带上解下绳子，把安格斯和杜德温拉了上去。

威格拉还骑在那枚发了疯的钥匙身上，钥匙还在躬着背满桌乱蹦。

"妈妈！"格鲁鲁大喊，"偶害怕人！"

"小心啊，妈妈！"虫虫冲着威格拉大喊。

忽然，钥匙不蹦了。钥匙齿那端开始颤动，仿佛在嗅着什么。

"让我走……让我……回家！"钥匙尖叫起来。接着它像支箭一样冲向了鸟笼门锁。

"哇哦……"钥匙冲着虫虫猛扑过来的时候，他咕噜一声。

"威格拉，跳下来！"安格斯大喊。

威格拉刚跳下来，钥匙就猛地一下插进了锁里开始转动——

"咔嗒"

笼门打开了！

"咔嗒！"

这回钥匙又把门给锁上了。

"咔嗒！"

门开了！

"咔嗒！"

门锁上了。

"咔嗒！"

威格拉赶紧在桌面上站起身来。他爬上鸟笼栏杆，等着开门的这声咔嗒，然后用尽全力把鸟笼门拉开了。

虫虫蹦了出来，咧开嘴笑着，他把翅膀舒展开来。

格鲁鲁张开大嘴嚎啕痛哭："不要！不要走，晶晶公主！"

巨人小女孩儿想要抓住虫虫，小粉龙被她碰倒在地上。

虫虫差点儿就被格鲁鲁抓住了。他从桌子上腾起来飞到了天花板上，一边盘旋一边大喊着："妈妈！妈妈！"

威格拉听见了脚步声！

格鲁鲁的哀号声把巨人妈妈吵醒了。

"宝贝儿？"巨无霸夫人一边咚咚咚地走上楼梯，一边大声喊道，"你是做噩梦了吗？"

"快跑！"简丝丝大叫。

"可是跑去哪儿？"安格斯大声说。

威格拉焦急地四下打量着。他们要怎么才能从桌子上下去呢？没时间拿绳子了，桌子太高也不能就这么跳下去，而且身后有巨人追赶着，他们无论如何都逃不出这座城堡的。

就在这时候，虫虫飞下来落在桌面上，他收拢了翅膀。

"跳上来，妈妈！"火龙大喊，"跳上来，先生！所有人都跳上来！"

虫虫官方救援队迅速地爬到了火龙背上。

"不！"格鲁鲁尖叫着，"你系偶滴龙！你不能飞走！"

"飞吧，虫虫！飞吧！"威格拉大喊。

虫虫拼命地拍打着翅膀，可是他还是停在桌面上没动。五个人太沉了，他载不动。

"咚咚咚！"

巨无霸夫人的脚步声越来越响了。

格鲁鲁从桌子那头扑了过来，想要抓住正在拍打翅膀的火龙。第一次没抓住，但第二下她就把他揪住了。

"我要跳下去了！"威格拉大叫着说。

"妈妈，别跳！"虫虫大喊。他的翅膀拍打得更卖力了。

"飞吧，虫虫！"威格拉大声说，"再见了，我亲爱的小龙！"

接着，他就从龙背上滑了下去。

第十三章
飞出巨人国

威格拉刚从虫虫身上滑下去，火龙就飞到了空中。

"晶晶公主！"格鲁鲁尖叫着。她伸手去揪虫虫的尾巴，差点儿就得手了。

"飞吧，虫虫！"威格拉在桌面上大喊，"飞走吧！"

虫虫飞得更高了，巨人小女孩儿已经够不着他了。就在这时候，格鲁鲁的巨人妈妈冲进房间，手里挥舞着一支点燃的火把。

威格拉一头钻进了一个巨人怪玩偶的裙子底下。

"格鲁鲁，亲爱的？"巨无霸夫人说，"怎么了？出什么事儿了？"

虫虫和他的乘客们正在天花板附近盘旋着。

"在那儿，妈妈！"格鲁鲁指着上头，"有人要偷走偶滴咻龙！"

"别担心，宝贝儿！"巨无霸夫人高声说，"我会帮你拿回小龙的，我还要给我自己弄点可口的人肉点心！"她冲着虫虫和他的乘客挥舞着火把。虫虫飞得更高了，简丝丝必须躬着身子，免得脑袋撞上天花板。

格鲁鲁一直在尖叫。巨无霸夫人爬上了一个脚凳，这样一伸手就更容易抓到龙背上的几个小家伙了。

两个巨人都忙着抓虫虫，威格拉就从藏身之处冲了出来。他有了个主意——也许能管用。他把复活笔从裤腰带上抽了出来，跑到小粉龙跟前。他开始一边给玩具龙挠痒痒，一边念着：

挠啊挠，挠啊挠，时间过得真是快，
我要把你叫醒，所以你赶紧起来！

小粉龙眨了眨纽扣做的眼睛，它张开了粉色的长毛绒翅膀，径直朝着巨人小女孩儿飞去。

格鲁鲁盯着在空中飞翔的玩具龙。"咻粉龙？"她说。

"是我！"小粉龙尖叫着，"我们去和其他所有的洋娃娃一起开茶话会吧！"

"哦，好滴，咻粉龙！"格鲁鲁大叫着，把虫虫和他的救援队员都忘得一干二净了，"开茶话会！"

不过巨无霸夫人可没忘记，她拿着熊熊燃烧的火把不断地去捅火龙和救援队员。"我要把你做成烤龙肉！"她低吼着，"我要把你们做成人肉烧烤！"

"哎呀！"安格斯尖叫着，"我的脚趾头要被烧焦了！"

格鲁鲁的妈妈抡起了胳膊。

"小心点儿，虫虫！"简丝丝在龙背上大喊着。

巨人把火把举到空中，火苗直往虫虫身上蹿！

虫虫卯足了劲儿，他使劲挥动着翅膀翻腾了两周，闪躲着火焰。虫虫和皇家救援队刚飞过去，火把就划着弧线追了过来。

"妈妈！"格鲁鲁大声说，"看啊！咻粉龙活过来了！"

巨无霸夫人瞥了一眼她的女儿和活过来的长毛绒玩具。"太好了，宝贝儿，"她大声说，"你有没有吃过我做的火爆人肉？"她拿起燃烧的火把又高举了起来。

不过到了这会儿，虫虫已经认清了自己的能力。他连着翻腾了三周，轻松地躲开了火把，然后朝着他的妈妈俯冲下去。

威格拉抓住了虫虫的尾巴，虫虫再次拍打着翅膀飞了起来。正当威格拉飞快地爬上虫虫的尾巴时，简丝丝

一把揪住了威格拉的裤腰带，攥得紧紧的。

巨无霸夫人拿起火把朝着飞龙挥了过去，不过还差得远呢！

虫虫拍打这翅膀飞向城堡墙上的一扇窄窗。威格拉和他的朋友们低下头，接着，"嗖"的一声！他们飞出去了！飞到了夜空中！

下面传来巨无霸夫人的咆哮声：

我的天！

等巨无霸堡主回来把你们千刀万宰！

我的天！

他会把你们抓回来的，一定会的，

巨无霸堡主！

"哦，去擤擤你的鼻涕吧，巨无霸！"埃丽卡高声说。

"去吃你的蚂蟥潭里的浮藻吧！"威格拉坐在虫虫尾巴上大喊着。他咧嘴笑着，他们逃出来了，虫虫得救了！

"哇哦！"简丝丝嚷嚷着，"这是最酷的一次战斗！"

"哟喂！"虫虫含糊不清地说，"谢谢你，妈妈！我不喜欢住在笼子里，我想见戴夫修士！"他又打了个喷嚏——阿嚏！差点儿没把他的乘客给甩出去。

虫虫驮着虫虫官方救援队飞出了巨人国。

飞过黑森林上空的时候，威格拉看见一个毛茸茸的黄色物体飘了下去。他伸手摸摸裤腰带——屠龙宝剑还在，不过复活笔不见了。

这次泽尔诺克没弄错，复活笔正是营救虫虫所需要的东西。他希望泽尔诺克不要因为羽毛笔被弄丢了而生气，他也希望奇奇默别大发雷霆。因为有一张飞毯正在某个地方飘飘扬扬地享受假期，一枚巨大的黄铜钥匙正在不断地咔嗒咔哒开锁关锁，还有一只粉色的长毛绒小龙正在哄一个巨人小女孩儿开心。

虫虫飞啊飞，一直飞到太阳升起的时候。

"屠龙学校在那儿！"简丝丝大叫道。

虫虫降落在田野里，阿——嚏——他打了个喷嚏。

"去找戴夫修士吧，虫虫，"威格拉拍拍他的小龙说，"他会照顾你的，我们在屠龙学校跟你会合。"

"修士。"虫虫咕噜着说。他等着屠龙学校的朋友们从自己的背上跳下去。然后他张开翅膀，朝着屠龙学校的图书馆直飞过去。

虫虫官方救援队开始向屠龙学校走去，安格斯在路上问威格拉："我们没拿到金子，回去该怎么跟舅舅交待呢？"

"如实交待，"威格拉说，"就说隐士之家的小龙没有金子。"

"舅舅会发脾气的，"安格斯说，"不过，他发脾气是家常便饭。"

"谁说我们没拿到金子？"杜德温说。

"你这话什么意思，杜德温？"威格拉问。

"快说。"埃丽卡一副命令的口吻。

杜德温咧嘴一乐，他伸手从上衣下头掏出一根金链子，金链子底下还坠着一个小小的金冠挂件。

"那是巨人小女孩儿洋娃娃的手链！"威格拉说。

"没错。"杜德温点点头。

"杜德温，你把手链偷走了！"威格拉说，"你这么做跟那些巨人没差别！"

"等等，这条项链看上去很眼熟，"埃丽卡说，"那个小挂件上面有字吗？"

杜德温把皇冠翻过来念道："送给王后芭比——爱你的小肯尼。"

"我猜对了，"埃丽卡说，"这项链是我妈妈的！"

杜德温咧嘴大笑起来："要是一开始这东西就是从别人那儿偷回来的，那我也就不算是偷了。"

"你必须把它还给王后，杜德温。"威格拉说。

"哦，妈妈的金项链多得数都数不清，"埃丽卡说，"她不会介意杜德温留着这条的。"

"听见了吗，威格拉，"杜德温说，"我能留着它！"

"或者是交给舅舅。"安格斯说。

"这样莫德雷德会乐开花的。"简丝丝说。

"好吧，"杜德温咧嘴坏笑着说，"只要你们保证下次冒险行动也带上我。"

"没问题，"埃丽卡说，"你的攀爬能力对我们很有帮助。"

"你这小子很酷，杜德温！"简丝丝说，"给，来块口香糖。"

"谢谢！"杜德温迫不及待地说。

威格拉微微一笑，或许他这个大块头的弟弟也不那么糟。怎么说他也是个爬树的好手，而且他为莫德雷德找了件宝贝。

"我们原定的计划都完成了，"埃丽卡说，"我们救了虫虫，他没有受到高贵的骑士摇篮学校的屠龙手的伤害。"

"他也不用去做格鲁鲁的宠物。"安格斯说。

"大功告成！"威格拉高声喊道。他们穿过屠龙学校的吊桥，回到了学校。

扫一扫，关注"**小读客经典童书**"微信，
第一时间获取新书书讯，更有精彩好书、各种福利疯狂送！

孩子读点什么好，问问读客小熊猫！

小读客经典童书，传播爱与价值，
致力于出版最优秀的儿童文学和绘本！

《从前有条喷火龙》第一辑

（套装全10册）

已火爆上市！

DRAGON SLAYERS' ACADEMY
从前有条喷火龙
第一辑
DRAGON SLAYERS' ACADEMY
从前有条喷火龙
第一辑
(全十册)
[美]凯特·麦克马伦 著
[美]比尔·巴索 绘
叶显林 丁奕其 译
没有什么困难，是乐观战胜不了的

图书在版编目（CIP）数据

勇闯巨人国 /（美）凯特·麦克马伦著；
（美）比尔·巴索绘；陈静思译. -- 上海：文汇出版社，
2017.11
　　（从前有条喷火龙. 第二辑）
　　ISBN 978-7-5496-2347-1
　　Ⅰ．①勇… Ⅱ．①凯… ②比… ③陈… Ⅲ．①儿童小
说－中篇小说－美国－现代 Ⅳ．①I712.84
　　中国版本图书馆CIP数据核字(2017)第251280号

勇闯巨人国

作　　者 / 【美】凯特·麦克马伦著　　【美】比尔·巴索绘
译　　者 / 陈静思

责任编辑 / 张　涛
特邀编辑 / 钱叶蕴　汪雯君
封面装帧 / 李子琪

出版发行 / 文汇出版社
　　　　　上海市威海路 755 号
　　　　　（邮政编码 200041）
经　　销 / 全国新华书店
印刷装订 / 北京中科印刷有限公司
版　　次 / 2017 年 11 月第 1 版
印　　次 / 2017 年 11 月第 1 次印刷
开　　本 / 889mm×1194mm　　1/32
字　　数 / 47 千字
印　　张 / 3.25

ISBN 978-7-5496-2347-1
总 定 价 / 199.80 元（全十册）

侵权必究

装订质量问题，请致电010-85866447（免费更换，邮寄到付）

DRAGON SLAYERS' ACADEMY

从前有条喷火龙 ⑳

变身王子

【美】凯特·麦克马伦 著　【美】比尔·巴索 绘｜陈静思 译

文汇出版社

屠龙学校校园地图

DSA

露露夫人的卧室

普拉克博士
科学实验室

↑
洞穴
出入

莫德雷德的教室

校长办公室

马厩

食堂

法地牢

城堡庭院

擦洗课

假火龙
(训练专用)

约里克快速变装营

东塔

脚趾甲村

莫特爵士的
起降机

猎人小径

宿舍

鳗鱼壕沟

闲人擅入 后果自负

DSA

吊桥

目 录

第一章
校长在做什么？

"黛西，我很担心虫虫。"威格拉坐在屠龙学校鸡棚内一个温暖的角落里，对身旁的小猪说，"他不会离开我这么久的。"

虫虫是条小火龙，威格拉和朋友安格斯自从他从火龙蛋里孵出来，就收养了这小家伙。现在他已经长大了，可威格拉还当他是自己的龙宝宝。

"的来回会虫虫。"黛西说的是猪拉丁语，她自从被巫师施了咒语以后就这么说话了。

"但愿虫虫会回来，"威格拉说，"马上回来！"

铃声响了起来。

"哎呀！"威格拉跳起来说，"我要赶不上洛贝丽娅的餐桌礼仪课了。"

黛西瞪大了眼睛说："课仪礼桌餐？"

"洛贝丽娅会在课上提供芝士和香肠！"威格拉一边冲往鸡棚外一边嚷着，"这可比鳗鱼好吃多了！"

威格拉穿过庭院跑进城堡，他飞快地冲下走廊，绕过拐角。接着，"嘭"的一声，他一头撞在了脑满肠肥的莫德雷德肚子上。

"哦！"莫德雷德倒吸了一口气，"嘿，你这个小要饭的！你差点儿撞到钱多多夫人和财满罐伯爵！"

"对不起，校长！"威格拉大声回答。他抬起头，望着站在校长身边的一男一女。那女的个子很高，穿着一件红色长袍；那男的一头黑发，穿着一件红色的束腰上衣。

"土包子，笨手笨脚的！"财满罐伯爵咕咕哝哝地说。

"土包子！"钱多多夫人冷笑道。

莫德雷德扭头看着他的客人。"来吧！"他说，"我带你们去看看要建宾戈游戏①厅的地方。"

威格拉紧紧地靠在墙上，三个人大摇大摆地走了过去。

宾戈游戏厅？他拔腿就朝洛贝丽娅上课的教室奔去，心里琢磨着，校长在搞什么名堂？

---

① 一种常见的美式赌博。

威格拉走进教室，发现安格斯、埃丽卡和简丝丝正坐在餐桌旁。摆在他们面前的都是空盘子。他上气不接下气地问："我错过了午饭是吗？"

"很遗憾，是的，"洛贝丽娅说，"不过你恰好可以给我们叠餐巾！"

下课后，他们四人向城堡庭院走去，准备上擦洗课。

"香肠可真好吃！"一路上，安格斯揉着肚子大声地说着。

"别再提香肠了！"威格拉嚷道，他的肚子咕咕直叫，"我们还是说说虫虫吧！我们还是没有他的消息。"

"我们可以搞一次寻龙行动，去把他找回来。"埃丽卡说。

简丝丝啪嗒啪嗒地嚼着嘴里的口香糖，竖起大拇指表示同意。

威格拉露出了笑容——埃丽卡时刻准备着搞点儿冒险行动。在屠龙学校的这些年，他们已经行动过很多次了，埃丽卡一直都是头儿。

"那我们去哪儿找？"他问道。

"我听说有个叫'吐焰穴'的山洞，火龙都待那儿，"埃丽卡说，"就算虫虫不在那里，其他的火龙也可能会知道他的下落。"

一整天了，威格拉总算看到了一回希望。

"那个山洞在哪儿？"简丝丝问。

"在黑森林的西边。"埃丽卡说。

"舅舅不会让我们去的，"身为校长外甥的安格斯说道，"要是我们走了谁来刷盘子呢？"

"不管怎么说，我要去问问看，"埃丽卡说，"下课就去。"

威格拉笑了，有埃丽卡带头，找到虫虫也就不远了。

这时候，煎锅厨师端着一摞油腻腻的盘子，从城堡里走了出来。"少废话啊！多刷碗！"他大声喊道。

学生们于是把脏兮兮的抹布往黏糊糊的水桶里一蘸，开始洗盘子。

"舅舅那儿来了几个奇怪的客人，"安格斯一边把盘子泡在漂洗用的水里，一边低声说，"你们看见了吗？"

威格拉正刷着盘子，抬起头来点了点头："嗯——他们现在就在那儿！"

果然，莫德雷德正领着钱多多夫人和财满罐伯爵走向城堡大门，紫色的双眼流露出喜悦的光彩。他笑容满面，他的那颗金门牙也在阳光下闪烁着快乐的光芒。

"我们会在院子里搭个帐篷，摆上扑克桌。"莫德雷德告诉他的客人。

于是，威格拉和他的朋友目送着他们穿过大门走向吊桥。

"扑克桌？"安格斯说，"有点儿不对劲。"

"我就喜欢屠龙学校这一点！"简丝丝叫道，"总是有事儿不对劲！"

四个人洗掉了盘子上最顽固的油污，然后把盘子放到洗碗台上晾干。

"下课！"煎锅厨师说道，"除非，"他又补充了一句，"你们还有谁想要得到额外的奖励，那就去把鳗鱼锅给洗了。"

威格拉看了看那口锅，锅里积了一层厚厚的绿色鳗鱼黏垢，那味儿让他饿着肚子都想吐。

"哦，拜托！让我来，老师！"埃丽卡大声喊道。她总是无法抗拒这种可以得到额外奖励的任务，所以她总是能够拿到"月评未来屠龙手"的奖章。

威格拉轻轻推了推她说："可你还是得去找莫德雷德说寻龙行动的事儿。"

"你去说，"埃丽卡撸起袖子说，"我还要干活儿呢！"

于是，威格拉和安格斯走上通往校长办公室的楼梯。

"我跟你打赌，赌什么都行，他肯定不同意。"安格斯说。

"赌你的秘密零食库行吗?"威格拉问道。他没吃午饭,肚子还饿着呢!

安格斯倒吸了一口凉气:"我的零食?"每个月,他妈妈都会给他寄一小箱子好吃的,他都给偷偷藏起来了。不到万不得已,他绝不拿出来分享:"没戏。"

小伙子们走到莫德雷德的办公室门口,听见里面有声音。突然,办公室的门一下子就开了。

"祝你一路顺风,骰子王爵士!"莫德雷德拍着一个白发男人的后背说,"等毕业典礼一结束,我们就按计划行事。"

典礼?骰子王爵士沿着走廊匆匆离去时,威格拉瞥了安格斯一眼,屠龙学校之前可从来没办过什么毕业典礼。

安格斯只耸了耸肩。

这会儿莫德雷德已经看见他俩了。"哎呦,是我的学生啊!"他嚷道,"你们俩有什么事儿?"

"校长,我有件事想征求一下您的意见……"威格拉开始说话。

"有话就说!"莫德雷德脸涨得通红,大声叫道。

"我们二年级的几个学生……"威格拉接着往下说。

"有屁快放!"校长那双紫色的金鱼眼就快从眼窝里瞪出来了。

"我们……打算搞个寻龙行动,校长。"威格拉说完了。

"就这个事儿？"莫德雷德气呼呼地大声说，"烧着了国王肯的裤子啊，去吧！"

"恕我多管闲事，舅舅，"安格斯说，"你刚才在说什么毕业的事儿？"

"啊，毕业典礼……"莫德雷德红通通的脸渐渐淡了下来，成了粉红色。他的眼珠子又缩回眼窝里去了并说道："没错，这个……当然越快越好了。"

"今年我们要举行什么庆典活动吗？"安格斯急切地问。

"这跟你们五官！哦，我是说无关！"莫德雷德大吼着，"快去寻找你们的龙！带上所有那些你能找来的小捣蛋鬼们，快走！快走！快走！"

第二章
一首预言歌曲

第二天一早，威格拉把毯子一卷，拿绳子一捆，包袱就收拾好啦！接着，他把必杀剑往裤腰带里一插，喝了鳗鱼粥当早餐，就到鸡棚去跟黛西说他要出发去寻龙的事儿了。

"运好你祝！"小猪说道。

回到城堡院子里，威格拉看见简丝丝正在鳗鱼锅旁边等着，那口锅比起昨天已经稍微干净了点。

"煎锅厨师给我们路上准备了吃的。"她一边说，一边举起手里的袋子，袋子散发出一股浓浓的鳗鱼味儿。

埃丽卡坐在洗碗台上，低着头绷着脸，正读着信。

最后，她把头抬了起来。"统治棕榈国的霍默叔叔和玛吉婶婶正在我爸爸妈妈那儿做客，"她说，"而且他们还带上了我那个讨厌的堂弟雷克斯，因为他爸妈想把送他到屠龙学校来读书！"

"他有多讨厌？"威格拉问。

"他上次来我家的时候，把我的猎犬阿洪当小马驹儿，骑着在皇宫里到处跑，"埃丽卡说，"所到之处无不被打得稀巴烂，包括我的浪子骆驼爵士存钱罐。"

威格拉觉得，听起来雷克斯很像他的兄弟们。他们最喜欢的消遣娱乐就是拿自己的脑袋撞桌子——狠狠地撞！

埃丽卡把信塞进背包里，拿出一张地图。"我们得走两天才能到吐焰穴。"她说，"安格斯在哪儿？我们得出发了！"

"我准备好了！"安格斯扛着个超大的背包走出城堡，大声喊道。

就在这时候，威格拉看见他的弟弟杜德温跑了过来。杜德温满头黄发，身材结实，个子比威格拉还要高。

"威吉！"杜德温一来就问，"你们要去哪儿啊？"

"寻龙行动，去找虫虫。"威格拉闻了闻说，"你身上一股鱼腥味，杜德温。"

"我去壕沟里裸泳了，"杜德温咧开嘴笑着说，"我想参加你们的寻龙行动！"

"好吧。"威格拉想起莫德雷德让他带上所有能找到的小捣蛋这事，就答应了。

杜德温挥拳捶了捶胸口，打了好大一个饱嗝儿表示感谢。

"真恶心！"埃丽卡说，"快把你的毯子给你那臭哄哄的弟弟裹上，威格拉，我还有一条毯子可以给你用。好了，咱们现在出发！"

迎着晨曦，寻龙队员们踏步走过屠龙学校的吊桥，然后沿着猎人小径一路向北。

"直到现在我都很难相信你跟杜德温是兄弟，威格拉，"埃丽卡低声说，"你们俩看起来压根儿就不像。"

"我知道，"他说，"我的兄弟们全都身材魁梧，体格健硕，满头黄发。只有我一个人，瘦不拉叽，头发还是胡萝卜色的，我妈说这会让我走霉运。"

寻龙队员们继续穿行在黑森林中，每发现一个山洞，他们就停下来搜寻，却没有发现任何虫虫的线索。

离中午还有一段时间，安格斯就直嚷嚷："我们得停下来，我要吃午饭！"

另一个山洞入口旁边有一块平坦的大石头，于是他们全都坐了下来。

"威格拉！"埃丽卡大声喊道，"我们就是在这个山洞杀死恶龙戈兹尔的！"

"我还以为戈兹尔是你一个人杀死的呢！威吉。"

杜德温说。

"我跟埃丽卡是团队作战。"威格拉说。

其实，戈兹尔确实是被威格拉一个人杀死的，不过这只是碰巧而已。在他刚到屠龙学校的第一个星期，莫德雷德就派他跟埃丽卡去杀死恶龙戈兹尔，随后威格拉无意之中发现了戈兹尔的秘密死穴——怕听冷笑话。而威格拉的爸爸弗格斯，整天都在说冷笑话，所以威格拉也会一些。他不停地给戈兹尔讲冷笑话，最终戈兹尔就被彻底打败了。

简丝丝从包袱里拿出鳗鱼水草卷饼："开饭啦！"

"真难闻！"埃丽卡说，"你包里有别的好东西吗，安格斯？"

"里嗦森么？"安格斯嘴里塞满了吃的，含糊不清地说着。

"听！"杜德温说，"我听到了音乐声。"

威格拉也听到了，有人正一边弹着竖琴，一边唱歌：

戈兹尔是条大火龙，残暴贪婪乃本性，

为逃脱它的魔爪，村民们纷纷离乡背井。

威格拉叫出声来："是流浪歌手！"

歌声停了下来，树叶沙沙作响，一个穿着绿衣服、打扮得像流浪歌手的人从灌木丛里走了出来。他飞快地摘下帽子说："给我芝士和面包，帮你们算算命运可好？"

"流浪歌手！你不记得我了？"威格拉说，"是我，威格拉啊！我跟我的朋友们正在寻找一条失踪的火龙。"

流浪歌手凝视着他："大头针村的威格拉！真的吗？"他惊呼道，"我没认出你来，小伙子，你长大了。"

威格拉笑着说："是吗？"

"是的，小伙子，"流浪歌手说着，转过来看着其他的寻龙队员，"我记得你们。"

"我们没有面包和芝士，只有这个。"简丝丝举起煎锅厨师的包袱，空气中弥漫着一股腐烂的鳗鱼味儿。

流浪歌手直往后退："那我就免费帮你们算命吧！"

简丝丝啪嗒啪嗒嚼着口香糖，伸出了手掌。

"你很快就会告别屠龙学校了。"流浪歌手说。

"离开屠龙学校？"简丝丝猛地把手抽了回来，"绝不！"

埃丽卡走上前去伸出了手。

"你嘛，"流浪歌手说，"会当一个万民喜爱的公主。"

"什么公主我都不想当！"埃丽卡大叫起来。

"轮到我了！"杜德温伸出脏兮兮的手掌。

流浪歌手说："你会骑在火龙背上飞翔。"

"啊？"杜德温惊呼。

流浪歌手转过身看着威格拉："我曾经说过，你天生就是个英雄，"他说，"我的预言应验了吗？"

"威格拉杀死了两条火龙！"杜德温说道，"所以他成了英雄。"

流浪歌手扬起头说："你果然成了英雄，威格拉？"

威格拉摇了摇脑袋："我没想过要杀死他们。"

"这么说那些英勇事迹还等着你去完成呢小伙子！"流浪歌手说，"把手伸出来，让我看看如今你的掌纹会告诉我什么。"

随后，威格拉伸出了手。

流浪歌手皱着眉头仔细地看着。"真是搞不懂，"他咕哝着，"掌纹纵横交错的人，总是不会像表面上那么平凡。"

"可我就是那么平凡啊，流浪歌手，"威格拉说，"我就是我。"

"也许吧。"流浪歌手的语气听起来有点儿犹豫。他看了看威格拉的手，"不过有件事我能肯定，"他补了一句，"那就是有一位王后会对你微笑。"

"谢谢。"威格拉勉强挤出两个字。他很喜欢埃丽卡的妈妈王后芭比，她常对他微笑，可他的未来好像也太单调了吧！

接着，安格斯走到流浪歌手跟前，把他那黏糊糊的手掌伸了出去。

"至于你，"流浪歌手说，"会把好东西分给我们吃。"

"什么？"安格斯惊呼一声，"什么时候？"

"就是现在！"流浪歌手说道。

安格斯嘴里发着牢骚，可还是拿了些榻榻米镇嚼嚼棒、猪油棒棒糖和快乐虫虫QQ糖分给大家。

流浪歌手和寻龙队员们开始大饱口福。

最后，流浪歌手舔完指尖，拿起竖琴说："我得出发去东鼠须村参加合唱队了。"

"流浪歌手，"威格拉说，"走之前你能给我们点儿提示，好让我们找到火龙虫虫吗？"

流浪歌手闭上双眼，过了一会儿，他说："我想到了一首歌，但我不知道是什么意思。不过，也许你们能把它弄明白。"

说着，他弹起了竖琴，开始吟唱：

转眼就到艳阳天，亲朋好友聚正欢，

大风开始呼呼吹，天空猛地变了脸。

威格拉希望流浪歌手赶紧唱到关于怎么找到虫虫的那部分：

天空暗如黑夜，人们四散奔逃。
天就快要塌掉，我们在劫难逃！
世界末日就要来到！人们高声呼号。
勇敢的王子毫不退缩，
遗落之物失而复得。
哦，勇敢的王子毫不退缩……
遗落之物啊……
终将失而复得！

流浪歌手鞠了个躬，接着，他就自顾自地哼着曲子走了。

寻龙队员们目送着他离开。

"这歌真怪！"杜德温说。

"我不喜欢'我们在劫难逃'那段！"安格斯说。

"'遗落之物啊……终将失而复得'，"威格拉说，"他指的是虫虫吗？"

"谁知道呢？"简丝丝说，"那个勇敢的王子又是谁？"

埃丽卡摇了摇头："恐怕流浪歌手是胡言乱语罢了。"

威格拉希望这不是真的，不过这歌让他很不安，他鼓起勇气大声喊道："我们还是去那边找找虫虫吧！"

于是，寻龙队员们又重新上路。

第三章
食人鱼桥脱险

夜幕降临，黑森林里光线昏暗，寻龙队员们已经看不清脚下的路了。于是，埃丽卡点亮了迷你火炬照灯，大家也搭起了帐篷。他们咽下了煎锅厨师做的鳗鱼卷饼当做晚餐，接着就裹上毯子睡觉了。

寻龙队员们在一阵疾风暴雨中醒来，他们顶着风雨继续前进。一路上，他们从荆棘丛中摘了些酸浆果当早餐。

走着走着，路就变得又陡又窄了。

"我的背包太沉了！"安格斯大声说，"我走不动了！"

威格拉和埃丽卡牵着他的手，在前面拉着他上山。杜德温和简丝丝就在后面推着他走。

就这样，寻龙队员们艰难地前行着。他们被荆棘丛划得遍体鳞伤，被狂风吹得走路不稳，被倾盆暴雨淋得稀里哗啦。不过，只要能找到虫虫，威格拉都心甘情愿。

最终到达山顶时，雨停了下来，埃丽卡拿出了地图。

"山脚下的食人鱼河上有座桥，"她说，"过了桥，离吐焰穴就很近了。"

食人鱼河？威格拉似乎在哪儿听过这名字。

"寻找虫虫，继续前进！"他大声说。寻龙队员们跟着他走下了陡峭的小山坡。

等他们靠近那条湍急的河流，威格拉发现河面上有条长长的木桥，看起来摇摇欲坠的样子，而且桥上只有一侧挂着根绳子当做护栏。

在河岸上，那座快散架的桥底有块红色的大石头，安格斯摘下他沉甸甸的背包放了上去。

"这桥我绝对过不去的！"他说。

"你先看我怎么做的。"埃丽卡走上桥说。木板嘎吱作响，不过她小心翼翼地走到了桥那头。

杜德温高喊着："看我的！"

弟弟从桥上飞奔过去了，威格拉简直不敢看。一旦滑倒，杜德温就会被汹涌的河水卷走。

"轮到我了！"简丝丝说，到了对岸后她大叫道，"安全过关！"

"我不想过去！"安格斯哭着说。

"可我们必须过去！"威格拉大声说，"要找到虫虫！"

"我不像你那么轻巧灵活，威格拉，"安格斯说，"而且背着这个大背包我就更沉了，恐怕桥都会被我压垮的！"

威格拉叹了口气说道："把你的背包给我。"

"这真是个好主意！"安格斯笑了，"不过你能对幸运布头发誓，不打开背包拿走我的零食吗？你能发誓吗？"

"我发誓。"威格拉接过他朋友那个巨大的背包，哦！这包袱真是重得要命！

安格斯踏上那座吱吱嘎嘎的桥，一步又一步，他走到了对岸。

"小菜一碟！"他高喊道，"该你了，威格拉！"

威格拉把安格斯的大背包往背上一扛，抓着绳子做的护栏，开始慢慢地走过桥。当他走到一半的时候，有个粗哑的声音大叫道："站住！"

威格拉停了下来，他抖得太厉害了，整座桥都跟着晃了起来。

那声音大声喊道："我要把你吃掉！"

木桥开始疯狂地摇晃，一个长着猪尾巴的巨人怪从桥下冒了出来。

威格拉拼命地握住绳子，他目不转睛地看着巨人怪。

巨人怪伸出粉红色的尖舌头舔了舔嘴唇。"格哈哈，格哈哈！"她格格大笑起来，"我现在就要吃了你！"

"不要！"威格拉惊呼，"你……你……住在桥底下？"他想转移话题。

"是哟，"巨人怪说，"食人鱼河的桥底下可是个觅食的好地方。"她又舔了舔嘴唇。

威格拉提心吊胆地朝河岸边扫了一眼——杜德温、埃丽卡和简丝丝正在河边的浅滩蹚水，没注意到他。接着，他看见了安格斯。安格斯正抓着绳子，朝着桥上的威格拉走了回来。是安格斯！他正赶来救自己呢！威格拉简直不敢相信。

猛然间，木桥又晃了起来。就在威格拉扑倒在绳子上的时候，第二个巨人怪从桥底下钻了出来。

"少管闲事，高高！"第一个巨人怪吼道，"这家伙是我的！啧啧！"

这时候威格拉想起来了——巨人怪高高就住在食人鱼河桥底下！高高曾经在屠龙学校上过学，时间并不长。威格拉很努力地想做他的好伙伴，不过巨人怪总是想些烂点子捉弄自己。

"高高！"威格拉喊道，"见到你实在是太好了！"

"为什么呢，好伙伴？"高高问。

"那只巨人怪想要吃掉我，"威格拉说，"不过你能阻止她的，对吧？"

"你有书吗，好伙伴？"高高问，"我妹妹爱吃书。"

女巨人怪又舔了一下嘴唇："嗯，可可喜欢书，书可好吃了，我最爱吃食谱！"

"唉！可我没有书，"威格拉说，"不过我有比书更好吃的东西。"他拿出了安格斯的背包。

"放下背包，威格拉！"安格斯嚷嚷着，他就快要走到威格拉身边了。

巨人怪们听见安格斯的声音，转过头去，可可两眼放光。

"有两个家伙！"她尖叫着，"那个看起来细皮嫩肉的。"

"那不是他的背包，不能给你们！"安格斯一边靠近，一边对巨人怪们大声说。

威格拉惊得张大了嘴——安格斯不是来救他的，他在乎的是他的零食！

"我不得不把背包给她！"他高声说，"要不然她会吃了我的！"

"你又不能肯定。"安格斯说。他走到威格拉身旁，一下子就把背包夺了回来。

"背包里有什么？"可可问。

"是零食吗？"高高问，"你妈给你的？"

"是又怎么样？"安格斯把背包紧紧地抱在胸前。

"我想起来了，你妈总是给你寄些好吃的！"高高说，"棉花糖和抖抖虫！"

"抖抖虫！"可可激动地喊着，"交出来。"

"不！"安格斯叫了起来。

"我们先吃那些好吃的，"可可说，"再吃你们当饭后甜点。"她戳了戳安格斯的肚子，"格哈哈，格哈哈！"

"不！"安格斯号叫着。他把背包捂得更紧了。忽然之间，威格拉有了主意。

"嘿，巨人怪，"他喊道，"我们还有更多好吃的。"

"我们有吗？"安格斯说。

"还有三包呢！"威格拉说着，给安格斯使了个眼色，"大包！比这包要大多了！"他朝着安格斯的背包扬了扬头。

"没错！"安格斯总算回过神来说道，"三个超大的包袱！全都装满了零食！"

巨人怪们一听这话，眼睛都直了。

"带着那几个大包会拖慢我们的速度，"威格拉接着说，"所以我们……呃……我们在过桥以前把背包埋在那块红石头那儿了。"

"我想要那几大包零食。"可可流着口水说。

"去拿那些吃的，好伙伴！"高高说，"拿到这儿来！"

"那几个包袱太沉了，我俩拿不动，"威格拉说，"不过你应该可以。"

"你留下来看着他俩，可可，"高高吩咐，"我去拿那些吃的。"

"不，我去拿吃的！"可可说着扭头就跑。

"你不能独吞那些零食，可可！"高高大叫起来，追了上去。

威格拉和安格斯转过身，慌慌张张地朝着相反的方向跑过桥去。

"快跑！"威格拉扯着嗓子对同伴喊。

那三个人跟着威格拉和安格斯一起沿着小路狂奔，从食人鱼桥的巨人怪那儿逃了出来。

第四章
龙穴购物山洞

五个人再也跑不动了，瘫倒在空地上直喘气。

"干得好，威格拉。"安格斯说着，告诉了其他人威格拉如何骗倒巨人怪，保住了他的零食。"还保住了我俩的命。"他又补了一句。

"你应该奖励威格拉一点儿零食。"杜德温说。

"没门儿。"安格斯说。

"好可惜我们几个没能打倒那两只巨人怪。"埃丽卡说。

"我已经做好战斗准备了！"简丝丝说。

"哦，巨人怪！"威格拉惊叫了声，"他们这会儿已经知道没有好吃的埋在那儿了，我们赶快闪吧！"

寻龙队员们又赶忙站了起来。

"虫虫，我们来了！"威格拉大喊一声，几个人迅速地朝着吐焰穴行进。

威格拉拖着疲惫的双腿艰难地翻过一座座陡峭的山坡，一边走一边想着虫虫。虫虫孵出来以后，因为实在太小了，威格拉和安格斯就把他用毯子裹起来，送到鸡棚里交给了黛西。虫虫第一次睁开眼睛那天，他就直盯着威格拉喊"妈妈！"威格拉是多么地疼爱这条小火龙啊！

终于，走着走着路旁开始出现了路牌：

吐焰穴由此去！

来吐焰穴吧——全年无休！

很快，一路上就有越来越多的人加入了他们前往吐焰穴的队伍。威格拉很纳闷儿，一个火龙洞怎么会那么受欢迎？

太阳高高升起，他们又在路上看到了另一块路牌：

再走几步就到！

威格拉飞奔过去，其余人也跟着跑了起来。可等跑到山洞，他们全都停了下来，他们不会是找错地方了吧？

洞口竖着块大大的牌子，上面写着：

龙穴购物山洞
全球最大家居建材购物中心

"埃丽卡，"威格拉说，"快查查地图。"

"欢迎光临！"一个彪形大汉高声喊着，朝他们走过来。他有一头黑发，还有一撮与之相配的胡子。"阿尔弗加乐意为您效劳，进去吧！右边有购物车。无论你是装修茅屋、村舍还是大城堡，你都来对了地方！"

"好心的先生，"埃丽卡说，"我们听说这个山洞里有火龙。"

"以前是，小姐，"阿尔弗加说，"不过几个星期以前火龙就飞走了。让这两万五千平方英尺白白浪费就不值得了，所以就有了……"他抬起手指着那块写着"龙穴购物山洞"的路牌。

"那些火龙去哪儿了呢？"威格拉大声问道。

"谁知道呢！"阿尔弗加说。

威格拉叹了口气。一路上他们淋过雨，蹚过泥，被荆棘丛划伤了，还差点被巨人怪给吃了！虽然现在他们到了目的地，但还是跟屠龙学校出发前没什么两样，还是找不到虫虫。

"先生，这儿有谁知道火龙的下落吗？"威格拉问。

"有条火龙没走，"阿尔弗加说，"你可以去问问他，他正在山洞后门外面的装卸平台搬货。"

"山洞没有后门。"埃丽卡说。

"但这个山洞有，"阿尔弗加说，"这洞太大了，贯穿了整个山脚一直延伸到了另一侧。对了，我有没有说过我们的木材正在搞特价？不过要是你们想要梯子、锤子、钉子或是金漆，就不走运了。昨天这些东西全都运去屠龙学校了，现在都没了。"

"运去屠龙学校？"安格斯说，"为什么呢？"

"谁知道？"阿尔弗加说，"不过我们有些上好的黄漆——光线昏暗的时候看起来跟金子一样。"

寻龙队员们向阿尔弗加道谢以后，赶紧进了山洞。他们沿着过道向里走，两旁的货架上摆放着铺路石、混合砂浆、袋装石子、草皮块、自制茅草屋顶工具套组和现成的许愿井。最后他们来到了山洞的后门，走出去到了装卸平台。

一条沙色的火龙正把成捆的稻草整齐地码放在一辆四轮马车上，其余的马车正在路旁排队等着装货。

"打扰一下，火龙？"威格拉喊了一声。

"叫我波波。"火龙说。

"我们在找一条叫虫虫的小火龙，波波，"威格拉说，"他长着绿色的鳞片、黄色的眼睛，眼珠子是樱桃红色的，他来过这儿吗？"

"来过，"波波点点头说，"他说他是被人类养大的，来这儿结识其他的火龙，学学火龙必须掌握的本领。"

"别瞎叨叨呀，接着装货呀！"马车夫嚷嚷着，"太阳落山以前我还得赶到西鼠须村去呢！"

波波把最后一捆稻草扔进马车，接着喊了一嗓子："下一辆！"

"你知道虫虫现在在哪儿吗，波波？"威格拉问。

"他说他可能会往北飞，去什么龙什么校，"下一辆马车停到装卸平台时，波波说，"我想不起那学校的名字了。"

"是懒龙学校吗？"安格斯问道。

"没错，"波波说着，把一套自制茅草屋顶工具套组装上车，"不知道他现在是不是到那儿了，不过他是往那个方向去的。"

"谢谢你，波波！"威格拉说。

寻龙队员们跳下装卸平台，走上一条弯弯曲曲的小路。到了一棵阴凉的橡树底下，他们坐下来琢磨该怎么办。安格斯拿出零食，一口一口地吃着，完全没有要分给大家的意思。

"去懒龙学校的路是很危险的。"威格拉说。

埃丽卡拿出地图说，"而且得走很久很久。"

"我的每个脚趾头都磨出水泡了！"安格斯大叫起来，"不信你们来看！"

"我有个主意，"威格拉说，"我们把泽尔诺克找来吧！我们可以让他给我们施个咒语，这样我们就可以飞去懒龙学校了。"

"还记得上回他干的好事儿吗？"埃丽卡问，"那巫师把我们变成了火龙！"

"我又没说这是个好主意，"威格拉嘀嘀咕咕地说，"可我们还有什么别的办法吗？说不定他现在的法术就更强大了呢？"

"我来召唤他！"杜德温大声说。他把巫师的名字倒过来念了三遍："克诺尔泽！克诺尔泽！克诺尔泽！"

一道蓝光闪过，一个身穿蓝袍头戴尖帽的巫师走了出来。

"毒蘑菇！"巫师说，"谁把我叫到黑森林来了？"

"是我，小巫师！"杜德温说。

"小巫师？"巫师喊道，"小心我把你变成一条蝾螈！"

"千万不要！"威格拉大叫道，"我弟弟没有恶意，我们只是需要你的帮助，尊敬的巫师大人。"

泽尔诺克眯起眼睛说："啊，是你啊，威格利普。你找我找得真不是时候，奇奇默正在演示'奇迹魔杖'。你可以把魔杖像指挥杖一样向上一抛，它就会在身后转动！快！告诉我你要什么，格拉威，让我快点回去看表演。"

"我们收养了一条龙宝宝，"威格拉说，"如今他已经长大成龙了，然后……"

"是嫌他太大了吗？"泽尔诺克问，"我这儿有个万无一失的瘦身咒！"

"我们需要一个飞行咒，这样我们就能飞到我们的小火龙身边了。"威格拉说。

泽尔诺克捋了捋胡子。"我刚学会了一个新的飞行咒，可我还没试过，"他说，"要不我把你们变成随风飘浮的朵朵白云，怎么样？"

"我们想飞得快一点儿。"威格拉说。

"好吧，那就试试飞行咒吧，"泽尔诺克说，"先说好了，可不敢保证一定能行！"

巫师随后开始吟唱：

飞行咒！飞行咒！有了飞行咒，

地上跑的都能上天遨游！

腾空而起！冲上云霄！

东南西北！任君逍遥！

"我有点头晕！"杜德温大喊道。

威格拉也觉得天旋地转，而且他正在变小——变小了好多！难道巫师搞错了，给他们施了瘦身咒？

飞吧快飞吧，飞到哪儿都行，
白天黑夜都别停！

威格拉的耳朵里全是嗡嗡声，莫非泽尔诺克的咒语又出了岔子？

飞行吧，飞舞吧，滑翔吧，翱翔吧！
解除咒语就喊"收走我的翅膀！"

"搞定！"威格拉听见巫师说，"我也要走了。"

第五章
骑着火龙飞翔

"那个疯子巫师都对我们……嗡嗡嗡……做了些什么啊！"埃丽卡尖叫道。

"这是飞蝇咒不是飞行咒！他把我们都变成了飞蝇……嗡嗡嗡！"安格斯尖叫起来。

"这下我们……嗡嗡嗡……惨了！"简丝丝嗡嗡地说着。

"威格拉，现在该怎么办？"杜德温叫道。

"让我想想。"威格拉说。他们确实可以念咒语破咒，不过变不成飞蝇意味着得走很久才能到懒龙学校。可威格拉希望立刻找到虫虫啊！

"那我们……嗡嗡嗡……就这么飞着去懒龙……嗡嗡嗡……学校吧，"他尖着嗓子说，"你还记得怎么走吗，埃丽卡？"

"我想我记得……嗡嗡嗡。"埃丽卡说。

"可我就没法带我的……嗡嗡嗡……零食了！"安格斯尖声说。

"我好想吃糖……嗡嗡嗡，"简丝丝说，"我们……嗡嗡嗡……现在就开吃吧！"

"哦，好吧！"安格斯尖叫着说。

五只飞蝇二话不说就扑向安格斯的零食。他们吃啊吃，可是那些榻榻米城嚼嚼棒、甘草糖块、中世纪棉花糖、生姜棒棒糖和快乐虫虫QQ糖却连一口都咬不动。

等他们吃不动了，他们就张开翅膀飞上了天。埃丽卡带着他们朝懒龙学校飞去。

他们挥动着小小的苍蝇翅膀飞啊飞啊，好像飞了一辈子那么久。最后，他们降落在懒龙学校的城堡院子里，旁边就是那些火龙练习用的稻草人。

"准备变身？"威格拉叫道。

他们一起念起了咒语："收走我的翅膀！"

嚯！威格拉觉得变回原样的过程，就好像是一块太妃糖正被人拉长。

"瞧你跟你那个巫师干的好事儿！"埃丽卡一边抱怨着，一边抖了抖腿。

"呃，可我们到了耶！"威格拉说。他想大声呼唤虫虫，可那样太冒险了。

杜德温看着城堡："这儿挺像我们学校的，"他说，"不过要比我们学校大十倍。火龙都在这儿上学吗？"

"只有懒龙才来这儿，杜德温，"威格拉说，"懒龙不愿意火烧村庄残杀骑士。"

"那回泽尔诺克把我们变成火龙，我们就从屠龙学校飞到了这儿。"安格斯补充道。

"那你还说我们来这儿太危险了？"简丝丝兴奋地问道。

"非常危险！"埃丽卡说。

"上回我们来这儿的时候，火龙教练就想要烧死我们。"安格斯接着说。

"哦！"简丝丝说，"也许这回我们可以动真格儿的了！"

"来吧！"威格拉鼓起勇气说道，"我们去找虫虫吧！"

寻龙队员们猫着腰朝着城堡走去。刚到城堡，两只火龙就从门口猛冲出来，差点儿就把他们几个给压扁了。

"我的天！"一条绿白条纹的火龙大喊道，"屠龙小骑士！"

"你们是来这儿杀我们的吗？"另一条火龙高声说。他一身黄黑色的花纹，黑色的龙冠闪闪发亮。

"不，绝对不是！"威格拉叫道。他盯着那条黄黑色的火龙，"的士？"说着，他又扭头看着那条绿白花纹的火龙，"茜茜！你们不记得我了吗？"

"你们几个是那几条假火龙！"的士惊呼道。

"我想起来了！"茜茜尖叫着说，"你们被人施了咒语什么的。"

威格拉点点头说："这次我们是来找一条真正的火龙——虫虫。他长着绿色的鳞片、黄色的眼睛，眼珠子是樱桃红色的，你们认识他吗？"

"哦，当然认识！"茜茜说。

"万岁！万岁！"所有的寻龙队员都欢呼起来，全然不记得自己正身处险境。

威格拉笑得合不拢嘴："他现在在哪儿？"

"不知道，"的士说，"他昨天就走了。"

"我不信！"威格拉大喊道。

"他真的走了，"茜茜说，"我觉得他大概是想家了，还是怎么的。"

"可怜的家伙，"的士说，"他说他得去找一个非常挂念的人。"

威格拉情不自禁地就想，虫虫挂念的人就是自己。他想知道虫虫这会儿是不是在回屠龙学校寻找自己的路上呢？

"哎呀，"茜茜说，"飞蜥王来了！"

"要是他见到我们，会把我们扔进地牢的！"埃丽卡大喊着。

"说不定会更糟！"安格斯尖叫着。

"躲到我们身后来，兄弟们，"茜茜说，"快点！"

茜茜和的士展开翅膀，寻龙队员们迅速地躲到后面。就在这时候，一条巨大的浅绿色火龙降落在他们跟前，他把飞行眼镜扶上额头。

"你俩又逃课了？"飞蜥王问火龙。

"算是吧！"的士说。

"我们喷火课没及格，被除名了，教练。"茜茜说。

"正因为如此，你们应该……"飞蜥王瞪大了眼睛说，"你们背后是什么东西？你们这些偷懒鬼是不是偷了学校的公物？"

"呃，今天没偷，教练。"的士说。

飞蜥王伸长了脖子，往火龙身后张望。

"火焰炮台准备！"他高声喊道，"屠龙手来了！"

"我们还只是学生，"安格斯尖叫着，"不算是真正的屠龙手。"

"只有威格拉例外，"杜德温说，"他杀过两条火龙。"

"别说了，杜德温！"威格拉大声说。他转过去看着飞行教练。"教练，我们不是来打架的，"他说，"我们是来找虫虫的，他是一条小火龙，我们不会杀他的。"他又赶紧补了一句。

飞蜥王皱起眉头说："那你们找虫虫干嘛？"

"我们在他很小的时候收养他了。"安格斯说。

"我们爱虫虫。"威格拉接着说。

"可是，"飞蜥王说，"我刚才听说你已经杀死了两条火龙。"

"那只是个意外！"威格拉叫道。

"威格拉连一只蟑螂都不会踩死的。"杜德温补了一句。

茜茜大声地说："这些家伙都是喜欢火龙的，教练。"

飞蜥王直愣愣地盯着威格拉。"好吧，你看起来也不太像个屠龙手。"他说。

"我本来就不是，先生，"威格拉说，"我想虫虫可能已经回我们学校去找……他挂念的人了，所以我们也得赶紧回去。"

"靠你们人类又粗又短的腿，恐怕得走很久。"飞蜥王说。

"我可做不到。"安格斯抱怨道。"既然你们这么关心虫虫才来这儿，"飞蜥王说，"那我还是送你们回

学校吧！"

"哦，谢谢你，先生！"安格斯大叫着说。

飞蜥王说着戴上飞行眼镜，在草地上蹲下身来。威格拉爬上龙背，伸手去拉杜德温。很快，五个寻龙队员全都骑在了龙背上。

火龙开始奔跑，然后展开翅膀飞向天空，威格拉一直抓得紧紧的。

"再见，茜茜！再见，的士！"寻龙队员们对地面上的两条火龙大声喊着。飞蜥王越飞越高，茜茜和的士变得越来越小了。

"急转弯可要抓紧了！"飞蜥王高喊着，左转调整了路线。

"流浪歌手的预言应验了，威格拉！"杜德温的喊叫声盖过了火龙挥动翅膀的扑扑声，"我正骑着火龙飞翔呢！"

"哇啊啊啊啊啊！"简丝丝兴奋地大叫起来，嘴里的口香糖掉了出去。

威格拉低着头向下张望，很远的地方他都能看得清。一路上，他一直在留心寻找虫虫，可是他的宝贝小火龙连影子都没见着。这只能说明一点：虫虫已经回到屠龙学校了。

第六章
茫然的毕业季

飞蜥王在脚趾甲村外面把他的乘客放了下来。

"我不能太靠近屠龙学校。"他说。

"非常感谢，飞蜥王教练！"寻龙队员说。

飞蜥王向他们敬了个礼，再一次张开了翅膀飞上了天空。

太阳渐渐落山了，寻龙队员沿着猎人小径往南走。

"想想吧！"威格拉说，"这会儿虫虫可能正在图书馆跟戴夫修士一起呢！"

"前面那个亮堂堂的是什么地方？"简丝丝说。

"是屠龙学校！"埃丽卡大叫道，"整个都被火把给照亮了！"

寻龙队员又累又饿，迈开步子飞奔起来。他们跑到学校，穿过吊桥。

"这是什么？"埃丽卡喊道。接着，他们都抬起头来，看着城堡大门上挂着一块金灿灿的新招牌，上面写着：

莫德雷德好运城堡

"这是什么意思？"杜德温问。

"赶紧去瞧瞧又发生了什么怪事儿吧！"简丝丝喊了起来。

他们跑进大门，来到城堡院子里，几十顶小帐篷散在地面上。实习老师正站在高高的梯子上，借着火把的光给城堡刷金漆。

"这算是露营吗？"杜德温说。

"恐怕是舅舅吃错药了！"安格斯嚷嚷道。

鲍尔德里克从帐篷里探出脑袋说："嘘——"

"为什么大家都在这外头过夜呢？"威格拉小声问。

"宿舍变成了宾戈游戏厅。"鲍尔德里克得了重感冒，抽着鼻子说。

"宾戈游戏？"简丝丝尖叫道，"我喜欢玩这个！"

"我们不能玩儿，"鲍尔德里克用袖子擦着鼻涕说，"这是为下个星期要来的客人准备的。"

"什么客人？"安格斯嚷嚷着，"这出什么事儿了？"

威格拉可不在乎这儿出了什么事儿。"我要去图书馆找虫虫！"他说。

"不行，"托尔布拉德从另一顶帐篷里伸出脑袋说，"早餐以前，男生女生都不能进城堡去。"

威格拉用手拢在嘴边，朝着图书馆的方向放声大喊："虫虫！虫虫！你在吗？"

"嘘——"帐篷里的人齐声高喊着。

"快找个地方睡觉！"托尔布拉德大叫着。

几个人在假火龙旁边找了块空着的草地，把毯子铺开，这时候威格拉就往鸡棚里跑——也许他的小猪黛西见过虫虫。

"格拉威！"黛西一见到他就大声喊道，"吗了虫虫到找你？"

"没有，"威格拉说，"我还以为他已经回到学校了。"

黛西摇了摇头。

"这下麻烦了！"威格拉哭喊着，"小火龙能上哪儿去呢？"

"的现出会虫虫。"黛西说道。

威格拉叹了口气。接着，他告诉黛西，流浪歌手预言他并不像看起来那么平凡，他们怎么从巨人怪的嘴下逃生，又是怎么骑在火龙背上飞回屠龙学校的一连串经历。

他慢慢地走过城堡院子，回到朋友身边，路上却发现两个实习老师正抬着一个看似轮盘机的东西。这下他开始好奇了：屠龙学校到底怎么了？

第二天早上太阳一出来，煎锅厨师就拿着长柄汤勺对着煎锅敲敲打打——"哐！哐！哐！"

"快起来吃饭了，小家伙们！"煎锅厨师嚷嚷着，"今天早上，面包上的黑霉菌扩散速度比以往都快，所以赶紧吃吧，快点！"

五个人卷起毯子，赶紧去餐厅，门口又有一块新牌子：

好运风餐厅

"这儿越来越古怪了！"简丝丝排在早餐队列里高兴地说。

五个人自从变成苍蝇围攻了安格斯的零食以后，就再没吃过东西，所以他们把鳗鱼和发了霉的面包全都吃了个精光。

然后威格拉转过来看着安格斯："现在我们偷偷地溜

去图书馆吧！"他小声说，"戴夫修士可能会知道虫虫的下落。"

神不知鬼不觉地，两个小家伙离开了餐厅，跑上了图书馆的427级台阶。经历了那么多艰难的冒险经历，安格斯现在已经连大气都不喘一下了。

"戴夫修士？"威格拉一走进藏书室就大喊着。

"啊，小家伙们！"小个子修士走了出来，"从你们脸上的表情我便能推断出你们没找到虫虫。"

"是的，"威格拉沮丧地说，"你这儿有他的消息吗？"

戴夫修士摇摇脑袋："别灰心，孩子们，"他说，"我想虫虫很快便会现身的。"

安格斯透过墙上的窄窗往外看。

"到处都是古怪的指示牌，"他说，"瞧瞧这个，'搏一搏抛球游戏'，2便士一次；'QQ糖数猜猜看'，2便士一次；'莫德雷德猜体重'，3便士一次，要是他猜错了，就白送你1便士！"他转过头对修士说："舅舅在搞什么名堂？"

"不太明白，"戴夫修士说，"不过他把你们的教室都改成了游戏厅。他还把老师都送到千王查利荷官学校去了。"小个子修士耸耸肩说："既然你们都来了，怎么不读书呢？"

威格拉挑了本沃德天写的《大吃一惊》。安格斯选了美食夫人的《顶呱呱三明治》。接着，他俩走下427级台阶，直接去找煎锅厨师。厨师给了他俩一人一把刷子。接下来的几个钟头，他俩都在擦洗厕所墙上的笔迹。

安格斯洗掉了"莫德雷德睡觉要抱着玩具熊！"和"莫德雷德睡觉要穿开裆裤！"这两句。

"这都是真话。"安格斯一边用刷子蘸着肥皂泡沫一边说着。

威格拉正在擦洗一句"莫德雷德闻起来就像糟老头！"，却看见校长急匆匆地穿过走廊——财满罐伯爵、钱多多夫人和骰子王爵士跟他在一起。威格拉从没见过莫德雷德如此地兴高采烈。

晚上，煎锅厨师在好运风餐厅里高声喊道："校长来了，全体起立！"

所有人都"刷"地一声站了起来，校长大摇大摆地走了进来。他走上主席台，紫色的金鱼眼炯炯有神。钱多多夫人、财满罐伯爵和骰子王爵士跟在他身后坐了下来。

莫德雷德站在那儿说道："明天，"他大声宣布，"就是屠龙学校的毕业典礼！"

"万岁！"三年级的学生欢呼着，"终于解放了！"

"不止你们，"莫德雷德说，"毕业典礼人人有份！"

"舅舅，"安格斯叫道，"你这么说是什么意思？"

"我的意思是你们全都毕业了！人人有份，永不落空！"莫德雷德笑着说。他那颗金门牙在火把的照耀下闪闪发光。

威格拉确信，校长的意思是他们要升班了，他跟他的朋友们都会升到三年级。

"我已经派约里克去邀请你们的家人来参加庆典了。"莫德雷德接着说。

"你真是考虑周到啊，校长！"托尔布拉德高喊着。

"毕业典礼的门票10便士一张！"莫德雷德搓着肉乎乎的手说，"到了明天，我就发财了！屠龙学校也就不存在了。"

"什么？""为什么呢？""早该关门咯！"餐厅里一片喧哗。

威格拉惊呆了，屠龙学校不存在了？莫德雷德不是开玩笑吧！

"戴夫修士！"莫德雷德大喊着，"你在哪儿？"

"在这儿！"后面桌子那儿传来小个子修士的声音。

"我需要毕业证书！"莫德雷德扯着嗓子喊，"给每个家伙都弄一张。别在书法字体上面花心思，我们现在要的是速度！"

"交给我吧，"戴夫修士说，"不过能说明一下理由吗？"

"我跟我的合伙人，"莫德雷德冲着三位客人笑了笑说，"要把这个赔钱的鬼地方，我是说学校——改建成赌场。赌博！下注！撞大运！这才是生财之道！绝不是教育一群倒霉蛋！"

"你是指我们吗？"鲍尔德里克喊道。

"是的！"莫德雷德高声说。他四处张望着，"洛贝丽娅？在的话就吱个声儿！"

"我就坐在你旁边，莫德雷德。"洛贝丽娅说。

"啊哈！"莫德雷德说，"你负责礼服和帽子，姐姐。一个子儿都不许花。好了！还有问题吗？"

几十双手举了起来。

"没有问题。好极了！"莫德雷德一脸笑容，"晚餐时间结束！"

"可我们还没吃完呢，校长！"鲍尔德里克嚷了起来。

"打包带走！"莫德雷德吼道，"把这儿腾出来，油漆工等着进来干活儿呢！快出去，你们这些烦人的小鬼，别愣着啦！"

夜里，埃丽卡在城堡院子里点燃了篝火，男男女女都围坐在一旁。

"毕业以后你打算干什么呢，威格拉？"安格斯问。

"继续我的寻龙行动直到找到虫虫为止。"威格拉说。

"不行，"杜德温说，"一旦老爸知道学校关门了，我们就得回家去摘甘蓝菜。"

威格拉叹息着说："回到我那十一个兄弟身边，他们一逮到机会就会揍我的。"

"现在你已经是个屠龙手了，他们不会揍你的，威格拉。"杜德温说。

"会的，他们会揍我的，"威格拉说，"他们揍我是因为我既不高大也不强壮，而且还没有他们那样的黄头发。杜德温，他们不喜欢我。"

"我就很喜欢你。"杜德温强调说。

"毕业以后，我要做个流浪骑士，"埃丽卡插嘴说，"我要杀死恶龙——我是说那些喷火烧毁村庄、把村民烤着吃的巨龙。"

威格拉一想到那些火龙可怕的模样就打哆嗦。

"我要去高贵的骑士摇篮学校，"简丝丝说，"我知道他们那儿的长矛队骑的都是真正的赛马。"

"我嘛，"托尔布拉德说，"要转到脚趾甲村初级中学去。"

"去那儿得看成绩吗？"鲍尔德里克一边问，一边用短上衣的下摆擦着鼻涕。

"但愿不要。"托尔布拉德说。

闲聊完以后，威格拉裹着自己的毯子，看着篝火渐渐熄灭。他在屠龙学校已经待了快两年了，这两年，学校闹过鬼，来过一个假浪子骆驼，莫德雷德还差点儿让他跟一个有钱公主结了婚！不过学校还是一切照旧。可现在，屠龙学校要关门了。门票又那么贵，他的老爸老妈绝对不可能来参加他们的毕业典礼的。

屠龙学校的伙食简直糟透了！在这儿，威格拉也没有学到半点本领。不过，他有生以来第一次交到了朋友，踏上了冒险的旅程。他会想念这一切的！而且他会很想念虫虫。

威格拉翻了个身，仰面躺着，望着星空。只要自己还在屠龙学校，虫虫就知道在哪儿能找到自己，可他现在要离开了。过了明天，他还能见到自己的小火龙吗？

第七章
尴尬的毕业典礼

第二天早上，所有人都在城堡里帮忙打点毕业典礼的准备工作。

"所有的活儿都是我干的，"安格斯一边跟威格拉帮着煎锅厨师在马厩前面搭建主席台，一边发牢骚，"而我妈妈却去了猪塘村，根本就不能来参加毕业典礼。"

刚在主席台正前方摆好长凳，小号就吹响了，两匹白色的骏马拉着一辆巨大的金色马车跑过了城堡大门。

"我爸爸妈妈每回都是第一个到的。"埃丽卡说。

"哦，真是踩着狗屎了！"她接着说，"快看马车顶上跟车夫坐一块儿的那人，那是我讨厌的堂弟，雷克斯！"

雷克斯王子上身穿着一件紧身短上衣，下面穿着条灯笼裤，一头金发的脑袋上戴着顶紫色的天鹅绒帽子。他贵气十足，可不知怎么的总让威格拉联想到他那些黄头发的兄弟。

马车停在假火龙弗弗旁边，一个男仆跳下来打开了车门。

"你们好，我的臣民们！"王后芭比高声说着，一边从马车里爬出来一边挥手致意，"什么？没人下跪行礼？算了，本来也就没必要。大家好！"

"嘿！"国王肯从马车里钻出来大喊道。

"妈咪！爸比！"埃丽卡呼喊着，张开双臂朝他俩飞奔过去。

"宝贝儿！"王后芭比搂着女儿叫道，"看看还有谁跟我们一起来了！"王后又补了一句。话还没说完，一个苗条的女人就从马车里走了出来。她的头发兜在金色的发网里，头上戴了顶小小的金冠。她的身后跟着一个高个子男人，看起来就像年轻版的国王肯。

"玛吉婶婶！"埃丽卡叫喊着，"霍默叔……"

"各位王室成员，欢迎大驾光临！"没等埃丽卡说完，莫德雷德就高声喊道，"请拿好毕业典礼的门票，每张只要10便士！"

"王室成员从不付钱！"王后芭比惊呼。

"从不付钱？"莫德雷德叫了起来，"嗯，那你们玩扑克牌吗？二十一点？轮盘赌？到下礼拜，这些游戏就都有了。不过，首先得参加毕业典礼。来吧！我给你们早个作儿！"他挽起王后芭比的胳膊说，"我的意思是，给你们找个座儿！"

"走开，你这家伙！"王后说，"我坐哪儿不用你安排。"

"遵命，尊贵的王后殿下。"莫德雷德嘟囔着赶紧闪开。

"下面的人当心啊！"雷克斯王子大吼着，从马车顶上咚的一声跳了下来。

"哎哟！"他嚷着，"我的脚！"那家伙在地上一瘸一拐地哀号。

"雷克斯！"王后玛吉冲到他跟前。

"逗你玩儿！"雷克斯大喊一声，就跑到院子那头去了。

杜德温大笑起来，而威格拉觉得他另外几个黄头发的兄弟也会喜欢这种恶作剧的。

"总是逗我们玩儿，"王后玛吉叹着气说，"也不知道他从哪儿学来的。"

"威格拉，安格斯！"王后芭比看见两个小家伙，大喊着，"你们好啊！"

威格拉和安格斯向她鞠躬，王后芭比满面笑容地看着威格拉。

威格拉想，这就是"王后对你微笑"吧！流浪歌手的预言应验了。不过，他还是觉得很失望。

"我为你们介绍一下王后玛吉和国王霍默。"王后芭比说。

两个人又鞠了一躬。等威格拉直起身子，他发现王后玛吉正一脸好奇地盯着他看。

"你以前去过棕榈国吗，小家伙？"她问。

"从来没有，殿下。"威格拉回答说。

"可我觉得我以前在哪见过你。"王后玛吉伸出手，揉了揉他胡萝卜色的头发。

"我有好消息告诉你，宝贝儿！"王后芭比一边说一边伸出胳膊搂着埃丽卡，领着大家往长凳那儿走，"这场毕业典礼来得真是太是时候了，这下你就可以回去继承王位了。"

"什么？"埃丽卡尖叫道，"不！"

"是时候轮到你了！"国王肯说，"我们实在是受够了。"

"王位宝座这张硬板凳，我们已经坐了几十年了。"王后说。

"屁股都坐疼了。"国王肯补了一句。

"我们得去度假，"王后接着说，"瞧！"她把手伸进王室手提包，然后递给埃丽卡一张传单：

放眼看看世界

就从维京游轮海参号的软垫甲板躺椅上，

舒舒服服地开始吧！

豪华套间仍有空房。

"瞧这儿！"国王指着传单说，"装了软垫的甲板躺椅哦！"

"你们……要坐游轮去旅行？"埃丽卡说，"可我不知道该怎么统治整个王国啊！"

"你可以学嘛，宝贝儿，而且这很容易上手的，"王后说，"我们下个礼拜就起航。"

埃丽卡一脸惊愕。

"你本来就喜欢发号施令，"威格拉鼓励她说，"而且流浪歌手也说，你会成为一个万民喜爱的公主，还记得吗？"

"而且你也很善于决断。"安格斯补充说。

"没错。"埃丽卡同意他的说法。她似乎对这个主意越来越起劲了。

"在你爸妈回来之前，我跟霍默会留在这儿协助你的。"王后玛吉说。

"嘿！"国王肯说，"这婚礼什么时候才开始啊？"

　　"这不是婚礼，爸比，"埃丽卡说，"是屠龙学校的毕业典礼！"

　　埃丽卡就要回家去了，回到皇宫里去，威格拉为她感到开心。他希望自己也能到某个地方去，哪儿都行，只要别回那个小茅屋就行，因为那儿有一屋子喜欢把他揍得鼻青脸肿的兄弟。

　　他听见一阵嘈杂的声音，他扭头一看，发现一大群人正穿过城堡大门风风火火地赶来——是他的老爸老妈！还有他十一个黄头发的兄弟！他鼻青脸肿的日子来得比想象中的还要早。

　　莫尔维娜快步走向威格拉，一边走一边往自己身后撒盐祈求好运。跟往常一样，她脑袋上扣着个篮子，万一天塌下来了，她就拿这个保护自己。

　　"我们的儿子在那儿呢，弗格斯！"她叫喊着。

　　"哪一个？"弗格斯问。

　　"那个胡萝卜色头发的，"莫尔维娜说，"还记得吗？就是那个不合群的家伙，杜德温也在那儿。"

　　两个小家伙跑着去迎接家人。

　　弗格斯一见面就说："讲个敲门笑话吧！嘭！嘭！"

　　威格拉哼唧了一声，他可不想听老爸的冷笑话。

可杜德温急切地问："是谁啊？"

"送货的！"弗格斯大叫道。

"送什么货？"杜德温说。

"送你一个大饱嗝儿！"

没等到回答，弗格斯就打了一长串震耳欲聋的饱嗝儿。

"威格拉！"莫尔维娜拥抱了他说，"你还是瘦得跟豆芽儿菜一样，不过长高了一点点。"

威格拉笑了。

"你已经成了个又高又结实的家伙了啊，杜德温！"莫尔维娜也拥抱了他。

"欢迎光临，土包子！"莫德雷德高喊着冲向威格拉的家人，"我是说家长们。给你们毕业典礼的门票，10便士一张。"

"你是谁啊？"威格拉一个黄头发的兄弟嚷嚷着。

"我是屠龙学校的校长。"莫德雷德说。

"我们要参观学校，对吧？"另一个兄弟嚷嚷着。

"而且我们是不会给钱的。"有一个兄弟喊了起来。十一个兄弟就像蝗虫过境，一窝蜂地涌向城堡。

"不！"莫德雷德尖叫着追赶着他们，"不可以！"

与此同时，财满罐伯爵和钱多多夫人从城堡里出来，开始走下台阶。

"上帝保佑！"眼见一大帮黄毛小子冲过来，财满罐伯爵惊呼道，"这是什么人？"

"土包子！"只见黄毛兄弟急吼吼地冲上台阶进了门，钱多多夫人尖叫着说。

"快拦住那帮流氓！"莫德雷德高声喊道。

弗格斯咧嘴笑着说："那你就甭想再收到一个子儿！"

莫尔维娜从包里拿出一瓶甘蓝菜汤，闻到那股恶臭，威格拉差点儿没晕过去。"谢……谢你，妈妈。"他好不容易把话说完。

"这是给杜德温的，傻瓜，"莫尔维娜说，"我知道你不喜欢喝我做的汤。他们几个简直喜欢得不行，可你呢，威格拉，总是这么不合……"莫尔维娜瞪大了双眼，"那是王后芭比！"

威格拉点点头说："她是埃丽卡的妈妈……"

"哦，我确实知道她是谁，"莫尔维娜说，"有一回我在大头针村的集市上见过她——就是卖双头小牛犊那回，我还从她的衬裙上剪了一小块儿下来以便留作纪念。"

"什么？"威格拉大叫道。

"大头针村的主妇全都羡慕死我了！"莫尔维娜笑

着说，"那时候你还是个刚出生的小宝宝呢，威格拉。咦，跟王后芭比在一起的是谁啊？"

"棕榈国的王后玛吉。"威格拉说。

"看看她，正挥舞着一张王室手帕呢！啊哈，她把手帕放进口袋里了——还露出了一个小角，"莫尔维娜笑着说，"看我回家以后还不拿这玩意儿显摆一下！"

"妈妈，别这样！"威格拉尖叫着说。

然而，莫尔维娜已经奔着王后去了。

这时候煎锅厨师走上城堡前方的主席台。他拿起喇叭筒喊道："家长们，请坐。毕业典礼马上就要开始了！"

第八章
"末日"风波

威格拉连忙跑进城堡，洛贝丽娅正在分发毕业礼服。

安格斯已经把礼服从脑袋上套了进去："这东西穿起来浑身发痒！"他大叫道。

埃丽卡瞪眼望着安格斯。"你的礼服看起来就像个饲料袋！"她说。

"它就是个饲料袋，"洛贝丽娅说，"我把它染成了黑色，所有的礼服都是。你们的校长一毛不拔，我又能怎么办呢？"

学生们费劲地钻进了让人发痒的礼服里，而洛贝丽娅则开始分发她用羊皮纸做的礼帽。

"排好队！"她一边说一边把学生们赶回了城堡外头，"等校长叫到你们的名字，就上台去领你们的毕业证书。"

走到城堡院子里，威格拉发现他的老爸老妈坐在后排长凳上，可他的兄弟们都去哪儿了呢？

王室成员坐在前排，威格拉和其他屠龙学校的学生坐在他们后面。

威格拉多么希望这场毕业典礼只是个噩梦！他不想离开学校，离开他的朋友们。而且，等他离开了屠龙学校，虫虫就再也找不到他了。

"校长来了，全体起立！"煎锅厨师大声宣布。

莫德雷德走上了主席台，红色斗篷在身后飘来荡去。他笑得合不拢嘴，金子做的门牙跟磨牙都在太阳光下闪闪发亮。

"王室成员！"莫德雷德高声呼喊，"平民百姓！家长们！土包子们！学生们！管他谁都好！让我们开……"

"啪！"

一个水弹落在离校长只有几英寸的地方炸开了花。

"啪！""啪！""啪嗒！"

"是水球！"学生们尖叫起来，越来越多的水球从天而降，学生们跺脚欢呼着。

威格拉抬起头，他见到了他的兄弟们！那群黄头发的捣蛋鬼不知道怎么地就闯进了洛贝丽娅的房间，正探出窗外高举着水弹！

雷克斯王子从前排座位蹦了起来，大声喊道："接着扔啊，伙计！接着扔！"

莫德雷德在台上跑来跑去地躲避着飞弹，一边跑一边嚷着："快住手！快住手！"

可是用羊膀胱做的水弹还在不断地往下掉。

"啪！""嘭！"

威格拉真是爱死这通狂轰滥炸了！不过他也很庆幸自己这身皮包骨头和一头胡萝卜色的头发——没人会想到他跟这群健壮如牛的黄毛水弹队员是亲戚。

扔完所有的水球以后，十一个兄弟齐声呼喊道："威格拉和杜德温，祝你们毕业快乐！"

威格拉一下子跌坐在椅子上，他的身份暴露了！

煎锅厨师冲上主席台，拿了块毛巾给莫德雷德。

"这只不过是毕业典礼活跃气氛的小把戏！"莫德雷德一边擦干身上的水，一边说，"戴夫修士，把毕业证书拿来！"

小个子修士赶紧走上台阶，手里紧抓着一个大大的粗麻布口袋，手指上还沾着墨迹——他看起来像是熬了个通宵。

戴夫修士从口袋里拿出一张卷好的羊皮纸递给莫德雷德。

校长大声地念出毕业证书上的名字："碰碰虫！"

一个三年级的男生站了起来，他转身对着他的家人，微笑着挥了挥手。

"不许挥手！"莫德雷德叫道，"要是大家都挥手的话，这毕业典礼得开到明年了！"

碰碰虫走上主席台。

"拿去！"莫德雷德把毕业证书递给他说。

"非常感谢，校长！"碰碰虫说。

"不许致谢！"莫德雷德吼道，"太耽误时间了，下一个！"

戴夫修士拿出另一张毕业证书，可是校长猛地推开小个子修士，把胳膊往麻袋里一搂，抓出了一把毕业文凭。

"李多多！吐槽王！肉肉汤！米友友！钱串串！"莫德雷德嚷道，"小野菊！霍点点！拖鞋大少！全都上来，赶紧！"

威格拉看着男生女生成群结队地跳上主席台，莫德雷德把毕业文凭朝他们一扔。

"这张毕业文凭上面写的是豆汤汤的名字！"一个学生叫喊着，"可我是韭菜菜！"

"有什么关系！"莫德雷德大吼道，"不就是几张不值钱的纸吗，"他嘟囔着，"自己去挑自己的！"

"安格斯！托尔布拉德！鲍尔德里克！简丝丝！"校长嚷嚷着，"埃丽卡！吹牛草！格温多琳！威格拉！"

威格拉跟其他二年级的学生一起站了起来。

"你的，你的，你的！"莫德雷德把证书扔得到处都是。

威格拉展开他的毕业证书时，天色暗了下来。

"小果冻！"莫德雷德大喊着，"激将王！漱口精！"

天色越来越暗，风势也越来越猛。学生们扶着礼帽，免得被风吹走了。

"小皮带扣！"莫德雷德叫道。

风开始怒吼。

"这很像流浪歌手那首歌，"安格斯顶着风声使劲嚷着，"'天空猛地就变了脸'那句还记得吗？"

"天空暗如黑夜，威格拉！"杜德温大喊道。

"所有的预言都应验了！"简丝丝尖叫道。

威格拉抬起头来，他隐约看见天上有两朵乌云，就像是两条火龙。他定睛一看，不！不是云。就是两条火龙，两条巨大的火龙！大得遮住了太阳！他们正朝着屠龙学校飞过来！

这会儿，大家都看见火龙了。每个人都像受惊的小鸡仔寻找藏身之所一样，开始在城堡院子里到处乱跑。

"世界末日来了！"他们尖叫着，"我们在劫难

逃！"

"雷克斯王子绝不会退缩的！"杜德温大喊道。

"为什么这么说？"威格拉大喊着问他。

"因为流浪歌手的歌里是这么唱的，威格拉！"杜德温嚷嚷着，"雷克斯是这里唯一的王子！"

可是雷克斯王子正推搡着其他人，朝着马厩一边跑一边喊："快给王室成员让开！"

威格拉听见他老妈的声音，她一边叫喊着"天要塌了！"，一边跑去躲了起来。

"快来，威吉！"杜德温叫道，"我们得躲起来！"

可是威格拉站在原地，抬头看着天空。

火龙挥动着翅膀，靠近屠龙学校。

财满罐伯爵、钱多多夫人和骰子王爵士迅速地穿过城堡大门跑了出去。威格拉只听见"扑通"一声——他们为了活命竟然跳进了壕沟里。

"拔出你的宝剑，屠龙手！"莫德雷德一边跑向城堡一边嚷嚷着，"我命令你杀死火龙！"他飞快地爬上台阶跑到里头躲起来，"战斗胜利以后就给我捎个信儿！"他大喊着，"砰"的一声带上了身后那扇沉重的铁门。

第九章
吓跑投资人

每个人都躲了起来，只有威格拉孤零零地站在城堡院子里。杜德温从鸡棚里冲出来，跑到他的哥哥身边。

"你必须躲起来！"他尖叫道，"巨龙就要来了，威吉，他们会烧死你的！"

威格拉一动不动。

两条巨龙降落在城堡院子里，大地都跟着晃动了起来。一条巨龙是橙色的，另一条是绿色的。

"快点！"杜德温拽住威格拉的胳膊肘，使劲把他往鸡棚那儿拖。

可是威格拉猛地抽出手臂，朝着火龙跑过去。

"你会被烤熟的，威格拉！"杜德温大喊道。

绿色的火龙扭头看着威格拉，他有双黄色的眼睛，眼珠子是樱桃红色的。

"虫虫！"威格拉一边跑一边喊着，"虫——虫——"

"妈妈！"绿色的火龙一边叫喊着，一边蹦向威格拉。

威格拉最后一次见到虫虫的时候，他还只有一匹马那么大，现在他已经有一栋房子那么大了！

威格拉跑到火龙身边，他想用胳膊搂着火龙，可虫虫的脖子是在太粗了，他的手臂不够长。

"你离开太久了，我太担心你了，虫虫！"威格拉大声地说。

"别担心，"虫虫说，"我一定会回到你身边的，妈妈。"

"可万一你不知道我在哪儿怎么办？"威格拉说。

"天涯海角我也会找到你的，"虫虫说，"无论你身在何处。"

"哦，那我就放心了！"威格拉说，"那你告诉我你都去哪儿了。"

"说来话长。"虫虫说着说着，那条橙色的火龙就走到了虫虫身旁，她那双深蓝色的眼睛忽闪忽闪的。

"这是火龙小雪，"虫虫说，"我是在吐焰穴认识她的，她跟着其他火龙飞走了，而我就去了懒龙学校学本领。可是我很想小雪，所以我就飞去找她了。小雪也想我，所以她飞来找我。"小雪亲昵地蹭了蹭虫虫的脖子，虫虫幸福地噗噜噜叫唤着，"很幸运，我们找到了彼此。"

这下子威格拉明白了，虫虫要去找的不是自己，他是去找火龙小雪。

戴夫修士从马厩里冲出来。

"戴夫修士！"他大叫着朝虫虫跑了过来，"你回来了！"

"夫子！"虫虫尖叫道。

"这是火龙小雪。"威格拉告诉戴夫修士。

"我跟小雪相爱了，"虫虫说，"我们打算结婚！"

"结婚？"威格拉大叫道，"你还只是个孩子呢，虫虫！"

"你再看他一眼呢，威格拉。"戴夫修士说。

威格拉咽了咽口水，虫虫已经成了庞然大物，他说话的时候也不再像个龙宝宝。可是……结婚？这可是迈出了好大一步。

虫虫弯下脖子凑到戴夫修士跟前说："你愿意帮我们主持婚礼吗，修士？"

"我愿意！"戴夫修士说，"该去哪主持婚礼呢？"

"就在这里。"虫虫说。

"就现在。"火龙小雪补了一句。

莫德雷德把脑袋伸出办公室窗户，嚷嚷着："下面怎么回事儿？"

"这些龙都很友善的，校长！"威格拉大声回答。

一听见这话，所有人都从藏身处往外偷瞄着火龙。

全身湿透的财满罐伯爵、钱多多夫人和骰子王爵士，带着一股恶心的鳗鱼味儿，踉踉跄跄地穿过城堡大门走了回来。

莫德雷德的脑袋从窗口消失了，转眼间，穿着红色斗篷的校长就冲出了城堡。

"财满关伯爵！钱坨坨夫人！"他大叫着奔向他们，语无伦次，"骰子汪爵士！"

"快把火龙给弄走，莫德雷德，"骰子王爵士吼道，"要不然这生意我们就不干了。"

"不干？"莫德雷德尖叫起来，"不，想都别想！"他转过头去，战战兢兢地对着火龙露出笑脸。

"走开！"他对着火龙动了动指头，"去吧！嘘！"

火龙只是目不转睛地看着校长。

"飞上天去吧！"莫德雷德用手指指了指天空，"从哪儿来就回哪儿去，走吧！"

虫虫和小雪纹丝不动。

"快飞啊！"莫德雷德大叫道，"张开翅膀！飞，飞，飞走吧！"校长挥动着手臂示范着，在城堡院子里狂奔。

"我是不会跟这个疯子做生意的。"钱多多夫人说。

"我们走吧！"财满罐伯爵喊道。

"不！"莫德雷德的声音都在发抖，"不要啊——"

"冷静点，莫德雷德，"骰子王爵士说，"生意泡汤了。"

莫德雷德的脸涨得通红，他鼓起紫色的金鱼眼，凶神恶煞地在人群中搜索着目标。终于，他看见了威格拉。

"你！"莫德雷德怒吼道，"都是你的错！"

"我……我，校长？"威格拉说。

"什么友善的龙，得了吧你！"莫德雷德气急败坏地嚷嚷着，"他们把我的投资人都给吓跑了！"

莫德雷德一把揪住威格拉那件饲料袋礼服的前襟，把他拎了起来，这下子威格拉跟校长那双怒火中烧的紫色金鱼眼正好四目相对。

"快——把——火——龙——给——弄——走——赶紧！"莫德雷德吼道。

安格斯从鸡棚里跑了出来。"舅舅！"他喊着，

"快放下威格拉！"

"好吧！"莫德雷德松开手，威格拉摔在地上，砸中了校长的脚。

忽然，校长的脚好像自个儿就向上飘了起来。

威格拉抬头一看，虫虫正把校长叼在嘴里晃来晃去呢！

虫虫轻轻地摇了他一下。

"呀呀呀呀呀呀！"莫德雷德一通尖叫。

"放了他，虫虫。"威格拉的语气很坚决。

虫虫张开了嘴。

莫德雷德"咚"的一声摔在地上！安格斯伸手把他拉起来，然后他就跌跌撞撞地去追他的投资人了。

"火龙会是个很好的噱头！想想看——火龙黄金赌场！"他一边追赶着惊恐万分的三个人，一边大喊着，"我们会狠赚一笔的！"

可是，钱多多夫人、财满罐伯爵和骰子王爵士心急火燎地穿过了吊桥，压根儿就没回头看这个绝望的校长一眼。

第十章
两条火龙的婚礼

莫德雷德一瘸一拐地走回城堡院子里，一屁股坐在洗碗台上，哇哇大哭起来。

"我的梦想和计划……"他抽泣着说，"全都泡汤了！"

这会儿，王室成员从马厩里走了出来，其余人也从藏身处爬出来。每个人都盯着火龙指指点点，不过都站得远远儿的。

只有杜德温、埃丽卡、简丝丝和黛西大喊着"虫虫！"。他们朝着火龙奔了过去，就像是迎接久违重逢的朋友一样。接着，他们在草地上一起坐了下来，虫虫紧紧地依偎在小雪身旁。

"流浪歌手的预言都应验了，威格拉。"杜德温说。

"我已经跟他说过了，"安格斯说，"天空猛地就变了脸。"

"我们的家人都来了，天色也变暗了，每个人都东躲西藏，嚷嚷着'大祸临头了'！"杜德温说。

"我们以为你失踪了，虫虫。"埃丽卡接着说。

"可现在你又失而复得了！"简丝丝大声说。

"不过流浪歌手的歌里说有个勇敢的王子会毫不退缩，"威格拉说，"可雷克斯王子溜得比谁都快。"

"你才是那个勇敢不退缩的人，威格拉。"杜德温说。

"可我不是王子，"威格拉耸了耸肩，"不过，流浪歌手大部分的预言都说得很准。"他说着满脸笑容地看着虫虫，他能找回小火龙真是太开心了！

"注意了！"主席台那儿传来煎锅厨师的声音，"很遗憾毕业典礼受到了小小的干扰，现在请大家都回到原位，毕业典礼继续进行。"

王室成员又重新回到前排座位上，其余人也重新坐到他们身后。

"没有拿到毕业证书的，都上来拿吧！"煎锅厨师连证书上的名字都懒得念了。

几个一年级的小家伙跑上主席台。

煎锅厨师把毕业证书朝他们一扔，随后说道："典礼结束！再见！"

"等等！"莫德雷德大喊着跑向主席台，一边跑一边像鲍尔德里克一样用袖子抹着鼻涕眼泪，"等等！"他跑上主席台，从煎锅厨师那儿一把抓过喇叭："先别走！"他大叫道，"计划有了一点小小的……改变，那就是屠龙学校重新开课了。没错，家长们，你们……"

话音未落，突然有人在校长头顶上大声喊道："讲个敲门笑话吧！嘭！嘭！"

威格拉真觉得难为情——是弗格斯！

莫德雷德瞪着紫色的金鱼眼："是……是谁？"

"你说呢？"弗格斯大叫道。

"我说？"校长喊道，"我说什么？"

"你快说完废话我们好收拾包袱回家！"弗格斯大声说着。

"哈哈……哈哈！"雷克斯王子大笑起来，"这笑话真棒！"

"不用收拾包袱！"莫德雷德大叫着，"学校照常上课！"

"可是，校长！"托尔布拉德说，"我们已经毕业了，我们的课都上完了啊！"

"没错！我们的课都上完咯！"学生和家长大喊着从座位上站起来。大家相互拥抱着，拍打着后背，然后朝着城堡大门走去。

"走吧，宝贝儿，"王后芭比对埃丽卡说，"我们回家吧！我跟你爸还得收拾行李呢！"

"王室成员们！"莫德雷德大叫着跑了过去，"你们知道吗？屠龙学校有个特别研究生学位，这非常适合埃丽卡！"

"抱歉，"王后芭比说，"埃丽卡有别的打算。"

莫德雷德转向王后玛吉，鞠了一躬。"你们那个出色的小伙子在哪儿？"他问，"非常欢迎他成为一年级新生！或者说，他特别有天赋对吧？我们可以让他跳读二年级，绝对没问题！"

"我们想找个离家近点儿的学校。"王后玛吉说。

"天啦！"莫德雷德发出一声哀号。他嚎啕大哭着，踉踉跄跄地走开了。

威格拉扭头看着火龙。"屠龙学校马上就要关门了，"他说，"要是你们还想在这儿结婚，我们得动作快点儿。"

他领着一对新人去找抽抽嗒嗒的校长，杜德温跟在他们后面。

"校长？"威格拉说，"火龙想在这儿办个婚礼。"

"在这儿？"莫德雷德停下他踉跄的脚步。他用短上衣的褶边擤了擤鼻子，抬起头用饱含泪水的金鱼眼看着火龙。

"在我的城堡里？"他问道。虫虫和小雪点点头。

莫德雷德抽了抽鼻子："城堡刚刚大肆装修了一番，"他告诉这对快乐的新人，"你们飞过来的时候应该也看见了。一座黄金城堡租金可不便宜。"

"没问题，"小雪说，"我家很有钱。"

"很有钱？"莫德雷德尖叫道，"是有很多很多金子吗？"

小雪点头说："多得数都数不清。"

莫德雷德咬了一下大拇指，他的眼泪又要掉下来了。不过，这回是喜悦的泪水。

莫尔维娜、弗格斯和那十一个兄弟走到威格拉和杜德温旁边。

"可以回家了吗，小伙子们？"莫尔维娜说。

"还不行，"威格拉说，"火龙要举行婚礼了。"

"我们要留下来参加婚礼。"杜德温说。

莫尔维娜叹气说："我喜欢参加婚礼。"

"那你留下吧。"弗格斯告诉她，接着扭头看着威格拉。"你回家的时候给我们带点儿金子回来，"他说，"一开始我们送你去上学也是为了这个。"

弗格斯用拳头使劲捶了捶胸口，打了个惊天动地的饱嗝儿当作告别。接着，他就领着十一个儿子朝着城堡大门走去。

走到门口，黄毛兄弟转过来，齐声高喊着："早点回家，威格拉！我们很想你！"

威格拉笑着挥了挥手，也许回家也并不是那么糟。

"我们很想揍你！"一个兄弟大声说。

"再绊你一跤！"另一个兄弟叫道。

"还要弹你的脑瓜嘣儿！"最小的弟弟喊道。

威格拉挥舞的手臂停了下来——回家比他想象的要糟糕得多！

第十一章
心碎的离别

"在场的所有人，都来参加火龙的婚礼！"莫德雷德大喊道。

"一场真正的火龙婚礼？"王后芭比惊呼。

"我们必须留下来！"王后玛吉说。

"哟呵！"国王肯和国王霍默齐声说道。

"讨厌！我的脚都起泡了！"雷克斯王子说，"我要回家！"

莫尔维娜帮着洛贝丽娅，给主席台铺上白色丝绸。黛西在附近找了些绿色植物装点了一下，然后做了顶花环戴在小雪头上。

王室成员又一次坐到了前排座位上。埃丽卡坐在雷克斯旁边，威格拉看出她满脸的不乐意，煎锅厨师跟余下的几个学生和家长坐在他们身后。

屠龙学校的钟声响了起来，戴夫修士走上主席台。

一个穿着黑色长袍的大块头男人出现在城堡入口，一顶黑色的蘑菇帽遮住了他的脸。他穿过城堡院子，走上主席台，站到戴夫修士身后。他把帽子往后一推，对着参加婚礼的宾客微微一笑，那颗金门牙在阳光下闪闪发亮。

威格拉倒吸了口凉气——是莫德雷德！他在做什么？威格拉这会儿已经没时间弄明白了。虫虫蹦了出来，站到了主席台前方，威格拉和安格斯赶紧站到虫虫身旁。

戴夫修士冲着洛贝丽娅点头示意，洛贝丽娅就唱起了《结婚进行曲》。

火龙小雪从城堡后面的等候区走出来：她头上戴着花环，穿过长凳中间的过道，来到虫虫身旁。

戴夫修士念完一段精心准备的祝词，祝福火龙生活幸福美满，然后宣布："火龙虫虫和火龙小雪正式成为合法夫妻，你们可以亲吻对方了！"

"啪嗒！"

虫虫和小雪张开翅膀，飞到了空中。他们悬停在宾客头顶上空，彼此都弯着脖子，头挨着头，尾巴朝下，尾巴尖连着尾巴尖。

"快看！"王后芭比大叫道，"他们连成了一个心形！"

"爱情真伟大！"王后玛吉说。

"真恶心！"雷克斯嚷道。他用手指抠着喉咙，发出作呕的声音，响得不得了。

"快住手，雷克斯！"王后玛吉尖叫道，"我讨厌你这么做！"

"我也是！"埃丽卡说。

"再见了，虫虫！再见了，小雪！"威格拉对两条火龙大声喊道。在他的喊叫声中，火龙飞走了，消失在云层里。他真为他俩感到高兴！而且，他更高兴的是，他知道即使回到了大头针村，虫虫也能找到他！

"好了，婚礼结束！"莫德雷德嚷嚷着，"实习老师在哪儿？快去搞定新招牌！"

几个年轻人拿起梯子、油漆桶和刷子，冲向城堡大门。

"我来拼，你们写。"莫德雷德对那帮倒霉的工人嚷嚷着。

"神父莫德雷德婚礼城堡，明白了吗？"

这下子威格拉明白莫德雷德为什么在婚礼上打扮成那样了——他打算做个神棍！

"再把这个也写上去！"莫德雷德冲着工人吼道，"欢迎火龙光临！"

"这婚礼真棒，威格拉！"莫尔维娜用一张蕾丝手帕轻拭着眼睛里的泪水。

"妈妈！"威格拉大叫道，"你得把王后玛吉的手帕还回去！"

"为什么？"莫尔维娜说，"是她给我的，不是吗？你跟杜德温去和你们的朋友道别吧！我在吊桥那儿等你。"

"马车就停在壕沟那儿，宝贝儿！"王后芭比对埃丽卡大声说，"别聊太久！"王室成员爬上那辆巨大的金色马车，朝着城堡大门缓缓前进。

"我会非常想念你们的，"埃丽卡说，"还有亲爱的屠龙学校。"

"我无法用语言表达我会多想念这所学校。"威格拉说。家里有什么在等待着他呢？甘蓝菜汤和十一个野蛮的兄弟？最起码杜德温会跟他在一起，这会让他好受些。

"是也我。"黛西说。

"还有我。"杜德温说。

"那是当然的！"简丝丝一边把嘴里的口香糖嚼得啪嗒直响，一边说，"比起屠龙学校，骑士摇篮学校太无聊了。"

"你们猜怎么了？"安格斯说，"我要留下来。"

他看起来并不开心，不过也没有多难过。"舅舅说煎锅厨师需要一个助手帮他烤婚礼蛋糕，所以他雇佣了我，"他咧开嘴笑着说，"随时都有东西吃哦！"

"你们大家一定得到皇宫来看我！"埃丽卡说。

简丝丝嚼着口香糖，仔细地打量着假火龙弗弗、洗碗台和屠龙学校摇摇欲坠的塔楼。接着，她大喊了一声："再见了，屠龙学校！"这场景跟流浪歌手预言的一模一样。

"再见，莫德雷德！"威格拉大声说，"谢谢你所做的一切！"

"是莫德雷德神父！"前任校长嚷嚷着回应，"明白了吗？快走吧，全都走吧！"他扬起手挥了一下，"别再回来了，订了婚的例外！"

第十二章
抱错的王子

威格拉和朋友们抱了抱戴夫修士，接着，他们最后一次走过了屠龙学校的吊桥。

简丝丝挥了挥手，顺着猎人小径朝着骑士摇篮学校走去。

威格拉朝四周望了望，他看见离皇家马车不远处有个长满青草的小山丘。王后芭比正坐在上面，王后玛吉坐在她身旁，头上的金色发套在正午的阳光照耀下闪闪发亮。最让他吃惊的是，他的妈妈正坐在草地上，跟两位王后聊天！

威格拉和其他人走了过去，可两位王后和莫尔维娜聊得太入迷了，根本没注意到他们。

"你家那群黄头发的壮小伙子在毕业典礼上真是太引人注目了，"王后玛吉对莫尔维娜说，"你一共有多少个儿子呢？"

"十三个。"莫尔维娜笑着说，"都是结结实实的黄毛小子，就像我家弗格斯。除了威格拉，也不知道他是遗传了谁。"

"他确实跟他的兄弟不太一样。"王后玛吉说。她停顿了一下。"莫尔维娜，你去过大头针村的集市吗？"她问道。

"每次集市我们都去！"莫尔维娜大声说，"哦，那年威格拉还是个襁褓中的婴儿，集市上有只双头小牛犊！"

"我们也看见了！"王后玛吉说，"其实，霍默买下了那只双头小牛犊。"她扭头对王后芭比说："你还记得那天下午吗？可把我们给吓坏了！"

"永远都忘不了！"王后芭比大叫道，"你那个负责照料宝宝的女仆把小雷克斯放在树荫底下，就溜去看杂耍了。真是个粗心大意的姑娘！想想看，把刚出生的小宝宝一个人扔在那儿。"

雷克斯把脑袋探出马车窗外。"别聊了，妈妈！"他喊道，"我想马上回家！"

"再等会儿，雷克斯！"王后玛吉喊道，她转过去看着莫尔维娜。"我知道这么问很唐突，不过，也许你在集市的时候也把宝宝放下来了吧？"她问。

"确实放下来了，"莫尔维娜说，"哦，他可沉了。那时候威格拉可是个大胖小子，可结实了，他现在瘦得跟小鸡仔似的。你说多可笑，我其余的孩子都跟橡树一样魁梧。"

"就像我！"杜德温尖声说道。

莫尔维娜微微一笑。"我也把小威格拉放在树荫底下让他睡觉了，"她接着说，"我记得，我是去看吞火表演了！"

王后玛吉点点头。"你的威格拉，"她说，"有一头胡萝卜色的头发，你家还有谁的头发是这种颜色吗？"

"哦，没有。"莫尔维娜说，"只有威格拉这么倒霉。"

王后玛吉把皇冠取下来，放在膝盖上。"在我的家族里，"她说着松开了金色的发套，"我们全都是胡萝卜色的头发。"她摘下发套，胡萝卜色的长发垂到了肩膀上。

"哎哟！"莫尔维娜惊呼道，"难怪你要戴着发套！"

威格拉目不转睛地看着王后玛吉——他从没见过有谁的头发跟他一个颜色。大头针村的集市，粗心大意的女仆，还有被独自扔下的小宝宝，这一切意味着什么呢？

正当威格拉努力地想弄明白这一切，马车门突然就

开了，雷克斯王子冲了出来。

"快别说了！"雷克斯嚷嚷着，"我想回到皇宫去玩打仗的游戏！"他开始绕着小山丘转着圈地跑，一边跑一边喊，"我要回家！我要回家！我要回家！"

王后玛吉站起身，走下山丘来到雷克斯身边，其余人都跟在她身后。

"过来，小伙子，"她对杜德温喊道，"站到雷克斯旁边来，我们看看谁更高。"

"我更高！"雷克斯大喊着冲向杜德温，"看见了没？我更高！"

两个人并肩站着，王后玛吉打量着他俩。

"他们看起来很像，不是吗？"她说。

"确实很像！"莫尔维娜惊呼道。

雷克斯穿着灯笼裤和漂亮的短上衣，一头黄发上戴着顶天鹅绒的帽子。但除了衣服不同，两个小家伙简直像是一个模子里刻出来的。

"雷克斯，"王后玛吉说，"我有件重要的事要告诉你。"

雷克斯伸出舌头，对着王后"噗噗噗"地喷口水。

王后玛吉扭头看着莫尔维娜。"要不还是你告诉他吧？"她问。

"非常乐意！"莫尔维娜说。然后她皱起眉头问：

"告诉他什么呢？"

"关于抱错宝宝的事情。"王后玛吉说。

莫尔维娜挠了挠头说："抱错宝宝是什么意思，王后殿下？"

"就是在大头针村集市那回。"王后说。

"我肯定是吞火表演看太久错过了这个表演。"莫尔维娜说。

"莫尔维娜，"王后玛吉说，"当你回到树荫下抱起你的宝宝……"

"哦，我没去，"莫尔维娜说，"我是让两个大孩子去接他们的小弟弟。"

"你觉得，"王后玛吉说，"他们会不会是抱错了小宝宝呢？"

莫尔维娜倒吸了口凉气。"是这样的吗？"她大叫道，"我一直以为是来了个巫师，在威格拉睡着的时候对他下了咒，所以他才变成这么一个瘦巴巴的小胡萝卜头。"

"那个瘦巴巴的小胡萝卜头是我的宝宝。"王后玛吉说。

威格拉开始觉得有点儿晕。"你是说……"他开口说，"你是说……"

"她是说雷克斯不是我的堂弟，威格拉，"埃丽卡说，"你才是！"

"我？"威格拉说。

"她是说你是个王子，威格拉！"杜德温大声说道。然后他脸色一暗："也就是说我们俩不是兄弟。"

"王子？"威格拉说，"我？"

忽然之间，王后玛吉出现在他跟前。

"今天我见到你的第一眼就有这种感觉，"她说着就张开双臂把他搂进怀里，"我是你的妈妈，你是我的儿子。我给你取名叫雷克斯，可如今你应该是威格拉王子了。"

"子王拉格威！"黛西惊呼道。

"那头猪被下了咒！"莫尔维娜尖叫着从包里拿出盐往身后撒，免得传染给自己。"来吧，威格拉，"她说，"你也是，杜德温，是时候回家了。"

"莫尔维娜！"王后玛吉大喊道，"你还不明白吗？威格拉是我的儿子，雷克斯才是你的儿子。"

"他现在就算是了吗？"莫尔维娜大声说，"等我告诉弗格斯！"她想抱抱她失散多年的儿子，但是被他挣脱了出来。

之后，两位国王从黄金马车里走了出来，然后开始拥抱，欢呼。"哎呀！""哎哟！""天哪！"各种惊呼不绝于耳。等大家都平静下来以后，杜德温才开口说话。

"那你愿意跟我们一起住在小茅屋里吗？"他问雷克斯。

"我肯定他宁愿回到皇宫里去，"莫尔维娜连忙说，"不过随时欢迎他回来。"

"那些扔水球的家伙住在小茅屋里？"雷克斯问。

"是的。"莫尔维娜说。

"那个老打嗝，讲的笑话很好笑的人呢？"雷克斯问，"他也住在那儿吗？"

"啊，是的。"莫尔维娜说。

"我要去那儿住！"雷克斯说。他扭头看着王后玛吉。"别哭，"他说，"我会去皇宫看你的，我还会带上所有兄弟！"

"欢迎他们来玩，"王后玛吉说，"一次带一两个人来就好。"

"那你要住在哪儿呢，威格拉？"杜德温问。

"小茅屋，杜德温。"威格拉说。

杜德温一脸满意的表情。

"别傻了，威格拉！"莫尔维娜说，"你跟我们永远不合群，去皇宫生活吧！只要你说句话，我跟弗格斯就会去看你的。"

威格拉眉头一皱，他可不想念那帮兄弟。不过，他会想念杜德温的。

"我不能去，"他说，"我不能没有你，杜德温。"

"我可以跟你一起去，威格拉！"杜德温说。

"太好了！"王后玛吉说。

"那黛西怎么办？"威格拉说，"我绝不能离开黛西！"

"带上黛西，"国王霍默说，"她可以跟哞哞做伴，就是我那头双头奶牛。"

"吧发出就那！"小猪大叫起来。

男仆把威格拉和杜德温的背包拿到金马车顶上，跟王室成员的行李放在一起。

"嘿！"国王肯大喊道，"幸好今天这辆马车是超大号的。"

然后，威格拉、杜德温、黛西跟埃丽卡和其他的王室成员一起爬了进去，马车就开始缓缓开动了。

杜德温和威格拉从窗口探出身子，对莫尔维娜和雷克斯挥手道别。

"再见了，杜德温！再见了，威格拉王子！"莫尔维娜笑着说，"这回弗格斯还不大吃一惊！"

雷克斯打了个嗝儿，然后他大声说："讲个敲门笑话吧！嘭！嘭！"

可马车已经越跑越快，威格拉再也听不到他笑话的结尾了。

在皇家马车里，威格拉掐了自己一下，看自己是不是在做梦。不是做梦，是真的，他成了王子了！而且他就要去棕榈国了。

王后玛吉喜滋滋地坐在他对面，威格拉这才恍然大悟，流浪歌手预言的正是眼前这一刻——王后冲他微笑。

"每一件事流浪歌手都说准了，威格拉，"埃丽卡说，"就连你纵横交错的掌纹，表明你不像表面上那么平凡，他也说中了。"

"还有火龙来的时候，勇敢的王子毫不退缩？"杜德温说，"那指的就是你，威格拉王子。"

"确实是。"威格拉低声说着，她自己都感到难以置信。他试着想象自己戴着皇冠的样子。不是国王肯有时戴着的那种镶着钻石和红宝石的大皇冠，是一顶小小的金冠，这才适合威格拉王子。

"到皇宫还远着呢！"王后玛吉说，"我们有足够的时间，把所有关于棕榈国的事情都告诉你们两个小家伙和黛西。"

"棕榈国是南面的一个岛国。"国王霍默说。

"那儿气候温暖，"埃丽卡说，"有沙滩和棕榈树。"

"听……听起来那儿非常宁静啊！"威格拉说。

屠龙学校的生活充满了惊险刺激，他会想念这一切的。流浪歌手还说，英勇事迹还等着他去完成。在那么宁静的地方，怎么才能成为一个英雄呢？

"那儿确实非常宁静，"国王霍默赞同地说，"除了海蛇跟火龙打起来的时候。"

"或者是巨人从山洞里出来吵架的时候。"王后玛吉耸耸肩。

"或者是维京海盗用船包围小岛的时候。"国王霍默说。

威格拉看着杜德温，咧嘴一笑——棕榈国的生活听起来精彩极了，他已经等不及去那儿了！

（全文完）

扫一扫，关注"**小读客经典童书**"微信，
第一时间获取新书书讯，更有精彩好书、各种福利疯狂送！

孩子读点什么好，问问读客小熊猫！

小读客经典童书，传播爱与价值，
致力于出版最优秀的儿童文学和绘本！

《从前有条喷火龙》第一辑

（套装全 10 册）

已火爆上市！

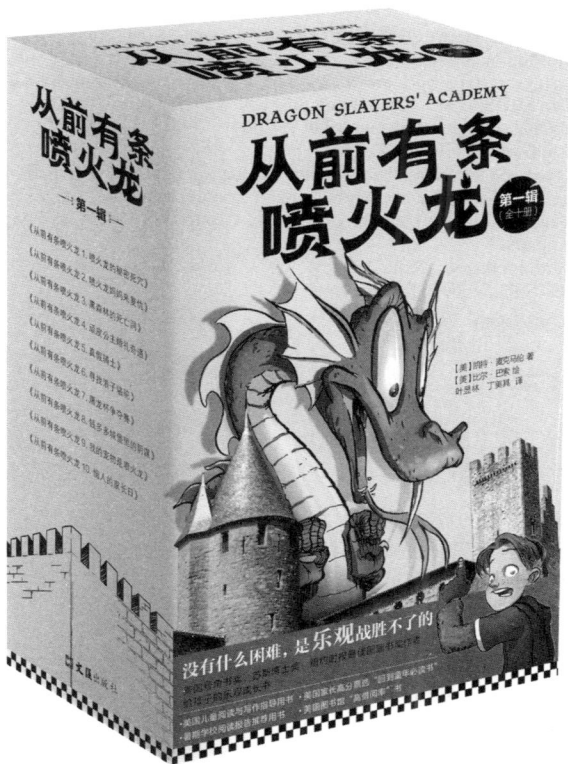

DRAGON SLAYERS' ACADEMY

从前有条
喷火龙 第一辑 全十册

[美]凯特·麦克穆兰 著
[美]比尔·巴索 绘
叶显林 丁娟真 译

没有什么困难，是乐观战胜不了的

文汇出版社

图书在版编目（CIP）数据

变身王子 /（美）凯特·麦克马伦著；
（美）比尔·巴索绘 ；陈静思译. —— 上海 ：文汇出版社，
2017.11
　　（从前有条喷火龙. 第二辑）
　　ISBN 978-7-5496-2347-1
　　Ⅰ. ①变… Ⅱ. ①凯… ②比… ③陈… Ⅲ. ①儿童小
说－中篇小说－美国－现代 Ⅳ. ①I712.84
　　中国版本图书馆CIP数据核字(2017)第251281号

变身王子

作　　者 / 【美】凯特·麦克马伦著　【美】比尔·巴索绘
译　　者 / 陈静思

责任编辑 / 张　涛
特邀编辑 / 钱叶蕴　汪雯君
封面装帧 / 李子琪

出版发行 / 文匯出版社
　　　　　 上海市威海路 755 号
　　　　　 （邮政编码 200041）
经　　销 / 全国新华书店
印刷装订 / 北京中科印刷有限公司
版　　次 / 2017 年 11 月第 1 版
印　　次 / 2017 年 11 月第 1 次印刷
开　　本 / 889mm×1194mm　　1/32
字　　数 / 51 千字
印　　张 / 3.5

ISBN 978-7-5496-2347-1
总 定 价 / 199.80 元（全十册）

侵权必究
装订质量问题，请致电010-85866447（免费更换，邮寄到付）

.